나의 삶, 나의 생각 2

세월과 풍경

# 나의 칠십잡억七十雜憶

박한제

지식산업사

# 박한제

서울대학교 동양사학과를 졸업하고 같은 대학원에서 석사 및 박사 학위를 받았다. 1985-2012년 서울대학교 동양사학과 교수로 재직하였으며, 현재 명예교수로 있다. 2000-2002년에 한국중국학회 회장, 2005-2007년에 한국동양사학회 회장을 지냈다. 저서로 《중국중세호한체제연구》(1988), 《유라시아 천년을 가다》(공저, 2002), 《아틀라스 중국사》(주편, 2007), 《대당제국과 그 유산 —호한통합과 다민족국가의 형성》(2015), 《중국 도성 건설과 입지 —수당 장안성의 출현전야》(2019), 《중국 중세도성과 호한체제》(2019), 《중국중세 호한체제의 사회적 전개》(2019)가 있다. 역서로 《진인각, 최후의 20년》(공역, 2008), 역주서로 《이십이사차기》(전5권, 2009), 답사기행기로 《박한제 교수의 중국 역사기행》(전3권, 2003)이 있으며, 중국 중세 민족 관계 논문이 다수 있다. 제49회 한국출판문화상(번역 부문, 2008), 제3회 서울대학교 학술연구상(2010), 우호동양사학저작상(2017), 대한민국 학술원상(2021)을 수상하였다.

나의 삶 나의 생각2
## 나의 칠십잡억七十雜憶: 세월과 풍경

초판 1쇄 인쇄    2025. 3. 28.
초판 1쇄 발행    2025. 4. 17.

지은이    박한제
펴낸이    김경희
펴낸곳    (주)지식산업사
본사 ◉ 10881, 경기도 파주시 광인사길 53(문발동)
전화 031 - 955 - 4226~7 팩스 031 - 955 - 4228
서울사무소 ◉ 03044, 서울시 종로구 자하문로6길 18 - 7
전화 02 - 734 - 1978, 1958 팩스 02 - 720 - 7900
영문문패    www.jisik.co.kr
전자우편    jsp@jisik.co.kr
등록번호    1 - 363
등록날짜    1969. 5. 8.

책값은 뒤표지에 있습니다.

세월과 풍경

# 나의
# 칠십잡억

七十雜憶

박한제 지음

지식산업사

# 머리말

자술형식의 글을 세상에 내놓은 것은 이번이 두 번째다. 첫 번째는 1997년 가을 한길사에서 발간한 《인생 ―나의 오십자술》이었다. 그 책을 낸 지 28년 만에 두 번째 책을 내게 되었다.

'예순에는 나무를 심지 않는다(六十不種樹)'고 한다. 심어 봤자 살아 있는 동안 그 열매나 재목을 못 보겠기에 그러하다는 것이다. 그런데 나는 60을 넘고 70을 넘어 다시 80을 바라보게 되었다. 조선 후기 문신 황흠(黃欽 1639–1730)은 자손을 위해 여든에 밤나무를 심어 '팔십종수八十種樹' 하였다고 한다.

나는 70대를 살고 있으니 80대에 들어서기 전에 내가 살아온 길을 반추해 보는 것이 순서라고 생각했다. 70여 년을 살아오는 동안 겪고 느끼고 생각했던 것들을 이렇게 모아 보았다. 아직 내 인생을 마무리할 나이는 아니지만 내 인생의 모습과 방향은 표현된 것 같다. 이제 그동안 지고 왔던 무거운 짐들을 잠시 내려놓고 그것들을 조용히 관조하는 자세를 취하게 되었다.

나는 지금까지 80 가까운 세월을 살아왔는데 그 기간을 크게 두 시기로 나눌 수 있지 않나 생각한다. 촌사람으로 살았던 시기와 서울사람으로 살았던 시기인 것이다. 서부 경남 진주 근교 농촌에 살면서 보낸 세월과 서울에서 학생과 교수 생활을 보낸 세월이 그것이다. 이 책 전반부가 내 농촌 시절의 추억으로 채워져 있다면 후반부는 서울에서 학생으로 그리고 교수로 보낸 세월의 추억들이다. 서울 생활이 내 인생의 대부분을 차지하지만 나는 아직 촌사람의 때를 벗지 못하고 있다. 그래서 어쩌면 서울 생활은 잘못 든 길이었다는 생각이 들기도 한다. 그러나 나는 서울 사람으로 그리고 역사학자로서 생애를 끝맺을 것이다.

이 세상을 살아오면서 만들고 맞았던 풍경들은 다양하다. 나를 낳아 키워
준 아버지 어머니, 여러 형제들, 내가 낳아 기른 두 딸, 그리고 평생지기로
알고 함께 살아온 아내! 나의 사랑하는 제자들이 다채로운 풍경을 이루고
있다. 그리고 내가 사랑하는 프로야구 스타들 그 모두가 나를 사람답게
만들어 주었던 존재들이었다. 이들이 없었다면 나의 인생은
얼마나 무미건조하였을까?
이제 다시 돌아보면 따뜻한 눈물이 그리고 뜨거운 열정이 되어 나를
맞이하고 있다. 세월은 무심하게 흐르지만 풍경은 다양한 형태로
만들어지고 있었다. 세월은 내가 만든 것이 아니지만 풍경은 내가 애써
만든 것이다. 내가 주인공이 되어 살면서 만든 것이다.
그 기록들을 이 책에서 펼칠 것이다. 파노라마처럼 화려하지는 않지만 나름
흑백영화처럼 담백할지도 모른다.
나는 이 책에서 담아낸 모든 세월과 풍경을 사랑한다.
원래는 하던 공부를 끝내고 이런 책을 내려고 생각하고 있었다. 그러나
오랜 숙제인 장안을 아직도 끝내지 못하고 있다. 그것이 나의 마지막
저서가 될 것이다.
《인생 ―나의 오십자술》이 내 인생의 중간인 50의 쉼터에서 내 인생을
되돌아보는 글이었다면, 이 책은 내 인생 70을 넘어 80을 앞두고 다시 내
인생을 관조하는 글들이다. 이 글들이 전작처럼
독자들의 사랑을 받았으면 좋겠다.
머문 듯 가는 것이 세월인 것을 인생은 작은 인연들로 아름답다.

2025. 1. 16. 낙성대 일청서실에서

# 차 례

세월과 풍경 I

세 월 과

풍 경 I

# 70이 되는 해의 신년사

동양사학과 학생 그리고 동문 여러분, 먼저 새해 복 듬뿍 받으시기를 축원합니다. 나이 70이 되었습니다. '고래희古來稀'라고 하였는데, 요즈음은 그리 드물지 않은 모양입니다. 70년쯤 살아오다 보니 이제 진짜 뒤돌아볼 나이도 된 것 같습니다. 현직에 있을 때와 표면적으로 달라진 것은 헝겊 넥타이 대신 세 글자가 새겨진 세 종류의 줄 넥타이를 번갈아 가며 걸고 다닌다는 정도입니다. '무자기毋自欺', '무불경毋不敬', 그리고 '사무사思無邪'가 바로 그것들입니다. 퇴계 선생이 평소에 이행하고자 한 행동지침입니다만, 안동 도산서원에서 우연히 발견하고 걸고 다니기도 하고 친구들, 특히 외국친구들에게 선물로 주기도 한답니다. 한 개 3,000원짜리 싸구려입니다.

절에 드나든 지가 한 10년 조금 더 되었습니다. 신앙이라고 할 것까지는 아니고요. 인생을 살아가는 데 배울 것이나 생각할 것 등 많은 화두들을 던져 주어 계속 다니고 있습니다. 법회法會가 끝날 때 읽는 글귀가 세 개 있습니다. 즉 지난 잘못을 참회하고 주위의 모든 이들과 모든 일들에 감사하고, 모든 이들의 마음이 편안하기를 발원한다는 것입니다. 이행하기는 참 어렵지만 참회와 감사 그리고 발원하며 그렇게 살려고 노력하고 있습니다.

최근에는 《안씨가훈顏氏家訓》을 다시 읽고 있습니다. 나의 석사논문의 주제였는데 한참 잊고 있다 문득 생각이 나서입니다. 30대 초반 그 논문을 쓰면서 장래의 행동 지침으로 다짐했던 것인데, 거의 40년 뒤에 돌아보니 제대로 실천하지 못했던 것 같아서입니다. 그 가운데 "인족소리人足所履 불과수촌不過數寸 …"운운하는 구절(미주 참조)인데, 그땐 참 이거다 하고 감동받고 그러자고 다짐도 했던 것입니다. 그래요. 사람이 밟는 발이 차지하는 부분은 아주 적은 넓이인데도 좁은 길이나 외나무다리에 서면 아래로 떨어지는 이유는 그 옆에 여지가 없기 때문이지요. 우리의 언행도 역시 그런 것이라 했습니다.

지난날을 돌아보면 후회되는 것이 많아요. 상대를 좀 더 이해하고, 좀 더 배려하였더라면 좋았을 텐데 하는 후회 말입니다. 오만한 나머지 상대를 무시했던 것도 같습니다. 불가佛家에서 쓰는 말에 '시절인연時節因緣'이라는 것이 있습니다. 지금 '우리'라는 관형사가 붙는 사람들은 누구의 말처럼 'anybodies(아무나)'가 아닙니다. 작게는 우리 가족, 우리 동문, 크게는 우리 국민, 인류가 모두 백천만겁의 긴 시간 가운데 찰나 동안의 만남이 허용된 소중한 인연으로 엮인 사이라는 것입니다. 좀 잘났다고 우쭐대고, 좀 가졌다고 '갑질'할 대상이 아닙니다. 공경과 겸양, 사랑으로 바라보고, 그리고 진심으로 상대를 안아 주시기 바랍니다. 그리고 살아가면서 얄팍한 꾀로 남을 이기려 하지 마십시오. 양심의 가책을 느낄 만한 일까지 해서 승자가 되는 것은 가치 있는 성공이 결코 아니며 자기 자신마저 속이는 것입니다.

언제부터인지 우리는 집단과 진영 논리에 쉽게 편입되고 실질보다는 이념과 선동구호에 따라 행동하고 있습니다. 자신에 대해 깊이 성찰하는 사람은 드문 세상입니다. 자기 자신의 권리와 이익만을 추구하고 그것을 얻고자 발버둥쳤지 공동체 구성원으로서 응당히 지켜야 할 윤리는 팽개쳤습니다. 돈과 권세가 아닌 '사람다움'의 요소라고 할 수 있는 헌신·절제·배려·겸손 등 우리가 오랫동안 잃어버리고 살아왔던 이런 당연한 것들을 다시 찾는 한 해가 되었으면 합니다. 그리고 조롱·원망과 분노 대신 그리움과 고마움의 기억들을 되찾는 한 해를 열기를 기원합니다.

늙은이의 철 늦은 넋두리라고 여기셔도 좋습니다. 그러나 촌노나 아낙의 말에서도 깊이 느끼는 바가 나름 있다 하니 저도 그 정도의 효과만이라도 있으면 다행이겠습니다. 여러분 공경과 사랑을 베풀면서 그런 가운데서 올 한 해 행복하시기를 바랍니다. 감사합니다.(2015. 1. 5.)

* 《顔氏家訓》 卷4 名實篇, "人足所履, 不過數寸, 然而咫尺之途, 必愼蹥於崖岸, 拱把之梁, 每沈溺於川谷者, 何哉? 爲其旁無餘地故也. 君子之立己, 抑亦如之. 至誠之言, 人未能信, 至潔之行, 物或致疑, 皆由言行聲名, 無餘地也. 吾每爲人毀, 常以此自責."(사람의 발이 밟는 넓이 몇 치에 지나지 않지만 지척의 좁은 길을 걸어가면 낭떠러지로 거꾸러지며, 외나무다리에서는 매번 골짜기 아래로 떨어지는 것은 무슨 까닭인가? 그 옆에 여지가 없기 때문이다. 군자가 스스로를 세우는 것 또한 이와 같다. 즉 지극히 성실한 말을 해도 남이 믿지 않고, 지극히 고결한 행동을 해도 간혹 의혹을 사기도 하는데, 이는 언행과 명성 모두에 여지가 없기 때문이다. 내가 남에게 욕먹을 때마다 항상 이를 갖고 자책한다.)

# 늦음과 처짐의 미학

　'엄친아(엄마 친구 아들)'가 뭇사람들한테 부러움의 대상이 되는 이 시대에 남보다 늦었다는 것을 떠들고 다닐 수도 없는 형편이다. 정년 전 연구실의 거리만큼 정년 뒤에도 떨어져 살고 계시는 종교학자 금장태琴章泰 선생이 얼마 전 수필집 한 권을 건네주고 가셨다. 그 속에 〈늦박의 썩은 속〉이라는 글이 있었다. 그 수필은 나에게 여러 가지 생각을 갖게 하였다.

　한여름 다 보내고 늦게 여문 이른바 '늦박'은 크기는 하지만 그대로 바가지를 만들면 쭈그러들어 못쓰게 된다. 그래서 이 늦박을 벼논 한 모퉁이 진흙바닥 속에다 묻어두면 박속이 다 썩게 되는데, 이때 썩은 박속을 긁어내고 바가지를 만들면 의외로 아주 크고 튼튼한 것이 된다고 한다. 선생은 이 늦박과 그 썩은 박속을 보면서 인생을 살아가는 참 의미를 찾으려 했다. 늦박과 썩은 속! 사람이 살면서 한두 번 상처를 받고서 이를 극복하는 정도의 수준이 아니라 그 삶, 특히 만년의 삶 자체가 애간장이 다 타고 속이 썩어 문드러지는 고통, 그것이 오히려 진짜 인생일 수 있다는 뜻일 것이다.

　세상에는 승승장구 출세하여 우뚝하게 올라서든가 사업이 날로 번창하여 큰 재산과 기업을 이루거나, 또 자식들이 하나같이 잘되고, 가족이 건강한 이런 화목한 인생은 누구나 그렇게 되기를 간절히 기원하고, 또 그런 사람을 한없이 부러워하기 마련이다. 그러나 그보다 훌륭하다 할 수는 없어도 또 다른 의미를 가진 속찬 인생도 있을 수 있는 것이 아닌가? 그리고 아주 늦게라도 소담한 결실을 맺는다면 말이다. 그러니 자기가 맞닥뜨린 불우한 조건에 대해 한탄만 할 것이 아니라 그 약점을 에너지로 삼아 더 큰 작품을 만들어 내는 지혜가 필요한 것이 아닐까!

일본 전자 '내셔널'과 '파나소닉' 등을 거느린 마쓰시타(松下) 그룹을 일구어 낸 마쓰시타 고노스케松下幸之助는 천재기술자로서 혼다 창업자인 혼다 소이치로本田宗一郎, 그리고 '경영의 신'으로 추앙받는 교세라 명예회장 겸 JAL(일본항공) 명예회장인 이나모리 가즈오稲盛和夫와 함께 일본에서 가장 존경받는 3대 경영인으로 꼽힌다. 이 가운데 능력 있는 사업가로 일본에서 큰 존경을 받는 마쓰시타는 그의 성공의 비결을 묻는 직원들에게 이렇게 말했다. "나는 세 가지 하늘의 은혜를 입고 태어났다네. 첫째, '가난한 것', 둘째, '허약한 몸', 셋째, '못 배운 것'이지. 나는 가난했기에 부지런히 일하지 않고서는 잘 살 수 없다는 진리를 깨달았고, 허약했기에 건강의 소중함을 알아 늘 운동을 했지. 초등학교도 졸업하지 못했기에 많은 이에게서 배우려 노력했다네. 내 불행한 환경에 늘 감사하고 살았지." 참 어이없는 답변이지만 이 말처럼 정곡을 찌르는 말도 없다. 한편 혼다 사장은 "남이 하는 일은 절대로 흉내 내지 마라. 항상 앞을 향해 전진하라. 과거의 일은 잊어버려라."하고 충고하며, "꿈을 가질 것, 끊임없이 도전할 것, 어떤 일이 있어도 그 꿈을 단념하지 말 것"을 강조하였다. 일본에서 내로라 성공한 이들 기업인들은 하나같이 자기의 약점, 불우한 환경을 오히려 자산으로 삼은 사람들이었다. 그들의 주장은 자기가 가진 장기를 꾸준히 연마할 뿐 남들과 굳이 비교할 필요가 없으며 자기의 길을 묵묵히 매진하라는 것이다. 참 지당한 말이다. 좀 불우하다는 것, 그리고 늙었다는 것이 자랑일 수 없지만, 그렇다고 이것들이 우리가 극복하지 못할 큰 장애만은 아닐 것이다.

우리 사회 대부분의 사람들은 빠른 것을 참 좋아한다. 느린 사람을 바보처럼 여기는 사회다. 사실 남들보다 빠르려면 그만큼 능력이 전제되어야 한다. 뒤처지게 되면 빠른 사람은 말할 것 없이 평균적인 사람보다도 손해를 더 많이 보게 되어 있다. 나는 보통보다 4년이나 늦게 대학을 다녔다. 그러다 보니 대학의 전임이 된 것도 연배보다 4년이나 늦었다. 시작부터 또래보다 4호봉이 낮았으니 대학교수 생활 30여 년 동안 봉급을 따지면 그 손해가 적지 않다. 그뿐만 아니라 정년 뒤에도 매달 받는 연금의 액수도 적을 수밖에 없다. 아마 죽을 때까지 그럴 것이다. 평생 동안 손해 본 전체 액수의 차액을 계산한다면 어마어마한 숫자일 것이다. 우리 사회에는 이처럼 한번 늦어지면 대개 최후까지 회복할 뾰족한 방법이 없다. 그러나 이런 숫자놀음에 연연할 필요조차 없는 것이다. 인생의 성패에는 돈 외에도 여러 변수가 알게 모르게 작용하고 있고, 최종 평가에도 일률적인 기준이 있는 것이 아니기 때문이다.

요즈음 세간에는 "초년 출세, 중년 상처, 노년 빈곤이 남성들 인생의 삼대 악재"란 말이 떠돈다. 그 가운데 중년 상처, 노년 빈곤은 쉽게 동의되지만, 초년 출세는 쉽게 이해가 되지 않는다. 그러나 이 말이 괜히 나온 것이겠는가! 가까운 사람 가운데에 행정고시를 통해 관계에 투신한 두 사람이 있었다. 한 사람은 동기들보다 고시 회수는 7기나 빠르지만 승진 등에는 항상 느렸다. 그가 능력이 없어서라기보다 스스로 느리고 처짐을 자원했다는 말이 옳다. 이와 달리 합격이 늦은 친구는 늦은 것이 마음이 걸렸던지 고속 승진을 위해 물불 가리지 않고 열심히 뛰었다. 그는 높게 올라가는 것보다 오래 하는 것을 목적으로 삼았다. 그를 만나면 그는 "공무원은 오래 해야지 빨리 올라가는 것이 대수가 아니다"라는 말을 입버릇처럼 하곤 했다. 그래서 고시 동기들이 장관을 하고 은퇴한 10년 뒤까지 서울 모 구청의 부구청장으로 60세를 넘긴 나이까지 관료생활을 오래 지속하였다. 적도 만들지 않았을뿐더러 동료들로부터 참 좋은 사람이란 평가도 덤으로 들었다. 이와 달리, 고속승진을 한 친구는 50대 초반에 이미 계급정년을 맞았고 그 노후가 평탄하지 않았다. 그래서 선현의 말씀에 빠른 것에 대한 곡진한 경고들이 있었던 것이다. 공자도 "빨리하려 들면 달성하지 못한다(欲速則不達 : 《論語》 子路)"고 하였고, 맹자도 "그 나아감이 빠른 사람은 그 후퇴하는 것 역시 빠르다(其進銳者, 其速退 : 《孟子》 盡心)"고 하였으며, 유성룡(柳成龍: 1542-1607)도 〈아이들에게 보내는 글(寄諸兒)〉에서 "너무 급히 나아가면 물러나는 것도 빠른 법이니 차분히 멈추지 않고 나아가는 것이 제일이다(進銳則退速, 不如從容不廢之爲有益也)"라 하였던 것이다. 관료 사회에서도 고속 승진, 그리고 고관대작만이 해답이 아니라는 이야기다.

사람이 한평생을 살아가면서 어떤 방향으로, 그리고 어떤 목표로 자기의 인생 노정을 구상할 것인가의 선택은 자유다. 빨리 그리고 높이 갈 수도 있고, 늦게 낮게 그리고 오래 갈 수도 있다. 나의 학계 입문작(석사논문)은 중국 역사상 가장 유명한 가훈인 《안씨가훈顏氏家訓》이란 책을 분석한 것이었다. 그 저자는 후손들에게 "벼슬살이는 크게 되어도 중품 이상의 품계를 넘지 않는 것이 좋다. 자기 앞에 50인, 뒤에 50인 정도에 위치하면 세상에 수치를 면할 수 있고, 위험한 일을 만나지도 않을 것이다"라고 하였다. 초학 시절 그 문구를 읽고 참 이해하기 힘들다는 생각이 내 뇌리를 떠나지 않았다. 그렇다. 봉건시대에는 지금의 북쪽 정권에서처럼 높은 자리가 그 자신 그리고 일족의 안전을 보장하는 것이 아니었다. 오히려 그 반대인 경우가 많았다. 그러니 도연명陶淵明처럼 아예 산골에 박혀 책이나 읽고 시나 쓰는 완전한 은일隱逸을 택하거나 관료의 길을 나섰다 하더라도 권력 중심에서 되도록 벗어나 자적하는 이른바 '조은朝隱'이라는 방식을 택하는 자들이 있었던 것이다. 사실 자기가 좋아하고 잘할 수 있는 일을 하면서 즐겁게 인생을 보내는 것이 동서고금을 막론하고 인생을 사는 해답의 하나인 것이다.

늦었다거나 못났다는 말은 견주기 때문에 생기는 단어다. 인생사는 새옹지마塞翁之馬다. 동서고금의 역사책은 새옹지마의 기록이라 해도 큰 과장이 아니다. 또 비교의 결과로 보이는 것은 성패의 진실이 아닐 경우가 많기 때문에 겉모습을 갖고 일희일비할 이유가 사실 없는 것이다. 최근 미국 메이저리그 야구선수인 추신수가 텍사스 레인저스에 입단하면서 7년 1억 3,000만 불이라는 대박을 터트렸다. 그를 분석한 기사를 보면 그가 마이너 리그에 머물던 그 어려운 기간이 오히려 이번에 큰돈을 벌게 한 요인이라고 한다. 추신수의 포지션이 외야수인데 FA(자유계약)로 나온 외야수가 올해뿐만 아니라 내년에도 그만한 능력을 가진 선수가 없다는 상황 바로 그 자체가 고액연봉을 받을 수밖에 없는 이유라는 것이다. 추신수가 의도한 것은 아니지만 그는 절묘한 타이밍에 일생에 한 번뿐인 시장에 나온 것이다. 그는 귀국 기자회견에서 고교 시절 원래 포지션이었던 투수로서 계속 뛰었다면 그 지긋지긋한 마이너 리그 생활을 훨씬 빨리 벗어났겠지만 이번과 같은 성공을 거두지는 못했을 것이라고 토로하였다. 그러나 야구 선수의 꽃인 투수만이 마냥 좋은 것도 아니며, 타이밍이란 것도 빠르고 늦음의 문제만이 아닌 것이다. 그저 착실히 자기의 장기를 닦으면서 때를 기다리는 추신수의 자세에서 "준비만이 해답이다(Readiness is all)"라는 셰익스피어의 말이 떠오른다.

사실 그렇다. 인생의 성패 요건에는 뭐라 확정된 정답이 없다. 늦음이 반드시 손해만 주는 것도 아니라는 이야기이다. 오히려 이점으로 작용할 수도 있다는 것이다. 바로 옆에 있는 사람들의 출세를 완전히 무시하고 살 수는 없지만, 그렇다고 너무 의식하면서 자기 페이스까지 잃어버려서는 안 된다는 교훈일 것이다. 천재는 모든 것을 다 갖춘 사람을 말하는 것이 아니라 자기 분야에서 뚜렷이 드러나 보이는 사람일 뿐이다. 천재가 성공할 확률은 열 명에 하나 정도라고 한다. 이것은 평범한 사람이 성공할 확률보다 오히려 낮은 것이다. 천재는 남을 배려하는 너그러움이 부족할 수 있으니, 그래서 우리가 흔히 "미인은 수명이 짧다(美人薄命)"는 말을 하는 것이다. 조물주가 우리에게는 주는 것이 공평하지 않다고 불평할 것이 아니며, 또 조금 빨랐다고 거만하고, 늦었다고 조급해할 것도 사실 아니다. 꼭 그런 것은 아니라 할지라도 우리는 대개 공평한 운수와 재주를 갖고 태어났다고 믿어야 한다. 그 조건이나 환경을 탓할 것이 아니라 주어진 것에서 최선을 다하는 자세와 노력이 인생을 살아가는 해답이 아닐까 하는 것이다.

엄친아를 부러워할 것이 아니라 자기 자식이 뭔가로 커가는 것을 인내심을 갖고 느긋하게 바라보는 자세가 필요한 것이 아닐까 한다. 또 우리 자신도 그럴 것이다. 잘나가는 옆 사람만을 부러워하거나 질시할 것이 아니라, 그 스스로의 페이스를 지키며 뭔가의 목표를 세우고 그 탑을 쌓기 위해 하나씩 하나씩 돌을 올려놓는 자세를 견지함이 옳은 일이 아닐까. 살아 있는 것 자체가 희망을 의미하기 때문이다. 썩은 속을 안은 늦박에게도 나름으로 훌륭한 쓰임이 있듯이 작금 속이 썩어가고 있는 우리 늙은이들도 나름으로 소용이 있지 않겠는가! 그런 늦박의 인생에 도전해 봄이 어떨지? 말의 해(甲午)인 새해, 우리 모두 이런 자세, 이런 희망을 가질 수 있었으면 좋겠다. "준마라도 한번에 열 발짝을 뛸 수 없고, 둔마라도 천리를 가니, 그것은 쉬지 않았기 때문이다(騏驥一躍, 不能十步; 駑馬十駕, 功在不舍)" (《荀子》: 勸學)라고 선현이 말하지 않았던가!(2013. 12. 31.)

## 내 고향은

　작년 가을 어릴 때 한마을에 살던 정희의 딸이 찾아왔다. 정희가 '역사 스페셜' 방송 프로에 잠시 출연한 나를 우연히 보고는 약대에 다니는 딸더러 꼭 찾아보라고 했다고 한다. 고향집 대밭 귀퉁이에 지은 한 칸짜리 작은 움막집에서 공부하던 나를 기억하고 있었다. 사실 그 집은 한때 고시준비를 하던 다섯째 형님을 위해 아버지가 세운 집이었다. 정희네가 밭에 가려면 그 움막집 앞을 지나게 되어 있으므로 아마 공부하던 우리 형제들을 가끔 보았을 것이다. 작은 소쿠리 들고 가던 그 애의 모습이 희미하게 떠오른다. 고향 떠난 뒤엔 한 번도 보지 못했는데 정희도 이미 50대 중반이란다. 세월의 무상함을 새삼 느끼지 않을 수 없다.

　신문에 글 싣는 것과는 담을 쌓고 살던 내가 기자로 일하는 제자의 강권을 이기지 못하고 수필 두 편을 싣게 되었다. 하나는 초등학교 시절의 담임선생님과 얽힌 사연이고 다른 하나는 신발 장수를 하던 아버지가 주제였다. 둘 다 어린 시절 고향에 살 때의 살가운 추억들이다. 그 글들을 읽고 고향 선·후배들이 꽤 많이 연락을 주었다. 어떤 후배는 내 글을 읽고 그 시절 자신이 생각나 눈물을 흘렸다고 했다. 어디에 어떤 형태로 살고 있더라도 고향 사람들은 이처럼 그 시절을 그리워하고 있는 모양이다. 내 고향은 경상남도 진양군(현재의 진주시) 대곡면 광석리다. 그리워도 갈 수 없는 이들도 많을 것이니 내게 고향이 있다는 것은 행운이 아닐 수 없다. 고향이란 그리움의 대상만이 아니다. 성공을 해도 실패를 해도 찾는 곳이 고향이다. 격려도 채찍질도 주는 곳이 고향이다. 아직도 나의 행동을 여전히 제약하고 있는 곳이 고향이다.

내 고향은 내가 살아왔던 서울에서 참 멀리 떨어져 있었다. "진주라 천리 길을 내 어이 왔던가"라는 노래 가사처럼 자못 천리 길이다. 대진(대전-진주)고속도로가 뚫리기 전에는 서울에서 가장 오래 걸리는 곳이었다. 고속버스를 타도 철로를 이용해도 그랬고, 비행기를 타도 마찬가지였다. 특히 이해할 수 없는 것은 비행기 항로였다. 김포를 출발한 비행기가 군산과 광주비행장의 관제를 받고 빙빙 둘러서 사천공항으로 가야 한다는 사실은 아직도 이해되지 않는다. 기차도 마찬가지였다. 경부선과 경전선이 갈리는 삼랑진역에서 내려서 역마다 다 쉬는 완행열차를 갈아타야 했다. 그렇지 않으면 경부선 대구역에서 내려 버스를 이용하는 방법이 있었다. 밤열차를 타고 새벽에 내려 대구 시내를 가로질러 내당동 서부버스터미널로 가 진주행 완행버스를 타야만 했다. 경북 달성군 현풍과 경남 창녕군 서부 일대를 거치고 낙동강을 건너 의령군을 완전히 가로질러서 고향에 다다르면 이튿날 저녁 무렵이었다. 가끔은 김천에 내려서 진주행 버스를 탄 적도 있었다. 어느 경로로 가든 몸이 완전히 파김치가 되기 마련이었다.

고향에서 보낸 기간은 내 인생에서 그리 길지 않다. 태어나서 중학교를 졸업할 때까지 16년이 전부다. 서울 반포에는 30년 가깝게 살았으니 기간만 따지자면 반포가 나의 연고지다. 그럼에도 반포에는 나와 관련된 어떤 흔적도 없고 남길 수도 없다. 이와 달리, 고향에는 16년이란 세월의 흔적이 아직도 켜켜이 쌓여 있다. 고향집과 아버지와 형님 세 분의 묘소가 있고, 조부모님, 백부 숙부님 내외의 선영도 있다. 그보다 어머니가 아직 옛집에 기거하고 계시고 형님 한 분이 그 마을에 살고 있다. 고향에 살았던 16년이 고스란히 남아 있다. 아무리 고쳐보려 해도 되지 않는 말투와 사투리가 바로 그것이다.

내가 고향을 떠난 뒤 고향도 많이 바뀌었다. 행정구역도 진양군에서 진주시가 되었다. 특히 많이 바뀐 것은 동네 앞을 굽이굽이 흐르던 대곡천 개울이다. 반달을 그리며 흐르던 개울에는 두 개의 징검다리가 있었다. 그 사이 약 1킬로의 물길은 갖가지 모양을 하고 있었다. 수십 명이 함께 목욕할 수 있던 큰 웅덩이가 있었다. 여름철 하교하기가 무섭게 그곳으로 달려가곤 했다. 아버지가 한때 경영하던 방앗간 터와 선인돌이 서 있는 논둑길을 지나 아래냇가에 놓인 징검다리 옆을 지난다. 징검다리 옆의 방천길에는 몇 그루 미루나무 잎들이 미풍에 한가롭게 흔들렸다. 삼베 팬티(내의)를 벗어 던지고 알몸으로 물속으로 뛰어들던 때가 어제의 일 같다.

아래냇가의 징검다리를 건너면 외갓집이 있는 느티골로 가는 길로 연결되지만 결혼·초상 등 대소사가 있을 때마다 돼지 등 가축들을 징검다리 위에 올려놓고 잡았다. 돼지 오줌보를 얻어 추수 뒤 공터가 된 논에서 축구를 하면서 해 지는 줄도 몰랐다.

동구 밖 느티나무 그늘에는 아직도 동네 어른들이 내기장기를 두고 있고, 한편에서는 할머니들이 뉘 집 며느리에 대한 험담하기에 열중하고 있는 듯하다. 그 옆에 있는 위 냇가의 징검다리를 건너면 미루나무가 열지어서 있다. 방천에는 여전히 소들이 풀을 뜯고 있고 수양버들이 드리워진 물속에는 미꾸라지, 송사리 등이 지천이다. 자갈밭과 모래밭이 적당하게 차지하고 있는 시냇가 방천길을 따라가다 보면 앞산이 가로막고 있다. 그 사이로 구부러진 산길이 나를 인도한다. 할아버지 산소와 무명을 심어놓은 우리 밭이 있는 맷골(鷹谷)로 가는 길이 열린다. 길 왼쪽 편 공동묘지 앞에는 밤나무 군락에서 알밤이 연방 떨어지고 있다. 까까머리 소년이 살그머니 밤나무에 올라가 밤나무를 마구 흔들고 있다. 이씨댁 할아버지가 담뱃대를 휘저으며 '네 이놈!' 하고 쫓아오고 있는 듯하다.

30여 초가집이 옹기종기 모여 있는 작은 마을, 그 가운데 뒤편 중앙에 있는 기와집, 어머니가 금방이라도 우리 형제들 이름을 부르고 있는 듯하다. 그리고 제멋대로 생긴 논두락들이 한가롭게 널려져 있다. 그 한 가운데 아버지의 애환이 깃든 세 마지기 논이 자리하고 있었다. 그 논을 몇 번이나 팔았다가 다시 사기를 거듭했는지 … 꼭 한쪽 허파 같이 생긴 그 논을 생각할라치면 오뚜기처럼 넘어졌다 일어서기를 거듭한 아버지의 기막힌 인생이 생각난다.

연구실에서 창문 밖을 내다보다 문득 고향을 생각하면 떠오르는 것은 머나먼 시간 속의 작은 마을이다. 내 고향의 모습을 반 이상이나 앗아간 것은 20여 년 전의 직강공사였다. 그뒤 지천이던 미꾸라지 송사리도 모두 개울을 떠났다. "나의 고향은 공간 속에 있지 않고 머나먼 시간 속에 있다."(정희성, 〈나의 고향은〉)고 했던가. 고향 가는 길이 그래서 조금은 두렵다. 가뭇없이 사라져 버린 나의 고향을 확인해 버리고 말기 때문이다. 둥구나무 앞의 논들은 비닐하우스로 덮여 있고 졸졸 흐르던 시냇물 소리 대신 보일러 타는 소리가 요란하다.

산천도 인걸도 옛날 같지 못한 고향이지만 그러나 어쩌랴! 그래도 고향인 것을! 그 변한 모습에 실망하고 돌아오곤 하는 고향이지만 서울에 오면 다시 가고 싶은 곳이 고향이다. 벽을 맞대고 사는 이웃집 사람과 엘리베이터 안에서 만나도 서로 눈인사마저 인색한 서울 사람들! 이 끔찍한 서울이 자꾸만 싫어진다. 요즈음 정년이 가까워지니 이후의 생활을 간혹 궁리하게 된다. 공중에 걸려 있는 아파트 외엔 아직 내 땅 한 평 갖지 못한 나이지만 정년 하더라도 흙을 밟으며 살고 싶다. 어머니가 내 몫이라고 정해 둔 고향집 뒤 채전의 옛 움막집 터에다 작은 집을 하나 지을까 궁리 중이다. 아마 50여 년 만의 귀향이 될 것이다. 남쪽으로 창을 내면 달엄산〔月牙山〕이 저 멀리서 눈으로 들어올 것이다. 달엄산 꼭대기에 걸린 구름이 새까매지면 건너 밭에서 일하던 아버지의 정다운 고함 소리가 들릴 것이다. "한제야! 비 떨어지겠다. 멍석에 깔아둔 보리 얼른 가마니에 담으래이!"(2010. 3. 18.)

## 예전(이전) 절터

내 고향은 경남 진주晉州에서 동쪽으로 30여 리 떨어진, 의령宜寧으로 가는 길옆에 위치한 30호 내외의 사그마한 농촌 마을이다. 행정구역으로는 진양군 대곡면 광석리(晉陽郡 大谷面 廣石里) 광석마을이다. 통상 고향 사람들에게는 '웃(윗)북창北倉' 혹은 '구舊북창'으로 통한다. 나의 본가 옆에 커다란 창고 터가 아직도 남아 있는데, 이것에서 마을이름이 유래된 듯하다. 일제시대 신작로新作路를 닦으면서 우리 마을에서 남쪽으로 1km쯤 떨어진 곳에 삼거리가 생김에 따라 큰 마을이 형성되고 면사무소와 시장이 들어서게 되니 우리 마을에게는 '웃' 혹은 '구'라는 접두어를 남겨준 채 그곳이 '북창'이라는 이름을 빼앗아 가버린 것이다. 간혹 누군가가 고향이 어디냐고 물을 때면, 나는 '경남 진양'이나 그저 '진주'라고 말한다. 그냥 '진양'이라고만 해서는 그곳이 정확하게 어디인지 잘 알아내지 못하는 사람이 많았기 때문에 그렇게 두 가지로 말하곤 해왔다. 나는 초등학교와 중학교를 내가 태어난 대곡면에서 다녔고, 고등학교는 진주에서 나왔기 때문에 어릴 적의 추억은 대곡과 진주에 주로 집중되어 있다. 따라서 진양군에 소속된 다른 면에 대해서는 별다른 추억이 없는 대신에 진주는 내가 왕성한 고등학교 시절 3년을 보낸 곳이기도 하다. 지금도 고향을 방문할 때, 고속버스나 열차 등 대중교통수단을 이용하면 반드시 그곳을 거쳐야 하는 곳이기 때문에 나와 비교적 많은 연관을 갖는 도시이다. 그러나 나와 같은 농촌 출신이 대개 고향이라 할 때, 가장 적당한 행정범위는 면面 단위가 아닌가 한다. 내 고향 면에 대한 설명은 백과사전을 빌리는 것이 오히려 더 정확할 것 같아 학원출판공사學園出版公社가 발행한(1994년 1월) 《학원세계대백과사전學園世界大百科事典》(7권 269쪽)을 절록節錄해 본다.

대곡면大谷面 경상남도 진양군晉陽郡 북동부에 있는 면. 면적 56.24㎢. 인구 7,433(1990). 인구밀도 132명/㎢. 12개리 면소재지는 광석리廣石里. 1914년 부군면府郡面 폐합에 따라 사죽沙竹·설매곡雪梅谷·대여곡면代如谷面의 일부를 병합하였다. 83년 미천면美川面의 월암리月岩·용암리龍岩里를 편입하였고, 87년 와룡리臥龍里 일부가 금산면琴山面 가방리加芳里에 이속되었으며, 금산면 가방리 일부가 편입되었다. 동쪽은 의령군宜寧郡 화정면華井面 서쪽은 미천美川·집현면集賢面, 북쪽은 의령군 칠곡면七谷面에 접하고, 남쪽은 남강南江을 사이에 두고 지수智水·사봉寺奉·진성晉城·금산면琴山面과 마주하고 있다. 봉덕산(鳳德山 151m)·기봉산(旗峰山 222m) 등이 있으나, 대부분의 지역이 저 기복의 구릉지형으로 되어 있다. 남강이 감싸듯 남동쪽으로 흐르고, 월아리月牙里에는 동서 4km, 남북 2km의 평야가 있어 식량작물이 생산된다. 경지면적은 전체의 28%인 15.89 ㎢이며, 논밭 비율은 66:34. 임야는 59%이다. 1004번 지방도를 통해 진주시晉州市와 연결되고, 1079번 지방도가 남부를 남북으로 지나지만, 교통은 불편한 편이다. 초등학교 4, 중학교 1, 고등학교 1개교가 있다. 〔문화재〕 와룡리 고분군古墳群, 설매리雪梅里 고분군, 유곡리楡谷里 지석묘군支石墓群, 월아리요지月牙里窯址, 죽방산성竹訪山城 등.

이제껏 내가 고향에 대해 알고 있었던 지식은 위의 백과사전에서 수록된 내용의 40%도 채 되지 못하는 것 같다. 접경하고 있는 면 정도는 훤하게 알고 있지만, 사전에 나온 봉덕산이며, 기봉산이 어느 산을 가리키는지 정확하게 모른다. 더욱 창피스러운 것은 내가 명색 대학에서 역사를 가르치는 교수이면서도 고향 문화재에 대한 사전에 나오는 기록들에 대해서는 거의 무지의 상태였다. 고분군이며, 지석묘 등은 국사책에나 나오는 것으로만 알고 있었을 뿐 우리 고향에도 그런 것이 있다는 사실은 여태껏 전혀 모르고 있었던 것이다. 다만 죽방산성竹訪山城만 초등학교 시절 소풍을 간 적이 있어서 비교적 소상히 알고 있을 뿐이다. 어머님과 바로 윗형님이 지금 고향 마을에 계시고, 또 선산先山이 있기 때문에, 나는 일년에 두서너 번 정도는 고향을 방문하는 셈이다. 그러나 고등학교에 입학하고 주 근거지를 학교가 있는 도시로 이동한 뒤, 고향을 방문한다 해도 아직까지 마음 푸근하게 며칠을 묵으면서 이곳저곳을 살펴볼 겨를이 없었다. 지금도 그러하지만, 그저 고향에 가면 내가 태어난 본가를 방문하고, 조부모 이하 산소에 가서 절 두 번하고, 그리고 하룻밤 어머님 옆에서 자고 그다음 날 아침 고향을 떠나는 것이 상례였다. 동네 사람도 길에서 만나면 인사하지만, 굳이 일부러 찾는 일은 없다.

내가 이와 같이 고향을 멋쩍게 찾는 것은 고향에 대한 나의 애착이나 상념이 별스럽지 않아서 그런 것은 아니다. 평상시로 돌아오면 간혹 불현듯 고향이 그리워져 모든 일을 팽개치고 달려가고 싶어지는 때가 한두 번이 아니다. 어릴 때 친구들과 떼를 지어 물장구치고 횃불로 밤에 고기를 잡던 동네 앞개울의 보막이 헤엄터가 떠오르고, 갈퀴로 소나무 갈비를 끌어모으는데 땀방울을 흘렸던 앞산이 그립다. 그러나 모든 것이 옛모습을 잃어 가고 있다. 미꾸라지·붕어·메기·뱀장어가 지천이던 개울은 몇 년 전 농지정리를 위한 직강공사로 그 수로가 완전히 변하여 옛모습은 그 흔적마저 찾을 길 없다. 그리고 마을 앞 논들도 옛 모양이 아니다. 네모로 반

듯하게 균형미 갖춘 논들을 바라보노라면 나는 그 옛날의 아무것도 생각해 낼 수가 없다. 서울의 연구실이나 침실에서 불현듯 떠오르던 부드러운 곡선의 그 논두렁길에는 메뚜기 여치들이 여전히 이리저리 날고 있었는데 … 고향에 돌아오면 모든 것은 변화된 현실로 돌아온다. 정리된 논 위를 하얗게 덮고 있는 비닐하우스. 6.25사변 때 신작로 옆에 있던 집을 비우고 우리 가족들 모두가 일시 피난 갔던 건너편 마을 곰실에는 이제 진주교도소의 웅장한 건물군이 들어서 밤이면 불야성을 이룬다. 그리고 연신 죄수들을 실은 닭장차들이 드나든다. 그 마을 뒤편에 있던 약수터. 단옷날이면 고향의 아낙들이 대야에 그 약수물을 떠서 창포잎을 띄워 머리를 감던 곳이었는데 … 지금은 저 금단의 땅, 교도소 어디쯤엔가 그 물줄기가 예전처럼 그렇게 흐르고 있을까? 이렇게 모든 것이 변하고만 있다. 내가 연구하는 역사 속에서는 500년이란 세월 속에서도 조그마한 변화의 흔적을 찾기가 그렇게 어렵기만 한데 …

변해 버린 고향이지만 나의 가슴속에는 변하지 않고 그 옛모습을 간직하고 있을 곳들도 분명 있을 거라고 믿어본다. 그런 곳들 가운데 하나가 바로 이름하여 고향 사람들이 '예전절터'라고 부르는 곳이다. 오후 연구실 창문으로 건물 저쪽 서편 하늘에 솜털구름이 뭉게뭉게 피어나는 것을 발견할라치면 소스라치게 그리워지는 곳은 다름 아닌 이 '예전절터'이다. 그곳에는 융단처럼 곱게 잔디가 깔려 있었다. 그 위에 누우면 하늘은 온통 뭉게구름 세상으로 변하고 만다. 그곳은 내 어린 시절 소 풀을 먹이러 다니던 장소였다. 우리 고향 마을인 광석은 남북으로 흐르는 대곡천을 사이에 두고 양 줄기의 작은 산맥 동쪽 편에 서향으로 자리 잡고 있다. '예전절터'란 우리 마을의 바로 뒷동산 너머에 조용히 위치하고 있다. 그곳에 갈라치면 옛날 창고터 옆으로 난 능선 길로 곧바로 올라가는 방법과 천수답이 옆으로 널려 있는 '갈바골'의 골짜기 길을 가는 두 가지 방법이 있다. 우리들은 쇠꼴을 먹이러 갈 때에는 대개 능선 길을 택하지만 풀이나 나무를 하러 지게를 지고 갈 때에는 평탄한 골짜기 길을 택한다. 그곳에 가자면 7-800여 평은 될 만한 자그마한 분지가 아담하게 펼쳐져 있다. 그 옛날 대웅전이 있었음 직한 곳, 그리고 대웅전 앞을 양쪽으로 호위하듯 서 있던 부속건물 터가 뚜렷하게 남아 있었다. 어른들에게 이 절터의 유래를 물어도 그 사연을 명쾌하게 설명해 주는 어느 누구도 없었다. "그저 예전 절터니라 …"정도가 고작이었다. 그러나 내보다 몇 살 위의 형님뻘 되는 애들은 이 절의 유래에 대해 나름으로 일가견을 펴곤 했다. 나는 그 이야기들을 간혹은 가슴 조이며, 때로는 신나게 들었다. 간혹은 귀신이 등장했고, 그리고 도깨비도 끼어들었다. 그러나 그들의 이야기 가운데서 가장 감동적인 것은 이 절이 폐허화된 사연이었다. 이 절은 원래 비구니 승의 사원이었다. 한말 −일제 침략이 거세어지던 어느 날 탁발을 하고 돌아오는 비구니 승 한 분이 길에서 일본인 청년을 만났다. 그 비구니 승의 예쁜 얼굴을 본 일본인은 밤낮으로 이 절에 와 그녀의 환속을 요구했다. 그러나 그 비구니 승은 끝까지 그의 청을 거부한 것이다. 화가 난 일본인은 결국 그 절에 불을 놓고 달아났다. 발화의 원인이 자기에게 있다는 것을 안 그 비구니 승은 끝까지 그 절을 빠져나오지 않고, 그 절과 함께 최후를 마쳤다는 것이다.

그곳은 어린 시절 우리들에게는 어른들의 방해를 받지 않고 마음대로 놀 수 있는 안성맞춤의 장소였다. 그곳에 들면 하늘 외에는 아무것도 보이지 않았다. 우리들이 소를 풀어놓는 장소로 그곳을 자주 찾은 것은 먹일 풀이 다른 곳보다 썩 좋아서가 아니라 어른들에게서 우리들을 완벽하게 격리시킬 수 있었기 때문이었다. 우리들은 끝도 없는 농사일에 정말 진절

머리가 났다. 소를 풀어놓으러 다른 곳에 가게 되면 들판에서 일하던 어른들에게 어김없이 한두 명은 호출되기 마련이었고 한참 열이 올라 있던 우리들의 놀이가 망가지기 일쑤였다. 우리들은 씨름이나 기마전을 벌이기도 했다. 한여름 오후는 한참이나 길다고 생각되기도 했지만 우리들은 어두워지는 것이 아쉬울 정도로 그곳에서 놀기를 즐겼다. 그곳을 더욱더 잊을 수 없는 것은 나보다 좀 더 나이 든 아이들로부터 성性에 대한 지식을 최초로 얻었던 곳이었기 때문이다. 그들이 비밀스럽게 들려주던 여자에 대한 이야기는 나를 부끄럽고 당황스럽게 했지만, 들어도 들어도 싫지 않은 것이었다. 간혹 그들이 내 앞에서 실시하는 자위행위는 실로 충격 그것이었다.

이제까지 내가 어떻게 살아왔는지 20대 초반 고향마을을 떠난 뒤 머리털이 다 빠져 버린 초로의 어름에 서기까지 나는 아직까지 며칠을 고향마을에서 푹 쉴 만한 여유를 갖지 못했다. 서울을 출발할 때는 이번만은 특별히 '예전절터'를 찾으리라 마음먹고 고향을 찾아가기도 했지만 막상 도착하고 보면 실천에 옮기지를 못하였다. 그러나 나는 그렇게 조급하게 생각하지 않는다. 그곳만은 앞으로도 그 옛날 내가 놀던 그 모습 그대로를 간직하고 있을 것이라는 믿음을 갖고 있기 때문이다. 요즈음 시골 어느 산이나 마찬가지로 숲이 들어차 이전에 있던 산길은 흔적도 찾아보기 힘들어졌다. 우리 집 뒷동산도 꽉찬 소나무와 아카시아 나무로 이전에 산길이 시작되던 입구마저 찾을 수 없게 되었다. 신작로 옆에 보이는 고향 모습은 이전의 것을 모두 잃어 가고 있지만, '예전절터'만은 오히려 송림과 아카시아 숲을 방벽으로 삼아 인간들을 물리치고 옛모습을 그대로 간직하고 있을 것으로 믿어지기 때문이다. 그래서 언젠가에는 그 옛날 내 어린 시절의 추억이 어린 그곳을 찾을 때 '예전절터'는 나를 결코 실망시키지는 않으리라 기대하고 있다.(1994. 12. 7.)

죽방산성竹訪山城·죽방마을

죽방산성이란 나만의 아련한 추억의 땅은 아닌 모양이다. 철물점을 경영하면서 고향을 지키고 있는 중학교 동창을 얼마 전에 만났더니 그도 지난 여름 고등학교 다니는 아들놈과 같이 그곳을 찾았노라고 했다. 그러나 그는 결국 죽방산성까지는 당도하지 못하고 중간에서 포기하고 돌아오고 말았다 한다. 고향의 근황에 익숙한 그는 아들 녀석과 같이 당초 낫이며 톱 같은 연장을 들고 출발하였지만, 가로막는 우거진 숲 때문에 그곳에 접근하기가 쉽지 않아 결국 포기하고 내려오고 말았다는 것이다.

죽방산성은 내 고향 대곡면 중촌中村마을 뒷산 너머 한실(大谷)마을의 북쪽에 위치한 산 위에 있는 조그마한 산성이다. 내가 그곳을 처음 찾은 것은 초등학교 5학년 봄 소풍이었던 것으로 기억한다. 그 이후 지금까지 다시 그곳을 찾아가 본 적이 없다. 우리 학교가 있는 봉평리鳳坪里에서 남쪽으로 1km정도 떨어진 곳에 가정리佳亭里마을이 있다. 이 마을에는 몇백 년 전부터 내려오는 폭 80m 길이 7백m 정도의 교목 숲이 마을을 상징하고 있다. 학교에서 그 숲을 바라보고 있노라면 장관이라는 생각이 들기도 했다. 그 숲 옆으로 조그만 계곡이 길을 따라 이어지고 있었다. 지금 생각하면 그렇게 험한 산이라고 생각되지는 않았지만, 우리 동네 근방에는 없는 작은 폭포도 있었고 산세가 가팔랐다. 그 계곡 길은 한 사람이 겨우 지게를 지고 지날 정도로 좁았다. 길가에는 칡넝쿨과 망개나무 넝쿨이 울창한 송림을 의지 삼아 어지럽게 뒤덮고 있었다. 길바닥에는 곳곳에 돌부리가 날카롭게 튀어나와 있다. 계곡 길을 벗어나는 데는 아마 1시간은 족히 걸렸던 것 같다. 산마루에 올라 평탄한 능선 길을 따라 10분 정도 걸으면 갑자기 눈 아래 옹기종기 작은 마을들이 흩어져 있다. 진양군 지수면智水面이다. 계곡길이 있는 서쪽이 길고 완만하다면 그 너머는 금방이라도 빠질 듯이 깎아지른 급경사다. 산밑에는 여름 한낮에 졸음에 겨워 하는 구렁이처럼 남강南江이 한가롭게 늘어져 있다. 우리는 낭떠러지로 굴러 남강에 빠질세라 몸을 산 쪽으로 제키면서 등성이 옆으로 비스듬히 난 길을 따라서 걸어갔다. 그 길을 따라 긴 돌무더기도 같이 가고 있다. 작은 돌담길이다. 이것이 허물어진 산성의 잔해이다. 1km 정도를 걸어가면 드디어 하나의 요새를 만나게 된다. 그곳이 죽방산성의 중심이다. 우리 학교 운동장만 한 크기였다. 나는 그곳이 사회책에 나오는 마치 잉카(In'ca)문명의 유적지 그림 같다고 느꼈다. 선생님은 이 성이 임진왜란 때에 왜군을 막기 위해 쌓은 것이라고 하였다. 그때 나는 이 높은 산 위에 이렇게 많은 돌을 짊어날랐던 사람들이 흘린 땀방울을 생각했다.

내가 이 죽방산성에 대해 갖는 애잔한 추억은 반드시 그곳을 중심으로 펼쳐지는 절경 때문만은 아니다. 그곳에서 내가 태어나서 처음으로 기차를 보게 된 것이다. 도시락을 먹고 있을 즈음에 누군가가 "저기 기차가 간다. …"라고 외쳤다. 이제껏 기차를 직접 본 적이 없던 나는 도시락을 내려놓기가 무섭게 벌떡 일어섰다. 친구가 가리키는 쪽을 바라보니 산성의 요새에서 바로 남쪽으로 남강을 건너 산과 산 사이 조금 넓은 들녘 위로 기다란 기차가 느릿느릿 가고 있는 것이 아닌가. 내가 책에서 그림으로만 보면서 그렇게 보고 싶어 하던 그 기차가 가고 있는 것이다. 그러나 그 기차는 너무 먼 곳에 있었다. 그런데다 봄 아지랑이마저 나의 시야를 어지럽게 하고 있었다. 어쨌든 그곳에서 나는 난생 처음으로 그 환상적인 기차를 만나게 되었다. 머리에서 하얀 증기를 내뿜으면서 어스렁어스렁 달리는 그 멋쟁이 기차의 모습을 그 이후 나는 두고두고 잊지 못하고 있다. 5년 뒤 나는 고등학교 입학시험을 치른 다음, 일부러 기차를 보기 위해 '배 건너'에 있는 진주역을 찾을 때까지 그 죽방산성에서 본 그 멋쟁이 기차를 떠올리기를 수백 번이나 했다. 아마도 그 당시 내가 보았던 기차는 경전선 진성역晉城驛이나 반성역班城驛 둘레 어디쯤인가를 달리고 있었던 듯하다. 지금도 나는 고속버스보다는 기차타는 것을 즐기기는 하지만, 내가 죽방산성에서 본만큼 멋쟁이 기차는 아직 본 적이 없다. 명년 봄에는 짬을 내어 그 죽방산성을 찾아보리라 결심해 본다. 이렇게 세속에 찌든 나의 심신을 그 죽방산성은 위무해 주리라 기대하면서 …

　죽방산성이라는 이름에서 '죽방'이 무슨 의미라는 것을 알게 된 것은 역시 백과사전 덕분이다. 내가 소풍을 갔을 즈음에는 산성에서 북쪽 1키로쯤 산허리에 농가 몇 채가 있었다. 남강으로 미끄러 내려갈 듯 산허리를 붙들고 있는 자그마한 밭 몇 뙈기가 그들 재산의 전부였던 가난한 농군들의 집들이다. 그들은 산나물과 약초를 캐서 부족한 생활비를 대고 있었다. 어른들은 그 마을을 '대베이'이라고 불렀지만, 그간 나는 그것이 무슨 뜻인지 모르고 있었다. 그러다가 최근 백과사전을 통해서 '죽방'이라는 한자말의 우리식 표현이라는 것을 알게 된 것이다. 나와 이 죽방마을에 얽힌 사연은 내가 중학교 2학년 때에 이 죽방마을에 돌연 나타난 '천사' 한 사람이 연출해 낸 것이었다. 그녀는 당시 찌든 시골소녀들만 있는 우리 중학교에 3

학년으로 전학을 온, 우리들 남학생들에게는 말 그대로 천사였다. 마산에서 아버지 사업이 거덜 나자, 그녀는 죽방마을에 살고 계시던 큰아버지 댁으로 옮겨 왔다. 도시에서 곱게 살던 그녀에게 죽방마을은 너무 과한 시련의 장소였던 곳임이 분명했다. 성이 이씨라는 것 빼고는 지금 그녀의 이름마저 잊었지만, 나보다 한 살 위로, 하얗고 갸름한 얼굴에 가냘프게 생긴 그 모습만은 아직 내 기억 속에 남아 있다. 그녀가 전학을 오자, 조그마한 시골 우리학교의 애들 사이에는 단연 최고의 인기를 누렸다. 그녀의 교복 윗도리 하얀 칼라는 분명 시골 애들의 것과는 달랐다. 빳빳하게 풀먹인 칼라 위에 단정하게 빗어내린 그녀의 머리카락이 대조되어 분명하게 드러났다. 단발머리 아래로 숨은 듯이 보이는 하이얀 목덜미는 시골 여학생들의 검은 그것과는 판이하게 달랐다. 5명의 형들 밑에 여섯째 아들로 자란 탓으로 항상 예쁜 누님 한 사람 있었으면 하던 것이 소원이었던 당시 나에게 그녀의 출현은 내 혼을 뺏어 버리기에 충분했다. 그러나 그녀는 우리들 누구도 별로 의식하지 않는 듯했다. 당시 반장으로서 나름 학교에서 알 만한 사람은 아는 나와 간혹 마주치더라도 곁눈마저 주지 않았다. 그녀가 그럴수록 나는 애가 탔고, 그녀 이야기만 나오면 귀를 쫑긋 세우고 엿듣기 일쑤였다.

겨울방학이 시작되던 12월 어느 날, 나는 아버지 심부름으로 우리 면의 제일 남쪽에 위치한 덕곡德谷 마을에 살고 계시던 고모님 댁에 심부름 갔다가 돌아오는 길에서 예상치 않게 그녀와 만나게 되었다. 그녀의 집이 있던 죽방으로 가는 계곡길이 시작되는 가정리 입구였다. 이미 날은 땅거미가 지고 있었다. 그녀는 무슨 일인지 모르지만, 늦은 그 시간에 이제 막 산길로 접어들려는 참이었다. 그녀는 나를 힐끔 보더니 "너 어디 갔다 오니 …" 처음으로 아는 체하며 반가워하는 것이다. 그러고는 연신 시키면 산길 쪽을 바라보고 있었다. 그녀는 분명 두려움에 떨고 있었다. 한참을 망설이다가 나에게 "너! 좀 우리 집에까지 같이 갈 수 있겠니 …"하며 내 손을 끄는 것이었다. 그녀의 온기가 나에게 금방 전해져 왔다. 나는 한편으로 매우 고무되었으나, 다시 생각하니 집에서 부모님이 기다리고 있고, 만약 내가 집에 돌아가지 않으면 야단이 날 것이 분명했다. 그렇다고 내가 죽방마을을 갔다가 혼자 내려올 수도 없는 노릇이었다. 나는 그녀를 도울 방법이 없다고 단정지었다. 내가 한 말은 "곧 어두워질 터이니 너 어서 빨리 가야겠다!"는 것이 고작이었다. 내 말을 듣던 그녀의 얼굴에는 저으기 실망과 원망의 표정이 뚜렷했다. 그리고 그녀의 입술에선 "바보자식!" 하는 말이 금방이라도 튀어나올 듯했다. 나는 계곡 속으로 허둥지둥 달려가는 그녀의 뒷모습을 그저 바라보고만 있을 뿐이었다. 그녀가 사라진 계곡은 그녀를 삼킨 듯이 응응거리고 있었다.

나는 그녀를 보내고 돌아온 그 저녁 "정말 내가 바보였어!" 하고 얼마나 자책했는지 모른다. 천사 같은 그녀와 같이 어두운 산길을 단둘이서 걷는다는 것은 얼마나 가슴 뿌듯한 일이었던가. 그리고 그녀 집에서 하룻밤 같이 지낸다는 것도 정말 신나는 일이 아닐 수 없는 것이었다. 사실 내가 그녀를 따라갔더라도 집에서는 좀 걱정을 하다가도 곧 고모 집에서 자고 오는 것으로 여기고 크게 걱정하지는 않았을 것이었다. 그런데도 내가 그런 생각을 왜 하지 못했단 말인가! 하고 가슴을 쳤다. 이후 겨울방학 내내 나는 그녀가 그 밤 산길에 무사했을까 하는 걱정과 그녀에 대한 미안한 마음으로 보냈다. 이듬해 2월 나는 그녀에게 사죄하려는 생각을 굳게 먹고 학교에 갔으나 그녀는 보이질 않았다. 며칠 뒤에 안 것이지만 그녀는 다시 부모님이 있던 마산으로 떠났다는 것이다. 나는 그녀가 무사한 것을 확인한 것은 다행으로 생각되었으나 그녀를 떠나보낸 슬픔 또한 컸다. 그로부터 55년이 가까운 세월. 내 고향의 외딴 산 마을 죽방을 생각할라치면 아직도 나는 컴컴한 그 산길에서 두려움에 오들오들 떨며 종종걸음 치던 그녀를 생각하게 된다. 그녀도 이미 일흔 살의 여인이 되어 있을 것이다. 그녀가 행복한 여인으로 살아가고 있길 빈다.(2016. 7. 8.)

## 말몰이 골짝길

내 고향마을 광석廣石에서 의령宜寧 쪽으로 신작로를 따라 올라가면 구겨진 종이처럼 깊고 긴 골짜기에 들어서게 된다. 이름하여 '말몰이 골짝'이라 한다. 이 골짝의 이름 유래에 대해서는 정확하게는 알 수 없지만, 아마도 이 골짝을 내려다보고 있는 산 정상 부근에 '옛날 장군묘'가 있기 때문이리라 생각하고 있다. 그 장군이 어느 시대, 어떤 인물이었는지 나로서는 알 수는 없지만, 그 장군은 백마를 타고 이곳에서 일어난 전투를 지휘하다가 전사함으로써 이곳에 묻혔다고들 했다. 어머니는 그 장군 후손이, 당신의 어린 시절, 그 묘를 찾으려 몇 번이나 나타났었다고 내가 어릴 때 몇 차례나 들려주곤 했다. 그러나 당시 그 묘가 고향 면의 모 마을 사람들에게 이미 훼손된 뒤라, 후손이 그 사실을 알았을 경우 나타나 소란을 피울 것을 염려한 고향사람들이 그 후손들에게 모두 입을 닫고 모른다고 팔을 저었다 한다. 어린 시절 어머니는 6.25사변 뒤, 그 마을 사람들 일부가 좌익에 가담함으로써 거의 멸문에 가까운 화를 입은 것이 인과응보라고 혀를 차곤 했다.

흔히들 굽이굽이 고갯길을 일컬어 구절양장이라 하지만, 이 골짝을 표현하기에도 그 말보다 더욱 적당한 것은 없을 것 같다. 대곡면 쪽의 민가가 끝나는 늠뜩마을에서 약 3킬로는 계속 오르막길이다. 길을 따라가다 보면 왼쪽 편에 큰 저수지가 있고 그러고는 바로 산골로 들어서게 된다. 길 아래편으로 손바닥 만한 논들이 짜깁기한 누더기 옷처럼 작은 골짝을 채우고 있지만 좀처럼 일하는 농군들을 발견할 수는 없다. 그저 찢어진 벙거지를 쓴 허수아비 하나가 사철 팔을 벌리고 있을 뿐이었다. 그리고 신작로를 따라서 길을 걷는 사람도 거의 없다. 저수지 바로 위로 난 지름길로 해서 곧바로 가로질러 가는 방식이 편했기 때문이다. 지름길은 신작로가 나기 훨씬 이전부터 우리 고향사람들이 즐겨 다녔던 길 같다. 작은 논길을 지나 산길로 난 지름길을 오르다 보면 바로 눈앞에 나타나는 조그마한 건물이 하나 있다. 열녀문이다. 이미 단청은 벗겨지고 기와지붕 위에는 잡초가 우거져 옛날의 흔적만 남기고 있지만, 그 건물에 얽힌 전설은 금방 지은 건물의 내력보다도 나에게는 더 생생했다. 그 전설은 내가 언제부터 들었는지 기억할 수 없을 정도로 일찍부터였고, 몇 차례라고 셀 수도 없을 만큼 많이 들었다. 아마 우리 고향의 어린애들은 귓문이 트이자마자 그 전설부터 듣기 시작하였던 것이 아닌가 한다.

　이야기는 이렇다. 왜란 때였다고 한다. 소실(松谷)마을의 대성인 재령載寧 이씨 댁의 젊고 예쁜 며느리가 이 지름길을 지나가는데 왜군 한 사람을 만났다. 왜군은 그녀를 희롱하려 가슴을 만지자, 그녀는 허리춤에 간직하고 있던 은장도를 내어 왜군이 만진 가슴을 잘라 버림으로써 순결을 범한 자에 대해 죽음으로서 반항했던 것이다. 그녀의 정절은 어린 나로 하여금 일본에 대한 끝없는 증오로 이끌었지만, 한편으로 어린 나로 하여금 여자의 가슴이 가진 의미에 대해서 많은 것을 생각하게 만들기도 하였다. 나는 그것이 젖을 주는 신체의 일부로만 생각해 왔던 터였기 때문이다.

지금은 포장이 되어 탄탄대로가 되어 있지만, 10여 년 전까지만 해도 신작로는 자갈길이었다. 지름길이 시작하는 지점부터 약 1km 정도의 도로 보수와 정비는 우리 마을에 배당되었다. 내가 고등학교 다니던 시절, 간혹 일요일에 시골에 갈라치면 도로보수 공사의 부역에 나가는 경우가 있곤 했다. 우리 마을 배당지역이 끝나면 도로는 갑자기 180도를 틀면서 40도 정도의 비탈길을 오르게 된다. 그러나 이곳은 전망이 50m를 넘지 않아 급경사를 내려오던 반대편 차를 미처 발견하지 못하고 급히 피하려다 언덕 아래에 처박히는 사고가 흔히 일어나는 곳이기도 했다. 차 사고가 나면 지형상 대형사고지점이라 사상자가 나기 마련이었지만, 나는 그 사고 소식이 반드시 싫은 것은 아니었다. 차 사고 소식이 들려오면 아버지는 동네어른들과 함께 차 사고 현장에 가셨다가 오는 길에 제법 많은 먹을 것을 가져왔다. 한번은 진주에서 의령으로 가는 만원버스가 언덕 아래로 떨어진 사고가 발생하였다. 그날 아버지가 가져온 빵을 우리 식구들은 포식하였다. 빵의 형체는 이미 볼품이 없이 되었지만, 당시 우리로서는 일년에 한 번도 제대로 먹을 수 없는 고급 빵을 먹는 기분은 나쁘지 않았다. 지금 생각하면 어처구니없는 일이긴 하지만 그 당시로서는 우리에겐 횡재에 가까운 일이었다. 그 언덕길을 좀 더 올라가면 신작로 밑에 시멘트로 만든 10미터 정도 길이의 정사각형 수로가 있다. 그곳이 바로 6.25사변 당시 우리 가족들 피난처 가운데 하나였던 곳이다. 그곳을 자유스럽게 걸어 다닐 수 있는 자는 젖먹이를 갓 면한 나밖에 없었던 것으로 기억된다. 부모님과 형들은 쭈그리고 앉아 생활해야 하는 그곳이 불편했겠지만, 나에게는 그곳 생활이 별로 불편하지 않았고, 오히려 신나는 일이었다. 간혹 신작로 위로 차가 지나갈라치면 어머니는 나의 입을 손으로 틀어막는 것을 제외하고는 나를 간섭하는 일은 별로 없었다. 그곳에서 1km 정도를 올라가면 정상에 이른다. 그곳에는 진양군과 의령군의 군계비가 서 있다. 그다음부터가 의령군 화정면이다. 나는 가끔 고향을 갈 때 이곳을 지난다. 그렇게 지천이던 도로 위의 돌멩이도 없어지고 잘 닦여진 포장도로가 조금은 언짢게 생각되기도 하지만, 그래도 그곳을 지나치면 나는 따뜻한 봄바람 같은 청량감을 느끼곤 한다. 몇 해 전 봄날 가족과 같이 고향을 방문했을 때, 나는 말몰이 골짝의 전설을 아내와 딸들에게 이야기하면서 내 어린 시절 피난처였던 수로 옆에 차를 세우고 아빠에게도 이런 시절이 있었다고 이야기해 주었다. 아마 지금 그곳에도 봄기운이 완연할 것이다.(2011. 9. 7.)

# 덕실[德谷]로 가는 길

　내가 다닌 대곡초등학교에서 개울을 건너서 가로막고 있는 앞산을 넘으면 금산면琴山面으로 가는 남강南江 뱃나루 마을인 소실[松谷]부락이 있다. 그 마을에 살던 초등학교 동기들은 이미 그곳을 떠나 도시로 흩어져 소식조차 알지 못한다. 그러나 그 마을은 그런대로 남아 있을 것이다. 그러나 지금 그곳에서 나룻배를 타고 건너는 사람은 없을 것이고, 나룻배란 존재 자체도 이미 사라졌을 것이다. 그것은 아래위로 여러 군데 다리가 생기기도 했고, 내가 고등학교를 다니던 시절 상류에 남강댐이 생긴 뒤 유수량이 급격하게 줄어들어 강폭이 크게 좁아져 강이라기보다 개울로 변하여 버렸기 때문이다. 물만 줄어든 것이 아니라 넓은 백사장마저 사라져 버렸다. 그러나 나의 기억 속 남강과 소실마을은 현재와 같은 곳은 아니었다.

　소실마을 앞쪽은 물이 마을 쪽으로 바싹 붙어 흘렀기 때문에 고작 모래 언덕이 있을 정도였지만, 건너편은 엄청나게 큰 백사장이 있었고 그 뒤로 포플러나무 숲과 수박밭이 펼쳐져 있었다. 나는 초등학교 6년 동안 아마 네댓 번은 그 백사장에 소풍을 갔던 것으로 기억하고 있다. 우리들은 뱃사공이 힘들어하는 모습보다 그가 그 급한 물살에도 떠내려가지 않고 건너편 나루터에 정확하게 배를 대는 기술에 탄복하곤 했다. 당시 뱃사공의 세도는 대단했다. 아마 당시 버스 운전기사 세도보다 더 셌던 것으로 기억된다. 그래서 나는 남들이 따를 수 없는 그런 기술이 그로 하여금 큰 자부심을 갖게 한 것이라고 생각했다. 그럼에도 나룻배를 타려고 하면 우리들은 항상 긴장했다. 강물은 아주 깊었고 물살은 너무 빨랐기 때문이다.

나루터 바로 옆에 금을 파던 폐광이 있었다. 그곳은 사변 뒤에 그 많던 거지들에게 더없이 좋은 주거의 장소를 제공하였지만, 우리에게는 그곳이 마냥 무섭기만 했다. 거기서부터 작고 좁은 벼랑길이 강을 따라 길게 남쪽으로 나 있다. 더러 강물은 그 길에 너무 가까이 다가와 높은 벼랑길을 만들기도 하였다. 그 길이 바로 덕실(德谷)로 가는 길이었다. 덕실로 가려면 다른 신작로 길이 있었지만, 걸어서 가는 데에는 이 강길이 최단거리 코스였다. 나는 그 길을 따라 여러 차례 그 마을을 찾은 적이 있다. 덕실은 우리 먼 친척들이 모여 사는 박씨 집성촌이기도 하지만, 그곳에는 고모 집과 당이모 집이 있었다. 사변 뒤, 큰형님은 우리 면에서는 몇 명되지 않는 대학생으로서 이른바 '인텔리'였다. 형님이 자주 그곳에 가는 이유는 그곳에 가면 장래 우리 집안의 무한한 희망이라는 기대로 융숭한 대접을 받기도 했지만, 진짜 이유는 이모 집의 누나를 매우 좋아했기 때문이라고 나는 지금도 그렇게 여기고 있다. 초등학교밖에 졸업하지 않았지만 그 누나는 이모 댁 무남독녀로 사랑을 온통 받고 컸을 뿐만이 아니라, 미모 또한 촌처녀로서는 출중한 편이었다. 형님은 그래서 고모 댁보다는 항상 이모 댁에 머물렀다. 형님은 대개 나를 데리고 그곳으로 가곤 했다. 형님이 아버지 친누나 집인 고모 댁에 머물지 않고, 한 다리 건너뛴 관계의 어머니 사촌 언니 집인 이모 댁에 머무는 이유를 그 당시 어린 나이에도 나는 알고도 남았던 것이다. 우리 형제 일곱에 젖먹이 막내딸 하나밖에 없던 삭막한 가족들 속에서 지내기보다, 예쁘고 무척 자기를 따르는 여동생이 거기에 있었기 때문이었다.

형님이 그 강길을 걸을 때면 나는 늘 몇 마장 뒤에서 따르기 마련이었다. 형님은 당시 유행하던 중절모자를 항상 쓰고 다녔다. 형님은 그 강길에 들어서기가 무섭게 당시 유행하던 노래를 목청껏 부르곤 했다. 꿈에 본 내 고향, 한 많은 대동강, 백마강 달밤, 굳세어라 금순아, 삼팔선의 봄, 귀국선 등 전후에 유행하던 노래들이었다. 콩쿠르대회에 한 번도 입선하는 것을 보지는 못했지만, 형님이 여느 가수 못지않게 노래를 잘한다고 나는 생각했다. 형님 노래에는 항상 진한 감정이 촉촉이 배어 있었다. 그때 형님께서 가슴에 무슨 응어리가 있었는지 정확하게 나는 몰랐지만, 그의 노랫소리는 강물 소리와 조화되어 나에게 항상 슬프게 들려오고 있었다.

큰형님은 형제들 가운데 특히 나를 좋아했다. 우리 남자 6형제 가운데 막내인 내가 말석이지만 교수가 되었고, 우리 형제 중에는 처음으로 박사학위를 받았던 때문이리라. 형님은 친척 결혼식 등 무슨 행사가 있으면 으레 다른 형님들을 제쳐두고 "야! 이리와 이분에게 인사드려!"라며 저 멀리 있는 나를 굳이 찾아 부르고는 "제 막냇동생인 S대 교수로 있는 H 박사입니다."라 소개하곤 했다. 나는 겸연쩍어 어디 구멍이라도 찾고 싶었고 형님의 그런 행동을 '속물근성'이라고 여기곤 했다.

형님은 육십을 갓 넘긴 젊은 나이에 돌아가셨다. 오늘 북경의 숙소에서 한국에서 가져온 테이프 그 시절 그 목소리에서 그 옛날 형님이 부르던 그 노래를 우연히 듣게 되었다. 이상하게도 그것들은 형님이 모창하던 바로 그 노래들이었다. 그 노래들은 나를 그 옛날 초등학교 시절로 옮겨 놓았다. 숙소 창문 밖으로 흙먼지가 날리고, 연탄 연기 운무로 자욱한 북경의 거리를 바라보노라니 그 남강가 덕실로 가는 파란 길이 그렇게 그립다.

아마 지금쯤 그 길에는 봄이 찾아오는 소리가 완연할 것이다. 이곳에서는 그저 형님의 명복을 비는 것밖에 다른 도리가 없어 보인다.

그래 사람은 한 번 나서 죽게 되어 있다. 큰형님이 가셨듯이 나도 언젠가는 정든 사람들을 남겨 두고 가야 할 것이다. 수구초심首丘初心이라고 한다. 여우는 한평생 언덕에 굴을 파고 살지만 죽을 때는 머리를 반드시 제가 살던 언덕 쪽에 두고 죽는다고 한다. 근본을 잃지 않는다는, 곧 고향을 그리워한다는 뜻이다.

내 고향 대곡, 그 가운데 덕실로 가는 길은 내게는 요즈음 문득문득 떠오르는 곳이다. 요즈음 고향에 가끔 찾아가기는 하지만 형님과 걸었던 소실, 그리고 남강가 길을 걸어본 지는 이미 오십 년이 지났다. 지금쯤 그 남강을 따라 난 길가에는 뭇 봄꽃이 피어 있을 것이다. 언제 마음 먹고 그 길을 걸으면서 형님이 부르던 노래를 부르면서 그 시절, 큰형님의 심사를 회상해 보고 싶다.(1996. 4.)

## "바비 인형(Barbie Doll)"과 사격장의 아이

　미국에 가기 전까지 나는 '바비' 인형에 대해서 한 번도 들어본 적이 없었다. 바비 인형뿐만 아니라 인형이라는 것을 한 번도 가져보지 못하고 지금까지 살아왔다. 나뿐이 아니라 우리 세대에서 특별한 경우를 제외하고 인형을 장난감으로 삼아 놀면서 자란 이들은 별로 없을 것으로 짐작한다. 2003년 8월 안식년(연구년)을 이용하여 나는 가족과 미국에 1년 동안 머물게 되었다. 외국이라야 동양권을 제대로 벗어나 보지 못했던 나는 영어구사 능력이 매우 떨어졌다. 요즈음 영어 못하는 교수는 강단에 설 자격을 의심받을 뿐만 아니라 꼭 교수가 아니더라도 "사람 대접도 못 받는" 세상이 되어 버렸다. 그렇지만 '목구멍이 포도청'이라고 아직도 교수직을 그대로 유지하고 있다. 1년 동안 미국에 머문 이유는 솔직히 말해서 내 학문적인 연구목적보다 가족, 그 가운데 두 딸을 위한 배려가 더 컸다. 나야 '몇 년만 버티면' 되겠지만, 애들이야 이 풍진 세상에 '사람대접'은 받으면서 살아야 되지 않겠느냐 하는 생각이 들었기 때문이다. 영어권에 1년 머문다고 영어실력이 뚜렷하게 늘어나는 것도 아닐 테지만 그러나 아빠 된 마음은 그런 것이 아니었다. 1년의 미국 체류가 밑천이 되어 이 못난 아빠처럼 살지는 않았으면 하는 바람이 간절하였다. 요즈음 '기러기 아빠'의 수가 크게 늘어나고 있는 것도 아마 나와 비슷한 심정이 아닐까 한다. 수입의 대부분을 쏟아 넣으면서 이국땅에 애들을 보내고 또 안심이 안 되어 아내까지 딸려 보내는 불편을 감수하는 것이다.

미국에 가더라도 새삼 영어를 배우려는 계획은 세우지도 않았다. 체류하는 1년 동안 그간 벼러 왔던 책《장안長安》을 집필하려고 마음먹고 있었다. 학교에 제출한 출장 계획서에도 그렇게 썼다. 그래서 비교적 관계 자료가 많은, 보스턴의 하버드대학 연경학사(燕京學舍: Harvard Yenching Institute)를 택했던 것이다. 그러는 데에는 50대 중반을 넘긴 이 나이에 영어를 배운들 무슨 효과가 있겠느냐는 의구심이 앞섰기 때문이었다. 초청한 교수와 교류는 중국어로 가능했던 점도 작용하였다. 그러나 가족들은 나를 좀 과대평가하고 있었던 모양이다. 아내도 두 딸도 내가 영문학을 전공한 것은 아니지만, 어쨌거나 현직 교수이니 영어 구사에 별다른 어려움이 없을 것으로 짐작하고 있었던 모양이다. 문제는 샌프란시스코 공항에서부터 발생했다. 가장이라고 입국 수속대 앞에 서서 입국 목적을 설명하면서 엉기는 꼴을 뒤에 서 있던 딸들이 목격한 것이다. 아비로서 위신은 여지없이 구겨지기 시작했다.

보스턴 정착은 그곳에 유학하고 있던 제자들이 많이 도와준 덕분에 어려움 없이 마칠 수 있었다. 그러나 그곳 생활이 진행되어 감에 따라 내가 처리할 수 있는 일이라곤 별로 없다는 사실을 가족들이 점차 깊이 알게 되었다. 그 뒤 미국 안에서는 그렇게 유용한 아빠가 아니라는 사실을 더욱 인식시키는 일들만 계속 일어났다. 은행을 가도, 어디 가까운 곳에 여행을 가도 딸들은 나를 미더워 하지 않았다. 그저 운전기사로 안전하게 모셔 주었으면 하는 바람이었을 것이다.

어느 정도 보스턴 생활에 익숙하게 되자 나는 저술을 위한 자료수집 작업에 집중했다. 큰딸은 하버드대학 앞 영어전문학원에 다니기 시작했고, 아내와 둘째 딸은 우리 집 경제 상황을 고려한 나머지 아주 싼값으로 영어를 배울 수 있다는 교회에서 경영하는 영어강좌에 나가기 시작했다. 그러던 어느 날 아내는 나더러 같이 그 교회 부설 학원에 나갈 것을 권유했다. 비용이 별로 부담되지 않고, 또 여러 나라에서 온 사람들과 널리 사귈 수 있는 좋은 장소라는 것이었다. 선뜻 나가고 싶은 생각이 들지 않았다. 그러나 그곳에서 일어나는 일들을 자꾸 듣다 보니 마음이 조금씩 바뀌기 시작했다. 한 달이 지나 결원을 보충하는 시험이 있어 응시하기로 했다. 아내와 딸보다 훨씬 상위 등급의 반에 합격한 것은 그나마 다행이었다. 간단한 회화와 내 실력을 그런대로 발휘할 수 있는 필기시험을 친 덕분이었다. 정원이 15명 정도였다. 그 학원은 1등급에서 8등급까지 각각 A, B 두 반으로 나누어져 16등급으로 이뤄져 있었다. 총 수강생은 300명 정도였다. 수강생의 구성은 다양했지만 각국에서 온 유학생들의 부인이 가장 많은 수를 차지했다. 집안일 등이 바빠서 그러한지, 아니면 수강료가 싸서 그러한지 잘 알 수 없지만, 항상 반 이상이 결석이어서 수업분위기가 그리 좋은 편은 아니었다. 내 출석률은 어디로 가나 항상 좋았다. 그것은 초등학교 이후의 내 중요한 이력 가운데 하나였기 때문이다. 화·목 오전 9시부터 11시 45분까지 수업이 진행되었고, 수업 뒤 간단한 다과를 들면서 갖는 전체 모임이 있었다.

각 반마다 수준에 맞는 교재를 사용하였다. 내 교재 가운데 '바비 인형에 대한 이야기들(Barbie Stories)'이란 장이 있었다. 그 교재를 통해 나는 그 유명한 바비 인형 이야기를 비로소 알게 된 것이다. 우리 담임선생은 나와 동갑인 여성이었는데, 매우 독실한 기독교인이었다. 전철로 한 시간 이상 걸리는 교외에 살면서 무료로 교회에 나와 봉사한다고 했다. 선생은 우리들에게 주말마다 숙제를 내주었다. 2003년 10월 하순 우리 반원에 내준 과제 제목은 "어릴 때 장난감이나 추억에 대한 간단한 이야기 쓰기 (Write "A short story about a childhood toy or memory")였다. 나는 오랜만에 학생이 되어 숙제를 하게 되었다. 내가 제출한 숙제의 제목은 '바비 인형과 사격장의 아이'이고 그 전문은 다음과 같다.

"나는 1946년 남한에서 태어났다. 그때 우리나라는 일본 제국주의 통치로부터 독립한 지 얼마 되지 않았던 시기였다. 한국 사람들은 여러 가지로 고통받고 있었다. 우리들에겐 먹을 것이 크게 부족하였다. 산에 가서 나무뿌리를 캐 오거나 들판에 난 나물들을 뜯어 와서 먹기도 했다. 내가 네 살 때이던 1950년에는 북한이 남쪽으로 쳐들어왔고 공산군은 남한의 남동쪽에 위치한 우리 마을까지 점령하였다. 내 어린 시절은 장난감 따위를 가질 수 있는 형편이 아니었다. 그것들은 우리나라에서 생산되지 않았을 뿐만 아니라 외제의 장난감이 있다 하더라도 내가 사기에는 너무 비쌌기 때문이다.

나는 두메산골에 살았다. 내 부모는 농부 겸 상인이었다. 부모님은 많은 식구를 먹여 살리기 위해 새벽부터 밤늦게까지 밭에 나가 일하거나 이 지방 저 지방에 열리는 시장에서 장사를 하지 않으면 안 되었다. 나의 가족은 부모 아래 일곱 아들과 딸 하나로 구성되었다. 그때 우리 집은 매우 가난했다. 당시 우리 형제들에게는 빈 배를 채우는 것이 장난감을 가지는 일보다 훨씬 시급한 일이었다. 설사 우리들에게 뜻밖에 특별한 물건 하나가 나타나더라도 그것을 가질 수 있는 기회는 나에게 좀체 주어지지 않았다. 그런 것을 얻는 데도 언제나 순서가 있었기 때문이었다. 여섯째 아들이었던 나는 순서를 기다렸지만 한 번도 나에게까지 돌아온 적이 없었다.

한국전쟁이 마무리될 즈음인 1954년 나는 초등학교에 들어갔다. 그

때부터 나의 장난감은 작은 공과 전쟁의 잔재인 탄피였다. 나에게 빈 시간이라도 생길라치면 학교 운동장 맨땅에서 공을 차고 놀았다. 초등학교에서 중학교까지 나는 학교 축구대표팀의 주축 멤버였다. 초등학교 당시 우리가 차던 공은 요즈음 흔히 사용하는 가죽으로 만든 것이 아니었다. 때로는 그 공이 지푸라기로 만들어졌고, 또는 푸줏간에서 내버린 돼지 오줌통이 이용되기도 했다. 그러나 방과 후 내가 가지고 노는 주된 놀이용 장난감은 고향마을 근처에 있던 사격장에서 주워 온 쇠붙이들이었다. 탄알과 탄피, 그것들을 묶는 철제 연결고리가 그것이었다. 한국전쟁 전후 시기 우리 마을 옆 '남강'의 강변은 비행기 사격 연습장으로 이용되었다. 토요일 오후엔 탄알 탄피 등을 수집하고자 어김없이 사격장에 갔다. 우리 또래 친구들은 그것들을 서로 빼앗는 게임에 몰두했다. 그 놀이는 한 친구의 것이 다 없어질 때까지 계속되었다. 다른 애들로부터 그것들을 모두 빼앗기 위해 나는 필사적으로 노력했다. 어린 시절 그것들은 나에게 인형보다 아니 이 세상 어느 것과도 바꿀 수 없는 값진 보물이었다. 특히 그것을 모아 마을에 있는 엿장수집에 가면 많은 엿을 얻어올 수 있었으니 말이다.

요즈음 한국의 젊은이들은 그들 부모들 세대들이 어떻게 어린 시절을 보내었는지 잘 알지도 못하고 또 알려고도 하지 않는다. 부모들 세대 어린이들이 가지고 놀았던 것들보다 미국 등 선진국 아이들의 인형에 대해 더 소상히 알고 있다. 어제저녁 나는 이 숙제를 하면서 바비인형에 대해서 딸들에게 물었다. 우리 딸들은 그 유래, 형태 등을 정확하게 나에게 이야기 해 주었다. 그러나 이 수업을 받기 전까지 나는 '바비'라는 단어 자체를 들어본 적이 없었다.

지금 나는 어린 시절을 되돌아보면서 내가 겪었던 가난을 결코 부끄러워하지는 않는다. 그것들은 이미 나에게는 영원히 잊을 수 없는 아름다운 추억으로 변하였을 뿐만 아니라 지금의 나를 만든 토양이고 거름으로 여겨지기 때문이다. 지나간 것들은 아픈 것이든 기쁜 일이든 모두가 인생의 일부분이기 때문에 하나하나 소중한 것이다. 젊은 날 추억 속의 물건들은 현실적인 가치와 관계없이 나에게는 모두 보물이다. 1950년대 미국 아이들에게 바비 인형이 있었다면 당시 한국의 어린이에게는 사격장에서 주워온 탄알과 탄피가 있었던 것이다."

화요일에 숙제를 제출하면 목요일에 문장을 수정하여 다시 되돌려 주었
다. 목요일 출석했더니 선생님은 내 글이 매우 감동적이었다며, "Beautiful!"
이라 평점을 주고 우리 반원 앞에서 읽어 내려갔다. 뿐만 아니라 수강생
300여 명 전원이 모인 방과 후 모임에서 특별히 내 글을 소개하였다. 이런
뜻하지 않은 일을 당하고 보니 나는 사실 당황스러웠다. 대학에서 학생을
가르치는 직업을 가진 내가 오랜만에 학생 처지가 되어 이렇게 칭찬을 듣
게 되니 묘한 느낌이었다. 그것도 아내와 둘째 딸이 보는 앞에서 말이다.
그 숙제로 내가 얻은 것은 우리 식구들로부터 되찾은 약간의 위신이었다.
입국대의 관리 앞에서 구겨진 내 위신이 조금은 회복된 셈이었다.

어느 때이든, 또 어떤 것이든 배운다는 것은 나름으로 의미 있는 일일
것이다. 그러나 나는 위신 회복의 대과를 크게 치르지 않으면 안 되었다.
사실 위신 회복보다 잃은 것이 더 많았다고 말하는 것이 옳다. 한 달 정도
다니고 그만둘 생각으로 학원에 등록하였던 것인데 계속 영어학원에 다니
지 않을 수 없게 된 것이다. 무엇보다 여러 사람 앞, 아니 아내와 딸 앞에
서 나를 띄워 준 선생님의 기대를 저버릴 수가 없었기 때문이다.

사실 우리 세대 사람들 대부분이 그러하듯이 나는 발음이 부정확하고,
회화능력이 낮다. 문법과 작문 능력은 그보다는 나은 셈이다. 그것이 세계
각국에서 온 학생들 앞에서도 확인된 것이다. 내 작문 능력이라는 것도 사
실 그리 대단한 것은 아닐 것이다. 그 사건에 고무된 때문인지 귀국 직전
까지 나는 그 학원에 계속 다니게 되었다. 뿐만 아니라 캠브리지 시내에
있는 성인영어학원(Cambridge Adult Education Center)에도 등록하게 되었
다. 영어학원을 다녔지만 큰 진보가 있을 리 없었다. 집필을 끝내려고 계

획한 책은 아직까지도 출판하지 못하고 있는 것도 그때의 그런 사정도 어느 정도는 작용했다고 볼 수 있다. 그 작은 칭찬 때문에 미국에 간 진짜 목적이 무엇인지 모르고 헤매고 말았기 때문이다. 학교당국이나 연구비를 제공한 모 재단에서 나의 이 구구한 사연을 듣는다면 실없는 사람이라 책망이나 하지 않을까 저어된다.(2007. 2. 5.)

# 북창장터

'고향의 기억'이라는 제목으로 글을 쓰려했지만 쉽게 써지지가 않았다. 그러나 쓰지 않을 수 없는 뭔가가 나를 압박해 왔다. 고향에 대해 글을 쓰지 않는다면 내 인생의 대부분에 대한 기술을 버리는 것이 될지도 모른다. 내가 이 제목으로 글을 쓰는 것을 망설였던 이유는 내 고향이 거창한 역사 현장으로 부상한 적도 없었고 또 빼어난 경치를 자랑하는 곳도 아니므로 별로 할 말이 많지 않기 때문이기도 하다. 그러나 정작 가장 큰 이유는 우리 가족사 때문이다. 내 고향 마을에도 영욕과 기복의 세월이 있었을 뿐만 아니라 우리 가족사도 역시 그러하다. 역사적 노정과 현실적인 풍모는 평범하기 그지없지만 나름으로 비장하고, 작고 못났지만 고향은 아직도 내 인생길을 인도하는 이정표와 같은 존재이다. 고향이라는 말에서 피어나는 각종 상념과 비장함이 아직도 내 마음속 깊은 곳에서 방향타 구실을 하고 있다.

흔히들 고향은 따뜻하고 정답고 이제까지의 모든 실수를 다 용서받고 다시 시작할 수 있는 곳으로 이해한다. 그리고 언젠가 돌아가 묻혀야 할 곳으로 여긴다. 여우도 죽을 때에는 고향을 향하여 머리를 둔다고 하지 않았던가? 나에게 고향은 내 실패를 위무하고 아픈 상처를 푸근하게 감싸 안는 안식처 그것만은 아니다. 아직도 나를 채찍질하며 채근하곤 하는 준엄하기만 한 곳이다. 고향을 떠올리면 빙그레 웃음 짓기도 하지만 금세 나를 정색으로 되돌아보게 한다.

우리 집에는 선친의 유품 두 가지가 있다. 하나는 서재 방 서가에 놓여 있는 아버지 영정이고, 다른 하나는 거실 소파 옆 벽을 면하고 있는 중국제 차탁 위에 놓인 나무로 만든 작은 궤짝이다. 특히 이 궤짝은 대패질마저 하지 않았을 정도로 외형으로 보면 보잘것없는 것인데도 우리 집에서 가장 잘 보이는 곳에 자리하고 있다. 연전에 니스를 사다가 칠을 한 뒤에는 조금 나아 보이지만 우리 집을 들리는 사람들은 이 못생긴 궤짝이 왜 그 자리를 차지하고 있는지 의아해한다. 그 궤짝으로 말하자면 아버지가 신발가게를 하면서 줄곧 사용하던 돈 궤짝이다. 나는 아버지에게 지금도 생활을 날마다 감시받고 있다. 아니 매일 영정 앞에서 나의 생활을 일일이 보고 드리고 있다. 그리고 돈 궤짝을 보면서 우리 가족사 속의 아픔을 회상하곤 한다. 보잘것없는 궤짝이지만 우리 가족 모두는 그것만을 바라다보고 살았다. 특히 아버지의 생애는 진실로 그 궤짝과 떼려야 뗄 수 없는 깊은 관계를 맺고 전개되었다.

아버지 학력은 3개월 동안 몰래 다닌 서당 공부가 전부였다. 그것도 할머니에게 들켜 몽둥이 세례를 받은 뒤 중단하지 않을 수 없었다. 이후 돈 버는 일에 매진하였다. 아버지는 이 학력에 대해 생전 아무 말씀도 하지 않았지만 해방 뒤 면장을 두 번이나 지낸 같은 동네의 동갑인 L씨 이야기만 나오기만 하면 긴장하는 모습이 역력했다.

북창北倉이란 내 고향 마을 이름이고, 아버지는 거기서 신발 장사를 했다. 5일마다 열리는 장터는 요란했다. 뿐만 아니라 그 장터는 우리 사촌

이내 친족들의 치열한 삶의 현장이기도 하였다. 아직도 우리 사촌 형은 서점 겸 연쇄점을 열고 있고, 다른 사촌 형은 농협조합장직을 맡고 있다. 장터라는 말만 들어도 금방 아련한 추억이 뭉게구름처럼 피어난다. 그러나 그 구름은 무지개 색깔처럼 결코 화려하지는 않다. 그보다 더 강인하게 나를 아득한 곳으로 바삐 몰고 간다. 그 색깔은 때로는 회색을 띠기도 하고 어떤 때는 보라색이기도 하다. 누구처럼 고향의 색깔이 일정하지도 곱지만도 않다. 이미 반세기란 세월이 나를 스치고 지나갔지만 그 영상의 윤곽만은 아직도 너무 생생하게 각인되고 있으며 그 색깔이 어떠하든 지금은 진한 그리움에 가슴이 아플 때가 많다.

화교가 경영하던 중국집에서 모락모락 나는 자장면 냄새가 아직도 코를 자극한다. 1년에 한 번 들려 자장면 한 그릇 사먹는 것마저 그렇게도 어려웠던 그 시절, 지나치다 마주치던 중국집의 그 할아버지는 나에게 여전히 영웅이다. 식구를 따라 경기도 이천에서 아무 연고도 없는 장터로 이사하여 우리 반으로 전학 온 그 친구는 지금 무얼 하고 있을까? 우리 반 친구들은 그를 둘러싸고 서울말 하기를 조르며 끈질기게 놀려댈 때 불현듯 굵은 눈물방울을 뚝뚝 흘리곤 했었는데, 그의 도시락 안에는 항상 붕어빵 두 개가 들어 있었다. 우시장 옆에서 그의 아버지가 붕어빵을 구어 팔면서 생계를 겨우 이어가고 있었기 때문이다. 우리들은 그 붕어빵마저 빼앗아 먹으려 안간힘을 쓰곤 했었다. 그의 당황한 얼굴이 그리도 잊히지 않는다.

내가 태어나 중학교를 졸업할 때까지 자랐던 진짜 내 고향 마을은 장터에서 약 1.5km 북쪽에 자리해 있다. 행정구역 이름은 경남 진양군(현재 진주시) 대곡면 광석리 광석마을이다. 가끔 '웃북창(윗북창)' 또는 '구북창舊北倉'이라 부른다. 고향마을은 호구가 가장 많았을 때가 30호를 넘었지만, 지금은 많이 줄어 20호도 되지 않는다. 이 작은 마을도 제법 융성했던 시절이 있었다. 고향집 옆문을 나서면 힘센 장사도 들기 힘든 주춧돌 등 이전의 '북창' 터가 그대로 남아 있다. 북창이란 창고가 어느 시대 어떤 구실을 했던 것인지, '남창(南倉)'이 따로 있었던 것인지 그 사정은 잘 알 수가 없다. 어릴 때부터 자못 궁금했지만 동네 어른들 가운데 속 시원하게 말해주는 분도 없었고, 또한 찾아 볼 문헌마저도 없다. 내가 어릴 때만 해도 우리 마을에는 '술도가(釀造場)'가 있었다. 아마 번창하던 시절의 잔재가 아닌가 생각한다.

장터가 있는 현재의 북창이 번성하게 된 것은 일제강점기에 신작로가 만들어졌기 때문이다. 진주와 의령으로 가는 동서의 1013번 지방도와 진주시 미천면에서 진성면으로 통하는 남북의 1007번 지방도가 갈리는 삼거리에 5일 장터가 생긴 것이다. 장터 쪽으로 면사무소와 파출소, 중학교, 농협 등이 하나씩 이동해 왔다. 나는 1013번 지방도를 따라 장터마을을 거친 뒤 삼거리에서 다시 1007번을 따라 2km 거리의 와룡리 봉평鳳坪 마을에 있는 대곡국민(초등)학교에 다녔다. 이 북창장터는 내가 태어날 때부터 이미 우리 면에서는 가장 변화한 곳이었다. 시장이 서는 날에는 정말 마을 전체가 발 디딜 틈이 없을 정도로 붐볐다. 우리 집안에게는 이 북창장터를 빼고서는 말할 것이 없을 정도로 밀접한 곳이다. 원래 산청에 살았던 할아버지가 여러 가지 사유로 혈혈단신 이곳으로 옮겨와 살았다고 한다. 할아버지는 일찍 작고하였지만 3남 4녀를 두었다. 그 가운데 백부는 어물전을 하였고, 둘째 아들이었던 아버지는 고무신 장사를 하였고, 숙부는 음식점을 하였다. 그리고 일찍이 홀로 된 고모 한 분도 이 장터에서 음식점을 하였다. 그리고 할머니를 모시고 살던 큰어머니도 음식점을 하였다. 우리 어머니만이 농사일을 겸하는 '전업주부'였던 것이다. 음식점이라고 하나 술도 곁들여 팔았기 때문에 돌아가신 아버지와 큰형은 항상 이런 장사를 하는 친척들을 못마땅하게 여기셨다. 집안의 체통을 매우 손상시킨다는 것이 그 이유였다. 그것이 친족 간에 언성을 높이며 다투던 원인이 되기도 하였다. 일제 강점기와 해방, 그리고 6.25동란을 겪으면서 입에 풀칠하기에도 바빴던 당시에는 사실 이런저런 장사를 따져가면서 할 형편이 아니었다. 백부와 숙부는 일본에서 살다 해방 뒤에 변변한 사업자금을 갖지 못한 채 귀국하였다. 사촌 형이나 누나는 우리 형제들과는 달리 모두 일본 이름을 따로 갖고 있었다.

남자 삼형제 가운데 유일하게 한국에 남았던 아버지는 형과 동생을 위해 점포를 마련해 주었다. 그러나 밑천이 신통치 않았던 관계로 돌아가실 때까지 그 가난을 면하지 못하였다. 사촌형제들 가운데 대학을 졸업한 사람은 아무도 없는 것도 그 때문이다. 이와 달리 우리 7남매가 모두 대학을 마친 것은 오로지 아버지 덕분이었다.

학교를 가려면 항상 큰아버지의 집을 지나쳐야 했다. 큰아버지는 머리털이 모두 빠지고 없으나 검은 수염은 유달리 숱이 많고 또한 매우 길었다. 나를 볼 때마다 항상 인자하고 따뜻한 얼굴로 손을 잡아주곤 했다. 작은아버지도 인자하였으나 언제나 말이 적은 분으로 됫병 깡소주에 의지하고 사셨다. 내 바로 위 학년이었던 사촌 형은 초등학교와 중학교를 거의 수석으로 졸업했지만 고등학교를 제대로 졸업하지 못했다.

다변이었던 어머니와 달리 아버지는 언제나 말수가 적었다. 사실 아들에게 용돈 한번 줘 본 적이 없었을 뿐만 아니라 성적표를 보여드려도 따뜻한 말 한마디 건넨 적도, 칭찬 한 번 해 주신 적이 없었다. 아버지에게서 비장함 같은 것을 어렴풋이 느끼기 시작한 것은 초등학교 고학년 때부터였다. 칠형제를 모두 번듯하게 성취시키려는 당초 계획이 동생의 갑작스런 죽음으로 좌절되었기 때문이다. '칠형제'가 아버지에게 그렇게 의미 있는 숫자라는 것을 그제야 알게 되었다. 아버지는 아들딸들 공부에 관련된 것은 그 어떤 것보다 우선이었다. 경제적 극한 한계에도 아들딸들이 상급학교로 진학하려는 의지를 한 번도 꺾은 적이 없을뿐더러 대학까지 보내는 것을 당신의 당연한 의무로 여겼다. 아버지 어머니를 제외하고 7남매 모두가 초등학생부터 대학생까지 학생이었던 때가 있었다. 특히 형들의 등록 때가 되면 안절부절 못하는 경우가 다반사였다. 돈을 마련하기 위해 동분서주하시다 야밤중에 돌아오신 아버지는 돈 궤짝을 열어 돈 세기를 몇 번이나 거듭하면서 "마감 날은 다가오는데 절반도 아직 마련하지 못했다"며 짓는 한숨이 어린 나를 눈물짓게 하였다. 고무신 점포는 북창장터에서 독점이었으나 초등학교 4학년 때인가 점포가 하나 더 생겼다. 그 뒤 매출고가 떨어짐에 따라 아버지의 고민은 더욱 역력하였다. 그래서 오일장을 하나라도 더 가려고 노력했고, 의령군 화정면의 상정上井 장에 따로 점포를 더 내셨다.

장이 열리는 날에는 나는 어김없이 하굣길에 신발 점방을 들렀다. 장터에는 먹을거리가 그득한데도 아버지는 사 주는 법이 한 번도 없었다. 아무리 오래 기다려도 소용이 없었다. 아버지께서도 그런 먹을거리를 사 드시는 것을 한 번도 목격한 적이 없다. 아마도 아버지는 이 막내아들의 마음을 훤히 꿰고 있었을 것이다. 얼마나 사 먹이고 싶었겠는가?

기다리다 지칠 때면 어슬렁거리며 점포를 떠나 고모 집을 향하곤 했다. 번번한 간판도 달지 않았지만 국수 맛은 그저 그만이었다. 이제껏 비싸고 이름난 음식 다 먹어보았지만 고모가 말아주시던 국수만큼 맛있는 음식은 아직 먹어보지 못했다. 때로는 큰집, 작은집 앞도 어슬렁거리곤 했다. 그럴 때면 큰어머니나 작은어머니는 나를 불러들여 국수를 말아주시곤 했다. 그 국수 맛을 알면서도 그 앞을 자주 들릴 수가 없었다. 고모나 큰·작은어머니는 으레 "이 우리 조카 애가 공부를 무진 잘한다고요!! 항상 일등이요!! 이놈이 우리집안의 희망이거든요!!"라며 손님들에게 자랑하기가 일쑤였기 때문이다. 나는 그게 참을 수 없는 부끄러움이었다. 사실 1등을 못했을 때도 많았기 때문이다.

지금도 나에게는 고향 가는 것이 그리 신나는 일만은 아니다. 아직도 많이 부끄럽고 두렵기 때문이다. 1년에 한두 번은 고향을 찾곤 하지만 나를 여전히 엄격하게 채찍질하는 고향이 갖는 영상이 깨어질까봐 장터가 있었던 뒷골목에는 좀체 들어가지 않는다. 내가 졸업한 초등학교도 중학교도 정식으로 한 번 찾아가지 못했다. 1980년 아버지가 돌아가신 뒤 조의금을 모아 우리 7남매가 모두 졸업한 대곡초등학교에 장학기금을 전달하였다. 매년 2월에 열리는 졸업식 때마다 우리 형제들 가운데 누군가가 참석하여 시상하고 있다. 그런데도 나는 한 번도 참석하지 못했다. 여전히 부끄럽기 때문이다.

《연금술사》의 작가 파울로 코엘은 "고향의 아가씨들이 가장 예쁘며 고향 산천의 풍치가 가장 아름다우며 그대의 집 안방이 가장 따뜻하다는 것을 배우게 되면 그때 (고향으로) 돌아가라!"고 했다. 나도 언젠가 고향마을 언덕 양지바른 곳에다 자그마한 집을 하나 짓고 살 수 있었으면 하는 희망을 요즈음 들어 자주 품곤 한다. 고향집 마루에 나서면 할아버지 아버지가 누워 계신 선산이 바로 눈앞에 다가온다. 이제 고향집처럼 서향이 아닌 남향의 집을 짓고 싶다. 고향이 지금처럼 두렵지 않으면서, 내 허물도 크게 책망하지 않고 이 정도 실패는 안아줄 수 있을 것이라는 정겨운 생각이 들 때에 말이다. (2008. 2. 13.)

## '진주낭군'과 작은어머니

　　내 고향 진주를 다룬 노래 가운데 '진주낭군'이란 것이 있다. 때로는 '진주난봉가'라는 제목으로 일컬어지기도 한다. 그 가운데 가수 서유석이 부른 노래가 우리에게 가장 잘 알려져 있다. 구전민요를 현대 음악으로 번안한 것인데 그 가사를 요약하면 다음과 같다. 서울로 간 진주낭군을 위하여 울도 담도 없는 가난한 집에서 시어머니를 모시고 3년 동안 고달픈 시집살이를 하고 있는 조강지처가 있었다. 드디어 낭군이 돌아온다는 기별이 오자 시어머니는 며느리를 남강南江변 빨래터에 가서 기다리게 하였다. 하늘 같은 갓을 쓰고 백마를 타고 온 낭군은 자기 본부인을 못 본 듯 스쳐 지나가 버린다. 얼른 빨래를 수습하여 집으로 돌아오니 사랑방에선 웃음판이 떠들썩하게 벌어지고 있었다. 시어머니께서 낭군을 만나보라 하여 사랑방에 건너가니 낭군은 기생첩을 옆에 끼고 한창 술판을 벌이고 있었다. 부인은 건넛방으로 돌아와서 아홉 가지 약을 먹고 비단을 석자 베어내어 목을 매고 자살해 버린다. 진주낭군이 이 소식 듣고 버선발로 뛰어나와 화류계의 기생첩과 나누는 정은 기껏 3년에 불과하고 조강지처의 본디 정은 백년이라는데 진짜 내 사랑이 그런 행동을 할 줄 몰랐다고 울부짖는다.

이 노래의 가사는 판본에 따라 조금씩 차이가 있으나 노래의 전체 줄거리는 대체로 위와 같다. 이 노래가 우리 고향 진주 사람들에게 주는 폐해는 적지 않아 보인다. 진주 출신 남자들과 난봉꾼을 등치시키는 오해가 바로 그것이다. 이것은 진주 사람들에게는 사실 억울한 일임에 틀림이 없다. 이런 오해를 마땅히 풀어야 한다. 가요사를 다룬 어느 자료에 따르면 이 노래는 경북 영양지방을 배경으로 하고 있다고 적혀 있기도 하니 진주 사람들만이 괜한 오해를 전적으로 둘러쓸 이유도 사실 없기 때문이다.

처첩제도가 법으로 금지된 지가 오래되었지만, 우리 부모님 세대에서는 첩을 두는 것이 그리 드문 현상은 아니었다. 그런 행위를 반드시 애정행각이 난잡하거나 문란했던 탓으로 돌릴 수만은 없는 측면도 있었다. 오히려 당시 일종의 사회현상이었던 것으로 보이기도 한다. 물론 그 당시 여성이 '남첩'을 거느리고 있다는 이야기는 들어본 적이 없기 때문에 이것도 남성 우위 사회의 일종의 반영이었던 것은 부정할 수 없는 사실이다.

내가 어렸을 때 아버지는 단속적으로 몇 차례 첩을 두고 계셨다. 우리 형제들은 이분들을 '작은어머니'라 불렀다. 아버지는 경제수단으로 장사를 하셨기 때문에 오일장터를 찾아다녔다. 그러다 보니 시장이 서는 곳에 때로는 정을 주고받는 여인을 두고 있었던 것이다. 그러나 특이하게도 어머니가 이 문제를 두고 일종의 투기 비슷한 행동을 보인 적을 나는 한 번도 목격한 적이 없었다. 어머니가 특별히 그런 면에 너그러운 분이어서 그런 것만은 아닌 것 같다. 가끔 이런 사정을 아내에게 얘기하면 아버지의 외도外道인자를 내가 물려받은 것이 아니냐며 따지기도 한다. 내가 여자를 너무 좋아한다나 … 그러나 나는 이렇게 대답한다. "그것은 당신이 몰라서 그렇지, 어느 남자든 여자 좋아하는 마음은 비슷한 것이지 나만 특출하게 그런 것은 아니야! 다만 내가 원래 거짓말을 하지 못하는 관계로 무슨 일이 있으면 금방 당신에게 이실직고해서 그럴 뿐이라고 … "

이미 아버지가 작고하신 지 30여 년이 가까워 올 정도로 오랜 세월이 지났고, 또 작은어머니가 우리 집에 존재했던 것도 그보다 훨씬 이전의 일이었으니 그 상황이 그리 명확하게 그려지지는 않는다. 내가 중학교에 들어간 해가 1959년이니 그 당시에는 이미 작은어머니가 존재하지 않았다. 따라서 우리 집에 작은어머니가 있었던 시기는 짐작건대 해방 직후부터 1950년대 말까지 약 10여 년의 기간이 아니었던가 하고 짐작할 뿐이다. 당시 축첩행위가 단순히 아버지의 헤픈 애정행각으로 돌릴 수 없다는 생각을 요즈음 들어 자주 하게 되었다. 평소 묵중한 아버지에 견주면 대소일에 간섭하는 성격인 어머니가 이것을 전혀 문제 삼지 않았던 것은 필시 그 나름의 마땅한 이유가 있었던 것으로 여겨지기 때문이다.

먼저 들 수 있는 이유는 작은어머니의 존재 자체가 아버지의 경제행위의 일부였던 것이 아닐까 하는 생각이다. 아버지가 작은어머니를 두고 있는 곳은 주로 진주였다. 우리 고향인 서부 경남지역의 중심도시가 진주였고, 아버지 장사도 주로 진주를 중심으로 이루어졌다. 때문에 진주에 머무는 시간이 비교적 길었다. 교통이 불편했던 당시 여관비나 식비를 아낄 수 있는 길은 방을 얻어 작은 마누라를 두는 것이 가장 효과적인 방법이었을 것이다. 그런데다 아들들이 줄줄이 진주 등 객지에서 학교를 다니고 있었으니 자식들에게 자취를 하게 하는 것보다 작은댁으로 하여금 밥을 해주게 함으로서 하숙비를 포함한 돈을 절약할 수 있었을 것이고, 공부에도 더 집중하게 할 수 있다는 계산이 섰던 것이다. 또 작은어머니는 자주 시골마을을 들렸다. 그럴 때마다 옷을 갈아입고 들에 나가 농사일을 거드는 등 집안일에 적극적으로 동참했다. 작은어머니가 농사일을 하면서 아버지나 어머니에게 불평 한마디 하는 것을 보지 못했을뿐더러 자기 일처럼 열성이었다. 지금 생각해도 아버지의 탁월한 여성 통제능력에 탄복할 뿐이다. 내가 아버지의 축첩을 경제행위의 일환이라 말하는 것은 이런 이유들 때문이다.

　둘째, 아버지는 해방에서 한국전쟁 직후까지 한국이라는 공간에서 일종의 사회구제救濟행위에 적극적으로 참여한 것이라 생각하고 있다. 한국전쟁 이후 50년대 중·말기의 상황이란 요즈음 세대들이 추측하기 힘들 정도로 매우 열악한 것이었다. 60년대 초의 한국인 1인당 총생산액은 70불 정도로 세계 최빈국이었던 실정을 감안하면 더욱 그렇다. 거리에는 거지들로 넘쳐나고 전쟁으로 발생한 수많은 고아와 미망인들의 주린 배를 채워 주는 것이 가장 큰 사회문제로 부상했던 시기였다. 이 당시 큰 규모는 아니지만 그래도 비교적 이문이 많이 남는 상점을 경영하고 계셨기 때문에 아버지는 다른 사람들보다 경제적인 여유가 상대적으로 있는 편이라 할 수 있었다. 이런 생각이 드는 것은 작은어머니가 동시에 여럿이었던 시기도 있었기 때문이다. 단순한 애정 차원의 문제였다면 좀체 상상할 수 없는 일이다. 그런 경제력이 없는 사람들에게 조건 없이 왜 시혜를 베풀지 않았느냐고 반문하는 것은 당시 아버지가 처한 상황으로 보아서 과도한 요구일 것이다.

　따라서 아버지는 앞서 소개한 '진주난봉(꾼)', 곧 '진주낭군'류의 인물은 결코 아니었던 것으로 확신한다. 내가 알기로는 아버지께서는 평소 약주를 좋아하지도 않았을 뿐만 아니라 술집이나 번질나게 드나드는 이웃 사람들을 매우 못마땅하게 여기고 계셨다. 아버지나 어머니나 이 문제로 무언인지 유언인지 서로 간에 합의에 도달한 뒤 취한 행동이 아니었나 생각되는 것이다. 내가 아는 한 아버지와 어머니의 금슬은 매우 좋았다. 한 번도 부부 사이에 대소 가정사를 두고 다투는 일을 본 적이 없기 때문이다. 작은 어머니는 주말에 형님들과 함께 시골집으로 오곤 했다. 돌아갈 때마다 어머니는 이것저것 챙겨주는 품이 꼭 시집간 딸에게 친정어머니가 하는 행동 같았다. 작은어머니는 우리 가족 특히 형님들과는 관계가 좋았다. 아버지와의 관계가 끊어진 이후에도 형님들 가운데는 여전히 작은어머니와 연락하며 좋은 관계를 한동안 유지하고 있기도 했다.

그런데 아버지에게서 느끼는 또 하나 이상한 점은 작은어머니와 사이에 한 명의 자식도 두지 않았다는 점이다. 우리 부모 사이에 낳은 아이는 모두 합쳐 9명이었다. 여섯째 아들인 나를 사이에 두고 누나 한 명과 남동생 하나가 일찍 죽었다. 그래서 다섯째 형님과 내 여동생 사이는 나를 두고 각각 5살, 6살 터울이다. 이에 견줘 다른 형님들 사이에는 심지어 연년생이 있을 정도로 두 분은 왕성한 출산능력을 발휘하셨고, 따라서 피임 같은 것은 아예 염두에 두지 않았던 것이 분명하다. 당시 한국 사회에서 인위적인 피임이 행해질 여건도 아니었다. 아버지가 여러 명의 작은어머니를 두었으면서도 그사이에 한 아이도 출산하지 않았던 데는 무슨 사연이 있었는지 잘 설명이 되지 않는다. 작고한 아버지의 축첩행위를 두고 아들인 내가 이렇게 요리조리 따져 보기도 하고 또 왈가왈부하는 것은 매우 외람된 일이기는 하지만 이 문제를 생각할 때마다 가장 풀리지 않는 의문이 바로 그것이다. 다만 아버지의 철저한 자기 절제와 미래를 예견하는 통찰력에 탄복하지 않을 수 없는 것이다.

아버지는 선대로부터 유산이라고는 거의 받지 않고 무일푼으로 결혼생활을 시작하여 한때는 우리 시골 마을에서 제일 많은 논두락을 소유했고, 정미소와 신발가게를 낼 정도로 나름으로 부를 모았다. 그럼에도 형님들이 한꺼번에 등록금을 내야 하는 시기가 도래하면 돈을 마련하고자 아버지 어머니가 동분서주하는 모습을 나는 자주 목격하곤 했다. 그리고 내가 초등학교 다닐 때에는 월사금을 내지 못하여 수차례 수업을 중단하고 집으로 돌아와야만 했다. 사실 집에 가봐야 월사금을 낼 돈이 금방 마련되는 것도 아닌데도 그 당시 학교는 월사금을 제때에 내지 못하면 무조건 조퇴를 시켜 학부모를 압박하거나 학생들에게 벌을 서게 하는 수단을 쓰기도 하였다. 그런 집안 사정인데 무슨 호사라고 아버지가 요즈음으로 치면 애인 따로 두듯 애정행각을 위해 축첩행위를 할 수 있었단 말인가?

일전에 아흔이 넘으신 어머니께 농담 삼아 이 일을 여쭈었더니 어머니는 "네 아버지와 내가 불쌍한 여자들 많이 먹여 살렸지!" 하신다. 아직도 정신만큼은 말짱한 어머니가 빈말할 이유도 없는 것 같으니 어머니의 말도 어느 정도 신빙성이 있어 보인다. 나는 한동안 작은어머니란 존재를 두고 아버지의 단순한 애정행각쯤으로 오해하고 있었다. 그래서 "진주난봉가"를 들을 때마다 아버지와 어머니 그리고 작은어머니 사이 묘한 관계를 나름으로 상상하곤 했다. 요즈음 들어 아버지와 작은어머니 문제에 대해 그간 가졌던 여러 가지 의문이 거의 다 풀리게 되었다.

서재 방 책장 안에 아버지의 영정이 놓여 있다. 아버지는 내가 컴퓨터에다 이 글을 쓰고 있는 것을 바라보고 계신다. 이 글의 대강 줄거리를 아내에게 읽어주었더니 아내는 "아이고! 그런 내용은 당신 일기에나 쓰시오!"라 핀잔을 준다. 아버지께서도 나의 목소리를 통해 이 글의 내용을 이미 들었을 것이다. 영명하신 신령이시니 오늘 저녁 꿈에서라도 이 아들의 아버지에 대한 해석이 크게 틀리지는 않았는지 알려 주시길 바랄 뿐이다. "고생 고생하여 공부시켜 놓았더니 그래도 막내아들이 나를 제법 이해해 주는구나!" 하고 말해 주신다면 나는 내일 아침에 매우 상쾌한 기분으로 일어날 것 같다. 아버지에 대한 오해를 말끔하게 풀어 드리는 것이 아내가 나에게 갖고 있는 괜한 오해를 푸는 일이기도 하기 때문이다. (2007. 3. 17.)

# 나의 신발 장수 아버지

아버지는 대충 세 가지 일을 하셨다. 농사일에다 정미소를 경영하셨고 신발가게를 열었다. 아버지는 언제나 바쁘셨다. 아버지 주업은 신발 장수가 아니었나 여기고 있다.

지금은 시골 인구가 줄었지만 내가 초·중등학교를 다닐 때만 해도 고향인 진주 대곡의 북창 장은 정말 인산인해라 해도 결코 과장이 아닐 만큼 시장 안은 발 디딜 틈이 없을 정도였다. 그 시장에서 아버지는 신발가게밖에는 별 관심이 없었다. 약주도 즐겨하지 않았다. 우동 한 그릇 사 먹는 것을 본 적이 없었다. 집에서 도시락을 싸가서 당신 점포 안에서 요기를 하셨다. 내가 학교 공부를 끝내고 귀갓길에 신발가게에 들러도 그 흔한 장국밥집에 한 번 데려간 적이 없었다. 신장개업한 중국집에서 자장면 한번 얻어먹고자 갖가지 방법으로 조르기도 했지만 아버지는 미동도 하지 않으셨다. 아버지의 그 지독한 절약은 자식들의 학자금 걱정 때문이었다. 팔남매 가운데 아직 미취학의 여동생을 제외하고 아들 일곱이 줄줄이 학교를 다니고 있었기 때문이다.

신발 장수의 아들이니 신발만은 마음대로 신고 다녔을 것으로 생각할지 모르겠다. 신발과 관련하여 식은땀이 흐르는 두 사건을 겪었다. 초등학교 6학년 때 당시 전국적으로 유명했던 진주의 영남예술제(지금의 개천예술제)를 구경하기 위해 진주에 가게 되었다. 외지로 첫나들이여서인지 아버지가 '배신'(운동화) 한 켤레를 주었다. 난생 처음이었다. 그때까지 폐타이어로 재생한 검정 신발을 신고 다녔다. 공차기를 좋아했던 나는 운동화 한번 신어 보는 것이 평소의 간절한 꿈이었다. 검정 고무신을 신고 운동장에서 공을 찰 때는 헝겊으로 단단히 묶었지만 쉽게 풀어져 공보다 검정 고무신이 더 멀리 날아가곤 했다.

운동화를 신고 내 세상 만난 듯 진주시내를 활보했다가 진주여고에 다니던 먼 친척 누나가 나를 여고 교정으로 데려갔다. 금방 여러 누나들이 나를 둘러쌌다. 어떤 누나 한 사람이 내 신발을 한참 주시하는 것이었다. 새 신발을 알아주는 자가 있는 것 같아 기분이 좋았다. 그 누나는 갑자기 "얘 신발 짝짝이 아냐" 하는 것이었다. 운동화를 처음 신었던 나는 그때까지 두 쪽 모두 왼 신발이라는 것을 전혀 모르고 있었다. 누나들은 나를 둘러싸고 한바탕 배꼽을 잡고 웃었다. 나는 울고만 싶었다. 바로 그날 저녁 초등학교 3학년이던 남동생이 병을 앓다 죽었다. 나는 고향 마을로 급히 돌아와야 해 그 짝짝이 신발을 더 신을 일은 없었지만 동생을 잃은 슬픔으로 집안 분위기는 말이 아니었다. 짝짝이 운동화는 그런 기억으로 내게 평생 남아 있다.

중학교 2학년이 거의 끝날 즈음인 12월 어느 날 몇십 년 만에 폭설이 내렸다. 아버지는 평소답지 않게 장화 한 켤레를 내놓으셨다. 값이 비싸 오랫동안 팔리지 않던 것이라고 했다. 뒷굽이 약간 높았지만 내 발에 딱 맞았다. 눈비 올 때 장화를 신고 다니는 학생은 거의 없었다. 오전 수업은 전폐되었고 제설작업에 동원되었다. 교실로 들어오는 친구들 신발은 모두 온통 물 범벅이 되어 버렸으나, 내 장화에는 물 한 방울 스며들지 않았다. 장화를 신은 것이 그렇게 자랑스러울 수가 없었다.

그런데 어느 여학생이 대뜸 "저 애 장화 여자 것 아냐?"라고 하였다. 그 애는 다른 여자 친구들에게 확인을 요청하며 계속 귓속말로 수군거리더니 곧 우리 반 여학생 스물두 명이 웅성거리는 소리가 들려왔다.

이 난관을 어떻게 벗어날까 골몰하였으나 뾰족한 방법을 찾을 수가 없었다. 눈앞이 점점 캄캄해졌다. 장화를 책상 아래 안쪽으로 계속 밀어 넣어 감추는 방법 빼고는 다른 도리가 없었다. 그러고는 그 말을 듣지 못한 척하고는 하교 때까지 뭉개고 지냈다. 쉬는 시간에 화장실에 가지도 못했다. 그날처럼 길었던 오후가 없었던 것 같다.

하교 후 급히 집에 돌아와서 아버지에게 투정을 부렸다. 아버지는 아무 말씀도 하지 않으셨다. 나를 바라보는 아버지 눈길이 무척이나 외로워 보이셨다. 며칠 뒤 우리 집 대청마루 밑 신장에 있는 그 장화를 다시 보니 뒷굽이 지난번보다 훨씬 낮게 잘려져 있었다. 아버지는 나에게 그 장화를 굳이 신으라고 권하지도 않았지만 남자 것으로 변형된 그 장화를 나도 종내 신지 않았다. 그 장화는 내가 고등학교를 졸업할 때까지도 신장 안에 그대로 있었다. 아버지가 간혹 신고 다니는 것 같았다.

지금 우리 집 신발장에는 여자 신발로 가득 차 있다. 내 신발은 구두 한 켤레가 고작이다. 직장에 다니는 큰딸은 평소 바닥에 두고 있는 것만 해도 족히 네다섯 켤레나 된다. 내가 이렇게 신발 수가 적은 것은 구두 하나 사면 대개 4-5년 넘게 신기 때문이다. 최근에도 밑창을 한두 번은 갈고 옆에 구멍이 뚫려야 비로소 새 신발을 사기 때문이다. 요즈음 같은 세상에 별로 자랑스러울 것이 없는 이 고약한 버릇은 신발 장사를 하던 아버지의 영향을 받은 것이 아닌가 여기고 있다. 그때 그렇게 원망스럽던 아버지의 절약이 지금은 가슴앓이가 되어 가끔은 나를 눈물짓게 한다. 철없는 아들을 바라보는 아버지의 그때 그 외로운 눈길이 불현듯 떠오르곤 하기 때문이다. 아버지가 남자 것으로 고친 그 장화를 계속 신고 다닐 걸 하는 때늦은 후회를 할 때도 가끔 있다.(2010. 1. 6.《조선일보》게재)

# 어머니 어머니 우리 어머니

지난해 12월 초 시제時祭에 참석할 겸 경남 진주 고향집에 계신 어머니를 찾아뵈었다. 누군가 삶이란 치열한 전투라고 했던가! 열여섯에 가난한 집으로 시집와서 자식 아홉을 낳아 성취시키다가 넷을 앞세우며 살아온 모진 세월이 100년, 저 순탄하지 않았던 세월의 가닥처럼 어머니 얼굴에는 삶의 굽이굽이들이 주름살로 완연했다. 그 삶이 얼마나 힘겨운 전쟁이 있는지 굳이 말하진 않았지만 그토록 서럽고 아팠던 어머니의 삶을 내가 어떤 글로 표현해야 값하겠는가!

지난해 6월 형님이 옆에 계신 시골집으로 어머니를 모셔다드렸다. 수구초심首丘初心, 내 집에서 죽어야 한다는 명분에다 정신이 좀 있을 때 당신 문제를 결정해 놓겠다고 우기셨기 때문이다. 평생 흙을 만지면서 사신 분인데 우리 네 식구 모두 일터에 나가니 낮에는 집이 아니라 적막강산 감옥소 그것이었다. 더구나 데면데면하기만 한 아들보다 동네 이웃들이 더 정겹게 느껴졌는지도 모른다. 방문 열고 고개만 들면 아버지 무덤이 훤히 보이는 시골집과는 달리 숫자를 눌러야만 겨우 들어갈 수 있는 대문, 흙한번 밟아보기 힘든 아파트가 생리에 맞을 리 없었다. 어머니에게 서울은 너무 낯설고 힘든 세계였던 것이다.

학회 참석과 답사 등 외국 나들이로 몇 개월 동안 어머니를 찾아뵙지 못했다. 역시 나이에는 장사가 없는 모양이다. 어머니는 이 막내아들까지 알아보지 못하신다. 서울에 계실 때 약간의 치매 기미를 보이시긴 했지만 갑자기 어안이 벙벙하다. "네가 나를 데려가려고 왔느냐!"고 해서 아니라고 했다. 나를 저승에 데려갈 사자로 오인하신 모양이다. 시제로 부산하던 집이 휑하게 되고, 비마저 추적추적 내린다. 작별을 하고 떠나려는데 잠시 정신이 드셨는지 "몇 밤 자고 올 것이냐! 오늘 밤만 자고 내일 올 것이냐!" 하고 다그치신다. 그 애절한 소리를 남겨둔 채 고향집을 나서야 했다.

76년 동안이나 해로했던 98세와 89세 노부부의 사랑과 사별死別을 그린 영화를 보았다. 두 사람은 하루 24시간 같이 있어도 조금도 지겹지 않은, 아니 옆에 있지 않으면 그 빈자리가 크게 느껴지는 연인이자 친구였다. 아내는 해수로 기침을 해대는 남편 옆에 앉아 두 손 모아 "님아, 그 강을 건너지 마오"라고 애절하게 기원한다. 부부란 원래 그런 것이다. 아니 그런 것이어야 한다.

서울로 돌아오는 차창 앞에는 어머니의 엉클어진 백발이 눈보라 되어 휘날리고 있었다. 아버지가 돌아가신 지 어언 35년이다. 어머니는 내 나이보다 젊은 65세에 혼자 되셨다. 그동안 주로 서울 우리 집에 와 계셨다. 그간 아버지를 잃은 어머니의 슬픔이나 아버지의 빈자리를 나는 한 번도 헤아려 본 적이 없었다. 아버지가 떠나신 뒤 어머니는 당연히 혼자이고, 혼자여야 한다고 여겼다. 어머니는 짧지 않은 35년 세월을 '과부寡婦'로 살았다. 꼭두새벽에 혼자 일어나 멍하니 앉아계시는 어머니를 수없이 목도하고도 어머니에게 '과부'라는 단어는 당치도 않다고 단정했다. "아무리 효자라도 악처惡妻보다 못하다"는 속언俗言이 빈말이 아니었다. 어머니의 그런 스산한 후반생은 불효한 내가 만든 것이었다.

어머니가 며느리에게 되풀이한 레퍼토리는 두 가지였다. 하나는 "박씨 집 안에 시집온 뒤 공짜밥을 먹지 않았다"는 것, 다른 하나는 "네 시아버지와 참 좋은 세월을 보냈는데 …"라는 것이었다. 그것들이 어머니의 자존심이 었고, 세상 어느 것과도 바꿀 수 없는 어머니의 값진 추억이었다. 그 꼿꼿 하던 어머니의 자존심과 추억마저 세월의 무게 앞에서 그렇게 사라져갔다.

부모를 모시고 사는 사람은 많지만 사랑하는 사람은 드물다고 한다. 공자는 공양供養은 짐승도 하는 일이라고 하였다. 우리 세대는 의무감에서라도 부모를 내팽개치는 사람은 드물다. 하지만 부모를 진정 공경하고 사랑하는가라는 질문에 자신있게 "그렇다"고 답할 사람은 그리 많지 않을 것이다. 밥을 떠먹일 수는 있어도 대소변을 가리지 못하는 어머니를 제 몸 씻듯이 깔끔히 목욕시킬 수 있는 아들은 별로 없는 것 같다.

새해를 맞아 다시 어머니를 찾았다. "저 허연 영감이 누구냐"고 어머니는 형님에게 물었다. 기가 막혔다. 어머니는 이 아들을 이미 기억에서 지워 버리신 것이었다.

어머니는 고된 여행을 마치고 이제 '그 강'을 절반 이상 건너 강 저편에 마중 나와 계시는 아버지에게 손을 흔들고 계신다. 그러나 나는 아직 작별도, 배웅의 말도 어머니에게 건네지 않았다. 어머니가 배를 잠시 돌려서 그동안 내가 털어놓지 못했던 "어머니 죄송했어요. 그리고 고마웠어요. 진짜 사랑했어요!"라는 말만은 제발 듣고 가셨으면 하는 것이 이 막내아들의 간절한 소망이다. 그 강을 건너서 저승에 가면 부모 자식 간은 다시 만나지 못한다는데 …. 어머니가 이렇게 갑작스레 혼을 놓으실 줄은 정말 몰랐다. 후회後悔라는 말은 진정 '뒤에 하게 되는 참회'라는 뜻인가 보다. (2015. 3. 4. 《조선일보》 28면 게재)

# 자전거 뺑소니 사고

사고를 내고 뺑소니치는 것은 죄질이 아주 나쁜 것이라 '과중처벌'하는 것이 요즈음의 교통법규이다. 나는 자동차는 아니지만 한때 자전거 사고를 내고는 뺑소니를 친 적이 있다. 부끄러운 일이 아닐 수 없다. 이미 50년 가까운 세월이 지난, 아주 오래된 옛날 일이지만 요즈음도 자전거만 보면 그 뺑소니 사건이 불현듯 생각이 나고 그때 내가 친 할머니와 발등에 흘러내리던 피가 떠오른다.

근자에는 흔해 빠진 것이 자전거이지만, 60년대만 해도 지금의 고급 외제자동차 못지않게 그것을 갖는 것은 쉽지 않는 일이었다. 무엇보다 가격이 너무 비쌌기 때문이다. 5.16 군사쿠데타 직후 우리나라의 국민 1인당 총생산량이 100불도 채 되지 않는데다 제대로 된 공산품 하나 생산하지 못하던 당시 실정을 상상하면 그때 자전거가 얼마나 고가품이고 귀중품이었는가는 쉽게 짐작이 갈 것이다. 넷째 형님에게 이 귀중하고 고가품인 자전거가 한 대 있었다. 무슨 형편이 좋아서 형님께서 이런 자전거를 소유하게 되었던 것은 결코 아니었다. 자전거는 형님에게 필수불가결한 생계도구였기 때문이었다. 그래서 형님은 시간만 나면 자전거를 닦고 기름칠하며 애지중지 하였던 것이다.

형제들이 줄줄이 학교를 다니던 때라 당시 우리 집안 형편은 특히 좋지
않았다. 형님은 진주농과대학(현재 경상대학) 농학과를 다니다 학병으로 1
년 6개월을 최전방 철책선 안에서 근무하다 만기제대를 하고 돌아왔다. 복
학을 하려 했으나 당시 등록금을 마련할 여력이 없었을 뿐만 아니라 매달
내야 하는 하숙비도 문제였다. 형님은 마침내 공무원시험을 치러 진주에
있던 경상남도 잠업시험장에 근무하게 되었다. 그것으로 내 학비뿐만 아니
라 하숙비까지 책임졌다. 지금은 상상하기 힘들지만 학생과 공무원이라는
두 가지 직업을 동시에 수행하게 되었던 것이다. 그런 것이 가능했던 것이
우리나라 60년대 대학의 사정이고, 또 공무원 사회였던 것이다. 아마도 우
리 형제들 가운데 가장 어려운 대학생활을 보내지 않았나 싶다. 잠업시험
장은 당시 진주 교외인 남강댐 바로 아래 평거동 인적이 드문 강변의 뽕
나무 밭 속에 자리잡고 있었다. 진주시내에서 그곳을 가려면 20리는 족히
되는 거리였을 뿐만 아니라 버스길에서도 한참 벗어나 있었다. 그런데다
까다로운 교수가 담당하는 과목엔 근무시간 중이라도 급히 학교엘 달려가
출석해야 했기 때문에 자전거가 꼭 필요했던 것이다. 근무 당초부터 자전
거를 가지고 있었던 것은 아니었다. 봉급의 상당 부분을 쪼개어 모아 몇
달 만에 어렵사리 마련하였던 것이니 그 자전거가 형님에게는 어떤 물건
이었는지 쉽게 짐작하고 남음이 있는 것이다.

형님이 두 가지 일을 할 수 있는 데에는 이 자전거와 동료학생들 도움
이 절대적이었다. 우선 학교와 직장을 연결하는 데는 자전거보다 더 좋은
교통수단이 없었다. 동료학생들은 가끔 대리 출석을 해주고 수업노트까지
빌려주었다. 형님은 그 노트를 빌려와 저녁에 다시 베껴 놓은 뒤 틈틈이
공부하면서 중간·기말시험에 대비하곤 하였다. 고등학교 시절 나는 넷째

형님과 같은 방에 하숙을 했다. 당시 나는 형님의 이런 고초를 이해하기보다는 형님의 자전거 자체에 더 관심이 갔다. 자전거가 너무도 타고 싶었기 때문이었다. 형님이 퇴근 뒤 하숙집으로 들어오기만 하면 그 자전거에 온통 신경이 쏠려 공부가 제대로 되지 않았다. 그래서 기회를 엿보면서 형님의 자전거를 몰래 끌고 나가 타곤 했다. 형님은 그런 사실을 알고는 있었지만 그렇다고 막냇동생에게 마냥 박절하게 대할 수는 없었기 때문에 짐짓 모른 체한 것으로 짐작하고 있다.

처음부터 내가 자전거를 탈 줄 알았던 것은 아니었다. 형님이 자전거를 구입하자마자 바로 진주시내 자전거포에서 자전거를 빌려 타는 법을 익혔던 것이었다. 어느날 익숙하지 않은 자전거 운전 솜씨 탓으로 몰래 가지고 나간 자전거에 흠집을 내고 말았다. 그 사건으로 형님의 불호령이 떨어진 것은 말할 것도 없고 그제부터 자전거를 기둥에 쇠사슬로 단단히 묶어놓았다. 더 이상 형님 자전거를 탈 수가 없게 되었고 당시 나에게는 매우 고통스런 일이었다.

형님에게는 약점이 있었다. 두 가지 일을 하다 보니 아무리 젊고 건강한 시절이라 하더라도 심신이 피곤할 수밖에 없었던 것이다. 근무를 마치고 귀가하여 빌려 온 노트를 다시 베끼자니 저녁만 먹고 나면 눈꺼풀이 자꾸 내려 감기기 마련이었다. 형님이 노트를 베끼다 책상에 엎드려 자고 있는 모습을 자주 발견하곤 했다. 나는 노트를 베껴 줄 것이니 자전거를 대여할 것을 제의하였다. 노트 10장에 한 시간 대여라는 계약이 성립되었다. 이렇게 하여 나는 형님의 보물인 자전거를 얻어 탈 수가 있었다.

내가 주로 자전거를 타던 길은 하숙집이 있던 진주 옥봉남동에서 수정동을 거쳐 봉래초등학교 앞에서 서쪽으로 90도로 꺾어 당시 진주법원이 있던 곳까지 깔려 있는 아스팔트길이었다. 서부경남의 중심도시라지만 진주에는 당시만 해도 아스팔트가 깔려 있는 길이 몇 가닥 되지 않았다. 그 길은 간선도로가 아니어서 도로에 사람이 비교적 적은 데다 아스팔트까지 포장되어 있었으니 자전거 타기에는 안성맞춤이었다. 핸들에서 두 팔을 떼고 질주하는 기분이란 개선장군도 그에 견줄 바가 아니었을 것이다.

내가 자전거 사고, 그것도 '뺑소니 사고'를 저지른 것은 고2 때 겨울방학을 얼마 앞둔 어느 날이었던 것으로 기억한다. 봉래초등학교 정문 앞에서 법원 쪽으로 커브를 트는데 문득 앞에서 달려오는 트럭 한 대를 발견한 것이다. 당황한 나머지 흙길 보도 쪽으로 핸들을 틀 수밖에 없었다. 마침 할머니 한 분이 천천히 걸어가고 계셨는데 그분을 치고는 나도 저만치 나가떨어져 버렸다. 무척이나 아팠지만 대강 수습하고 일어나 쓰러진 할머니를 일으켜 세웠다. 할머니 버선이 찢어져 있었다. 자전거 페달에 찢겨진 것이 아닌가 짐작한다. 그 사이로 보이는 발등 위로 피가 흘러내리고 있었다. 할머니 얼굴은 통증으로 일그러져 있었다. 이 난처한 상황을 어찌 처리해야 좋을지 몰랐다. 할머니는 이윽고 정신을 차리시더니 "애야! 내가 먼 데를 보다가 네가 오는 줄도 모르고 …"라며 오히려 미안한 표정을 지으며 나를 안심시키는 것이 아닌가! 나는 할머니 말씀을 굳이 부정하지 않았다. 다만 뒷주머니에서 손수건을 꺼내 발등의 피를 닦아 드리면서 빨리 그 난처한 국면을 모면할 것만을 궁리하고 있었다. 할머니는 "애야 이것은 금방 낫는데이 … 이제 걱정 말고 어서 가보거래이 …"라 하는 것이었다. 나는 이 말을 듣고는 이게 웬 떡인가 하고는 남이 보지 않았을까 살피고는 그 자리를 급히 피하고 말았다. 하숙집에 돌아와 곰곰이 생각하니 내가 저지른 일이 너무 어처구니없는 것이었다. 피 흐르는 발등이 자꾸 눈에 아른거렸다. 그 사고 장소로 다시 가지 않을 수 없었다. 할머니를 가까운 병원에라도 모셔가서 간단한 치료라도 해 드려야 한다는 생각이 들어서였다.

그러나 할머니는 보이지 않고 할머니가 흘린 핏자국으로 얼룩진 땅바닥이 나를 기다리고 있었을 뿐이었다. 나는 발로 흙을 파 핏자국을 덮고는 돌아왔다. 흙바람이 내 등 뒤를 세차게 때리고 있었다. 내 발등이 겨울바람에 아파왔다.

사건의 전말은 그랬지만 여하튼 나는 자전거를 운전하다 사고를 내었고, 또 '뺑소니'를 치고 만 것이었다. 그 사건 이후 자전거만 보면 그 할머니 모습과 여러 생각이 떠오르기만 했다. 그 사고로 앓아눕지나 않았는지, 아니면 그 사고로 혹시 돌아가시지는 않았는지 하는 생각이 늘 마음 한구석에 자리하고 있었던 것이다. 그때 할머니를 바로 병원에 모셔가 치료를 해 드리고 또 용서를 빌었어야 했는데 그저 가족들이 몰려와 윽박지르지나 않을까 너무 두려웠던 것이다. 그 사고의 책임을 오히려 자기 탓으로 돌렸으니 지금 생각해도 할머니는 천사와 같은 분이셨다. 그 할머니는 나 같은 철없는 손자를 두고 계셨던 것일까? 이미 40여 년 전의 오랜 옛날 일이고 지금 생각해도 할머니의 훈훈한 정이 나를 감싸고 있지만, 당시 내가 한 행동은 좀체 용서되지 않고 있다. 그런 일을 저지른 뒤 수십 년 동안 나는 자전거를 한 번도 타지 않았다.

형님이 친구들에게서 빌려 온 노트를 꾸준히 베껴 주었지만 그 뒤 형님에게 자전거를 빌려 달라고 한 번도 말하지 않았다. 형님이 의아해한 것은 당연한 일이었다. 형님에게는 지난번 시험 결과가 별로라서 이제 오로지 공부만 전념하기로 했다며, 내 '비장한' 결심을 통보하는 식으로 꾸며댔다.

다시 자전거를 타게 된 것은 그 사고로부터 30년이 지난 뒤였다. 1년 동안 중국생활을 하면서였다. 자전거 천국인 중국에서 생활하기 위해서는 자전거가 빠질 수가 없는 것이었기 때문이었다. 그 뒤 미국에서도 마침 귀국하는 학생이 물려주고 간 자전거가 있어 잠시 소유한 적이 있었다. 그러나 자전거를 타는 것이 이전처럼 신나는 일도 아니었을 뿐만 아니라 자전거에 올라탈 때마다 그 옛날 피가 흘러내리던 할머니 발등이 자꾸 떠올랐다. 그 인자했던 할머니는 지금은 이미 고인이 되었을 것이다. 그때 나의 성숙하지 못한 행동이 지금도 나를 여전히 문책하고 있다. "할머니! 할머니는 아무 잘못이 없었어요! 모두 제가 잘못한 것이었습니다. 용서해 주세요! 할머니!" 지금에 와서야 진심으로 할머니에게 이렇게 용서를 빌어본다. 영명하신 신령이시라면 내 진심에서 우러난 이 용서의 목소리를 듣고 웃고 있을 것이라고 자위하고 싶다.(2007. 5. 11.)

# 오징어

　오후 늦은 시간이라 출출하여 오랜 도시락 친구였던 K교수 연구실에 들려 요기할 것이 없느냐고 물었다. 이 시간이 되면 나는 그의 연구실을 자주 찾는다. 그의 냉장고에는 먹을 것이 참 많기 때문이다. 그가 책상 서랍에서 오징어포를 꺼내준다. 그가 오징어를 무진 좋아하는 것은 이미 익히 잘 아는 사실이다. 오징어와 관련하여 그는 황당한 사건(?)을 저지른 적이 있기 때문이다. 10여 년 전 어느 토요일에 일어난 일이다. 오후 늦은 시간 4층 연구실에 남아 있는 교수가 아무도 없는 줄로 여기고 그는 천연스럽게 핫플레이트에 오징어를 구워 먹었다. 오징어 냄새가 그의 연구실을 넘어 복도를 거쳐 결국 50미터나 떨어진 화장실까지 퍼져 퇴근길에 용변을 보러왔던 어느 교수에게까지 감지된 것이다. 그 교수가 이상한 냄새가 나니 혹시 불이 났을지도 모르니 당직실에 잘 체크해 보라고 전화 연락을 한 것이다. 이 일로 그는 정말 "교수 체신에 손상이 가는" 추태(?)를 보이게 되었다. 나는 그 일이 문득 생각나 그의 아픈 추억을 거론하였다. 그러면서 둘이 오징어포를 뜯으면서 한참 웃었다. 그는 누군가 오징어포를 선물했었는데 집에 그걸 먹는 사람이 없어 학교에 가져다 놓았노라고 굳이 내게 해명하려 들었지만 그가 뭐래도 그의 오징어 애호벽이 있다는 것을 내가 알게 된 역사는 이렇게 오랜 것이다.

오징어야 그만 좋아하는 것이 아니라 나도 무진 좋아한다. 해산물 가운데 가장 맛난 것이라고 오랫동안 여겨왔던 것이 바로 이 오징어포이기 때문이다. 그러나 나는 그 맛난 오징어를 10여 년 동안이나 입에 넣지 않은 적이 있다. 내 남동생과 이 오징어에 얽힌 아픈 사연 때문이었다. 그 뒤 다시 오징어를 먹기 시작하여 지금도 오징어는 나의 기호 식품 목록 가운데 제일 상위를 여전히 차지하고 있다. 요즈음 들어 이빨도 좋지 못하고 고지혈 수치도 높아 나름으로 꽤 자제하고는 있지만 가끔 집에서 못 마시는 술을 한 잔 할 때엔 아내에게 이 오징어포를 부탁하곤 한다. 우리 세대 사람들에게는 누구나 먹을거리에 대한 추억을 하나둘씩은 지니고 있겠지만 오징어에 대한 나의 추억은 유별나다.

우리 동네에 어물 장수 아저씨 한 분이 계셨다. 농사도 지었기 때문에 장사를 전업으로 한 것은 아니었지만 5일장이 열리는 날이면 그분은 빠짐없이 오징어, 멸치, 명태 등 각종 어물을 지게에 가득 지고 와 장터 한 귀퉁이에다 노점을 열었다. 요즈음처럼 자동차는커녕 리어카도 아닌 지게에 진 것이 그분의 전체 재고였을 뿐이니 지정된 점포를 가지고 있는 큰 어물전과는 경쟁이 처음부터 되지 않을 정도로 그 영업은 매우 영세한 것이었다. 나는 오징어만 보면 당시 지게 위에서 이리저리 나풀거리며 춤추던 오징어 다리가 생각난다. 나는 이 오징어와 관련하여 두 가지의 진한 추억을 가지고 있다. 하나는 내 남동생과 얽힌 이야기이고, 다른 하나는 어물 장수 아저씨와 그 가족에 관한 이야기이다.

나도 그랬지만 내 남동생은 나보다 오징어를 더 좋아했던 것 같다. 내가 초등학교 6학년 때인 가을 어느 날 하찮은 병으로 그가 저세상에 갔으니 그놈의 인생은 짧디 짧은 10년에 불과하다. 그렇지만 그놈은 나에게 둘도 없는 남동생이었고, 그러기 때문에 그 애에 대한 추억은 50여 년이 지난 지금도 금방 그린 수채화처럼 새롭게 다가온다. 해방 뒤 우리나라 일반 가정의 딱한 사정이야 여기서 세세히 설명하지 않아도 다들 익히 짐작되는 일이지만 우리 집도 줄줄이 7남 1녀 각자 배를 채우는 것만도 여간 어려운 일이 아니었다. 그러다 보니 형제 사이에도 생존을 위한 경쟁이 치열하게 벌어져 형제간에 진한 우애를 나누기보다는 서로 투정하고 툭하면 주먹질이 오가기도 하였다. 여섯째 아들이었던 나와 일곱째인 동생은 일방적으로 형들에게 당하는 처지였다. 우리도 사사건건 다투기 일쑤였지만 단한 가지 일에서는 그 녀석과 나는 의기투합하였다. 오징어 사먹기 합동작전에 있어서는 말이다. 아버지는 돈에 대한 집착이 이 세상 그 어느 누구보다 못지않았지만 돈 관리는 비교적 허술하였다. 일제 강점기부터 써오던 아버지의 가죽 돈 가방이 큰 방 시렁 걸이에 항상 걸려 있었기 때문이다. 그 녀석이 나를 꾀었는지 내가 동생놈을 꾀었는지 확실하지 않지만 어느 날부터 아버지 돈 가방에 우리들은 손을 대기 시작한 것이다. 일단 돈을 확보하게 되면 오징어를 사러 신작로 옆 우물가 어물 장수 집으로 달려갔다. 우리들은 오징어 한 마리를 사서는 추수 뒤 만들어진 긴 대열의 벼 짚동 사이에 숨어들었다. 잽싸게 다 먹어 치우고는 천연스럽게 집으로 돌아와 평소에 닦지 않던 이빨을 소금으로 닦아 오징어 냄새를 없애곤 했다. 적어도 2-3년 동안은 그런 짓을 더러 지속하였던 것 같다.

지금 생각해 보면 우리들의 이런 도벽은 어처구니없는 일이었지만 아버지는 동생이 죽을 때까지 그 낌새를 전혀 알아채지 못했던 것으로 보인다. 알았다면 평소 엄격한 아버지 성격으로 불호령을 내렸을 것이다. 나는 그 애가 죽은 뒤 한동안 저승길에도 오징어가 있는지 궁금해한 적이 있다. 그리고 그 녀석이 오징어가 생각나서 어떻게 견디는지 안타까워하기도 하였다. 오징어만 보면 지금도 내 남동생과 얽힌 추억이 새록새록 돋아난다. 언제 고향에 가면 마을 앞산 공동묘지에 있는 동생 무덤에다 오징어나 듬뿍 놓고 올까 하는 생각을 해본다.

내 동생과 오징어에 얽힌 사연을 제공한 어물 장수 아저씨에게도 한이 많았다. 당시 시골 깡촌에 사는 사람치고 한이 없는 사람이 어디 있겠냐마는 그분도 우리 아버지에 못지않게 한이 많았던 것 같았다. 그 아저씨는 원래 우리 동네에 연고가 있는 분이 아니었다. 우리 마을과 20여 리 떨어진 의령군 화정면에 본가가 있었지만 일제 강점기 때 먹고 살 길을 찾아 고향을 등지고 '만주滿洲 봉천奉天'으로 가 오랫동안 보냈다. 해방 뒤 고향으로 돌아왔으나 아무런 생활 근거가 없는 터라 동생이 있는 우리 마을로 줄줄이 얽힌 가속을 거느리고 이사해 왔다. 그분 동생이 내 이모부였다. 이모부 역시 손위 동서인 우리 아버지 배려로 강점기 말 우리 동네로 이사와 겨우 입에 풀칠을 하고 있었다. 그분은 술이 입에 들어가기가 무섭게 "만주 봉천은 수수밭에서 해가 떠서 수수밭으로 해가 진데이 …" "김좌진 장군이 말이야! 번개 같이 빨라 …"라며 그가 만주벌판을 누비던 독립군으로 활약한 듯 만주생활을 으스대며 우리에게 신이 나서 소개하곤 했다. 그러나 그런 자랑도 얼마지 않았다. 그 큰 덩치에 걸맞지 않게 신세타령에 끝내는 울음을 터트리곤 했다. 그분에겐 내세워 자랑할 것이라곤 '봉천' 그것뿐 딱히 다른 것이 없는 것 같았다. 그럴 때마다 좁디좁은 산골 마을에 사는 우리 어린 친구들은 광활한 만주벌판에 대해 자못 감탄하곤 했지만 어른들은 자리를 슬슬 뜨곤 했다.

그 아저씨에게는 아들 넷이 있었다. 가정 형편이 그리 넉넉하지 않아 다들 고등 교육은 받지 못했지만 나의 초·중·고 5년 후배인 둘째는 공부를 썩 잘하여 당시 입학하기 어려운 사관학교에 진학했다. 그 아저씨에겐 진짜 꿈이요, 자랑거리가 생긴 것이다. 그 친구가 사관학교 다닐 때는 가끔 주말에 내 하숙집이나 기숙사에 찾아와 하룻밤 자고 가곤 했다. 30호 정도인 우리 작은 마을 출신으로 당시 서울에 살고 있는 사람이라곤 나뿐이었기 때문이다. 그러나 나는 분명히 기억한다. 내가 잠시 하숙하던 동숭동 하숙집에 생도 1학년인 그가 하룻밤을 자고 갔을 때 일이다. 반상에 오른 오징어무침을 그는 전혀 손대지 않는 것이었다. 이 오징어에 대한 그의 생각이 특별하다는 것을 금세 눈치챌 수 있었다. 그 친구는 장군이 되어 가문을 일으키는 것이 꿈이라 하였다. 그런 꿈은 허황한 것도 아니고 과욕을 부린 것도 결코 아니었다. 생도 시절에는 신체도 건장하여 럭비선수로도 활약했다. 내가 간혹 고향에 들리면 그 집 논이 우리 성묘길 옆에 자리하고 있어 그의 형을 자주 만났다. 그 형은 나보다 두 살 위인데 내게 굳이 동생 이야기를 끄집어내곤 했다. 결론은 별을 곧 달게 된다는 말이었다. 사실 나도 진정으로 그러기를 기다렸다. 우리 마을에도 별을 단 장군, 아니 참모총장이 나왔으면 하는 간절한 희망에서였다. 그러나 그의 소식이 점차 뜸해지더니 요즈음은 아예 두절되어 버렸다. 아직도 그 친구가 별을 달았다는 이야기를 전해 듣지 못했다. 별을 달 나이가 이미 훨씬 넘은 것 같기도 하다.

  우리처럼 깡시골에서 올라온 사람이 별을 다는 것은 '하늘에 있는 별 따는 것'처럼 어려운 일인가 보다. 어물 장수 아저씨는 작고한 지 이미 오래다. 그러나 지금도 비닐하우스에서 힘든 나날을 보내고 있는 그의 형 검은 얼굴에 환한 햇살을 비추어주기 위해서라도 그가 장군이 아니더라도 다른 방면에서라도 크게 출세하기를 빌어본다. 입신출세를 기대하기에는 이미 늦은 나이이지만 아직 그에게도 남은 인생이 한참 있기 때문이다. 오징어는 그에게 슬픈 추억으로 남아 있을까? 오징어가 고향과 아버지에 대한 애틋한 추억으로 새겨졌으면 하는 희망을 가져 본다.(2009. 1. 5.)

# 누나

    나에게는 한 분의 친 누나도 누님도 없었다. 손위 누이를 부를 때 흔히 사용하는 '누나'와 '누님'이라는 말 사이에는 상당한 차이를 느낀다. '임'자라는 존칭에서 뭔가 거리감이 느껴지는 것은 나만이 아닐 것이다. 누나든 누님이든 빛바랜 치맛귀를 잡고 그 옆에 의지해 서 있을 수 있는 존재가 내게도 있기라도 했으면 좋겠다는 생각은 칠순이 가까운 이 나이에도 여전하다. 제아무리 명징한 이성으로 누나라는 존재를 규정하려 해도 그 말 앞에 나는 여전히 무력하다. 누나나 누님이라는 호칭은 '형'이나 '형님'과는 비교할 수 없을 정도로 나를 여전히 따뜻하게 만들고 있기 때문이다. 누나는 어머니와 다른 페이소스다. 에둘러 표현할 것도 없이 나에게 누나는 여전히 손에 잘 잡히지 않는 몽환적인 존재다. 가슴 밑바닥에 꼭꼭 눌러 숨기고 살아가고 있지만 누나는 내겐 문득 뒤돌아서면 다시 그리워지는 자운영꽃과 같은 사람이다.

    나에게 누나가 있긴 했다. 우선 친·외가를 합쳐 사촌 누나가 다섯이나 있었다. 그렇지만 이 가운데서 이 '누나'라는 말에서 흔히 느껴지는 애틋한 감정 같은 것을 제대로 느낄 수 있는 존재를 한 번도 가져 본 적이 없다. 사촌 누나들과 관계가 소원했던 가장 중요한 이유는 이들 누나들과 접촉할 기회가 거의 없었기 때문이다. 누나들은 내가 아주 어렸을 때에 이미 출가 했고, 그렇지 않은 누나라 하더라도 집이 멀리 떨어져 있어서 설·추석 등 명절이 아니면 거의 만날 기회가 없었다. 더군다나 내가 공부를 위해 고향을 일찍 떠났기 때문에 더욱 그러했다. 그들 누나들은 초등학교를 졸업하고 거의 대부분 가사를 돌보다 시집을 갔다. 그 누나들에게서 어떤 추억이나 기억을 남길 만한 기회를 끝내 잡지 못하고 말았다. 지금도 집안 혼사 같은 때에 만나도 서먹서먹하기만 하다. 내가 태어나기도 전에 친 누나 하나를 잃었다. 겨우 두 살 때에 죽었기 때문에 가족 가운데 어머니 의식 속에 가느다랗게 존재하고 있을 뿐이다.

아내는 내가 요즈음 들어 남에게 뭔가 의지하려는 성격으로 변해 간다고 말한다. 그것은 단순히 남이 아니라 여성이고, 정확하게 말하면 '누나'에 대한 의지라고 해야 맞을 것이다. 아내가 나에 대해 내린 진단이 사실에 가깝다고 한다면 그것은 요즈음 내가 '누나'의 정에 굶주린 것 때문이 아닐까 하는 생각이 든다. 이 나이에 그게 무슨 소리냐고 반문할 사람이 많을 것이다. 나름으로 힘들게 살아왔건만 지나고 보니 봄꽃이 피는 시간만큼도 길지 않는 것이 인생역정이었다. 속절없이 늘어가는 나이테 숫자에도 제대로 성취한 것이 있어 보이지 않기 때문이다. 추사 김정희는 먹을 갈아 벼루 여러 개를 밑창 냈고, 다산 정약용은 20년 동안 복사뼈(踝骨)가 닿은 자리가 세 번이나 구멍이 날 정도의 각고 끝에 수많은 대작들을 내었는데 말이다. 내 공부의 성과를 생각하면 그저 구차하고 민망할 뿐이다.

'누나'의 정을 향한 내 기갈飢渴은 유래가 깊다. 그것은 우리 집안에 여자들이 적다는 이유가 가장 클 것이다. 어머니와 여동생 하나를 제외하면 아버지를 포함해서 남자 7-8명이 집안을 채우고 있었으니 집은 거칠고 '남성적'인 공기로 꽉 차 버렸다. 좀 심하게 말하자면 찬바람이 쌩쌩 부는 겨울날씨와도 같았다. 우리 형제 사이에는 서열주의에 따라 상명하달 체계가 작동되고 있었다. 자질구레한 일들은 모두 서열이 아래인 동생에게 미뤄지기 일쑤였다. 남아로서 제일 막내였던 내가 자유롭게 숨 쉴 곳은 집이 결코 아니었다. 일요일도 방학도 아예 없었으면 좋겠다고 생각했다. 하교 후에도 집에 들어올 생각이 별로 나지 않았다. 그나마 자식 교육열만큼은 어느 누구에게도 뒤지지 않았던 부모님 덕분에 "숙제가 있다"거나 "시험이 있어 공부해야 한다"고 하면 잔심부름에서 면제가 되었다. 공부를 하든 하지 않든 그저 책상 앞에 붙어 앉아 있어야 했다. 내가 공부에 취미를 그나마 조금 붙였던 것도 이런 집안 분위기도 한몫했다고 할 수 있다. 요즈음도 집안사람들이 모이는 곳에서는 나는 좀체 발언을 하지 않는다. 그것은 어릴 때부터 내가 익숙한 습관이라 아무리 벗어나려 해도 좀체 개선되지 않는다.

이런 분위기에서 자란 나는 누나라도 하나 있었으면 내 응어리를 풀어 주고 아픔을 감싸 주었을 텐데 하는 생각을 자주 하게 되었다. 내가 아직 초등학교에도 들어가기 이전의 일이지만 우리 집에는 가정부 누나 한 사람이 있었다. 그 당시 우리 집 형편이 가정부를 둘 정도로 풍족해서도 아니었다. 전쟁 뒤 어려운 시절 누나는 주린 배를 채우고자 우리 집에 와서 일을 거들고 있었을 것으로 짐작한다. 나보다 대여섯 살 정도 위였던 것으로 생각되니 그 누나 자신도 당시 어린애에 불과했던 것이다. 남의집살이라서 그런지 누나는 어른스러웠다. 그런 누나에게 조금만 다리가 아파도 업어달라고 했고, 화가 조금만 나도 마구 투정을 부렸다. 그 누나는 나를 그냥 감싸 주기에 바빴다. 심통이 난 나를 데리고 논두렁이나 뒷산으로 데려가 화를 삭여 주기도 하였고 내가 원하는 것이면 어떤 것이든 해결해 주려고 애썼던 기억이 난다. 바로 윗마을 신작로 옆에 서 있는 효자문까지 누나의 등에 업혀 간 적이 있다. 석 달 열흘간을 핀다는 배롱나무가 효자문 주위를 덮고 있었다. 누나의 목에서 흘러내린 땀방울이 삼베 윗도리 아래로 흘러내리고 있었다. 누나의 땀 냄새가 너무 좋았다. 때문에 한편 안 쓰러워하면서도 내려서 걷고 싶지 않았다. 얼마 뒤 그 누나는 우리 집을 떠나 자기 집으로 돌아가게 되었다. 본가의 형편이 좋아졌기 때문이 아니었을까 여겨진다. 누나가 눈물범벅이 된 채로 나를 뚫어지게 바라보며 대문 앞 돌계단을 내려갈 때 나는 얼마나 서럽게 발버둥 치며 울었는지 모른다. 그 뒤로 한 번도 그 누나를 만나지 못했다. 기억의 유효기간이란 허망한 법이라지만 그 누나에 대한 내 기억의 끈은 아직도 질기게 나를 동여매고 있다. 그 누나는 나에게 몽실언니의 영상으로 강하게 남아 있다.

나의 누나에 대한 첫 추억은 그렇게 애잔하게 시작되었다. 누나란 언제나 내 편이고, 나를 끝까지 감싸주는 후견자로서 이미지였다. 썰렁하기만 했던 우리 집에 다시 나타난 천사 같은 누나는 정말 인텔리였다. 부산에서 중학교를 마치고 고등학교를 진주여고로 진학한 친척 누나였다. 같은 박朴가로 10촌이 조금 넘는 친척이었지만 우리 할머니와 누나의 할머니가 자매였기 때문에 양가는 더욱 가깝게 지내고 있었다. 그 누나의 아버지는 우리 면에서 박가 집성촌인 덕실〔德谷里〕마을에 많은 토지를 가진 부재지주였다. 누나의 삼촌은 일제강점기 일본 동경 와세다〔早稲田〕 대학 경제학과를 나와 군정 시절 감찰위원을 지내기도 했으니 재력이나 권력 면에서 우리 집과 견줄 수 없을 정도로 튼실한 집안에서 누나는 자랐다. 덕실에 있는 토지 소작인에게서 지대를 거두는 임무를 띠고 누나는 부산 본가에서 일부러 파견되어 진주여고에 진학했던 것이다. 당시 교통이 좋지 않았던 부산 대신동 본가에 가기보다는 우리 집에서 주말을 보내는 때가 많았다. 우리 집에는 누나와 지식 수준 등에서 짝이 맞는 형님들이 여럿 있었기 때문일 것이다.

나의 두 번째 누나에 대한 추억은 그 누나와 함께 만들어진 것이다. 내가 초등학교 6학년이었을 당시 고3이었으니 누나와 나와는 여섯 살 정도 차이가 난다. 그 누나는 당시 여고에서도 빼어난 인물이었다. 마음 씀씀이도 매우 여성스러웠다. 누나가 우리 집에 올 때에는 거의 여고 교복을 입고 왔다. 누나의 교복 칼라는 너무 희고 또 항상 잘 다려져 있었다. 우리 시골에서 쉽게 만날 수 없는 단정한 여고생이었다. 누나는 언제나 내 편이었고 누구보다 나를 귀여워해 주었다. 시골에 왔을 때 누나가 할 일은 별로 없었다. 농사일이 지천으로 널려 있었지만 부모님은 누나에게 일을 시킬 수는 없었던 모양이다. 외모를 보아도 농사일과는 거리가 있어 보였다. 누나의 상대는 항상 나였다. 나를 데리고 산과 들을 돌아다녔다. 도시에서 자라 시골살이가 신기하기만 한 누나에게 내가 해 줄 수 있는 일은 많았다. 여치나 메뚜기를 잡아 주기도 하고 잠자리채로 많은 잠자리를 잡기도 했다. 누나와 함께 들판에 나갈 때는 평소 때보다 훨씬 더 용감해졌다. 개구리 뒷다리를 잡아 누나에게 보여 주기도 했다. 개천에서 미꾸라지를 잡기도 했다. 누나를 기쁘게 해 주는 것이라면 무엇이든 겁나지 않았다.

누나가 우리 집에 출입하기 시작한 나의 초등학교 4학년 이후 6학년까지 3년 동안 나는 누나와 정말 꿈같은 시간들을 보냈다. 특히 음력 10월 초에 일주일 정도 진주에서 영남예술제(현재는 개천예술제로 개명)가 열릴 때면 예술제에 가게 해 달라고 부모님에게 마구 떼를 썼다. 누나와 같이 며칠을 지낼 수 있었기 때문이었다. 누나는 여고 앞 상봉서동 어느 양옥집 이층에 하숙을 하고 있었다. 내가 최초로 본 양옥집이었고, 내 생애 최초로 잠을 자 본 복층집이기도 했다. 지금은 그 방안의 세세한 내부구조를 거의 잊었지만 나에게는 실로 경이로운 풍경이었다는 기억만은 완연하다. 누나가 우리 집에 올 적에도 가끔 누나와 같이 자기도 했지만, 누나와 단둘이 며칠 동안을 한방에서 보낸다는 것은 그때 나로선 꿈같은 일이었다.

예술제는 전야제 행사인 남강 유등제로부터 시작된다. 구경꾼들로 남강변이 인산인해가 되었다. 인구 6만의 진주가 예술제 기간만은 20만이 된다고들 하였다. 누나는 내 손을 꼭 잡고 구경에 나섰다. 우리들은 인파를 헤집고 촉석루가 우뚝한 남강 변을 오르내리면서 누나가 출품한 유등을 찾기에 바빴다. 서장대西將臺에서 남강다리(진주대교)를 거쳐 도동으로 이어지는 유등행렬은 실로 장관이었다. 요즈음도 가끔 '누나'라는 말을 들을라치면 나는 불현듯 그날 그 누나의 따뜻한 손길을 생각하게 된다. 남쪽나라지만 11월의 밤공기는 차가웠다. 누나는 자기 목도리를 풀어 내 목을 감아 주었다. 누나의 따뜻한 체온이 나에게 금방 전해 왔던 기억이 아직도 내 목덜미 사이로 스며든다. 누나가 줄곧 놓지 않았던 뜨거운 손길을 나는 두고두고 오랫동안 잊지 못하고 있다.

누나와 인연은 누나가 여고를 졸업하고 부산으로 돌아감으로써 끝났다. 세월은 흘러 누나가 결혼한다는 소식이 들렸다. 그 소식에 나는 누나를 영영 잃어버린다는 생각에 몹시 안타까웠다. 누나는 내가 재수를 하고 있는 기간에 서울 종로 청진동 농협 건물 옆에 꽃집을 내었다. 너무 오랜만에 누나를 만났다. 꽃집의 무수한 꽃 가운데 가장 단정한 꽃 한 송이처럼 누나는 여전히 기품을 유지하고 있었다. 누나는 재수를 하는 내 아픔을 무척이나 위로해 주었다. 지금은 없어진 '한일관'에 데려가 불고기를 사주면서 힘내라고 격려했다. 그날 누나가 자기 집에 가자는 것을 나는 굳이 사양했다. 왠지 자형을 만나기가 싫었기 때문이다. 그 뒤 곧 누나는 부산으로 돌아갔다. 꽃집 벌이가 신통치 않았던 것 같다. 그러고는 지금까지 딱 두 번 만났다. 큰형님과 작은형님이 돌아가셨을 때였다.

그 누나는 지금까지 내 인생에서 '누나'라고 부르는 마지막 사람이었다. 이제는 육십이 훌쩍 넘었다. 나이를 먹어간다는 것은 뭐라 해도 슬픈 일이 아닐 수 없다. 먹어갈수록 더 울고 싶은데 울 수도 없는 것이 늙음이란 괴물이다. 그것은 남녀 누구에게나 마찬가지겠지만 남자가 오히려 더 서럽게 울고 싶을 것이라는 생각이 든다. 이 서러운 울음을 받아 주고 그 넓은 치맛자락으로 눈물을 훔쳐 줄 누나가 오히려 필요한 사람이 요즈음 나 같은 노인이 아닐까 싶다. 그동안 고생 고생하던 아내가 몇 년 전부터 여기저기 고장이 나기 시작했다. 잠자다 우연히 다리로 키를 재어보니 이전보다 훨씬 짧아진 것을 판연히 알게 되었다. 자다 부스럭거리는 소리에 놀라 일어나 보면 다리에 쥐가 난 아내는 혼자서 다리를 주무르고 있다. 어둠 속에서도 아내의 고통스런 얼굴 윤곽이 분명히 다가온다. 나이는 나보다 여섯 살이나 아래지만 외형적인 신체건강은 나보다 나이 많은 할머니가 되어버렸다. 별로 이룩한 것도 없는 이 남편을 위해 몸을 그동안 너무 무리하게 쓴 결과다. 요즈음 나는 아내를 부를 때 장난삼아 '누나'라고 부른다. 단순히 신체적 건강 때문만은 아니다. 이 세상에서 내 눈물을 닦아 줄 가장 넓은 치맛자락을 가지고 있는 마지막 누나로 여겨지기 때문이다. "누나! 건강해야 해요! 그리고 오래오래 내 곁에 있어야 해요!"(2007. 3. 20.)

# 나의 짝퉁 이야기
## -'샌소나이트(Sansonite)' 가방

　우리 세대 사람들은 외국제 물건을 하나 구하면 신주 모시듯 하면서 살아왔다. 특히 '미제美製'는 우리들에겐 모두 '명품'이었다. 지금도 우리 또래 가운데는 이런 미제 선호사상을 극복하지 못하는 사람이 더러 있을 것으로 짐작된다. 나도 그 범주에 속한다. 그 시대에는 외산이 국산보다 질적으로 훨씬 좋았을 뿐만 아니라 가격도 엄청난 차이가 날 정도로 비쌌다. 큰 부잣집 애들이 아니면 그것을 가질 수가 없었다. 우리나라 형편이 그랬다. 해방 뒤 제대로 된 공장 하나 없던 시절이라 세계 최선진국인 미국 상품과 우리 것을 견주는 것 자체가 큰 무리일 수밖에 없었던 것이다. '충주 비료공장'과 '인천판유리공장' 등이 우리나라가 자랑하는 공장이었다. 이 내용을 초등학교 사회책에 수록하여 코흘리개 애들에게 달달 외우도록 했으니 말이다. 1960년 5.16 군사쿠데타 당시 우리나라의 국민총생산액(GNP)은 당시 세계 최하위를 맴돌고 있었으니 제대로 된 공산품 하나 생산될 리 만무했다. 우리는 자동차를 미국 자동차 회사 이름으로 그냥 불렀다. 즉 트럭은 GMC(General Motors Co.)라 했고, 미국 지프(Jeep)회사가 만든 차종인 지프차는 요즈음도 여전히 그렇게 불리고 있다.

1960년대 후반 서울에 오니 전쟁 과부들 상당수가 생계를 위해 미군부대에서 나오는 미제 물건들을 보따리에 싸서 다니며 장사를 하고 있었다. 지금 생각하면 그것을 팔아서 어떻게 생계를 유지하나 싶을 정도로 물건의 수 자체도 몇 개 되지 않는 극히 영세한 보따리 상인이었다. 그만큼 우리나라 사람들이 미제를 선호하고 비싸서 이문을 제법 남길 수 있었다는 이야기다.

그런 한심한 시절과 함께 살아온 사람이라 그런지 최근까지 나는 부끄럽게도 '미제'를 여전히 좋아하는 선호감정을 떨쳐버리지 못하고 있다. 나는 지금도 미제를 많이 가지고 있다. 내가 경제형편이 좋아 많이 사서 그런 것이 아니다. 이전에 구한 것들을 버리지 않았기 때문에 그렇다. 아직도 미제라면 쉽게 버리지 못한다. 그래서 미제 전기곤로(Hot Plate), US라는 글자가 음각陰刻된 칼(Knife) 따위가 아직도 좁은 연구실 구석구석을 채우고 있다. 그런데 전기곤로는 100볼트짜리라 변압기를 달아야 쓸 수 있으므로 자연히 사용 빈도가 낮아졌고, 칼은 이미 후면 받침대가 파괴되어 쓸 수가 없게 되었는데도 나는 그것들을 차마 버리지 못하고 있는 것이다.

늘그막에 미국에 가서 생활하게 되면서 그곳에서 미제 물건을 왜 그리 구하기가 힘든지 크게 놀라지 않을 수 없었다. 어디를 가나 '중국제(Made in China)' 천지였다. 중국의 경제적 발전이 급속하기는 하나 중국 상품이 미국 시장을 그렇게 점령하고 있는 줄은 미처 몰랐다. 도대체 미국사람들은 무엇을 해서 먹고 사는가 하는 의문이 들 정도였다. 그러나 가만히 살펴보니 중국제가 많기는 하나 그 품질은 그렇게 좋지 않아 중저가품이 대부분을 차지했다.

같이 미국에 체류했던 젊은 공대 교수의 지적처럼 미국은 소비자의 천국이었다. 세계 각국 생산품의 경연장이었다. 그 말은 물건 값이 매우 싸다는 것을 의미한다. 싼 물건들이 여러 종류이지만, 그 가운데 가장 싼 것은 의류와 가구라는 것이 공통적인 평가였다. 특히 가구는 미국에서 생산되는 것이 대부분이라 '미제'를 구할 수 있는 드문 상품 가운데 하나라는 것이었다. 그 말을 듣고 귀국 얼마 전 보스턴 교외에 있는 명품 가구로 유명한 이튼 알렌(Ethan Allen)의 분점에 가보기로 했다. 똥개 눈에는 똥만 보이듯이 내 눈에는 책상 등 문구류밖에 보이지 않았다. 그 가운데 한 책상이 내 마음을 사로잡았다. 사실 책상에 대해서는 나는 남다른 집착을 가지고 있다. 오랜만에 마음에 드는 책상 하나 구하여 사용해 보기로 작심했다. 어차피 몰던 자동차를 해운으로 부쳐야 했는데 20큐빅(Cubic)을 넘지 않으면 비율상 운반비에 상당한 손해가 간다고 하였다. 20큐빅이 되려면 물건을 더 사서 보태야 했다. 주문할 때 배송기간을 문의하니 8일 뒤에 배달이 가능하다고 하였다. 그러나 1주일이 지나자 공장사정으로 2주 더 시일이 소요된다는 연락이 왔다. 한국에 귀국 이삿짐을 부치기로 한 날이 바로 당도하였기 때문에 더 이상 기다릴 수가 없는 형편이었다. 나는 평소 한 번 결정한 것을 성취하지 못하면 그에 대한 집착이 더 강해지는 고약한 버릇이 있다. 더욱 애석하게 여겨졌다. 눈앞에 그 책상이 자꾸 아른거리기 시작했다. 우리 가족이 다니던 사찰인 문수사文殊寺에 가던 날 점심공양을 하면서 신도들에게 이 책상 이야기를 하였다. 옆에서 내 이야기를 듣던 전주 W대학 E교수가 6개월 뒤에 귀국 짐을 부치기로 되어 있으니 자기가 사서 자기 짐과 함께 가져가면 어떻겠느냐고 제의했다. 미안하였지만 그 성의에 감사하며 부탁하기로 했다.

6개월 뒤 나는 책상을 받았다. 받고 보니 책상 아래 잘 보이지 않는 곳에 'Made in China'라 써 있는 하얀 종이가 눈에 들어오는 것이 아닌가!
그 순간 형용할 수 없는 감정의 파문이 나를 휩쓸고 지나갔다. 짝퉁이라
말할 수는 없지만, 원산지가 미국이 아닌 중국인 것은 분명했다. 나는 귀
국 직전 같은 회사 제품인 걸상을 두 개 사 왔다. 걸상 바닥 아랫면에는
'Ethan Allen'과 'Made in America'라는 것이 음각되어 있었다. 그리고 점
포에 전시되고 있던 책상도 분명 미국산이었음을 확인했다. 그 가구점에
간 목적은 미제 책상을 구하기 위해서였다. 기분이 매우 상했지만, 어쩔
수 없는 일이었다. 나는 지금 원산지가 중국인 미국책상에서 이 글을 쓰고
있다. 모두 내가 미제에 미쳐 있었기 때문에 생긴 일이다.

　미국으로 출국하기 얼마 전의 일이었다. 미국 체류 1년을 보낸 뒤 귀국
후에는 전세를 얻어 몇 년 살기로 계획을 세웠다. 그동안 20여 년 살던 반
포 집이 곧 재건축에 들어갈 예정이기 때문이었다. 그동안 쓰던 물건은 귀
국 때까지 이삿짐센터 컨테이너에 맡겨두기로 하였다. 이삿짐을 챙기다 보
니 007서류가방이 하나 보였다. 한때 내가 사용했던 기억이 희미하게 떠
올랐다. 샘소나이트(Samsonite) 가방이었다. 내가 그렇게 좋아하는 미제였
다. 이전 나는 TV 광고를 통해 샘소나이트 가방의 명성을 확인한 적이 있
다. 비행기가 바다에 추락했는데 샘소나이트 가방만이 둥둥 떠 있는 광고
였다. 가방의 견고성을 선전하기 위한 것이지만, 어쨌거나 그 광고는 나에
게 깊은 인상을 남겼다. 그런데 그 유명한 명품 가방을 내가 계속 쓰지 않
고 한동안 방치해 둔 것이 이상했다. 또 열어보니 미제 명품으로 보기에는
내부가 너무 엉성하여 내심 조금 이상하다는 생각이 들기도 했다. 원래 일
제와는 달리 미제는 장식은 간단하지만 튼튼한 것이 특색이라는 사전 지
식이 있었기 때문에 으레 그러려니 여겼다. 문제는 그 가방에 열쇠가 없어
져 버린 것이었다. 열쇠가 없는 서류가방은 쓸모가 적을 것 같아 평소 알

고 있던 집 근방 논현역 사거리에 있는 샘소나이트 전문점에 가져가서 열쇠를 다시 달고 약간의 수선을 시키기로 작정하였다.

나는 둘째 딸 정현이를 시켜 그 가방을 그 점포에 맡기고 오라고 부탁하였다. 그 애가 가방을 받아서 가져가다 금방 집으로 되돌아오는 것이었다. 얼핏 보니 그 애가 조금 흥분한 것 같았다. 대뜸 "아빠, 이것 샘소나이트 아니잖아! 이것 봐, 샌소나이트(Sansonite)야! 아이, 쪽팔려!"하는 것이 아닌가. 손잡이 받침 부분에 쓰인 샘소나이트의 표기는 'm'자가 'n'자로 바뀌어 있었던 것이다. 곰곰이 따져보니 이 가방을 산 것이 대학원 입학 직후였던 1973년도였던 것으로 기억되었다. 그때 내가 그 값비싼 샘소나이트 서류가방을 살 형편이 아니었던 것은 불문가지의 일이다. 또 진짜였다면 그동안 내가 왜 이 명품가방을 벽장 속에 방치해 두고 있었겠는가? 나는 짝퉁 007 서류가방 하나를 사서 들고 다니다가 나도 '쪽팔려' 벽장 안에 둔 것이 분명했다.

그 가방을 찬찬히 살펴보니 엉성하기 짝이 없었다. 그러나 나는 아직까지 그 짝퉁 '샌소나이트' 가방을 차마 폐기하지 못하고 있다. 지금도 큰 방에서 욕실로 가는 통로 가에 잘 모셔져 있으니 그 짝퉁사건 이후 한결 그 대접이 달라졌다. 그것이 아무리 짝퉁이라지만 내 역사의 한 가닥이었고, 또 그 가방은 우리 가족들을 가끔 웃음 짓게 만드는 그런대로 쓸 만한 물건으로 바뀌었기 때문이다.

요즈음 진짜 샘소나이트는 미국에서도 생산되지 않는다고 한다. 원생산지였던 미국 콜로라도 덴버 공장이 폐쇄된 뒤 유럽이나 중국, 인도 등지에서 생산된다는 소식이다. 최근 세계화가 진행됨에 따라 원산지라는 것이 크게 문제될 것이 없고, 공업생산품의 품질도 거의 평준화되어 가고 있기 때문에 이른바 '명품'을 굳이 찾아야 할 이유도 사실 적어졌다. 그러나 '미제', '일제' 등 나의 어린 시절 이른바 '선진국'에서 생산된 상품에 대한 선호 관념에서 나는 아직도 벗어나지 못하고 있는 것이 문제다. 실로 부끄러운 일이 아닐 수 없다. 짝퉁 007가방 소동도 나의 이런 어리석은 선호에서 생긴 일이었다. 그러나 가만히 생각해 보니 그 짝퉁 가방으로 생긴 일이 그 정도로 그친 것은 천만다행이라는 생각이 든다. 딸 정현이가 짝퉁인 것을 발견했기 망정이지 그대로 샘소나이트 분점에 가져갔더라면 어떤 일이 벌어졌을 것이며, 이 일로 나는 그 애로부터 얼마나 많은 원망을 들었을까 하는 생각을 하니 지금도 오금이 당긴다. 아무런 잘못 없는 정현이가 미제 환상에서 벗어나지 못한 못난 아빠를 둔 탓에 크게 낭패 볼 뻔했던 것이다.(2007. 1. 24.)

# 30년 사이를 두고 해인사에서 일어난 두 사건

가야산伽倻山 해인사는 팔만대장경으로 유명한 사찰이다. 뿐만 아니라 경관이 빼어나기로 세계 어느 나라에도 빠지지 않는 우리의 자랑거리이다. 그리고 내 고향 진주와도 가까운 곳에 있다. 그런데도 그 해인사를 나는 자주 가보지 못하였다. 이제까지 단 두 번 다녀왔을 뿐이다. 첫 번째 간 것은 고등학교 3학년 시절이던 1964년 늦가을 졸업여행이었고, 다른 한 번은 1995년 6월 29일의 일이었다. 첫 번째는 동급생 400여 명이 함께 갔고, 두 번째는 나 혼자 간 것이다. 여기서 특히 강조하지만, 두 번째 간 것은 진실로 나 혼자 갔음을 만천하 독자 여러분들이, 아니 아직도 의심의 눈초리를 보내고 있는 내 아내가 믿어주었으면 한다.

1964년 가을 해인사에서 일어난 사건을 모른다면 그 사람은 우리 고등학교 동기동창이 아니다. 이 사건은 30년이 지난 지금까지도 우리 동기동창들에게는 가장 잊을 수 없는 추억으로 각인되고 있다. 정확하게 기억할 수는 없지만, 우리 졸업반 학생들은 7~8대의 버스를 전세 내어 해인사를 찾았다. 차창으로 보이는 들판에는 벼를 베어 낸 뒤의 을씨년스러움만이 남아 있던 늦가을 어느 날이었다. 우리가 탄 버스는 '해인사 입구'라는 팻

말을 지나 좁은 계곡 길로 접어들고 있었다. 나는 당시 3학년 1반이었으므로 선행차에 타고 있었다. 한 친구가 도저히 소변을 참을 수가 없다면서 운전기사에게 세워 달라고 사정하였다. 정차한 곳은 화장실이 있는 지점이었다. 뒤따르던 차들도 모두 멈춰 섰다. 내가 탄 차가 선 곳 바로 옆은 해인사 계곡 가운데서도 절경의 하나였다. 계곡 위에 길이 20미터 남짓의 출렁다리가 놓여 있었다. 그 다리는 아래에 두 개의 굵은 철선을 평행으로 걸쳐놓고 직사각형 널빤지 수십 개를 이어서 보도를 만들었다. 윗쪽에 있는 두 개의 밧줄은 통행자들이 몸에 균형을 잡을 수 있게 손잡이용으로 만든 것이다. 한꺼번에 건널 수 있는 최대 인원은 10명 정도였던 것으로 기억한다. 출렁다리 아래 5-6미터에는 선녀탕 같은 웅덩이가 널려 있고 명경수 같은 물이 폭포처럼 철철 아래로 흐르고 있었다.

우리가 정차할 즈음 그 다리를 지나가고 있던 사람은 네 사람으로, 신혼부부 두 쌍이었다. 신랑이 신부 손을 잡아 주었지만 어느 한 신부는 다리 중간에서 균형을 잡지 못하고 안절부절못하며 두려움에 괴성을 지르고 있었다. 우리는 그것을 바라보는 것만으로 졸업여행비의 밑천은 뽑은 것이나 마찬가지였다. 그러다가 누군가가 '가자!' 하는 소리와 함께 버스 문을 박차고 나가자, 장난기 많기로는 남들에게 빠지지 않던 나도 그 다리 위로 올라갔던 것이다. 4-50명이 금방 다리 위로 올라갔다. 순식간에 신랑 신부 두 쌍을 중간에 두고 둘러싸 버렸다. 그러고는 약속이나 한 듯이 발을 구르기 시작했다. 신부들 비명소리는 아랑곳하지 않고 말이다. 그러기를 1분 여, 갑자기 다리 오른편이 기울기 시작하였다. 버스 쪽에 시멘트로 고정시킨 철선이 하중을 이기지 못하여 고정대에서 빠져 버린 것이다. 운동신경이 빠른 우리들 대부분은 하나의 로프 줄이라도 잡아 추락하지 않고 매달려 있다가 다리 양편으로 되돌아올 수 있었지만, 가련한 신부 두 사람과 우리 동창 두서너 명은 떨어져, 그 선녀탕에 빠져 버린 것이다.

우리는 재빨리 버스 속으로 돌아와 아무 일이 없었던 듯이 앉았다. 그러고는 선녀탕 아래에서 벌어지고 있는 광경을 구경하고 있었다. 내려다보니 사람이 떨어진 곳이 물 위라는 것이 정말 다행이었다는 것을 알 수가 있었다. 천만다행으로, 계곡 양편 바위 위에 떨어진 사람은 아무도 없었다. 만약 그곳에 떨어졌더라면 정말 큰일을 치를 뻔하였다. 물속에 떨어졌다고 해서 어찌 아무 탈이 없었겠는가? 그러나 떨어진 신부들은 통증을 호소할 처지가 아니었던 듯 물 밖으로 기어나오기에 바빴다. 신고 있던 하이힐이 벗어진 줄도 모르고 말이다. 새로 맞추어 입은 투피스 양장은 온통 물로 흥건했다. 더욱더 가련한 것은 신랑들이었다. 선녀탕에 빠진 그들의 신부 하이힐을 찾아야만 하는 일이 남아 있었다. 늦가을 계곡물은 살을 에는 듯했을 것이 분명했다. 그날 재수 없는 사람은 그들만이 아니었다. 신부와 함께 물에 빠진 우리 동창들 몇 명이었다. 그들의 난처한 얼굴이 아직도 눈에 선하다. 그들은 아마 담임선생님의 호된 질책은 말할 것도 없고 두 달 앞으로 다가온 졸업마저도 보장할 수 없는 일이라고 생각했기 때문이리라. 우리는 다리 복구비와 그 밖에 여럿의 보상비로 상당한 돈을 배상하기로 약속하고서야 비로소 그날 늦게 해인사 입구를 빠져나와 학교로 돌아올 수 있었다. 우리 반 담임선생님은 하루 종일 협상으로 지친 몸을 이끌고 돌아오는 차에 겨우 타셨다.

그 사건으로부터 30년이 지났다. 세월은 화살 같다더니 어느새 우리는 이렇게 늙어 버렸다. 우리들은 1995년 7월 1일-2일을 기하여 졸업 30주년 홈커밍데이 행사를 마련하여, 지나간 30년의 세월을 다시 확인하고자 진주에서 모이기로 했다. 마침 학기말 성적처리도 끝낸 뒤라 홀가분한 마음으로 나는 자동차를 혼자서 끌고 천리길을 찾아 나섰다. 나는 원래 고속도로에서 운전하기를 좋아하지 않는다. 그래서 아침 일찍 서울을 출발하여 가다가 중간에 경치 좋은 곳이 있으면 묵으리라 작정했다. 아내에게는 어디엔가 도착하여 다시 전화하겠노라고만 했다. 그때 갑자기 떠오른 곳이 30년 전의 해인사였다. 남행하는 주목적이 고등학교 동기회 행사에 참가하기 위한 것이었기 때문이었으리라. 이천-장호원-금황-괴산-연풍을 거쳐 이화령梨花嶺으로 직행하였다. 이화령 고갯마루에서 소 내장탕으로 점심을 때웠다. 그리고 문경-점촌-상주-김천-성주로 방향을 잡아서 가야산 뒤의 백운동을 거쳐 해인사 입구에 들어섰다. 나는 30년 전의 그 출렁다리를 다시 찾아볼 요량이었다. 그러나 아무리 물어 보아도 그 자리를 아는 사람은 없었다. 하루 종일 국도를 달려 온 피로가 느껴져 왔다. 그렇다고 쉽게 포기하고 싶지도 않았다. 그래서 해인사에서 일박하기로 하고 다음 날 아침 다시 그곳을 찾아보기로 한 것이다. 여관촌에 들어 방 한 칸을 잡아 대강 씻고는 저녁밥을 먹기 위해 근처의 식당에 갔다. 어느 한적한 식당에 들어가 주인을 불렀더니 문은 열어 두었으나 주인도 종업원도 대답이 없었다. 건너편 식당을 바라보니 몇몇 아낙네가 텔레비전 앞에 모여 서서 웅성거리고 있었다. 웅성거린다기보다 비명에 가까운 탄식을 발하니 그곳으로 가지 않을 수 없었다. 바로 삼풍백화점이 붕괴된 현장중계였다.

나는 정신을 차릴 수가 없었다. 삼풍은 우리 집에서 300미터 거리에 있는 백화점이다. 우리 가족은 그 백화점을 잘 이용하지 않고, 대신 고속버스 터미널 앞에 있는 서민용 백화점으로 유명한 N백화점을 주로 이용했다. 그러나 큰딸이 삼풍백화점 옆에 자리한 학원에 다니고 있고, 사람 일이란 모르는 것이었다. 불길한 생각이 들어 안절부절이었다. 나는 바로 공중전화 박스로 달려가 집으로 전화를 걸었다. 그러나 통화 중이었다. 몇 차례 전화를 걸었으나 역시 마찬가지였다. 저녁을 먹고 다시 걸었으나 마찬가지였다. 텔레비전을 보니 삼풍백화점 일대의 전화가 모두 불통이라고 하였다. 그래서 잠실에 사는 여동생에게 전화를 하였더니 별다른 연락이 없다면서 별일이야 있겠느냐고 하였다. 투숙했던 여관이 싸구려라 방에 전화가 없었다. 밤 10시 반까지 공중전화 박스로 왔다 갔다 하기를 수십 번이나 하여 통화를 시도했으나 허사였다. 하루종일 운전한 때문인지 금방 잠에 빠져 들었다. 이튿날 아침 일찍 집으로 전화를 거니, 그제서야 연결이 되었다. 아내는 그답지 않게 매우 상기되어 있었다. 대뜸 '어제저녁 누구와 같이 단꿈을 꾸었느냐', '그 여자 오늘 시골 어머니에게 데려가서 소개시키라'는 것이 그 요지였다. 세상 사람들 모두가 삼풍백화점 붕괴사실을 다 알고 있고, 일가친척 어느 한 사람 빠짐없이 모두 걱정하는 전화를 해 주었는데도, 유독 가장인 당신만이 전화를 하지 않았을 때에는 그에 마땅한 사연이 있었던 것이 아니냐는 것이다. 그것도 당초 별다른 이야기가 없었던 해인사에서 일박을 한 것을 보니 미루어 짐작할 수 있다는 것이다. 뒤에 안 일이었지만 전화가 재개통된 것은 10시 반이 조금 넘은 시간이었던 것이다. 나는 결국 출렁다리는커녕 그 터마저 찾지 못하고 고향 진주로 향할 수밖에 없었다.

1995년 6월 29일 해인사에서 일박에 대한 아내의 의심을 나는 아직도 화끈하게 풀어주지 못하고 있다. 사실 당시 해인사에서 일박은 30년 전에 무너진 출렁다리 때문에 생긴 사건(?)이었다. 30년 전의 출렁다리 붕괴사고나 여관에서 홀로 일박한 사건이나 그 원인을 제공한 사람은 나임에는 틀림이 없다. 그러나 해인사에서 생긴 두 번째 사건에 대해서는 나로서는 솔직히 조금 억울하다. 30년 전에 그 출렁다리를 붕괴시키는 데 한몫을 한 내가 당시에는 재수 좋게 무사하였지만, 30년 뒤에 그 해인사에서 생긴 일로 평소 '하늘같이 당신을 믿는다'던 아내로부터 아직도 의심을 받고 있는 것은 아마 30년 전의 죗값을 이제야 단단히 치르고 있는 일일지도 모른다는 생각을 요즘 자주하고 있다.(1998. 4. 12.)

# 호송병 시절

 나는 31개월 사병생활 대부분을 원주原州에서 보냈다. 원주 XXX보충대 생활 2주 뒤, 원주역 바로 옆에 있는 XX공병정비보급대대에 배속되었다. 원래 병과는 병참행정(761)이었다. 대기병으로 있던 1주일 동안 머물렀던 내무반 고참병장이 나이 많은 나를 측은하게 여긴 나머지 당시 사병들에게 "인제 가면 언제 오나 원통해서 못살겠다"라는 구절로 이름난 인제·원통에 있는 예하 중대에 배치되는 것을 막고, 원주 대대본부에 남는 방법을 가르쳐 주었다. 거기다가 나는 내 생애 최초로, 당시로서는 거금이라 할 수 있는 만 원이나 되는 뇌물(?)을 써서 대기병이 선망하는 보직을 얻게 되었던 것이다. 내가 배치된 직책은 1군 산하(주로 강원도 지역) 공병물자의 공급을 맡는 창고 출납 담당 이른바 '창고병'으로 통하였다. 우리들은 새로운 물건을 각 부대에 공급하기도 했지만, 반환된 물자를 부산 거제리巨堤里에 있던 공병기지창에 반납하는 업무도 맡았다. 특히 내가 배속된 창고는 공급업무보다도 부산으로 반환업무가 더 중요하였다. 2등병을 달고 나는 이른바 호송을 위해 '출장'명령을 받았다. 지난해 11월 말에 입소한 뒤, 최초로 군인 신분으로 사회에 첫발을 디디게 된 것이다. 그 뒤 나는 사령부로 전속명령을 받은 1975년 1월 1일까지 7-8차례 이 호송 길에 나섰다. 초봄인 3월부터 겨울인 12월까지 중앙선과 동해남부선의 연변을 따라 변하는 사계를 눈 시리게 보면서 지냈다. 이 호송 길에 지나가는 수많은 작은 역들이 지금도 눈에 아른거린다. 그것들은 차라리 한 폭의 잘 그려진 수채화와도 같은 것이었다. 약간은 한적한 것 같으면서도 부산한 마을들이었다. 그리고 우리들이 탄 화물열차를 스쳐 간 수많은 여객열차 속 사람들, 그들은 내 따뜻한 이웃들이었다. 화물열차는 여객열차처럼 큰 역에서만 서는 것이 아니다. 아무리 작은 역이라도 어쩌다 정들면(?) 몇 시간이라도 서 있게 된다. 화물열차가 쉬면 철로에 내려서 돌팔매질을 하면서 놀기도 하고, 길어지면 주위에 있는 주막집에 들어가 막걸리도 한잔 걸쳤다.

우리 부대는 원주역에서 지선으로 철로 레일이 연결되어 있었다. 대개 한 달에 한 번씩 부산으로 출발하지만, 물건이 많을 때는 한 달에 두 번, 물건이 없을 때는 두 달에 한 번씩 가게 된다. 그러기 때문에 우리 창고병은 반납되어 들어오는 물자의 양에 항상 신경을 곤두세우게 되었다. 특히 불도저의 바퀴(Shoe Track)가 한 벌 정도 들어오는 날은 그 기쁨을 말로 표현하기 어려울 정도였다. 당시 우리 창고의 주된 반납품목은 낡은 발전기와 불도저 등의 부속품이었다. 입대동기 한 사람이 나와 같은 임무를 맡았는데 그는 주로 소화기를 취급하였다. 두 창고에 반납된 폐품이 석탄을 실어 나르는 무개無蓋화물열차 한량의 분량이 되면 우리는 부산으로 출발하게 되는 것이다. 대개 12일의 출장병령을 받고 우리는 떠난다. 호송병은 두 개의 창고병 4명으로 구성된다. 그러나 사수射手인 고참 두 사람은 한 차례 호송의 시범을 보여 준 뒤, 화물차가 원주역에 도착하자마자 부산으로 가버린다. 호송은 조수助手인 우리 졸병 둘 몫이다. 우리는 부대에서 받아온 일종(쌀)을 부대 옆 라면가게에 팔아버리고는 그때부터 사식私食을 사먹기 시작한다. 부대에서 지적인 원주역에서 운수가 나쁘면 하룻밤을 보내어야 할 때도 있지만, 우리들은 부대를 벗어난 기쁨에 마냥 기쁘기만 했다. 원주를 출발한 열차는 원성군 판부면 금대리의 유명한 똬리굴을 지난다. 똬리굴은 원주지역보다 지표가 높은 신림으로 넘어가기 위해서 치악산의 남록의 산허리를 두 바퀴 돌아가는 곳이다. 그 터널 앞에 원주지역 최대 전략상의 요충으로 알려진 금대리 철교가 아찔하게 걸려 있다. 그것은 영락없이 콰이강의 다리를 연상시킨다. 철교 위에서 바라보는 금대리 마을의 집들은 성냥곽처럼 작아 보인다. 터널을 벗어나면 바로 원성군 신림면이다. 강냉이 알이 한창 토실토실하던 6월, 우리를 태운 화물열차는 신림역에 조금 못 미친 지점에 정차하여 한나절을 보낸 적이 있다. 중앙선에 설치된 전동선이 정전되었기 때문이었다. 우리는 거기서 찰진 강냉이를 포식하고는 화물열차 위에 펴놓은 판초우의 위에 누워 뱀과 까치의 전설로 유명한 치악산 남대봉의 상원사를 바라보면서 늘어지게 잔 적이 있다. 두고 온 부대생활은 완전히 잊고서 벌써 생각은 서울로 달려가고 있는 것이다. 신림역은 아직도 나에게 6월의 찰진 강냉이와 찬란한 양광으로 각인되고 있다. 신림역을 지난 열차는 이름도 근사한 구학역을 지나게 된다. 치악의 꽁지가 한바탕 굽이쳐서 구절양장의 산골, 구학을 만들었던 것이다. 그곳을 지나게 되면 부대에서 받았던 모든 고뇌가 거의 사라짐을 느끼게 된다. 철로길 옆으로 난 작은 골짜기 물은 사계절 푸르다. 다시 벌판이 나타나는가 싶더니 충북 땅이다. 충북선과 영동선이 갈라지는 제천 근방의 조차장역造車場驛 또한 나에게는 낭만에 찬 곳이다. 이 역은 일반여객과 상관없이, 여러 방향으로 갈 화물열차들을 모으는 곳이므로 지도상에 이름마저도 나오지 않는 역이다. 그러나 우리들은 반드시 그곳에서 최소 하루 이상을 머물러야 한다. 내가 타고 온 화물열차를 영주로 가는 다른 차량과 연결시켜야 하기 때문이다. 그곳에는 두 가지 추억이 있다. 한곳은 밥집이고, 다른 하나는 모래톱이 있는 개울이다. 열차종사자들이 주로 찾는 그곳 밥집의 돼지불고기는 둘이 먹다가 한 사람이 저세상에 가도 모를 정도로 맛있었다. 싱싱한 상추에다, 고추장을 적당히 넣어 비빈 양념된장, 그리고 갓 따온 풋고추, 지금도 그것을 생각하면 침이 흐른다. 대개 몇 푼 쥐어줘야 빨리 떠날 수 있도록 차를 만들어 주는 것이 조차장의 관례라고 들었지만, 우리들은 별로 조급하지 않았다. 우리는 천연스럽게 개울에 나가 알몸으로 수영을 즐겼다. 〈군인의 X는 X도 아니라〉고 한 때문인지 빨래를 하다가, 수영도 하고, 모래찜질도 하면서 종일 어린애처럼 발가벗고 있어도 별로 부끄러운 줄 몰랐었다.

제천을 지나면 단양팔경이 우리 앞에 펼쳐지지만 별로 관심이 가지 않았다. 제천에서 그동안 우리를 끌고 온 전동기관차와 결별하고 그 뒤로는 디젤기관차에 매달려 가게 된다. 죽령터널에 들어서면, 우리는 자욱한 디젤엔진의 연기와 함께 터널 천장에서 떨어지는 낙수落水세례를 듬뿍 받게 된다. 낙수의 맛은 그런대로 담백하다. 이런 무개열차를 타고 가면서 천길 굴속에서 떨어지는 낙수를 맛볼 수 있었던 사람이 몇이나 될까? 우리가 탄 열차는 강릉 방면에서 온 화물차와 만나 부산 방향으로 가는 차를 다시 만들기 위해 영주역에서 하루를 보내야 한다. 영주역 앞의 색시집은 그런대로 건장한 우리들을 유혹하기에 충분했다. 우리들은 그곳을 애써 피하고자 역 뒤편 술집에서 소주를 마시면서 객고를 푼다.

영주역을 출발하는 시간은 대개 밤 2시쯤이다. 영주부터 영천까지는 나에게는 어둠과 추위와 싸워야 하는 기억만이 남아 있다. 부대에서 가져간 군용담요를 아무리 둘러 써도 전혀 잠을 잘 수가 없었다. 차라리 빨리 새벽이 오기를 기다리며 뜬눈으로 새우게 된다. 의성쯤에 이르면 동쪽 편 하늘에 먼동이 트기 시작한다. 깜박 졸다가 보면 경주를 지난다. 불국사역 다음은 울산이다. 재수가 나쁘면 울산의 방어진 쪽으로 열차가 들어가 버린다. 그러면 그곳을 빠져나오는 데 한나절이 걸린다. 울산에서 부산까지, 우리는 차라리 개선장군처럼 의기양양하다. 며칠 걸린 호송으로 얼굴도 군복도 석탄가루로 완전히 검둥이가 되어버렸지만, 이제 마지막 종착지에 도착한다는 기대감으로 하얀 이빨만이 유난히 돋보인다. 동해바다가 그렇게 아름다운 것인 줄 미처 몰랐다. 월내, 일광, 송정, 해운대로 이어지는 철길에서 바라보는 바다는 푸른 갈릴리 바다, 아니 나폴리 앞바다라 하더라도 이보다 아름다울 리가 없을 것이라고 생각되었다. 해운대역을 지나면 우리를 실은 화물열차를 어디에 떨어뜨려 주느냐가 우리들에겐 커다란 관심사로 부각된다. 부전역이면 제일 좋다. 그렇지만 가야역이나 부산진역에 떨어지면, 다시 부전역으로 오는 데만, 하루나 이틀이 걸린다. 다시 부전역에서 기지창으로 가는 데는 최소 하루는 잡아야 한다. 어떤 때는 부전역에서 사흘을 보낸 적이 있다. 그럴 때면 조급해진다. 도시 한가운데에 있는 역에서 보내는 날들은 아주 재미없고 무의미한 것이다. 부전역에 도착하면 그동안 휴가(?)를 즐기던 사수들이 나타난다. 마침내 기지창에 들어가서 싣고 간 화물(폐품)을 하역시키고 나면 그동안 호송해 온 우리들은 서류처리를 사수에게 맡기고 고향 행이다. 원주 부대를 떠난 지 5~7일이면 대개 일은 끝난다. 그다음 남은 7~5일은 우리에게는 신나는 휴가다. 고향을 거쳐 서울로 와서 학교 근처에 어슬렁거린다. 거의 매달 이런 생활을 보내다 보니 내무생활이 자연 힘들 수밖에 없게 된다. 호송을 갔다가 귀대하는 날은 부대 주위를 몇 바퀴 돌다가 마지못해 들어갈 수밖에 없다. 그러나 한 달쯤 뒤에는 자유가 숨 쉬는 땅으로 다시 나올 수 있다는 기대감에 부대

정문을 들어서는 것이다. 철 따라 변하는 중앙선과 동해남부선의 작은 역들과 철길 옆 풍광을 다시 그리면서 … (1996. 4. 13.)

# 별스런 가정교사

만약 가정교사라는 아르바이트가 없었더라면 나는 대학을 제대로 졸업하지 못했을 것이다. 서울에 올라와서부터 군에 입대하기 전까지 줄곧 가정교사를 하면서 밥을 먹고살았다. 입주, 시간제, 그룹제 등 그 형식도 여러 가지였다. 입주나 시간제를 하게 되면 과목은 여러 과목을 맡게 되지만, 그룹제는 영어라거나 수학 등 특정과목을 맡는다. 입주는 잠자리와 밥이 해결되는 데다, 책값과 용돈도 얻을 수 있어서 촌놈인 나에게는 상당히 유리하였지만, 자유로운 생활에 많은 제약을 받는다. 함부로 외출도, 외출 하더라도 귀가시간 때문에 조마조마했고, 술 한잔도 제대로 마실 수가 없다. 여학생을 맡게 되면 간혹 독방을 얻을 수 있지만(어떤 때는 그 가족 가운데 남자 식구와 같이 기거하는 수도 있다), 남학생을 가르치면, 대개 학생과 같이 한방을 이용해야 한다. 입주나 시간제나 모두 하루에 두 시간 정도 가르치는 것이 일반적인 관행이지만, 입시가 임박한 학생을 맡으면, 시간을 늘리고, 그 대신 돈을 더 받을 수 있었다. 국립대학 등록금이 2-3만원에 불과하던 시절이라, 입주는 한 달에 많아야 5,000원 정도를 받았고, 시간제는 주 3일에 7-8,000원 정도 받았다. 나는 대학에 입학하기 전에도 가정교사를 하였지만, 본격적인 아르바이트생활을 하게 된 것은 역시 서울대학에 입학하면서부터였다. 1-2학년 때에는 주로 입주 아르바이트 자리를 얻었지만, 기숙사에 입사한 3학년 때부터는 시간제를 뛰었다. 그때부터 이른바 분업형태를 띠게 되었는데, 나는 영어를 맡았고, 고등학교 후배인 서울의대의 K교수가 수학을 맡아 나와 짝을 이루었다. 그 당시 우리 커플은 제법 유능한 가정교사 팀으로 평가받아 학무모들의 유치대상이 되기도 하였다. 둘 다 우등생만 모인다는 서울대학 종합기숙사인 정영사正英舍 사생인 데다가 가르친 경험 또한 풍부하였기 때문이다. 그래서 제법 내로라하는 사회 저명인사 자제들도 가르쳤다. 나에게서 배운 학생들 가운데는 벌써 외교관, 교수를 비롯하여 나름으로 저명인사가 되어 있는 자도 상당수된다. 그렇게 화려하지는 않았지만, 나름으로 이 방면에 일가를 이룬 셈이었다.

내 이런 경력은 군대에서도 이어졌다. 내가 대학원 1학년 말에 입대를 하고, 사병생활 1년을 넘기던 1974년 12월 어느 날이다. 그날 따라 원주 지역에 폭설이 내렸다. 군대에 갔다 온 사람들은 대개 경험한 일일 터이지만, 군대의 눈과 사회의 눈은 근본적으로 다른 것이어서 당시 눈이 내리는 것은 우리들에게 낭만이기는커녕, 모든 부대원이 제설작업에 매달려도 부족한 정말 거추장스러운 존재였다. 그날 제설작업에 땀을 빼고 있는데 사령부에서 나온 주임상사가 찾는다고 하여 중대본부에 불려갔다. 예하부대를 샅샅이 뒤진 주임상사 활약으로 나는 사령관댁의 가정교사로 낙점되어 있었다. 그분이 사회에서 나의 화려한(?) 가정교사경력을 알 리가 없었겠지만, 적임자를 찾기는 제대로 찾은 것이다. 군대란 자기가 어느 곳에 근무하고 싶다고 그곳에 갈 수 있는 것은 아니다. 당시 나는 이제껏 내 위에 군림하던 사수가 막 제대하고 내 밑에 졸병 한 명을 받아 군대생활에 그런대로 재미를 붙이려는 참이었기 때문에 전출을 별로 원하지 않았다. 하지만 마지막으로 부산 호송이나 한 번 갔다 오는 것으로 만족하고 전출 갈 수밖에 없었다. 1975년 1월 1일자로 나는 사령부 사령관일 당번병으로 명받았다. 가정교사라는 보직이 있을 수 없었기 때문에 편법으로 그 자리를 명받은 것이다. 마침 방학이었기 때문에 학생들이 모두 원주에 내려와 있어서 나는 사령관 두 딸과 아들을 가르치게 되었다. 세 학생을 가르쳐야 하는 것이므로 가정교사 생활도 결코 군대의 일상업무보다 쉬운 것은 아니었다. 내무생활을 제대로 할 수가 없었다. 금방 전출되어 온 졸병이 내무반에 붙어 있지 않으니 내무반원들에게 별로 좋은 인상을 줄 리가 없다. 밤에도 학생들을 가르치다 보니, 저녁점호에도 참석할 수 없는 것이다. 내무반장이 점호를 할 때마다 나는 항상 〈사고〉로 분류되었고, 〈사고내용〉에 육군본부 규정에도 없는 〈사령관공관 1명〉이라는 명목으로 보고되었다. 군대생활 1년을 갓 채운 친구가 항상 고참들이 펴 둔 이불에 들어와서 잔다는 것은 나로서는 무척 곤혹스런 일일 수밖에 없었다. 내무생활이 제대로 되지를 않으니 가끔 내무반에 가면, 더 괴롭기만 하였다. 그러다 보니 공관 당번병들이 자는 곳에 끼어서 자는 횟수가 점차 늘어나게 되었다.

　개학이 되어 나는 서울에 올라왔다. 학생들이 학교에 가는 시간이라고 쉬는 것은 아니었다. 군대 물정에 익숙한 사모님께서 졸병을 놀려두면 집 생각한다는 사실을 안 때문인지 그냥 가만히 두지를 않았다. 집에서 일어나는 온갖 잡일은 거의 내가 처리하였다. 사실 가정교사라면 학생들에게 어느 정도 권위를 가져야 하는데 그런 것을 전혀 세울 수가 없었다. 마침 새로 구입하여 이사갈 아파트의 내부장식을 위해 목공병들이 올라와 작업을 하고 있었는데 나는 낮에는 5층까지 목재를 어깨에 메고 나르는 사역병으로 전락하였다. 그때 내가 얻은 거의 유일한 혜택은 일등병에서 상병으로 진급이었다. 당시 마침 병장학교가 생겨 우리처럼 일반병으로 입대한 자들은 거의 진급을 시키지 않았다. 상병 진급을 제때에 하지 못하면, 병장으로 진급을 할 수가 없었다. 병장생활은 최소한도의 기한을 확보해야 한다는 규정에 걸리기 때문이다. 제때에 상병으로 진급만 하면 병장은 자동으로 진급이 되는 것이었다. 나는 사모님에게 〈나이 먹어 들어 온 군대, 진급까지 하지 못하면 정말 괴롭다〉는 사실을 이야기했더니, 사령관은 부관참모에게 직접 명령하여 군사령부에 가서 자리 하나를 만들어 와서 나를 진급시켜 주었던 것이다. 나를 제외한 대부분의 우리 동기들은 상병으로 제대를 하였지만, 나는 병장으로 제대할 수 있었던 것이다. 이 진급으로 나는 남은 군대생활을 해가는 데 많은 도움을 받았다. 예컨대 야간 근무를 나갈 때에도 나보다 몇 달 고참(상병)이 보초를 서는데, 나는 조장으로 위병소에서 졸고 있으면 되었다. 군대는 계급이 더 중요하기 때문이었다. 방학이 되면 다시 나는 부대로 귀임하게 되었다. 그런 생활을 1년여 동안 하였다.

나의 가정교사 생활은 제대 9개월 여를 남겨두고 사령관이 다른 사령부로 전출 감으로써 끝을 맺었다. 더 오래 가정교사 생활을 할 수도 있었지만 나는 별로 달가워하지 않았다. 당시 군대생활을 한 기간도 제법 되어서 내무생활을 하는 것도 그리 어려운 일은 아니었던 것이다. 나는 이렇게 학생 가르치는 것과 인연이 깊은 모양이다. 군대에서까지 이렇게 별스럽게 학생을 가르치는 일을 해야 했다니 말이다. 그러고 보니 가르치는 것이 나의 천직인 모양이다.(1996. 4. 20.)

# 선운사에서

지난 겨울 오랜 시간 벼루어 왔던 남도 여행을 감행하기로 하였다. 별이유 없이 아프기만 하는 머리도 식힐 겸, 최근 들어 나타나기 시작한 권태에서 벗어나 재충전을 하는 기회도 될 수 있으리라는 막연한 기대를 안고 떠난 것이다. '남도'라는 말은 원래 경기도 이남의 지역을 이르는 말이므로 충청도나 경상도도 그 범위에 들지 않는 것은 아니다. 그래도 역시우리가 통상 남도라는 말에서 느껴지는 지역은 전라도 쪽이 아닐까 한다. 강남이 원래 장강(長江; 양자강)의 남쪽을 뜻하는 말이지만, 남경 근방만을 국한하는 말로 쓰였던 것도 그 나름의 이유가 있는 것처럼, 남도라는 말에는 다른 지역과 명료하게 구별되는 무엇이 있는 것으로 보여지기 때문이다. 재부(財富)와 독특한 지방문화가 전라도 지역을 다른 남쪽 지역과 독립시키는 요인이 아닐까 하는 생각을 가져보았다. 판소리와 창, 그리고 음식문화 등에서 나는 '남도'문화를 느끼곤 하였다.

그러나 나는 그동안 이 남도 여행을 그리 많이 하지 못하고 살아왔다. 고향이 경상도 쪽이라 남행할 때는 항상 경부선을 타고 갔지, 전라도 쪽으로는 갈 일이 그리 많지 않았기 때문이다. 중국에 대해서는 여행기 세 권이나 출판할 정도로 중국 사람보다 적지 않게 다녔고, 중국의 강남지방만 해도 수차례 답사하였지만, 우리의 따뜻한 남쪽 나라, 남도는 항상 나에게서 그렇게 멀리 있었던 것이다. 학생 시절 답사, 그리고 대학에 취직하고 부터는 인솔교수로 몇 차례 다녀오기는 했지만, 그런 것을 나는 여행이라 생각하지 않는다. 나에게 여행이란 호젓하게 혼자 떠나는 것을 의미하는 것이기 때문이다. 가다가 자고 싶은 곳, 쉬고 싶은 곳에 머물 수 있는 나들이를 나는 여행이라 부르고 있는 것이다.

남도로 여행길을 잡은 것은 아직도 그곳이 내 가슴속에 새로운 활력을 줄 것이라는 어렴풋한 기대 때문이었다. 요즈음 나이 때문인지, 일 때문인지 심신이 매우 지쳐 있었다. 그동안 써 모았던 중국여행기 3책 분량을 수정하여 출판사에 넘기고 나니 온몸에 힘이 빠지는 것을 느낄 수 있었다. 그런데다 그동안 바쁘다는 핑계로 부처님을 찾지 못한지도 상당히 오래되었던 터다. 특히 내소사 선운사 등 이름만 들어왔던 사찰들을 찾고 싶었다.

서울에서 점심 먹고 나서 바로 서해안 고속도를 따라 떠났지만 겨울이란 게 눈 감추듯 금방 해가 지는 계절이라 부안에서 고속도로를 빠져나오자 어두워 헤드라이트를 켜야만 했다. 변산반도에 들어서 일박할 곳을 찾아 채석강이 있는 격포에 도달했다. 그곳에서 일박하고 그다음 날은 내소사와 선운사를 차례로 보기로 작정했다. 역시 들어왔던 그대로 남도음식은 맛깔났고 인심 또한 후덕했다. 격포의 작은 여관에서 일박하고 다음 날 아침 일찍 부둣가 어느 식당에서 아침을 먹는데 오천 원짜리 백반인데도 푸짐하다. 내소사는 아침의 공기와 함께 정갈한 모습으로 나를 대하였다. 아침 일찍이라 그런지 입장권을 파는 분도 없다. 절 경내를 돌아보고 곧장 선운사로 떠났다. 머리가 훨씬 맑아 오는 느낌이었다. 가는 연도沿道에 시인 미당未堂 서정주, 그리고 인촌仁村 김성수 선생 등의 생가라는 표시가 보였지만 그냥 지나칠 수밖에 없었다. 아침에 고향 진주에 계신 어머니에게 전화를 했더니 막내아들이 많이 보고 싶다고 하였다. 그래서 얼떨결에 오늘 저녁에 아마 들릴 거라고 말해 버린 것이다. 어머니를 기다리게 하거나 실망시킬 자신이 없었다.

선운사 입구 주차장에 차를 세워두고 카메라를 들고 아스팔트길을 따라 걸어 들어갔다. 길옆 동백꽃 몇 그루가 때 이르게 꽃망울을 맺고 있었다. 산문 입구에 들어서려니 옆에 입장료를 받는 작은 건물이 보였다. 다가가 창살 속으로 들여다보니 인기척을 느낀 20대 중반의 여성이 나를 빤히 쳐다본다. '얼맙니까?' 찬찬히 나를 훑어보던 아가씨는 '할아버지! 65세 이상은 그냥 들어가도 됩니다!' 하는 것이 아닌가! 나는 그 순간 어찌해야 할 바를 몰랐다. 똑바로 보니 참으로 예쁘게 생긴 여인이었다. 저 젊은 여인에게 내가 그렇게 보였단 말이지 … 나는 내 마음을 그 젊은 여인에게 보인 것처럼 마냥 부끄러웠다. 나는 나도 모르게 '그래요, 그럼 그냥 들어가겠소! 고맙소' 했다. 젊고 싱그러운 그 여인 앞에 나는 힘 한번 써보지 못하고 기가 꺾이고 말았던 것이다. 그러나 뒤돌아서자마자 내 머리는 소용돌이치기 시작했다. 고맙긴, 내가 고작 2800원에 고맙다니 … 내가 미쳤군! 내가 그렇게 늙어 보인단 말인가! 내 머리는 금방 분노, 아쉬움, 실망감 등 뭐라 형용하기 어려운 것들로 뒤범벅이 되어 버린 것이다.

나는 사실 그간 여행을 할 때에는 어쩌면 젊은 여성과 좋은 인연이 맺어질지도 모른다는 당치 않은 기대 같은 것을 가지고 다녔던 것이다. 잔재미를 영 포기하고 살지는 않았다. 돌이켜보면 안타까운 일이 한두 가지가 아니다. 20대는 말할 것도 없지만, 30-40대를 정신없이 살아왔기에 몇 차례 겨울여행을 제외하고는 그동안 국내는 여행다운 여행을 하지 못하고 지금껏 살아왔다. 공부한 시간이 30년이나 되다 보니 내 나름으로 학생 앞에 설 때 자신이 좀 붙고, 또 제대로 된 논문도 쓸 수 있겠다 하는 자신감도 막 생기려는 요즈음이었다. 학문의 성취를 꽃피우기에 비유하자면 이제 꽃망울을 터트릴 시기에 도달했다는 당치 않는 자만심 같은 것도 느끼던 참이었다. 또 경제적으로도 약간의 여유도 생겨 혼자 차를 몰고 여행길에도 나서고 … 그런데 그동안 나도 모르는 사이에 이렇게 속절없이 늙어버린 것이다. 그녀에게 입장료 2800원을 내지 않고 입장한 것은 내 나이에 대한 그녀의 규정에 이의 한 번 걸지 못하고 승복하고 만 것이다. 이전 같으면 '내가 65세 이상으로 보여요! 이 못된 사람 같으니!'라고 반박하며 화를 벌컥 내었을 터였지만, 나는 그녀의 지시대로 65세 이상의 노인이 되어 순순히 선운사로 떠밀려 들어간 것이다.

최영미는 선운사에서 "꽃이/ 피는 것 힘들어도/ 지는 건 잠깐이더군/ 골고루 쳐다 볼 틈 없이/ 님 한번 생각할 틈 없이/ 아주 잠깐이더군/ …" (〈선운사에서〉, 《서른, 잔치는 끝났다》, 1994)라고 읊었던 것인가 보다. 이 시는 그녀가 분명히 선운사의 트레이드마크처럼 되어 있는 동백꽃을 보고 그 느낌을 읊은 것으로 이해된다. 그녀가 무슨 사무친 사연이 있어서 그런 시를 썼는지 알 수 없지만, 정말 그녀의 시어는 나의 현재 심정을 너무 잘 표현하고 있구나 하는 생각이 들었다. 사실 그동안 큰 성과를 내지는 못했지만, 명절도 일요일도 없이 학교 연구실을 지켜왔다. 가사도 돌보지 못했고, 집사람 얼굴 한번 제대로 볼 틈 없이 바쁘게 살아왔다. 그리고 내 연구성과를 학계에 제대로 한번 펴 보이기도 전에 이미 학회에 나가면 달갑지 않는 원로 대열로 밀려나고 있는 것이다.

겨우 삶에 대한 여유를 찾자마자 꽃은 이렇게 속절없이 지고 있었던 것이다. 어떤 꽃이든 꽃피는 시절은 잠깐일지 모른다. '좋은 경치는 길지 않다(好景不長)'고 하지 않았던가? 한 송이 꽃을 피우기 위하여 꽃나무는 겨울과 봄을 다 소비해 준비한다고 하지만, 어떤 하찮은 꽃이라도 개화를 위해서는 나름으로 긴 세월이 필요했던 것이다. 그녀 앞에 별 저항 없이 굴복해 버린 나였지만 감정은 쉽게 가라앉지 않았다. 나는 절 경내를 걸어가면서 그녀가 미워 견딜 수가 없었다. 이 형용하기 어려운 울분에 나는 대웅전 안 부처님 앞에 가서 엎드릴 수밖에 없었다. 한참 뒤에 일어나 입장료 2800원에다 7200원을 보태 만 원을 시주하고 절을 하기 시작했다. 저 여인을 매우 꾸짖어 주소서! 그리고 나에게 약간의 젊음이라도 연장해 주소서 하면서.

사람은 누구나 늙어 가는 것을 쉽게 받아들이고 싶지 않아 한다. 젊은 시절, 그 꽃피던 시절은 자못 잊히지 않는다. 아니 그대로 이어지고 있는 것처럼 오인하고 있는 것이다. 그러나 남이 지적하면 어느 순간 냉엄한 현실을 깨닫고는 자탄하는 것이다. 그래서 최영미도 "꽃이/ 지는 건 쉬워도/ 잊는 건 한참이더군/ 영영 한참이더군"이라 탄식하였던 모양이다. 그러고 보니 그녀는 서른에 잔치는 끝났다고 하였는데 나는 반백을 넘기고도 현실을 제대로 깨닫지 못하고 있었던 것이다.

부처님 앞에 절을 거듭할수록 나는 어쩐지 마음이 편해지기 시작하였다. 겨울인데 땀이 이마를 타고 흘러내렸다. 문득 부처님 얼굴이 보이기 시작했다. 부처님께서는 생로병사가 다 공空인 것을 네가 어찌 그리도 모른단 말인가? 집착이야말로 너를 가장 괴롭히는 원인이라는 것을 왜 모르고 이토록 야단이냐고 꾸짖고 있었던 것이다.

모든 것이 내 불찰이었다. 40이 넘으면 자신의 얼굴을 책임지라 하지 않았던가. 속상한 일이 있어도 마음 바꾸어 얼굴을 가다듬고 살았더라면 이렇게 얼굴이 망가지는 일은 생기지 않았을 것이다.

절을 빠져나오면서 나는 입장권 파는 그녀를 다시 찾았다. '덕분에 절 구경 잘하고 갑니다. 그런데 아가씨! 동백꽃이 얼마 안 있어 한창이겠군요. 그때 다시 한번 오리다. 그때도 역시 무료입장시켜 주는 거요!' '예! 할아버지! 그러고 말고요!' '동백꽃 피는 기간도 잠깐이라지요? 시기를 놓치지 말아야 할 텐데 … 그래 아가씨 성불하시오. 나 이제 갑니다. 또 봐요.'(2003. 12.)

# 쉬어 가는 누각

  '쉬어 가는 누각'은 나를 모처럼 깊이 잠들게 하는 안식의 공간이다. 경상 남도의 서쪽 끝 마을 화개花開 장터에서 계곡 옆으로 난 '십리벚꽃길'로 따라 북상하다가 쌍계사를 지나 약 2키로 정도 지리산 쪽으로 더 올라가다 보면 길옆에 문득 '쉬어 가는 누각'이라는 간판이 보인다. 서울생활에 지쳐 어디론 가 떠나 혼자 있고 싶어질 때 나는 천리길을 멀다 않고 이 여관을 찾아 나서 곤 한다. 온돌방 203호실에 누우면 그곳은 나에게 정말 '쉬어 가는 누각'이 되기 때문이다. 그곳에서는 바로 옆 계곡을 따라 흐르는 물소리밖에는 아무 것도 들리지 않는다. 이것은 실로 아주 오래전 어느 날에 들었던 바로 그 소 리였다. 속세의 먼지들이 전혀 묻어 있지 않은 자연 그대로의 청음淸音이다. 나는 그 방에 들고는 일부러 창문 커튼을 젖히지 않는다. 물소리를 들으며 바깥 계곡의 풍경을 오랫동안 상상해 보기 위해서다. 지난해 겨울 어느 날 계곡 가운데 버티고 있는 큰 바위 위에다 몇 개의 돌로 작은 돌탑을 쌓아두 었다. 지난여름 유난했던 홍수에 지금 그대로 있을까 궁금하여 조급해 지기 도 한다. 하지만 나는 참아야 한다는 생각에 금방 마음을 고쳐먹는다.

하룻밤을 지내고 난 이른 아침 먼동이 창문에 비칠 무렵 커튼을 양쪽으로 가르고 창문을 활짝 연다. 그리고 창밖으로 목을 길게 빼어낸다. 내 눈은 계곡을 따라 몇 번이나 오르내린다. 확인하고 다시 확인해 두어야 할 것들이 많기 때문이다. 그리고 개울 건너 산자락을 바라본다. 겨울 찬바람에 초목들이 거의 조락해 버렸지만 건너편 차밭은 여전히 초록빛을 잃지 않고 그대로다. 나는 갑자기 차나무와 이야기를 나누고 싶어진다. 방을 나가 시야가 툭 트인 카페의 창가에 앉아 주인 P여사에게 차 한 잔을 부탁한다. 지난 이른 봄 건너편 차밭에서 손수 따서 덖어 만든 작설차다. 차를 들이키면서 나는 건너편 차나무들과 그간의 소식을 주고받는다. 차나무는 내 서울살이가 무척 궁금하단다. "어떻게 지냈어!" "별것 없었어 … 매양 하는 일 아냐. 집 연구실, 연구실 집, 개미 쳇바퀴 돌기지 뭐 …" "부인 한 번 데리고 오라고 했더니 왜 이번에도 또 혼자 왔어 … " "잘 알잖아 …" "그래도 보고 싶은 걸" "아니 몇 번 얘기해야 알겠어! 너를 만날 땐, 나는 혼자가 좋은걸. 내가 너를 처음 만났을 때처럼 나는 그대로였으면 해 … 하루 이틀만이라도 그때로 돌아가고 싶은 거야 …. 그리고 너와 이렇게 둘이서만 이야기하고 싶어 …." 차나무와 나는 오랜 친구로 서로 허물이 없다.

화개 땅은 서울에 생활하고 있는 나에겐 항상 옛이야기처럼 아득히 다가오는 곳이다. 그곳은 속세가 아니라 신선의 땅이었다. 고등학교 2학년 수학여행 때 이곳을 처음 밟았다. 나는 이곳에서 말로만 들어왔던 물레방아와 외나무다리를 보았고, 계곡 옆에 자라고 있는 야생 차나무와 만났던 것이다. 그 뒤 수십 번 이곳을 찾았다. 이곳에서 그리 멀지 않은 섬진강 하류 물속에 아끼던 조카 녀석을 잃어버렸다. 조카 시신이나 찾으려 나흘 밤낮을 강변에서 보내었다. 그 뒤 한동안 이곳을 찾지 않았다. 그러나 그것도 몇 년뿐이었다. 어느 글에서 정년 뒤 정착할 제일 후보지로 지목하였을 정도였으니 나는 끝내 이곳을 외면할 수가 없었던 것이다.

지리산에서 발원한 계곡물 소리는 지점에 따라 각각 달리 들린다. '쉬어 가는 누각' 옆 계곡의 물소리는 열여덟 살 소녀의 그것처럼 청량하다. 쌍계사 앞에 와서는 천둥소리를 내지만, 섬진강이 보이는 곳에 이르러서는 달관한 목소리로 변한다. 나는 언제부턴가 그것들이 인생의 구비에 따라 나오는 소리라고 믿게 되었다. '쉬어 가는 누각'에서 듣는 계곡 물소리야말로 고2 때 내가 듣고 반했던 바로 그것이라고 생각하고 있다.

고2 때 진주 봉래동의 어느 하숙집에서 K군을 만났다. 한 학년 아래였던 K군과는 죽이 참 잘 맞았다. 1년 이상 한 방을 사용하였다. 그때 나는 무인도의 등대지기나 간이역 역장이 되는 것이 장래의 꿈이었지만 그는 항상 자기 고향 화개에 머물고 싶다고 했다. K군은 그때의 꿈대로 지금도 화개를 지키고 있다. 무인도는커녕 불타는 서울을 부나비처럼 나는 떠나지 못하고 있는데 말이다.

K군에게는 진주여고에 다니는 누나가 둘 있었다. 그와 같은 학년이었던 사촌누나와 나와 동갑이었던 이종 누나였다. 가끔 하숙집에 들리는 이종누나 P를 볼 때마다 나는 작은 키와 이마 여드름 때문에 매우 부끄러웠다. 유난히도 하얀 얼굴에 아담한 키, 나는 그녀가 신선의 땅에서 계곡물을 마시며 자랐기 때문이라고 생각했다. P는 은행원인 남편을 따라 20여 년을 미국 뉴욕에 살면서 남매를 훌륭하게 성취시키고는 몇 년 전 이 고향 화개로 돌아와서 이 '쉬어 가는 누각'을 열었다고 했다.

나는 한동안 인사동 반야다로般若茶露의 C여사가 만든 작설차를 마셨다. 그녀는 P와 여고 동기동창이다. C여사는 고1 때 하숙집 앞 세탁소 주인의 조카였는데 우연하게도 고2 크리스마스 이브날 모임에서 나의 파트너가 된 인연도 갖고 있다. C여사는 화개 쌍계사와 곤명 다솔사 등지에서 야생차 잎을 따서 차를 직접 만들고 있다. 두 여인 모두 이곳 지리산 기슭에서 생산되는 야생차와 끈질긴 인연을 맺고 살아가고 있다.

새 세기가 막 시작되려던 1999년 겨울, 나는 다시 그곳을 찾게 되었다. 겨울 여행을 하다가 우연히 들러 하룻밤을 묵은 곳이 바로 그 여관이었다. 나는 그날 밤 계곡 물소리를 듣다가 깊은 잠 속으로 빨려 들어갔다. 이튿날 아침, 나는 정말 오랜만에 상쾌한 마음으로 잠자리에서 일어났다. 언제부턴지 확실히는 알 수 없지만, 나는 세상모르게 깊이 잠을 자본 적이 별로 없다. 항상 꿈 범벅이다. 엉클어진 스토리의 꿈 때문에 머리가 아파 자다 깨는 수가 많다. 나는 꿈에서도 항상 이렇게 무엇과 격전을 치르면서 살아가고 있다. 꿈 없이 푹 자보는 것이 요즈음 내 간절한 소망 가운데 하나다. 그런데 이곳에 오면 이상하게도 논문·발표·강의 등 나를 그토록 옭아매던 것들이 따라오지 않는다.

나를 따라다니는 이런 질곡들이 이곳에는 왜 따라오지 못하는지 그 이유를 나는 확실히 알지 못한다. 아마도 이곳이 나로 하여금 스무 살 이전의 세계로 돌아가게 만드는 마력을 가진 것이 아닌가 짐작할 뿐이다. 고등학교를 졸업한 뒤 나는 거친 세파에 무진 시달렸다. 촌놈인 나에게는 아무 연고가 없는 서울이 만만치 않았다. '수레 살을 남쪽으로 향하려 하였는데 바큇자국은 북쪽으로 달려간(南轅北轍)'것이 20대 초반 이후 내 생활의 전부라 해도 과언이 아니었다. 남쪽으로 가려던 내 당초 의도와는 달리 북쪽으로 가기만 하여 안타깝기만 했다. 이제 생각하니 이제껏 내가 이룩한 것들은 한갓 하잘것 없는 것들이었다. 이런 보잘것없는 일들로 하여 나는 그동안 얼마나 많은 괴로운 밤들을 보내야만 했던가.

화개는 겨울에 가야 한다. 겨울이 아닌 다른 계절에 그곳엘 가면 나의 질곡들이 분명 나와 동행하리라 생각하고 있다. 화개에 가려면 이름 그대로 꽃들이 활짝 피는 계절이 제격이라 하겠지만 나에게는 그렇게 생각되지 않는다. 봄에는 섬진강 매화, 그리고 십리벚꽃 구경을 위한 상춘객으로, 여름은 캠핑객으로, 가을은 단풍놀이 객으로 이 좁은 골짝은 시끌벅적할 것이다. 겨울에는 계곡 물소리 빼고는 들리는 것이 없다.

내가 그곳에 들릴라치면 K군은 저녁밥은 장터 옆 자기 집에 와서 먹자고 강권하다시피 한다. 그가 무척이나 보고 싶다. 그를 만나면 모든 것을 잊고, 세속의 욕심에서 벗어나기 때문이다. 그는 나와는 달리 수레 살도 바퀴 자국도 스스로 가고자 한 방향으로 달려갔던 사람이기 때문인지 꼬인 데가 없다. 그는 야생차와 그가 봉직하고 있는 초등학교 학생 외에는 별로 관심이 없다. 그러나 나는 좀체 그를 만나지 않으려 한다. 어떤 때는 누각에 왔다는 연락도 아예 하지 않고 떠난다. 내 서울 이야기가 혹시 그를 잠깐이라도 혼란하게 만들지 모른다는 두려운 생각이 들었기 때문이다.

'쉬어 가는 누각' 옆과 K군의 집 앞을 흐르는 계곡물은 칠불사七佛寺와 신흥, 양쪽 골짜기를 타고 내려온 물이 합쳐진 것이다. 지난 겨울, K군 권유로 칠불사를 찾았다. 부처님 앞에 꿇어앉았더니 지난 일들이 한갓 '꿈·환상·물거품·그림자(夢·幻·泡·影)'였다는 사실을 새삼 깨닫게 되었다. 그날 오후 다시 신흥으로 발길을 옮겼다. 나는 그곳에서 익히 들어 알고 있던 '새점터 농원'을 찾았다. 서울 순수 토종이면서도 서울과 절연한 문리대 출신 정鄭·계桂 선생 부부가 가꾸고 있는 농장이다. 방문 앞에 신발 두 짝이 나란히 있는데도 인기척에 미동도 하지 않는다. 꽃피면 꽃 보고, 눈 내리면 눈 속에서 물소리 들을 뿐인 이들 부부에게 한 때 같은 교정을 누볐던 나의 방문이 무슨 의미가 있겠는가?

나는 다시 '쉬어 가는 누각'으로 돌아올 수밖에 없었다. 부처님의 법음과 정·계씨 부부의 초절超絕을 싣고 흐르는 계곡 물소리를 새기면서, 한때 여드

름투성이인 나를 설레게 했던 P여사가 끓여 주는 작설차를 마시고, 잠을 청하는 것이 나에게 이 계곡이 부여할 수 있는 최고의 시혜라 생각되기 때문이다.

'쉬어 가는 누각'을 가지 못하고 이 겨울을 이국땅에서 보내게 되었다. 아마 계곡물은 지금도 변함없이 돌돌 흘러갈 것이다.(2004. 1. 20. 하버드 대학 연구실에서, '쉬어 가는 누각'을 그리며)

어느 귀향

지난 가을 오랜만에 고향을 찾았다. 고향을 떠나 서울 생활을 한 지 35년을 훌쩍 넘기다 보니 이제 고향에 가는 횟수가 더욱 줄어들고 있다. 지금도 어머님과 정년퇴직한 형님 한 분이 고향마을에 살고 있고, 할아버지 이하 아버지 큰형님, 둘째형님 묘소가 있어 1년에 한두 번쯤은 찾곤 한다. 직접 차를 가지고 가지 않을 때는 고속버스나 비행기로 진주晉州나 사천四川에 내려 고향마을까지 택시를 타고 가는 게 일반적이었다. 요즈음은 너 나 할 것 없이 자가용을 가지고 있는 세상이기 때문에 정작 일반 대중 버스를 이용하는 손님은 많지 않다. 그래서 버스 배차 시간이 가물에 콩 나듯 성글다. 잘못 걸리면 몇 시간을 기다릴 각오를 해야 하는 것도 예삿일이 되었다.

20분 남짓 걸리는 거리인 고향 마을이지만 시내를 벗어나 있기 때문에 택시요금을 만 오천 원이나 받는다. 버스 삯 700원이면 되는 것을! 택시요금이 부담스럽다기보다 오히려 억울한 것 같아 이번엔 시간도 좀 있어서 버스를 타기로 작정했다. 터미널에서 시간표를 확인하니 1시간 정도 기다리면 되었다. 고등학교 시절 매일 아침 세수 터였던 터미널 옆 남강南江가를 거닐다 다시 와서 보니 예정된 출발 시간이 다가오는데 손님도 차도 보이지 않는다.

창구에 알아보니 위에 붙어 있는 시간표는 지난여름의 배차표라고 한다. 한 시간 뒤에 의령宜寧행 차가 있단다. 시간이 아까운 것 같기도 하여 택시를 잡아탈까 마음을 바꾸려 하다가도 이제까지 기다린 것이 억울하여 좀 더 기다리기로 하였다. 시간이 되어 타고 보니 진주로 통학하는 어린 학생들과 자동차 운전과는 거리가 먼 노인들이 대부분이다.

운전기사와 승객들은 모두 한 가족처럼 얘기들을 친숙하게 주고받는다. 그들 이야기가 최근의 고향 소식을 중계하는 것 같아 빠뜨리지 않고 모두 듣고 있었다. 운전기사와 안면이 없는 승객은 아마 나 혼자인 듯했다. 고향마을이 가까워지면서 승객들도 거의 반은 내렸다. 운전사가 문득 "할아버지는 어디까지 갑니꺼?" 한다. 대답하는 사람이 아무도 없다. 운전기사는 백미러로 다시 뒤를 돌아보며 "넥타이 맨 할아버지 말입니더" 하며 눈으로 나를 가리킨다. 그제야 사태를 어림풋이 짐작한 나는 "나 말이요. 예끼 이 사람 할아버지라니!"라 퉁명스럽게 대꾸하였다. 그런데도 싱긋 웃으며 "예! 할아버지! 어디서 오십니꺼? 무슨 일로요 이곳에 왔능교?" 한다. "고향에 왔지요! 서울에 살다가 … 광석마을까지 갑니다." "광석요! 고향이 거긴기요!" "그래요!" "참 이상하네! 어느 집인기요!" "기사양반! 어느 집이라 이야기한들 당신이 알겠소? 고향 떠난 지 35년이 훨씬 넘었소. 운전기사는 못내 궁금한 모양이다. "광석마을에 내가 모르는 집이 하나도 없는데 …" 허기야 우리 형제 이름이나 대나무밭 앞 기와집이라 하면 당장 알 운전기사이지만 굳이 밝히고 싶지 않았다.

중국 당나라 초기 시인인 하지장賀知章의 시 〈고향 돌아와서 우연히 쓴 글(回鄕偶書)〉이라는 칠언절구七言絕句가 이 장면에 참 잘 어울리는 것 같다.

어려서 집을 떠나 늙어서 돌아오니(少小離家老大回)

고향 모습 변한 게 없는데 수염만 희어졌네(鄕音不改鬢毛衰)

애들도 바라보나 서로 알지 못하고(兒童相見不相識)

웃으며 어디서 왔느냐고 묻고 있네(笑問客從何處來)


이튿날 다시 진주행 버스를 타려고 삼거리 장터마을로 내려갔다. 아무래도 의령과 한실(大谷) 두 방향으로 다니는 차가 삼거리를 모두 거쳐서 진주로 향하므로 배차 시간이 짧을 것으로 생각했다. 몇 분 기다리지 않아 한실 발 진주행 버스가 와서 올라탔다. 버스에 오르니 저 멀리서 어떤 분이 "박형! 이리와 앉으시지요!"한다. 고개를 돌려보니 이게 웬일인가! 내가 초등학교 5학년 시절 사범학교를 갓 졸업하고 부임해 와서 우리 학교 축구팀을 2년 동안이나 지도하셨던 H선생님이 아닌가! 그때 나는 제법 유능한 축구선수였다. "선생님 왜 이러십니까? 저 박한제입니다." 선생님은 묘한 표정을 짓더니 "아! 아! 그래! 한제구먼! 나는 자네 형님인 줄 알았지! 이 집 형제들은 다 한가지 얼굴이라 통 구별할 수 있어야지!"하며 양보하려던 자리에 다시 앉는다. H선생님은 나의 셋째 형님과 동기이시니 적어도 둘째 형님 이상으로 나를 오인한 것이 틀림이 없다. 곰곰이 따져보니 내 나이를 적어도 14년이나 올려 잡았던 것이 분명했다. 아무리 생각해도 이건 오해를 해도 너무한 것이다. H선생님이 채용사장으로 근무하고 계시는 진주 시내 모처에 있는 예식장까지 끌려가 커피 대접을 받는 것까지는 좋았다. 그러나 "아니 자네! 이제부터 고향 좀 자주 내려오게! 그리고 고향 일에도 관심도 좀 쓰고 … 교수는 방학도 길잖아 … 제자인 자네를 내가 몰라볼 정도로 고향을 잊고 살아서야! 원!"하는 훈계를 듣고야 겨우 풀려날 수 있었다.

중국 동진東晉시대 전원시인 도연명陶淵明은 〈전원에 돌아와 살면서(歸田園居)〉라는 시에서

잘못 속세의 올가미에 빠져, 내처 30년이 지났다(誤落塵網中 一去三十年)

조롱의 새도 옛 숲을 그리워하고, 연못의 고기도 옛 못을 생각한다(羈鳥戀舊林 池魚思故淵)

라 읊었다. 난들 고향이 그립지 않을 리 있겠는가? 나는 고향 면에 있는 초등학교와 중학교를 다녔다. 그리고 진주에서 고등학교를 마친 뒤 서울로 올라와 지금껏 허둥지둥 보내고 있다. 도연명은 "다섯 말의 쌀 때문에 허리를 굽혀야 하는(爲五斗折腰)" 벼슬살이를 과감히 버리고 인구에 회자되는 〈귀거래사(歸去來辭)〉를 부르며 고향 마을로 돌아갔다. 그가 그때 읊은 시가 천고의 명품이 된 것이다.

서울살이가 그리 좋은 것도 신나는 것도 아니었는데 나는 고향을 이렇게 잊고 살았다. 요즈음 들어 고향에 살던 어린 시절이 부쩍 그리워진다. 같은 밥상에 마주 앉는 피붙이마저 생각이 달라 얼굴 붉히며 살아야 하는 것이 바로 요즈음 세상이다. 집밖을 나서면 뭐가 그리 피해 본 것이 많아 네편 내편 갈라져 서로 핏대를 세우고 있다. 분위기를 제대로 파악 못하고 자기 소신대로 이야기했다간 철천지원수가 만난 것처럼 당하기 일쑤다. 그래서 법을 모르고 살 수는 있어도 눈치를 모르고는 살기 어려운 것이 요즈음의 서울살이란다.

피땀 흘려 공부하고 연구한들 무얼 하나. 그 속에 든 간단한 이치 하나 체득하지 못하고 살아가고 있으니 말이다. 한 학기에 한두 번 정도는 도연명이 전원으로 돌아간 이유를 학생들에게 장황하게 소개하고 설명했건만 나는 정작 혼탁한 세상을 버리고 고향으로 아니 흙으로 돌아가지 못하고 있다. 나를 동여매고 있는 속세의 올가미는 그토록 질기기만 하다. 아니 내가 그 올가미 속을 즐기며 살고 있는 것인지도 모른다. 속세에 잘못(?) 떨어져 살아온 세월 30여 년, 그동안 나는 고향 사람들, 초등학교 선생님마저 형님으로 오해해 버릴 정도로 이렇게 팍삭 늙어버렸다. 속세 서울로 돌아오는 고속버스는 빠르게 느껴지기만 했다. 옛사람은 타향을 헤매다 산골 오지인 진주에까지 왔다가 촉석루矗石樓 난간을 부여잡고 "진주라 천리 길을 나 어이 왔던가"라 울며 노래했다. 그러나 나에게 진주는 여전히 정다운 고향이다. 내일이면 내 나이가 60이다. 남은 인생 고향살이를 할 수 있는 날이 다시 올지 장담할 수 없어 안타깝기만 하다.(2004. 12. 31.)

# 지금은 만나 봐도 남남인 줄 알지만

2003년 여름부터 이듬해까지 연구년을 맞아 미국 하버드대학에서 1년을 보내면서 가족과 함께 몇 차례 장거리 여행을 다녔다. 한국에서는 장거리 여행이라 해도 서울에서 부산 정도 오고 가는 것이 고작이었던 나에게는 국경을 넘어 캐나다 등지로 가야 하는 일주일이 넘는 긴 여행은 지겨움을 넘어 고통 그 자체였다. 집사람도 큰딸도 국제운전면허증을 가지고 있었으나 좀체 마음이 놓이지 않아 1년 동안 운전대를 한 번도 맡긴 적이 없었다. 뒷좌석에 앉은 두 딸의 불평에도 운전할 때마다 나는 이른바 '뽕짝' 노래를 틀고 다녔다. 평소 워낙 생각이 고루해서 그런지 요즈음 유행하는 노래에는 전혀 감흥을 느끼지 못한다. 음률도 그러하거니와 가사가 대체 무슨 내용인지 알아들을 수가 없었기 때문이다. 내가 듣는 노래들은 딸애들이 인터넷을 통해 내려받아 CD에 구워 만든 것들이다. 몇 시간 운전을 하는 동안 그들 노래를 들을라치면 피곤이 풀리고 장시간 운전에서 오는 무료감도 제법 감소됨을 느끼게 되었기 때문이다. 그러나 딸애들은 그런 노래들이 딱 질색이란다. 취향이 전혀 딴판인 딸들과 상당한 돈을 주며 거래 반, 사정 반 끝에 CD 다섯 장에 내 애창곡들을 거의 모았던 것이다. 해방 후부터 최근까지 이른바 뽕짝가수들의 히트곡모음집인 동시에 내가 뽑은 '한국가요반세기 CD판'인 셈이다. 그러나 정말 듣고 싶으면서도 종내 넣지 못한 노래가 하나 있었다. 그 노래 제목도 가사도 제대로 외지 못하였기 때문에 다운받을 수가 없었던 때문이다.

최근 내가 노래라고 흥얼거릴 때는 으레 나오는 구절은 이렇다. '지금은 만나 봐도 남남인 줄 알지만 …' 그리고 '지금은 얼굴마저 잊으신 줄 알지만 …'이라는 구절이 그 전부다. 주위에 살고 있는 한국 사람들에게 몇 차례 수소문을 해 보았지만 그 가사를 복원하는 것은커녕 제목 찾는 일마저 실패하고 말았다. 이 노래를 부른 가수는 이미자 씨인 것은 거의 확실한 것 같은데 말이다.

캐나다를 거쳐 미시간 등지의 여행계획을 짜면서 그 노래만은 꼭 찾아 복사해서 가고 싶은 생각이 들었다. 처음에는 굳이 그 이유를 따져 보지 않았지만 뭔가 내 마음속 바닥에 숨겨진 무엇인가가 발동한 것이 틀림이 없는 것 같았다. 이상하게 꼭 복사해 가야 한다는 초조감 같은 것이 느껴져 문득 생각해 보다 나도 모르게 그 동기를 알고 놀라게 되었다. 아주 오래전에 나에게 들려온 풍문이지만, 조카가 살고 있는 앤 아버(Ann Arbor)에서 멀지 않은 곳에 자리한 시카고, 그곳에 살고 있다고만 들어 알고 있을 뿐인 '그 사람'이 내 마음을 움직인 것이 틀림없어 보였다. 사실 시카고란 도시는 당시까지 나에게 그 밖에 어떤 의미를 주는 곳이 아니었기 때문이다.

미시간 지역의 여행 일정을 미리 짜달라고 조카에게 부탁하면서 시카고는 꼭 넣어달라고 일부러 부탁하였던 것도 이런 연유가 있었던 것이었다. 시카고에 가서 그 사람을 찾는 것은 '서울에 가서 김 서방 찾는 것'과 진배없는 일인데도 말이다.

캐나다 지역을 구경하는 데만 열흘 가까이 보내다 보니 모든 가족이 오랜

여행으로 피로를 느낀 나머지 빨리 보스턴으로 돌아가자는 소리가 터져 나오고, 나도 연일 계속된 운전으로 거의 파김치가 되어 있었다. 때문에 결국 시카고에 가는 것을 포기하고 보스턴으로 방향을 틀고 말았다. 돌아오는 도중 나는 "지금은 만나 봐도 남남인 줄 알지만 …"과 "지금은 얼굴마저 잊으신 줄 알지만 …"을 더욱 되뇌어야 했던 것이다.

귀국 뒤 〈한국 가요사〉를 공부하기 위해 중국사 공부를 중도 포기한 제자의 도움으로 그 노래 제목과 가사 전체를 비로소 복원하게 되었다. 〈떠나도 마음만은〉이라는 제목의 노래다. 이 노래의 주요한 대목은 1절에서 "지나간 한 시절을 허공 위에 그리며/ 아ー 떠나도 마음만은 소식을 묻습니다." 그리고 제2절에서 "나 여기 삽니다고 허공 위에 웃으며/ 아ー 떠나도 마음만은 기별을 전합니다."로 되어 있다. 가사처럼 나야말로 허공 위에 그 얼굴을 아직도 그리고 있는 것이 분명한 것이다.

근년에 "그 사람이 보고 싶다"라는 TV프로가 있어 가끔 보곤 했다. 사람들은 누구나 만남과 이별에 갖가지 사연들을 지니고 그것들을 가슴에 묻고 살아가는 모양이다. 인생이란 만남과 헤어짐의 연속물이라 해도 과언이 아닐 것이다. 이 프로에서는 주로 사회 유명 인사들이 맺은 갖가지 인연들을 방영하고 있었다. 이런 사연들이야 유명 인사들만의 전유물은 아닐 것이다. 나는 그런 유명 인사도 아니지만, 설사 방송사에서 주선한다 해도 질겁할 일로 여겨 거절할 것이 분명하다. 그러나 내 마음 깊은 곳에서는 '그 사람이 보고 싶은' 것은 부정할 수 없는 사실인 모양이다. 헤어진 지 이미 35년이 더 지난 "지금은 만나 봐도 남남인 줄 알" 뿐만 아니라, 또 "지금은 얼굴마저 잊으신 줄 알고 있지만" 여전히 "마음만은 소식을 묻고" 또 "나 여기 삽니다고 … 기별을 전하고" 싶은 것은 어쩔 수 없는 내 마음인 것이다.

지나간 사랑을 떠올린다는 것은 어쩌면 식은 커피를 마시는 것처럼 씁쓸한 일일지도 모른다. "예전의 그대가 아닌 그 낭패를/ 감당할 자신이 없기에/ 멀리서 멀리서만/ 그대 이름을 부르기도 했다"(이정하의 〈멀리서만〉 중에서) 고 시인은 노래했다. 그리운 사람은 그냥 그리워할 때가 행복한 거지 만나는 순간 그리움이 사라져 버릴지도 모른다는 사실을 내 어찌 모르겠는가. 세월 이 갈수록 빛이 바래지는 사진과는 달리 얼굴은 더욱 생생해지고 있다. 어쩌 면 나이에 걸맞지 않은 매우 유치한 행동이라고 여겨지기도 한다. 시인의 충 고와 나의 이성적 판단에도 또 이런 마음을 갖는 것 자체가 아내에게는 매우 미안한 일이기도 하지만 내 살아 있는 동안에 뜻하지 않게 한 번 만날 수는 없단 말인가.(2005. 1. 20.)

# 어떤 만남

한동안 고향에서 개최되는 각종 행사에 참석하기가 싫었다. 모든 것이 너무 빨리 변하여 고향을 들릴 때마다, 나의 옛 흔적들이 하나둘씩 사라져 가고 있었기 때문이다. 그러나 이번에는 어찌 된 영문에서인지 꼭 가고 싶었다. 무슨 일이 있을 것만 같아서였다. 내가 고향에 가는 목적은 여러 가지가 있지만, 이번 일은 1년마다 열리는 중학교 기별 체육대회 겸 총동창회에 참석하기 위한 것이었다. 나는 전혀 예상치 않게 그 애를 만났다. Y는 중학교 1학년 때 나와 같은 반 여학생 동기동창이었다. 그 애와는 당시 서로 말 한마디도 변변히 나눈 적이 없는 사이였지만, 나는 그 애를 너무 좋아했던 터였다. 적어도 여름방학을 며칠 앞둔 7월 초 어느 날까지는 정말 그 애는 나의 모든 것이었다. 홍수로 남강이 범람했던 그 어느 날까지는 4월에 피어나는 백목련같이 깨끗한 용모로 그 애는 나를 사로잡았다. 그러나 바로 그날 나의 모든 희망은 날아가 버렸다. 그날 나의 목련은 누군가에 우지끈 꺾여 버렸던 것이다. 나는 그날 이후 그 애를 굳이 보려 하지 않았다. 내가 아까워 한 번도 손대지 않았던 그 하이얀 목련을 누군가가 꺾어 짓밟아 버렸기 때문이다.

초등학교 5학년 때인가 봄소풍으로 이웃면(乘山面)에 있는 신라 때 명찰名刹 청곡사靑谷寺로 가던 길에, 어느 고가 정원에 핀 목련꽃과 난생 처음 마주했었다. 그 애는 정말 그 목련과 너무도 닮았다고 생각했다. 그 애를 40년 만에 다시 만났던 것이다. 윤기는 잃어가고 있었지만 여전히 목련의 자태를 그런 대로 간직한 그 애를 말이다.

내가 중학교 1학년이었던 해가 서기 1959년이었으니 올해로 꼭 40년 만이다. 목련이 화사하게 피는 날에, 우리가 처음 만났던 그 교정에서 예상치 않게 그 애를 또다시 만나게 된 것이다. 그 애나 나나 모두 쉰이 훨씬 넘어 초로에 돌입한 이 시기에 … 그 애는 나에게 준 상처, 아니 나에게 준 상처보다 몇백 배 아픈 상처를 받았던 여인답지 않게 명랑했다. 나는 그 애의 그런 모습을 대할 수 있어서 매우 기뻤다. 나는 그 애에게 "옛날 무척이나 너를 좋아했었는데 …"라 했더니, 그 애는 "나는 그때 그런 사실을 전혀 몰랐었지. 알았더라면 …"하고 말을 흐린다. 그리고 악수를 청한다. 일남일녀의 엄마란다. "딸이 너를 닮았을 것 같아 만나보았으면 하는데 …"고 하였더니 "현재 부산 집에서 영국에 유학 갈 준비로 바쁘다'고 한다. 이미 예약한 서울행 비행기 시간 때문에 나는 서둘러 그곳을 떠나야 했다. "그래 죽지 말고 오래 살아야 한다 … 그래야 한 번이라도 더 볼 수 있지 …" 하고는 교문 앞에 대기하고 있던 형님 차로 달음질쳤다. 사천공항으로 향하면서 나는 "얘를 내가 살아 있는 동안에 몇 차례나 더 볼 수 있을지 …"하고 되뇌었다.

그 애의 초등학교 동기였던 나의 사촌형수가 그 애를 나에게 소개했던, 중 1 때 그 애 앞에 섰던 것마냥, 나는 실로 오랜만에 무척 긴장했다. 중학교 동기동창들은 그 애를 전혀 기억해 내지 못하고 있었다. 내가 그 애를 데리고 동기들이 모여 있는 곳으로 갔더니 '이 사람이 누구냐'는 듯 눈이 휘둥그래진다. 나는 '입학은 같이했으나, 졸업은 우리보다 한해 늦었던 동기'라고만 소개하였다. 나를 제외한 모두가 너무도 오래전에 망각의 늪 속에 빠뜨려 버린 그 애를 쉽게 건져내지 못하고 있었던 것이다. 그 애에 대한 관심도에 관한 한 나는 딴 동기생과는 너무나 달랐던 것이 분명했다. 40년이 지났는데도 나에게는 그때 그 사건이 아직도 생생하게 재생되고 있었으니 말이다. 그 애도 동기들을 별로 기억하지 못하였다. 하기야 4개월여 동안만 동기였을 뿐이었으니 그게 전혀 무리가 아니다. 한때 그 애와 이름이 같은 국가대표 농구선수가 있었다. 그 선수가 내 상처를 자극하곤 했다. 그 애 이름이 아나운서 입에서 자꾸 나와 농구경기중계를 보는 것이 싫었지만, 그 선수가 소속한 팀의 시합이 있는 날에는 나는 반드시 텔레비전을 켜고야 말았다. 그 선수가 은퇴한지도 이미 20년쯤 되었다. 그래서 나도 Y에 대해서 그동안 많이 잊고 지냈다. 그러나 나의 그 애에 대한 망각은 세월의 더께에 잠시 씌어져 분출구를 찾지 못하고 있었을 뿐이었던 모양이다.

그 애는 내 고향면과 이웃하고 있는 면사무소 소재지에 있는 초등학교 출신이었다. 그 애가 살던 곳은 명문 J씨 집성촌으로 일찍부터 개명한 마을이었다. 그곳에서 일제시대나 해방 뒤에 많은 개명지식인들이 배출되었다. J씨 종갓집에서 어려움 없이 자란 귀염둥이 막내 손녀였다. 그 애의 집은 200여 호 남짓한 그 마을 한복판에 궁전처럼 자리하고 있었다. 오빠들은 모두 진주부산 등 대도시 학교로 보내졌지만, 전통적 가문이 으레 그랬듯이 여식들에 대한 엄한 교육방침에 따라, 그 애를 객지로 유학 보내지 않고 집에서 통학이 가능한 우리 학교로 진학시켰던 것이다. 당시 그 면에는 중학교가 없었다. 우리는 중학교에 입학하면서 만났다. 그 애는 도무지 같은 반 여학생들과는 닮지 않았다. 나는 1학년 B반 부반장이었다. 입학성적은 좋지 않았지만, 초등학교를 수석으로 졸업한 결과 얻은 감투였다. 한 학년이 두 반밖에 되지 않는 작은 시골 중학교인지라 여학생은 B반에만 20명 남짓 있었다. 나는 그 애와

같이 공부했던 1학년 1학기 때, 영어를 잘하지 못해 영어선생님에게 대나무
뿌리로 만든 회초리로 무진 맞았다. 키가 작아 제일 앞자리에 앉아 있던 나
에게 영어선생님은 "부반장이나 되는 놈이 …" 하고는 사정없이 내리쳤다. 그
때 나는 아픔보다도 그 애에 대한 부끄럼으로 더 괴로워했다. 영어시간이 끝
난 뒤에는 그 애 앞에 얼굴을 들 수가 없었다. 입학 전에 미리 영어 기초마
저 가르쳐 주지 않았던 형님들을 원망하기도 했다. 다가오는 여름방학에는
열심히 하여 기필코 우리 반에서 영어를 제일 잘한다는 사실을 그 애에게 꼭
보여 주리라 몇 번이나 다짐했었다. 그러나 그 애는 그때를 기다리지 아니하
고 내 곁을 느닷없이 떠났다. 나는 그날 저녁 정말 엉엉 목놓아 울었다. 너무
분하고 억울했던 것이다. 그 뒤 그 애를 보지 못하는 고통으로 몇 개월을 보
냈다. 내가 2학년이었을 때 그 애는 복학을 했지만, 우리는 서로 모르는 체했
다. 그렇게 하는 것이 그 애를 위하는 길이라고 나는 생각했다.

그 애는 같은 마을에 사는 애들과 무리 지어 항상 마을 남쪽 남강 쪽 개울
을 건너고, 다시 산을 넘어 등하교를 했다. 골짜기가 10여 리나 되는, 당시
'외(치)고 (사람을) 죽여도 (아무도) 모른다'는 무시무시하기로 이름난 '자랫
대 고개'를 넘어야 했기 때문이다. 그날은 홍수로 남강 물이 불어 그 길로 등
교를 할 수가 없었다. 다른 애들은 모두 등교를 하지 않고 쉬었지만, 그 애는
마을 북쪽 산길로 혼자서 등교를 했던 것이다. 그리고 진양과 의령 군계비
근처 외딴 산길에서 불행하게도 탈영병 한 명과 마주치게 되었다. 그리고 그
놈에게서 중학교 1학년 가녀린 여학생으로서는 헤어나기 어려운 깊은 상처를
입었다. 그 애는 한쪽 신발만으로 학교로 달려와서 책상 앞에 쓰러졌다. 그
애의 통곡소리를 나는 아직도 기억한다. 전교 학생은 그날 모두 자습으로 학
과를 끝내야만 했다. 선생님들이 탈영병을 잡기 위해 모두 출동했기 때문이
다. 그 탈영병 놈은 선생님들에 잡혀 헌병대에 이송되었으나, 그 애는 그날

이후 내 앞에서 그렇게 사라져 가 버렸던 것이다.

세월은 화살과 같다더니 깜짝할 사이에 40년이 우리 둘 사이를 스쳐 지나 갔다. 그리고 우리는 목련이 피는 봄날, 우연하게 다시 그 교정에서 이런 만남을 가지게 되었다. 그 애는 나에게 그랬다. "중학교 4년 동안은 내 인생에서 빼버리고 싶은 시절이었어 …"라고. 그 애는 그때 사건을 조금도 나에게 숨기려 하지 않았다. 내가 모든 것을 이해해 줄 것이라고 생각하는 듯 말이다. 나는 그저 고맙기만 할 뿐이었다. 그 애는 해마다 봄이면 열리는 이 모임에 가끔 참석한다고 했다. 그 당시 우리가 같이 공부했던 목조교실은 이미 헐려 없어지고 대신 시멘트 슬라브 3층집으로 바뀐 지 오래되었지만, 교정은 분명 그 옛날의 우리를 상기시키기에 족한 풍경으로 아직 남아 있다. 그런데도 그 애는 그곳에 그렇게 오고 싶었던 모양이다. 그 애가 그녀의 인생 가운데서 도려내 버리고 싶은 깊은 상처가 어린 그곳을 찾는 이유는 무엇일까? 오십이 지천명이라 하더니 천명의 참뜻을 터득한 때문일까? "그래 잘 있어 … 열심히 살아야 해 …"라고 했더니, 그 애는 "그래 잘 가 … 다음에 또 …" 라고 화답했다. 불혹을 훨씬 넘어 지천명의 나이마저 깊어 가는 데도 더욱 미혹迷惑으로 빠져만 가는 나와는 달리 그 애는 분명 모진 세파를 이겨내고 이제 돌아와 거울 앞에 앉아 있는 누님 같다는 생각을 내내 떨칠 수가 없다. 그래서 나의 설익은 인생고백인《인생 ─나의 오십자술》을 그 애에게 보내야 할지 말아야 할지 아직 결정을 내리지 못하고 있다. 내년 봄에 다시 열릴 모교 행사가 이토록 기다려지는 내 마음을 어느 정도 측량하고 있다면, 그 애는 분명 "한제야! 인생의 작자가 왜 그 모양이야 …"하고 꾸짖을 것만 같기 때문이다.(1999. 4. 18.)

통영기행統營紀行

실로 오랜만에 아내와 같이 통영을 찾았다. 내가 통영을 마지막으로 간 것이 1979년 가을 신혼여행 때였으니 무려 27년 만의 일이다. 학술회의에 참석하고자 목포를 갔는데 박물관에 근무하는 제자가 하룻밤 더 묵고 가라는 간곡한 청을 하기에 거절할 수가 없어 하루를 더 머물렀다. 전날 어머님께 전화를 드리면서 내가 목포에 왔다고 하니 목포가 어딘지도 모르면서 시골집에 한번 들렀다 가면 안 되겠냐고 하였다. 오전 10시 목포역을 출발하여 부산 부전역까지 운행하는 무궁화열차를 탔다. 고향 진주에 들러 어머님을 잠깐 뵙고 바로 귀경하려는 참이었다. 토요일인데도 열차 안에는 손님이 듬성듬성하다. 어떤 때는 나 혼자 열차 한량을 세내어 타고 가는 것 같기도 하였다. 오랜만에 해보는 한적한 열차여행이었다. 날씨가 흐리더니 광주를 지나자 차창에 물방울이 맺힌다. 물방울과 어울려 차창 밖의 신록이 더욱 아름답다. 벌교역을 지났다. 조금 있으면 섬진강을 건너 하동, 경상도 땅으로 들어설 것이다. 문득 통영에 가보고 싶단 생각이 들었다.

아내는 평소 자주 통영을 들먹이곤 했다. 우리 신혼여행은 지금 생각해도 기막힌 것이었다. 아내로선 도무지 기억하고 싶지 않은 추억일 것이지만, 평소 속내를 드러내지 않는 성격과는 달리 통영에 가고 싶다는 이야기를 몇 번이나 들먹거렸다. 그런데도 나는 아직까지 아내를 데리고 한 번도 그곳을 다시 찾지 못했던 것이다.

결혼식 전날 먹은 점심이 문제의 발단이었다. 행정고시에 합격한 뒤 경찰로 투신하여 부산 모 경찰서에 근무하고 있던 대학동기가 사준 회 때문인지 결혼 전날 밤을 거의 뜬눈으로 보내지 않으면 아니 되었다. 뿐만 아니라 결혼식을 진행하는 과정에서도 숱하게 들어왔던 주례사 가운데 그처럼 길게 느껴진 적이 없을 정도로 나는 화장실이 급했다. 지금도 결혼식 때 찍은 사진을 보면 눈이 푹 들어가 있다. 10시에 시작한 결혼식이 끝나자 처삼촌께서 마련해 준 택시로 아내가 예약해 둔 충무관광호텔로 곧장 향하였다. 짐을 대강 풀어놓고 시내에 나가 점심으로 복국 한 숟갈을 입에 넣자 나는 거의 혼절하여 드러눕고 말았다. 결혼 첫날을 우리는 그렇게 보냈던 것이다. 1박 2일의 짧은 신혼여행 일정이었다. 이튿날 마산 처가댁으로 돌아오는 길에는 일반버스를 탔다. 빈자리는 겨우 한 자리밖에 없어 환자(?)인 나는 앉고 신부는 보호자가 되어 줄곧 서서 오지 않으면 안 되었다. 내 옆에 서 있는 아내를 언뜻 올려다보니 눈물이 두 뺨을 흘러내리고 있었다. 아무리 궁하더라도 돌아올 때 택시라도 잡아타는 것인데 하는 때늦은 후회를 하였지만 이미 엎질러진 물이었다. 그때 나는 택싯값 5,000원을 그렇게 아까워했던 졸장부였던 것이다. 결혼은 어떻게 치러졌는지 잘 모른다. 알려고도 하지 않았다. 알아보았자 내가 처리할 수 있는 일이란 아무것도 없었기 때문이다. 결혼식에 참석하기 위해 서울을 떠날 때 가져간 돈 114,000원이 서울에 돌아왔는데도 지갑 속에 그대로 남아 있었다. 결혼을 위해 내가 가져간 것은 몸뚱이 하나뿐이었던 것이다.

그런 사연이 있는 통영이 아내에겐 그렇게 가고 싶은 곳인 모양이다. 그것도 나와 같이 말이다. 아내에겐 통영이 전혀 나쁜 추억의 장소가 아닌 모양이다. 문득 그런 생각을 하니 이참에 아내를 통영으로 내려오라고 하면 어떨까 하는 생각이 들었다. 휴대전화로 아내에게 의향을 물었더니 쾌히 승낙했다. 약사가 하나밖에 없는 개인병원에 근무하다 보니 토요일도 오전에 근무를 해야만 하는 아내다. 1시 퇴근 뒤 곧장 강남터미널로 가 버스를 타겠다고 했다. 우리들은 통영터미널에서 만나기로 약속하였다.

7시쯤에 아내는 터미널에 도착했다. 평소 통영을 너무 좋아하여 자주 들르시는 종교학과 금 교수님께서 소개해 주신 대로 다음날 연화도蓮花島를 구경하기로 하고 연안여객터미널 근처에 숙소를 정하기로 하였다. 오랜만에 아내와 함께한 여행이라 괜찮은 숙소를 잡으려는데 예약도 안 한 상태고 또 아내가 굳이 그럴 필요가 있겠느냐고 반문하여 그냥 가까운 거리에 있는 모 모텔에 묵기로 했다. 시간을 아낄 수 있다는 점을 가장 먼저 감안했다. 아침 6시 50분에 출발하는 욕지도행 여객선을 타야 1시 20분 연화도에서 돌아오는 배를 탈 수 있고, 그래야만 그날 서울로 귀경할 수 있다는 계산이 선 것이다. 연화도를 구경하고 점심 먹는 시간을 합쳐도 4시간 정도면 충분했다. 통영으로 돌아오는 배 위에서 아내와 나는 신혼여행 때 묵은 관광호텔 옆을 지나면서 다음에 다시 올 때에는 저기서 묵자고 약조하였다.

나는 혼자서 여행을 자주 떠나곤 한다. 쓰던 논문이 제대로 풀리지 않아 머리가 어지럽기만 할 때 자동차를 몰고 그저 떠나는 것이다. 그럴 때마다 어두워지면 별로 가리지 않고 길가 여관에 묵는다. 계획대로 움직이는 것을 별로 좋아하지 않는 성격이라 적당한 곳에 하룻밤을 머무는 것이 이제는 이력이 붙었다. 그래서 요즈음 도로변에 많이 보이는 모텔을 자주 이용한다. 한동안 모텔이 이른바 '러브호텔'이란 사실도 잘 몰랐다. 지금도 차를 주차할 때 주차장에 늘어진 커튼을 볼 때 썩 좋은 기분은 아니지만 편리함을 따지면 참을만하다. 사실 시설도 호텔과 견주어도 손색이 없는 곳이 많다.

아내도 나도 별 불만 없이 통영기행을 끝내고 서울로 돌아왔다. 그로부터 약 한 달이 지난 어느 날이었다. 매일 아침 학교 연구실에 도착하면 으레 컴퓨터를 켜 메일을 체크하는 것이 하루의 시작이다. 나는 문득 이상한 메일 하나를 발견하게 되었다. "교수님, 거래합시다."라는 제목의 메일이었다. 받는 메일함에 들어 온 메일 반 이상이 스팸메일이라 정체불명의 것은 대개 삭제해 버리는데 그 제목이 특이하기도 하여 열어보았다. "교수님, 저는 직접 이름을 대지 않아도 교수님이 너무 잘 아는 모텔에 최근까지 근무하다 그만둔 종업원입니다. 교수님이 저지른 불륜 현장을 동영상으로 잡았습니다 …" 그리고 그 아래에 희미한 나체 남자 사진 한 장이 붙어 있었다. 머리가 많이 빠진 것으로 보아 그 사진 주인공이 내 같기도 하고 그렇지 않은 것 같기도 하였다. 당황하지 않을 수 없었다. 식은땀이 흘러내렸다. 그러고는 얼떨결에 완전삭제를 클릭해 버렸다. 걱정이 머리를 떠나지 않았다. 나야 크게 문제될 게 별로 없겠지만 만약 아내가 샤워하는 모습이라도 동영상으로 떠돈다면 이를 어떻게 해야 하나 하는 생각이 내 머리를 짓누르고 있었다. 그렇다고 누구와 상의하기도 창피한 일이기도 하였다.

가만히 생각하니 종업원이 내 신분을 알 리가 없다는 생각이 들었다. 자동차를 주차시킨 것도 아니고 숙박계를 쓴 것도 아니며, 숙박비로 신용카드를 쓴 것도 아니기 때문이다. 그리고 얼굴이 일반인에게 잘 알려져 있을 정도로 내가 저명한 교수도 아니기 때문이다. 그런 데에 생각이 미치자 조금은 걱정이 덜어졌지만 그렇다고 마냥 안심할 수도 없었다. 뭔가 확실한 증거를 가지고 있다면 다시 메일이 오겠지 하며 일단 기다리기로 하였다. 만약 다시 연락이 온다면 경찰에 신고하여 이런 일을 다시는 벌이지 않도록 혼내 주어야겠다는 생각도 해 보는 여유도 가졌다. 4-5개월 동안 마음 한구석 개운치 않게 보냈다.

어느 날 학과 교수회의가 끝난 뒤 회식자리에서 내가 통영기행 뒤에 일어난 일을 마침내 이야기했다. 어느 동료 교수가 "그런 메일 받은 사람 한두 사람이 아니라오! 제풀에 켕기는 사람은 돈을 건네기도 한다는데 …"라는 것이었다. 그제야 나는 겨우 한시름 놓게 되었다.

통영은 한국의 나폴리란 별명을 가질 정도로 아름다운 항구도시이다. 날씨도 좋고 경치도 좋고 인심도 좋고 역사적 유적지도 많다. 특히 시인 소설가 음악가 등 예술 방면에서 우리나라를 대표할 분들을 많이 배출한 예향藝鄕이다. 내가 묵었던 모텔 종업원이 그런 일을 했으리라고는 쉽게 생각되지 않는다. 한때 통영의 그 모텔에 약간의 의심의 눈초리를 보냈던 내가 사려 깊지 못했다는 생각이 들기도 했다.

이 협박성 메일로 아내도 나도 마음고생이 많았다. 그러나 통영은 우리들 아련한 추억을 일으키는 곳이다. 아내에게 언제 통영에 다시 가보자고 하였더니 반색한다. 언제 짬을 내어 다시 통영을 찾고 싶다. 그때는 며칠 동안 충분한 시간을 갖고 우리와 관련되었던 여러 곳을 다시 찾고 싶다. 우리들이 첫날밤을 보냈던 관광호텔은 말할것도 없고 내가 혼절했던 복국집, 그리고 그 옛날 마산행 버스가 출발했던 버스터미널, 아니 그 문제의 모텔도 다시 한번 찾고 싶다. 그리고 다시 그곳에서 오랫동안 쉽게 잊히지 않을 추억거리를 만들고 싶다.(2007. 2. 17.)

다시 정해丁亥년에
-2007년 신년을 맞아

설을 맞았다. 아무리 부정하려 해도 이제 영락없이 인생의 석양에 진입하는 해를 맞게 된 것이다. 올 새해는 이제껏 맞았던 것과는 사뭇 다른 느낌을 갖게 한다. 병술년丙戌年인 1946년 개띠로 태어난 나는 정해년丁亥年인 올해로써 만 61세가 된다. 간지干支를 따져서 다시 되풀이하는 진짜 새해는 올해부터이다. 이제부터 한 해 한 해가 나에게는 새롭게 사는 인생길이다. 어떤 이는 환갑 이후를 덤으로 사는 기간이라 했다. 육십이라는 숫자가 인생의 과정에서 무슨 의미를 가지는지 딱히 잘 알 수는 없지만 세월의 채찍이, 이순耳順의 나이가 준엄하게 내 현재를 묻고 있다. 나는 제대로 살아온 것이며 현재의 나는 어떤 모습으로 남들에게 비쳐질까? 이제까지 나의 만만찮은 역사가 서가에 꽂힌 60권의 한국문학전집처럼 가지런히 정돈되는 시점이다. 과거로 돌아봄은 과거로 돌아가려는 것이 아니라 현재의 자신을 대면하기 위함이다. 돌아보면 좀 더 잘할 수 있었는데 하는 후회와 반성이 나를 아프게 한다. 그 아픔이 나의 남은 기간을 바르게 갈 수 있게 하는 지혜로 바꿀 수 있는 힘이 되었으면 하는 바람이 이 시점에서 더욱 간절하다.

인생이란 돌이켜 볼 수는 있지만 돌이킬 수는 없는 것이다. 사실 처음부터 다시 산다는 것은 복제인간이 만들어지지 않는 한 이루어질 수 없는 헛된 꿈에 불과하다. 이렇게 덤으로 살게 된 것만도 나에게는 축복이다. 그런 면에서 하느님이 허여한 앞으로의 날들 하루하루가 소중한 것이다. 생각하기 따라서는 다시 살아보는 날들인 것이라는 생각이 든다. 그렇기 때문에 올해뿐만이 아니라 오늘이 나에게는 중요한 것이다. 내일을 위하여 오늘을 저축하는 일은 어리석은 짓이다. 오늘에 충실하지 않는 사람의 평생이 어찌 충실했다 할 수 있겠는가? 그래서 시인은 "오늘 내가 헛되이 보낸 시간은 어제 죽은 이가 그토록 살고 싶어했던 내일"이라 읊었던 것이다. 오늘이란 우리 인간에게 짧은 하루일지 모르지만 하루살이에게는 평생의 시간인 것이다. 아니 오늘보다 현재가 나에게는 하느님이 내리신 '선물'인 것이다. 현재라는 영단어인 'Present'가 '선물'로도 풀이되는 까닭이 여기 있다.

요즈음 내 신체적·정신적인 건강이 이전 같지 않아 적지 않게 걱정이 되지만, 한편 생각하면 이 정도의 건강이라도 허여받았다는 것은 분외의 축복이고 행운이 아닐 수 없다. 이 축복과 행운에 먼저 감사하고 보답도 해야 할 것 같다.

누구나 새로운 인생이 주어진다면 이렇게 살고 싶다는 다짐을 하게 된다. 나도 다시 산다고 한다면 이렇게 살겠다고 어느 글에서 당시 내 심정을 토로한 적이 있다. 다시 역사 공부를 그것도 내가 하는 시대, 그리고 지금 골몰하고 있는 그 문제에 다시 도전해 보겠다고 하였다. 그러나 그런 것은 이룰 수 없는 가상의 현실을 상정한 것에 불과하였다. 하지만 올해부터 사는 인생은 가상이 아니라 바로 목전의 현실이다.

새로이 시작하는 인생이기 때문에 내 나름의 여러 가지 다짐도 해 보게 된다. 그러나 많이 그리고 크게 다짐하는 것은 욕심이 될 것이고 실천하기도 어려울 것 같아 대폭 줄이기로 했다. 간단하게 두 가지만 다짐을 해 본다. 그렇지만 그것마저 호락호락하지 않아 그 실천이 쉽지는 않아 보인다. 그러나 이를 위해 혼신의 힘을 다해 보리라 결심해 본다. 먼저 내 직업에 관련된 다짐이고, 다음은 행동에 관한 것이다.

먼저 나는 공부하고 가르치는 교수로 지금까지 살아왔다. 이것과 관련하여 우선 짧게는 5년, 길게는 2-30년의 계획을 세워 보고 싶다. 먼저 5년의 계획이다. 양력 2월이 지나면 정년까지 정확하게 5년이 남기 때문이다. 학기로는 10학기이다. 규정에 허용된 연구학기 1학기를 빼면 9학기가 남는다. 나에게 남은 5년은 교수생활을 마무리해야 할 시간이다. 학교는 나의 직장이다. 이곳은 나의 고객인 학생들이 있고, 동료인 교수들이 있다. 나는 이들에게 칭찬은 듣지 못하더라도 험담의 대상이 되지 않기를 진심으로 바란다. 학생들에게 충실한 강의로서 좋은 인상을 남길 수 있었으면 좋겠다. 그리고 동료들에게 무엇보다 공부하는 교수로 기억되고 싶다. 길게는 내 일을 갈무리하고 싶다. 나는 학계나 사회에 많은 빚을 지고 있다. 젊은 날, 내가 허풍 비슷하게 내세운 약속들 때문이다. 내가 지금껏 주장했던 학설은 아직도 허술하기 짝이 없다. 따라서 이에 대해 상당한 오해도 있는 듯하다. 오해를 줄이기 위해서라도 이들에 대한 1차 보강공사를 마무리했으면 좋겠다. 이러기 위해서는 얼마의 각고와 고통의 날들이 소요될지 모르겠다. 그러나 내가 지독히 사랑해 왔던 이 일에 끝까지 충실하겠다는 의지와 노력을 새삼 다짐해 본다.

다음으로 사랑하는 마음을 가지고 행동했으면 좋겠다. 지금껏 나는 나만을 생각했다. 그래서 증오의 감정을 가눌 길 없었던 밤도 숱하게 보내야만 했다. 증오와 사랑은 본래 모두 자기에게서 시작하는 것이지 남 탓도 남이 만든 것도 아닌 것이다. 돌이켜 생각하니 굳이 숨길 것도 내세울 것도 없는 것이 사람이고, 사랑만 하기에도 부족한 것이 인생역정인 것이었다. 증오란 자신을 남보다 위에 두려는 마음에서 생기는 다툼의 한 표현이다. 물처럼 자신을 항상 낮은 곳에 두면 결코 남과 다툴 이유가 없는 것이다. 물처럼 자기를 소비하여 남을 적셔 줄 수 있다면 증오란 일어날 턱이 없다. '최고의 선은 물과 같다(上善若水)'라 한 까닭이 거기에 있는 것이다. 사랑이란 열린 마음이고 주는 마음이다. 열려야 자기가 빠져나갈 수도 남이 들어올 수도 있는 것이며, 먼저 주어야 상대가 나에게 가져올 수 있는 것이다. 오고감이 없는 인생이란 얼마나 무의미할 것인가! 아픔과 기쁨, 비탄과 환희, 빛과 그림자를 함께 나눠 가질 수 있는 사람 하나 없는 인생길이란 얼마나 외롭고 무미건조할 것인가! 나도 누군가에 따뜻한 존재로서 기억되면 얼마나 좋을까! 한 사람에게라도 말이다. 사람은 자기가 소유했던 모든 것을 두고 가지만 유독 기억만은 갖고 간다. 저세상에 갖고 갈 소중한 추억이 없다면 우리 인생이란 얼마나 참혹한 것이겠는가! 재산이나 권력은 밖에서 쌓여 잘 보이지만, 기억은 가슴 가장 밑바닥에 쌓여 있으므로 잘 보이지 않는다. 짐승이 자랑하는 줄무늬는 밖에 있지만 인간이 자랑해야 할 줄무늬는 안에 있는 것이다. 가져갈 수 있는 고맙고 살가운 기억들을 차곡차곡 쌓아가고 싶다.

이 두 가지를 다짐하고 실천하며 하루하루를 살아갔으면 한다. 그것이 한 바탕 거짓으로 끝나더라도 결코 후회하지 않을 것이다.(2007. 2. 18.)

# 언행의 여지

남에게 오해를 사지 않고 살아간다는 것은 여간 어려운 일이 아니다. 나름 지성으로 상대를 대해 왔다고 생각했는데 들려오는 이야기는 그와는 전혀 딴판인 경우가 있다. 가장 믿었던 사람에게 이런 일을 당하면 온몸에 힘이 다 빠져나가는 허전함과 동시에 억울함을 느끼게 되는 것은 인지상정일 것이다. 곰곰이 생각해 보면 허전함이나 억울함도 자기 위주로 판단하는 데서 오는 경우가 많다. 상대방에게 정성과 최선을 다했다면 그런 일이 과연 일어날 수 있었을까? 그런 일이 일어난 원인을 자기에게서 찾고 자기 실수로 스스로 인정하고 받아들이는 마음을 가졌다면 아마도 그런 일은 자주 반복되지는 않을 것이며, 또 억울함도 생기지 않을 것이기 때문이다.

은사 민두기 선생 수필에 〈여지의 철학〉이라는 것이 있다. 이 글은 중국 위진남북조 말기에서 수나라 초기까지를 살았던 유명한 학자 안지추顔之推가 남긴 《안씨가훈顔氏家訓》에 나오는 문구를 모티브로 삼은 것이다. 《안씨가훈》은 가훈이라면 흔히 상기되는 사자성어식 간단한 경구가 아니라 20권, 256가지 이야기를 담고 있는 큰 책이다.

격동의 시절, 다섯 왕조를 거치면서 한때는 잘나가는 귀족으로서 한때는 적국의 포로가 되어 살아가지 않으면 안 되었던 저자 안지추가 간단하지 않았던 인생역정에서 보고 느꼈던 것들을 죽음을 앞두고 작심하고 자손들에게 풀어놓은 것이다. 그의 가훈은 중국 역대 수많은 가훈들 속에서 '가훈 중의 가훈'이라는 칭호를 받을 만큼 유명하다. 그의 자손 가운데 유명한 사학자 안사고顔師古, 서예가 안진경顔眞卿 등 반듯한 인재들이 적잖게 배출된 것도 이 가훈의 가르침 덕분일 것이다.

내가 역사상 인물 가운데 가장 먼저 깊숙이 교감을 나누었던 인물이 바로 《안씨가훈》의 저자 안지추였다. 민두기 선생 댁을 방문하였다가 우연히 서재 벽에 걸린 《안씨가훈》의 한 구절을 보게 된 것이 안지추와 첫 만남이었다. 그 뒤 학계의 입문작인 석사논문의 주제가 된 것도 바로 《안씨가훈》이었다. 그와 첫 만남으로부터 이미 40년 가까운 세월이 지난 지금도 가끔 그의 가훈을 꺼내 읽고 있으니 나와 그의 인연의 끈은 참으로 질기다. 뿐만 아니라 춥고 배고프고 암담하기만 했던 그 시절, 안지추가 남긴 구절 하나하나가 나에게는 굳건한 버팀목이 되어 주었다. 쉽게 거두어질 것 같지 않던 짙은 안개 속을 헤치고 나갈 수 있게 했던 것도 이 가훈의 힘이라고 해도 과언이 아니었다.

민두기 선생께서 오랫동안 살았던 암사동 옛집 마당에는 잔디가 깔려 있었다. 선생은 대문에서 현관까지 널찍한 돌을 징검다리 식으로 놔두었다. 발바닥으로 디딜 만큼의 공간만 있으면 잔디는 보호될 줄 알았기 때문이다. 그러나 돌 주위 잔디는 살아남지 않았다. 이에 네모 난 보도블록 시멘트판을 사다 두 줄을 더 깔았다. 그러나 별다른 효과가 없었다. 결국 1미터 3-40센티 너비의 네 줄로 깔게 되었다. 식구 네 사람이 다니는 면적으로는 너무 커 보였다. 선생은 발 디딜 면적에다 여지가 충분하게 확보되어야만 잔디가 상하지 않게 된다는 것을 배우기까지 이렇게 여러 번의 시행착오를 거쳐야 했다고 술회하였다.

사람의 '언행의 면적', 곧 여지도 역시 그러한 것이다. 선생이 주목했던 이 여지의 철학이 담긴 《안씨가훈》의 한 구절을 다시 인용해 보자.

"사람 발바닥이 밟은 면적은 수 치[寸]에 불과하지만 좁은 길에서는 낭떠러지에 떨어지고, 외나무다리에서 개울 아래로 곧잘 넘어지는 것은 무슨 까닭인가. 이는 그 곁에 여지가 없기 때문이다. 사람이 자기를 세우는 데도 마찬가지이니, 아무리 지성스런 말을 해도 사람을 믿게 할 수 없고, 지결한 행동을 해도 다른 사람의 신임을 얻지 못하는 경우가 있는데, 이것은 거기에 여지가 없었기 때문이다. 나는 다른 사람이 나를 비방할 때마다 항상 이것으로 스스로를 책망한다(人足所履, 不過數寸, 然而咫尺之途, 必顚蹶於崖岸, 拱把之梁, 每沈溺於川谷者, 何哉? 爲其旁無餘地故也. 君子之立己, 抑亦如之. 至誠之言, 人未能信, 至潔之行, 物或致疑, 皆由言行聲名, 無餘地也. 吾每爲人所毁, 常以此自責. ─《顔氏家訓》 名實篇)."

어떤 말이나 행동으로 본의 아니게 오해를 사는 일을 많이 만난다. 옛 성인이 이야기했듯이 말이란 입 밖을 떠나면 다시는 주워 담을 수가 없는 것이다. 또 떠난 말이 사람과 사람을 거쳐 이동을 거듭하면 원래의 뜻과는 전혀 상관이 없는 것으로 변하는 경우가 많다. 더구나 각박한 말은 다시 더 살벌한 말로 되돌아오게 되는 법이다. 자기는 지성을 다해 말을 했다고 생각하지만 상대방은 그렇게 들리지 않을 수가 있다. 왜일까? 바로 언행에 여지가 없었기 때문에 그러한 것이다. 인간사에서 다반사로 발생하는 배신이란 것도 어쩌면 부족하고 자기의 성실하지 못한 사랑의 결실이며 여지가 없는 우리 언행의 결과인지 모른다.

각박하게만 돌아가는 것이 세상인심인데, 이런 세상을 살아가면서 남과 원수지지 않고 살아가는 것보다 중요한 일은 없을 것이다. 남의 사랑을 받기도 어렵지만 남한테 미움받지 않고 살아가기는 더욱 어렵다. 아무 상관 없는 사람이 욕하는 수도 있고, 그를 위해 노력했다고 자부하지만 돌아오는 것은 증오뿐일 때도 있다. 나도 한두 차례는 그런 일을 당하기도 하였다. 아무 잘못도 저지른 것이 없다고 생각했는데 내 곁을 갑자기 떠난 사람이 나보다 강하다고 여겨지는 사람에게로 달려가 매달려 충성하는 모습을 보았다. 그때는 정말 참담하기도 하고 노엽기도 했다. 살다보면 이렇게 억울하다고 여겨지는 일을 만나는 때가 한두 번이 아니지만 원인 없는 결과 없듯이 그 이면에는 당사자에게 그런 것을 유발시킬 만한 뭔가 나의 행동이 선행되어 있었기 때문에 발생한 일일 것이다. 다시 말하면 내 언행의 '여지' 그것에 문제가 있었던 것이 아닐까 하는 것이다.

어떻게 하면 언행에 여지가 확보되는 것일까? 내가 하려는 말이 직접 듣는 사람에게도, 전해 듣는 사람에게도 해롭지 아니한가를 먼저 생각해 보아야 한다. 흔히 우리는 말할 때나 생각할 때 상대의 처지에 서보라고 한다. '역지사지易地思之'한 연후에 말이나 행동을 한다면 큰 문제는 발생하지 않을 것이다. 모두가 자기편에 서서 행동하기 때문에 생기는 일들이다. 남을 사랑하기를 자기를 사랑하는 것만큼 한다면 무슨 오해가 발생할 수 있겠는가?

자기 생각을 떠난다는 것은 보통 인간으로는 쉬운 일이 아니다. 그나마 여기에 근접하는 몇 가지 요령이 없는 것은 아닌 것 같다. 먼저 명분에 맞지 않는 말은 하지 않는 것이다. 즉 나설 자리가 아닌데도 나서는 것이 문제가 아닌가 한다. 공자는 "군자는 자기가 알지 못하는 것에는 제쳐 놓고서 언급하지를 않았다(君子於其所不知, 蓋闕如也; 子路 -3)"고 하였다. 명분과 지위에 맞지 않는 말을 하는 것이 문제라 본 것이다. 그래서 "명분이 바르지 못하면 말이 순하지(합리적) 않고 말이 순하지 않으면 일이 이뤄지지 않는다(名不正,

則言不順, 言不順, 則事不成; 子路 -3)"고 했던 것이다. 번지樊遲라는 제자가 농사짓는 법에 대해서 물으니 공자는 "나는 늙은 농부만 못하고 채소 심는 법을 물으니 늙은 원예사만 못하다(樊遲請學稼, 子曰; 吾不如老農, 請學爲圃, 子曰; 吾不如老圃; 子路 -4)"고 하였다. 우리는 대화 중에 남의 전공을 너무 쉽게 넘나드는 사람들을 보게 된다. 특히 역사를 공부하는 나는 그런 사람들을 비교적 자주 만나게 된다. 역사란 누구나 전문가처럼 한 말 할 수 있는 학문처럼 여겨지기 때문일 것이다.

다음으로 자기주장에만 집착하는 것이다. 세상에는 다양한 가치가 있다는 점을 인식하지 못하고 자기주장만이 옳다고 생각하여 자기에게 억지로 맞추려는 태도이다. 사실 역사상 비극은 모두 이것에서 비롯되었다 해도 과언이 아니다. 신영복 선생은 《논어》의 '화이부동(和而不同; 子路-23)'을 풀이하여 차이를 존중하고 다양성을 포용하는 '화' 대신 모든 것을 자기중심으로 동화시키려는 패권의 논리가 바로 '동'이라 하였다. 공자가 강조했던 대인관계의 요점이 바로 '화'에 있다는 것이다. 바로 군자가 마땅하게 해야 할 행동으로 삼았기 때문이다.

인간관계에서 발생하는 분란의 원인을 따져보면 남에게 이기기 위한 자세에서 비롯된 것이 많다. 인간 역사는 자신의 몫을 늘리고자 끊임없이 싸우는 과정이었다. 우리 삶이 그렇게 고통스러운 것도 남에게 지지 않고 자기가 많이 가지기 위해 살아가고 있기 때문일 것이다. 이렇게 해서는 마음이 평화로울 리가 없다. 인생에서 진정한 승리는 자신을 이기는 것이다. 남에게 지는 것이 결국은 이기는 것이라는 말이다. 남에게 지는 것이 불가의 '자비'요, 유가의 '인'인 것이다. 그래서 부처님은 '나를 해친 자를 가장 높이 받들라'라고 했던 것이다. 또 공자는 '인자는 근심하지 않는다(仁者不憂: 子罕-29)'라거나, '인자는 오래 산다(仁者壽: 雍也-21)'고 하였고, 맹자는 '인자무적(仁者無敵: 梁

惠王 上)'이라 했던 것이다.

자기가 평생 추구한 일에 일업—業을 이루는 것도 어렵지만, 사실 세상에서 제일 어려운 일은 사람의 마음을 얻는 일이고, 세상에서 가장 큰 성공은 사람을 얻는 것이다. 사람의 마음을 얻기 위해서는 마음을 나누어야 하고 나눌 때에만 사람과 사람이 만나게 되는 것이다. 마음을 나누기 위해서는 자기 절제에서부터 시작하지 않으면 안 된다. 자기 절제는 바로 언행의 절제가 필수다. 언행의 절제는 인격에 따라 결정된다고 한다. 인격이란 말은 사람의 규격, 곧 격자 모양의 그릇이란 뜻이다. 분노나 아픔들이 흘러넘치지 않도록 그릇의 용량을 키워야 하는 것이다. 그릇이 클수록 분노나 서운함을 그 속에 많이 가두어 둘 여지의 공간이 생기기 때문에 그것들이 쉽게 밖으로 흘러나오지 않게 된다. 이처럼 자기에게 여유가 있은 연후에라야 타인에게 지성의 말이나 행동도 가능한 것이다. 그래야만 다른 사람의 마음을 얻을 수 있게 되는 것이라 생각되는 것이다.

이 간단하면서 명징한 삶의 지혜를 깨닫기란 쉬운 일이 아니다. 실천하기란 더욱 어려운 일이다. 은사 민두기 선생의 자전 수필집 《한 송이 들꽃과 만날 때》(서울: 지식산업사, 1997)를 다시 읽으면서 '사람답게 살아가기'를 새삼 되새겨 보게 되었다. 선생님은 2000년 5월 7일, 우리 제자들에게 많은 가르침과 숙제를 남기시고 타계하셨다. 오늘이 바로 선생님의 7주기 날이다. 선생님의 명복을 빌어본다.(2007. 5. 7.)

# 장모님의 재봉틀

　장모님에게 재봉틀은 만행萬行의 동행자였다. 장모님의 재봉틀에서 나는 빛바랜 희망과 간절한 절망을 함께 읽는다. 장모님은 내가 결혼한 뒤 삼 년이 되는 해에 지병인 고혈압으로 돌아가셨다. 쉰이 조금 넘은 연세였다. 젊을 때부터 신병이 있었다지만 너무 일찍 돌아가신 것이다. 맏사위인 나에게 대하는 장모님의 마음 씀은 각별했다. 정나미란 찾을 길 없고 뻣뻣하기만 한 사위가 뭐가 그리 대견하게 생각되어 그랬겠는가? 모두 큰딸 걱정 때문이었을 것이다.

　일찍이 부모를 여의시고 어렵게 성장한 분이라서 그런지 아니면 원래 성격이 그러한지 잘 알 수 없지만 항상 조용하였다. 장모님은 채 육십도 살지 못했는데 무슨 사연이 그리 많았는지 이마에는 굽이굽이 주름이었다. 인자한 웃음밖엔 기억이 없을 정도로 나에게 밝게 대했지만 밝음 뒤에 가려진 희미한 그늘과 웃음 뒤에 가려진 눈물자국을 그때마다 엿보곤 했다. 드러나는 겉모습이 전부가 아님은 장모님을 보면서 알았다.

　아내와 결혼 이야기가 오고 갈 때 매파가 드는 장점 가운데 하나가 바로 장모였다. 아내 성격이 그 어머니를 판에 박은 듯 닮았다는 것이었다. 살다보니 그런 말이 빈말이 아님을 알게 되었지만 어떤 때는 조금 답답하다.

장모님은 17살 때 동갑인 부산사범학교 학생인 장인을 만나 결혼했다. 장모님 일생은 가족을 위해 몸을 사리지 않고 희생으로 시종하였다 해도 과언이 아닐 것이다. 자기 소산의 자식뿐만 아니라 처삼촌과 처고모 등을 키우고 다시 성취시켰다. 장모님이 돌아가셨을 때 가장 슬피 통곡하던 분이 처삼촌들이었다. 해방 직후 그 어려웠던 시절 돈 버는 사람이라곤 초등학교 교사인 남편뿐이었다.

시동생과 시누이를 포함하여 대식구를 건사하고 공부 시키기 위해서는 절약이 몸에 밸 수밖에 없었다. 내가 결혼한 뒤 처갓집을 드나들 때 장모님 모습은 재봉틀과 함께 하는 것이었다. 사위에게는 내색을 하지 않으려고 노력했지만 일감을 얻어와 재봉틀을 돌리고 있음을 금방 알아차릴 수가 있었다. 장모님은 재봉일로 남편의 박봉을 메우려 했던 것이다. 일본 파인 제조사(Pine Manufacturing Co.) 제품인 그 재봉틀로 말하자면 나름으로 유래가 깊은 것이었다. 장인께서 교사로서 처음 받은 봉급 석 달 치를 모아 산 것이라 하니 1948년 전후의 일이었다.

장모님은 결혼 후 7년 만에야 겨우 첫애를 낳았다. 바로 내 아내다. 7년간이나 애를 낳지 못하였으니 장모님께서 앓았던 고뇌와 슬픔은 쉽게 짐작되는 것이다. 장모님에겐 이 재봉틀이야말로 그 답답하고 고달팠던 시절의 유일한 벗이었을 뿐만 아니라 결혼생활 36년 동안의 변함없는 동반자였고, 최고의 가내 자산이었다. 황홀한 산고의 작품이었던 큰딸을 잠재워 두고 장모님은 이 재봉틀을 돌려야만 했다. 아내는 깊은 밤 홀로 앉아 삯바느질 하시던 뒷모습을 보곤 했다. 재봉틀 소리 속에 장모님의 한숨이 섞여 묻어났고 이 재봉틀 이야기만 나오면 아내 눈가가 젖어들기 시작한다.

나는 진작부터 이 사연 많은 재봉틀에 내심 관심이 많았었다. 가져가고 싶다는 말을 꺼낼 용기가 나지 않았을 뿐이다. 장모님이 돌아가신 뒤 그 재봉틀을 처할머니께서 가끔 사용하시곤 했다. 요즈음 들어 재봉틀을 사용하는 집이 얼마나 되겠는가? 장인도 상처한 때의 연세가 오십을 갓 넘은 시기라 혼자 살기는 어려운 나이였다. 새로 들어온 사람에겐 재봉틀은 전처의 손때가 묻은 유물에 불과했을 것이고, 그 재봉틀의 존재가 좋게 보였을 리가 없었을 것이다. 멀리 떨어진 아내가 가져갈 기회를 놓치고 말았다. 결국 창원의 막내 처제 집에 인계되었다. 현대여성인 처제에게 재봉틀이 별로 소용되는 물건이 될 턱이 없었다. 그저 어머니 유품이니 버리지 못하고 보관하고 있는 것처럼 보였다. 가끔 처제 집을 들리면 재봉틀은 하늘색 천으로 된 뚜껑에 덮여 있기만 했다. 큰 처남도 자기 어머니의 최대 유품에 대해 크게 신경 쓰지 않는 것 같았다.

2-3년 전부터 집에 가져오고 싶다는 뜻을 아내에게 이야기했더니 크게 반대하지는 않았다. 아내야 처가댁에서 장녀로 그 세대에서는 유산 상속 서열 1위이지만 이미 동생에게 넘어가 버린 재봉틀을 달라고 하는 것이 못내 마음 내키는 일은 아니어서 주춤거리고 있었다.

나에게는 약간 골동품 수집에 대한 취미, 곧 고벽古癖이 있다. 중국에 1년 동안 체류하고 있을 때는 고서 선장본線裝本 수집에 제법 열중했다. 주로 내 전공과 관련된 것을 골라서 샀지만 상당한 출혈을 감수하지 않으면 안 되었다. 그것들을 한국으로 가져오는 것이 제일 문제였다. 아내가 잠시 다녀갈 때나 귀국하는 제자가 있으면 표 나지 않게 한두 질씩 부탁하는 등 신경을 제법 썼다. 그렇게 구입한 고서 가운데는 명말 숭정崇禎 9년(1636)에 출판된 것도 있다. 즉 병자호란이 일어나던 해에 인쇄된 것이다. 이런 나의 고벽 때문인지 각종 옛것들에 둘러싸여 살고 있다. 고졸한 것들을 볼 때마다 이유 없이 흐뭇하기만 하다. 아마도 주야장천 들여다보고 생각하는 것이 옛것들이기 때문일 것이다.

장모님 재봉틀에 관심을 갖는 것은 내 이런 고벽과 전혀 연관이 없지는 않다. 단지 그것 때문만은 아니었다. 그 재봉틀이란 아내에게 나름으로 의미 있는 물건으로 여겨졌기 때문이다. 아내는 '엄마는 꿈에서도 잘 만날 수가 없어…'라며 혼잣말을 자주 하곤 했다. 아내의 형제자매가 다 그러한지는 잘 알 수 없지만 아내의 사모곡은 그저 처량하게 들리기만 했다. 박가 집에 시집 와서 자기 친정 일에 대해 한 번도 제대로 내세워 보지 못한 아내에게 이제 는 내가 나서서라도 뭔가 해 주어야 한다는 생각이 들었던 것이다.

나는 강보에서 막 벗어났을 즈음부터 물레 소리와 어머니의 애잔한 노랫소 리를 함께 듣고 자랐다. 나의 어머니에 대한 기억은 희미한 등잔불을 옆에 두고 물레를 돌리는 것에서 시작되었다. 그 등잔이나 물레가 지금 어디로 사 라졌는지 알 수 없지만 시골집을 생각하면 큰방, 물레, 다듬잇돌 그리고 어머 니가 하나의 묶음이 되어 함께 떠오른다.

마을 앞, 우리 선영이 자리한 맷골[鷹谷]에는 밭이 몇백 평 있었다. 그곳에 는 주로 목화를 심었다. 윗마을 앞에 있는 삼백여 평 논에는 삼을 심었다. 초 여름에는 삼베 짜는 일이, 겨울이면 면사 뽑거나 면포를 짜는 일이 어머니의 주된 부업이었다. 당시 학자금 마련에는 곡식과 함께 삼베나 무명천 몇 필을 파는 것이 제일 큰 몫을 차지했기 때문이었다. 물레 바로 옆에는 항상 다듬 잇돌이 있었다. 규모가 큰 베틀은 작은 방에 있었다. 그런 풍경은 50년도 지 난 아득한 옛날의 것들이지만 나에게는 내 서재방 풍경보다 더 익숙하다.

어머니 젖꼭지를 물고 있으면서 들었던 물레 소리와 베틀 소리 그리고 다 듬잇방망이 소리는 초등학교를 졸업할 때까지도 이어졌다. 물레와 베틀, 그리 고 다듬이 소리는 언제나 어머니의 노래와 섞여 있었다. 가사는 모두 잊었지 만, 가락 사이에는 한이 덤뻑 배어 있었다. 울고 싶어도 울지 못하는 자기 대신 울어 주었던 것이 다름 아닌 다듬잇돌이었다. 시간을 이기는 생명이란 존재하지 않는다. 구순을 넘기니 그 옛날 물레 잣던 젊은 어머니 영상은 온데 간데없다. 동백기름으로 윤이 났던 머리칼은 눈보라처럼 휘날린다. 인생 백년이라 하더라도 잠자고 병들고 근심하고 고생하던 날들을 빼면 기쁜 날이란 도대체 10년도 채 되지 않는다는데 구순을 넘긴다 한들 그 인생이 어찌 길다 하겠는가? 정답기만 하던 어머니 얼굴이 이제 나도 무서워할 정도로 변해 버렸다. 이전에는 대문 밖의 아들 발자국 소리만 들어도 알아차리던 어머니가 이젠 천리 길을 달려 온 막내아들이 옆에 다가갔는데도 먼 산만 바라보고 계신다.

대청마루에 있는 다듬잇돌을 바라보는 순간 어머니는 금방 내가 젖을 빨던 30대 초반의 기억 속 여인으로 돌아간다. 어머니가 가지고 있는 것들 가운데 내가 욕심내는 것은 단 한 가지 다듬잇돌이었다. 그러나 어머니는 최후까지 그것을 붙들고 싶은 모양이다. "애야 내가 죽거들랑 그때 가져가거라 …" 아직도 다듬잇돌에 대해서는 집요하리만큼 애착을 갖고 계시는 어머니가 애처로워 나는 변소에 들어가 어깨를 한참 들썩거려야 했다. 내가 장모님 재봉틀에 애착을 갖는 것은 바로 아내에게 저 재봉틀이야말로 어머니의 물레이기도, 베틀이기도 그리고 다듬잇돌이기도 하기 때문이었다. 아무리 보잘것없는 것이라 하더라도 사라지는 것 앞에 코끝이 찡해지는 것은 당연하다. 한바탕 크게 속고 가는 것이 인생일진대 기억해 주는 것만큼 부질없는 일도 딱히 없을 것이다. 세월은 가도 풍경은 남는다. 주인 잃어 고독한 유품 앞에 나는 이렇게 목이 멘다.

다른 사람이 볼 때 소장자에게 아무리 소용이 없는 것처럼 보여도 막상 그것을 달라고 하면 쉽게 내놓지 않은 것이 대개의 경우다. 아내는 그 재봉틀에 욕심을 부리는 것에 대해 약간 힐난했던 것도 그런 염려 때문이었다. 한

번 마음먹으면 끝장을 보지 않으면 쉽게 물러서지 않는 내 성격을 잘 아는지라 나의 작전에 결국 동참하게 되었다. 먼저 우리 집에 가져와야 할 명분이 필요했다. 명분에 죽고 사는 것이 학자인데 내세울 상당한 이유가 없어야 되겠는가. 그냥 갖고 싶어서라고 하면 욕심을 부리는 것으로 여기고, 또 뭔가 가치가 있는 것이라 생각하여 쉽게 내놓지 않을 가능성도 많다. 평소 거짓말 하는 것을 나는 매우 싫어한다. 살아오면서 터득한 생활신조이기도 하다. 무엇보다 내 경제법칙에 어긋나기 때문이다. 한마디 거짓말을 유지하기 위해서는 최소 25번의 거짓말을 해야 한다고 누가 말했다. 젊을 때는 거짓말을 해도 거짓말한 내용과 그 사실 자체를 잘 기억한다. 나이가 들면 들수록 거짓말한 사실조차 잊어버린다. 같은 사람에게 같은 이야기를 다시 하여 '선생님 이전에 들은 이야기입니다.'라는 지적을 자주 듣게 되는 요즈음이다. 이런 중복은 용서된다. 거짓말은 상대에게 용서받기 어렵다. 거짓말 하지 않는 것이 가장 쉽게 편하게 경제적으로 사는 방법이다.

솔직히 말해서 그냥 가져오고 싶은데, 명분이 서지 않고, 그렇다고 거짓말을 할 수도 없었다. 그래서 재봉 일에 관심을 가지기로 결심한 것이다. 손재주가 없기로 유명한 사람이지만 이제부터라도 배워 보기로 하였다. 재미있을 것 같기도 하다. 사실 따져보니 나는 평생 공부한 것 외에는 아무것도 익힌 기술이 없다. 면허증도 2종 자동차 면허증을 제외하고는 없으니 택시기사가 되려고 해도 가능하지 않다. 옛 중국의 어느 학자는 아무리 사대부라도 자신의 밥과 가족을 먹여 살릴 수 있는 '하나의 기술[一藝]'을 획득하라고 강조한 바 있다. 요즈음처럼 어려운 세상, 그것도 인문학을 하는 내가 정년 뒤에도 딸들에게 기대지 않고 살려면 공부 빼고 뭔가 한 가지 기술을 익혀 둘 필요도 있을 것이다.

이런 이유를 갖고 처할머니 제사를 즈음해서 마산에 아내를 보냈다. 처제에게 '네 형부가 이상하게도 재봉에 관심을 갖고 있는 모양이다. 네가 엄마 재봉틀을 쓰지 않으면 우리가 새것을 일부러 사는 것보다 가져다 쓰면 되지 않겠느냐?'라 했던 것이다. 여하튼 이렇게 하여 장모님 재봉틀을 집으로 가져오는 데는 성공하였다. 가져다 놓았으나 재봉 일이라는 것이 아무나 하는 것이 아니었다. 그렇게 쉽게 익숙할 수 있다면 동네 세탁소가 다 망했을 것이다. 재봉 일을 배워야 하고 취미로 삼아야 한다는 의무감 같은 것을 느끼게 되었다. 또 집에 가져오는 데는 성공했으나 마땅히 놓아둘 곳이 없었다. 묵은 살림이라 여러 물건이 많은 데다 애들은 물건들을 주저리 놓아두는 것을 질색한다. 하는 수 없이 내 서재 방에 들여놓기로 하였다. 혹시 학생들이나 손님이 오면 서재 방에 무슨 재봉틀이냐고 물어볼 사람이 있을 것 같아 괜스레 스스로 어색해진다.

공부와 재봉 일을 배우는 것을 겸수하기로 한 지 한 달쯤 되었다. 서재 방은 주독야직晝讀夜織의 공간이 되었다. 요즈음 한국처럼 격변하는 나라가 이 세상에 어디 있을까? 택시 후면에 붙어 있는 '다이내믹 코리아'라는 문구가 나를 심히 혼란하게 만든다. 역동적인 것이 아니라 '혼 빼는 코리아'라는 말이 옳다. 한국의 모습이 어떤 것일지 그저 불안하기만 하다. 이런 급변한 변화 속에 옛 선비도 말했듯이 천고에 정직한 농사일에 뭔가를 습득하든지 아니면 3D 업종의 하나인 바느질일에 일가를 이루는 것은 노년을 대비하는 한 수단이 될 수도 있을 것이다. 어째 억지 주장 같아 쑥스럽기만 하다. 하늘나라에 계신 장모님께서 자기가 쓰던 재봉틀을 사위가 돌리고 있는 모습을 보고 계신다면 어떤 표정을 지을까? 일면 걱정이 된다. "박 서방, 자네 체신 좀 차리게 …"라고 할 것인지 아니면 자기 손때 묻은 재봉틀을 버리지 않고 기름칠 해가며 다루고 있으니 흐뭇해 하실지 못내 궁금하기만 하다. 언젠가 고향 대청마루에 있는 다듬잇돌도 가져와 장모님 재봉틀 바로 옆에 둘 것이다.

이들로부터 장모님과 어머니의 곡절했던 세월 속에 파묻혀 있는 묵은 이야기들을 소상히 듣고 싶다.(2007. 3. 22.)

## 아내의 비자금

아내는 결혼 이후 지금까지 직장을 다니고 있다. 직장생활 거의 30년이다. 이 정도면 남편 모르는 상당한 액수의 비자금이 있으리라는 것쯤은 어느 누구도 어림짐작할 만한 일이다. 그러나 아내에게는 비자금이란 것이 없다. 나에게는 많지는 않지만 비자금이란 것이 있다. 나는 '비자금'이라 부르는 통장을 따로 개설해 놓고 있기 때문이다. 어느 날 학교 구내에 있는 농협에 가서 은행 일을 보는데, 직원이 "이 통장은 교수님의 비자금 통장이네요!"라 한다. 나는 매달 봉급날이 되면 그날까지 가용으로 쓰고 남은 돈 모두를 봉급통장에서 빼어서 비자금 통장으로 옮겨둔다. 자유롭게 넣었다 뺄 수 있는 민 통장이다. 구별하기 쉽게 봉급통장은 '봉급', 저축 통장은 '비자금'이라 겉표지 오른쪽 상단에다 써놓았기 때문이다. 직원이 통장 표지에 쓰인 글자를 보고 농담 삼아 나에게 이렇게 말을 건넨 것이다. 이름은 '비자금'이라 되어 있지만 사실은 비자금도 아니다. 내가 무슨 대규모 사업을 하는 사람이라고 분식 회계를 하겠는가? 혹여 로비를 하거나 몰래 작은 집을 차린 나머지 그것을 위한 자금을 비축하고자 비밀리에 돈을 관리할 필요가 있는 것도 아니고.

결혼 이후 별 쟁론 없이 돈은 내가 맡아 관리하기로 결정한 뒤로 지금까지 30년 가까운 세월 동안 돈 관리를 맡고 있다. 월급받는 날 일정한 액수의 돈을 가용으로 아내에게 건네주고 나머지는 내가 직접 관리하는 것이다. 어떤 사람은 나의 이런 사정을 듣고 매우 부러워하기도 하지만 반드시 그럴 일만도 아니다. 사실 신경 써야 할 일이 한두 가지가 아니기 때문이다. 두 딸 학비는 말할 것도 없고 용돈 등 잡용의 비용까지 내가 일일이 그 출납을 담당해야 하니 신경이 쓰일 수밖에 없는 것이다. 돈 관리권을 아내에게 넘기려고도 했지만 중도에 그러는 것이 어쩐지 마음에 썩 내키지 않았고 아내도 원하지 않아 지금까지 이어오고 있다.

돈을 관리하다 보니 좋은 점도 있었다. 술도 담배도 하지 않으므로 용돈으로 쓰이는 돈도 그리 많은 액수는 아니지만, 날마다 얼마씩 아내로부터 받아 쓴다는 것은 그날 쓴 돈의 용도를 하나하나 보고하는 것 같아 뭔가 내키지 않는 측면이 있기 때문이다. 또 내가 돈을 관리하고부터 용돈이 부족하여 이리저리 꾸러 다닌 적이 별로 없고, 그래서 그리 궁상떨며 살아보지 않았다. 그것은 내가 돈을 전적으로 관리한 덕분이었다. 돈 관리권을 가졌다고 하여 내가 돈을 펑펑 쓴 것은 물론 아니었다. 조금 자유로웠다고 할 수 있을 뿐이었다. 오히려 돈 씀씀이에 조심하게 되어 동료들이나 학생들이 보기에도 그리 후한 사람으로 비쳐지지는 않았을 것으로 짐작하고 있다.

나에게 이른바 '비자금'이란 것이 있게 된 사연은 대개 이러하다. 또 30년 가까운 세월 동안 봉급생활을 해 온 아내에게 비자금이 없는 사연도 있다. 아내 봉급이 고액이 아니라 항상 그녀의 월급에다 내 월급 일부를 빼어 보태주어야만 생활비가 될 수 있었다. 요즈음도 봉급날에는 일정액을 아내에게 건넨다. 항상 빠듯하게 한 달을 보낼 정도의 생활비이다. 그런 데다 이른바 부수입이라는 것이 전혀 없는 직장이다 보니 아내에게 뭉칫돈이 생길 까닭도 없고, 그래서 내가 모르는 비자금을 마련할 길도 없었다.

가끔 동창회에 나가면 큰 집으로 이사를 가게 되었는데 문득 내놓은 아내의 비자금으로 큰 도움이 되었다는 이야기를 듣곤 한다. 학교의 어떤 동료는 "부부 가운데 한 사람은 재테크에 능숙해야 하는데 박 선생 부부처럼 해서는 만년이 괴로울 수가 있지!"라며 은근히 걱정을 하기도 한다. 나를 잘 아는 고등학교 동창은 "네 처가 직장생활을 그렇게 오래 했으니 비자금이 아마 1억은 넘을 거야"라 하기도 했다. 시골 출신이라 조그마한 면적의 채전菜田이 딸린 주택에 한 번 살아보았으면 하는 생각이 들어 한때 전원주택을 보러 다닌 적이 있다. 시골 출신이지만 너무 오랫동안 흙 한번 만져보지 못하고 살아왔기 때문에 도시라는 사막에서 벗어나고 싶은 갈증 때문이었다. 그러나 전원주택이란 보통 돈으로 살 수 있는 것이 아니었다. 오히려 서울 시내 집보다도 더 비싼 경우가 많았다. 어느 친구의 전원주택에 초대받고 돌아오면서 아내가 나 모르는 사이에 비자금을 마련해 두었다가 이런 때에 모른 듯 내어놓았으면 하는 망상을 해 보기도 했다.

사실 지금까지 딴 일은 모르지만 돈 문제에 관해서는 서로 감출 것이 없었던 우리 부부다. 어느 날 아내에게 "내 친구가 그러는데 당신이 분명히 비자금 1억은 있을 거라고 하던데 …"라며 넌지시 운을 떼었다. 아내는 나의 이 말에 "1억만 있어, 몇 억은 될 터이지 … 그렇지만 한 푼도 내놓을 수가 없어요!"라고 한다. 평소 가용의 돈마저 충분히 준 적이 없으면서 농담이라도 그런 말을 하는 남편이 미울 수밖에 없었을 것이다.

간디는 "우리가 사는 세상은 우리가 필요한 것만을 공급하기에는 풍요롭지만 탐욕을 위해서는 궁핍한 곳"이라 하였다. 필요에 따라 살아야지 욕망에 따라 살아서는 안 되는 것이다. 돈에 욕심을 내는 사람에게는 돈이란 바닷물과 같아서 들이키면 들이킬수록 더 목마름을 느끼게 되어 있다. 필요 이상의 돈이란 사람을 교만하게 만들고 급기야는 타락에 빠뜨리게 할 수도 있다. 인간은 두 주먹을 꼭 쥔 '소유의 주먹'을 하고 태어나지만, 두 손을 편, 곧 '버림의 주먹'으로 이 세상을 떠난다고 한다. 이유도 근거도 없는 돈이 불쑥 자기 앞에 나타나기를 바란다는 것은 사실 도둑이나 진배없는 심보다.

나도 모르는 사이에 아내가 비자금을 모아 두었다는 사실을 뜻밖에 알게 되었다면 당장은 즐거울 것이다. 그러나 그 돈의 효력은 금방 소멸될 것이고, 대신 부부간에 오랫동안 다져 온 신뢰는 사라져 버릴 것이다. 돈의 효력은 한시적이지만 우리 부부간의 신뢰는 해로하는 동안 그 가치를 발휘할 것이니 돈보다 훨씬 소중한 것이 아닐까? 우리 현대인들의 불행은 모자라기 때문에 생긴 것이 아니고 오히려 넘침으로 생겨난다. 겨울 추운 방에 잘 때에는 둘이 몸을 맞대지만, 더운 방에서는 서로를 귀찮게 여기게 된다. 우리들 가정이 불행한 것은 가진 것이 적어서만이 아니고 마음이 각각 따로이기 때문이 아닐까? 5월 21일 오늘은 둘이 하나가 되어야 한다는 의미에서 제정한 '부부의 날'이다. 돈 문제에서뿐만 아니라 우리 부부가 그동안 네 마음과 내 마음이 따로 있었던 것이 아니라 마음의 공명을 진정으로 느끼는 사이로 살아왔던가를 다시 한번 돌아보게 된다.(2007. 5. 21.)

# 미안해요 여보!

인생 육십을 넘기면서 내 인생을 뒤돌아보니 미안한 일을 너무도 많이 저질렀다는 생각이 든다. 본의든 본의가 아니든 내가 저지른 일들로 가슴앓이를 했던 모두에게 미안한 마음을 금할 수 없다. 위로는 부모님을 비롯한 조상님께 미안하고 아래로는 자식들에게도 미안하다. 옆으로는 나로 하여 상처받았을 여러 사람에게 미안하고, 헤어져 잊힌 사람에게도 미안하다. 그러나 누구보다도 아내에게 특히 미안하다. 어젯밤 아내는 느닷없이 이제 "끝마무리를 준비해 두어야 하지 않겠느냐"고 했다. 갑자기 듣는 말이라 무슨 뜻인지 알아차리지 못하고 있는데 "우리들의 사후死後 정리"라고 하는 것이다.

얼마 살지도 않은 것 같은데 끝마무리에 대해 이제 뭔가 준비해야 하는 현실에 봉착하고 있다는 귀띔에 갑자기 머리가 멍멍해진다. 세상 사는 것에 조금 익숙해지려는데 조만간 떠나야 된다니 말이다. 그도 그럴 것이 아내가 이를 거론하기 전까지는 심각하게 이 문제를 생각해 본 적이 없었기 때문이다. 그러다 보니 우리 둘이 드러누울 땅 한 평도 마련해 놓지 않았던 것이다. 천년만년 살 것이라 생각한 것은 아니었지만 준비가 없어도 너무 없었다. 그랬던 데에는 나름 이유가 있었다. 아버님이 자수성가하면서 마련해 둔 선영先塋이 고향 땅에 있었기 때문이다. 이북에 고향을 두고 피난 온 실향민이 갖는 그런 급박함을 느끼지 못했던 것이다. "선영이 있지 않느냐"고 했더니 아내는 "거기 묻히면 누가 돌볼 것이며, 돌볼 애들이 있다 한들 그들을 괜히 수고롭게 할 필요가 있느냐"고 반문한다. 사실 묘지 문제는 요즈음 한국사회가 봉착한 난제 가운데 하나이다. 국토의 비효율적 이용이라는 눈총도 그러하지만 수묘守墓의 어려움이 특히 더 심각한 문제이기 때문이다. 길을 가다 보면 잘 다듬어진 가족묘보다 가시덤불과 잡초더미 속에 뒤덮여 버려진 무덤들에 눈길이 더 간다. 나처럼 깡시골 출신으로 서울에서 인생의 대부분을 보낸 사람들한테 이 문제는 더욱 심각하다. 이미 서울 사람이 되어 버린 애들에게 조상의 선영이란 그리 큰 의미를 가진 곳이 아닐 것이다. 낯선 부모의 고향땅, 멀기만 한 부모의 묘소, 어쩌면 번거롭게만 느껴지는 단어들이다. "애들을 번거롭게만 하는 선산에는 묻히고 싶지 않으니 화장해 어디다 뿌리거나 요즈음 유행하는 수목장樹木葬을 했으면 한다"는 것이 아내 주장이다. 그러나 나는 난감했다. "유골이라도 고향에 가야하지 않겠느냐"며 얼버무리고 말았다.

　가만히 생각해 보니 아내와 나는 이 문제에 상당한 견해차를 드러내고 있는 듯하다. 서로 배우자로서 만나 30년 가까운 세월을 살아가고 있는데 다른 문제도 아니고 총결산이라고 할 인생의 마지막 매조지 문제에서 이렇게 의견을 달리하고 있으니 말이다. 이는 분명 대수롭지 않게 넘겨 버릴 수 없는 문제라는 생각이 들었다. 찬찬히 따지다 보니 그런 의견 차는 모두 나에게서 기인하고 있다는 결론에 이르게 되었다. 그래서 아내에게 진짜 많이 미안하다는 생각이 든 것이다. 아내와 나는 내년이면 결혼 30주년을 맞는다. 아내의 지극한 양보와 너그러운 이해 덕분으로 그동안 큰 의견 차 없이 우리들은 살아왔다. 이제 아내와 나는 이처럼 생각을 달리하고 있는 것이다.

고향에서 천리나 떨어진 타향에 와서 진망塵網 서울생활에 파묻힌 지 어언 40년이 넘었다. 고향에 살았던 기간은 중학교까지였으니 고작 16년에 불과하다. 진주 시내에서 보낸 고등학교 3년을 보태도 20년을 넘지 않는다. 서울에서 생활하는 동안 강산이 바뀌어도 네 번은 족히 바뀌었다. 그렇지만 서울에는 내가 살았던 흔적이라곤 아무 데에도 찾을 수가 없다. 눈에 띄지 않게 살아온 탓도 있겠지만 우리 보통사람들은 자기가 살아온 조그마한 흔적마저 남기기가 쉽지 않는 곳이 바로 서울이기 때문이다. 그런데다 입주 아르바이트집, 하숙, 기숙사, 월세 그리고 전세를 전전하다 결혼하고부터는 아파트생활로 일관하였으니 어느 문인이 남겼던 옛 터전처럼 '고택古宅'이라 일컬을 곳도 있을 리가 만무하다. 긴 서울생활에도 나는 이 땅에 뿌리를 제대로 내리지 못하고 떠 있기만 하는 부평초의 운명과 크게 다를 바가 없는 생활을 해온 것이다. 줄기는 있으되 뿌리가 없는 꼴인 것이다. 언제나 그러하듯 나는 영락없는 경상도 시골사람이다. 아직도 프로야구 롯데 팀의 성적 여하에 기분이 180도로 달라지고, 정치적 견해도 경상도식 보수 성향에서 크게 벗어나지 못하고 있다. 내가 아내에게 "그래도 고향으로 가야 되지 않겠느냐"고 얼떨결에 말한 것도 이런 연유 때문인 것이다.

정년퇴직을 하면 귀향하겠다는 등 거창한 생각까지는 가지고 있지 않지만 고향집 언저리에 조그마한 터라도 마련하여 작은 집이라도 지어볼까 하는 생각을 요즈음 갖고 있다. 남들에게는 하찮은 것일 뿐이지만 내가 살아오는 동안 내가 쓰고 펴내고 그리고 모아두었던 내 삶의 흔적들을 내가 살아 있는 동안만이라도 거기다 진열해 놓고 나의 인생을 반추하면서 만년을 보내고 싶다. 자주 가지는 못하더라도 한두 달에 한 번이라도 찾아가 서울에서 나름으로 혼신을 다해 키워 보려고 노력했던 나의 줄기를 고향의 뿌리와 연결시켜 볼까 하는 생각을 갖고 있는 것이다. 내 뿌리는 고향 마을이 아니고는 이 세상 어디에도 찾을 수가 없기 때문이다. 나의 이런 시도야말로 '중국사학자 박한제'의 정체성 확인 작업인 것이다. 남들이 보면 하찮은 글일 테지만 그 글들 속에 흐르는 사상적 근원은 고향에서 보낸 16년에 뿌리박고 있기 때문이다.

아내는 고향에 이런 집을 짓는 것도 그리 탐탁해 하지 않는다. 몇 년 전부터 어머님은 내가 고향에 들릴 때마다 고향집 뒷편 텃밭을 내 명의로 넘겨주겠다고 자주 말씀 하시곤 했다. 딱히 설명한 적은 없지만, 10여 년 동안 우리네 식구와 함께 지냈던 어머님께서는 부평초처럼 떠도는 이 막내아들의 생활을 보고 안타까워하며 그 마음이라도 고향에 묶어두고 싶었기 때문인지도 모른다. 그 텃밭은 내가 어린 시절 고향에 살면서 무던히도 드나들었던 곳이다. 그 밭에 목화, 고구마, 부추, 상추와 고추 등을 심곤 했다. 진주 특산의 방향초인 방아도 그 밭에 심겨져 있었다. 여름 점심 밥상에는 으레 그 텃밭에서 금방 따온 싱싱한 채소가 놓여졌다. 파종과 김매기와 수확시기에는 비지땀도 제법 흘렸다. 노동의 어려움과 그 가치, 특히 가족의 의미를 내 인생 처음으로 체험했던 곳이기도 하다.

아내는 어머님 제의가 고맙기는 하지만 선뜻 수용할 뜻이 없는 모양이다. 우선 자식으로 별로 해 드린 것도 없는데 유산을 받는다는 것이 맘에 내키지 않는 모양이고, 또 이 문제로 하여 친족 간에 나올 수 있는 이견異見을 염려하고 있는 듯하다. "그럴 생각이 있으면 어머님에게 정당하게 구입하라"는 것이 아내의 권고다. 이런 제의 배경에는 아내의 결벽증과도 관련이 없는 것은 아니지만 그보다 나와 더 큰 견해 차이를 보이는 이유는 바로 고향의 그 텃밭이 "무슨 소용이 있겠느냐"는 나름의 판단 때문이다. 그 땅이 나와는 달리 아내에게는 별다른 의미를 주지 못하고 있는 것이다.

아내의 이런 주장에 일리가 없는 것이 아니다. 그도 그럴 것이 아내는 박씨 가문으로 시집온 뒤 내 고향집에 1주일 이상 머물러 본 적이 한 번도 없는 사람이다. 그런 내 고향 땅이 아내에게 애착을 갖게 하거나 또 영혼을 쉬게 할 장소라는 생각을 갖게 하기는 힘들 것이다. 그동안 나는 아내의 이런 심사를 전혀 측량하지 못하고 지냈던 것이다. 지금까지 매사에 그랬듯이 아내 의견에는 귀 기울여 주지 않고 오로지 나의 일, 나의 길만을 생각한 결과다. 아내를 엄연한 객체라기보다 나와 길을 같이 가면서 내 일을 도와주는 '조력자'라 생각했던 것이다. 주체적으로 자기 독자의 길을 가게 배려한 것이 아니라 그녀 의지와는 상관없이 내가 가는 길에 더불어 가는 동무 정도로 생각해 왔던 것이다. 아내와 합의해서 공동의 길로 방향을 잡은 것이 아니라 내가 가는 길이니 그저 따라오기만 하라고 강요했던 것이다. '아내의 반란'이라고까지 거창하게 말할 것까지는 없지만 이제 사후의 정리 문제만은 자기 목소리를 아내는 내고 싶은 것이다. "박씨 가문의 며느리", 그리고 "박 모의 부인"이라기보다는 그 스스로를 찾고 싶은 것일 게다.

나로 하여금 아내에게 늦게나마 미안함을 느끼게 만든 것은 그토록 제 주장이 없던 아내가 평소 그녀답지 않게 굳건히 그 생각을 견지하고 있기 때문이었다. 최근 들어 아내는 이곳저곳에서 동시다발적으로 생기기 시작한 건강 문제로 적잖이 고뇌하는 눈치다. 그런데도 남편이란 자가 그 심각성을 알아주지 않고 공부를 핑계로 태평하게 있으니 많이도 서운했을 것이다. 시골에 계신 형수님은 아내의 건강을 좀 챙겨주라고 신신당부하는 전화와 메일을 몇 차례나 나에게 보내주었다. 그럼에도 별로 달라진 것이 없는 것이 우리 집 현실이다.

얼마 전 아내의 직장 사직문제를 두고 우리들 사이에 약간의 서먹함이 있었다. 올 2학기는 내가 현직에서 마지막으로 얻는 연구학기라 방학을 합쳐 7-8개월 동안 둘이 외국에서 보내기로 당초 작정하였다. 아내는 5월 말을 기해 퇴직하기로 이미 합의했던 것이다. 그런데 나의 여러 가지 사정으로 나는 10월 초순에 출국하여 3-4개월 정도 외국에 머물기로 계획을 변경해 버렸다. 그런데다 당초 계획대로 5월 말에 그만두게 되면 4개월의 공백이 생긴다는 생각에 나는 8월 말에나 사직서를 내면 어쩌겠느냐고 제의했다. 아내는 "그만두겠다고 직장에 이미 통고했는데 … "라며 난처한 표정을 지었다. 그러나 직장에서도 사직을 말리고 있는 사정이라 아내는 그러자고 곧 마음을 바꾸었다. "내가 직장을 그만두면 가용비는 어찌 꾸릴지 …"라는 평소 자주하는 그녀의 걱정이 아내로 하여금 내 의견에 동의하게 만든 것이다. 사려 없이 내뱉은 내 제의가 결혼 뒤 지금까지 줄곧 억척같이 직장생활을 지속해 온 아내에게서 4개월이라는 짧은 시간의 휴식을 가질 기회마저 나는 빼앗아 버린 것이다. 스스로를 종합병원이라고 진단하고 있는 아내에게 나의 이런 제의가 얼마나 큰 심적인 상처를 가져다주었던 것인가? 아내의 '사후정리'에 대한 주장은 이런 사정에서 나온 것이라 생각하니 사실 미안한 마음을 금할 수 없게 된 것이다. 그동안 내 이기적인 생각과 행동들로 켜켜이 쌓여 온 아내의 서운함이 평소 아내답지 않은 주장에 듬뿍 묻어나고 있는 것이다. 그러나 오늘 아침에도 아내는 "당신 만나 도움이 되지 못해서 …"라며 예의 당치도 않는 자책을 거듭한다. 내가 누구보다 아내에게 미안한 이유가 바로 여기에 있다. 그러나 나는 그저 이렇게 말하는 수밖에 딴 방도가 없다. "미안해요 여보! 평소처럼 나를 따라달라는 염치없는 말은 더 할 수 없구려! 앞으로는 나의 방향이 아닌 우리의 방향으로 함께 걸어가도록 노력해 보겠다는 때늦은 다짐만은 하고 있다오."(2008. 5. 30.)

# 나의 키

　나는 키가 작은 사람이다. 작은 키로 하여 자라면서 받은 상처들 때문에 결혼할 때는 아내 키에 대해 제법 신경을 썼다. 앞으로 태어날 애들이 나처럼 키 때문에 상처받지 않았으면 해서였다. 그래서 나보다 1센티미터라도 더 큰 사람을 구하려 애썼다. 그 노력의 결과인지는 몰라도 우리 세대의 여인 가운데 작은 키가 아닌 아내와 결혼했다. 아내의 키는 처남들 키를 보아도 알 수 있는 것이니 그들의 키는 거의 180센티미터 전후이다. 우리 형제들 가운데 170센티미터를 넘는 자가 아무도 없는 것과 대비하면 아내의 키는 또래 가운데 평균 이상이라 해도 무방하다. 결혼 후 나는 아내보다 키가 큰 것처럼 평소 행동했다. 남편이 아내보다 키가 작다는 소리를 듣기 싫었기 때문이다. 아내는 알고도 그런지 정작 모르고 그런지 내 주장에 대해 이의를 한 번도 달아본 적이 없었다. 신혼 때 누워서 몰래 키를 맞추어 보면 나보다 약간 컸던 것을 확인하곤 했다.

　지난 2003년에서 2004년 사이 1년 동안 미국에서 생활할 때 일이다. 그동안 집에서 침대를 사용하지 않았던 우리 부부는 그곳에서 처음으로 침대생활을 하게 되었다. 한국인 유학생들이 살던 집과 쓰던 가구를 인수받게 되었는데, 마침 침대가 1인용 3개뿐이었다. 딸 둘이 하나씩 나누어 갖고 나니 우리 부부는 그 하나를 같이 쓸 수밖에 없게 되었다. 2인용 침대 하나를 구입하려 했으나 그곳 실정에 아직 익숙하지 않는 관계로 미적거리면서 며칠을 보냈다. 며칠 동안 침대를 사용하다 보니 미국 침대가 좀 넓어서인지 불편함을 크게 느끼지 못했다. 아내는 돈도 없는데 굳이 새것 들여놓을 필요가 있겠느냐고 했다. 결혼 후 지금껏 다른 이불을 사용해 왔던 우리 부부였기 때문에 아내는 내심 기뻐하는 눈치였다. 그래서 그대로 쓰기로 하여 1년 동안 그런 생활을 보냈다. 그 침대에 나란히 눕다 보니 본의 아니게 내가 아내와 매일 자연스럽게 키를 맞춰보는 일이 생겼다. 그런데 아내의 발바닥이 내 발 등 위를 덮는 것을 문득 발견하게 된 것이다. 그제야 내 키가 아내보다 크다는 것을 내심 확인하게 되었다.

그러나 기쁨은 일순, 복잡한 생각들이 나를 엄습해 왔다. 나보다 컸던 아내의 키가 왜 이렇게 줄어들게 되었을까? 사람이 늙어 가면 조금씩 키가 줄어드는 것은 자연스러운 현상이다. 결혼생활 25년 동안 아내의 키는 나보다 훨씬 많이 줄어든 것이다. 그 이유가 나에게는 자명하게 다가왔다. 가슴이 찡할 수밖에 없었다.

나와 결혼한 뒤 아내는 지금까지 쭉 직장 일을 해왔기 때문에 제대로 쉬어본 적이 없었다. 애들이 어릴 때인 80년대 초 가정부를 둔 몇 년을 제외하고는 거의 혼자서 가사일을 전담하다시피 해왔던 것이다. 남편 출근이나 애들 등교 전에 먹일 아침밥을 준비하기 위해 꼭두새벽부터 일어나야 했다. 그럼에도 아침밥을 거르면서도 종종걸음을 쳐야 출근시간에 겨우 맞출 수 있었다. 지금도 그러하지만 아내는 우리 식구 가운데 아침밥을 먹지 않는 유일한 사람이다. 우리가 20여 년 동안 살았던 아파트 단지 사람들은 아내를 "반포 3

단지에서 가장 바쁜 사람"이라 부른다고 했다. 노인정에 다녀왔던 어머니가 들려준 이야기다.

퇴근길 아내의 양손에는 으레 무거운 시장 보따리가 들려 있다. 이런 생활 25년, 아내의 키는 보통 사람보다 더 줄어든 것이 분명한 것이다. 키만이 아니었다. 최근에 와서는 허리 디스크가 어긋나 수술을 권유받고 있다. 아내는 지금 정형외과가 전문인 병원의 약국에서 약사로 일하고 있다. 디스크 이상은 자체 정기검진 과정에서 뒤늦게 발견된 것이다. 어느 날 아내로부터 그 이야기를 듣고는 문득 가슴이 먹먹해졌다.

'아내'라는 말은 때로는 질기고 때로는 잔인하고 때로는 눈물겨운 단어다. 내가 아내에 대한 사랑과 배려를 좀 더 했더라면 이런 일은 생기지도 않았을 것이며 이렇게 가슴이 먹먹해질 리도 없었을 것이다. 나는 이제껏 이렇게 너무 이기적으로 살아왔다. 공부를 앞세워 가사 일 일체를 아내에게 맡기고 그것이야말로 내가 상관하지 말아야 할 다른 영역인 것처럼 여기며 살아왔던 것이다.

아내는 수술 여부를 두고 고민하고 있다. 현대의학 수준으로도 뒤틀려진 등뼈를 바르게 하기는 쉽지 않은 모양이다. 만약 수술을 한다면 불구가 될지 모르는 위험을 감수하지 않으면 안 된다고 한다. 한번 뒤틀어진 허리를 바르게 하는 일도 이처럼 쉽지 않은 것이다. 아내의 짧아진 키를 다시 키울 수 없듯이 지난 세월을 다시 되돌릴 수는 더욱 없는 것이다. "사랑의 가장 확실한 방법은 함께 걸어가는 것이다. 사랑은 (홀로 핀) 장미가 아니라 함께 핀 안개꽃이다"라 했던 신영복 선생의 글귀가 생각난다. 나는 아내와 손잡고 함께 걷지 않고 줄곧 나 혼자만 걸어가는 것을 대수로 여겨 왔다. 아내의 건강이 이처럼 망가진 것은 내 보잘것없는 일 욕심 때문임이 분명하다. 30년 가까운 우리들 결혼생활 동안 아내는 우리 가족들을 위해 몸을 아끼지 않는,

문자 그대로 '헌신'으로 일관해 왔다. 그동안 내가 쓴 글들은 아내가 우리 가족들을 위해 쏟은 땀과 노력의 결실에 견준다면 너무나 하찮은 것이다. 이런 생각에 이르게 되니 새삼 부끄럽고 먹먹하기만 하다.(2007. 11. 2.)

# 기념 타월에 새겨진 지난 세월들

우리 집 화장실에서 나는 가끔 내 지나온 세월들과 마주한다. 변기에 앉아 문득 앞에 걸려 있는 타월들을 볼 때마다 불현듯 그 옛날 어느 날로 되돌아가기 때문이다. 아내는 대개 일주일에 두세 개의 타월을 변기 앞 수건걸이에 바꾸어 걸어둔다. 타월에 새겨진 문구들을 볼 때마다 세월의 무상함을 사무치게 느끼는 것은 나만일까? 우리 큰딸보다 더 나이 먹은 타월들이 심심찮게 걸이에 걸려 있기 때문이다. 요즈음 걸려 있는 타월 가운데 특히 내 눈을 사로잡는 것은 두 종류다. 그 하나는 "제14회 마산시 약사회 총회/ 1979. 11. 23/ 중 보건약품"이란 글이 새겨진 노란색 타월이고, 다른 하나는 "개교 37주년 기념 북악제전/ 국민대학교 학도호국단/ 1983. 10. 18-19"란 문구가 아직도 선명한 파란색 타월이다.

1979년이라면 내가 아내와 결혼한 해였다. 그해 11월 11일에 결혼식을 올렸으니 아내는 결혼 뒤 12일째 되는 날에 마산시 약사회 총회에 참석했고, 보건약품이란 회사에서 제공한 기념 타월을 받아왔던 것이다. 결혼을 했으나 우리는 서울에다 신방을 차릴 엄두를 못 내고 있었다. 아내를 데려오지 못한 것은 오로지 내 탓이었다. 아무런 준비도, 대책도 없이 결혼부터 한 것이었기 때문이었다. 지금은 고시촌이 되어 버린 신림동 화랑단지에 있던 60만 원짜리 단칸 전세방이 당시 내 전 재산이었다. 아내는 결혼 뒤 바로 마산의 약국을 정리하려 했지만 장롱 하나 들어놓을 수 없는 좁은 방에 신방을 차릴 수는 없는 일이었다. 약국을 정리하지 못하고 세월만 마냥 보내고 있던 그 막막하고 답답한 시기에 약사회 총회에 참석하여 기념 타월을 받아왔던 것이다. 아내가 서울에 온 것은 결혼 뒤 5개월이 지난 이듬해 4월 어느 날이었다. 더 기다려 보았자 뾰족한 수가 생길 것 같지 않다는 사실을 알아차린 장인께서 큰돈을 보탠 데다 은행 융자까지 얻어 주어 안양 유원지 앞에 있던 13평짜리 주공아파트를 구해 준 덕분이었다.

서울에 올라오자 아내는 곧바로 직장을 찾았다. 당시 조교였던 내 수입으로는 융자 받은 돈의 원금과 이자도 제대로 갚을 수가 없었기 때문이다. 1981년 1월 초 아내는 큰딸을 낳았다. 애를 맡아 키워 줄 사람이라곤 주위에 아무도 없었다. 그렇다고 가정부를 둘 수 있는 형편은 더욱 아니었다. 결국 시골에 계신 어머니를 모셔 오기로 했다. 그 전해 5월 아버님이 돌아가시고 시골에 혼자 계셨기 때문이다. 아내와 어머니, 큰딸 등 세 식구가 함께 출·퇴근하는 진풍경이 벌어졌다. 그나마 직장이 개인이 경영하는 약국이었고, 그에 딸린 방이 하나 있었기 때문에 가능한 일이었다. 아내에게는 정말 기가 막히는 일이 아닐 수 없었다. 이런 형편인데도 남편이란 자는 아무런 도움이 되지를 못했다.

1981년 일본 경도京都대학 교수가 노벨 화학상을 탔다. 경도대학이 노벨상 수상자 4명을 이미 배출하였는데도 일본의 세칭 제일류대학인 동경대학에서는 당시까지 한 명도 배출하지 못하였던 것이 일본 현지에서 크게 이슈화되었던 모양이었다. "왜 경도대학인가?" 등 그 이유를 분석하는 일본 신문 기사들이 우리나라 여러 신문에서도 상세하게 소개되었다. 경도대학 교수들이 처한 환경, 연구태도, 인간관계 등 여섯 가지가 동경대학과 다르다는 점을 짚었다. 그 가운데 마지막으로 든 두 가지가 나에게는 인상적이었다. 아내의 내조內助와 연구자 본인의 태도 문제였다. 특히 그 가운데 수상자 부인이 인터뷰를 통해 밝힌 내조 부분이 내 눈에 들어왔다. "학자의 부인은 모든 가사家事와 속사俗事를 전담하는 등 일단 학자를 부군으로 맞았으면 학자답도록 그를 지켜 주어야 한다." 나는 이 기사를 스크랩한 뒤 그 가운데 이 내조 부분에다 밑줄을 긋고는 아내에게 넌지시 건넸다. 하늘이 두 쪽이 나도 노벨상을 받을 사람이 아닌 것은 물론이거니와 매사에 무능하고 부실하기만 했던 남편인 내가 정말 염치없이 아내에게 '학자 아내로서의 자세'만은 다짐받으려 했던 것이다. 아내는 그 뒤 이 무책임하기 짝이 없는 이 남편을 위해 지금까지 직장생활에다 가사까지 전적으로 책임지고 있으니 나는 정말 천하에 못된 남편임에 틀림이 없다. 마산시 약사회 총회 기념 타월이 걸릴 때마다 나는 타임머신을 타고 결혼 전후 시기의 우리들 모습들을 회상하곤 한다. 자주 그 타월을 거는 걸 보니 아내에게 되돌리고 싶지 않을 정도로 아픈 추억만은 아닌 것 같아 그나마 다행이다. 무심코 흘러간 숱한 세월이 그 아픈 상처들을 치유해 준 덕분이리라.

1981년 3월 국민대학 국사학과의 전임이 되었다. 그리고 그 뒤 1985년 2월까지 4년 동안을 그곳에서 봉직했다. 이미 기혼자였지만 따르는 여학생도 간혹 있었다. 아마도 젊음의 여운이 그런대로 남아 있었던 때문이리라. 지금도 내 연구실 책상 위에 놓여 있는 작은 도자기 한 점이 있다. 내 강의를 듣던 도예과 한 여학생은 자기 생애의 첫 작품인 연필꽂이용 도자기를 내 책상 위에 놓고 갔던 것이다. "만들면서 선생님께 꼭 드리고 싶었다"며 부끄러운 듯 말하던, 유난히 얼굴이 해맑은 그 여학생은 지금 무엇을 하고 있을까? 이미 40대 후반의 중년 부인이 되어 어디엔가에서 나를 지켜보고 있을지도 모를 일이다. 대학신문 기자였던 영문과 여학생 하나가 있었다. 나의 〈동양사개설〉 강의를 들었던 학생이었다. 나중에 국문학과 학생과 캠퍼스 커플이 되었던 그 애는 공부에도 적극적이었지만 어떤 일에도 긍정적이었다. 마침 성이 '박'가라 갓 태어난 둘째 딸 정현이에게 그 애 이름을 갖게 하였다. 그 애처럼 활달하게 커 주었으면 하는 아빠의 바람에서였다.

나름으로 연구열에 빠져 있었던 때여서 그러한지 강의도 제법 정열적으로 임했던 것 같다. 어떤 강좌는 수강학생이 300명을 넘어 대형 강의실인데도 군데군데 서서 수강하는 학생들도 있었다. 이미 '인기'라는 단어와 상관없는 교수가 되어 버린 지 오래지만 한 시절 나도 이른바 '인기교수' 반열에 등록되기도 했던 모양이다.

내가 국민대학에 근무하던 때는 군사독재정권이 통치하던 살벌한 시절이었다. 따뜻해야 할 사제관계가 정치·사회적 이유로 훼손되었던 것이 가슴 아팠다. 학생단체 이름도 '학생회'가 아니라 '학도호국단'이었다. 학부에도 지도교수제도가 있었다. 지도교수라 하지만 공부를 지도하는 것이 아니라 오히려 데모를 하지 못하도록 지도하는 교수였다. 지도교수라기보다 '감시교수'라는 명칭이 더 어울리는 말이었다. 억울하고 분통터지는 그 시절, 교정 잔디밭에 앉아 학생들 울분을 들어주는 것이 그나마 내가 할 수 있는 유일한 제자사랑의 방법이었다. 당시 내가 지도한 학생들 이름을 하나하나 다 기억할 수 없지만 그 애들의 눈망울들만은 아직도 기억에 생생하다.

점심때에 교문 앞 라면집에 가면 학생들이 가로막으며 내가 지갑 여는 것을 한사코 막았다. 학적부를 들여다보면 가난에 찌들린 학생들이 대부분이었다. 그들이 왜 한사코 내 지갑을 못 열게 하였는지 나는 잘 알고 있다. 답사여행 때는 교수들을 위해 특별한 상차림을 항상 준비했다. 학생들은 진정으로 교수들을 존경하였다. 교수생활 30년 가까운 세월 동안 그 당시만큼 선생 대접을 받은 적이 없었다.

'북악제전'은 국민대학 학생들의 가을 축제 이름이다. 그때만 해도 나는 학생들에게 조금도 뒤지지 않는 축구선수 교수였다. 대운동장에서 당시 한두 골 정도는 내가 넣었던 것으로 기억한다. 골을 넣고 학생들과 하이파이브를 하던 그때 내 모습이 타월 사이로 묻어난다. 바로 그 타월을 받고 며칠 뒤 나는 국민대학을 떠나 모교인 서울대학으로 옮기게 된 계기를 마련했던 학회에 참석했다. 1983년 10월 26일 현재 방송통신대학 건물에서 열린 동양사학회 추계발표회였다. "동양사학회 창설 이래 제대로 된 첫 토론이었어!"라던 은사 선생님은 그간 주저하던 마음을 거두어들이고 채용을 결정한 것이다. 발표회가 끝나자 바로 고속버스로 진주로 가 국사학과 추계답사팀에 합류했다. 가방 속에 넣고 간 타월이 수건걸이에 걸려 있는 바로 그것이었던 것 같다.

국민대학에서는 해마다 전 교수에게 연구비로 당시로선 거금인 백만 원씩을 지급하면서 논문 1편씩을 쓰도록 했다. 나는 2호관 13층 연구실에서 문 여는 새벽 6시부터 문 닫는 밤 10시까지 논문과 씨름해야만 했다. 햇병아리 교수라 강의준비로 학기 중에 쓰지 못한 논문을 완성하는 것이 나에겐 그렇게 힘겨웠다. 전임이 되자마자 안양에서 아내 직장이 있는 경기도 군포로 이사를 했던 나는 출·퇴근에 각각 2시간이나 걸리는 시간을 아끼기 위해 해마다 11월 초부터 1월 말까지 3개월 동안 정릉 배나무골에 하숙집을 정해놓고 고투를 벌인 끝에 논문 제출 마감시간을 겨우 맞출 수 있었다. 그때 "연구비를 받지 말걸! 돈이 웬수야!"를 수십 번이나 되뇌지 않았던가. 1982년 11월 어느 날 그 하숙집에서 나는 프로복싱 선수 김득구의 목숨을 건 투쟁 현장을 목격해야만 했다. 이역 땅 미국 라스베이거스 시저스·팰리스 호텔 특설 링에서 그는 미국인 복서 맨시니의 무쇠 같은 주먹과 사투를 벌이고 있었다. 당시 우리들 민초들의 군사정권에 대한 처절한 저항이 그랬던 것처럼 그는 목숨을 걸고 분노의 주먹을 휘두르고 있었다. 치열하게 살다간 우리 시대의 영웅 김득구에 견주면 나는 너무 편안하게 살고 있는 것이라고 자성했다. 그의 죽음을 뒤로 하고 다시 연구실로 향했던 기억이 새롭다.

첫 지도 학생이었던 81학번 K군은 내가 국민대학을 떠난 지 20여 년이 지난 지금까지 설, 추석 전날 가족과 함께 한 번도 빠짐없이 나를 찾는다. 아내는 명절이 되면 그 식구들에게 줄 답례품을 골라 항상 준비해 둔다. 나는 아직도 이렇게 국민대학과 맺은 인연의 끈을 놓지 않고 살아가고 있다. 연구년으로 미국에 1년을 머물다 귀국한 뒤 학교 근방 낙성대역 근처에 전세를 얻었다. 20여 년 동안 살아왔던 반포아파트가 재건축에 들어갈 예정이었기 때문이다. 조카가 나 대신 귀국 후 바로 들어가 살 집을 얻어놓았다. 이삿날 잔금을 치르려고 하는데 주인아주머니가 "아이고! 박 교수님 아니십니까? 다시 만나서 너무너무 반갑습니다!"라 한다. 국민대학 국사학과 82학번 학생이었던 것이다. 2년 전세기간을 다시 연장해서 아직도 그 학생의 집에 살고 있다. 재계약 하는 날 "교수님, 앞으로 계약 기한에 관계없이 새 집이 완성될 때까지 마음 편하게 사시도록 하십시오."라 한다.

사실 나는 이 국민대학에 진정으로 감사의 마음을 가지고 있다. 국민대학은 나를 처음으로 교수로 채용해 준 학교였다. 고대 중국에서는 관직에 처음으로 발탁한 상사를 구군舊君, 피발탁자를 고리故吏라 부른다. 구군이 사망하면 고리는 삼년상을 입는 것이 상례였다. 나를 교수로 뽑아 주었던 교수님들 대부분이 이미 세상을 뜨셨다. 세월이 무상하다 하지 않을 수 없다.

교수회의 분위기도 참 좋았다. 150여 명 정도의 전 교수가 전공에 관계없이 서로 반갑게 인사하며 지냈다. 특히 노교수님들은 신참 교수였던 나에게 친절했고 애정 어린 관심을 가져 주었다. 교수연수회에도 거의 전원이 참석하였고, 정겨운 대화로 밤늦은 줄 몰랐다. 30대 후반 가장 왕성했던 교수시절을 나는 북악산 자락의 국민대학에서 이렇게 보냈던 것이다. 오늘도 나는 나의 흘러간 세월 속에 숱한 사연이 새겨진 북악제전의 타월로 얼굴을 문지르며 옛일들을 회상한다. 당시 나는 교수로서 그리고 학자로서 정말 행복한 시간들을 그곳에서 보냈던 것이다.

우리 집 장롱 속에는 한 번도 쓰지 못한 타월들이 아직도 많다. 아내는 이 글을 읽는다면 또 어떤 기념 타월을 화장실 수건걸이에 걸어둘까? 어떤 기념 타월이든 그것들은 내 소중했던 지난 세월들의 더께를 나에게 한 꺼풀 한 꺼풀 벗겨 내주는 것들임에 틀림이 없을 것이다.(2007. 2. 21.)

# 이 환장할 봄날에

　유치환의 〈춘신春信〉을 좋아하던 시절이 있었다. "꽃들인 양 창 앞에 한 그루 피어오른/ 살구꽃 연분홍 그늘 가지 새로/ 작은 멧새 하나 찾아와 무심히 놀다 가나니 … 앉았다 떠난 아름다운 그 자리 여운 남아/ 뉘도 모를 한 때를 아쉽게도 한들거리나니 …." 그땐 내가 한 마리 멧새가 되어 … 봄을 기다렸다. 그러나 몇 년 전부터 봄이 되면 시름시름 '봄병'이란 걸 앓고 있다. 봄은 오는데 영 봄 같지 않기 때문이다. 어떨 때는 '환장할' 정도로 심신이 모두 아프다. 남들이 들으면 실소를 금하지 못할 것들 때문에서다. 살아온 것이 그랬고, 살아갈 일이 나에게는 기적 같다. 기쁨과 슬픔, 사랑과 미움, 성취와 좌절 등이 봄이 되면 뒤범벅이었다. 그럴 즈음 시인 박규리의 《이 환장할 봄날에》라는 시집을 만났고, 봄이 이를라치면 버릇처럼 그 시집을 꺼낸다.

　시인에게 봄날은 어떤 이미지일까? '환장'을 국어사전에서 찾아보면 '환심 장換心腸'의 줄인 말로 '마음이 전보다 막되게 아주 달라짐'이라 풀이하고 있다. 봄날이 박 시인의 마음을 '막되게' 아주 달라지게 만든 것은 무슨 연유에서일까? 어쩌면 나와 같은 이유에서일지도 모른다는 생각이 든다. 그녀는 시를 쓰기 위해 8년 동안이나 되는 오랜 세월을 어느 사찰의 공양주로서 생활한 뒤, 아랫마을 속세로 귀환하여 시집을 냈다. 말하자면 그 8년은 이 한 권의 시집을 산출하기 위한 인고와 사색의 세월이었던 셈이다. 공양주란 속세와 인연을 끊은 비구니도 아니고 그렇다고 욕망을 끌면서 저잣거리의 삶을 살아가는 속인도 아닌 이른바 승속僧俗 두 세계의 경계선상에 서 있는 이른바 '경계인'이다. 말하자면 몸은 절간에 있으면서 마음은 동구나무가 서 있는 마을에 가 있는 것이다.

"빈둥빈둥 놀던 보살이 먼 길 다녀 온 스님께 밥이 없다며/ 기어코 마을 식당 쌈밥집에 들었지요. / 온갖 야채 푸짐히 나온 뒤 불판이 놓이고, 그 위로 삼겹살이 얹혔는데요"(〈승속 사이에 있는 것〉 중에서)

그녀에겐 사찰을 드나드는 사람들이란 절간에서는 고기를 먹지 않지만 고기를 그리워하며, 절에서는 차마 상열지사를 말하지 못하지만 절 밖에 두고 온 사람에 대한 그리움에 가슴 조이는 것으로 보았다. 잠시 절간에 든 속세의 여자는 물론 승적에 든 스님들인들 어찌 그렇지 않으랴! 사실 중생들이란 어디 소재하든 다 그런지도 모른다. 세간에서 받은 상처가 깊으면 깊을수록 더 깊은 산중으로 찾아든다. 산중에 깊게 자리한 암자일수록 속세와 더욱 질긴 인연이 이어져 있을지도 모르기 때문이다. 암자로 이어진 길은 가늘지만 더 질긴 길이다.

"사랑하는 사람을 달래 보내고/ 돌아서 돌계단을 오르는 스님 눈가에/ 설운 눈물방울 쓸쓸히 피는 것을 / … 여자는 돌계단 밑 치자꽃 아래/ 한참을 앉았다 일어서더니 … 휘청이며 떠내려가는 것이었습니다. … / 한 번도 사랑받지 못한 사람이야말로/ 가장 가난한 줄도 알 것 같았습니다/ 떠난 사람보다 더 섧게만 보이는 …/ 저물도록 독경소리 그치지 않는 산중도 그만 싫어/ 나는 괜시리 내가 버림받은 여자가 되어/ 버릴수록 더 깊어지는 산길에

하염없이 앉았습니다."(〈치자꽃 설화〉 중에서)

속세와 절연을 선언하고 입산한 스님도 그럴진대 속세를 그대로 품고 온 여인의 심정이야 무슨 말이 더 필요할까? 인연의 끈에 묶여져 살아가는 것이 인생이라 할진대. 시인 박규리가 8년이란 짧지 않은 세월을 승속의 경계선에 서 있었던 이유는 인간의 이 극단적인 모습을 살펴 그려내기 위해서였는지도 모른다. 시인 박규리가 내린 결론은 세속에서 일어나는 갖가지 사랑들이 결코 무의미하지 않다는 사실이다.

나는 박 시인이 애써 파악해 내린 결론을 존중한다. 우리 중생은 일상생활 속에서 매일 이 경계를 무심코 넘나들면서 생활해 가지만, 공양주란 그 경계선에 서서 양쪽을 바라보며 하나하나를 점검하며 살아가는 사람이다. 국경 개념이 확연하게 나타나지 않았던 근대 이전 시기에는 어느 왕조에도 속하지 않는 이른바 '강장지민疆場之民'이란 것이 존재했다. 그들에게는 세금도 없고 구속도 없다. 그래서 일체의 생활이 자유이다. 그러나 실은 그만큼 불안한 사람도 없다. 정치적 무소속도 그러하지만 국적 없는 사람은 예나 지금이나 불안하기는 마찬가지다. 이런 생활을 영원히 이어갈 수도 없다. 이 강장지민의 특징은 두 나라의 사정에 두루 밝다는 것이다. 살아남고자 계속 염탐한 결과이다. 8년 동안 불안한 세월을 보낸 박규리는 인간의 가장 아픈 부분들을 정확하게 드러내고 있는 것이다.

왜 '환장할 봄날'일까? 자살률이 가장 높은 계절이 봄이라고 한다. 봄이란 사람들에게 어떤 계절이기에 단 하나밖에 없는 생을 포기하는 사람이 그렇게 많다는 말인가? 나같이 늙어가는 사람에게는 오히려 가을이야말로 더없이 쓸쓸하고 겨울은 잔인할 것 같은데 말이다. '봄' 하면 떠오르는 시가 T.S. 엘리엇의 《황무지》가 아닐까 한다.

"4월은 가장 잔인한 달/ 죽은 땅에서 라일락을 키워내고 /추억과 욕정을 뒤섞고 /잠든 뿌리를 봄비로 깨운다. /겨울은 오히려 따뜻했다. /잘 잊게 해주는 눈으로 대지를 덮고 /마른 구근球根으로 약간의 목숨을 대어주었다."

젊은 날 즐겨 읽었던 이 엘리엇의 시《황무지》에 대한 해석은 이랬던 것같다. 정신적인 메마름, 인간의 일상 행위에 가치를 주는 믿음의 부재, 생산이 없는 성性, 그리고 재생이 거부된 죽음을 노래한 것이라던가. 사실 4월이란 봄이 오고 눈이 녹는 등 외형적으로 사람들에게 희망을 주는 달이라 할수 있지만 실상은 그것은 헛된 꿈이었고 절망의 고통에서 벗어나지 못하게되는 계절의 한복판에 자리잡은 것이다. 비참한 삶을 사는 사람들에게 괜히헛된 희망을 안겨 줌으로써 오히려 더 깊은 나락으로 떨어지게 만드는 달이바로 4월인 것이다. 시인은 그래서 겨울이 오히려 더 따뜻했다고 했던 것이다. 없으면 없는 대로 살아갔을 터인데, 많은 것을 꿈꾸게 하다 한순간에 그게 아니라는 것을 문득 깨닫게 만들어 다시는 일어날 수 없는 나락 속으로빠뜨리는 것이 봄이라는 계절이기 때문이다. 그래서 봄이란 산 것도 죽은 것도 아닌 '황량하고 쓸쓸한' 황무지일 수밖에 없는 것이다.

대지에 쌓인 눈 덕분으로 모든 것들을 망각할 수 있던 겨울은 차라리 평화로웠다. 계절의 순환 속에서 다시 봄이 되면 무거운 흙덩이를 밀치고 움을틔어야 한다. 그러나 누구에게나 그럴 힘이 있는 것은 아니다. 특히 나 같은사람에게는 이렇게 버거운 삶의 세계로 돌아와야 하는 봄, 4월은 그래서 잔인한 것이다.

인터넷 서점 책 목록을 뒤지다 우연히 시인 박규리를 만났다. 시집 하나를한자리에서 다 읽어 버린 적이 별로 없었다. 단숨에 읽었지만 절제된 시어에실린 그녀의 고뇌가 가슴을 요리조리 후벼 파고들었다. 그녀가 왜 스님도 아니고 그렇다고 속세인도 아닌 공양주로서 8년이란 세월을 보냈느냐는 나에게결코 어려운 질문이 아니었다. 속세의 정과 인연을 끊는 데 그만큼 용감하지 못했고 또 끊을 만큼 그렇게 절박하지도 않았기 때문이다. 그렇기 때문에 그녀도 이 환장할 봄날을 별 도리 없이 다시 맞이할 수밖에 없었던 것이다. 나도 박규리와 별반 다를 바 없는 이 환장할 봄날을 올해도 이렇게 맞고 있다. 이 나이에 갈애渴愛로 심신이 아프다.

시인 박규리는 절을 찾는 절박한 사람과 절박한 나머지 속세를 떠나 스님이 된 사람의 관계를 여실히 그려내고 있었다. 박규리는 외형적인 삶의 형식은 절간과 속세의 경계선에 서 있는 공양주였지만 진정은 그녀가 시 속에 등장시킨 바로 그 사람일지도 모른다.

나는 올해로 10년 가까이 절을 찾고 있다. 아직도 왜 절을 찾는가? '환장할' 이 봄날을 살아가는 나를 여실히 대면하기 위해서이다. 아직도 정착할 곳을 찾지 못했고, 정처 없이 떠돌고, 뿌리째 뽑혀 있는 것 같다. 그러나 이 백해무익할 것 같은 흔들림들이 내게 아무 소득이 없었던 것만은 아닐 거라고 믿는다.

박규리처럼 나도 언젠가 절간을 외면할지도 모른다. 어떤 해답을 얻었든지 아니면 이런 봄마저 나에게서 앗아갈 날이 올 것이기 때문이다. 올해도 영락없이 봄이 오고 있는데 동시에 봄이 가고 있다. 이 '환장할 봄'마저도 그 무엇과도 바꿀 수 없는 소중한 것일지 모른다. 아무리 발버둥 쳐도 "빛바랜 희망, 간절한 절망"으로 색칠된 이 봄마저 뒤따르지 않는 인생의 겨울을 맞이해야 될 것이기 때문이다.(2013. 4.)

# 별이 빛나는 밤에

둘째 딸이 즐겨듣는 라디오 프로그램 가운데 '별이 빛나는 밤에'라는 것이 있다. 자정 가까운 시간에 생방송되는 이 프로를 딸애가 어떤 이유로 즐겨 듣는지 잘은 모르지만 가끔 그 프로그램 시작을 알리는 시그널 음악이 들려올 때면 나도 괜히 약간의 설렘 같은 것을 갖곤 한다. 그 프로가 정확하게 언제부터 시작되었는지 모르지만 오랜 세월 동안 듣고 익혀 온 음악임에 틀림이 없다. 내가 그 프로의 진행자가 말하듯이 '별밤가족'이라고는 말할 자격도 그럴 나이도 아니다. 그럼에도 '별'이란 말을 들으면 마음속 깊은 곳에서부터 괜히 뭉클함을 느끼는 것은 어쩔 수 없는 노릇이다. 그것은 별이 주는 이미지가 젊고 늙음에 관계없이 비슷하게 작용하기 때문이 아닌가 한다.

별! 정말 별을 못 본 지 오래되었다. 별을 생각하면 문득 떠오르는 것은 어릴 적의 고향집 대나무 평상 위에 누워 바라보는 여름 밤하늘의 별이다. 내 유년의 여름밤은 밤하늘에 박혀 있는 수많은 별들을 헤아리는 것부터 시작되었다. 지금은 아흔을 넘겨 매사의 행동이 어린애처럼 변해 버렸지만, 어머니는 서른한 살이라는 꽃다운 나이에 나를 낳았다. 지금 그 나이였다면 아직 미혼일지도 모르는 그때에 어머니는 이미 아들 여섯과 딸 하나, 모두 7명의 애들을 출산하였던 것이다. 어머니는 슬하에 둔 애들 숫자만큼이나 어른스러웠다. 그 모진 세월을 넘을 수 있었던 것은 그 때문이 아닌가 한다. 나는 어머니 허벅지를 베개 삼아 하늘에 가득한 별들을 보면서 잠들곤 했다. 어머니는 저 별들 하나하나가 이 지구만큼 큰 땅덩어리이고, 사람이 죽으면 영혼이 저 별나라로 날아가서 새 삶을 이어간다고 말씀하시곤 했다. 이 세상에서 좋은 일을 하면 크고 좋은 별에, 나쁜 일을 하면 작고 희미한 별에 간다는 것이었다. 커졌다 작아졌다 하는 달과는 달리 별은 하나같이 같은 모양인데 좋은 별 나쁜 별이 있느냐고 나는 어머니께 되묻곤 했다. 어머니는 유달리 빛나는 별과 그렇지 않은 별의 차이가 있지 않느냐고 하였다. 신식 교육과는 거리가 멀었던 어머니 설명이 과학적으로 정확할 리 없고 나도 그런 것을 따질 나이가 아니었기 때문에 별이란 우리가 죽으면 사랑하는 사람들을 떠나가야할 곳이라는 어머니 말씀을 한동안 그대로 믿고 살았다.

　나에게 별의 또 다른 이미지를 만들어 준 것은 고등학교 교과서에 실린 '별 −프로방스의 한 양치기 소년의 이야기'이다. 어느 작가보다 우리 세대 사람들에게 많은 감동을 남겼던 외국 작가가 바로 프랑스인 알퐁스 도데 (Alphonse Daudet)였다. 특이하게도 우리 세대가 사용했던 국어교과서에는 '마지막 수업'이란 그의 또 다른 작품이 실려 있었다. '별'은 프로방스 지방 목동의 순수한 사랑 이야기이다. 휴가 간 하인을 대신해서 일주일에 한 번씩 목동에게 날라다주는 식량을 실은 수레를 타고 왔다가 갑자기 쏟아진 소낙비로 개천물이 불어 돌아가지 못하고 어쩔 수 없이 목동과 단둘이 하룻밤을 보내야만 했던 주인 딸 스테파네트. 그녀는 양치기 소년에게는 단순한 여자가 아니었다. 하늘의 별들 가운데서 가장 곱고 유달리 반짝이는 별 하나였다. 그 별이 길을 잃고 그에게로 와서 그 어깨에 머리를 기대고 잠자고 있었던 것이다.

문명 세계와는 먼 거리를 두고 살았던 우리 세대 사람들은 곱고 유난히 반짝이는 별 하나인 스테파네트를 그리며 젊은 시절을 보냈던 것이다. 그런데도 별이 가득한 하늘을 좀체 볼 겨를도 없이 이제껏 이렇게 살아왔다.

실로 오랜만에 다시 별을 보게 되었다. 초원 유목국가 몽골을 찾았을 때 일이다. 7월 어느 날 몽골제국의 옛 수도 하름호름(카라코름)에서였다. 오후 늦게 울란바타르를 출발한 우리 답사단 일행은 10시 반이 넘어서야 숙박 장소였던 '오고데이 호텔'에 도착할 수 있었다. 호텔이라 해도 초원 위에 세워진 몇 동의 게르(Ger)가 전부였다. 그날 밤 늦게 나는 침대에 누워 우연히 연통 구멍을 통해 하늘을 올려다보게 되었다. 작은 구멍이었지만 한국에서 보았던 것보다 훨씬 많은 수의 별들이 보였다. 별은 정녕 내 어린 시절의 그것처럼 영롱하게 빛나고 있었다. 뿐만 아니라 그 작은 구멍 사이로 은하수가 힘차게 흐르고 있었다.

프랑스에서 곧장 스페인으로 가고 있는 '성 쟉크(야곱)의 길'이었다고 목동이 스테파네트에게 설명해 주었던 은하수. 프랑크 왕으로서 동서를 평정하고 로마황제가 된 샤를마뉴가 이베리아 반도를 점거하고 있던 사라센 사람들과 싸움을 벌이고 있었을 때 갈리시아(스페인 서북부)의 성 쟉크가 샤를마뉴에게 길을 가르쳐 주고자 은하수로 금을 그어 준 것이라 했던가.

어머니는 은하수란 별들이 만든 하늘의 길이라 했다. 견우가 직녀를 만나듯이 은하수를 사이에 두고 서로 헤어져 살면서 만나야 하는 많은 사람들이 있다는 것이다. 어머니는 형제들은 가끔 같은 별로 가지만 부모 자식은 같은 별로 절대 가지 못한다고 했다. 어렸지만 어머니의 그 말이 나를 너무 슬프게 했다. 동쪽의 부모가 서쪽의 자식을 만나기 위해서는 저 은하수라는 넓은 강을 건너야 한다. 죽어 하늘나라로 날아간 까마귀가 모여 서로 힘을 합쳐

다리를 만들어 주어 서로 만나고 싶어 하는 사람들을 건너게 함으로써 일년에 한 번만이라도 만날 수 있게 된다고 말씀하셨다.

2007년 7월 초 다시 몽골초원을 찾았다. 6박 7일 동안의 몽골 여행 중 4박을 게르에서 밤을 보냈다. 오랜만에 별을 마음껏 볼 수 있을 거라는 기대를 갖고 갔던 것이다. 별을 카메라에 담아오기 위해 무겁고 거추장스러운 삼각대를 일부러 가지고 갔다. 그러나 별은 이전의 별 그것이 아니었다. 왜 몽골에서도 나에게 별이 제대로 보이지 않는 것일까?

사람은 누구나 나이를 먹으면서 살아간다. 나이를 먹어 가면 대개 세상의 온갖 아름다움에는 무덤덤해지는 것이 일반적으로 나타나는 현상인 것 같다. 아마 눈앞의 이익에만 급급하기 때문이리라. 나도 이 나이와 함께 여러 가지로 혼탁해져 가고 있다. 그러지 않으려고 노력해도 그때가 쉽게 벗겨지지 않는다.

법정스님은 "오늘날 우리는 돈에 얽매여 사느라 삶의 내밀한 영역인 아름다움을 등지고 산다."고 하였다. "아름다움은 삶의 진정한 기쁨을 얻는 길이요 행복에 이르는 길"이라고 말했다. 따라서 "진정한 아름다움은 소유욕을 버릴 때 발견할 수 있다"면서 "텅 빈 마음을 가질 때 어떤 대상이 갖고 있는 아름다움이 저절로 드러나기 때문에 그러한 아름다움을 발견하려면 나와 대상이 일체를 이뤄야 한다."고 했다.

별은 지금도 어릴 때나 7년 전이나 변함없이 반짝이고 있을 것이다. 변한 것은 공해로 뒤덮인 대도시의 하늘처럼 점차 온갖 탐욕으로 가득 채워져 가는 내 마음일 것이다. 남보다 뒤처지지 않으려고 애쓰다 보니 앞만 바로 보일 뿐 위로 하늘을 바라볼 여유가 있을 리 없었다. 이제는 하늘을 올려다보았지만 나의 눈에 낀 잡된 티끌로 저 별마저 보이지 않게 되었다.

세월은 너무 빨리 흘러갔고, 그 빠른 세월을 건너오는 동안 나는 하찮은 것을 얻으려다 진정으로 간직해야 하는 것을 잃어버린 것이다. 별은 나에게 가르쳐 주고 있다. 어느 시인의 말처럼 "인생이란 달리기만 해야 하는 것이 아니라 간혹은 멈춰서 호흡을 가다듬을 시간도 필요하다는 것"을 말이다. 그 것은 중단이나 포기가 아니라 다시 더 가치 있게 나아갈 길에 대비한 '자기 성찰'이기 때문이다. 한국으로 돌아가면 하늘의 별을 찾아보며 지나온 나를 되돌아보고 그 궤도를 점검하는 시간을 갖기를 결심해 본다.(2007. 6. 30. 몽 골 테를리 국립공원에서)

그 겨울의 찻집

　그녀를 생각할라치면 나의 젊은 날의 소담했던 꿈이, 때 묻지 않았던 고민이, 아무도 귀 기울이지 않는, 그러나 쉽게 흉내 낼 수 없는 나의 노래가 문득 떠오른다. 시인 김광규金光圭처럼 '혁명이 두려운 기성세대가 되어' 실로 면구스러울 따름인 나에게 그녀는 아직도 '희미한 옛사랑의 그림자'로 다가오고 있기 때문이다.

　어느 날 TV드라마를 보다 배경음악으로 흘러나오는 노래를 듣고 있는데 문득 두 눈에 물방울이 맺혔다. 잠깐이나마 나도 모르게 그 노래 가사와 곡조에 빠져들었던 모양이다. 앞뒤 가사는 잊어버리고 기억되는 것이라고는 '아름다운 죄, 사랑 때문에 홀로 지샌 긴 밤이여'라는 구절이 전부였다. 한국가요사를 공부하고 있는 제자에게 그 노래 제목과 가사를 좀 알아달라고 부탁했더니 조용필이 불렀던 노래 '그 겨울의 찻집'이라며 그 가사를 메일로 적어 보내주었다. 그 뒤 주위 동료 교수들에게 이 노래 이야기를 꺼냈더니 2005년 8월 국민가수 조용필의 평양공연에서 북측이 '돌아와요 부산항에'와 함께 이 곡만큼은 꼭 포함시켜 달라고 각별하게 요청했던 그 유명한 노래를 어찌 모르고 지냈느냐며 몹시 의아해한다. 1985년에 처음 나온 노래였다는데 그 당시 도대체 나는 뭘 하고 지냈기로서니 이 모양이었단 말인가? 1985년이라면 현재 재직하는 서울대학으로 옮겨왔던 해라는 것밖에는 별달리 기억되는 것이 없는 데도 말이다. 그런데도 그동안 인구에 회자되어 온 그 노래를 모르고 지냈을 정도로 정신없이 살았던 것 같이만 여겨져 스스로 측은하다는 생각마저 든다. 내가 이렇게 늦게나마 이 노래 가사에 남달리 공감했던 것은 무엇보다 '그 겨울의 찻집'이라는 제목과 노랫말 속에 끼어 있는 구절들이 강한 배경 메시지를 던져주어 나로 하여금 희미한 옛사랑을 회고하고 현재의 나를 다시 돌아보게 하였기 때문이었다. 실로 오래전에 일어난 일이어서 대부분 장면들이 가물가물해져 갔지만 그 노랫말 가운데 몇 마디는 쉽게 잊힐 수 없는 내 젊은 날 한때의 초상과 겹쳐져 나의 머리를 때리고는 문득 지나갔던 것이다.

대학시절 교외선을 참 무던히도 많이 탔었다. 이미 없어진 지 오랜 용두동 성동역에서 출발하여 서울역까지 약 2시간가량의 단거리를 달리는 열차였다. 이후 서울역에서 출발하여 청량리, 의정부, 송추, 장흥, 일영, 벽제, 능곡역을 거쳐 서울역 또는 용산역을 종착역으로 하는 등 그 노선이 약간 변경되기도 했지만 온갖 알뜰한 사연들을 실어 나르던 열차였다. 주말처럼 손님이 많을 때는 5-6량, 주중에는 겨우 2-3량밖에 되지 않는 꼬마열차였다. 내가 몇 번이나 그 기차를 탔는지 확실하게는 모르지만 대학 전임이 된 이후에도 이 교외선 열차를 가끔 타기도 했었으니 아마 예순 번은 족히 넘으리라 어림짐작하고 있다. 이것은 지금까지 고향으로 가는 열차를 탄 횟수보다도 많을 것 같다. 그런 빈도는 아마도 그녀와 직·간접적으로 연관을 갖고 있었기 때문이다. 그러나 나이가 들어감에 따라 세상 잡사에 점차 파묻혀 갔고, 그에 따라 그녀의 영상도 조금씩 나에게서 멀어져 갔다. 더군다나 서울대학으로 직장을 옮김에 따라 나의 행동반경이 강남지역으로 거의 한정되다 보니 교외선 타는 일이 눈에 띄게 드물어지기 시작했다. 교외선을 마지막 탄 것이 15년이 훨씬 넘은 일인 듯하다. 41년 동안 서울 북부 교외지역을 우수와 낭만을 싣고 달리던 교외선 여객열차는 자동차 사용이 보편화됨에 따라 운행 횟수가 점차 줄어들다가 결국 2004년 역사 뒤안길로 사라졌다. 화물을 실어 나르기 위한 철길이 그나마 남아 있어 나와 같이 옛 추억을 파먹고 사는 사람에게는 다행이라 할까.

대학시절 나에게 서울에는 유일한 친척이 있었다. 시내 모 여대 영문과에 다니던 나의 외사촌 여동생이었다. 나보다 나이는 세 살이나 어렸지만 내가 고등학교 졸업 후 4년 만에 대학생활을 정식으로 시작하였기 때문에 학번은 그 애가 오히려 나보다 하나 위였다. 기숙사생활을 하던 그 애도 당시 사귀는 남자 친구도 없는데다 나 빼고는 마땅한 친척이 없던 터라 주말이면 가끔 나를 찾아왔다. 그 애가 기숙사 가을 파티 파트너 때문에 고민스럽다기에 재수학원에서 만난 내 친구를 소개해 주었다. 둘은 뒷날 결혼에 성공하여 지금도 해로해 가고 있다. 근사한 짝을 찾아 준 오빠가 고마워서인지 아니면 꿈지럭거리며 사는 오빠 꼴이 측은하게 여겨져서인지 동생은 같은 학과의 괜찮은 친구를 나에게 소개한 것이다. 서울 출신인 그녀는 아직 촌티가 벗겨지지 않았던 나에게는 실로 과분한 존재였다. 친구 체면을 생각해서인지 그녀는 나를 퍽 친근하고 정감 있게 대해 주었다. 그녀는 특히 나의 가난을 많이 배려해 주었다. 그러한 그녀의 행동이 그 뒤 나로 하여금 적지 않게 헛된 기대를 갖게 했고, 또 나를 무척이나 힘든 지경으로 빠뜨린 것 같다. 내가 그녀를 처음 만난 것은 대학 2학년이던 해의 늦가을이었다.

우리가 주로 만났던 곳은 종로 5가 기독교방송국 근처에 있는 어느 다방이었다. 우리는 격주로 금요일마다 오후 2시에 만나기로 약속했다. 그러나 좀처럼 잊히지 않는 것은 교외선과 관련된 일 때문이었다. 12월 초의 어느 금요일 오후 우리는 의기투합하여 교외선 열차를 타기로 했다. 성동역에서 익히 들어 알고 있던 송추역까지 차표를 끊었다. 초겨울이라 그런지 유원지인 송추계곡 쪽으로 들어섰으나 별반 볼 것이 없었다. 우리는 의정부에서 벽제로 이어지는 국도 길을 걷기 시작했다. 군용 지프차나 트럭이 지나갈 뿐 인적은 찾아볼 수가 없었다. 도로 연변의 일렬로 서 있는 코스모스의 앙상한 줄기만이 힘겹게 초겨울 바람에 버티고 서 있었다. 우리는 어리석게도 속물과는 전혀 관계없는 그 무엇인가를 위해 살리라 다짐하고 있었다. 어느 결에 고개를 넘어 장흥역 옆을 지났다. 그즈음 교외선 열차가 터널을 빠져나와 우리 옆을 지나가고 있었다. 벽제로 가는 길과 일영역으로 가는 길이 갈라지는 삼거리에서 우리는 일영역으로 가는 길을 택하였다. 날이 어두워지고 있었다. 역에 이르니 서울역행 막차 시간은 1시간 반이나 남아 있었다. 간이매점에서 산 빵으로 저녁을 때우고 우리는 일영역 앞 건물 2층에 있는 작은 다방에 들었다. 다방으로 올라가는 계단이 매우 비좁고 가팔랐다. 창가에 앉으니 다방 면적에 비해 창문만은 매우 커서 역사 건물 옥상에 걸린 '일영역'이라는 팻말이 어둠 속에서도 눈앞에 뚜렷하게 들어왔다. 언제부터 걸어 둔 것인지 모를 마른 꽃 두 다발이 창가 양편에 거꾸로 매달려 있었다. 교외선 도로 연변에 서 있던 코스모스처럼 꽃과 줄기는 말라비틀어져 있었다. 커피를 마시면서 무엇인가 우리의 이야기를 다시 이어갔다. 그 많은 이야기 내용은 모두 잊었지만 나는 분수에 맞지 않게 거창한 희망을 그녀에게 쏟아 내었던 것이 분명했다. 그녀도 나에게 옆에서 힘이 되어 주겠다고 약속했던 기억이 뚜렷하기 때문이다. 힘든 아르바이트 생활과 고민스런 병역 문제가 간간이 우리의 앞날을 어둡게 하기는 했지만 적어도 그 자리에서 우리는 하나였다. 나는 그때 이미 두 차례나 신체검사를 불법으로 연기하고 있었던 처지임에도 당돌하게 졸업 뒤 사관학교 교관이 되어 내가 허송한 4년 세월을 보충할 수 있을 것이라는 억지를 쓰고 있었다. '때 묻지 않은 고민'이라고 우길 자신은 결코 없지만 나는 목청껏 소리 내어 내 희망을 말함으로써 나에 대한 그녀의 불안감을 진정시키고 싶었던 것이었다. 아무도 귀 기울여 주지 않는다 하더라도 적어도 그녀만은 나의 이런 강변을 이해해 주리라 믿고 싶었다. 또 전적으로 이해하고 있다고 여겼다. 그리고 우리는 마른 꽃 걸린 다방을 나왔다. 어둠이 역전 광장대합실과 나지막한 역사를 더욱 짙게 휘감고 있었다.

능곡을 거쳐 서울역으로 행하는 9시 반 교외선 밤 막차에 우리 둘만이 올랐다. 2주 뒤 금요일 저녁 여섯 시 마른 꽃 걸린 일영다방 창가 자리에서 다시 만나기로 하고 우리는 헤어졌다. 2주 뒤 설레는 마음으로 그 다방을 다시 찾았다. 겨울 찻집은 실로 삭막했다. 손님이라곤 나 말고는 아무도 없었다. 9시 반 막차를 타고 혼자 돌아오지 않으면 안 되었다. 그해 겨울 '마른 꽃 걸린 창가에 앉아 외로움을 마시며' 기다리다 돌아오기를 여러 차례나 거듭하였다. 그녀로 하여 나는 긴 밤을 몇 번이나 홀로 지새었던지 모른다. 다음 해에도 12월초부터 2월 중순까지 '그 겨울의 찻집'을 다시 찾았다. 그녀가 금방이라도 비좁은 계단을 타고 다방으로 올라와 방긋 웃으며 마른 꽃 걸린 창가 자리로 다가올 것만 같았다. 계단 쪽에서 발걸음 소리만 들려도 나는 잔뜩 긴장했다. 그녀는 그 다방에 끝내 모습을 드러내지 않았다.

졸업을 했고, 대학원 1학년이던 해 11월 말 결국 끌려가다시피 사병으로 입대를 하지 않으면 안 되었다. 스물여덟이라는 적지 않은 나이였다. 34개월 동안 사병 생활을 막 시작하려는 시점에 그녀가 결혼을 하게 되었다는 이야기를 동생으로부터 전해 들었다. 그리고 40개 가까운 겨울들이 내 앞을 숨가쁘게 지나갔다.

조용필 노래 덕분으로 타임머신을 타게 된 나는 지난 겨울 실로 오랜만에 그 다방을 다시 찾았다. 노랫말처럼 이른 아침 일영역에 닿았다. 그날 따라 겨울바람이 세찬 날이었다. 교외선 열차는 이미 없어진 지 오래지만 그 다방만은 아직도 그 자리에 있을 것이라는 당치 않은 기대를 안고 말이다. 그러나 그 다방은 온데간데없고 다방이 있던 그 건물 2층 창가에는 마른 꽃 대신 색 바랜 이불더미가 비쳐 보이고 있을 뿐이었다. 그리고 창문 밖 1층과 2층을 나누는 시멘트 턱에는 칠팔 개의 장독들이 놓여 있었다. 내가 기억하고 있던 모든 것은 이미 사라지고 없었다. 그뿐이 아니다. 그녀는 오래전에 가뭇없이 사라졌지만 나도 온데간데가 없어졌다. 그로부터 36년, 내가 그때 고대하던 초상과는 거리가 먼 그 무엇인가가 되어 검정 군용작업복 대신 넥타이를 매고 오랜만에 그 다방을 찾은 것이다. 볼품없게 작아져 버린 꿈, 뜨거운 열망과 거창한 초심은 가뭇없이 사라지고 나도 모르는 사이에 깊숙한 삶의 늪에 빠져 허우적거리는 몰골을 하고서 말이다. 그렇다. 살기 위해 살아왔던 내가 '희미한 옛사랑의 그림자'만이라도 찾아보려는 것 자체가 실로 당치 않는 욕심임에 틀림이 없을 것이다. 그러나 '그 겨울의 찻집'이 자리했던 2층 건물 앞에 서니 문득 조용필의 노래가 귓가에 청량하게 울려 퍼지는 것 같았다. "뜨거운 이름 가슴에 두면 왜 한숨이 나는 걸까/ 아아 웃고 있어도 눈물이 난다 그대 나의 사랑아 ……" 사랑은 가도 노래는 남는 걸까?(2008. 1. 11. 바람이 세찬 동경의 고마고메〔駒込〕 숙소에서)

# 아버님의 일기장
## - 친구 김영무에게

    초등학교 다닐 때 일기 쓰기 숙제 때문에 받은 스트레스로 한동안 일기 쓰기를 멀리했다. 그러다 처음으로 외국에서 1년 동안 연구하는 색다른 경험을 하게 된 1990년에 일기를 다시 쓰기 시작했다. 그 뒤 현재까지도 간헐적이지만 내 일기 쓰기는 계속되고 있다. 초등학교 때 받은 스트레스란 두 가지였다. 무엇보다 일기에 쓸 만한 특별한 내용이 없었다. 그 당시 시골 생활이란 특별한 상황이 생길 리가 없는 퍽 단조로운 일상의 연속이었다. 나의 초등학교 시절 거의 유일한 유물인 초등학교 4학년 때 쓴 일기장을 꺼내 보니 "4289년 6월 2일, 맑음. 아침에 일어나서 밥을 먹고 학교에 갔다. 오후에 집으로 돌아와서 소를 몰고 뒷산에 올라가 풀을 먹이고 어두워지자 집에 와 저녁을 먹고 숙제를 하다가 잠을 잤다." 4289년 6월 4일, 맑음, "어제와 같음". 4289년 6월 5일, 맑음 "어제와 같음"이라 되어 있다. 단기 4289년이면 서기로는 1956년이다. 한국전쟁 직후였으니 그 당시 내 생활이란 대개 학교에 갔다 돌아오면 집안일로 앞 뒷산에 소를 몰고 가 풀을 먹이고 저녁밥 먹고 숙제하고 자는 일을 되풀이하는 나날이었다. 또 다른 이유는 담임선생님이 우리들 일기장을 거둬가서 읽기 때문에 자기 행동이나 생각을 있는 그대로 쓸 수가 없었다. 일기란 사실 개인 비밀기록이므로 비공개를 전제로 쓰는 것이다. 일기가 본인 의사와 상관없이 공개된다면 그 일기는 당연히 진실성이 떨어질 수밖에 없다. 일기장이란 자기 삶의 기록일 뿐만 아니라 그날그날의 자기 행동과 생각을 되돌아보면서 검토하고 반성하는 자성自省의 공간이기 때문이다. 다시 말하면 일기 쓰기란 자기와 진솔한 대면을 통해 참나眞我를 찾아 나서는 일이다. 진실하지 않으면 귀한 시간과 지면을 소비해야 할 이유가 없다. 이처럼 일기는 내 모든 비밀기록이므로 출국 등 장기간 자리를 비울 때는 휴대하는 노트북을 제외한 학교 연구실에 있는 컴퓨터에서 일기 파일을 지워버리고 떠난다. 일기가 그것을 쓴 당사자 사후에 공개되어 한 시대상을 알려주는 중요한 사료가 되는 경우도 있다. 이순신 장군의《난중일기亂中日記》나 유희춘柳希春의《미암일기眉巖日記》와 같은 것이 바로 그런 예일 것이다. 내 일기가 그렇게 유명해질 리도 없고, 또 사료적 가치도 그리 크지 않을 것 같기 때문에 나의 일기 쓰기작업은 나와 대면하기 위한 용도에 한정되고 있다고 해도 무방하다. 그러나 사람 일이란 한 치 앞을 예측할 수 없는 것이어서 내 의지나 바람과는 상관없이 후세에 남겨지는 일도 있을는지도 모른다. 내 일기가 혹시 두 딸이나 제자 또는 지인들에게 읽혀지는 경우를 상상하면 아찔한 생각이 든다. 불가항력이라면 어쩔 수 없는 일이지만 가능하다면 지워버리고 떠났으면 한다. 만부득이 남아 있게 되어 읽게 되더라도 내 일기로 내가 사랑했고, 또 나를 사랑하는 사람들이 슬퍼하지 않았으면 하는 바람만은 가지고 있다.

요즈음 내가 쓰는 일기는 돌아가신 아버님께 당일의 일들을 보고하는 형식을 취하고 있다. 몇 년 전 모 방송국에서 방영한 〈부모님 전상서〉라는 TV 연속극을 본뜬 것이다. 탤런트 송재호 씨가 집안에서 일어나는 대소 일들을 그날그날 선친께 보고하는 모습이 내 마음에 와닿았기 때문이다. 최근에 쓴 나의 일기 한 토막을 소개하면 이렇다. "2008년 2월 25일, 월요일, 간간이 눈이 옴. 아버님, 오늘은 작은딸 정현이의 대학 졸업식 날입니다. 오늘은 큰 딸 지현이가 사소한 일로 저를 울리더군요. 자식이란 아비를 울리기도 하고 웃게도 만드는 존재인가 봅니다. 되돌아보니 아버님을 웃게 한 일보다 슬프게 한 일이 훨씬 더 많은 것 같네요. 아버님! 어쭙잖은 저의 행동들이 아버님 가슴을 얼마나 아프게 했는지 최근 새삼 절감하고 있습니다."

아버지란 참 어려운 자리라는 생각을 요즈음 들어 자주 하고 있다. 물론 아버님께서는 당신의 일기를 우리 형제들에게 남기지는 않았지만, 남기신 몇 가지 유품에서 아버님의 그 오랜 신고의 세월을 읽을 수 있고, 땅이 무너지는 탄식소리를 여실히 들을 수 있다. 얼마 전 내가 좋아하는 고교동창 김영무가 보내 준 메일이 어찌나 가슴을 때리던지 나는 한참 동안 미어지는 마음을 주체하지 못했다. 고생만 하시다가 "이 좋은 세상 더 이상 못 보고 가는 것이 유감"이라는 말씀을 남기시고 위암으로 돌아가신 아버님과 그리고 슬하의 모든 자식들이 떠나버린 시골 큰집을 혼자 지키고 계시는 아흔을 훨씬 넘긴 어머님이 불현듯 생각났기 때문이다. 어머님은 고향집 마루에 나와 앉아 개울 건너편에 자리하고 있는 먼저 보낸 남편과 두 자식의 묘를 물끄러미 바라보며 길고 긴 하루를 보내고 계시기 때문이다.

"우리 존경하는 박 교수 … 나는 진주에 성묘 갔다가 어제 밤늦게 왔구먼. 영무"라는 메일의 뒷자락에 영무는 다음과 같은 글을 쓰고 있었다.

"4월 6일 경남 진주/ 봄 날씨가 어찌 그리 화창하던지 … / 부모님 묘소 주변에 심어진 벚꽃/ 꽃잎은 봄바람에 함박눈이 내리듯이 떨어지더라. /큰아들이 회사에서 잘리기 2년 전에 더러운 꼴 안 보시고 돌아가신 아버님/ 그 5년 후에 암 수술에다 치매로 고생고생하시다가 돌아가신 어머님/ 두 분 영전에 술잔을 부어 올리고 남은 술은 내가 마셨다/ 묘소 주변은 너무나 한적하고/ 나 혼자 술기운도 오르고 멍하게 앉아 있는데 문득 시 한 편이 떠오르더라."

"아버님 돌아가신 후/ 남기신 일기장 한 권을 들고 왔다/ 모년 모일 '종일 본가(終日 本家)'/ '종일 본가'가/ 하루 온종일 집에만 계셨다는 이야기다/ 이 '종일 본가'가/ 전체의 팔 할이 훨씬 넘는 일기장을 뒤적이며/ 해 저문 저녁/ 침침한 눈으로 돋보기를 끼시고/ 그날도 어제처럼/ '종일 본가'를 쓰셨을/ 아버님의 고독한 노년을 생각한다/ 나는 오늘/ 일부러 '종일 본가'를 해보며/ 일기장의 빈칸에 이런 글귀를 채워 넣던/ 아버님의 그 말 할 수 없이 적적하던 심정을/ 혼자 곰곰이 헤아려 보는 것이다"(이동순 시집 《가시연꽃》에 수록된 〈아버님의 일기장〉 전문)

친구 영무의 독백은 계속된다.

"살아 계실 때 좀 더 잘 모실걸 … 엉덩이에 묻은 마른 풀잎을 털고 일어나면서 맑은 하늘을 쳐다보았다. 사람이 한 생을 살아오면서 어찌 회한과 반성의 염念이 없을까마는 … 참 기가 차네 … "

친구의 미어지는 가슴은 전율되어 나의 가슴을 찌르고 지나갔다. 초등학교 시절 내가 쓴 일기의 "전날과 같음"이란 "모년 모일, '종일 본가'"와는 비슷한 서술법이지만 독자가 느끼는 감정은 전혀 딴판일 것이다. 그렇다. 늙어간다는 것은 다른 것이 아니라 바로 외로움과 싸우는 일이다. '쓸쓸함'과 '외로움'이란 동의어이지만 외로움 쪽이 그 심도가 더한 것이 아닌가 한다. 사전을 찾아보면 쓸쓸함이란 '으스스하고 음산하다' 또는 '적적하다'로 풀이되어 있지만, 외로움은 '홀로 쓸쓸함' '혼자 있거나 의지할 곳이 없거나 하여 쓸쓸하다'로 풀이되어 있다. 쓸쓸함은 어린이에서 늙은이까지 연령에 관계없이 스스로 느끼는 감정이지만, 외로움은 곁에 당연히 있어야 할 사람이 결손됨으로써 생기는 쓸쓸함이니 어린아이나 노인이 주로 느끼는 감정일 것이다. 성장과정에 있는 어린아이에게는 어른들의 물리적 도움이 필요하겠지만 궁핍하고 당장 자기 몸을 제대로 가누기 힘든 노인에게는 물리적·정신적으로 의지해야 할 사람이 더 필요하다. 그러나 자기 자식은 일부러 찾아 나서서 보살피려 애쓰지만 부모님 챙기는 일에는 너무 인색한 것이 요즈음의 세태다. 어린이보다 노인의 외로움이 훨씬 심중한 이유다.

"종일 본가"가 우리 육십 대에게 주는 메시지는 이동순 시인의 아버님에 대한 쓸쓸한 그리움이나 친구 영무가 부친을 향해 느끼는 회한과 반성에만 어찌 국한되랴! 우리 육십 대 친구들 모두가 목하 당면하고 있는 일인 것을! "생로병사가 모두 어려운 일이다"고 흔히들 말한다. 병들고 죽는 일이 어려운 것임은 짐작하고 있었지만, 늙는다는 것이 이렇게 어려운 일이라는 것을 요즈음 들어 새삼 깨닫고 있다. 아버지로서 해야 할 일이 아직 많이 남아 있는데 체력은 날로 쇠잔해 가고 동년배의 부음 소식이 날로 잦아지니 어느 보험회사 광고 말처럼 "인생의 무게"가 절로 느껴진다.

우주의 변방 어디에서 없는 듯 살다가 허무하게 혼자 떠나가는 것이 인생일진대도, 우리들은 서로 앞서거니 뒤서거니 맹렬히 다투는데 그 황금 같은 시간을 거의 허비했다. 가파른 시간의 험로를 살아오면서 우리들은 잃어버리지 말아야 할 것들을 참 많이 잃어버리고 말았다. 이런 삶의 갖은 곡절들을 생각하면 가슴이 마구 저려 온다. 그런데 내 인생의 세월은 지금 어디쯤 흘러가고 있는 것인가? 남은 짧은 시간마저 무의미하게 허비하고 있는 것은 아닌지?

시인의 아버님처럼 "모년 모일 '종일 본가'"라는 일기가 전체 일기장의 팔할을 넘기지 않을 방도가 우리에게는 없단 말인가? 한없이 가볍기만 한 삶을 조금이라도 무겁게 만들고자 이제부터라도 우리는 무언가 하지 않으면 안 된다. 남은 시간만이라도 금방 물 뿌려진 화분의 화초 잎처럼 싱싱한 윤기를 발하게 할 수는 없을까? 우선 생각나는 것은 두 가지다. 먼저 "종일 본가"나 "어제와 같음"이 아닌 생활을 보내도록 노력했으면 한다. 우리에게 적합한 새로운 일을 찾아서 정성을 쏟고 굵은 땀방울을 흘려야 한다. "지금이 나에게 부여된 마지막 순간이다"라는 생각으로 하루하루를 새롭게 꾸며보면 어떨까. 인생에서 중요한 것은 삶의 화려한 결과보다 삶에 대한 진지한 태도일 거라는 생각이 든다. 주위를 살펴보면 우리가 할 일들이 산적해 있다. 이제 위를 바라보기보다 고개를 숙여 아래로 내려다보아야 할 때다. 아래에는 우리의 손길을 기다리고 있는 일들이 너무 많다. 우리들의 시들어져 가는 열정을 다시 불붙이기에 충분한 일들이 여기저기에 흩어져 있다. 낡은 기계이지만 이제 다시 시동을 걸어 남은 마지막 열정을 불태워 보자. 다음으로 지나간 나의 것에 대한 긍정적인 태도를 가져 보면 어떨까. 우리는 열심히 살아왔고, 열정적이고도 한없이 소중한 사랑을 했었다는 사실을 즐겁게 기억하자. 그리하여 지나온 우리 인생이 결코 가볍거나 사소한 것이 아니었음을 자평하는 적극적이고 긍정적인 태도를 취해 보면 어떨까. 사실 우리 세대가 살아온 인생은 결코 어둡거나 침울하지 않았다. 그렇듯이 앞으로 우리들 여생도 아름다울 수 있다는 확신을 가져 보자. 이런 우리의 다짐과 확신이 형통일 수는 없지만 … 또 저 흘러가는 시간 앞에서 영원할 순 없지만 … 그래도 우리는 여전히 살아 있다. 살아 있다는 것은 바로 희망이기 때문이다.(2008. 6. 7.)

# 내 인생에 겨울이 오면

　한때 할리우드 최고 스타로 자리매김했던 브룩 쉴즈(Brooke Shields)의 한 탄이 나를 슬프게 한다. 무던히도 좋아했던 여배우였다. 역시 세월 앞에는 장 사가 없는 모양이다. "대본을 받아들고 '어머, 이 역할 정말 마음에 든다. 내 가 했으면 좋겠다!'고 말했더니 스태프들이 '아, 우리는 당신에게 주인공 어 머니 역할을 맡기려고 해요'라고 하기에 '알아요. 그냥 해 본 소리예요'라고 했다"는 그녀의 고백은 오히려 한탄이다. 1965년생, 올해로 만 사십 사세가 된 그녀, 한때는 촬영장에서 가장 어렸던 여배우로 사랑을 독차지했던 그녀 는 이젠 더 이상 '꽃다운 스물여섯'이 아니다. "내 나이에는 할 만한 작품이 많지 않다." "단순히 나이 때문에 할 만한 역할이 별로 없다는 게 아쉽다. 그 건 영화뿐만이 아니라 광고에서도 마찬가지"라는 그녀의 토로는 우리로 하여 금 세월의 무정함을 다시 한번 되씹게 한다. "사람들은 나이가 들면 '내 주름 도 사랑스럽다'고 말하지만 나는 절대 내 주름이 사랑스럽지 않다" "딱 10년 전 얼굴로 돌아갔으면 좋겠다(I wish I had the face I had a decade ago)"는 그녀의 절규 앞에 목이 멘다.

　나야 브룩 쉴즈처럼 40대도 아니고 더군다나 출중한 미모, 놀라운 업적과 성취로 주목받은 적도 없는 사람이라 화려한 과거 따윈 그렇게 간절할 것도 없다. 그렇지만 젊음의 소멸 뒤에 다가오는 죽음은 나에게도 절박한 실존적인 문제인 것이다. 죽음에 대해 논자에 따라 각기 다른 정의를 내리기도 하고, 이론적으로는 그럴싸한 의미를 달기도 하지만 누구에게나 거북한 단어임에는 틀림이 없다. 파스칼은 인간의 삶을 사슬에 묶인 채로 줄을 서서 죽음의 차례를 기다리고 있는 사형수에다 비유했다. 그러나 거의 모든 사형수들이 사형대 바로 앞에서까지도 더 살려고 버둥대는 것처럼 죽음 앞에서 안절부절못하거나 죽음의 조만早晚의 차를 암시하는 점쟁이의 허튼소리에도 기뻐하거나 낙담해 마지않는 것이 정상적 인간들의 솔직한 실상이다. 그러나 죽음에 대한 진지한 성찰이나 준비보다 그것에 대한 두려움으로 애써 외면해 온 것도 사실이다. 시인 박재삼도 그랬던 모양이다.

> "그것은 내가 먼저 가고 / 그 다음은 아내 / 그 다음은 또 막내로 / 예비되어 있는 것을 / 이 너무나 빤한 / 이치를 잠시 외면하고 / 밤이면 서로 엉겨 잠이 들고 / 그 때는 무슨 인연으로 / 저 나무처럼 한 가지에 / 주렁주렁 매달린 채 / 살아 있는 눈물겨운 것이 되는가 / 아 이것이 이승살이의 / 제대로 된 모습인지 모를레라."(〈무심코 보니〉)

우리가 아니, 내가 지나온 날들이 대개 그러했다. 따져보면 참으로 그럴 일이 아니었는데도 말이다. 나이가 많아지면서 시력, 청력 그리고 기억력의 쇠퇴를 절감하고, 여섯 형제 가운데 순서대로 큰 형님과 둘째 형님의 상을 치렀다. 또 가까운 친구들 영안실을 찾아야 하는 일이 잦아지면서 문득 눈앞에 뭔가가 어른거리기 시작했다. 다시 태어난다면 잘 할 수 있을 것 같은데, 죄 좀 더 적게 지을 것 같은데 … 돌아보니 무심했던 세월이 실로 주마등처럼 지나갔다. 그 세월 속을 헤쳐가면서 몽둥이로 때려죽인다 해도 항변하기 어려운 악업들을 짓기만 한 것 같다.

인생이란 생물학적 생존을 의미하고, 생물학적 죽음이 그러한 생존의 마지막이라고 한다면 인생은 궁극적으로 허망할 뿐이다. 그 허망의 틀을 넘어서지 않는다면 이 짧은 인생을 사는 우리 인생은 너무 가엽다. 지난날의 삶을 뒤돌아보고 죽음과 삶의 의미를 새삼 생각해 보아야 하는 이유가 바로 거기에 있는 것이다. 죽음에 대한 성찰은 삶의 유한성을 인식하고 성찰과 반성을 통해 현실의 삶을 더 건강하고 의미 있게 보내기 위함이다. 즉 죽음을 준비하는 것은 남은 삶을 준비하는 것과 다르지 않은 것이기 때문이다. 그래서 미국에서는 이미 1960년대부터 '죽음학(Thanatology)'이라는 학문을 교과목으로 채택하고 있다고 한다.

지나간 시간들 속에서 내 행동을 하나하나 되새겨 보면 참으로 부끄럽기짝이 없지만, 이 시점에서 지난날 저지른 죄업들을 되돌릴 방도는 없다. 다만 이제껏 무엇을 위해 어떻게 살아왔는가를 따져보고, 잘못 살아온 부분에 대해 이제부터라도 바로잡아야 하지 않겠는가? 남은 날이라도 의미가 있는 뭔가를 해야 하지 않겠는가?

나이를 무시하고 내가 할 일을 무턱대고 진행시킬 수는 없는 것이다. 참으로 안타까운 일이지만 남은 기간이 얼마쯤인가 어림잡아 계산도 해 보아야한다. 죽음이란 반드시 나이에 따라 순서대로 찾아오는 것은 아니지만 그렇다고 그것과 상관이 없는 것도 아니기 때문이다. 내 나이를 1년으로 환산하면 아마도 늦가을, 그것도 11월쯤이 아닐까. 11월은?

"11월은 모두 다 사라진 것은 아닌 달 / 빛 고운 사랑의 추억이 남아있네 / 그대와 함께 한 빛났던 순간 / 지금은 어디에 머물렀을까 / 어느덧 혼자 있을 준비를 하는 / 시간은 저만치 우두커니 서 있네 / 그대와 함께 한 빛났던 순간 / 가슴에 아련히 되살아나는 / 11월은 모두 다 사라진 것은 아닌 달 / 빛고운 사랑의 추억이 나부끼네"(정희성, 〈11월은 모두 다 사라진 것은 아닌 달〉 전문;《돌아다보면 문득》, 창비, 2008)

11월은 정 시인의 말처럼 아직도 모든 것이 사라진 달은 아니다. 추억으로 몸을 덥히고 다시 뭔가를 위해 나설 준비를 해야 하는 달이다. 8월이나 9월에, 좀 더 일찍 내 인생의 가을과 겨울을 준비했더라면 좋았을 터이지만 지난 세월만 마냥 탓할 수는 없지 않은가! 시인 윤동주와 견줄 수 없는 내 나이이지만 그의 가을 노래를 다시 읊으면서 여생에 남은 힘을 기울여 보려는 때늦은 다짐을 해 보기로 했다.

"내 인생에 가을이 오면 / 나는 나에게 / 물어볼 이야기들이 있습니다 / 내 인생에 가을이 오면 / 나는 나에게 / 사람들을 사랑했느냐고 물을 것입니다 / 그때 가벼운 마음으로 말할 수 있도록 / 나는 지금 많은 사람들을 사랑하겠습니다.

내 인생에 가을이 오면 / 나는 나에게 / 열심히 살았느냐고 물을 것입니다 / 그때 자신 있게 말할 수 있도록 / 나는 지금 맞이하고 있는 하루하루를 / 최선을 다하며 살겠습니다.

내 인생에 가을이 오면 / 나는 나에게 / 사람들에게 상처를 준 일이 / 없었냐고 물을 것입니다 / 그때 자신 있게 말할 수 있도록 / 사람들을 상처 주는 말과 / 행동을 하지 말아야 하겠습니다.

내 인생에 가을이 오면 / 나는 나에게 / 삶이 아름다웠느냐고 물을 것입니다 / 그때 기쁘게 대답할 수 있도록 / 내 삶의 날들을 기쁨으로 아름답게 / 가꾸어 가야겠습니다.

내 인생에 가을이 오면 / 나는 나에게 / 어떤 열매를 얼마만큼 맺었느냐고 / 물을 것입니다 / 내 마음 밭에 좋은 생각의 씨를 / 뿌려 좋은 말과 좋은 행동의 열매를 / 부지런히 키워야 하겠습니다 / (윤동주, 〈내 인생에 가을이 오면〉)

하나하나가 가슴을 찌르는 물음이고 다짐들이다. 내 인생은 늦가을로 치닫고 있다. 이제 겨울 채비를 해야 할 것이다. 내 인생에 겨울이 오면 나는 나에게 윤동주 시인이 물었던 물음들을 다시 물을 것이다. 새해맞이가 엊그제 같은데 벌써 2월이다. "'벌써'라는 말이 / 2월처럼 잘 어울리는 달은 / 아마 없을 것이다. / (오세영, 〈2월〉에서)라는 시구처럼 '벌써' 2월, 그것도 내일이면 3월이니 올해도 한참 지나갔다. 정년이 코앞으로 바짝 다가와 있다. 반생에 걸쳐 가르치고 연구하는 것을 본업을 삼았지만 제대로 이룬 것이 없어 허허롭기만 하다. 고장 난 신체는 나를 자꾸 주저앉히려 들지만 열정만은 누구 못지않다. 최후의 순간까지라도 최선을 다하는 자세를 견지해야 하겠다는 새삼스런 다짐을 다시 해본다.(2009. 2. 28.)

# 눈 나라〔雪國〕 유자와〔湯澤〕에서 하루

눈이 드문 따뜻한 남쪽 나라에서 나서 어린 시절 십여 년을 보낸 관계로 눈이 펑펑 내릴라치면 나는 어린애마냥 괜히 가슴이 방망이질 친다. TV는커녕 라디오도 없어서 일기예보가 내 일상생활로부터 멀리 떨어져 있던 시절, 이른 아침 눈 비비며 일어나 밤새 몰래 내린 눈으로 천지가 온통 하얀색으로 색칠된 광경을 문득 보았을 때 느낀 그 엄청난 감격은 아직도 내 가슴에 고스란히 남아 있다. 시인이셨던 중학교 국어선생님은 눈 내리는 고향의 밤을 종생 잊지 못하여 '향소야鄕素夜'라는 필명으로 작품 활동을 했다. 그분은 나에게 글 쓰는 재미와 의미를 가르쳐 주신 분이다. 눈이 우리에게 주는 이미지는 순수, 그리고 평등이 아닐까 한다. 나는 우리 인간 행위 가운데서 '순수함' '진지함' 그리고 '간절함'보다 소중한 것은 없다는 생각을 가끔 하곤 한다. 만사가 다 허무하더라도 우리가 하는 일에 순수와 진지함을 잊지 않는다면 그것으로 족하다는 생각을 한다. 그것 이상 무엇이 있겠는가!

일본의 노벨상(1968) 수상 작가인 가와바타 야스나리川端康成의 《유키구니雪國》라는 유명한 소설은 우리나라와 동해를 가운데 두고 마주하고 있는 니카타新潟 현의 에치고越後 유자와湯澤라는 작은 온천마을을 배경으로 펼쳐지고 있다. 그곳은 '설국', 곧 눈 나라란 별칭만큼 눈이 많이 오는 고장으로 유명하다. 최근에는 마을이라 부를 수 없을 정도로 스키장과 그 부대시설, 아파트 등 현대건축이 많이 들어서 작은 도시처럼 되어 버렸지만 이 소설이 써진 1930년대 초엽의 풍경도 나름으로 유지되고 있었다.

내가 이 소설을 읽은 것은 1960년대 말 대학생 시절이었다. 이 소설은 등장인물의 심리 변화와 주변의 자연과 사물의 묘사에 상당 부분 치중한 것으로 유명하다. 눈에 쌓인 겨울, 이 지역 자연의 변화에 대한 묘사가 특히 뛰어났다는 평을 들었다. "현 경계의 긴 터널을 빠져나오자 눈 나라였다. 밤의 밑바닥이 하얘졌다. 신호소에 기차가 멈춰섰다(國境の長いトンネルを拔けると雪國であつた。夜の底が白くなつた。信號所に汽車が止まつた。)"라는 첫머리 한 줄은 일본 근대문학 전 작품을 통틀어 보기 드문 명문장으로 손꼽힌다. 도쿄를 떠난 증기기관차가 군마群馬 현縣과 니카타 현을 잇는 시미즈淸水라는 긴 터널을 빠져나올 때에 펼쳐지는 풍경에 대한 묘사이다. 이 소설을 처음 접했을 때 전기에 감전된 듯한 충격을 갖게 되었던 기억이 거의 50년이나 지난 지금도 새롭다. 그 뒤 언젠가 환상적인 이곳, 특히 어두운 새벽 그 긴 터널을 빠져나와 보겠다는 희망 같은 것을 늘 가지고 있었다. "터널을 빠져나오자 눈 나라 …" 도대체 어떻게 생긴 터널이고, 어떤 모습의 마을이기에 이런 기막힌 표현이 나올 수 있을까 하는 궁금증이 못내 가시지 않았기 때문이다.

이 소설의 무대가 된 마을을 찾아보겠다는 시도를 여러 차례 해 보았다. 특히 1990년 도쿄에 몇 개월 체류하면서 옛 철길을 이용하여 그곳을 방문하려는 시도를 한 적이 있다. 그러나 체류기간이 봄에서 여름 사이인데다 찾아가려는 날 마침 일본 전역에 큰 비가 내려 계획을 취소할 수밖에 없었다. 수필집 《인생》에 실린 나의 글 〈설국과 우국〉에서 당시의 아쉬움을 이미 토로한 바 있다. 이후에도 그 소망은 쉽게 이뤄지지 않았다. 그러던 중 2001년 겨울 마침 현재 니카타대학 인문대학장이며 오랜 교우관계를 맺어 온 S 교수의 주선으로 1주일 동안 대학원 집중강의를 맡게 되어 드디어 절호의 기회를 얻게 되었다. 한 학기 강의를 1주일 만에 끝내는 일본 특유의 '집중강의' 강사로서 초청되었지만, 실은 눈 나라 유자와를 방문하겠다는 나의 열망을 잘 알고 있는 S 교수의 특별한 배려 덕분으로 얻은 기회였다.

이렇게 유자와를 방문할 기회를 어렵게 얻었으나 유감스럽게도 1930년대의 상황을 재현하는 것은 상당한 어려움이 따랐다. 소설에서처럼 도쿄에서 유자와로 가는 방향과는 달리 그 정반대로 니카타에서 출발하게 되었을 뿐만 아니라 터널을 지나서 온천 마을을 만난 것이 아니라 온천 마을에 먼저 도착하여 숙박부터 하고 터널을 지나 다시 되돌아오게 되었기 때문이다. 또 주인공 시마무라島村처럼 낡은 증기기관차로 시미즈 터널을 통과한 것이 아니라 신칸센을 타고 새로 뚫린 터널을 지났던 것이다. 당초에는 유자와에서 일박한 뒤에라도 70년 전의 분위기를 조금이라도 살리고자 군마 현으로 가서 증기기관차를 타고 옛 터널을 지나려는 계획을 세웠다. 그러나 그마저 중간에 급히 학교로 돌아오라는 연락을 받은 S 교수의 바쁜 일정 때문에 취소되고 말았다.

《유키구니》는 주제도 모호하고 이렇다 할 줄거리도 없고 등장인물의 성격도 뚜렷하지 않다는 평을 듣는 소설이다. 겨울 온천장을 무대로 '허무한 사랑'을 소재로 다룬 것이라지만 왜 이런 작품이 노벨문학상 수상작이 되었는지 쉽게 납득이 가지 않는다고들 했다. 나도 덩달아 거기에 동조했다. 인간이 만든 사랑치고 허무하지 않은 것이 어디 있으며, 허무하지 않은 인간사가 또 어디 있단 말인가? 이러한 주제를 갖고 노벨상을 탔다는 말인가? 젊은 날이 소설을 처음 읽었을 때 나의 솔직한 감정이었다. 우리에게 멀리 있기만 한 노벨상 수상작이라는 평가 때문이었을까? 그 첫머리 문장 때문이었을까?

그럼에도 그때 이후 나는 이 소설에 오랫동안 몰입해 있었던 것도 사실이다.

물려받은 유산으로 무위도식하며 이리저리 여행이나 하며 소일하던 시마무라가 온천마을 유자와에 도착하여 시작한 사랑이란 것도 당초 도회에서 권태로운 일상에서 며칠이나마 벗어나자는 감미로운 환상이었을 뿐이었다. 그러나 그 사랑이 막상 현실적인 크기로 다가왔을 때 주인공은 온천마을을 떠나게 된다는 것이 이 소설의 간단한 줄거리이다. 시마무라가 이 온천마을에서 만난 게이샤藝者 고마코駒子의 청결한 아름다움, 고마코에게서 발산되는 야성적 정열과는 대조적으로 시마무라의 마음을 끌어당기는 요코葉子의 순진무구한 청순미, 그리고 감각적이면서 섬세한 작가의 미의식, 자연에 대한 정경묘사 등은 소설 문체라기보다 시에 가깝다.

표현의 아름다움만이 아니다. 그 소설이 던지는 질문은 매우 진지하다. 허무한 인간세계에서 표현되는 진지함과 순수함, 아울러 간절함이란 과연 무엇이며 그것들이 우리 인생에서 무슨 의미를 지니는 것일까! 몸을 팔아 약혼자를 요양시키며 약혼녀로서 임무를 끝까지 다하려는 그녀들의 행동들이 시마무라에게만 허무로 다가올 뿐이었을까. 모든 것들이 '헛수고!'라고 외치는 것은 이 소설 주인공 시마무라이지만, 헛수고라는 것을 알면서도 오히려 그녀들이 순수하게 비치는 것은 시마무라만일까? 이 소설은 눈으로 외부로부터 격절된 온천 마을을 배경으로 인간의 고독한 내면적 투쟁을 묘하게 오버랩시키고 있는 것이다. 이것이야말로 일본적인 너무나 일본적이란 평가를 받은 이유였다.

목요일 오전 니카타대학에서 집중강의가 모두 끝나기 무섭게 점심을 대충 때우고 출발하였다. S 교수와 F 교수가 동행하였다. F 교수는 서울대학에 유학한 바 있는 한국문학 전공교수로, 내가 지금까지 만난 일본인 가운데 한국어에 가장 능숙한 분이다. 신칸센 열차로 들판을 달리기를 한 시간여 갑자기 온통 눈으로 덮인 웅장한 산맥이 열차 앞을 가로막아 버티고 서 있다. 유자와 역에 내리니 가슴까지 올라올 정도로 눈이 길가에 쌓여 있다. 이렇게 높이 쌓인 눈을 본 것은 난생 처음이다. 그러나 도로만은 대조적이었다. 온천수를 흘러내리게 하여 아스팔트가 그대로 환하게 드러나게 한 것이다. 온통 눈으로 덮인 마을에 검게 그어진 검정색 아스팔트 도로. 그것은 차라리 유자와라는 하얀 캔버스 위에 기하학적으로 그어진 몇 가닥 선들로 이루어진 한 폭의 수묵화였다.

이 소설에 얽힌 모든 자료들이 진열되어 있는 〈유키구니관(雪國館)〉을 찾았다. 《유키구니》는 단박에 써진 소설이 아니었다. 1948년 완결판이 나오기까지 13년(昭和 9年-昭和 22年) 동안 몇 차례에 걸쳐 개고를 거듭한 끝에 완결판이 나왔다. 마치 분재를 다듬듯 조탁한 일본어 표현은 당대 최고의 예술적 성취라는 평가를 받았다. 소설 마지막 부분에 나오는 은하수에 대한 묘사는 그 클라이맥스다.

소설 등 문학에서만 그런 것이 아니었다. 일본학자들이 수십 년 전에 발표한 논문을 다시 발표하는 것을 몇 차례 본 적이 있다. 우리나라에서는 논문을 발표하면 그때부터 자기의 것이 아닌 양 팽개쳐 버리는 습관에 익숙해져 있다. 그 내용은 말할 것도 없고 문장에 대해서도 책임감을 별로 느끼지 않는 것이다. 다른 논문을 써서 그 논지를 보강할지라도 그 논문을 개고하여 다시 발표하는 일은 거의 없다. 물론 책으로 묶을 때 약간의 보완을 가하지만 일본학자들처럼 조탁을 거듭하지는 않는 것이다. 이는 어떤 의미의 논문을 썼느냐보다 얼마나 많은 논문을 썼느냐로 평가받는 우리 학계 분위기와 무관하지 않을 것이다. 문학에 문외한인 나로서는 잘 알 수 없는 일이지만 한국문학작품도 이런 일본과는 다른 환경에서 생산되는 것이지 않나 하는 생각이 들었다.

〈유키구니관〉에는 가와바타가 친필로 쓴 소설의 첫 문장이 걸려 있었다. 사소한 표정의 변화나 말투 몸동작, 자연이 드러내는 계절의 추이를 섬세하게 그려낸 것으로 유명하지만 이 소설의 백미는 앞에서 말했듯이 뭐니 해도 바로 이 첫 문장이다. "밤의 밑바닥이 하얘졌다"의 해석을 두고 세 사람 사이에 토론이 벌어졌다. 먼동이 떠오르는 '시간적' 풍경을 묘사한 것이라는 두 일본인 교수의 주장에 대해 나는 터널을 빠져나오니 지표에 온통 깔린 눈으로 칠흑 같은 밤의 밑바닥이 하얗게 변한, 즉 '공간적' 풍경을 묘사한 것이라는 주장을 폈다. 두 교수는 손님 대접으로 내 의견에 동조해 주었다. 그 글귀의 복사본을 하나 사서 표구한 뒤 지금까지 연구실에 걸어두고 있다.

일본인은 참 용의주도한 사람들이다. S 교수도 역시 마찬가지였다. 나를 위해 모든 세트를 다 준비해 두었다. 소설 배경이 된 여관, 가와바타 야스나리가 이 소설을 쓰면서 자연을 사실적으로 그려내고자 한 달 동안 머물렀던 '다카항高半'여관의 일본식 방에 묵게 하는 것도 그의 주도면밀함의 한 표현이었다. 이곳은 '유키구니노야도〔雪國の宿〕'라는 이름을 가진 이곳의 대표 여관인데, 창업한 지 800년, 37대째 대물림된 일본 전통 '료관'이라 한다. 이 여관은 그 오랜 역사에도 온통《유키구니》로 채색되어 있었다. 소설에 나오는 욕탕은 물론이려니와 방안도 그대로다. 소설 마지막 장면에 나오는 여관 주인이 특별히 꺼내 준 교토산 옛 쇠 주전자도 그대로 있다. 주인공 시마무라는 그 주전자에서 부드러운 솔바람 소리를 들었다. 여관에 들어 방문을 여니 창문 밖으로 작은 온천마을이 눈 속에 파묻혀 있다. 아직도 시마무라가 탔던 옛 철로 위로 느릿느릿 다니는 기차의 기적소리가 여전히 애잔하다. 빈번하게 오고가는 신칸센 열차 소리는 오히려 들리지 않았다. 기적 소리가 끝나면 또 다시 세상은 온통 정적 속에 파묻힌다. 갑자기 내가 시마무라인지 시마무라가 나인지 모르게 되었다. 욕탕으로 가 시마무라가 되어본다. 소설에

서처럼 금방이라도 여인이 들어올 것만 같다. 두 칸으로 나눠진 다다미방으로 돌아오니 기다렸다는 듯 기모노를 입은 두 여인이 금방 저녁상을 들고 들어온다. 이 여인 가운데 어느 여인이 고마코이며, 어느 여인이 요코인가?

사람에 대한 사랑도, 일에 대한 사랑도, 아니 학문에 대한 사랑도 그것이 순수한 것일수록, 또 진지하고 간절할 수 있다면 그 자체가 위대한 것이다. 헛수고이고 허무할수록 그 순수하고 진지하고 간절함이 오히려 빛나는 것이 아닐까. 약혼자의 요양비를 벌고자 룸펜에게 몸을 파는 행동을 따져 볼 필요 없이 허무한 짓이고 그것으로 모든 것들이 '헛수고'라고 느껴지는 것은 어쩌면 당연하다. 그러나 그렇게 보는 것은 인생의 표피만을 보는 것이 아닐까? 우리 인생이란 사실 허무하기 짝이 없고, 하는 일들이 모두 헛수고일 뿐이지만 그러나 이런 순수성, 진지함 아니 간절함마저 사라진다면 … 이 세상은 얼마나 차가울까, 얼마나 덧없을까! 이 두 여인의 이런 것들 앞에 굴복하는 것은 시마무라라는 사내만은 아닐 것이다. 눈앞에 세상의 구질구질한 것들이 숨어 엎드리듯이.

저녁을 끝낸 뒤 나는 화로에 불을 붙여 쇠 주전자를 그 위에 올렸다. "눈 내리는 계절을 재촉하는 화로에 기대어 있자니 …" 시마무라처럼 이번에 돌아가면 이제 결코 이 온천에 다시 올 수 없으리라는 느낌이 들었다. "여관 주인이 특별히 꺼내 준 교토산 옛 쇠 주전자에서 부드러운 솔바람 소리가 났다. …" 나도 시마무라처럼 쇠 주전자에 귀를 가까이 대고 방울소리를 들었다. 방울이 울려대는 언저리 저 멀리, 방울소리만큼 종종걸음 치며 다가오는 고마코의 자그마한 발이 언뜻 보이는 듯했다. "시마무라는 자기의 마음이 고마코를 향하고 있음을 알고는 깜짝 놀라, 마침내 이곳을 떠나지 않으면 안 되겠다고 마음먹었다." 그리고 그는 많은 것을 가슴에 안고 떠났다. 그러나 인생에 남을 만한 추억을 만들 시간을 갖지 못한 채 빡빡한 일정에 몰려 이곳을 떠나야 한다는 것이 나와 시마무라와 근본적인 차이였다. 나는 유산을 받은 것도 없고, 또 그처럼 무위도식하는 사람도 아니어서 이곳에 오래 머물 수 있는 형편도 못 되기 때문인가! 하룻밤을 이 여관에서 보내고 다음 날 신칸센으로 다시 니카타로 돌아가 시내에서 일박한 뒤 귀국하여 마감시간이 눈앞인 논문을 마무리해야 하는 일이 나를 기다리고 있었다. 못내 아쉬운 일정이었다.

밤새도록 눈과 하늘밖에 보이지 않더니 새벽이 되자 먼동이 창문으로 들어와 박히자 하늘과 눈 중간에 태양이 솟는다. 눈 나라에 붉은 태양, 이 대조적인 풍경 −빛과 색채 그리고 소리에 내 감각은 때론 몽환적인 순간으로 빠져들고 있다. 이른 아침 유자와 역에서 일부러 도쿄행 신칸센을 탔다. 터널 너머 군마 현의 죠모우고우겐〔上毛高原〕 역에 내렸다. 역 주변 감나무에 붉은 감들이 주렁주렁 달려 있다. 산맥 하나를 사이 둔 두 역의 풍경은 극렬한 대조를 이루었다. 다시 신칸센을 타고 유자와 역을 지났다. 시마무라가 긴 터널을 빠져나와 유자와에 당도하였을 때의 감탄이 나름 다가왔다.

이렇게 다시 겨울이 왔다. 60여 평생을 살아오면서 요즈음처럼 암울해 보인 적이 없었다. 정치도 어지럽고 세상인심도 퍽 사납다. 순수함도 진성성도 간절함도 사라진 이 누리에 눈 나라 유자와처럼 천지가 온통 하얗도록 눈이라도 듬뿍 내렸으면 좋겠다. 그리고 유자와 사람들처럼 우리들 마음도 좀 순수해졌으면 좋겠다. 지금쯤이면 유자와는 여전히 눈으로 덮여 있을 것이다. 눈같이 순수한 고마코와 요코의 순수하고 진지하고 간절한 사랑이 눈 나라 유자와를 배경으로 다시 전개되고 있을지도 모르겠다. 순수한 사랑이 펼쳐졌던 눈 나라를 찾아 그런 사랑을 다시 되새겨 볼 기회가 내 여생에도 다시 올 수 있기는 할까? 그보다 우리들도 아니 내가 좀 더 순수하고 진지하고 간절해졌으면 좋겠다.(2015. 1. 19.)

# 기다린 죄

평소 무능한 이로 점 찍혔던 자가 간혹 어떤 일에 조그마한 성공을 거두어도 시샘하고 야유하는 것이 세상의 인심이다. "그렇게 보지 않았는데 내공이 있었던 모양이야"라는 칭찬에서부터 "소 뒷걸음치다 쥐 잡은 꼴"이라는 비아냥거림까지 그에 대한 평가는 다양하다.

사람은 누구나 소망을 갖고 살아간다. 가장 바라는 소망은 말할 것도 없이 부富와 귀貴일 것이다. 경쟁을 근본 원리로 삼고 있는 자본주의 세상에서 소망을 갖지 않는다는 것은 죄악이다. 정당한 방법으로 그 소망을 이룬 것을 비방해서는 안 된다. 피나는 노력의 결과이든 아니면 운이든 상관하지 말아야 한다. 사실 이 세상에 공짜란 없는 법이다. 뭔가 희생을 치르지 않으면 하나도 얻을 수 없는 것이 우리 인생살이다. 로또에 당첨된 것도 그만큼 신경을 쓴 결과인 것이다.

남보다 열심히 공부하는 것도, 좋은 학교에 들어가려 애쓰는 것도 부귀라는 결과를 낳기 위한 노력에 다름 아니다. '승관발재陞官發財'라는 말에서 알 수 있듯이 사실 부와 귀는 밀접하게 연동하게 되어 있다. 공자가 "삼년 동안 배우고서도 벼슬에 뜻을 두지 않는 이를 찾기가 쉽지 않다.(三年學, 不至於穀, 不易得也. :《논어》泰伯-12)"고 한탄했던 것처럼 공부란 곧 재부를 가져다주는 것으로 누구나 여겼기 때문이었다. 그래서 조선 후기 문인 유득공이 "책을 읽어 부와 귀를 구함은 요행의 술수일 뿐"이라고 했던 것이다.

부와 귀가 택일의 문제로 집약될 때 약간의 주저가 생기기 십상이다. '부귀'라고 하지 '귀부'라고 하지 않는 것을 보니 부자가 되는 것이 벼슬이 높은 것보다 선호되는 것인 모양이다. 그래서 공자도 "부가 만일 구하여 얻어질 수 있다면 비록 수레의 채찍을 잡는 천한 노릇이라도 내 또한 하겠지만, 만일 구하여 얻어질 수 없는 것이라면 내가 좋아하는 바를 따를 것이다(富而可求也, 雖執鞭之士, 吾亦爲之, 如不可求, 從吾所好. : 述而-11)"라 했던 것이다. 공자는 이 말 했다 저 말 했다 하니 종잡을 수가 없는 경우가 많지만, 부의 중요성을 부정하지는 않았던 것은 분명하다.

누군에겐들 마음에 맺힌 것이 없으랴마는 내게도 그런 게 조금은 있다. 세상 모든 사람들이 아니 성인마저도 눈을 떼지 못하는데 내 어찌 재부에 관심을 끊을 수 있겠는가? 돈과 서로 길들이지 못하고 자존심 때문에 저만치서 힐끔 힐끔 쳐다보고만 있었다. 그러다 몇 차례 나름으로 시도를 해보기도 했다. 별다른 성과가 없어서 나와는 관계없는 것이 돈이로구나 여기며 그쪽에 대해서 지금까지 포기하고 살아왔다. 맹자가 "고정된 재산이 없으면 변하지 않는 마음을 가질 수가 없다(無恒産, 因無恒心 :《맹자》양혜왕 7)"고 했으므로 나처럼 역사 공부하는 사람은 고정된 재산이 있다면 땅은 팔지 않아도 되기 때문에 훨씬 좋은 성과를 낼 수 있겠다는 아쉬움 같은 것을 항상 지니고 살았던 것이다. 그래서 매달 빠지지 않고 주는 월급을 받아서 가용으로 쓰고 남은 돈이 생기면 다음 월급날 다른 통장으로 옮기는 식으로 한 푼 두 푼 모으는 습관을 익혔다. 처음부터 은행이란 돈을 맡아 보관해 주는 곳이지 이자를 주는 곳은 결코 아니라는 생각을 가지고 있었다. 이자가 높고 낮음에 대해서도 크게 신경 쓰지 않았다.

십 년 전에 출판한 책 가운데 실린 〈갑부가 된다기에〉라는 제목의 글에서 나는 나의 저축 습관의 일단을 소개한 바 있다. 1994년 K투자신탁의 농간에 말려 맡긴 돈 1300여만 원이 2년 뒤 원금과 이자를 합쳐 200여만을 까먹고 있다는 것을 확인했다. 분명히 주식형이 아니라는 것을 확인한 다음 맡긴 돈인데, 찾으러 가니 주식형이어서 까먹고 있다는 것이었다. 이런 일을 당하면 평소 화를 참지 못하는 고약한 성품이라 오기로 이 회사가 이기는가, 내가 이기는가 한번 겨루어 보자며 계속 찾지를 않았다. 역사를 공부하는 사람이라 그런지 내가 옳다고 믿는 것은 어떻게 결말이 지워지는가 기다리며 지켜보는 묘한 버릇을 가지고 있다. 사소한 인간관계에서도 그렇다. 내가 거창하게 '천도天道'라는 것을 믿는 것은 아니지만 선악이 인간사에 어떻게 작용하는가를 살펴보는 것도 나름으로 재미있다는 생각이 들기도 했기 때문이다. 그러려면 긴 시간이 필요하고 또 남다른 참을성이 있어야 했다.

얼마 후 신탁회사에 가서 확인하니 800만 원 정도가 되어 버렸다고 했다. 또 얼마 후에는 지금 찾으면 500만 원은 건질 수 있지만, 곧 '깡통계좌'가 될 가능성이 있다는 전화를 받았다. 나는 "그래 당신들이 이기나 내가 이기나 끝까지 가봅시다!"며 퉁명스럽게 대꾸했다. 나인들 조마조마하지 않았겠는가? 그런데 얼마 있으니 1,000만 원으로 회복되었다는 연락이 왔다. 그래도 찾지 않았다. 많은 세월이 지났다. 결국 1,650만 원이 되었으며, 이제 그 상품 자체가 없어졌다며 찾아가라고 '명령'하였다. 찾지 않을 수 없었다. 얼마 후에 그 신탁회사는 다른 회사로 넘어갔다. 솔직히 승리감에 쾌재를 불렀다. 정직하지 못한 회사는 언제인가는 망한다는 나의 믿음이 확인되었기 때문이다.

기다렸기 때문에 내가 그나마 이길 수 있었던 것이다. 내가 이재에 능한 사람이었다면 분명 발 빠르게 무슨 조처를 취했을 것이다. 이 방면에 무능한데 다 오기와 고집까지 겹쳐져 만들어진 다시는 재현되기 힘든 하나의 촌극이었다. 이런 나를 두고 주위에선 '유능'하다고 평가했다. 사실 2,000만 원이 족히 되어야 할 돈이었기 때문에 유능이란 말은 어불성설이다. 여하튼 이런 오기를 부렸던 것은 한편으로 조석을 걱정해야 할 정도로 궁핍한 형편은 아니었기 때문이 아닌가 한다. 역사를 공부해서뿐만 아니라 학자란 물 마시고도 이쑤시개로 이빨을 쑤시는 사람이다. 공부하는 사람은 어떤 위협이나 위험이 있더라도 부정 앞에 굴복해서는 안 되는 것으로 알며 살아왔다. 돈에 대해 왈가왈부하는 것은 낯 뜨거운 일이거니와 아직도 이거다 싶게 돈이란 놈의 멱살을 꽉 잡아 쥐어보지도 못했다. 누가 어떻게 평가를 하던 학자에 대한 순도를 놓고 줄을 서라면 누구에게도 앞자리를 양보하고 싶지 않다.

명예를 얻기 위해 사는 사람이 학자다. 진정한 명예는 부와 귀를 동반하지 않는다. 부와 귀를 다 좇는다면 이는 진정한 학자라 할 수 없다. 공자가 가장 좋아했던 제자는 돈 잘 버는 자공子貢이 아니라 매일 끼니를 걱정해야 하는 안회顔回였다. "안회는 학문이 도에 가까운데 자주 궁핍에 이르는 것이 애석하구나! 사(자공)는 천명을 받으려 하지 않고 재물을 늘이는 데 신경을 썼는데 헤아리면 자주 적중했다(回也其庶乎, 屢空, 賜不受命而貨殖焉, 億則屢中. : 先進 -19)"라며 두 제자를 대조적으로 분석·평가했다. 상업과 축산의 흐름을 읽기에 뛰어나 그 탁월한 적중력을 발휘했던 자공을 학자로서 그리 높게 평가하지 않았던 것이다.

내가 대성인인 공자와 그의 제자를 빗대어 이야기한다는 것은 외람됨이 막심한 것이지만, 세상을 사는 원리가 대개 그렇다는 이야기다. 요즈음 들어 듣기에 매우 거북한 일이 생겼다. 25년 넘게 살던 강남터미널 옆의 25평 아파트가 재건축에 들어갔다. 나는 그냥 살았을 뿐이었다. 나는 이 아파트 외에 지구상 어디에도 나나 아내 혹은 딸 명의로 된 부동산 하나 없는 사람이다. 딸애들이 크면서 점차 이 작은 집에 사는 것은 우리 가족들 모두에게 고통이었다. 장이 특히 좋지 않은 나는 화장실이 하나뿐인 이 작은 아파트에서 지내기가 정말 괴로웠다. 커튼을 쳐서 변기와 샤워하는 곳을 나누기도 했다. 아침 출근시간 직전에는 같이 사용하지 않을 수 없으니 아무리 부모 자식 간이라 해도 체면이 말이 아니었다. 집에서 가까운 슈퍼에 있는 공중화장실로 달려가 용변을 보는 경우가 많았다. 어떤 때는 문이 잠겨 있어 300미터 이상이나 되는 아래 슈퍼, 혹은 터미널까지 달려가기를 수없이 했다. 요즈음도 괴로워하고 있는 병이지만 대장증후군이 이렇게 하여 생겼다. 팔고 어디에 좀 넓은 집을 사보고 싶었으나 그런 생각을 할 겨를도 없었고 또 돈도 턱없이 부족했다. 정말 나는 무능하다고 한탄했다. 간혹 찾아온 지인들 가운데는 나의 그 궁박한 생활에 혀를 차는 사람도 많았다. 주위에 있는 사람들에게 나는 그저 무능한 자로 낙인이 찍혔다.

2002년을 넘어서면서 소위 부동산 강풍이 강남을 휩쓸자 나에 대한 주위 사람들의 평가가 달라지기 시작했다. 가끔 나를 '부동산 투기자'라고 까지 보는 사람마저 나타났다. 정말 억울했다. 모임에 나갔더니 같은 아파트에 살다 집을 바꾸기를 거듭한 친구보다 가만히 앉아 있기만 했던 내가 돈을 더 많이 벌었다는 이야기까지 나왔다. 나의 사정을 잘 아는 어떤 친구는 "사람에게는 결과보다 어떻게 살았느냐 하는 과정이 더 중요해 … 박한제가 그동안 그 좁은 아파트에서 얼마나 고생했겠냐!" 하며 나를 측은하게 여기기도 하였다. 미국에 1년 동안 머물기 위해 아파트를 전세로 내주고 2003년 여름 한국을 떠났다. 2004년 귀국해서는 학교 근방에 전세를 얻어 지금까지 살고 있다. 세준 집이 재건축에 곧 들어갈 예정이었기 때문이다. 지금 사는 아파트에 처음 이사를 왔을 때에는 집사람 찾기가 한동안 힘들었다. 불러도 대답이 없는 경우가 많았다. 이전보다 훨씬 넓었기 때문이다. 넓은 집에, 그것도 화장실이 두 개인 집에 산다는 것이 이렇게 편리하고 좋은 줄 이전에 미처 몰랐다. 왜 그렇게 무지하게 살았던가 하는 때늦은 후회 같은 것도 생기기도 하였다.

귀국 후 얼마 되지 않아 재건축조합이 진행한 추첨에서 나의 땅 지분에 해당되는 평형을 지원하여 배정받았다. 크게 욕심내지도 않았다. 주위에서는 나를 '부동산부자'라고 말하는 사람이 있다고들 했다. 무능했기 때문에 그저 작은 아파트에 계속 살았을 뿐인데 사람들은 나의 예지력이 탁월하다는 평가를 내리고 있다고들 했다. 따지고 보면 주위에는 나보다 훨씬 재산이 많은 사람도 적지 않다. 그런데도 내 이야기만 주로 한다. 부동산 투자의 대표적인 성공사례라고 말이다. 또 어떤 이는 저주성이 다분한 이야기까지 한다.

평소의 내 행동에 대해 되돌아보게 되기도 하였지만, 솔직히 이런 세상인심이 한없이 밉다. 사실 너무 억울하다. 진실로 나는 학자로서 자족하며 한눈팔지 않고 이제껏 살아왔을 뿐이다. 부자가 천당 가기는 낙타가 바늘구멍을 통과하기보다 어렵다는 말이 있다. 내가 거기에 해당된단 말인가? 나는 부자가 되려고 노력한 적도 없다. 더구나 부정을 저지른 적은 더욱 없다. 공자는 "부와 귀는 사람마다 바라는 것이지만 정당한 방법으로 얻은 것이 아니라면 그것을 누리지 않는다(富與貴, 是人之所欲也, 不以其道得之. 不處也. : 述而−15)"라고 하였다. 또 "의롭지 않고서 부하고 귀한 것은 나에게 뜬구름 같은 것이다.(不義而富且貴, 於我如浮雲. : 述而−15)"라고 했다. 사실 옳은 말이다. 나는 정당하지 않는 방법을 써서 축재를 했단 말인가?

공자는 다시 "빈과 천은 사람마다 싫어하는 것이나 정당한 방법으로 얻은 것이 아닐지라도 버리지 않는 것이다(貧與賤, 是人之所惡也, 不以其道得之, 不去也. : 里仁−5)"라 하였다. 즉 억울하게 처하게 된 빈천이라도 오히려 편안하게 여겨야 한다는 뜻이다. 공자의 말이 지당한 것 같다. 집이 좁고 화장실 때문에 불편하기는 했지만 한 번도 세상을 탓해 본 적이 없다. 생활의 여유는 사실 물질적인 풍요와는 크게 상관이 있는 것은 아니다. 자기의 불행을 남의 탓으로만 돌리는 것은 학자로서 바른 생각이 아니다. 시샘이나 부동산 투기자 취급을 받지 않으면서 살던 때가 더 그립다.

재부를 탐하는 데 정신을 팔거나 권력을 얻기 위해 권력 앞에 비굴하게 굴어서는 안 되는 것이 학자다. 나는 부를 탐해 본 적도 없다. 단지 나에게 죄가 있다면 주저하고 기다린 죄 밖에 없다. 사실 기다렸다는 것도 정확한 표현이 아니다. 목표를 잃고 방황했다는 말이 정확하다. 원래 나는 같은 단지 내의 16평 아파트에 살았다. 그땐 25평에 사는 사람들은 나와 다른 종류의 사람이라고 여겼다. 25평으로 옮겨가는 것이 나의 최대 목표였다. 몇 년 노력 끝에 목표를 이루고 나니 그때부터 목표를 잃어버렸다. 내 시야가 다른 단지의 30평대에까지 옮겨가지는 못했기 때문이다. 따라서 기다린 것은 유능했기 때문이 아니라 무능했기 때문이다. 그러고 보니 무능이 죄인 것 같기도 하다. 무능이 유능으로 탈바꿈한 것은 내 의지하고는 전혀 상관없는 일이었다. 나는 변함없이 그대로인데 다른 사람들이 내 본질을 왜곡하고 있을 뿐이다. 생각은 마음의 무늬이기도 얼룩이기도 하다. 생각이 제멋대로 날뛰면 끝내는 미망에 빠져 얼룩이 되고 만다. 오늘의 기쁨이 내일에는 슬픔으로 변할지 혹은 더 큰 기쁨으로 변할지 누구도 장담하지 못한다. 세상일이란 항상 그래왔다. 그저 자기 일을 묵묵하게 하면서 살아가야 하는 것이 인생길이다. 내가 무슨 한 밑천 단단히 잡은 것도 아닌데 말이다.

아무리 주위를 둘러봐도 마음 나눌 사람은 별로 보이지 않고 들리는 것은 시샘하는 소리뿐이다. 그렇게 고맙게 여겨지던 마음들은 다 어디로 가버린 것일까? 나는 세상살이가 참 만만찮고 쓸쓸하다는 생각을 요즈음 들어 자주 하고 있다. 그렇다고 하나밖에 없는 아파트 쪼개 어디에 기부할 수도 없는 일이 아닌가? 솔직히 재건축 아파트 이야기 이제 제발 좀 그만 했으면 한다. 내가 목표로 했던 것도 아닌 것에 대해 듣는 것도 이젠 신물이 났기 때문이다. 별것 아닌 것 같은 교수 짓하기도 사실 나에게는 힘겹다. 공부에 재주가 없다고 누가 나무란다면 조금은 뒤가 구려 찔끔하겠지만 그에 대한 열정에 대해서만은 아직도 누구에게도 빠지지 않는다고 자부해 오고 있다. 공부에 대한 열정이 없고서 무엇으로 학자일 수 있겠는가. 세상 사람들이 어떻게 생각하든 '학자'란 두 글자에 대해 내 스스로 비굴해지지 않기를 조심스레 바랄 뿐이다.(2007. 4. 6.)

# 나의 셋집 이야기

나는 몇 차례에 걸쳐 셋집 생활을 한 적이 있다. 대충 계산해 보니 고등학교에 입학하면서부터 고향을 떠나 타향살이를 시작한 후 올해로 벌써 47년째다. 결혼하기 전 내 거처는 기숙사, 하숙집, 입주 아르바이트집, 셋집 등으로 다양하게 바뀌었지만 그 당시 살던 셋집의 추억은 그렇게 강하게 각인되고 있지 않다. 그러나 결혼 후 애들을 낳아 기르면서 네 식구가 고정되고부터 식구를 이끌고 들었던 셋집들은 내 기억 속에서 쉽게 지워지지 않는다. 그 가운데 가장 잊히지 않는 것은 미국에 체류했던 1년 동안 살았던 것과 귀국 후 살았던 학교 근방 봉천동의 셋집이다. 미국은 타국이라는 특이한 경험 때문이라서 그랬던 것 같지만, 봉천동은 딱히 꼬집어서 설명할 수 없는 뭔가가 나를 붙들어 매고 있는 것이다.

돌아보면 모든 것에 서툴러서 1년 동안 헤매다 온 것밖에 없는 것 같은데도 하버드대학 바로 후면에 위치한 우리 셋집은 그곳을 떠난 지 5년이 지난 지금도 손에 잡히듯이 생생하게 다가온다. 비행기에서는 잠을 자지 못하는 버릇 때문에 20여 시간을 제대로 눈 한번 부치지 못했다가 그곳 시간으로 밤 늦게 셋집에 들어가니 을씨년스럽기 짝이 없는 풍경이 우리 식구를 기다리고 있었다. 15평 전후의 투 베드룸이었다. 한국인 유학생이 쓰던 가구를 그대로 물려받게 되었는데 가구들이 쓰레기장에서 금방 주워 온 것들처럼 허술해 보였다. 이런 집에서 정 붙이고 1년을 살아야 하나 생각하니 네 식구가 서로 말없이 얼굴을 살피고 있었다.

딸 둘이 한 방을 사용하고 우리 부부가 한 방을 사용하였는데, 그때에 비로소 우리 가족은 처음으로 침대생활을 하기 시작하였다. 그런데 1인용 침대가 셋밖에 없었다. 그러다 보니 1인용 침대를 우리 부부가 공유할 수밖에 없었다. 1인용 침대 하나를 더 구하거나 아니면 2인용을 구한다는 것이 어찌하다 보니 반년이 지났다. 1인용이라도 미국인을 위한 침대이니 체구가 왜소한 우리에겐 그리 견디지 못할 정도는 아니었다. 시일이 흐름에 따라 이런 생활도 차츰 익숙해져 1년을 지나게 되었다. 사람이란 처한 상황에 참 잘 적응하는 동물이라 며칠 지나니 서로 큰 불편은 못 느꼈고 아내는 은근히 즐기는 눈치다. 한국에서는 20여 년 동안 온돌바닥에서 각각 다른 이불을 사용하여 왔던 터였다.

특별한 미션을 가지고 간 것이 아닌데도 한국과 관습이 전혀 다른 미국에 적응하는 것은 쉬운 일은 아니었다. 허둥대다 보니 6개월이 훌쩍 지나게 되었고 익숙해지고 정이 좀 들려니 보스턴의 사계절이 우리 가족을 가뭇없이 스쳐지나가 버렸다. 짧은 것 같으면서도 숱한 일들과 숱한 사람들을 만났다. 그들과 헤어지는 것도 서운했지만, 막상 떠나려니 이 좁고 불편했던 셋집이 마음에 걸렸다. 나만 그런 것이 아니라 큰딸애도 더 그런 모양이다. 떠나는 아침 딸애는 자기가 생활했던 방에서 펑펑 울고 있다. 평소 감정을 자제하지 못하는 아내도 그 모습을 보며 엉엉 운다. 제자의 부인이 우리를 공항까지 데려다 주기 위해서 밖에서 대기하고 있는데 나로서는 낭패스런 상황이다. 휴지 한 장이라도 나와 인연을 맺은 것은 쉽게 버리지 못하는 나도 눈물이 맺혀 앞이 잘 보이지 않는다. 살면서 쓰던 물건만이 아니라 스쳐 지나간 순간까지도 우리의 것이기 때문에 소중한 것이다. 그래 우리 인생에서 만난 것들을 다 안고 갈 수는 없는 것이지 않는가? 겨우 달래어 차에 앉혔더니 큰딸애는 억지를 부린다. 하버드 대학의 창립자 존 하버드 동상의 발을 아직 제대로 만지지 못했다며 이곳을 떠나기 전에 꼭 만지고 가야겠다고 한다. 비행기 시간은 그리 넉넉지 않는데 … 하버드 야드에 위치한 그 동상을 1년 동안 수없이 지나쳤는데도 딸애는 그것을 또 만지겠다는 것이다. "이제 가면 언제 또 올지 모른다."는 딸애의 말도 진정 틀린 것은 아니다. 우리나라와 지구의 정반대편에 위치한 이곳, 아무리 세상이 좋아지고 교통이 편리해졌다 해도 다시 온다는 보장은 없다. 딸애가 눈에 다시 넣고 싶은 것들은 어찌 하버드 동상뿐이겠는가? 아니 우리 가족 넷이 이렇게 좁은 집에서 오순도순 단란하게 지냈던 이 1년을 언제 어디서 다시 재현할 수 있을 것인가?

귀국하여 학교 근방 봉천동에 셋집을 얻어 4년 반을 살았다. 출국 전에 살던 반포집이 재건축에 들어갔기 때문이다. 나이 육십이 될 때까지 20평대를 벗어나지 못하고 옹색하게 살아왔던 나와 우리 식구에겐 40평대의 아파트는 천국과 같은 주거환경이었다. 방이 넷이나 되어 두 딸이 각각 방 하나씩을 독점할 수가 있었고, 내 생애 최초로 서재를 마련하게 되었다. 그보다 나를 편하게 한 것은 화장실이 두 개라는 점이었다. 아침마다 소동을 피우던 것을 피할 수 있었기 때문이다. 그런데다 아파트가 거의 산속 숲속에 위치해 있어 녹색환경인데다 아무리 깊은 밤이라도 찻소리가 들리지 않았다. 주거환경으로는 지금껏 내가 살아온 곳 중에서는 최고였다. 그런데 재건축 아파트가 완공되어 입주를 하게 되어 이곳 아파트를 떠나게 되었다. 마침 전 세계가 대공황 이후 가장 어려운 경제사정에 처한 관계로 역전세난으로 셋집이 잘 빠지지 않았다. 입주 마감 날은 다가오는데 안달이 났다. 다행히 당초 이사를 예상했던 날짜보다 한 달 늦었지만 세입자가 나타나 이사를 할 수 있게 되었다. 그러나 막상 살던 셋집 아파트를 떠나려니 또 뭉클 가슴이 저려온다. 가만히 살펴보니 내 손때 묻지 않은 것이 없다. 이 셋집 아파트가 나의 분신처럼 느껴진다.

어떤 사람은 새 아파트에, 넓은 데로 입주하는 것을 부러워하기도 하고, 애들도 들떠 있다. 내 인생 역정에서 또 하나의 안타까운 이별을 해야 하나 하는 생각에 가슴이 저민다. 이사를 하루 앞둔 오늘 나는 서재에서 사실 만감이 교차하는 심정으로 이 글을 쓰고 있다. 오랜 가뭄 끝에 오는 단비라고 한다. 창문에 물방울이 송골송골 달려 있다. 고개를 돌려 산을 향한 창 그 너머로 눈을 돌리니 아카시아 교목이 비바람에 이리저리 흔들리고 있다. 낮 11시인데 저녁처럼 흐려 깜깜하다. 반포아파트의 엘리베이터 사용시간이 내일 1시에서 4시까지로 정해졌기 때문에 이제 이 집에 머물 시간도 하루가 채 남지 않았다. 오늘은 종일 이 아파트에 있어야겠다.

예순 이전에는 새로운 일을 시작할라치면 내 인생에서 하나의 벽돌을 쌓아 올리는 것으로 느껴졌지만, 예순이 넘으니 그 벽돌을 하나씩 걷어내는 일 같은 생각이 든다. 새로운 일을 시작하는 것이 두렵다. 그래서인지 새로운 일을 찾아 나서기보다는 한곳에 오래 머물고 침잠하고 싶다. 새로운 사람을 만나기보다는 이전에 만난 사람과 더 깊은 정을 나누면서 살고 싶다.

내일 이후에는 새로운 세입자에게 허가를 받지 않고는 이 집에 자유롭게 들어올 수도 없을 것이다. 창문 너머 잎 하나 없이 앙상한 자태를 드러내고 있는 나무들이 그려낸 이 풍경을 바라볼 수 있는 것도 오늘이 마지막일 것이다. 직사각형의 창문에 그려져 있는 음산한 이 풍경이 두고두고 잊히지 않을 것 같다. 우리 인생이란 이렇게 정든 것들을 두고 또 떠나야 하는 노정인가 보다.(2009. 2. 13.)

# 동네-이웃-옆집

어린 시절 나는 총 가구가 겨우 30여 호밖에 안 되는 작은 산골 마을에 살았다. 그러나 언제나 시끌벅적하여 사람이 사는 동네다웠다. 갓난아이에서 갓 쓴 할아버지까지 다양한 연령이 고루 분포되어 있었고, 반장이나 이장으로 선출되기도 쉽지 않을 정도로 감투경쟁이 제법 심하게 벌어지기도 하였다. 아버지께서는 내심 이장 한번 할 생각이 있었으나 결국 뜻을 이루지 못한 것도 그 때문이었다. 요즈음 시골에 계신 어머니를 찾아뵙기 위해 간혹 고향 마을을 들릴라치면 고요를 넘어 적막하기 이를 데 없다. 모두들 고향을 등지고 도시로 떠나 버렸기 때문이다.

중학교를 마칠 때까지 고향 마을에 살았다. 지금도 학교 연구실이나 아파트에서 문득 고향을 생각할라치면 5-60년대의 풍경이 그대로 떠오른다. 풍경만이 아니라 당시의 인심이 그대로 느껴진다. 그때는 동네 어느 집에 무슨 일이 있는가를 누구나 소상히 알고 있었다. 특히 어머니는 글자는 몰랐지만 동네 누구네 집 제삿날은 물론 애들의 생일까지도 일일이 다 외고 있었다. 우리 어머니뿐만 아니라 동네 다른 어른들도 그 점에선 별반 차이가 없었다.

지금 젊은이들이 생각할 때는 "정말 할 일 없는 사람들이었군!"하고 의아해 하겠지만 사실이 그랬다. 길흉사가 생기기만 하면 동네 전체가 모두 일어나 만사를 제쳐두고 상부상조하여 자기 자신의 일인 듯이 참여하여 끝까지 마무리하곤 했다. 나는 동네 누구 집 제사나 생일 같은 것은 외지 못했지만, 어머니는 으레 빠짐없이 말씀하시곤 했기 때문에 그날이 되면 은근히 생일 떡 같은 것을 기대하기도 하였다. 특히 어느 집에 제사가 있는 날이면 내리 감기는 눈을 비비면서 제삿밥을 얻어먹기 위해 자정 너머까지 기다리곤 했다. 제삿밥은 지금도 그러하지만 각종 나물에 비벼 탕국과 같이 먹으면 어떤 성찬과도 비길 수 없을 정도로 맛났다. 여기다 조기 민어 등 갯고기 한 토막이라도 더 보태진다면 더욱 일품요리가 되었다.

고등학교를 마치고 서울 생활을 시작하였지만 기숙사 혹은 입주 아르바이트, 혹은 자취생활을 하다 보니 당당하게 동네 주민으로 등록되어 볼 기회가 없었다. 79년 결혼을 하고 안양 석수동에 13평 주공 아파트에 살게 되면서부터 나도 독립가구로서 주민세도 내는 당당한 호주가 되었다. 5층 아파트였기 때문에 같은 라인뿐만 아니라 같은 동 주민과도 매우 가깝게 지냈다. 당시만 해도 아파트의 잔디밭에 난 잡초 뽑기 등 공동 작업이 있었으니 주민과 어울리는 기회도 요즈음보다 훨씬 많았기 때문이다. 옆집과는 밤낮을 가리지 않고 수시로 오고가고 하였다. 등기우편이 배달되어도 옆집에 맡기는 것이 통상의 관례가 되었다. 도장을 맡겨두고 다녔기 때문이다. 이후 반포 16평으로 다시 25평으로 옮겨 살게 되었지만 모두가 5층의 아파트라 같은 라인뿐만 아니라 같은 동의 주민과는 반상회를 통하여 자주 만나게 되었다. 특히 25평에는 20년이 넘는 기간을 살다 보니 마주치는 사람들은 거의 인사를 하고 지내는 사이였다. 이사 올 때부터 재건축을 위해 집을 비워 줄 때까지 특히 옆집은 정말 우리의 따뜻한 이웃이었다.

우리 가족이 내 연구년을 이용하여 모두 미국으로 떠나기 직전 집을 세를 주었더니 서로 날짜가 맞지 않아 며칠 여관 신세를 저야만 했다. 그 당시 미국에 가져갈 이민가방과 트렁크 등 여덟 뭉치를 어디다 맡길 곳이 적당하지 않았는데 옆집에서 먼저 맡겨두고 자유롭게 지내다 가라고 제의하기도 했다. 가져다 놓고 보니 거실이 가득 찰 정도여서 마음이 불편했지만 옆집은 오히려 맡아두는 것이 즐거운 듯했다. 미국으로 떠나는 날 옆집 그리고 아래와 윗집에서 모여 우리를 위해 성찬을 마련하여 주었다. 아파트라지만 이웃의 정을 따뜻하게 느끼고 떠날 수 있게 되었다. 미국에 가서도 아내는 수시로 옆집에 전화를 걸어 타국생활의 무료함을 달래기도 하였다. 1년 뒤 귀국하고 난 뒤에도 연락을 끊지 않고 지금까지 옛 이웃사촌의 정을 나누고 있다.

그런데 봉천동에 이사를 오고 나서는 분위기는 확 달라졌다. 이제껏 살아보지 못한 고층 아파트라 아마 그러하리라 생각되지만, 같은 라인 같은 층에 엘리베이터를 사이에 두고 두 집이 나란히 있는 옆집이라 하더라도 이것은 완전히 독립된 공간이다. 하룻밤을 묵고 가는 여관이라도 옆방에 들게 되면 간혹 급한 일이 생길 경우 도움을 청할 수 있는 사이라고 여기는 것이 우리들의 통상적인 생각이다. 그러나 상황은 전혀 그렇지를 않았다. 이사한 뒤 며칠 지나서인가 아내가 음료수 한 박스를 사들고는 옆집을 방문하였다. 금방 옆집에 갔던 아내가 얼굴이 벌겋게 되어 되돌아왔다. 자초지종을 들으니 매우 당혹스러운 대접을 받은 것이다. 아내는 "새로 이사 온 앞집 사람입니다. 인사드리러 왔습니다."라 하였단다. 그런데 옆집 여주인은 "그런가요?"라 하며 물끄러미 음료수 박스를 보더니, "우리는 그런 것 필요 없어요! 가져가세요!"하고는 통성명도 하지 않고 바로 문전박대를 하였다는 것이다. 이후 우리 집과 옆집은 지금까지 3년 반을 문을 맞대고 살아도 아직까지 아무런 교통이 없다. 간혹 지하 주차장에서 엘리베이터를 탄 뒤 같은 층에 내려도 목례 정도로 그치고 말없이 각자의 '상자' 속으로 들어간다.

어느 날 옆집 남자분이 같이 엘리베이터를 타고 지하주차장으로 내려가는 데 "아저씨! 사진작가인가 봐요?"라 묻는다. 내가 최근 사진 찍는 데 취미를 붙여 학교 갈 때나 외출할 때 자주 카메라 가방을 메고 다니기 때문에 그 모습을 보고 한 말이다. "옛? 그래요." 더 이상 대화는 이어지지 않았다. 이런 풍경은 우리 옆집의 문제만이 아닐 것이다. 세상은 점차 핵가족화되어 가고 아파트의 주거문화라는 것이 몰인간적으로 되어가기 때문에 일어나는 불가피한 현상으로 이해해야만 할 것 같다.

또 산업화가 더욱 거세게 우리 사회에 불어닥치고 보니 서울, 아파트뿐만 아니라 시골 역시 별반 다를 바가 없다. 몇 년 전 작은형님이 돌아가셨을 때의 일이다. 영구차가 고향 마을 앞에 도착하여 상여가 선영으로 옮겨지고 있는데도 바로 길옆 밭에서 일하던 동네 사람, 그것도 낯익은 분들이 거들떠보지를 않았다. 20년 전 아버지가 돌아가셨을 때, 그리고 10여 년 전 큰형님이 돌아가셨을 때와 비교하면 상부상조의 미덕은 점차 사라지고 있음을 느끼게 된다. 누구 말처럼 "잘난 놈들은 모두 서울로 가버리고 쭉정이들만 시골에 남았다"는 피해의식이나 "도회로 간 뒤 평소에는 관심도 없더니 죽게 되니 돌아오는군!"하는 배신감 같은 것이 시골을 지키고 계시는 분들을 이렇게 화나게 만들었던 것일까? 그러나 우리 형제 대부분이 도회로 나갔지만 어머니도 다섯째 형님도 시골을 지키고 있기 때문에 반드시 그런 것 때문만은 아닌 것 같다. 그 이유는 잘 알 수 없지만 동네 전체가 함께 기쁨과 슬픔을 서로 나누던 살갑던 이전의 풍경은 이제 찾아보기 힘들어졌다. 길흉사에 인산인해가 되는 곳은 당금의 권력자와 관련된 곳이니 세상인심의 각박함은 나를 더욱 서글프게 한다. 왜 이렇게 꼭 변해야만 하는 것일까? 세상살이가 점점 힘들어져 가고 있다는 생각을 금할 수 없다.

좋은 집 좋은 이웃을 구하는 것은 자고로 매우 어려운 일이었던 모양이다.《남사南史》에 기록된 것이 그러했다. 일찍이 송계아宋季雅가 남강군南康郡에서 물러나 여승진呂僧珍의 집옆에 집을 사 거주하였다. 여승진이 집값을 물으니 '일천 일백만'이라 하였다. 그 가격이 높은 것을 괴상하게 여겨 물으니 계아가 말하기를 '일백으로 집을 사고 천만으로 이웃을 샀다'고 하였다. 좋은 이웃을 얻는 것은 집값의 몇 배를 지불하여야 한다는 이야기다.(2007. 5. 22.)

# 요지경 세상과 프로야구

　나는 야구를 좋아한다. 야구가 내 주업인 연구에 막대한 지장을 주고 있다. 물론 야구를 직접 하는 것이 아니다. 시즌에는 거의 매일 야구를 본다. TV로 보기도 하지만, 직접 운동장에 가서 관람하기도 한다. 나는 원래 축구 선수 출신이었다. 선수는 아니지만 30대 말까지도 조기 축구회에 나갔다. 그런데 어느 시점부터 야구광이 되어 있었다. 야구광이 된 지 이미 30년 가까이 된 것 같다. 큰딸애가 코흘리개이던 때부터 데리고 잠실구장에 드나들었으니 말이다. 왜 야구를 좋아하게 되었는가? 여러 가지가 연유가 있을 것이지만 대강 다음과 같은 이유가 아니었나 하고 나름으로 짐작하고 있다. 먼저 "노력은 헛되지 않는 것이 야구"라는 이승엽의 말처럼 자기가 투여한 노력의 대가가 그대로 결과(성적)에 반영되는 게임이 바로 야구이기 때문이다. 둘째, 야구만큼 반전을 거듭하는 게임이 없다는 생각이 들기 때문이다. 다시 말하면 야구는 거짓이 통하지 않는 세계이고, 우리 인생에 숱하게 일어나는 역전·반전에서처럼 그 굴절의 아픔과 기쁨을 뼈저리게 느끼게 하는 한 편의 드라마이다.

요즈음은 국내 야구보다 메이저리그 야구 관람하기를 좋아한다. 어떤 사람은 가장 자본주의적인 스포츠가 미국의 메이저리그 야구라고도 한다. 또 미국의 제국주의·패권주의를 대변하는 게임이라고도 한다. 1회 초에서 9회 말까지 공수가 바뀔 때마다 광고방송이 나가는 것은 분명 자본주의다운 게임이다. 그리고 내셔널 리그, 아메리칸 리그가 디비전 시리즈, 그리고 챔피언 시리즈를 거쳐 마지막으로 월드 시리즈를 치르는 것은, 고대 로마제국이 콜로세움에서 세계 각처에서 뽑은 식민지 출신 투사들을 불러 모아 최후의 승자를 가리는 격투기 같다고도 한다. 내가 메이저리그를 좋아하게 된 것은 제국주의 미국을, 그리고 자본주의를 선호해서가 아니다. 정직과 반전이라는 야구만이 가지는 두 가지 특징을 한국이나 일본의 야구보다 더 적나라하게 보여주기 때문이다. "끝나지 않는 한 끝난 것이 아닌 것이 야구게임"이라고 한다. 우리 인생 유전이 그러하듯이 말이다. 9회 말, 아니 연장전 투 아웃까지 지고 있던 팀이 통쾌한 역전승을 거두는 장면은 마치 우리 무수한 군상들의 굴곡진 삶의 과정과 그 결말을 보는 것 같다.

박석무 한국고전번역원장 겸 다산연구소 이사장이 한국야구위원회(KBO)에서 발행하는 월간지 지난 7월호 〈베이스볼 클래식〉에 실은 〈야구는 그래도 정직하다〉는 칼럼에 다음과 같은 구절이 있단다.

> "거짓말과 거짓이 판치는 세상이어서 어느 것 하나 마음 놓고 정을 줄 수 없는 야비한 세태가 오늘의 세상이다 …. 정치판이나 종교계, 교수사회나 지식인 세상도 믿을 수 없는 경우가 너무 많다. 퇴근하고 집에서 즐겨보는 TV의 스포츠 중계는 99% 가깝도록 정직하다 …. 정직한 야구경기에 나는 계속 야구를 즐길 수밖에 없다."

스포츠는 정정당당함이 그 생명이다. 그래서 간혹은 그 패배가 더 아름다울 수도 있다. 돈거래 등을 통한 승부조작이 이뤄진다면 그것은 이미 스포츠이기를 포기한 것이다. 한국프로축구 K리그가 그런 점에서 최근 큰 오점을 남겼다. 메이저리그에서 금지약물의 복용자는 곧 퇴출되지만, 그보다 더 엄한 처벌은 정정당당하지 못한 위증이다. 통산 최다 안타 기록을 세운 피트 로즈는 도박파문으로 메이저리그에서 영구 제명되었고, 2007년 8월 8일 756개째의 홈런을 쳐 1976년 행크 아론이 기록한 755개를 숫자상으로 능가한 배리 본즈가 '명예의 전당(Hall of Fame)'에 헌액되지 못하게 된 이유를 보면 알수 있다. 선수생활 동안 역사에 남을 만한 성적을 남긴 선수라야 입성할 수있지만 그것 역시 필요조건일 뿐 충분조건은 아니다. 성적에 대한 판단과 더불어 도덕적인 심판 역시 까다롭게 이뤄지기 때문이었다. 한때 인기를 끌었던 스포츠가 팬에게서 멀어진 이유는 뒷거래에 의한 승부조작 등 정정당당함을 잃었기 때문이다.

인간의 역사는 어떻게 보면 불의와 뒷거래의 역사라 해도 과언이 아닐 정도로 온갖 불의와 부정에 의해 점철되어 온 것처럼 보인다. 그래도 인류가 멸망하지 않고 지금까지 진보를 거듭해 온 것은 정정당당함이 이 세상을 썩지 않게 하는 소금 역할을 했기 때문이다. 신상필벌이나 통쾌한 보복만을 보여 주는 것이 역사는 아니다. 역사는 오히려 정의의 기록이라고 생각한다. 불의와 거짓보다는 정의와 진실을 기록하여 이것이 갖는 효용과 가치를 믿는 사람이 더 많아지게 하였기 때문에 인류는 지금에 이른 것이다. 그런데 작금의 세태는 참으로 가슴 아프게 한다.

몇 년 전에 신신애가 부른 〈세상은 요지경〉이라는 노래가 있다. 가사 가운데 가장 귀에 들어오는 것은 "여기도 짜가, 저기도 짜가, 짜가가 판친다"라는 도발적인 구절이다. '짜가'란 '가짜'의 속어이다. 흔히 쓰는 '가짜' 대신 '짜가'라는 말을 대체한 것부터가 세상을 향해 독한 냉소를 내뱉고 있다. 우리 사회가 처한 현주소를 대변하는 것 같아 정말 아찔하다. 학위도, 얼굴도, 사랑도 짜가가 판을 치는 세상이다. 문제는 짜가여도 포장만 그럴듯하게 하면 최고로 치켜세워지는 세상이 되어 버린 데 있다. 그러다 보니 진짜보다 짜가들이 더 유세를 떨고 있다. 가짜박사로서 세상을 온통 어지럽힌 사람은 할 말이 있다고, 대선자금으로 3,000억을 준 대통령도, 받은 전직 대통령 다 자기 잘했다고 자서전을 쓰는 판국이다. 그들이 쓴 자서전인들 무슨 진실성이 담겨 있겠는가!

빈속을 명품으로 포장하려 한다. 명품 가방, 명품 시계를 들고 차고 다니지 못하면 짝퉁이라도 구해야 한다. 소고기의 원산지 표시규정이 아무런 의미가 없는 것이 되어 버렸다. 원래 장사야 고래로 속이는 것이 속성이므로 매스컴이나 포털 사이트가 '입소문 마케팅(Viral Marketing)'으로 돈을 벌게 하는 것은 기분 나쁘지만 받아들이기로 하자. 그러나 짜가와는 거리가 멀 것 같은 사회지도층, 성직자, 지식인들마저 짜가 열풍을 선도하고, 짜가 대열에 아무런 죄책감을 느끼지 않고 동참하고 있다.

각종 문학상, 유명 학술상도 그 내면을 들여다보면 대부분 '짜고 치는 고스톱'이라는 지적은 우리를 슬프게 한다. 아무리 '자기 PR시대'라고 하지만 학회 단체에서 엄연히 추천하게 되어 있는데도 자기가 상을 받기 위해 취직하려는 학생처럼 추천서를 받으러 직접 들고 다니는 학자도 있다고 한다. 온통 짜가 저명인사, 짜가 수상자, 짜가 전문가가 신문과 방송뿐만 아니라 학계를 도배질하고 있다.

한류가 거세니 '짝퉁 소녀시대'가 중국에 이어 일본까지 등장했다고 한다. 무임승차인 동시에 자기 상실이다. '나가수(나는 가수다)'라는 가수경연 프로그램이 있다. 짜가 가수가 판치는 이 시대에 '진정한 가수'를 찾는 프로그램으로 이해된다. 이 프로그램을 통해 아웃사이더였고 마이너리거였던 임재범,

박정현, 김범수 등이 두각을 드러냈다. 노래만으로 모든 것을 말하는 '가수의 재발견'이다. 고통 없이 이룰 수 있는 행복은 없다. 겨울을 지나야 봄이 온다. 그들은 오랜 겨울을 참고 기다렸다. 위선과 가식이 넘쳐나는 이 시대에 혼신의 노력과 혼을 불어넣어 완벽에 도전하려 했다. 많은 사람들이 이 '나가수'에 열광하는 이유는 먼저 이제야 '진짜' 가수를 찾았구나 하는 기쁨 때문이고, 다른 하나는 바로 그 선발과정이 공정하고 또 역전의 드라마가 전개되고 있었기 때문일 것이다. 1등부터 7등까지 순위를 공개하고 꼴찌를 '퇴출'시킨다. 명예졸업을 하게 된 박정현은 "내 마음속에서는 명예의 전당에 들어가 있다"고 스스로를 평가했다. 어떤 기득권도 허용하지 않고 실력으로만 승부하는, 이 비정해 보이는 경연이 짜가가 판치고 있는 이 시대에 주는 메시지는 심대하다.

　명예의 전당은 야구에만 있는 것이 아니며 '과학기술인 명예의 전당'도 있다. 어느 직종이나 그에 상응하는 것이 있다. 실제 선정하는 경우도 있지만 사람의 마음속에도 선정되고 있는 것이다. 오히려 많은 사람들의 마음속에 오래 남아 있는 것이야말로 인생의 진정한 성공일 것이다. 성공하고 싶다면 다른 사람의 길을 가지 말고, 자기만의 길을 가야 한다. 이미 명예의 전당에 등록된 선배를 그대로 따라가기만 하여서는 안 된다. 고정관념을 뛰어넘는 과감한 발상으로 남이 흉내 낼 수 없는 자기를 만들어라. 이것은 바로 미국의 메이저리그에서 통하는 진리다. 어느 포지션에도 가용할 수 있지만 자기만의 특장이 없는 소위 유틸리티 선수의 생명은 길지 않다. 어찌 프로야구에만 통하는 원리이겠는가?

　세상이 모두 짜가 열풍에 치달리고 있는데, 그것마저 하지 않고 있으면 입에 풀칠하기도 힘든 세상이라고도 한다. 분명한 것은 짜가의 횡행은 비정상의 현상이다. 사회는 멍들고 자기는 병들게 되는 것이다. 각종 신문이나 정보

사이트에 실린 기사에 달린 댓글을 보면 비뚤어져도 한참인 글들이 눈에 띈다. 정직한 것, 진실한 것마저 제대로 대접받지 못하고 비아냥거림의 대상이 되어 버린 것이다.

진정성이 그 해답이다. 이 시대에 진정성은 수요에 비해 공급이 현저히 적은 희귀자원이 되었다. 사회가 건전해야 나라가 살고, 사회가 바로 서야 자기 자신도 살 수 있다. 진짜가 진정으로 대접받는 사회가 되지 않으면 사회도, 나라도 제 기능을 발휘하지 못한다.《정의란 무엇인가》라는 책이 어느 나라보다도 많이 팔린 나라가 한국이라 한다. 그만큼 정의가 구현되는 나라를 갈구하고 있는 데가 한국이란 반증이다. 진정성 마케팅, 진정성 리더십뿐만 아니라 개개인의 진정성이 요구되는 시대다. 오늘도 정의 실현의 무대인 야구장을 찾아 삶을 향한 저 치열한 선수들의 얼굴을 보면서 나의 진정성을 되물어 본다.(2011. 8. 13.)

# 박찬호와 메이저리그

현대인으로서 스포츠를 좋아하지 않는 사람이 얼마나 있을까마는 나는 그 정도가 약간 지나친 측면이 있다. 나는 그중에서도 미국 메이저리그 야구(MLB)에 푹 빠져 있다. 나를 잘 아는 친구는 교수 그만두고 야구 해설자로 나서도 별문제가 없을 것이라고 말하곤 한다. 사실 나는 야구의 불모지에서 어린 시절을 보내었다. 내가 자란 고향 진주는 축구의 도시였지 야구와는 거리가 먼 곳이었다. 그리고 나는 중학교까지는 축구선수로 활약하였기 때문에 어린 시절부터 축구에 관심이 많았다. 야구는 글러브마저 제대로 잡아 본 적이 없다. 그러나 지금은 축구보다 야구를 훨씬 더 좋아하고 있다.

내가 어떻게 이런 야구 마니아가 되기 시작하였는지 그 유래는 명확하지 않다. 대학 때 텔레비전으로 중계되던 고교 야구를 보고 그에 매료되기 시작한 것부터가 아닐까 생각할 뿐이다. 역전을 거듭하는 야구게임을 볼 때마다 인생의 켜켜한 단면을 보는 것 같은 짜릿한 느낌을 가지곤 했다. 실업야구 시절엔 김재박에 한동안 빠져들어 동대문야구장을 자주 찾곤 했다. 그 뒤 프로야구가 시작되자 나는 1년에 10여 차례는 잠실운동장을 찾는다. 나는 한때 열렬한 롯데 자이언트 팬이었다. 고향을 떠난 지 오래지만 우리들 대부분이 그러하듯 고향과 연고를 갖는 팀을 응원하게 된 것이다. 여러 차례 가족과 같이 야구장을 찾다 보니 큰딸은 완전히 야구광이 되어 버렸다. 귀가가 늦어 그 애를 핸드폰으로 찾으면 혼자서 잠실에서 야구 구경을 하고 있다는 대답을 듣는 경우도 더러 있다.

야구에 대한 흥미가 점차 깊어져 가자 자연히 높은 수준의 야구로 관심이 옮아갔다. 일본 프로야구에 대한 관심이 그것이다. 1990년 4월부터 몇 달 동안 도쿄에 머물면서 거의 매일 야구중계를 보았다. 마침 초청한 교수가 요미우리 자이언트의 열렬한 팬이라 매일 아침 만나면 전공 공부에 앞서 전날의 야구 이야기부터 시작하였다. 얼마 안 되어 일본의 유명 야구선수들의 신상 경력이며, 특기 등을 거의 꿰뚫게 되었다. 그가 어느 날 일본 프로야구팀 가운데 가장 라이벌 의식이 강한 요미우리 자이언트와 한신 타이거즈의 시합이 열리는 도쿄돔의 입장권을 구해 왔다. 스포츠 신문 기자로 근무하는 친구에게 특별히 부탁하여 어렵게 구한 것이라 했다. 나는 그의 덕분으로 빅게임을 구경할 기회를 가졌다.

어느덧 내 야구 관심은 미국 메이저리그로 옮아갔다. 그것에는 박찬호의 존재가 거의 절대적으로 작용하였다. 그의 성장에 나는 눈을 뗄 수가 없었다. LA Dodgers는 '우리 팀'이 되었다. 그의 시합이 있는 날은 강의를 제외하고는 텔레비전 앞을 거의 지키게 되었다. 중계가 있는 시간에 특별한 일이 생기면 정말 안절부절못했다. 회의가 있을 때는 화장실에 나가는 체하면서 밖을 나와 그 결과를 알아보곤 했다. 중계가 있는 날은 아예 집에 있든지 아니면 연구실에 나가 전등불을 끄고 책상 옆에 있는 텔레비전을 통해 관전했다. 남들이 연구실을 노크하여 나의 관람을 방해하는 것을 원하지 않았기 때문이다. 화장실도 공수 교체 시간에 다급히 다녀온다. 사실 박찬호는 내 연구에 막대한 영향을 주는 사람이다. 그가 선전하게 되면 1주일은 뭔지 모르게 행복감에 젖어 있고 또 연구도 잘 진척되었다. 그러나 그가 패전하는 등 헤매는 날 뒤에는 1주일이 우울하였으니 하는 일마다 짜증이 났다. 그에 대한 신문 기사는 거의 빠짐없이 복사하여 철하여 두었더니 그것이 10책 정도는 된다. 그의 세세한 기록은 물론 연봉 등 그에 관한 모든 것들이 내 관심사였다. 박찬호가 텍사스로 간 이후 몇 년 동안 나는 정말 불행했다.

내가 미국에 1년 동안 방문교수로 간다고 하니 여러 동료교수들이 혹시 텍사스로 가지 않느냐고 물었다. 만약 그가 좋은 성적을 내고 있었더라면 텍사스를 택했을지도 모른다. 결국 하버드대학에서 1년을 보내게 되었다. 하버드 옌칭연구소 부소장이며, 한국통으로 유명한 에드워드 베이커 선생이 비지팅 스칼라 모임을 주재하는 자리에서 미국에 와서 주된 할 일을 소개하라고 했다. 그때 나는 서슴없이 메이저리그를 본바닥에서 구경하는 것이 목적 중에 하나라고 말했을 정도다.

요즈음도 학생들이 부탁 등 다른 일로 나에게 접근할 때 메이저리그 소식을 먼저 거론하면서 말문을 열곤 한다. 학과 조교는 사무실에 들르면 내가 이미 다 알고 있는 경기 결과를 갖고 말을 걸곤 한다. 내 지도학생들은 거의 메이저리그 팬이 되어 버렸다. 과연 중국 중세사를 가르치는 교수가 이래도 되는가 참으로 의문스런 일이지만 사실이 그렇다.

보스턴에 살다 보니 자연 레드 삭스(Red Sox) 팬이 되었다. 더욱이 김병현이 활약하고 있었으니 그럴 수밖에 없고, 매일 케이블 텔레비전에는 레드 삭스 게임만을 전적으로 중계하고 있었던 것도 또 다른 이유이다. 가장 오랜 전통을 가진 보스턴 레드 삭스의 홈구장인 펜웨이 파크(Fenway Park)는 미국 내에서도 입장료가 가장 비싼 곳으로 유명하다. 외야석도 최하 20불이다. 마침 같은 연구실을 사용하고 있던 밀양대학 조경학과 L교수도 야구에는 일가견을 가지고 있었다. 둘이서 뉴욕 양키즈와 보스턴 레드 삭스 게임을 보러 가기로 약속하였다. 몇 시간 전에 구장 앞에 도착하였으나 이미 매진이었다. 결국 속이 쓰렸지만 20불짜리가 80불로 변한 암표를 사 가지고 들어가 관전 하였다. 이메일로 소식을 주고받던 지도학생은 한국에서 중계를 보면서 선생의 근황을 확인할 수 있게 되기를 희망한다고 했다. 나의 펜웨이 파크 행은 두 딸을 자극하였던 모양이다. 1년 동안 나는 두 차례밖에 그곳에 가지 못했는데 그 애들은 네 차례나 갔다 왔던 것이다.

사실 야구 구경은 현장감을 뺀다고 하면 집에서 보는 편이 여러 면에서 편리하다. 여러 각도에서 촬영한 화면을 보게 되고 중요한 장면은 되풀이해서 볼 수 있기 때문이다. 또 다른 이점은 집에서 인터넷으로 박찬호의 게임을 같이 볼 수 있기 때문이다. 그리고 최희섭, 김선우, 서재응, 백차승, 봉중근의 게임도 같이 체크해 볼 수 있다. 딸들은 레드 삭스 게임의 중계를 보고 있는 나에게 박찬호의 일구일구 一球一球를 중계하며, '아빠, 삼진이야!' 하며 환호한다.

지난 몇 년 동안 나는 박찬호와 아픔을 같이하고 있다. 그와 일면식도 없는 사람이지만, 그가 내 아들이나 조카인 것처럼 그의 성적에 일희일비 一喜一悲해 온 것이다. 아니 그의 연봉의 일부를 받는 매니저처럼 그의 성적은 내 것처럼 생각하고 있다. 공교롭게도 내 조카 중에 그와 이름이 똑같은 놈이 있지만, 그건 나의 박찬호에 대한 관심의 강약과 아무 상관이 없는 일이다. 가만히 따져 보면 내가 그를 안타깝게 여겨야 할 절실한 이유도 없는 것이다. 천문학적인 연봉을 받고 있고, 젊은 나이에 명성도 얻을 만큼 얻었다. 그렇지만 역전을 거듭하는 야구의 속성처럼 그도 텍사스에서 야구 인생을 역전시켜 새롭게 15승, 아니 20승 이상의 투수로 다시 태어나 우리를 아니 나를 기쁘게 해주었으면 좋겠다. 밋밋한 드라마보다 커다란 반전이 거듭되는 것이 더

욱 우리를 짜릿하게 만들기 때문이다. 새해를 맞아 그에게 신의 특별한 가호
가 있기를!(2005. 2. 7.)

# 이승엽과 도쿄 돔

내 고향 진주는 축구로 유명한 도시이지만 지금도 야구장 하나 제대로 없을 정도로 야구와 담 쌓고 있는 그야말로 야구 불모지다. 이런 불모지에서 자랐던 내가 야구에 거의 미치게 된 것은 박찬호 덕분이었다. 그 이전 한때 김재박을 좋아하여 그를 보기 위해 야구장을 자주 찾기도 했지만 이 정도의 중증은 아니었다. 요즈음 주위 교수들로부터 정년퇴직 후에 메이저리그 야구해설자로 변신해도 손색이 없을 것이라는 농담을 간혹 들을 정도로 나는 야구에 빠져 있다. 뿐만 아니라 야구관계 전문서적도 꽤 구비해 두고 있고, 야구관계 기사의 스크랩도 몇 권이나 비치해 두고 있으니 야구에 대한 지식이 상당한 수준에 이르렀다고 자부해도 지나친 것은 아닐 것이다. 한동안 미국 야구에 빠져 있었지만 요즈음 박찬호의 활동이 시들해짐에 따라 이승엽이 크게 활약하고 있는 일본 야구로 관심이 옮아갔다. 박찬호는 투수이기 때문에 시즌 중 5-6일에 한 번 정도 두세 시간을 투여하면 되었다. 그러나 이승엽은 타자이므로 시즌 중 거의 매일 저녁 3-4시간은 그의 활약을 지켜보아야 하니 정말로 많은 시간이 소모된다. 그런데다 큰 야구를 하여 속전속결인 메이저리그와는 달리 세밀한 야구를 특징으로 하는 일본 야구의 경우 관전하는데 훨씬 많은 시간이 걸린다. 시즌이 시작되는 4월부터 10월 중순까지 월요일을 제외하고 1주일 내내 저녁 6시부터 서너 시간을 야구를 관전하면서 보내니 야구란 나의 주업인 역사 연구에 막대한 지장이 될 수밖에 없다.

최근 학회에 참석하기 위해 동경에 가면 도쿄 돔을 방문하는 것이 통상의 일이 되었다. 시간이 허용되면 야구경기를 직접 관람하기도 하지만 그렇지 못하더라도 기념품점에 들러 한두 가지 기념품을 사오기도 한다. 초청하는 기관에서 호텔을 특별히 지정해 놓지 않으면 대개 도쿄 돔 근처의 호텔에 숙박한다. 집 거실 진열대에는 요미우리 자이언트의 모자, 오렌지색의 요미우리 응원 수건, 이승엽의 등번호인 25가 새겨진 팔목 타월과 이승엽의 사진이 새겨진 컵 등이 자리하고 있다. 이 글을 읽는 독자는 "뭐 저런 교수가 다 있어!"라 질책할 정도로 일본야구에 빠져 있는 것이다. 강의시간에도 야구의 경우를 빌어 역사적 사실이나 전개과정을 설명하기도 한다. 이러다 보니 자주 접촉하는 대학원생들은 내게 말을 걸 때 야구 이야기부터 꺼낸다. 그게 박모 교수와 가장 쉽게 접근하는 방법이라는 것이 아마 학생들 사이에 널리 인식되고 있는 모양이다. 뿐만 아니라 대학원 지도학생들은 남녀 불구하고 야구의 준전문가 수준이 되었다. 그들에게 가르친 것이 학문보다 야구인 것 같아 어째 좀 난처하다.

내가 도쿄 돔에 들어간 역사는 제법 오래다. 1990년 4월 초부터 동경에 몇 개월 머물 때의 일이었으니 말이다. 초청한 교수가 동경에 지역연고를 가진 '요미우리 자이언트'의 지독한 팬이었다. 그와 나는 거의 매일 오전 9시 반부터 약 1시간 동안 정규적으로 만났는데 전공 관계 대화를 나누다 후반부에는 어김없이 전날의 요미우리 팀의 야구경기 이야기로 옮아갔다. 고액의 연구·체류비를 제공한 일본학술진흥회에서 이런 실정을 알았다면 매우 괘씸

하게 여겼을 것이었다. 우리 둘은 도쿄 돔에 같이 가서 직접 관전해 보자고 약속했다. 전통적인 숙적관계로 만원사례이기 마련인 '한신 타이거즈'와 게임의 내야석 입장권 두 매를 그는 구해 왔다. 스포츠 신문 대기자로 있는 동경대학 동창을 통해 어렵게 구한 표라고 하였다. 예정된 시간에 마침 가까운 분 자제의 결혼식이 열리게 되어 그는 나와 동행할 수 없게 되었지만 그도 나와 진배없는 지독한 야구광이었다. 지난 1월 중순 동경 고마고메[駒込]역 근방의 일식집에 그는 나를 초대했다. 우리는 누가 먼저 꺼냈는지 모르게 야구 이야기를 하고 있었다. 그가 요미우리 4번 타자 이승엽을 모를 리 없다. 작년에 수술한 이승엽의 엄지손가락에 대해 걱정하고 있었다. 올 시즌에는 큰 문제가 없을 것이라고 진단까지 했다.

처음 돔 구장에 들어갔을 때 감격의 여운이 아직도 남아 있다. 당시 일기를 뒤져보니 운동장 규모가 정확하게 기록되어 있다. 1·3루 측이 100m, 중견수 쪽이 122미터이다. 그리 크지는 않은 구장이다. 그러나 30,000여 명을 수용하는 잠실야구장과는 달리 55,000명을 들이는 넓은 구장인데도 바로 앞에 선수들이 움직이는 것처럼 눈에 들어왔다. 완벽한 음향시설로 내가 바로 선수 앞에 앉아 그들의 거친 숨소리를 듣는 것처럼 느꼈다. 그 뒤 몇 차례 도쿄 돔을 더 찾았다. 당시 내가 머물던 숙소에서 책을 사러 "간다"(神田) 서점가를 나가기 위해 전철을 타면 도쿄 돔을 지나게 되어 있었는데 그때마다 목을 빼어 돔 구장을 바라보곤 했다.

도쿄 돔은 1934년에 창설된 명실공히 일본 최고 명문 프로야구팀인 요미우리 자이언트의 전용 구장이다. 현재 요미우리의 하라 타츠노리原辰德 감독은 당시 3루수였다. 그러나 나의 기억에 가장 명료하게 남아 있는 선수는 요미우리의 에이스 투수였던 구와다 마스미桑田眞澄였다. 1968년생인 그는 오사카 소재 야구명문고교인 PL학원을 고시엔甲子園 대회 우승으로 이끈 뒤 1986

년 졸업과 동시에 고향 팀을 등지고 명문 요미우리 팀을 선택했다. 당초 와세다대학으로 진학하기로 했던 그가 방향을 바꿈으로써 요미우리 입단이 거의 확실시되던 4번 타자로서 동기였던 재일동포 선수 기요하라 가즈히로淸原和博를 밀어낸 엉뚱한 결과를 가져왔다. 세이부 라이온즈와 계약했던 기요하라는 공식 기자회견에서 꼭 요미우리를 일본 시리즈에서 꺾고 후회하게끔 만들겠다는 발언을 했고 절치부심 끝에 훗날 이를 현실화시키기에 이르렀다. 1루수였던 기요하라는 시리즈를 결정짓는 최후의 경기에서 내야수 송구를 잡아 마지막 아웃 카운트를 확인한 뒤 한참 동안 망부석처럼 움직이지 않고 눈물을 흘려 '기요하라의 눈물'이라는 제목으로 도하 신문에 대서특필되었다. 한편 요미우리에 입단한 구와다는 고향 팀인 한신 타이거즈와 게임을 하기 위해 고시엔구장을 찾을 때는 외야석에 "배신자 구와다"라는 플래카드가 으레 붙었다. 야구란 어느 스포츠도 흉내 내기 어려운 한 편의 드라마다. 그는 이후 2006년까지 요미우리 팀 투수로 활약하며 21년 동안 173승, 개막전 6년 연속 선발투수라는 기록을 세운 대선수로 활약했다. 세월이란 생각보다 훨씬 더 폭력적이어서 나를 이처럼 늙어가게 했지만 구와다도 많이 늙게 했던 모양이다. 이승엽이 일본무대에서 두드러지게 활약하기 시작한 2006년 시즌에도 그는 여전히 요미우리 엔트리에 들어 있었지만 주로 패전 처리 투수로 활용되었다. 나는 그가 등판하는 경기를 보고자 하였지만 마운드에 오르는 것을 끝내 보지 못하고 말았다. 그의 화려한 활약과 대비된 그의 쓸쓸한 퇴장이 나를 아프게 했다. 늙는다는 것은 다 이런 것이구나! 그렇게 각광 받던 선수도 세월 앞에는 별수가 없는 모양이다. 이런 생각에 미치니 가슴이 찡해 왔다. 그러나 누구나에게 찾아오는 이 세월의 폭압에 맞설 수 있을 때까지 맞서야 하는 것이 우리 인생이 아닐까? 그는 아직도 내 관심의 대상이다. 2006년 말 불혹의 나이인 마흔에 그의 야구 인생에 새로운 전기를 맞기 위해 미국 마이너리그로 떠났다. 그는 김병현이 뛰고 있는 피츠버그 파이어 리츠팀에서 야구선수로서 '생존 여부'를 목하 시험받고 있다. 일본 야구팬들이 수많은 일본 출신 메이저리거 가운데 많은 화제를 뿌리면서 보스턴 레드삭스로 이적한 마츠자카 다이스케松坂大輔를 제외하고 그 동정을 가장 궁금해하는 선수가 바로 구와다. 내가 야구선수로서 그의 인생 뒷자락에 쉽게 눈을 뗄 수 없는 까닭이 바로 거기에 있다.

기요하라도 마찬가지이다. 그는 현역선수 가운데 가장 많은 홈런을 친 일본 야구의 영웅이다. 그가 영웅이 된 것은 천부적인 기량 때문이 아니었다. 그의 요미우리 구단에 대한 응어리와 복수를 향한 집념 때문이었다. 그는 통쾌하게 복수하였다. 그는 원망과 선망이 뒤얽힌 요미우리 팀으로 이적하여 1997년부터 2005년까지 9년 동안을 뛰었다. 그는 거함 요미우리 구단을 그의 눈물과 집념이 응결된 실력으로 굴복시켰던 것이다. 그러나 그의 야구 인생은 그것으로 끝낼 수 없었다. 더 높은 목표를 향해 뛰었다. 나이를 들어감에 따라 잦은 부상이 그를 괴롭혔다. 스트레스로 손톱이 갈라지고 무릎수술까지 받아야 했다. 은퇴를 고민하던 그는 어느 지인이 선물한 "괴로운 적도 있겠지. 불만 있던 적도 있겠지. 울고 싶은 적도 있겠지. 이것을 꾹 참고 가는 것이 사나이의 수행이다."라는 글을 집에 걸어두고 마음을 다잡았다. 그는 2004년 4월 29일 히로시마전에서 역대 8번째의 개인통산 500홈런을 날리며 일본 팬들을 열광시켰다.

구와다의 '배신'도, 그의 마이너리그에서의 고행도, 기요하라의 눈물도, 그의 요미우리에로의 이적도 모두 그들이 고심해서 선택하고 엮어낸 굽이굽이 인생길의 과정일 뿐이다. 요즈음 일본 야구를 통해 내 삶의 자세를 뒤돌아보곤 한다. 어느 스포츠인들 그렇지 않은 것이 없을 터이지만 야구, 그중에서도 일본 야구란 영락없는 인생의 축소판이라는 생각이 들기 때문이다. 내가 메이저리그에서 일본 야구로 관심이 옮아간 것도 그 때문이다. 우리들이 각자 자기 인생을 세밀하게 설계하고 꾸려가듯이 일본야구도 세밀한 야구를 하기 때문에 더 그렇지 않은가 생각한다. 스포츠는 세상 어느 영역보다 정직하다고 나는 믿고 있다. 이승엽이 일본 최고 명문구단 요미우리 4번 타자가 된 것은 스포츠가 아니면 불가능하다. 노력한 만큼 보답이 정직하게 돌아오는 곳이 바로 스포츠세계이기 때문이다. 그는 깊은 좌절을 겪었으나 그 좌절을 이겨냈던 우리나라가 배출한 대선수인 동시에 우리 민초들의 희망이다.

우리들 중에는 대개 남보다 앞서가지 못하고 남의 뒤를 힘겹게 따라가고 있는 사람이 많을 것이다. 나의 인생역정도 역시 그러했다. 누구나 인생에서의 극적인 역전승을 꿈꾼다. 흔히 우리는 야구하면 '9회 말 대역전승'을 떠올린다. 우리 세대 대부분의 사람들은 '역전의 명수'였던 군산상고의 전설적인 야구 드라마를 생생하게 기억하고 있다. 9회 초까지 질질 끌려오다 9회 말 일순 역전승 한 뒤에 오는 짜릿한 승리감, 그것은 스포츠, 그중 야구와 마라톤이라는 스포츠가 갖는 매력이 아닐까 생각한다. 이런 짜릿한 역전승이란 결코 요행에서 오는 것이 아니다. 야구의 역전승이 그러하듯이 인생에서의 역전승도 충분한 이유가 언제나 그 뒷면에 숨어 있기 마련일 것이다. 일찍 그리고 쉽게 중도에서 포기하는 자에게는 역전은 결코 일어나지 않는다. 언제나 뒤엎을 수 있을 것이라는 희망을 가지고 앞선 자에 너무 처지지 않고 꾸준히 제 페이스를 유지하며 따라가지 않으면 그런 기회는 결코 오지 않는다. 살아 있다는 것은 언제나 역전할 수 있는 가능성이 있다는 것이다. 일본 야구를 보면 숱한 좌절을 겪은 뒤에 선발투수로 복귀하여 젊은 선수 못지않게 활약하고 있는 44세의 선수도 있고, 40세의 4번 타자도 있다. 그들의 뚝심과 철저한 자기관리에 고개를 숙이지 않을 수 없다. 그렇게 되기란 실로 쉽지 않다. 땀과 피와 눈물 없이는 이룩할 수 없는 경지이다.

도쿄 돔은 수많은 야구선수들이 땀과 눈물, 그리고 패배의 아픔과 승리의 환희가 점철되게 그려졌던 무대이다. 나는 도쿄 돔을 들릴 때마다 야구와 우리 인생 역정을 비교해 본다. 그리고 승리를 위해 목숨을 건 투쟁을 벌이고 있는 수많은 선수들을 생각한다. 야구게임은 이래서 나에게 짜릿한 한 편의 드라마다. 9회 투아웃까지 4대 1로 패색이 짙은 팀이 두 점을 따라붙어 4대 3이 된다. 누상에 한 명을 두었는데 마지막 타자가 등장한다. 그 숨 막히는 순간 타자는 홈런을 쳐서 게임을 역전시켜 영웅이 될 수도 있지만 허무하게 삼진을 당하여 그것으로 끝날 수도 있다. 그것이 야구다. 인생도 원래 그런 것이 아닌가 한다. 그래도 마지막까지 포기하지 않고 한 점 차로 따라붙었다는 것은 그것이 설사 역전 승리로 결말나지 않았다 하더라도 그 끈질긴 집념과 최선을 다하는 자세가 아름다운 것이다. 구와다와 기요하라의 기구한 대결이 그러했던 것처럼 말이다.

지난해 12월 말에서 올 1월 말까지 한 달 동안 동경에 머물렀다. 도쿄 돔의 웅장한 기둥에 그려진 이승엽의 사진을 배경으로 요미우리의 모자를 쓰고 사진을 찍었다. 그리고 이승엽의 사진이 새겨져 있는 컵을 사왔다. 그의 야구선수로서의 도전이 어떻게 전개될 것인가를 앞으로 가슴 졸이며 지켜볼 것이다. 그의 휘황한 성공도 좋지만, 그가 우리에게 의미 있는 한 편의 인생 드라마를 그려 줄 것을 나는 기대하고 있다.(2008. 3. 15.)

# 미국에 있는 아들이

공부방 아래에 있는 일식집에서 혼자 점심을 먹고 있는데 휴대폰에 문자메시지가 도착했다는 소리가 들렸다. 열어보니 아내의 메시지다. "미국에 있는 아들 승승장구 축하드립니다." 딸 둘뿐인 내게 무슨 숨겨 놓은 아들이 있어 미국에까지 보냈겠느냐마는 아내의 메시지가 퍽 정겹게 다가왔다. 사실 그날 추신수가 5타수 3안타에 1타점을 올려 팀 승리에 큰 기여를 했다. 2011년 메이저리그 아메리칸 리그 중부지구 2위를 달리고 있는 클리블랜드(인디언스)는 2.5게임 차로 1위 디트로이트(타이거즈)를 추격하고 있고, 3위 시카고(화이트삭스)와 0.5게임 차로 쫓기고 있는 절체절명의 시합을 하고 있었던 것이다. 아내가 이런 사정을 상세히 파악하고 있지는 못하지만 내가 그날그날 추신수의 활약에 얼마나 일희일비하는가를 잘 알고 있다. 아내는 근무하는 병원에서 TV를 통해 그 결과를 알고는 내게 메시지를 금방 보낸 것이다.

사실 우리 부부에게는 '미국에 있는 아들이' 항상 이렇게 걱정이다. 사람들은 그가 "야구를 하면서 많은 돈을 벌고 있다는 것" 말고는 크게 관심을 갖지 않을지 몰라도 우리 부부에겐 그가 돈을 더욱더 많이 벌었으면 좋겠고,

그보다 건강하게 제 기량을 십분 발휘해 주기를 바란다.

어릴 때인 한국동란 전후 시기에는 '의누님' '의동생' 등 전혀 혈연관계가 없는 사람과 인연을 맺는 풍조가 우리사회에 팽배했다. 누구나 전쟁이 할퀴고 간 상처가 깊어 의지하고 싶은 사람이 필요했기 때문이리라. 내가 직접 이런 관계를 맺어본 적은 없지만 위의 형님들이 맺은 누님과 형님, 또는 동생과 간접적으로 형제자매 관계를 맺게 된 적은 있었다. 추신수로 말할 것 같으면 나와 그는 아직 일면식이 없는 관계다.

추신수 말고도 내게는 몇 명의 아들이 있었다. 박찬호도 그랬고, 이승엽도 그랬다. 이승엽이 도쿄돔에서 홈런을 펑펑 쏘아올리던 시절 나는 일본 후쿠오카의 큐슈대학에서 개최된 학회에 초청받은 적이 있다. 전야제에서 인사말을 요청받았던 나는 "바로 이 시간 요미우리 4번 타자 이승엽이 …"로 시작하여 장중을 웃긴 일이 있지만, 사실 당장의 연회 분위기나 내일 해야 할 발표보다 신경이 온통 도쿄돔에 가 있었던 것이다.

요즈음 추신수는 정말 내 아들이다. 구구한 사정으로 늦게 결혼하여 애들도 늦게 본 사정도 있어서 그런지 몰라도 추신수는 분명 내 아들 같이 느껴진다. 추신수가 1982년생이니 큰 딸보다 한 살 어리고, 둘째 딸보다 한 살 위다. 뿐만 아니라 시즌에는 하루도 거르지 않고 거의 매일 그의 활동을 면밀히 지켜보면서 가슴 졸이고, 그가 타석을 들어설 때에는 어김없이 합장을 하고 '홈런!' '안타!'라고 되뇌며 기도를 하니 아버지라 해도 크게 잘못된 것이 없을 것이다.

8월 21일 일요일 디트로이트와의 경기에서 추신수가 1홈런 포함 3안타를 쳤다. 그러나 팀은 10:1로 대패했다. 마침 약사회에서 주관하는 고적답사팀의 일원으로 충북 월악산에 간 집사람에게 "좋은 여행, 추신수 1홈런 포함 3안타. 팀은 대패"라는 메시지를 보냈다. "좋고도 안됐네요. 그래도 아들 개인

성적은 축하합니다. 좋은 하루이기를"이라는 답신이 금방 날아들었다. 이처럼 우리 부부는 추신수의 일거수일투족에 신경을 곤두세우고 있다. 지난 5월 그가 음주운전 사고를 저질렀을 때 우리 부부는 얼마나 염려를 했는지 모른다. 특히 인터넷 매체에 실리는 그의 기사 밑에 달린 댓글을 보면서 그가 크게 상처받지 않을까 노심초사했다. 그리고 샌프란시스코 자이언트와의 원정경기에서 손가락 부상을 당하는 장면을 TV로 지켜보면서 연이은 그의 악재에 얼마나 많은 스트레스를 받을까 가슴이 저렸다.

그러나 예상을 뒤엎고 그는 두 주나 일찍 다시 그라운드에 우뚝 선 것이다. 그리고 연일 '불꽃타'를 때리고 있다. 이에 미국 내 최대 일간지인 USA 투데이는 8월 22일자 1면 상단과 스포츠섹션 1면에 각각 추신수의 사진과 '한 나라의 희망을 안고(Carrying hopes of a nation)'라는 제목의 심층취재 기사를 게재했다. 특히 지난 5월 음주운전 사건을 계기로 한결 성숙해진 그의 면모를 조명하면서 이제 "추신수가 부상과 음주운전으로 손상된 명예회복의 기회를 맞았다"고 전했다.

나는 '내 아들 추신수'의 음주운전 자체에 대해 비호할 생각은 추호도 없다. 그러나 "사람은 죄를 짓는 것이고, 신은 용서하는 것"이란 말처럼 사람이 인생을 살아가다 보면 누구나 한두 번쯤은 크고 작은 잘못을 저지른다고 본다. 그러나 그런 사건을 더 좋은 길로 가는 이정표로 삼느냐 아니냐가 더 중요하다. "모든 사람은 배움의 과정을 거쳐야 한다. 나는 (음주운전) 사건을 후회하고 있다. 죄송하다."는 그의 말대로 그는 깊이 후회하고 천선遷善의 계기로 삼고 있다. 음주사건 후 그는 "한국에 있는 내 친구들과 가족이 어떻게 생각하는지가 신경 쓰였다"고 말했다. 그는 무엇보다 조국의 팬을 생각하고 있다.

그러나 그를 아프게 한 것은 그 사건의 팩트를 전하는 기사가 아니라 그 밑에 달린 댓글이었다. 일부 인디언스 팬들이 그의 피부색을 갖고 조롱했다 지만 일부 한국 팬들이 달았던 병역면제 취소를 요구하는 댓글들이 가뜩이나 아픈 가슴을 후벼 팠다고 한다. 음주운전 사건 이후 미국과 한국 언론들로부 터 그동안 걸려 왔던 휴대폰 번호도 바꾸는 등 일상에 여러 변화가 있었다며 이제 가정에 더욱 충실해졌다고 최근의 생활 일부를 소개했다.

우리나라 많은 사람들은 그가 그저 돈을 잘 버는 메이저리거라고만 알고 있다. "식비로 나오는 20달러를 아끼기 위해 구단에서 점심때 주는 빵을 하 나 더 가져가 아침을 해결했던 적도 있다"는 그의 회고에는 귀 기울이려 하 지 않는다. 야구의 변방 한국 출신인 그가 실력만이 생존을 담보하는 저 살 벌하기 짝이 없는 세계에서 어떻게 살아남아 현재에 이르게 되었는가, 그리 고 더 큰 꿈을 이루기 위해 그가 얼마나 고민하고, 노력하고 있는가는 별로 안중에 없는 것이다. 메이저리그 입성을 위해 태평양을 건넜던 수많은 유망 주들이 쓸쓸히 귀국했는데도 그가 어떻게 지금까지 견뎠는가, 그리고 조국으 로부터 들려오는 위로와 격려의 한마디 한마디가 그에게 얼마나 큰 힘이 된 다는 사실을 사람들은 망각하고 있는 것이다. 그런데 우리는 무슨 심사로 연 이은 악운에 외롭게 고투하고 있는 추신수로 하여금 "눈과 귀를 닫고 산다. (그러니) 이제 스트레스를 받지 않는다."라고 말하게 만들었을까! 스포츠 스 타는 단순한 일개인이 아니다. 따라서 그 조행操行에 특히 조심해야 할 것은 당연한 일이다. 그러나 그 활약에 수많은 사람들이 환호하고 위로받고 있다 는 사실을 알아야 한다. 금융위기(IMF) 시절 박세리와 박찬호는 의기소침한 우리 국민들에게 영웅이었다. 뿐만 아니라 수많은 어린이에게 스스로의 희망 과 가능성을 발견하게 하고, 좌절한 젊은이들에게 재도전의 힘을 불어넣고, 우리 같은 나이 든 사람에게 삶의 진실을 확인하게 만든다.

추신수는 눈물로 얼룩진 빵을 먹으면서 오랜 마이너리그 시절을 보내고 이제 국민적인 영웅으로 막 떠오르려 하고 있다. 그리고 신문 구절처럼 "부상과 음주운전으로 손상된 명예회복의 기회를 맞아 … 한국의 모든 팬들이 자신을 지켜보고 있다"는 사실을 명심하고 있다.

이 시대 최대 화두는 공정이다. 그만큼 우리 사회는 극히 공정하지 못하다는 말이다. 실력과 진정이 제대로 인정받지 못하고 있다. 뿐만 아니라 '앞서가 있는 사람들이 계속 앞서나가는' 매우 불합리하고 모순된 사회구조다. 그러나 야구는 그렇지 않다. "노력은 결코 배반하지 않는" 스포츠가 바로 야구이기 때문이다. 우리 사회의 불공정에, 자기 자신의 좌절에 대해 분노하더라도 그 화살을 야구 선수 추신수에 돌려서는 안 된다. 그의 병역면제는 특혜가 아니라 국가를 위한 기여를 통해 획득한 그의 정당한 권리다.

지난해 여름 우리 가족은 추신수가 눈물의 빵을 먹었던 시애틀 세이프코 필드(Safeco Field)를 찾았다. 그가 떠난 자리엔 눈물자국이 남아 있는 듯하여 한참 동안 멍했다. 그는 시애틀 어느 좁은 셋집에서 바닷가 구장에서 들려오는 엄청난 함성을 들으면서 자기도 그곳에서 펄펄 뛸 날을 얼마나 학수고대했던가. 그 앞에 일본인 스즈키 이치로란 큰 벽이 요지부동으로 가로막고 있는데 …. 그러나 진정한 노력이 어떤 결과를 만들어 낼 수 있는지를 그는 우리에게 여실히 보여 줬다.

메이저리그에서 어느 나라 사람인지, 입단 시에 얼마나 계약금을 받았는지는 그리 중요하지 않다. 모두가 홈플레이트에서 출발하고 그곳으로 들어오면 점수가 되고 그 점수가 상대팀보다 많으면 승자가 된다. 단체경기이면서도 개인의 기여를 가장 정확하게 계량화하여 그 능력을 평가하는 게임이 바로 야구다. 사람에게 능력이란 피나는 노력의 결과물이다. SK 김성근 전 감독은 선수들에게 늘 "한계를 먼저 인정하지 마라. 안 되면 될 때까지 하라. 포기하지 마라. 인생은 결국 생각한 대로 흘러가게 돼 있다."고 강조했다고 한다.

너무 막연하게 느껴지기도 하는 이 생존을 위한 절실한 철학을 몸소 실천해 보인 선수가 바로 추신수다. 그의 기사를 읽으면서 눈시울을 적시는 건 이 시대가 소중하게 견지해야 할 가치를 실행한 대표적인 현역선수인 그가 아직도 여전히 가슴앓이로 웅크리고 있기 때문이다. '미국에 있는 아들' 추신수의 건승을 빌어본다. 언젠가 월드시리즈 마지막 경기에서 추신수가 끝내기 홈런 치기를 기대하면서 ….(2011. 08. 23.)

# 조 디마지오(Joe DiMaggio)의 야구와 사랑에 대한 단상

　사람으로 태어나서 자기가 하는 일에 일가一家를 이루고, 거기다가 누구나 부러워할 멋진 사랑까지 얻었다면 그 인생은 성공적이라 해도 전혀 무리가 없을 것이다. 메이저리그 야구 전문기자이며 명 해설가인 민훈기 씨가 보내 준 《민훈기의 메이저리그, 메이저리그》(미래를 소유한 사람들, 2010)를 읽으면서 미국 메이저리그 야구의 전설적인 영웅 조 디마지오(Joe DiMaggio, 1914-1999)의 위대한 업적과 그저 탄식할 수밖에 없는 사랑 이야기를 문득 접하게 되었다.

　잘 알다시피 디마지오라고 하면 관능적인 명배우 마릴린 먼로(Marilyn Monroe, 1926-1962)와 결혼했다는 사실 정도는 야구나 영화에 조금이라도 관심을 가진 사람이라면 누구나 알고 있을 것이다. 그러나 디마지오가 얼마나 대단한 야구 선수였으며, 먼로를 향한 사랑이 얼마나 지고하였는지를 상세하게 추적하여 그의 사랑이 과연 우리 인생에게 어떤 의미를 지니며, 무슨 메시지를 던져 주고 있는가를 깊이 생각해 본 사람은 그리 많지 않을 것으로 여겨진다.

　디마지오는 뉴욕 양키즈 줄무늬 유니폼을 입고 빅 리그에 데뷔하자마자 바로 '전설'이 되었을 정도로 세기에 한 번 나올까 말까 하는 위대한 야구선수였다. 13년이라는 길지 않은 선수생활 동안 3번의 MVP와 13번 모두 올스타에 선정되었던 선수였으니 말이다. 현역 내내 한 번도 빠짐없이 올스타전에 출전한 선수는 메이저리그 역사상 디마지오가 유일하다. 또한 영원히 깨지지 않을 것으로 예상되고 있는 56게임 연속안타의 기록을 세운 사람이 바로 디마지오였다. 그뿐만 아니라 그가 선수로 뛰었던 13년 동안 양키즈로 하여금 무려 9차례나 월드 시리즈 우승을 차지하게 한 것도 당연히 디마지오의 가세 덕분이었다. 이러니 그 이상 위대한 야구 선수를 찾는 일은 사실 불가능하다. 디마지오는 그가 이룩한 야구 기록 하나만으로도 역사에 불멸의 큰 흔적을 남겼다. 그러나 그의 희생적인 사랑 이야기는 그의 야구 기록 못지않게 보통 인간이 쉽게 흉내낼 수 없는 위대한 성취라고 나는 믿는다. 위대한 신화를 써간 그의 야구선수로서 위대함에 당연히 머리 숙이지만, 더 고개를 숙이지 않을 수 없는 것은 디마지오의 헌신적인 사랑이다. 민 기자의 표현에 따르면 디마지오는 야구뿐만 아니라 사랑에서도 '또 다른 신화'를 써내려 갔던 것이다. 이 각박한 세상에 이런 사랑을 공유할 수 있다는 것은 참으로 상쾌한 일이 아닐 수 없다.

1954년 1월 14일, '20세기 최고의 섹스 심벌'인 마릴린 먼로와 메이저리그 야구의 상징적인 강타자 조 디마지오의 결혼은 예상한 대로 대중 역사의 한 페이지를 장식한 대사건이었다. 미국에서 영화와 야구라는 가장 대중적인 '두 세계'를 주름잡고 있는 대스타의 절묘한 결합이었기 때문이다. 두 사람 모두 두 번째 결혼이었다. 여배우 도로시 아놀드와의 결혼에 실패한 디마지오, 역시 이혼의 아픔을 삭이고 새출발을 도모하던 먼로였다. 표면상 화려한 스타였지만, 둘 다 인생의 단맛 쓴맛을 고루 맛본 이후 새롭게 반려를 찾으려 했으므로 이 결혼을 두고 가졌던 기대는 나름 대단했을 것이다.

그러나 일본으로의 신혼여행을 다녀온 이후 두 스타의 결혼생활은 삐걱거리기 시작했다. 어쩌면 두 사람의 불화는 이미 예견된 것이었는지도 모른다. 먼로가 만인의 주목 받기를 원했다면, 디마지오는 사람들 시선을 끄는 것은 뭐든 싫어했던 성격의 소유자였기 때문이다. 이 부부는 당초 불과 얼음이 공존하는 것이나 다름없는 조합이었다. 1954년 먼로는 디마지오와 혼인한 뒤 유명한 〈7년 만의 외출(The Seven Year Itch)〉(1955년 개봉)을 촬영한다. 이 영화를 통해 먼로는 특별한 이미지를 세계 영화팬들에게 선물했다. 지하철 환풍구 바람에 드레스가 들리는 관능적이면서도 코믹한 장면은 그해 9월 15일 뉴욕에서 촬영된 것이었다. 먼로는 이후 영화배우로서는 승승장구했지만, 그 영광의 그늘에는 늘 파멸에 대한 불안이 도사리고 있었다. 결국 두 사람은 9개월(274일) 만에 파경을 맞게 된다. 10월 4일 드디어 먼로의 변호사가 이혼을 발표하기에 이르렀다.

이혼 뒤 두 사람 모두 각각의 길을 걸었다. 특히 먼로는 1956년 7월 1일 유대인 극작가 아서 밀러와 혼인하지만, 다시 5년 만에 파경을 맞이한다. 그 뒤 먼로는 과학자 아인슈타인, 가수 프랭크 시내트라, 영화배우 이브 몽탕, 정치가 존 F. 케네디와 로버트 케네디 형제와의 염문설을 연속으로 뿌렸다. 이러한 화려한(?) 애정행각 속에는 어쩌면 애정결핍과 불우한 환경에 시달려야 했던 어린 시절의 어두운 그림자가 드리워져 있었는지도 모른다. 어머니의 사랑을 제대로 받지 못한 어린 시절 이후 먼로는 심한 애정결핍에 시달렸고, 어머니가 정신분열을 일으켜 정신병원에 수용된 뒤에는 어머니의 친구 집에서 겨우 생활하다가 끝내 고아원에 보내지기도 했다. 당시 외면적인 화려함 뒷면에 숨겨져 있는 쉽게 떨쳐낼 수 없는 먼로의 내면적인 아픔이었다.

1962년 6월 1일은 먼로가 20세기폭스사와 마지막으로 작업한 날이자 공개석상에 모습을 보인 최후의 날이었다. 이후 그녀는 극심한 조울증 증세를 보였다. 결국 1962년 8월 5일 이른 아침, 결국 먼로는 집에서 죽은 채로 발견된다. 사인은 수면제 과다 복용이었다.

조 디마지오는 먼로와 헤어진 뒤에 잠시도 그녀를 잊지 못했다. 헤어진 이후에도 두 사람, 아니 디마지오의 먼로에 대한 애정은 조금도 변하지 않았다. 디마지오가 약점 투성이의 먼로를 사랑한 이유는 상세하게 알지 못하지만, 흔히 상상되는 먼로가 가진 인기나 재산 등 세속적인 것은 아니었음은 분명하다. 디마지오가 먼로를 사랑하면서도 그녀 옆을 떠났던 것은 옆에 있음으로써 그녀를 괴롭게 해서는 안 된다고 느꼈기 때문이었고, 먼로를 진실로 가질 수 있는 방법은 먼로로부터 떠나는 것이라고 믿었던 것이다.

그녀의 엽기적인 행동, 좌충우돌의 성격 등이 자기에게 맞지 않았지만 디마지오는 먼로라는 인간 자체를 사랑했다. 디마지오는 남들이 탐내는 먼로의 아리따운 육체를 사랑한 것이 아니라 그녀의 아픔, 그 구겨질 대로 구겨진 영혼까지 사랑했던 것이다. 먼로가 세 번째 결혼에도 실패하고 약물중독에 빠졌을 때 다시 사랑의 손길을 내민 유일한 사람이 바로 디마지오였다. 그는 난잡했던 먼로의 사생활을 끝까지 비밀에 부치고, 그녀를 향한 여러 비난, 그리고 최고 야구선수로서의 자존심 등 모든 것들을 감수하고 그녀를 다시 받아들이려 하였다. 진정한 사랑 앞에 그 따위들은 사실 아무것도 아닌 것이었다.

인간의 행위 가운데 어느 것보다 당사자를 열락에 빠지게 하기도 하고, 또 천길 비탈 아래로 떨어지게 만드는 '사랑'이란 도대체 뭐란 말인가!

사랑만큼 쉽게 말하지만 정확하게 정의되지 않는 단어가 또 있을까! 사랑만큼 상대에 대한 조건이 많이 붙는 단어가 또 있을까? '어울리지 않는' '잘못된' '과욕을 부린' '불순한' '겁 없는' 등등의 형용어는 어쩌면 외면적인 재단일 뿐이다. 사랑의 대상을 보통의 눈, 그럴싸한 조건으로만 한정시켜도 과연 무방한 것인가! 사랑이란 당사자 간의 복잡한 톱니의 만남이고, 또 뭐라고 설명할 수 없는 은밀한 그 무엇의 마주침이 아닐까? 따라서 남의 사랑을 자기 방식대로 단정하고 평가하는 것은 사실 독단이다. 그러니 그럴싸한 짝, 화려한, 그래서 모두들 부러워하는 커플이 반드시 합당한 사랑의 대상자로 보장되지 않는 경우도 많다. 진정성만 확보된다면 오히려 당치 않는 대상, 불륜 같은 사랑이 진짜 사랑일 수도 있는 것이 아닐까. 그래서 일반사람의 눈에는 사랑해서는 안 될 사람을 사랑하는 경우가 간혹 발견되는 것이다. 안타까운 일이지만 현실이 그렇다. 인간이 하는 사랑은 원래 이처럼 현명하지도 이성적이지도 못할 경우가 많다. 불가능해 보이는 사랑이란 대개 불행하게 끝맺음한다. 그러나 그런 사랑이 오히려 많은 여운을 남길 수도 있는 것이다. 순조로운 사랑이 오히려 진정한 사랑이 아닐지도 모른다고 하면 과장이고 독단일까.

사실 사랑이란 상대로서의 적합성이나 세속적인 가치나 현재 위치 자체에 의해 형성되는 것이 아니다. 사랑은 나이, 학력, 재산, 그리고 출세 등 구질구질한 조건이 아니라, 어쩌면 사랑이란 두 사람에게 주어진 숙명 그 자체일지도 모른다. 1961년 초 먼로가 심리요양원에서 나올 때 디마지오가 그녀를 동반해 다시 세간의 눈길을 모았다. 1962년 8월 1일 디마지오는 먼로에게 재결합을 신청하려고 그간 해 오던 일도 그만두었는데, 안타깝게도 그의 계획을 전할 새도 없이 8월 5일 먼로는 서른여섯의 나이에 의문의 변사체로 발견되었다. 충격과 비탄에 빠진 디마지오는 면로의 시신을 인수해 직접 장례를 치렀고, 그 뒤 20년 동안 매주 세 번 장미꽃 여섯 송이씩을 면로의 무덤에 보냈다. 그리고 디마지오는 면로의 사망 후 끝까지 독신으로 지냈으며, 1999년 3월 8일 폐암 후유증으로 플로리다 주 헐리우드의 자택에서 "이젠 마릴린을 볼 수 있겠다"라는 이 세상과 하직하는 마지막 말을 남기고 저세상을 향해 기쁘게 출발했다.

조 디마지오와 마릴린 면로, 그들은 이렇게 갔지만, 그들이 남긴 사랑 이야기는 미국사람들, 아니 전 세계 사람들에게 깊은 여운을 남겼다. 두 사람의 사랑은 이 세상에서 그 결실을 맺지 못하고 저승으로 단지 그 무대를 옮겼을 뿐이었다. 그들은 저승에서 '다시' 만나 '어떻게' 사랑을 이어가고 있을까? 뜨겁고 화려한 용광로가 아니라 온돌처럼 은은하고 따뜻한 사랑을 나누고 있을 거라 믿어 본다.

디마지오를 사랑하던 야구팬뿐만 아니라 전 미국인들은 그의 죽음을 애도하였으며, 그의 이름은 야구 역사뿐만 아니라 불멸의 소설 속에서 그리고 심금을 울리는 노래 속에서 살아 있다. 어니스트 헤밍웨이(Ernest Hemingway, 1899-1961)의 소설 《노인과 바다(The Old Man and the Sea)》 속에서 노인은 "위대한 디마지오 선수는 지금의 나만큼 이렇게 오랫동안 고기하고 맞서 버텨낼 수 있을까(Do you believe the great DiMaggio would stay with a fish as long as I will stay with this one?)", "내가 그놈의 머리를 가격하는 것을 위대한 디마지오가 봤으면 어떻게 생각했을까 궁금해(I wonder how the great DiMaggio would have liked the way I hit him in the brain?)"라며 극적인 순간에 디마지오를 떠올려 외쳤고, 가수 사이먼 앤 가펑클(Simon & Garfunkel)은 〈졸업(The Graduate)〉의 주제곡이기도 한 〈로빈슨 부인(Mrs. Robinson)〉이라는 노래에서 "어디로 가버린 거예요? 조 디마지오씨, 미국의 외로운 눈들이 당신을 향하고 있어요(Where have you gone Joe Dimaggio? A nation turns its lonely eyes to you)"라고 인생을 열정과 따뜻한 가슴으로 살다간 그를 진정으로 그리워했던 것이다.

어떤 일도 그러하지만 사랑도 쉽게 얻어지는 것이 아니고 쉽게 포기해 버릴 수 있는 것도 아니다. 남다른 열정과 집념, 그리고 오랜 기다림이 전제되지 않으면 인간사 가운데 이룩될 수 있는 것이 얼마나 될까. 설사 이룩되지 않더라도 일과 사랑을 향한 열정과 기다림의 과정을 음미하는 것만으로도 충분한 가치와 의미가 있는 것이 아닐까. 황동규 시인의 시에 〈즐거운 편지〉라는 것이 있다. 황 시인은 사랑을 '오랜 기다림'으로 표현했다. "내 그대를 생각함은/ 항상 그대가 앉아 있는 배경에서 해가 지고 바람이 부는 것처럼 사소한 일일 것이나/ 언젠가 한없이 괴로움 속을 헤매일 때에 오랫동안 전해오던 그 사소함으로 그대를 불러 보리라." 시인은 그대가 '한없이 괴로움 속을 헤매일 때'에 복수를 하기 위해 기다린 것이 아니다. 어느 평론가는 말한다. 황 시인은 "사랑을 사랑하면서 사랑의 종말을 사랑하고 그 사랑들의 무모함을 다시 사랑하였다"고. 그렇다. 사랑이 고통 없이 쉽게 얻어지는 것이라면 그런 사랑은 진짜 사랑이 아닐지도 모른다. 무모한 사랑이란 계산하지 않는 사랑, 곧 조건 없는 사랑이다. 사랑의 굴곡진 과정이야말로 진정한 의미의 인생이다. 괴테(1749-1832)는 친구의 약혼녀를 사랑한 나머지 불후의 명작 《젊은 베르테르의 슬픔(Die Leiden des jungen Werthers)》을 썼고, 73세 때 19세의 올리케 폰 레베초브를 사랑하여 괴테 자신이 노년에 가장 사랑했던 시 〈마리엔바트의 비가(Marienbader Elegie)〉를 남겼던 것이다.

조 디마지오는 마릴린 먼로를 기다렸고, 영원히 자기의 것으로 만들었다. 조 디마지오는 자기 일에도 사랑에도 모두 성공을 거두었다고 한다면 잘못된 평가일까. 두 가지 면 모두에서 그는 정말 위대했다. 자기 영역에서 남다른 업적이나 심금을 울리는 사랑의 배경에는 무모함과 기다림과 집념이 전제되지 않았다면 과연 획득될 수 있었던 것일까. 설사 획득된다 하더라도 그 열매는 그리 크고 달지만은 않는 것이 아닐까. 갈망渴望과 갈애渴愛 그리고 집념執念이 없는 인생에서 타는 목마름 뒤의 해갈이 짜릿한 희열을 느끼기 힘든 것이 아닐지?(2014. 1. 25.)

# 로베르토 클레멘테(Roberto Clemente)를 아는가!

위대한 선수는 많다. 그러나 위대한 인간을 찾기는 쉽지 않다. 야구장 안에서의 대스타를 야구장 밖에서 위대한 인간으로 다시 만날 수 있다는 것은 얼마나 기쁜 일인가! 사람이 나서 많은 사람에게 좋은 사람으로 기억되는 만큼 행복한 일이 있을까? 강정호 선수가 활약하고 있던 피츠버그 파이어리츠팀 경기를 보고 있는데 중간에 의미심장한 자막이 흐른다.

> "나는 주어야 할 모든 것을 주고 떠난 야구선수로 기억되고 싶다(I want to be remembered as a ballplayer who gave all he had to give)"

이 멘트가 바로 이 팀의 전설, 로베르토 클레멘테가 생전 하던 말이란다. 로베르토 클레멘테! 그는 우리의 삶에 심각한 질문과 해답을 던지고 죽은 사람이다. 1934년 푸에르토리코의 사탕수수 농장에서 일하는 노동자의 7남매 가운데 막내로 태어났던 그는 어릴 때부터 운동에 뛰어난 소질을 보였다. 육상 단거리와 창던지기에서 두각을 나타냈지만, 진짜 꿈은 야구 선수였다. 고물 라디오에서 흘러나오는 브루클린 다저스의 경기 중계를 들으며, 하루에도 몇 시간씩 벽에 고무공을 던지면서 야구 선수가 되겠다는 희망을 놓지 않았다.

야구에 대한 뜨거운 열정만큼이나 특출한 재능을 보였던 클레멘테는 푸에르토리코의 야구 대표팀에서 뛰게 되었고, 어린 나이에도 최고 활약을 펼치던 18살 무렵, 메이저리그 최고 구단인 다저스로부터 스카우트 제의를 받게 되었다. 박찬호 선수와 류현진 선수가 활약하는 팀으로 우리에게 친숙한 다저스는 당시 라틴 아메리카 선수 시장 개척의 선두에 있던 팀이었다. 클레멘테는 자신과 같은 흑인 선수들이 많다는 점을 이유로 다저스를 선택하게 되었다.

인종 장벽을 가장 먼저 허문 다저스 팀에는 뛰어난 흑인선수들로 넘쳐났고, 백인 선수들에 비해 경기 출전 기회가 적었던 그는 제대로 경기 한 번 뛰지 못한 채 그저 기다림의 시간을 보내야만 했다. 피츠버그가 클레멘테의 재능을 알아보았고, 더 많은 경기 출전을 조건으로 영입하였다. 클레멘테는 그곳에서 꿈에 그리던 메이저리그 데뷔 경기를 치렀고, 이후 뛰어난 기량을 선보이며 메이저리그 최고의 선수가 되었다.

18시즌(1955-1972) 동안 통산 3할 1푼 7리의 타율과 240홈런, 3,000 안타와 1,305타점의 성적을 올린 그는 12차례 올스타와 골든 글러브 수상, 타격왕 4번, 시즌 MVP 1차례, 2번의 월드시리즈 우승이라는 빼어난 업적을 남겼다. 메이저리그 경력의 전부를 피츠버그에서만 보내며 피츠버그 팬들이 가장 사랑하는 아이콘으로 기억되고 있다.

1972년 37세의 나이로 시즌 막판이었던 9월 30일 메이저리그 최초의 기록인 통산 3000번째 안타를 치고 그해 12월 31일, 니카라과의 지진 피해자들을 위한 구호물품을 전달하기 위해 직접 비행기에 올랐다. 그리고 클레멘테는 그렇게 하늘로 올라가 별이 되었고 다시는 그라운드로 돌아오지 못했다.

그의 죽음은 현실의 죄악을 더 두드러지게 했다. 1972년 12월 23일, 니카라과 마나구아에 큰 지진이 일어났을 때에도 클레멘테는 그곳을 위해 구호품을 보냈다. 하지만 클레멘테가 두 번에 걸쳐 보낸 구호품은 비리를 일삼는 관리들에 의해 모두 빼돌려졌고, 니카라과 이재민들에게 전달되지 못했다. 이 소식을 들은 클레멘테는 자신이 직접 가기로 결심하고, 세 번째 구호품을 실은 비행기에 오르게 된다. 클레멘테와 구호품을 실은 비행기는 이륙 후 얼마 되지 않아 화염에 휩싸였고, 비행기는 바다로 추락하고 말았다. 클레멘테 시신은 6개월 뒤 비행기 잔해와 함께 발견되었으며, 사고 원인은 과도한 화물 적재, 엔진 결함, 그리고 악천후였다. 미국 정부는 클레멘테의 얼굴이 들어 있는 우표를 발행했다. 이는 메이저리그 선수로는 최초의 흑인 선수 재키 로빈슨 이후 처음이자 마지막이었다.

그는 바로 명예의 전당에 헌액되었으며 등번호인 21번은 당연히 피츠버그에서 영구결번되었다. 1934년 8월 18일은 세상을 더 나은 곳으로 만들기 위한 인생을 살다 간 로베르토 클레멘테가 태어난 날이고 1972년 12월 31일은 세상을 위해 날아가다가 사망한 날로 많은 사람들에게 기억되고 있다. 명예의 전당 후보에 등록되려면 은퇴 후 5년이 지나야 하지만, 클레멘테는 1973년 바로 후보에 올라 92.7%의 득표율로 바로 명예의 전당에 헌액되는 특별한 대우를 받았다, 미국에서 태어나지 않은 선수 가운데 최초로 명예의 전당에 헌액된 선수이기도 한 그에게 메이저리그 사무국은 매년 사회봉사나 자선활동 등 공헌을 한 선수에게 주어지던 '커미셔너 어워드'의 이름을 '로베르토 클레멘테 어워드(Roberto Clemente Award)'로 바꿔 그를 추모하게 했다.

당신에게 세상을 좋게 바꿀 수 있는 기회가 있음에도 불구하고 그걸 행동으로 옮기지 않는다면 당신에 주어진 지구에서의 시간을 허비하는 것입니다.(Any time you have an opportunity to make a difference in this world and you don't, then you are wasting your time on Earth.)"

클레멘테의 이 말은 국경을 초월하여 수많은 사람들의 가슴에 메아리쳤다. 그는 이처럼 위대한 선수였을 뿐만 아니라 오프 시즌마다 라틴 아메리카에 대한 자선활동을 하던 봉사자였다. 클레멘테는 정치적 혼란과 경제적 어려움에 놓인 자신의 조국과 라틴 아메리카의 고통을 외면하지 않았다. 그는 항상 없는 사람을 위해 일했다. 어린이를 몹시 아꼈고, 그들에게 운동과 교육의 기회를 주기 위해 최선을 다했다. 오프 시즌이면 아무리 바빠도 아이들을 위한 야구교실을 빼놓지 않고 열었다. 모든 것을 다 주는 사람이 되고 싶다는 그는 고통 받는 사람들을 돕기 위해 자신의 모든 것, 마지막 생명까지 바쳤던 것이다.

클레멘테는 인종차별이 아직 심한 그 시기에 중남미 선수들의 권리를 위해 나선 선수이기도 했다. 재키 로빈슨이 메이저리그 최초의 '블랙'이었다면, 클레멘테는 더 차별받는 최초의 '블랙히스패닉'이었다. 그는 로빈슨처럼 협박과 빈볼에 시달렸다. 그럼에도 클레멘테는 야구장 안에서 누구보다 열정적으로 뛰는 선수였다. 몸을 사리지 않는 수비와 대단히 공격적인 주루플레이를 고수했던 탓에, 클레멘테는 부상을 달고 살았다.

그는 약소국인 조국을 위해 혼심의 힘을 다해 뛰었던 것이다. 1970년 조국에서 열린 '클레멘테의 날' 행사에서 이런 그에게 전달된 두루마리에는 조국 푸에르토리코 전체 인구의 10%에 달하는 30만 명의 서명이 들어 있었다. 그는 바로 라틴 아메리카의 자존심이었다. 이들로부터 받은 사랑에 보답하기 위해 그는 어느 곳에 가더라도 고개를 빳빳이 들었고,

히스패닉 선수의 가치를 증명하기 위해 매 경기마다 최선을 다했다. 클레멘테는 라틴 아메리카 소년들의 꿈이자 희망으로서 메이저리그 그라운드를 누빈 것이다.

그를 추앙하는 말은 한두 가지가 아니다. "메이저리그의 아이콘이 된 가난한 소년" "라틴 아메리카 소년들의 꿈이자 희망" 그리고 "모든 별 중에서 제일 환하게 빛나는 별." 이 얼마나 대단한 찬사들인가! 세계에서 모여든 최고의 선수들이 기량을 다해 플레이를 펼치는 메이저리그에는 사이영상, MVP, 월드시리즈 우승 등 모두가 바라는 영광의 순간들이 있다. 하지만 그중에서도 선수들은 가장 명예로운 순간으로 하나같이 꼽는 것이 있으니, 바로 로베르토 클레멘테 상의 수상이다.

2005년 수상자인 존 스몰츠 선수는 "월드시리즈 우승도 해봤고 사이영상도 받아봤지만, 내게 최고의 순간은 바로 지금이다. 이 상은 선수가 이룰 수 있는 최고의 영예이다"라고 했고, 2012년 수상자인 LA 다저스의 클레이튼 커쇼는 "클레멘테 같은 사람과 비교가 된다는 것은 정말 기쁘다"라 했다. 2013 로베르토 클레멘테상 수상자로 선정된 카를로스 벨트란(당시 세인트루이스 카디널스, 현재 뉴욕 양키스 외야수)은 다음과 같은 수상 소감을 말하면서 목소리를 가늘게 떨고 있었다.

> "어린 시절, 나는 늘 클레멘테처럼 되고 싶었다. 그렇기 때문에 이 상이 주는 의미는 말할 수 없이 크다. 야구는 시작과 끝이 있지만, '나눔'은 남은 생애 평생을 안고 가는 것이다. 당신이 받은 것들을 누군가에게 되돌려줄 때, 당신의 인생에는 또 다른 문이 열릴 것이다."

그는 〈카를로스 벨트란 야구 아카데미(Carlos Beltran Baseball Academy)〉를 세워 가능성이 있는 어린이들이 돈에 구애받지 않고 운동에만 전념하도록 돕고 있다. 지금까지 벨트란은 이 학교에만 400만 달러(약 42억원)을 기부한 것으로 알려졌다. 자신이 10대 시절 푸에르토리코에서 받을 수 없었던 교육 지원을 위해 힘쓰고 있는 것이다.

클레멘테가 떠난 뒤 많은 사람들이 그의 어처구니없는 죽음을 슬퍼했다. 슬퍼하기만 한 것이 아니라 그의 숭고한 정신을 이어가고 있다. 2005년 12월 31일, 클레멘테의 아들 로베르토 주니어는 아버지의 사망 33주기를 맞아 33년 전과 똑같은 시간에 똑같은 구호품을 싣고 니카라과로 날아가 어려운 이들에게 전달했다. 클레멘테의 아름다운 비행이 비로소 완성되는 순간이었다.

여기에 기억할 한 선수가 또 있다. 피츠버그 로컬보이로, 피츠버그 파이리츠의 열성팬으로 자라 지금은 주전 2루수로서 뛰고 있는 닐 워커 이야기이다. TV 자막과 함께 어린애처럼 펑펑 우는 한 청년의 모습이 보인다. 바로 그의 아버지인 톰 워커의 모습이다. 같은 팀에서 활약한 투수였던 그는 클레멘테와 뜻이 맞아 줄곧 봉사활동을 같이 했다. 당초 클레멘테와 같이 니카라과에 구호물자를 전하는 봉사활동에 동행하기로 되어 있었으나 클레멘테가 연말이니 가족과 함께 보내라며 동행을 허락하지 않았다. 살아남은 톰 워커가 13년 후 낳은 아이가 바로 닐 워커다. 2004년 아마추어 드래프트에서 클레멘테와 아버지가 몸을 담았던 고향 팀인 피츠버그 파이리츠와 입단 계약을 맺었고 지금까지 활약하고 있다.

시대와 국적·인종을 뛰어넘어 모든 선수와 팬들에게 존경받고 있는 로베르토 클레멘테! 그는 위대한 선수로서뿐만 아니라, 가난과 재해 등으로 고통받는 사람들과 함께 나누고 베풂으로써 희망을 선물한 위대한 인간으로 모든 사람들 가슴에 오래도록 기억될 것이다. 그리고 삶이 침몰해가는 것을 보고 절망감에만 빠질 것이 아니라 좋은 일이라고 생각한다면

아무리 조그마한 힘이라도 보태야 하는 것이 우리가 '사람'인 이유이기도
하다.(2015. 9. 7.)

# 야구밖에 몰라요
## -어느 여제자에게 보내는 편지

M에게. 강의에, 논문 쓰는 일에, 그리고 가사 일에 정신없이 지내고 있는 너를 생각하면 가슴이 아프다. 실력 있는 여성이 세상을 주름잡는 소위 '알파걸'시대가 도래했다지만 한국에서 누구의 아내가 아닌, 자기 이름 석자를 드러내는 여성이 되고, 그렇게 살아간다는 것은 여전히 녹록치 않은 세상임을 너도 잘 알 것이다. 한 가정의 아내로서, 엄마로서 그리고 직업인으로서 감내해야 할 역할만도 너무 많고 벅차기 때문이다. 선생이기 이전에 두 딸을 가진 아버지로서, 떳떳한 한 사람의 학자로서 입신하려 애쓰고 있는 너를 안타깝게 지켜보고 있다. 나의 이 편지가 네게 얼마나 도움이 되겠느냐마는 혹시라도 도움이 될까 해서 몇 자 적어본다. 사실 변변한 성과도 낸 것도 없지만, 남성인 나도 이 자리까지 이르는 데에는 보통 사람들과는 좀 다른 생활신조를 설정하였고 그것에 충실하려 나름으로 무진 애를 썼다는 사실을 너도 알고 있을 것이다. 이 문제와 관련하여 오늘은 내가 좋아하는 야구를 소재로 이야기를 좀 해볼까 한다.

7월 중순이 되면 한국과 미국, 일본 등의 나라에서 '올스타'전이 벌어진다. 올스타전이란 한마디로 야구선수들에겐 꿈의 무대다. 평생 한 번이라도 그곳에 서는 것이 선수 누구나 갖는 공통의 꿈이다. 거기에 갖가지 사연을 가진 선수들의 숱한 이야기들이 우리를 흥분시키고 또 진한 감동을 안겨 주곤 한다. 올해도 역시 나에게 색다른 감동을 불러일으킨 선수들이 있다.

"'야구밖에 모르는' 김현수·안치홍 사고쳤다!" 이 문구는 한국 프로야구 올스타이야기다. 올스타가 아니더라도 "MLB 전반기 추신수 대박 … 박찬호 불펜 안착"이라는 최근 기사도 며칠 동안 우울했던 나를 정말 기분 좋게 만들었다. 야구 선수 김현수(21)를 생각하면 내 일인 것처럼 즐겁다. 아는지 모르지만 김현수는 2009년도 한국프로야구의 올스타로 역대 최다득표와 최연소로 선정된 두산의 외야수다. '안타 제조기'라는 별명을 얻은 김현수는 역대 최다 득표 기록과 최연소 기록을 동시에 갈아치웠다. 고교 졸업 후 어느 팀도 받아주지 않아 '연습생' 신분으로 프로 무대에 뛰어들었던 그가 한국프로야구를 대표하는 선수로 우뚝 선 것이다. 또 다른 선수 '슈퍼 루키' KIA의 안치홍(19)도 대단하다. 그는 97년 LG 이병규와 OB 진갑용 이후 신인으로는 12년 만에, 고졸신인으로는 최초로 베스트 10에 선정되는 영광을 누렸다. 김현수와 안치홍 두 선수는 출신학교, 소속팀, 포지션, 나이, 체격조건 등 같은 게 하나도 없지만 하나의 공통점이 있다고 한다. 그들은 야구밖에 모른다는 것, 그리고 야구 말고는 잘 아는 것도, 잘하는 것도 없다는 점에서 닮은꼴이란다.

미국 메이저리그 클리블랜드 인디언스의 4번 타자 추신수와 어려운 시절 우리에게 꿈을 주고 기댈 언덕이 되어 주었던 열혈청년 박찬호를 생각하면 가슴이 저절로 띈다. 하나같이 참으로 장한 우리의 젊은이이기 때문이다. 그들은 프로선수들이어서 그 활약이 곧바로 수입과 직결되기 때문에 죽기 살기로 뛰는 것으로 생각할는지 모르겠다. 그러나 정상, 곧 최고가 된다는 것은 단순하게 몸값 올리기 그것으로 설명할 수 없는 절실한 그 무엇이 내재되어 있는 것이다. 그들이 오랫동안 꾸어 온 꿈의 실현이라고 나는 생각하고 있다. 추신수는 주린 배를 움켜쥐고 6년 동안이란 오랜 마이너리그 시절을 거친 뒤 천신만고 끝에 빅 리그에 올랐다. 중도에 한국에 돌아온 많은 메이저리그 지망생과는 달리 끝까지 포기하지 않고 꿈을 펼칠 날을 기다렸다. 이제 각국에서 모여든 기라성 같은 선수들을 제치고 세계 최고의 선수로 커 가고 있다. 미국 스포츠전문 온라인매체인 블리처 리포트는 추신수와 닉 마카키스(볼티모어), 제이콥스 엘스베리(보스턴) 등 3명을 외야수 부문 올스타에서 빠진 아까운 선수로 분류했다. 또 메이저리그 선수를 평가하는 기준으로 제프 사가린 랭킹이라는 것이 있는데, 시즌 내내 타자들의 득점, 안타, 홈런, 타점, 도루, 출루율 등 여러 자료를 컴퓨터로 계산해 선수들의 순위를 정한 것이다. 7월 16일 현재 추신수는 일본인 슈퍼스타 스즈키 이치로(21위)를 제치고 랭킹 11위를 마크하고 있다. 한국 팬들이 한 번 어깨를 으쓱할 수 있는 대목이다. 신체적 조건이 불리하지만 그만이 가진 특유의 장기와 많은 땀을 보태어 그 어려운 경쟁을 뚫어 가고 있는 것이다. 추신수는 그동안 아시아 선수들에게서 찾아보기 힘들었던 색다른 모습을 선보이며 전반기 메이저리그에 '한류 바람'을 일으키고 있다. 지금도 마이너리그 선수들이 쓰는 '양귀헬멧'을 쓰고, 미국국가가 연주되면 속으로 애국가를 부르며, 그의 배트에는 태극마크를 새겨 놓고서 집중력을 다진다고 한다. 파이브 -툴 플레이어(Five-Tool Player: 타격의 정확도Hitting for Average·타격파워Hitting for Power·주루스피드Running Speed·송구능력Arm Strength·수비

능력Fielding Ability), 곧 만능선수라는 평가와 함께 아시아 타자의 새로운 패러다임을 만들어 가고 있는 그야말로 몇 명의 외교관이라도 할 수 없는 일을 혼자서 해내고 있다.

다른 일도 그렇지만 나이, 체력 등 악조건을 이기고 어떤 방면에 제몫을 해내는 사람은 진한 감동을 준다. 그런 면에서 박찬호의 활약도 감동적이다. 그가 그토록 바라던 선발투수로서 끝까지 활약하지 못했지만, 불펜투수로서 자리를 굳건히 지키고 있다. 그는 여전히 우리의 영웅으로 손색이 없다. 그는 동양인 최다승(124승) 투수라는 목표를 향해 오늘도 비지땀을 흘리고 있다. 35세라는 적지 않은 나이다. 운동선수만큼 나이의 영향을 많이 받는 직업도 없을 것이다. 그와 같은 해 졸업한 동갑내기 투수들이 국내무대에서마저 사라진 지 이미 오래다. 그러나 그는 세계 최고의 무대에서 현역으로 당당히 뛰고 있다. 이것은 아무나 할 수 있는 일이 아닌 것이다. 극도의 금욕과 절제, 곧 철저한 자기관리가 전제되지 않으면 빅리거 자리를 절대 유지할 수 없다. 그런 면에서 KIA의 맏형 이종범(39)도 또 하나의 모범생이다. 그는 일본에서 선수생활을 몇 년 동안이나 보냈음에도 이번에 13번째로 베스트 10에 선정되었다. 그는 삼성의 이만수와 양준혁(이상 12회)을 밀어내고 최다 선발이라는 기록을 올해 작성해 낸 것이다. 이종범에게 지난겨울은 혹독했다. 구단에서는 이제 선수로서보다 지도자로서 활약할 것을 강권했다. 은퇴하든지 아니면 플레잉코치가 되기를 제의했다. 구단이나 야구전문가들이 내린 이종범에 대해 내린 평가는 선수로서는 생명이 이제 끝났다는 것이었다. 이런 강박을 단호히 거절하고 차가운 시선과 정면으로 마주했다. 그리고 이번 시즌에 그는 올스타로서 분연히 재기했던 것이다.

불혹을 넘긴 현역 야구선수로는 우리에게 송진우가 있고, 양준혁도 곧 그 나이가 될 것이다. 정말 귀감으로 삼아야 할 선수들이다. 야구의 본고장인 미국 메이저리그나 야구 선진국인 일본에는 선수층이 두껍다 보니 이런 선수들이 몇몇이 보인다. 올해 메이저리그에서 가장 각광받는 노인(?) 선수는 뭐니 해도 '너클볼(knuckle ball)' 투수로 유명한 보스턴 레드삭스의 우완 팀 웨이크필드(42)다. 시속 80~100㎞의 느린 공이 그의 주 무기다. 너클볼이란 느리지만, 회전이 없어 홈플레이트 부근에서 예측불가능하게 흔들리는 변화구다. 포수마저 잡기도 어려울 정도로 움직임이 크기 때문에 타자들이 이 공을 제대로 공략하기가 쉽지 않다. 하지만 엄지손가락과 새끼손가락으로만 공을 잡고 나머지 세 손가락으로 튕기듯 던져야 하기 때문에 제구가 너무 어렵다. 제구가 안 될 땐 속도가 느리기 때문에 '배팅볼'처럼 두드려 맞기 일쑤이다. 그래서 최근 너클볼을 던지려는 투수가 없어져 메이저리그에서는 '멸종 위기 구질'로 불린다. 그러나 그는 그 너클볼 하나로 메이저리그를 호령하고 있고, 드디어 데뷔 17년 만에 올스타의 꿈을 이루게 되었다. 나는 그를 메이저리그 선수 가운데 가장 땀을 많이 흘리는 선수로 기억하고 있다. 2003-04년 1년간 보스턴에 머무는 동안 그가 선발로 나온 게임을 거의 지켜보았다. 저렇게 느리게 던지는 투수가 무슨 땀을! 하고 의아해 했던 기억이 아직도 새롭다. 그의 땀은 바로 이기겠다는 치열함의 표현이었음을 이제야 알 것 같다. 그는 야구밖에 몰랐고, 야구선수로 살아남기 위해 남들이 단련하지 않으려는 너클볼 하나만을 미련스럽게 조련했고, 그래서 올해 꿈의 무대에 우뚝 서게 된 것이다.

공부도 마찬가지이지만 야구도 재주만 가졌다고 최상이 되는 것이 아니라는 점은 '축구천재' '축구신동'이라 불리던 선수들의 갑작스런 조락을 너도 지켜보고 알게 되었을 것이다. 웨이크필드는 그 너클볼 하나로써

160㎞에 가까운 빠른 공을 씽씽 뿌려대는 천부의 강속구 투수들을 압도했다. 그 뒤에는 남다른 땀과 눈물이 있었기 때문이다. 올 시즌 경기를 포함해 통산 189승 160패(평균자책점 4.32)로 200승에 11승만 남겨 놓고 있다. 올해도 11승 3패·평균자책점 4.31을 기록하며 메이저리그 전체 다승 공동 1위를 달리고 있다. 그의 42세 올스타전 데뷔는 1952년 세이첼 페이지(46세) 이후 메이저리그 역사상 두 번째의 최고령 기록이다. 웨이크필드는 올스타로 뽑힌 뒤 "올스타전 출전은 야구하는 내내 품었던 꿈이었다."고 토로했다. 앞서 소개한 야구 선수들은 그들이 꾼 꿈을 현실에서 실현하기 위하여 야구 외의 모든 것을 희생했던 사람들이다. 그들의 공통점은 모두 야구밖에 모른다는 점이다. 사실 야구밖에 모르는 것이 아니라 자기 포지션에서 세계 최상위 선수가 되려는 그 목표 밖에 다른 것은 안중에도 없다는 말이 더 옳을 것이다. 메이저리그에서 '올라운드 플레이어'는 땜질용으로 쓸모가 있을지 몰라도 올스타가 되기는 힘들다. 자기 포지션에서 최고가 된다는 것, 그리고 오랫동안 최고를 유지한다는 것, 이것이 바로 이들 프로선수들의 공통된 꿈이다.

이 원리는 야구에서만 통할까? 우리들 보통사람들 인생에도 통하는 원리가 아니겠는가! 한곳을 파야 깊게 팔수가 있지, 여러 군데를 파서는 한곳도 깊게 들어갈 수 없는 법이다. 학문도 마찬가지일 것이다. 이제 우리들 이야기로 돌아가 보자. 문제의 관건은 얼마나 한곳에 집중할 수 있느냐이다. '원더우먼'이 되길 기대하기는 사실 어렵다. 솔직히 말하자면 남편을 향한 내조로부터, 아이의 엄마로서 지나친 배려로부터 독립하지 않으면 학자로서 입신은 힘들 것이라는 점은 누구보다 네가 더 잘 알 것이라 믿는다. 그런 태도가 반드시 가정을 해치는 것이라고만 생각하지는 않는다. 남편과 애들로부터의 독립은 그들이 인생을 살아가는 데 오히려 도움이 될 수 있다는 생각을 해보지 않았는지 모르겠다. 이것저것 도와주는 것이야말로 진정한 도움이 아니라 그들로 하여금 남에게 더욱 의지하게 만드는 것이고, 결국 그들로 하여금 개체로서의 독립성을 해치는 요인으로 작용한다는 사실 말이다. 어느 여성 정치가는 "이름 석 자를 드러내는 여성은 여자로서 행복하기 어렵다"고 하였다. 그만큼 한국에서 여성이 입신하기가 아직도 어려운 상황임을 말하는 것이다. 세계적인 학자로서 성공한 어느 여 교수의 멘토가 눈에 띈다. "애는 낳으면 큰다. 줄어드는 법은 없다. 완벽한 엄마가 되려는 욕심보다 최선을 다하는 엄마가 되면 충분하다." 사랑도 직업도 포기할 수 없는 두 명제인지도 모른다. 사랑도 얻고 직업적 성취도 이룬다면 그건 최상의 삶이다. 두 가지가 양립될 수 없는 것이라면 그 우선순위를 분명하게 설정하여야 한다. 현모양처가 되는 것도, 최고 전문인이 되는 것도 그 사람에게 알뜰하고 절실한 꿈이 될 수 있다. 자기의 꿈을 어느 것에다 설정하느냐는 각자의 선택사항일 뿐이다. 아직도 한국에서 여성들은 남성들과의 대결에서 힘이 부치고 사회의 유리장벽 앞에 좌절하는 것이 현실이다.

추신수는 마이너리그 시절 밤 11시 팀 훈련이 끝나면 혼자 남아 양귀헬멧을 쓰고 새벽 2시까지 눈물을 삼키며 배트를 휘둘렀다고 한다. 지금도 양귀헬멧을 쓰고 출전하는 이유가 바로 거기에 있다. 네가 최근 힘겨워하는 것은 눈물 젖은 빵을 먹어본 기억이 없었기 때문인지도 모르겠다. 오늘은 네게 듣기 좋은 이야기, 시원한 소식을 전해 주지 못해 미안하구나.(2009. 7. 17.)

## 김연아와 나

피겨 스케이터 김연아가 참 대단한 일을 해냈다. 밴쿠버 동계 올림픽에서 세계신기록으로 금메달을 따낸 것이다. 나는 피겨 스케이팅에 대해 잘 모른다. 스포츠를 눈이나 얼음 위에서 하는 것과 땅바닥에서 하는 것으로 크게 둘로 나눌 수 있지 않을까 한다. 그런데 눈이나 얼음 위에서 하는 운동에 대해서는 나는 완전 문외한이다. 물론 어릴 때 동네 앞개울에 언 얼음 위에서 앉은뱅이 스케이트를 타 본 일이 있었다. 그러나 그것마저 나로부터 점차 멀어져 갔다. 동네 옆에 저수지가 있었는데 초등학교 저학년 때에 대형사고가 났다. 그 저수지의 얼음 위에서 지게를 스케이터 삼아 타던 넷째 형님 또래의 우리 마을 형들이 두 명이나 익사한 사건이 발생했다. 넷째 형이 구사일생으로 살아온 때문에 우리 형제들은 이후 얼음이 언 곳은 그 언저리도 가지 않았다. 심지어 추수 후 논에 물을 대어 스케이트장을 만든 곳에도 가지를 않았으니 나와 얼음판과는 더 이상 인연을 맺을 수가 없었다.

얼음 위에서뿐만 아니라 눈 위에서 하는 운동도 그러했다. 요즈음 겨울이 되면 웬만한 가정에서는 스키장 한번 정도는 찾곤 하지만 나는 가본 적이 거의 없다. 스키장을 경영하고 있는 제자가 한번 다녀가라고 권유하였지만 가지를 않았다. 스키장이라곤 딱 한 번 가본 경험이 있었다. 미국에 1년 체류할 때 초청대학에서 초청학자와 그 가족을 위해 이른바 '스키트립(Ski Trip)'을 시켜 주었기 때문이다. 별로 흥미가 없었지만 외국에서 이런 기회를 쉽게 잡을 수 없겠다는 생각이 들어서 온 가족이 모두 참가하게 되었다. 2박 3일 뉴햄프셔 룬(Loon)이라는 스키장 여행이었다. 우리들에게 잘 알려진 너새니얼 호손(Nathaniel Hawthorne, 1804~1864)의 단편소설 "큰 바위 얼굴(The Great Stone Face)"이 있는 산에서 그리 멀리 떨어져 있지 않는 곳이었다.

가족 모두가 스키를 타본 경험이 없던 터인데다 모두 그 무거운 스키화부터가 거북스러웠다. 강사가 기초부터 가르쳤지만 우리 가족 누구도 그 방면에 재주가 있어 보이지 않았다. 기초과정을 배웠지만 그저 평지에서 왔다 갔다 하는 정도에 그쳤는데도 넘어지기가 일쑤였다. 그런데 동행했던 한국 교수들의 가족들은 금방 잘도 탔다. 특히 초등학교도 들어가지 않은 여자아이는 금방 리프트를 타고 정상에 올라가더니 프로선수들처럼 쏜살같이 내려온다. 약간의 자괴감 같은 것이 느껴졌다. 넘어지기를 거듭하던 하루 일정을 보내고 나니 그 이튿날은 온몸이 쑤셔와 그저 구경만 하다가 하루를 보냈다. 다시는 스키장 근방에도 가지 않겠다는 마음다짐을 하고서 보스턴으로 돌아왔다.

김연아는 귀족 아니 선진국 스포츠인 피겨에서 올림픽 우승을 목표로 하고 있는 것이니 얼마나 대단한 일인가! 국가 브랜드를 크게 높일 수 있는 절호의 기회임에 틀림이 없다. 우리 모든 국민들이 하나같이 응원을 아끼지 않았다. 그런데도 나는 며칠 전부터 신문 방송을 애써 외면했다. 가슴이 너무 떨렸기 때문이다. 굳이 외면하려 했으나 나라 전체가 김연아를 외치고 있는데 어찌 그 경기 시간까지 내가 모를 수 있겠는가! "2월 26일 1시 20분" 운운하는 신문 기사를 마침내 보게 되었다.

그 운명의 시간을 어떻게 보낼까 고민했다. 그 시간에 나는 생뚱맞게 산에 오르고 있었다. 낙성대 구민 운동장에서 서울대 후문에 이르는 산길을 말이다. 오르면서 지도학생들에게 "연아에게 힘찬 응원을!"이라는 메시지를 보내었다. 평소 그 시간쯤에는 산길에는 많은 사람들이 오고 가는데 아무도 없다. 밤길처럼 내 혼자다. 마침 서울대학교 졸업식 날이라 학교로부터 들려오는 약간의 소음이 있었지만 한반도 전체가 모두 숨죽이고 있는 듯 고요했다. 그러나 머릿속에는 김연아가 떠나지 않는다. 마침내 정상에 올라 바위에 걸터앉아 물을 마시면서 캠퍼스를 내려다보고 있는데 휴대전화 메시지가 오는 소리가 울린다. 얼른 열어보니 아내가 보낸 메시다. "김연아 세계 신기록으로 우승!" 그제야 여러 군데 전화를 걸기 시작했다.

"TV 순간 시청률 42%, 낮 단일방송 최고"라는 데도 TV를 멀리하고 산에 올랐던 것이다. 나는 도대체 어떤 사람인가? "국적과 성별은커녕 종을 망라해 눈 달린 생명체라면 감히 시선을 거둘 수 없는 것이었다"(시애틀 타임스) "100m를 8초에 주파한 것과 같은 장면"(시카고 트리뷴) "미식축구라면 터치다운 5회 차이로 승리한 것이고, 야구라면 5회 콜드게임을 거둔 셈"(LA 타임스) 등의 외국 언론의 찬사는 그렇다 치더라도, "온 국민이 숨죽인 4분 9초였다. 김연아가 몸을 솟구쳐 3회전 점프를 할 때마다 시민은 가슴을 졸였다. 몸짓 하나하나에 시선이 집중됐다"던 그 장면을 외면한 나는 도대체 어느 나라 사람인가? "눈 달린 생명체라면 시선을 거둘 수 없었다"는데 나는 눈이 달린 생명체가 아니란 말인가?

약간 노안이기는 하지만 아직도 책보고 연구하는 데는 크게 지장이 없는 눈을 가진 나이니 말이다.

우리 딸들도 나와 유사한 성격이라는 것을 알고는 참 괴로웠다. 딸도 나의 영향을 받아서인지 야구를 꽤나 좋아한다. 그런데 결정적인 순간에 TV를 끄거나 자기 방에 들어가 버린다. 좋은 결과가 나왔을 때 얼른 와서 그 장면을 다시 보곤 한다.

김연아의 금메달을 떠올리다 보면 지나간 인생에서 일어났던 수많은 나의 실패들이 회상된다. 좀 더 평정심을 가졌더라면, 그저 평소 실력대로만이라도 발휘했더라면 하는 아쉬움 같은 것이다. 문제는 지난 일들이 아니라 다가올 일들이 더 문제다. 나이 육십을 훌쩍 넘긴 내가 아직도 이런 새가슴을 하고 있다니 말이다. 나야 살만큼 살았지만 아직 청춘이 구만리 같은 딸들은 이런 심장을 가지고 인생을 어떻게 보낼지 심히 걱정이 되기 때문이다. 김연아의 우승 회견은 나 자신을 다시 돌아보게 하였다. "충분히 연습을 했기 때문에 올림픽이라도 특별히 떨리지 않았다" 물론 내가 갖는 심리적인 약점을 보완하고 남게 준비를 더 철저하게 했더라면 나의 인생은 조금 더 순조롭게 진행되었을지도 모른다.

가만히 따져보니 순조로운 인생만이 값진 것은 아닐 것이라는 생각이 든다. 〈보왕삼매론寶王三昧論〉에는 병고로 양약을 삼고, 근심과 곤란으로 세상을 살아가고, 장애 속에서 해탈을 얻을 것이며, 마군을 벗으로 삼고, 여러 겁을 겪어서 일을 성취하라고 하였다. 김연아의 쾌거를 지켜보면서 나를 둘러싼 마군이 오늘의 나를 만들었다는 생각을 하니 무거운 마음이 조금은 가벼워진다.(2010. 2. 28.)

# 새삼 이 나이에

　누구나 나이를 먹어 가고 세월 앞에는 장사가 없는 법이다. 요즈음 젊은이들을 대하다 보면 자기들은 나이를 먹지 않는 것처럼 착각하고 있음을 자주 본다. 젊음이란 우리 또래의 사람들이 아무리 탐내도 되찾을 수 없는 젊은이들만이 누릴 수 있는 특권임에는 틀림이 없다. 아무리 죽는 데는 순번이 없다지만 늙음과 죽음의 상관관계는 새삼 여기서 재론하지 않아도 될 만큼 매우 밀접하다. 생명을 가졌다는 점에서 똑같은 사람인데 나이를 갖고 너무 차별하는 것은 좀 그렇다. 나이를 먹어 갈수록 그런 차별을 당하게 되면 더욱 서운해진다. 생명이란 원래 '살아 있으라는 명령'이란 뜻이다. 늙어도 살아 있다는 표시는 해야 되는 것이 사람이다. 조금 늙었다고 살아 있는 것도 아니고 죽은 것도 아닌 것처럼 대접하는 세태도 문제지만 본인이 스스로 주저앉아 버리는 것은 더 큰 병이다.

　최백호의 노래에 〈낭만에 대하여〉라는 것이 있다. 내가 오십대 중반이었을 때 쓴 어떤 글에서 이 노랫말을 인용하였더니 '선생님, 그건 사십대 중반이나 들먹이는 이야기입니다'라며 점잖게 나무랐다. 그 노래를 둘러싼 사연들에 관해 약간 조사해 보았다. 최백호가 1950년생이니 내보다

네 살이 아래고, 그 노래는 1996년에 KBS 가요대상 작사 상을 수상한 것으로 되어 있다. 그 노래를 작사한 시기는 분명 그의 사십대 중반 이전의 시기, 아무리 늦어도 오십은 넘지 않았을 때였다. 최백호가 작사하고 노래로 부르기 시작한 시기에는 그는 분명 '낭만'이라는 것을 말할 자격을 가진 모양이다. 나 같은 사람은 '낭만' 같은 것을 거론하는 것 자체가 도대체 나이에 어울리지 않는 처사라는 것이다. 그것은 한마디로 '주책이고, 남세스럽다'는 것이다.

그 가사를 따져보면 좀 맹랑하다는 생각이 드는 것은 나뿐일까. 그 가사에 '새삼 이 나이에 실연의 달콤함이야 있겠냐마는'이라거나 '새삼 이 나이에 청춘의 미련이야 있겠냐마는'이라는 구절이 있다. 실연이라면 흔히 떠오르기 마련인 가슴 저림마저 오히려 달콤함으로 느껴지는 것이 40대라는 것이다. '옛날식 다방에서 도라지 위스키 한잔에다 색소폰 소리를 들어보면서' 옛날을 추억하는 것도, '왠지 한구석이 비워 있는 내 가슴이 잃어버린 것에 대하여' 혹은 '다시 못 올 것에 대하여, 낭만에 대하여'를 회고할 수 있는 것도 모두 사십대 중반 이전의 일이라는 것이다. 50대 이후에게는 실연이라는 사건마저 이미 지나간 과거의 일일진대 더군다나 괜찮은 로맨스를 꿈꾼다는 것은 실로 '꿈도 야무져!'라는 핀잔일 것이다. 쉰 이후의 인생들이 그런 짓을 한다면 짐작컨대 그것은 '최후의 발악'이란 뜻일 것이다. 그럼 우리 같은 사람은 도대체 뭐란 말인가?

공자가 시냇가에서 "가는 것이 이 물과 같구나. 밤낮으로 쉬지 않는도다(逝者如斯夫! 不舍晝夜: 《論語》 子罕-16)"라 하였고, 다산도 공자의 말을 이어 "인생은 나면서부터 죽을 때까지 계속 쉬지 않고 가는 것"이라 풀이했다. 어차피 가는 것은 가고 오는 것은 이어서 오고 있는 것이다. 누구나 영원히 젊은이로 살 수는 없다. 늙음은 누구에게나 공평하게 찾아온다. 절대 늙을 것이라고 생각되지 않던 청춘스타 신성일도 남궁원도 그리고 엄앵란과 태현실도 모두 다 할아버지 할머니가 되었고 일부는 죽었다. 그런데도 자기는 절대 늙지 않을 것처럼 여기고 있다면 저문 강의 안개처럼 한숨이 길게 깔리게 될 나이에 이르게 될 때에는 어떻게 할 것인가? 시간이란 누구에게나 짤깍짤깍 공평하게 흘러가 애초의 그곳으로 돌이킬 수 없는 것인데 …

대학 다닐 때 유행하던 노래가 있었다. 꽤나 자주 불렀던 것 같다. 작년 늦은 가을, 철 이른 눈바람이 몰아치는 어느 날 봉천동 남부 순환도로 옆 보도를 걷다 전파상의 스피커를 통해 문득 울려 퍼지는 이 옛 노래를 듣게 되었다. 나도 모르게 눈물이 얼굴 위로 마구 흘러내렸다.

"가을 잎 찬바람에 흩어져 날리는. 캠퍼스 잔디 위엔 또다시 황금물결. 잊을 수 없는 얼굴. 얼굴. 얼굴. 얼굴들. 꽃이 지네. 가을이 가네. 하늘엔 조각구름. 무정한 세월이여. 꽃잎이 떨어지니 젊음도 곧 가겠지. 머물 수 없는 시절. 우리들의 시절. 세월이 가네. 젊음도 가네."

이 노래의 가사에서처럼 '젊음도 곧 가겠지' 하며 젊음을 아쉬워하던 한때가 나에게도 있었다. 관악으로 이사 온 뒤 노천극장 옆 광활한 잔디밭이 황금물결로 변하고 있을 때 나는 이 노래를 콧노래로 부르곤 했다. 가수 김정호의 노래였던가? 아니 어제의 일 같다. 그때는 나도 생생한 젊은이였다. 그때도 '우리들의 시절을' 앗아가는 무정한 세월을 탓하고 있었다.

전철을 타면 예의 바른 젊은이들이 자리에서 일어나려 한다. 어떤 젊은이는 갑자기 눈을 감아 버린다. 일어나려고 하는 젊은이도 사실 반갑지 않지만, 눈을 감는 젊은이와 마주치면 내가 그들에게 괜히 짐이 되고 있구나 하는 생각이 들어 서글프다. 아직도 이미 꽉 차버린 좌석에 엉덩이를 다짜고짜로 밀어 넣으면서까지 앉고 싶지는 않은데도 말이다.

중병이 든 것도 아니고 젊은이에 크게 뒤지지 않게 업적을 내려고 아직도 동분서주하고 있는데도 그저 늙어 보인다는 것 자체가 사회에 부담 주고 젊은이에게 짐 되는 것처럼 인식되고 있는 현실이 가슴을 시리게 한다. 요즈음 요일제에 걸리는 날에는 걸어서 학교로 온다. 굳이 운동을 위해서라기보다 학교로 들어오는 마을버스 타기가 무서워졌기 때문이다. 마을버스 정류장에서 줄을 서 있다 빈자리가 없다고 판단되면 비켜서 다음 차를 기다린다. 어느 날 뭣에 홀렸는지 약간 착각을 했다. 빈자리가 분명 있는 것 같아 올라탔더니 선 사람이 나 혼자 밖에 없게 되었다. 카드로 요금계를 이미 찍은 뒤라 내리기도 뭣한 것 같아 그냥 서 있기로 했다. 운전수 양반이 쓸데없이 간섭을 한다. "뒤에 학생! 체면이 있어야지! 노약자석에 앉아 있지 말고 어서 일어나요! 꼭 이런 이야기를 해야 하나요 …" 운전수 뒷좌석에 앉아 있던 여학생이 혼비백산하여 일어나 뒤로 뛰어가 버린다. 나는 망연자실, 그 자리에 앉기도 그냥 있기도 뭣한 것 같아 한참 멍하니 서 있어야 했다. 결국 앉았으나 내릴 때까지 종내 마음이 편하지 않았다. 그 여학생이 얼마나 나를 원망할까? "저 늙은이 때문에 오늘 정말 재수 옴 붙었어!"라 하지나 않을까? 두서없는 생각이 이리저리 내 머리를 헤집기를 몇 번이나 했다. 나이로 하여 다른 사람에게 폐 되지 않고 살아간다는 것이 이렇게 힘들다는 것을 새삼 알게 되니 참 난감하고 민망하다.

연구실에 앉아 있으면 이틀에 한 번 정도는 은행 등 금융권에서 오는 광고 전화를 받게 된다. 너무도 젊고 그리고 상냥한 여성의 목소리다. "교수님, 너무 좋은 상품이 새로 나왔어요! 비과세에다 복리, 그리고 종합보험이 되는 12년 만기의 상품인데 저희 은행이 특별히 서울대 교수님 만을 위해 내놓은 정말 최고의 상품입니다." 오랜만에 귀가 쫑긋한다. 그녀의 싱싱한 목소리에, 다음은 각종 혜택에, 나는 거의 5분이 넘는 시간 동안이나 안내원의 목소리를 귀담아듣고 있었다. "그런데, 나는 정년이 몇 년 남지 않았는데도 …"했다. "아 그러세요. 교수님, 감사합니다." 그 청량함은 문득 전화기에서 바삐 그리고 아득히 사라져 갔다.

가난한 부모와 올망졸망한 형제들 속에서 제대로 좋은 시절을 한번 겪어 보지 못했던 우리 세대다. 중학교 다니던 시절부터 이 나라는 온통 반만년 이어온 가난의 굴레를 벗어나려는 열기로 들끓었다. 그 격랑에 휩쓸려 한동안 허우적거리면서도 우리들은 부모세대보다 훨씬 더 풍족하고 행복한 노후를 누릴 수 있다는 자신감에 차 있었다.

이제 겨우 사는 데 익숙해졌다 싶은데 여태까지 살아온 세상과는 너무나 다른, 전혀 예상하지 않은 모양의 세상이 우리를 기다리고 있었다. 늙음은 곧 추함이라는 등식의 관념이 우리 사회에 고착화되어 버린 것이다. 평균 수명이 길어져 앞으로 살아갈 날은 너무 길고 할 일은 너무 없다는 사실에 가슴이 막힐 일이다. 한껏 깊고 길어진 노년을 겪어 내야 한다는 게 새삼 버겁게 느껴진다. 그저 무작정 거리를 걸어보아도, 묵은 전화수첩을 꺼내 시끄럽게 떠들어 보아도 한쪽 가슴이 텅 빈 것처럼 다가옴은 어쩔 수 없는 일이다. 젊은 날의 상처받은 가슴은 금방 아물겠지만 늙은 날에 생긴 상채기는 쉽게 낫지를 않는다. 이제는 가도 가도 어둠의 터널뿐일 것 같다. 저물기 때문에 안타까운 것은 석양만이 아니다. 아니 저무는 해는 다시 떠오르지만 저무는 사람은 그것으로 절망이고 끝인 것처럼 보인다.

세상의 중심에서 밀려나 구석에 서 있더라도 당당하고 꼿꼿한 자세를 유지하는 것이야말로 사람이 사람인 이유다. 인간으로서 양보하지 말아야 할 최소의 존엄성이다. 가장 좋은 방법은 자기 일에 파묻혀 늙어 가는 것을 잊는 것이다. 공자는 우리에게 그 해법을 제시했다. "그 사람됨이 학문을 좋아해서 발분하며 먹는 것을 잊고 즐거워 모든 근심을 잊어 늙어 가는 것도 알지 못한다(其爲人也, 發憤忘食, 樂以忘憂, 不知老之將至云爾.":《論語》述而-18)고 하지 않았던가? 성인 공자의 해법을 그대로 따라하는 것은 참람하기 그지없는 일이지만 다른 뾰족한 방법이 없는 것 같다. 인간은 누구나 한 번은 간다. 따라서 떠남 자체가 슬픈 것이 아니고 떠날 준비를 구차하게 해대는 모습이 더 슬픈 것이다. 훗날 알찬 열매를 맺을 수만 있다면 지금 당장 화사한 꽃이 아니라 해서 슬퍼할 이유가 결코 없는 것이다. '새삼 이 나이에' 그럼에도 나는 젊은이 못지않은 꿈을 아직도 꾼다. 올해에는 두세 개의 탄탄한 논문과 그동안 미뤄 두었던 역주와 《장안》 관계 집필은 꼭 끝내야 하겠다고 다짐하고 있다. 나이는 쌓여 가도 기력도 일하는 의욕도 크게 저하되지 않는 것은 그나마 다행이다. 오히려 글발 자체는 더 빨라졌다는 착각마저 들 때가 있다. 무엇보다 두려운 것은 나의 사랑하는 일을 할 수 없게 되는 상황의 갑작스러운 방문이다. 부처님! 내가 내 일을 지독하게 사랑하는 것이 결코 죄가 되지 말게 하소서! 속 시원한 해답이 나올 수 없는 '새삼 이 나이에' 문득 서 있게 되었지만 나의 축 처진 어깨, 나의 지친 마음을 기댈 수 있는 큰 나무가 되어 주시옵소서! 진실로, 진실로 이제는 여기에 나와 그리고 우리와 함께하소서!(2007. 4. 9.)

# 눈물이 난다 눈물이

사람과 꽃은 닮은 면이 많은 것 같다. 특히 늙은이를 보면 지는 꽃처럼 눈물겹다. 꽃은 이듬해에 다시 피어나지만 우리 인생은 그러하지 못하니 사람은 꽃보다 더 눈물겨운 존재라는 생각이 든다. 최근 하찮은, 그러나 내 나름 난감하고 안타까운 일로 눈물이 뺨을 타고 흐르는 것을 몇차례 경험했다. 그리고 오랜만에 제법 진하게 흐느꼈다. 인생 6학년 졸업반인 이 나이에 무슨 눈물을! 작정하고 흘러내리는 이 눈물을 낸들 어찌 주체한단 말인가? 나이를 먹어 가면서 수시로 무시로 눈물이 나곤 하였지만, 최근 내가 흘린 눈물은 이전의 그것과 달랐다. 너무 고마워서 눈물이 났고, 너무 안타깝고 서러워서 울었다. 그냥 눈물이 아니라 폐부 깊숙하게 골을 파고 흘러내리는 뜨거운 눈물이었다.

지난 2월 정년퇴직을 하고 낙성대에 있는 공부방으로 출·퇴근하는 일이 일상사가 되었다. 능률이 크게 오르지는 않지만 그동안 썼던 논문들을 정리하여 책으로 묶어야 하고, 교수 재직 시에는 강의 등에 얽매여, 쓰고 싶은 글인데도 미뤄 둔 것들이 있어서였다. 현직에 있을 때는 자동차를 직접 운전하고 다녔지만, 이제 연금생활자가 되다 보니 치솟기만 하는 기름 값도 부담스러워 전철을 주로 이용한다. 이제 영락없는 '지공거사(地空居士:지하철을 공짜로 타는 노인)'다. 그래도 국가에서 '시니어패스(어르신 교통)카드'를 주어 무료로 전철을 탈 수 있게 해 주니 우리나라 참 좋은 나라라는 생각이 든다. 그래서 요즈음 우리가 처한 현실에 참 감사하면서 산다. 그동안 좀 삐딱하다는 이야기를 친구들로부터 듣곤 했는데, 요즈음 매일 산책 겸해서 다니는 관악산 국수봉 정상에서 만나는 사람들에게는 좀 보수적이라는 평가를 듣는 것도 아마 이런 이유 때문일 것이다.

집 근처에 있는 반포역에서 7호선을 타고 이수역으로 와 4호선을 갈아타고, 다시 사당역에서 2호선을 갈아타 낙성대역에 내리는 코스가 내 출근길이다. 지난달 어느 날 여느 때와 마찬가지로 8시 반쯤 전철에 올랐다. 아침 출근시간 즈음이라 차안은 승객들로 가득 찼다. 고속터미널을 지나는데 어느 대학생 차림의 젊은이가 나에게 자리를 양보한다. 사양했지만 굳이 앉으란다. 자꾸 빼는 것도 예의가 아니라 생각해서 앉았다. 실로 오랜만에 자리를 양보받다 보니 당황스럽기도 하였지만, 고마운 마음에 정말 눈물이 날 지경이었다.

앉아서 둘러보니 내 주위에 연세 드신 분이 서넛 서 계신다. 이 젊은이가 다른 늙은이들을 제쳐두고 왜 나에게 양보했단 말인가? 대충 생각한 뒤 끝내 버리지 못하고 인과관계를 요리조리 곰곰이 따지는 것은 평생 역사를 공부한 사람이 갖는 일종의 직업병이다. 가만히 생각하니 또 다른 이유로 눈물이 날 지경이다. 내가 여러 사람 가운데 가장 늙어 보인 것이 아닌가? 아니면 측은한 몰골이었단 말인가? 너무 늙어 보이면 안 되는데 …. 가족, 특히 집사람에게 그렇게 보이는 것은 싫다. 지금까지 겪어온 집사람은 하늘이 두 쪽이 나도 그럴 리가 없는 사람이지 ….
별별 생각이 연이어 떠오른다. 이 젊은이가 평소 나를 아는 서울대학교
학생이어서 양보해 주었겠지 …. 갑자기 머리가 복잡해진다. 내방역을 지
나 곧 내려야 할 이수역이 가까워 오는데도 명쾌한 답이 나오지 않는다.
서울대 학생이라면 이수역에 내리겠지! 그런데 학생은 이수역에 내릴 태
세가 아니다. 숭실대 학생일까? 나는 평소대로 이수역에서 내렸다. 문득
서울대 학생도 나처럼 이수역-사당역-낙성대역-2번 마을버스를 차례로
이용하지 않고, 숭실대역에서 버스를 갈아타는 경우가 있을 것 같다는
생각이 들었다. 그 학생이 내게 양보한 이유가 아직까지 명쾌하게 떠오
르지 않는다. 영원히 미결로 남을지도 모르겠다.

　이전 '동방예의지국'이라던 우리나라가 변하긴 참 많이 변했다는 생각
을 지울 수가 없다. 노소간의 양보 예절은 물론이고, 인간관계 전반이 이
전 같지 않다. 상황이 바뀌면 그에 따라 재빨리 대처해야 하는데 나이가
드니 그런 유연성마저 떨어져 적응이 쉽지 않다. 하루도 빠짐없이 고교
동창 남허南虛 김정삼金井三 군이 인터넷을 통해 보내 주는 글들을 체크
하다 보면 노인의 건강, 경제력, 성, 부부 문제, 그리고 세대 간의 갈등
문제 등이 대부분을 차지한다. 희망적인 메시지는 거의 없다. 답답하기만
하다. 그 이유는 어디에서 온 것인가? 결론은 너무 오래 살기 때문에 그
런 것이다.

　영국의 조지 버나드 쇼(George Bernard Shaw : 1856~1950)는 극작가·소
설가·수필가·음악평론가로 살며 노벨 문학상에다 아카데미 영화상을 받
았으니, 누가 보아도 성공한 인생을 산 사람이다. 또 94세의 향년을 누
렸으니 어느 누구보다 복 받은 인생임에 틀림이 없다. 그러나 그 당사자
는 그렇게만 생각하지 않았던 모양이다. 그가 남긴 묘비에는 "오래 살다

보면 이런 일을 당할 줄 알았다(I knew if I stayed around long enough, something like this would happen)"라 적혀 있다고 한다. "우물쭈물(혹은 '어영부영')하다가 내 이렇게 될 줄 알았다"라고 흔히들 번역하지만 재미 작가 조화유 선생은 그것은 정확한 번역이 아니라고 했다. 조지 버나드 쇼는 왜 그런 묘비를 남겼을까? 그는 69세의 나이인 1925년에 노벨상을 받았고, 그 뒤 25년이나 더 살았던 것이 문제였던 모양이다. 세계 최고 영예의 노벨상도 '늙은이로서의 25년 세월'을 보장해 주지 못했던 것이 다. 박수받을 때 바로 이 세상을 뜨지 못하고 우물쭈물하다가 이 더러운 세상을 만나게 된 것이라 결론 내린 것이 틀림없다. 그런 회한을 묘비에 다 적어달라고 한 것이라면 "우물쭈물하다가 내 이렇게 될 줄 알았다"는 오역이 아니라 절묘한 번역이라 생각된다.

우리 세대는 "오래 사는 것만큼 복된 인생이 없다"는 말을 자주 들으 면서 살아왔다. 나이가 먹어 갈수록 축하하고, 더 오래 살기를 축원해 주 기도 하였다. 만 60이 되는 해의 회갑(回甲: 還甲)은 다시 인생을 시작한 다는 의미를 담고 있다. 66세의 미수美壽, 70세의 고희古稀, 71세의 망팔 望八, 77세의 희수喜壽, 80세의 산수傘壽, 81세의 망구望九, 88세의 미수米 壽, 90세의 졸수卒壽, 91세의 망백望百, 99세의 백수白壽, 100세의 상수上 壽, 108세의 다수茶壽, 111세의 황수皇壽, 120세의 천수天壽 등의 명칭 대 부분은 오래 산 것을 축하하고, 앞으로 더 오래 살기를 진심으로 희망하 고 기원하는 의미가 들어 있다. 예컨대 71세를 망팔이라 한 것은 80세까 지 살 것을 바란다는 뜻이고, 망구, 망백은 90, 100세까지 살아계시길 기원한다는 뜻이다. 또 111세의 황수는 "황제와 같이 우러러보는 높은 나이"라는 뜻이니 그때까지 살면 황제도 일부러 찾아보는 것이 예의라고 본 것이다. 옛날 중국에는 태수太守 현령縣令 등 지방관이 임지에 도달하면, 제일 먼저 그 지방의 기구(耆舊: 명망이 있는 60세 이상의 노인)를 찾아뵙는 것이 법도였다. 그리고 120세를 천수라고 한 것은 그때까지 사는 것이야말로 "하늘이 준 타고난 수명(天命)을 다 했다"는 뜻이다. 사람이 그 이전에 죽으면 하늘의 명을 거역(逆天)했다는 뜻이 된다.

그러나 세상은 너무 많이 변했다. 직업 전선에서 물러난 뒤의 기간을 인생만년을 즐기는 '휴식기'가 아니라, 무위도식하며 국고나 축내는 '잉여기'로 인식되고 있는 것이다. 변한 것은 이런 사회인식뿐만이 아니라 가정의 분위기 역시 그런 모양이다. 우리나라에 IMF 금융위기가 닥쳤던 1990년대 말 텔레비전을 켜면 "아빠 힘내세요! 우리가 있잖아요!"라는 노래를 자주 듣곤 했다. 위기에 몰린 가장에게 가족은 든든한 버팀목이었다. 그로부터 10여 년밖에 지나지 않은 지금, 상황이 달라져도 너무 달라졌다. 확신은 할 수 없지만 곧 "아빠 사라져요! 우리가 힘들어요!"라는 소리가 텔레비전을 통해 흘러나올 것만 같다. 그러나 젊은이에게 한 말 해주고 싶다.

젊은이들이여! 힘들고 아프다고 불평하지 마라! 그대들은 정신만 그렇지만, 우리 늙은이들은 몸과 정신 모두 다 아프단다. 열사의 나라 사우디 공사장에서 얻은 상처 아직도 아물지 않았고, 베트남 정글 속에서 고엽제 맞으며 싸운 후유증으로 성한 데가 거의 없다. 그대들이 보내는 저 차가운 눈빛에 우리들은 가슴이 너무 쓰리고 아프단다. 우리는 경쟁관계가 아니라, 같은 시대를 살아가는 부모 자식 간이요, '동행同行'해야 하는 길동무인 것이다. 우리들이 이룬 근대화를 그대들은 반석 위에 곧추세워야 할 의무가 있다. 조금 불안하다고 좌절해서도 안 된다. 세상을 탓하기보다 자기의 운명을 스스로 개척하려는 자세를 가져야 한다. 어려울수록 더 크고 야무진 꿈을 가지기를 바란다.

이런 실증적 노소 간에는 살아온 환경이 달라 세대차가 난다고 치더라도, 평생 동고동락하며 살을 섞으며 살아왔던 마누라까지도 변심하고 있다는 것은 실로 충격이 아닐 수 없다. 친구 남허가 보내 준 것 가운데 〈늙은 남편이 부담스러워요〉라는 제목의 글이 있었다. 몇 년 전 일본의 한 지방[愛媛縣]의 인구조사에 따르면 "여성은 남편 있는 쪽이, 남편 없는 쪽보다 사망 위험이 두 배 높았고, 남성은 그 반대로 부인 있는 쪽이 더 오래 살았다"는 통계다. 늙은 남편을 가진 여성의 단명 원인은 "늙은 남편이 아내에게 의존하는 경향이 높기 때문"이라는 분석이다. 그래서 일본에서는 '늙은 남편'을 "비 오는 가을날 구두에 붙은 낙엽"으로 비유한단다. 아무리 떼어 내버리려 해도 달라붙기 때문이다.

이런 훈계 앞에 늙은 남편들은 더 이상 할 말이 없게 되어 버렸다. 남자들에게는 오래 산다는 것이 이제는 축복이 아니라 욕이요, 재앙이 되어버리고 말았다. 이런 상황은 미국도 마찬가지인 모양이다. 조화유 선생이 102세에 죽은 어느 미국 사람의 묘비를 보았더니 "착한 사람들은 일찍 죽는다"라 쓰여 있더라는 것이다. 착하게 보이던 사람도 오래 살면 살수록 흠만 쌓여 나쁜 사람으로 각인될 뿐이기 때문이다. 그러니 '걸레 스님'이란 별명으로 잘 알려졌던 중광 스님은 그의 묘비에다 "에이 괜히 왔다 간다"고 쓴 것이리라. 묘비명이나 묘지명은 그 사람이 생애를 종결하면서 이 세상을 살면서 느낀 것이나 기억되기를 바라는 자기의 족적을 표현한 마지막 금쪽같은 몇 마디 글귀이다. 그래서 개그우먼 김미화가 미리 써둔 묘비명은 "웃기고 자빠졌네"라고 했고, 미국의 코미디언 조지 칼린(George Dennis Carlin, 1937~2008)은 "이런 사람 조금 전까지 여기 있었는데"라고 적어달라고 부탁한 것이리라. 그런 글에 '일찍 죽지 않는 것이 후회된다'거나 '이 세상에 태어나지 말았을 걸' 하는 식의 글을 남길 수밖에 없었던 사람들의 상황과 심정을 헤아려보면 이 어찌 남의 일이라고만 치부해 버릴 수 있겠는가! 이들은 요새처럼 각박한 세상을 살지 않았던 사람들인데도 말이다. 참 인생이 너무 난감하고 허무하다는 생각을 지울 수가 없다. 이런 시대에 태어난 것이 잘못인가, 아니면 인생이란 원래 그런 것이란 말인가? 도무지 종잡을 수가 없다. 이런 일이 나에게 닥친다면 어쩔까? 가족의 붕괴는 사회의 그것으로, 사회의 붕괴는 국가의 그것으로 직결된다. 일본의 어느 역사학자는 나라의 흥망의 원인은 밖에 있는 것이 아니고 내부, 곧 그 사회의 '풍속風俗의 양부良否'에 달린 것이라고 진단한 바 있다. 사실 인류 역사상 요즈음과 같은 풍속의 붕괴가 일어난 적이 과연 있었던가? 평생 역사책만 뒤진 나도 그런 사례를 쉽게 찾아내기가 힘들다. 그러니 작금 이런 상황 전개에 어찌 눈물이 나지 않을 수 있겠는가!

사람은 한정된 짧은 시간 동안 이 세상에 머물다 가는 과객에 불과하다. 우리들은 억만 겁의 영원한 시간 속에 시절인연으로 어렵게 만난 사람들이다. 아무리 오래 산다 해도 백년 넘기기가 쉽지 않다. 서로 사랑하며, 서로 이해하며, 서로 아파하며, 서로 감싸안아 주지 않을 수 없는 이유인 것이다. 앞서거니 뒤서거니 곧 이 세상을 떠날 때 좋은 추억 많이 갖고 간다는 말 남길 수 있도록 서로 도와주어야 한다. 우리도 시인 천상병처럼 "나 하늘로 돌아가리 /이 세상 소풍 끝내는 날 /가서 아름다웠다고 말하리라"(〈귀천〉)라는 자찬自撰 묘비명을 새길 수 있었으면 좋겠다. 변변한 직장 하나 가져본 적이 없어 평생 어렵게 살았던 그가 하늘로 돌아가 이승이 아름다웠다고 전하겠다고 한 천상병! 그가 요상하게 살아가고 있는 우리들을 정말 부끄럽게 만들고 있다.(2012. 09. 18.)

# 계노록戒老錄

　누구나 평등하게 해마다 나이 한 살씩 먹어 가지만 막상 '노인'이란 말은 언제 들어도 듣기가 거북하다. 아직 노인이란 소리 들을 만큼의 나이가 되지 않았다고 느끼고 있기 때문일까? 아니면 가는 세월을 애써 부정하고 싶은 마음 때문일까? 사실 이런 애매한 시기도 잠깐일 것이다. 이전에 그렇게 듣기 거북하던 '할아버지'라는 호칭도 계속 듣다 보니 요즈음 이것도 점차 귀에 익게 되었다.

　평균수명이 길어지니 정년 뒤의 생활이 사회적으로 크게 문제가 되는 것이 작금의 현실이다. 매일 아침 메일로 보내 주는 친구 K군의 좋은 글과 자료 속에도 노인이 알고 지켜야 할 사항을 지적한 것들이 대부분을 차지한다. 또 요즈음 인터넷상에 떠도는 것들 가운데 '노인 금기사항 10가지,' '세 가지 병신', '세 가지 바보' '바보노인' 혹은 '노욕과 노탐'이란 제목들이 눈에 띈다. 늙어서 그렇게 해서도, 그런 상황에 빠져서도 안 되는 것들을 조목조목 열거한 것이다. 이와는 달리 '이렇게 나이 들게 하소서' 혹은 '황혼의 멋진 삶' 등 희망 섞인, 바람직한 모습을 제시한 것들도 있다. 쉽지 않은 일이긴 하지만 바람직한 것은 노력해서 성취하고 그렇지 않은 것은 될 수 있는 한 피해야 할 것이다.

우리 세대를 흔히 "효도한 마지막 세대, 효도 받지 못하는 첫 세대", 곧 이른바 '샌드위치 세대(Sandwich Generation)'라고 한다. 나이 들면 자식들의 보살핌 아래 편안하게 살 것을 기대하며 젊은 시절을 보냈다. 그런데 그게 아니었다. 노후 준비를 제대로 하지 못하였는데 사랑방에 앉아 큰소리치던 아버지 세대의 모습과는 너무나 달라진 현실에 기가 막힌다. '경노敬老시대'는 저물고 '무노無老시대'가 목하 도래했다. 지하철의 '막말남'의 기사가 우리를 슬프게 한다.

이런 세태, 이런 나이에 이미 접어들었는데 무슨 큰 소망이 있겠는가? "육십이 넘어 애인이 생기면 가문의 영광, 칠십을 넘어 애인이 생기면 신의 은총"이라지만 그런 행운이나 은총이 온다 하더라도 그 모습이 근사해 보이기보다는 추해 보일 것 같기만 하다. 다만 경륜과 지혜에 대한 존경보다는 크게 무시당하지 않는 여생이었으면 좋겠다. 그러려면 지금이라도 그 방도를 찾아야 되지 않겠는가 하는 생각이다.

일본에서 공전의, 동시에 현재까지 30여 년 동안 최장기 베스트셀러로 기록된 《계노록》이라는 책이 있다고 한다. 이 책을 우리말로 풀이하면 '늙었을 때 그렇게 되지 말아야 할 모습들' 정도가 될 것 같다. 국내에서는 나는 이렇게 나이 들고 싶다》라는 책이름으로 번역 출판되었다고 한다. 진작부터 경계심을 잔뜩 갖고 대처해도 곱게 늙은 사람으로 비춰지기는 참 어려운 모양이다. 저자 소노 아야코(曽野綾子|浦知壽子| Sono Ayako, 1932-) 씨가 30대에 이 책을 쓰면서 자기만은 늙어서 저런 사람으로 비쳐지지 않기를 바랐는데 칠십이 되어보니 그토록 경계하던 바로 그런 사람이 되어 있더라는 것이다. 소노가 경계한 것은 크게 보아 두 가지 타입이었다.

첫째, 내가 왕년에는 어떻게 했는데 하며 자기의 주장을 절대화하거나 일반화하는 버릇이다. 둘째, 자기 손에 쥐고만 있고 베풀 줄 모르는 사람이라는 것이다. 나도 이제 육십 중반을 넘어서고 있다. 우연히 책을 펼치다 이 구절을 읽고 새삼 다시 나를 뒤돌아보게 되었다. 틀리지 않은 말이지만 소노 씨가 처한 것과 우리 세대, 아니 내가 처한 상황은 같다고 할 수는 없다. 소노의 주장에 전적으로 동의할 수 없는 것은 그 때문이다.

사람은 그 존재 자체가 존엄한 것이다. 우리가 인간의 트레이드마크인 이 존엄성마저 상실해 버린다면 동물과 별반 다를 것이 없을 것이다. 존엄성이란 '당당함'의 또 다른 말이다. 누구에게도 비굴하지 않는 것이다. 그러나 작금 노인들은 인간의 이런 본원적인 존엄성마저 위협받고 있다. 그것은 '비생산의 소비세대', '무용세대'로 낙인찍혔기 때문이다.

"어제는 역사, 내일은 미스터리, 그리고 오늘은 선물"이라는 말이 있다. 나는 이 구절을 내 나름으로 해석하고 싶다. 어제를 이끌고 왔던 노인은 젊은이에게 귀감인 역사 그 자체다. 풍부한 경륜과 식견을 바탕으로 젊은이를 이끌고 그들이 잘못한 것은 야단치고 나무라는 데 주저하지 말아야 한다. 물론 소노 씨가 경계한 것은 나이 들면서 자기도 모르게 빠져 버린 도그마일 것이다. 이 점만 경계한다면 젊은이에게 비굴할 것이 무엇이 있겠는가? 우리들은 한때 자부심을 갖고 한 시대를 리드하며 각광받던 사람들이었다. 반만년이나 묶여 있던 저 잔인한 가난의 사슬을 끊어 내고 이 땅에 번영을 이룩해 낸 자랑스러운 조국 건설의 역군들이었다. 반만년 역사 속에서 우리들만큼 헌신적으로 일하고 새로 개척하고 자신이 일한 보람을 구체적으로 경험한 세대도 우리 역사상 일찍이 없었다. 우리들은 실로 '질풍노도'의 세월을 보냈다. 그런 우리가 왜 죄인처럼 '고개 숙인 세대'가 되어야 한단 말인가!

가장 먼저 가족, 특히 자식들에게 당당해야 한다. 그래야 딴사람에게도 당당할 수 있다. "가까이 있는 사람을 기쁘게 하면 멀리 있는 사람도 찾아온다(近者說 遠者來)"는 말이 있다. "수신제가치국평천하(修身齊家治國平天下)"라는 말도 있다. 모두 가족과 지근에 있는 사람과의 관계의 중요성을 두고 성현이 한 말들이다. '자식에게 짐이 되지 않아야(not a burden to the children)' 당당해질 수 있다. 그러려면 가장 중요한 것은 건강과 돈이 그 1, 2위를 다투는 조건이다. 이 둘은 노년의 불가결의 조건이다. 아무리 건강해도 돈이 없으면 천덕꾸러기가 되기 십상이고, 돈이 아무리 많아도 건강이 뒷받침되지 못하면 가족의 짐이 된다.

이 두 가지를 미처 준비하지 못하였다 하더라도 크게 낙담할 필요는 없다고 본다. 내일의 운명은 오늘이 결정한다. 우리에겐 선물인 오늘이 있기 때문이다. 오늘을 어떻게 보내느냐에 따라 내일의 우리 모습이 달라진다. 인생을 성장기-노동기-휴식기로 흔히들 3등분하지만 이것은 우리들로부터 이미 멀어져간 '경노시대'의 패러다임일 뿐이다. '무노시대'를 살아가는 우리에겐 죽지 않는 이상 휴식기란 없다고 본다. 즉 현역으로 서지 않으면 대접받지 못한다. 노동기로부터의 은퇴는 새로운 열정을 태우기 위한 출발점이 되어야 한다. 생산하지 않고 그저 소비만 하고, 휴식하는 인생을 이제 이 세상은 슬프게도 더 이상 용납하지 않게 되었다. 노년에 먹을 것을 벌어 놓았다고, 노후 연금 있다고 곶감 빼 먹듯 하는 것도 국가나 사회를 위해 떳떳하지 못한 짓이다. 더욱이 벌어 놓은 것이 없는 사람들은 더욱 그러하다. "사랑과 가난은 감추기 힘들다"는 영국 속담이 있다. 일해서 벌어야 가난을 감출 수 있고 떨어진 위신도 다시 세울 수가 있다. 허세를 부린들 통할 세상이 이미 아니다.

경륜과 지혜를 바탕으로 젊은이들과 당당하게 경쟁해야 한다. 일요일마다 우리들의 눈과 귀를 사로잡는 〈전국노래자랑〉 사회자 송해 씨나 〈가요무대〉 사회자 김동건 씨는 한때 젊은이들에게 그 역할을 물려주었다가 다시 돌려받은 영원한 현역들이다. 연기 인생 56주년을 맞는 76세의 이순재 씨도 우리들의 롤 모델이 될 수 있다. 이들처럼 왕성하게 일을 해야 무시당하지 않는다. 일한다는 것에서 즐거움을 찾아야 한다. '나이로 살기보다는 생각으로 살아'라는 말이 있듯이 이제 나이를 잊어버리고 질풍노도시대의 우리들처럼 다시 뛰어야 한다. 기회는 언제나 오는 것이 아닐 것이다. "지금이 아니면 끝장(It's now or never)"임을 명심할 필요가 있지 않을까? 내일은 미스터리이기 때문이다.

나이에서 오는 불안감은 누군들 없겠는가! 영원한 오빠이자 형인 가왕歌王 조용필에게 60대란 역시 두려운 것이었다. "내가 이제 얼마나 노래를 할 수 있을까라는 생각을 하곤 한다. 공연에 관객을 동원할 수 있을지 공포가 말할 수 없이 많고 신곡을 내었을 때 히트할 수 있을지 불안감도 있다."고 조용필은 토로했다. 그러나 그는 오늘도 새로운 무대, 새로운 콘서트를 준비하고 있단다.

"인생은 단 한 번의 추억 여행이다." 어느 연령대가 가치 있고 어느 연령대가 왕성기라고 확정해서 말할 수 없다. 순간순간이 너무도 값진 것이다. 가장 자신 있고, 가장 잘할 수 있고, 가장 재미를 느낄 수 있는 일을 택하여 하면 된다. 즐겁게 일하면 건강은 따라오지만, 일하지 않고 스트레스에 빠지면 건강을 잃게 될 것이다. 지금이야말로 우리에게 인생의 진짜 새로운 출발점일지도 모른다.

소노 씨는 자기 손에 쥐고만 있고 내놓지 않는 노년을 경계했다. 맞는 말이다. 재산이 아까워 쓰지 못하고 죽는 사람은 바보지만 절대빈곤에 허덕이는 노인에게 해당되는 말은 아니다. 손 놓고 있는데 하늘에서 떨어지는 것은 아무 것도 없다. 자기 자신은 물론 국가와 사회에 도움이 될 수 있는 일이라면 작은 일, 보잘것없어 보이는 일이라도 해야 한다. 사회에는 남이 하길 꺼려 하는 수많은 일이 널려 있다. "부자가 되는 한 가지 방법이 있다. 내일 할 일을 오늘 하고 오늘 먹을 것을 내일 먹어라." 유대인의 속담에 나오는 말이다. 근면하고 절약하라는 이야기다. 그리고 남으면 베풀자는 이야기다.

그래 아직도 꿈과 희망을 가져 본다. 주변 사람들에게 늘 관대하고, 도울 수 있는 일을 찾는 자애로운 그런 노인이 된다면 얼마나 좋을까. 늘 호기심으로 눈을 반짝이면서 자기 일에 몰두하는 노인이 되었으면 좋겠다. 하루해가 저물어 갈 때 저녁연기와 노을이 오히려 아름답고, 한해가 저물어 갈 즈음에야 귤은 잘 익어 더욱 향기롭다고 한다. 우리 인생의 석양−황혼기를 더욱 행복하고 멋진 삶으로 색칠할 수 있다면 얼마나 좋을까. 우리에게 아직도 기회는 있다고 믿는다.(2011. 6. 28.)

# 시니어패스카드

태풍 무이파가 서해를 휩쓸고 지나가고 있던 그제 친구 K가 보낸 메시지가 휴대폰에 찍혀 있다. "지하철이 공짜니까 이 마트에 가서 콘, 고무장갑, 스팸을 사오란다. 갔다 오면 빵 구워 주겠단다. 나는 이렇게 산다. 너는?" 그제 오전에 보낸 메시지인데 하루가 지난 어제 아침에야 확인했다. "난 아직 지하철 공짜가 아니네만 공짜 탈 때 무슨 증명이 필요하나?"라고 어서 질문 겸 답신을 보냈다. 나도 9월이면 K와 같이 무임승차 자격증(?)을 획득하게 되니까 말이다. 곧 "히히 만 65세 되는 날 동사무소에 가서 신청하면 시니어패스카드를 주니라. 지금 배추 심부름 가는 중. 내가 이리 산다!"는 답신이 다시 찍혔다. 오후가 되니 메시지가 도착했다는 신호가 또 울린다. "아침에 이 마트에 가서 선착순으로 배추 사다 주고 집에 좀 누워 있었더니 주식 폭락했다고 하도 문디 이 앓은 소리를 해서 자전거 타고 진관사 계곡에 와서 상념에 잠겨서 ⋯." "그래도 넌 신선놀음이네. 난 출판사에 보낼 원고 때문에 여름휴가고 뭐고 다 반납했는데 ⋯." 저녁에 집에 가서 집사람에게 친구와 주고받은 메시지 내용을 읽어 주었더니 웃으면서 몇 마디 거든다. 나름으로 사리에 맞는 소리라 생각되어 그대로 옮겨 메시지를 보냈다. "양촌, 우리 마누라왈 심부름시킬 사람 있고 심부름할 건장한 몸이 있으니 다행 아니냐고 그러네." 그랬더니 오늘 아침 "총명한 일청―靑 부인 한 말씀 한 말씀이 우찌 그리 보석 같을까 부럽다. 내일 점심 가능한지 ···."라는 메시지를 보내왔다.

　요즈음 우리 연배들은 대개 이렇게 산다. 정년퇴직한 선배 교수가 학회가 끝난 뒤 같이 귀가하는데 "나는 공짜 지하철 타요 ···."라며 약간 겸연쩍은 듯 말하던 모습을 목격했을 때만 해도 그저 그러려니 했는데, 이제 나도 곧 시니어패스카드 그룹의 회원으로 가입하게 된다고 하니 괜히 묘한 기분이 든다. 국가에서 교통비를 부담해 주는 것은 고마운 일이지만 그 자격 획득이 마냥 즐거운 것이 아님은 나만의 느낌은 아닐 것 같다. 그러나 더 이상 무엇을 바라겠는가? 아내의 표현대로 이 나이에 부부가 인생길을 동행하고 아내가 시키는 심부름을 수행할 정도의 건강을 유지하고 있는 것만도 얼마나 다행인가! 길을 가다 보면 지팡이 짚고 힘겹게 걸어가는 노인들을 자주 보게 되는데, 등산복 입고 매일 한 차례 동네 야산을 오르내릴 정도로 내 다리를 쓸 수 있으니 이 얼마나 축복받은 인생인가!

　이렇게 사실 아직까지 전철의 경로우대석이 비어 있는데도 잘 앉지를 않았다. 어떤 때는 이미 앉아 있던 분이 일부러 멀리서 눈짓하며 앉으라고 유도해도 애써 외면해 왔을 정도로 오만(?)을 부렸다. 아니 될 수 있는 한 젊은이처럼 스포티한 복장도 하고 다녔다. 그러나 신체상으로 뭔가 이전에 느껴지지 않던 증상이 자주 나타나는 것은 어쩔 수 없는 일이다. 요즈음 가장 신경 쓰이는 부분은 체모다. 머리가 빠진 것은 젊은 시절부터의 일이라 그 문제에 대해선 크게 신경 쓰지 않지만, 요즈음 특히 신경 쓰게 만드는 것은 윗눈썹이다. 내 몸에 난 모든 털은 반백을 넘어 점차 순백에 가까워지고 있다. 심지어 콧구멍의 털까지도 그렇게 변해가고 있다. 그러나 체모 가운데 유일하게 독야흑흑獨也黑黑 검은색을 유지하면서 나름으로 나를 위로하고 있는 부분이 있었으니 바로 윗눈썹이었다. 그런데 올 초부터 그게 나를 실망시키기 시작했다. 오른쪽 윗눈썹에 반짝반짝 새치가 나기 시작했기 때문이다. 그러니 내가 어찌 신경을 곤추세우지 않을 수가 있겠는가? 그래서 집사람에게 부탁하여 함께 새치 발본작전을 전개하였다. 뽑고 나니 몇 개월은 보이지 않았다. "그럼 그렇지!" 하고 안심하고 있었는데, 지난 7월 어느 날부터 일주일을 멀다 않고 새치가 다시 돋아난다. "이러다 눈썹 다 없어지겠다!"는 걱정스러운 집사람의 멘트에도 "털은 뿌리째 뽑히는 것이 아니다. 내 코털을 보면 알아! 계속 뽑아도 뿌리는 그대로 남아 있잖아! 귀찮게 금방 자라 나오기만 해!"라 반박하며 새치 발본작전 참여를 다시 독려하고 있다.

억지로 버티고는 있지만 둘러싼 모든 상황이 나를 노인이라는 틀 안에 들어서라고 옥죄고 있는 것 같다. 그리고 네가 버티면 얼마나 버티는가 보자는 듯 무언의 압박을 가하고 있는 듯도 하다. 할 일도 많고 아직 못이룬 꿈도 제법 있는데 말이다. 오늘도 내 컴퓨터의 디렉터리 〈(앞으로의) 집필 (예정) 목록〉에 새로운 것을 첨가하기도 하였다. 그러나 나는 한참 착각하고 있는지도 모른다. 늙은이의 욕심부리기를 '노욕'이라 한다. 욕심부리기 가운데 노욕이 가장 볼썽사납다고들 한다.

내 나이 '이순耳順'의 중반을 넘어서고 있다. 《논어論語》〈위정爲政〉편에 나오는 이 '이순'이라는 말은 나이 육십이 되면 아는 것이 이미 지극하여 어떤 소리를 들어도 마음에 바로 통하기 때문에 깊이 생각하지 않아도 어기고 거슬리는 것으로 느끼지 않게 되는 단계에 도달하게 된다는 것이다. 남이 하는 소리만 그렇게 반응해야 되겠는가? 공자님 말씀에 따르면 늙음을 받아들이는 것은 이미 오십에 이뤄야 할 일이었다. 오십을 '지천명知天命'이라 하지만, 이 나이가 되면 우주의 모든 원리에 통달하여 천도天道의 유행으로 사물에 주어진 현상인 당연지고當然之故를 안다고 하였으니, 늙어 간다는 것은 당연지고인데 육십대 중반인 내가 그런 신체적 변화에 무슨 의혹을 가지고 딴죽을 건단 말인가?

"몸뚱이 털 피부는 부모에게서 받은 것이라 감히 훼손하지 않는 것이 효의 시작이다(身體髮膚, 受之父母, 不敢毀損, 孝之始也.)"라는 유명한 이 구절은 《효경孝經》 첫머리에 나오는 것이다. 내 머리에 더 붙어 있기 싫다고 스스로 떨어져 나가는 머리카락이야 어쩔 수 없는 일이지만 부모가 물려준 눈썹이 희다고 생생한 것을 일부러 훼손할 필요야 있겠는가? 늙음을 겸허히 수용하면서 오늘 하루를 하늘이 내린 귀한 선물로 생각하고 하고 싶은 일, 해야 할 일을 수행하는 데 모두 투여하는 것이 '이순'인 내가 해야 할 일일 것이다. 그리고 국가가 제공하는 시니어패스카드도 한 달 앞으로 다가온 내 호적상 만 65세가 되는 날 아침 일찍 동사무소에 가서 즐겁게 발급받아야 할 것 같다.(2011. 08. 10.)

# 문수사 文殊寺

문수사는 미국 매사추세츠 주 동북부 웨이크필드(Wakefield)라는 작은 도시에 있는 한국사찰 이름이다. 울타리 가에는 철 따라 작은 꽃들이 연이어 피고 아름다운 사람들이 모이는 곳이다. 낮에는 숲속에 이름 모를 새들이 간혹 정적을 깰 뿐이고, 밤에는 뭇별들이 특히 밝게 반짝이는 곳이다.

남편의 안식년을 맞아 20여 년 동안 다니던 직장생활을 그만두고 낯설고 또 말마저 통하지 않는 이국땅 미국에 오게 된 아내는 어떻게 알았는지 미국에 도착하자마자 문수사라는 절이 보스턴 근방에 있다고 하니 데려다 달라는 것이었다. 대화상대도 제대로 없는 상황이기도 하지만, 한국에서도 부처님에 의지하고 살아왔던 아내로서는 당연한 요구이기도 하였다. 아내의 간절한 마음을 제대로 파악하지 못한 나는 볼 것도 많고 할 일도 많은 이곳 미국까지 와서 황금 같은 일요일 꼭 절에 가서 거의 하루를 보내야 하느냐고 불평하였다. 결국 아내의 강력한 주장에 밀려 문수사를 찾게 된 것이다.

하버드 대학 후면에 있던 셋집에서 문수사까지 가는 데는 고속도로로 약 50분이 걸린다. 한국에서도 평소 절에 가는 것을 즐기지 않던 나에게 문수사행은 솔직히 상당한 인내를 필요로 하는 것이었다. 일요일 정기 예불을 마치면 나는 아내를 데리고 곧장 집으로 돌아왔다. 신도들이 점심을 먹고 귀가할 것을 권하였지만, 약속이 있다는 핑계를 대었던 것이다. 한국에서 한 번도 먹어보지 않았던 절 밥을 먹기가 별로 내키지 않았던 것이 이유이기도 했지만 사실 미국에 와서까지 한국 사람들이 모이는 장소를 일부러 찾아 그들과 대화한다는 것이 무슨 의미가 있는가 하는 생각이 들었기 때문이다. 아내는 그게 종내 불만이었다. 사실 절 밥에 대해 나는 그동안 오해를 하고 있었다. 비위가 약한 탓도 있지만 뭔가 절 냄새 같은 것이 있을 것이라는 지레짐작 때문이었다. 그런데다 문수사 신도들의 분위기도 내 마음대로 예단한 것에 불과한 것이었다.

그러던 어느 날 아내의 강력한 주장과 어느 신도의 권유를 받아들여 마지못한 듯 신도들과 점심식사를 같이 하게 되었다. 절 밥이 그렇게 맛있다는 것을 비로소 알게 되었다. 또 점심을 먹으면서 나누는 대화가 그처럼 화기애애한 줄은 이전에 미처 알지 못했다. 유학이나 이민생활에서 몸소 겪은 애환을 터놓고 이야기하는 것을 들으면서 나는 참으로 많은 인생 공부를 하게 되었다. 진심으로 서로를 위하고 도와주려는 마음 씀에 많은 감동을 받기도 하였다. 남의 말을 건성으로 듣지 않고, 조그마한 정보라도 제공하려는 적극적인 자세를 볼 때마다 이제껏 한국에서 관계한 어느 단체에서도 느껴보지 못한 진한 정감을 느낄 수가 있었다. 젊은 유학생들은 예의 발랐고 법당 일에 솔선수범 앞장섰다. 한국에서도 이런 작은 절, 적은 신도들로 구성된 사찰이 있다면 얼마나 좋을까 하는 생각을 문득 갖게 되었다.

뿐만 아니라 주지 도범道梵 스님을 비롯한 스님들의 강론들은 이제까지 내가 전혀 생각하지 못한 인생에서의 크고 근본적인 문제들을 제기하고 그 해법들을 다양하게 제시하고 있었다. 간혹 신도들에게 보내는 도범 스님의 안내 편지는 그 문장 자체도 명문이었지만 나에게 많은 것을 생각하게 하는 것들이었다. 살아 갈수록 더욱더 알 수 없는 것이 인생이라지만, 강론을 듣는 순간만은 남은 인생을 내가 어떻게 살아가야 하는가를 으슴푸레 알 것 같았다.

나는 문수사에서 이렇게 맑고 따뜻한 마음들을 만나게 된 것이다. 마음이 맑아질 때 사람들은 자기와 다른 것과 진정으로 대화할 수 있다. 자기를 버리고 사랑과 자비를 가진 자만이 내 아픔이 아니어도 아픔을 느낄 수 있고, 내 기쁨이 아니어도 기쁨을 느낄 수 있게 되기 때문이다. 살아오면서 더욱더 혼탁해지고 있는 내 마음이 자꾸 부끄러웠다. 이처럼 문수사는 잃어버린 나의 맑고 따뜻한 마음을 챙기며 살아가도록 채찍질하는 곳이었다.

2003년 10월부터 우리 내외는 문수사에 가는 날이 기다려지기마저 하였다. 일요일이 되면 많은 정다운 불자형제들을 만날 수 있다는 기쁜 마음으로 꽉 차 있었기 때문이다. 그러나 11월 말부터 아내는 좌골 신경통으로 두 달 동안 바깥출입을 하지 못하였다. 그저 염주 알을 굴리며 나날을 보내고 있었다. 조금씩 걷기 시작한 것이 지난해 1월 말부터였다. 우리는 문수사를 다시 찾았다. 아내는 바닥에 앉지 못하고 법당 뒤에 서서 예불을 보아야만 했지만 법당을 다녀오면 얼굴이 맑아져 있었다. 이후 캐나다 등 장거리 여행 시기를 빼고는 빠짐없이 문수사를 찾았다.

법회가 끝나고 점심식사를 끝낸 뒤에도 우리 부부는 좀체 절을 떠나지 않았다. 장소를 바꾸어가며 불자들과 어울려 하는 이야기는 끝이 없었다.

일주일에 한 번씩 한국 사람들과 마주하였지만 거기에는 고국에서 한창 벌어지고 있는 싸움질도 질시와 저주의 말잔치도 일어나지 않았다. 상대를 깔아뭉개야 내가 살 수 있는 것처럼 벌어지고 있는 살벌한 투쟁도 저속한 견줌도 일체 보이지 않았다. 그리고 진보도 보수도 세대 간의 갈등과 충돌도 일어나지 않았다. 전라도 경상도로 나누어 언쟁하는 경우도 없었다. 그래서 말을 할 때도 눈치 볼 필요가 없어서 그렇게 편할 수가 없었다.

부처님 앞이어서인지 잘났다고 재는 사람을 한 사람도 만날 수 없었던 것은 정말 행운이었다. 스스로 말하는 것보다 남의 말을 귀담아 들어주는 것은 원래 고통이다. 하잘것없는 이야기를 해도 경청해 주었다. 그런 대화야말로 심신을 편하게 한다는 것을 처음으로 느꼈다. 타국생활에서 오는 고통을 서로 위로하고 기쁜 일에는 자기 일처럼 환호하고 있었다. 그러고 보니 문수사는 속세 한국이 역겨워서 떠난 도피자들이 이국땅 미국에서 가꾸어 낸 소국과민小國寡民의 이상향, 도화원桃花源 그것처럼 보였다.

나는 지난해 7월 초순 미국 서부지역 여행 뒤 귀국을 위해 문수사를 작별해야 했다. 주지 스님은 귀국 짐을 탁송한 뒤에는 문수사에 와서 지내라고 제의하였다. 그리고 자동차도 절에 있으니 귀국 때까지 마음 놓고 이용하라고 하였다. 떠나는 날 보스턴 공항까지 배웅해 주겠다고까지 하였다. 식기 침대 등 일체의 가구를 보스턴을 떠나면서 법대 J교수에게 넘기기로 하였기 때문에 주지스님의 호의를 받을 필요가 전혀 없었지만, 그 마음 씀에 우리 내외는 실로 감동하지 않을 수 없었다.

인터넷 신문으로 매일 확인하는 것은 서울에서 들려오는 싸움박질뿐이었다. 정말 귀국하기가 싫었다. 아름다운 자연, 질시 없는 사람들이 만든 공동체 문수사에서 좀 더 오래 지내고 싶었지만 현실은 우리 가족을 '낙원'을 떠나 귀국 길에 오르도록 강요하고 있었다.

문수사를 떠난 지 벌써 6개월, 나는 무엇 때문에 그리도 바쁘고 무엇에 홀려 있는지 도범스님과 정다운 불자들에게 안부의 글마저 쓰지 못하고 있다. 그러나 문득 생각나는 얼굴들, 그들은 오늘도 부처님의 은총으로 행복한 생활을 누리고 있을 것이라 믿는다. 며칠 전 지난해 11월 말 신청해 둔 비자 인터뷰를 끝내고 10년짜리 관광 비자를 받아두었다. 정다운 얼굴들이 한없이 그리울 때 이제는 가서 만나 볼 수 있게 되었다. 정다운 얼굴들이 겹겹으로 눈앞으로 다가왔다가 사라지곤 한다. 낙원을 만드는 것은 인간에게 노력이나 희생을 결코 크게 강요하지 않다는 것을 가르쳐 준 문수사가 마냥 그립다. 나는 한국에 돌아와서 아직도 법당을 찾지 못하고 있다. 이곳에서 문수사와 같은 곳을 찾기가 힘들기 때문일 것이다. 아내는 자주 법당을 찾지만 문수사가 마냥 그리운 모양이다. '파라다이스' 문수사를 다시 찾을 여건이 우리 내외에게 주어지기를 진정으로 바라고 있다.(2005. 2. 9. 설날에)

# 스님의 편지

지난 2월 중순 미국 문수사 도범 스님께서 편지를 주셨다. 내가 보낸 하찮은 글에 대한 답장 형식이었다. 스님 글이 항상 그러하듯이 나로 하여금 이번에도 또 다른 큰 떨림을 느끼게 하였다. 평생 참선으로 보내신 스님의 말씀 한마디 한마디가 어찌 가벼울 수가 있을까마는 현재의 내 생활을 꿰뚫어 보면서 일부러 지적하여 말씀하시는 것 같았기 때문이다. 스님은 나에게 두 가지 이야기를 하셨다.

먼저 바람에 대한 이야기이다. 나무는 가만히 있고 싶지만 바람이 분다는 말이 있는 것처럼 우리 인간은 나무가 그러한 것처럼 바람을 피할 수 없는 것이다. 크게 작게 그 정도의 차이는 있지만 그 바람에 매일 흔들리며 살아가지 않을 수 없는 것이 인간이다. 바깥바람이 불지 않는 날이면 스스로 일으키는 바람에 의해 내면의 흔들림 속에서 살아가고 있다. 하루에도 크고 작은 일로 수없이 동요되고 마음 따라 몸 가고, 몸 따라 마음 가는 것이 우리 범부의 삶인 것이다.

바람을 적절하게 받아들이거나 이겨내면 그 바람은 새로운 싹을 틔우기도 하고 아름다운 꽃을 피우고, 알찬 열매를 맺게 할 수 있다. 아침에 일어나 창문을 열어 새로운 바람을 불러들여 탁해진 방안의 공기를 바꾸듯이 자아自我의 테두리 안에 들어앉아 있는 탁한 고정관념을 밀어내어 가슴과 머릿속을 비워야 하는 것이다. 풍경이나 목탁은 속이 비었기 때문에 그것에서 맑고 푸른 메아리로 되울려 오듯이 가슴을 말끔히 비워야만 비로소 우리는 청아한 목소리를 낼 수 있는 것이다.

다음은 '부판'이라는 작은 벌레 이야기이다. 이 벌레는 항상 무엇인가를 등에 짊어지고 어디론가 가고 있다. 누군가 일부러 짐을 내려 주어도 주위를 바쁘게 기어다니며 또 다른 짐을 찾아서 다시 무겁게 지고 간다. 이 벌레는 짐을 지고 높은 곳으로 기어오르기를 좋아해서 오르다가 떨어지고 다시 오르기를 수차례 반복하면서 그 짐을 결코 내려놓지 않고 그 일을 계속하는 것이다.

스님의 말씀은 '선문답'처럼 어려운 내용이었지만 내가 이해한 것은 대강 이상과 같다. 나이가 들수록 오랫동안 안 비운 쓰레기통처럼 잡것들로 머리통은 더욱더 복잡해져 가고 가슴은 세속적인 것들로 꽉 차 있다. 바람이란 그물에 걸리지 않고 지나가는 것이므로 아무리 창문을 열어둔다 해도 우리가 스스로 털지 않으면 방안에 쌓인 티끌을 흘려보내지 못할 수도 있는 것이다. 쓸데없는 것인데도 집착이라는 딱풀로 그 티끌들을 붙여놓고 있기 때문이다. 권력이나 재부財富 그리고 명예라는 것은 어떤 면에서 우리에겐 티끌에 불과한 것이다. 권력을 아쉬워하지 않고 재부에서 초연하고 명예에 머물지 않을 때에만 우리에게 붙어 있는 티끌 먼지를 털어 보낼 수가 있는 것이다. 그러나 우리, 아니 나는 권력과 재부, 명예라 딱 부러지게 규정할 수는 없지만 그와 유사한 것에 대한 끝없는 욕망과 갈증으로 마음의 평화는 찾기 힘들다. 화내고 탐내는 마음으로 내 삶은 이처럼 분주하기만 하다. 소유하되 소유에 집착하지 않고, 행하되 행위에 매몰되지 않아야 마음의 평화가 오는 것인데 그렇지를 못하고 있다. 못다 비운 가슴속의 티끌로 하여 생긴 불만으로 오늘도 나는 짜증스러운 소리를 내고, 또 밤마다 탐욕스러운 꿈으로 지새고 있는 것이다. 그러다 보니 삶의 참된 의미가 과연 무엇인지 알지 못하고 지내고 있다.

지난날의 아쉬움이나 후회도 역시 티끌에 불과한 것이다. 이것들을 망각의 창 너머로 날려 보내고 새로운 각성으로 을유년을 시작하였다는 스님의 경지가 부럽기만 하다. 마음의 평화는 나에게 언제 오려는가.

불가에서는 모든 생명체 중에서 인간으로 태어날 가능성은 넓은 들판에 콩알을 가득히 널어놓고 하늘에서 바늘 하나를 떨어뜨려 콩 한 알에 박히는 확률과 같다고 한다. 인간으로 태어난 것은 이처럼 어렵고 위대한 일인데도 부판이란 벌레와 다름없이 살아가고 있는 것이 현재의 내 모습이다. 나이가 들어갈수록 짐을 하나씩 내려놓아야 하는 데도 나는 오히려 짐을 하나씩 더 올려놓고 있는 것이다.

고려 말 고승 나옹선사께서는 속세의 사람들에게 사는 방법을 제시하였다. "탐욕도 벗어놓고 성냄도 벗어놓고/ 물같이 바람같이 살다가 가라하네"라고 하였다. 선사께서 말씀하신 물같이 바람같이 산다는 것은 구체적으로 어떤 삶을 가리키는 것일까? 선사께서는 탐욕과 성냄을 벗어놓는 것이 그런 삶이라고 하였다. 언뜻 보기에는 물도 바람도 중생과 같이 노여워하고 폭력적인 것처럼 느껴진다. 홍수가 그러하고 폭풍이 그러한 것처럼 보이는 것이다. 그러나 가만히 생각하면 홍수나 폭풍이 물과 바람 자체의 성냄의 결과는 아닐뿐더러 탐욕은 더욱 아니다. 산이 산인 것처럼 물은 물이고 바람은 바람인 것이다. 우리가 자기의 이해나 관심에 관련시켜 이해하려 들지 않고, 물과 바람에 대한 본질을 진정으로 깨닫는다면 물은 물인 것이고, 바람은 바람인 것이다. 홍수나 폭풍은 우리의 느낌의 결과일 뿐이다. 있는 그대로가 도인 것이요 진리인 것이다.

불교에서 수행자를 '운수납자雲水衲子'라 지칭하지만, 사실 구름 가는 대로 물 흐르는 대로 맡기는 것이 바로 수행의 근본이다. 가만히 생각해 보니 나는 물과 바람의 본질을 의심하였을 뿐 그 진상을 깨닫는 단계에 이르지 못하고 살아가고 있는 것이다. 오늘도 탐욕과 성냄으로 하루하루를 소비해 가고 있는 것이라 생각하니 마음이 저려온다. 스님이 그리운 것은 내 이런 생활 때문일 것이다.(2005. 3. 29.)

# 야단법석에 가면 삶의 길이 보인다

　몇 년 전부터 부처님의 가르침을 접하게 되었다. 우연한 계기였다. 미국에 머물 때 평소 불심이 깊은 아내를 법당까지 자동차로 실어다 주던 일이 그 계기였다. 국내에 있을 때는 아내도 운전을 했지만 많이 서툰데다 미국의 고속도로를 한 시간 정도 달려야 하는 거리라 마음이 놓이지 않았기 때문이다. 보스턴 북쪽 웨이크필드라는 작은 도시에 자리한 문수사文殊寺라는 절이었다. 처음에는 법당에도 들어가지도 않고, 법회가 끝나기가 무섭게 점심공양도 하지 않고 바로 아내를 데리고 귀가할 정도로 그 당시 불교는 나에게 멀리 떨어져 있었다. 그러나 신도 아닌 티를 너무 내는 것 같기도 하고, 아내의 체면도 생각한 나머지 마지못해 그곳 불자들과 어울리게 되었다. 이민 오신 분들이 신도의 대부분을 차지해서인지 1년 타관살이를 하고 있던 우리 가족들을 참 많이 염려하고 배려해 주었다. 이처럼 내 불교 입문은 여느 사람들처럼 삶의 과정에서 각별한 계기가 있어서 그러했던 것은 아니었다. 귀국한 뒤 아내가 매주 다니는 자하문 너머 부암동 원각사圓覺寺에 동행하게 되었다. 그러다가 얼떨결에 신도회 회장까지 맡게 되었다. 나 같은 빈한한 서생이 회장을 맡는 절은 원각사 말고는 우리나라에서는 아마 찾아보기 힘들 것 같다. 가난한 절에 가난한 서생, 조합이 맞는 것 같기도 하고, 그렇지 않은 것 같기도 하다.

신도회 회장을 맡고부터 추진한 일이 '야단법석野壇法席'이란 신도들의 활동이었다. 역사를 전공한 관계로 평소 국내외 답사 여행을 많이 다니다 보니 이런 발상을 한 것 같기도 하지만, 평소 역마살이 살짝 있어 보이는 신도회 총무 청봉 조정제 거사의 탓도 있는 것이 아닌가 여겨진다. '떠들썩하고 시끄러운 모습'이란 뜻으로 흔히 쓰는 야단법석이란 말은 잘 알다시피 원래 불교용어다. '야단'이란 '야외에 세운 단'이란 뜻이고, '법석'은 '불법을 펴는 자리'라는 뜻이니, "야외에 자리를 마련하여 부처님의 말씀을 듣는 자리"라는 것이 원래의 뜻이다. 법당이 좁아 많은 사람들을 다 수용할 수 없으므로 야외에 단을 펴고 설법을 듣고자 하는 것인데, 말씀을 듣고자 하는 사람들이 그만큼 많았기 때문이다. 석가모니 부처님이 야외에 단을 펴고 설법을 할 때 인원이 최대로 모인 것은 영취산靈鷲山에서 법화경法華經을 설법했을 때였는데, 무려 3백만 명이었다고 한다. 사람이 많이 모이다 보면 질서가 없고 시끌벅적하고 어수선하게 마련이다. 이처럼 경황이 없고 시끌벅적한 상태를 비유하여 쓰던 야단법석은 우리 일상 대화에서도 이제 흔하게 쓰는 말이 되었다. 그러나 원각사는 일요법회에 참석하는 신도가 10명을 넘는 경우가 드무니 법당이 좁을 리도 없어, 야단법석을 굳이 마련할 필요도 사실 없는지도 모른다. 그러나 원각사의 야단법석은 불자들의 '만행萬行'의 일종이다. '수행'이라고 거창하게 말할 수는 없어도 절이나 유적지 여러 곳을 두루 돌아다니면서 나름으로 심신을 함께 닦는 수행인 동시에 앞서 다양하게 살다 간 사람들의 흔적을 보면서 그들의 생애를 생각해 보는 활동이기도 하다.

몇 차례 야단법석을 다니면서 답사 때 그랬던 것처럼 동선은 주로 내가 정했다. 유명 사찰을 주된 대상으로 하였지만, 간혹 가볼 만한 유적지도 일정에 넣곤 했다. 그런 데에는 올바른 삶의 방향을 찾아보겠다는 내 나름의 의도도 작용했다. 지난봄 우리 만행 노선은 경북 북부지역으로 안동 봉정사 - 도산서원 - 청량사 - 조지훈 생가 - 백암온천 - 불영사 - 부석사로 이어지는 코스였다. 가는 절마다 풍경이 그윽하고 좋았지만, 사찰들 둘러보는 사이 퇴계의 도산서원과 영양 주실 마을에 있는 조지훈 생가를 들린 것은 나에게는 의미 있는 만행이었다. 이미 두세 차례 와본 곳이긴 하지만 나는 거기서 참 오랜만에 퇴계 선생이 종생 그렇게 실천하고자 했던 신조와 조지훈 시인의 시구들을 가슴에 새삼 되새기게 되는 계기가 되었기 때문이다. 야단법석이란 불교행사를 두고 무슨 유교 선비와 시인과 관련된 이야기를 하는가 하겠지만, 성현의 말씀이나 훌륭한 인생을 살았던 분들이 우리에게 남겨준 메시지는 서로 통하는 면이 있는 것이 아닐까.

평소 가끔 확신하곤 하는 것이지만, 사람은 높은 벼슬에 오르는 것도 좋은 일이겠지만, 사람들에게 진한 감동을 주는 말이나 행동, 그리고 글을 남기는 것이 더 좋은 인생을 보낸 것이 아닐까 나름으로 판단하고 있다. 도산서원은 잘 알다시피 대유학자 퇴계가 제자들과 더불어 학문을 강론하던 학당이다. 그곳에서 나는 30여 년 전에 반갑게 만났으나 한동안 잊고 지냈던 두 구절의 글과 뜻밖에 재회하게 되었다. 너무 오랫동안 잊고 있었던 '무자기毋自欺'와 '사무사思無邪'라는 두 글귀다. 30여 년 전 내가 국민대학 전임으로 있을 때, 학생들과 고적답사를 하면서 도산서원에 들러 퇴계 선생의 친필 사본을 사와서 연구실 벽에다 걸어놓고 매일 새겨 보던 글귀다. 그 뒤 서울대학으로 직장을 옮기면서 연구실 면적이 많이 줄어드는 바람에 서랍 속에 넣어 둔 뒤 사뭇 잊고 있었던 바로 그 글귀였던 것이다. 나와 이런 구구한 사연이 있는 두 글귀가 새겨진 줄 넥타이를 기념품 상점에서 문득 발견하였다. 이 넥타이를 매면서 이 글귀가 주는 교훈을 새기고자 다짐하고 두 개를 모두 구입한 뒤 서울로 왔다.

'무자기'는 "자기를 속이지 말라"는 일종의 계명으로 사서四書 가운데 《대학》에 나오는 말이다. "자신이 악惡한 것을 알면서도 남에게는 선善이라 속이지 말라"는 뜻을 당초 담고 있다지만, 스스로 약정하거나 결심한 것을 그대로 지키지 않는 것을 특히 경계하라는 의미를 강하게 포함하고 있다는 생각이 든다. 사람이 살아가다 보면 구차한 변명이나 억지 자기 합리화를 위한 각종 유혹에 빠지곤 한다. 사실 정직을 잃은 자는 더 이상 잃을 것이 없다. 그래서 자기를 이기는 일만큼 어렵고도 중요한 것이 없다. "자기의 뜻을 성실하게 하고(誠意)", "홀로 있을 때 오히려 삼가는 것(愼獨)", 곧 개인의 내면적 충실이야말로 자기를 속이지 않는 가장 확실한 방법일 것이다. 사람은 선을 행하고 악을 없애겠다고 마음속으로 결심하곤 하지만, 그것을 실천했느냐, 못했느냐는 남이 알 수 있는 일이 아니고, 자기 혼자만이 알고 느낄 수 있는 것일 뿐이다. 그래서 자기가 생각하고 느낀 것을 그대로 현실로 확실하게 표출하는 것이야말로 '자신을 속이지 않는 일', 곧 '무자기'를 실천하는 길이다.

'사무사'는 《논어》〈위정爲政〉편에 나오는 구절로 공자孔子가 "《시경》에 실려 있는 시 삼백 편을 한 마디로 총평하면, 간사奸邪스럽거나 못된 마음이 없는 것이다.(子曰 詩三百, 一言以蔽之 曰:思無邪)"라 한 데서 비롯된 말이다. 사육신의 한 사람인 박팽년은 이 '사무사'에 대해 "생각하는 바에 사사로움이 없는 것이니, 마음이 바름을 일컫는 것이다. 마음이 이미 바르면, 모든 사물에서 모두 바름을 얻을 수 있을 것이다.(朴彭年對日 所思無邪也, 謂心正也, 心旣正, 則於事事物物 皆得其正:《端宗實錄》)"라 풀이했다. 타인을 진정으로 공경하면 간사한 마음을 가질 리가 없고 간사한 마음을 갖지 않으면, 인간관계가 어그러질 까닭이 없다. 그래서 성현은 타인을 사랑하는 '인仁'을 행한 연후에야 시비를 판단하는 '의義'를 행할 수 있다고 본 것이리라.

잘 알다시피 《천수경》에 십악참회十惡懺悔가 나온다. 살생, 투도(도둑질), 사음, 망어(거짓말), 기어(꾸민 말), 양설(이간질), 악구(험한 말), 탐애(탐욕), 진애(성냄), 치암(어리석음) 등 10가지로서, 우리 중생들이 너무 쉽게 타인에게 저지르는 무거운 죄업들이다. 모두가 하나같이 간사하고 못된 마음을 가짐으로서 생긴 것이며, 만약 타인을 진정으로 공경했다면 이런 업장이 생길 까닭이 없다.

우리가 살아가면서 지은 열 가지 악업을 참회하고 이런 업을 다시는 짓지 않겠다고 다짐하는 것도 중요한 일이지만, 처음부터 악업을 짓지 않는 것이 더 중요한 일일 것이다. 십악을 짓지 않으려면 먼저 '사무사', 곧 간사스럽거나 못된 마음을 갖지 않겠다는 결심을 하여야 하며, 그런 결심을 했다면 그 실천 여부에 대해 스스로를 속이지 않는 단계, 곧 '무자기'에 도달하여야 한다는 말이 아닐까! 그래서 불교와 유교는 삶에 대한 별개의 가르침이 아니고 같은 길을 가리키는 것이라는 생각이 든다.

경북 봉화 읍내에는 조선 중기의 문신·학자인 충재冲齋 권벌(權橃, 1478-1548)의 사당인 삼계서원三溪書院이 있다. 그 서원의 동재東齋를 '사무사재思無邪齋'라 하고, 서재西齋를 '무불경재毋不敬齋'라 부른다. 여기서 '무불경毋不敬'이란 중국의 최고의 예전禮典인《예기禮記》에 나오는 말로 "공경하지 않음이 없다"는 것이 원뜻이지만, 좀 더 길게 풀이한 주석을 보면 "어떠한 일에서라도 삼가야 하며, 사람을 속이지 않고, 특히 자기 자신을 속이지 않는 것, 이것이 바로 '경敬'이라 한다"고 되어 있다. 《예기》에 "곡례(曲禮: 鄕曲의 儀禮) 삼천 가지를 한마디로 요약하면 '무불경'(禮記曲禮三千, 一言以蔽之, 毋不敬)이다"는 구절이 있다. 즉 대인관계에서 무엇보다 중요한 예절은 남을 공경하는 자세이고, 남을 공경하는 자세는 바로 자기를 속이지 않는 데서 시작한다는 말이다. 그렇기 때문에 '무불경'과 '무자기'는 떼려야 뗄 수 없는 관계이다. 이처럼 우리 조상들은 '사무사'와 '무자기'라는 이 두 글귀로 삶을 올바르게 영위해가기 위한 중요한 행동 지침으로 여겨 왔던 것이다.

청량사를 들러보고 주실 마을의 조지훈 생가를 찾았다. 평생 한 점 흐트러짐 없이 지조志操를 지킨 시인이요 학자인 조지훈, 그의 고향은 그리도 깊은 첩첩 산골에 자리하고 있었다. 그렇지만 그가 남긴 자취는 여느 정치가, 여느 재벌 못지않게 당당하고 우뚝했다. 그가 우리에게 남긴 올곧은 행위와 주옥같은 글은 우리 가슴을 뜨겁게 달구고 있기 때문이리라. 아니 그가 우리에게 준 유훈과 흔적은 권세가의 비석이나 사당 등 억지 표적들을 넘어 오랫동안 선양·유지될 것이라 믿는다.

공자는 자기가 살던 시대까지 발표된 수많은 시인의 작품들 가운데 300편을 모아 책을 만들었다. 그것이 2,500년 동안 동양인의 가슴을 울리고 있는 바로 《시경》이란 책이다. 공자는 이 책을 편집할 때 그 선택의 기준을 무엇으로 삼았을까? 바로 "간사스럽거나 못된 마음이 없는 것"이 그 기준이었다. 시인이 만약 그런 간사한 마음으로 시를 썼다면 그것은 시인이기를 거부한 것이고, 그런 마음에서 나온 시가 사람의 심금을 울릴 리도 없다. 시인의 눈으로 이 세상을 보고, 시인의 가슴으로 느끼며, 이런 눈과 가슴을 가진 옛 시인이 되어 행동한다면 이 세상에 무슨 문제가 생길 수 있겠는가! 퇴계의 도산서원과 조지훈 생가에 가니 우리가 어떤 삶의 길로 나아가야 하는지가 어렴풋이 보이는 것 같았다.

이번 야단법석은 충남 일대에다 단을 세우고 자리를 펼 것이다. 수덕사−개심사−간월암−추사고택−장곡사−마곡사가 그곳들이다. 찾아갈 절에서 부처님의 큰 깨달음과 지고한 자비를 느끼면서도 추사 김정희 선생과 그의 고택에 걸린 〈세한도歲寒圖〉가 우리에게 던지는 값진 메시지도 함께 알아보고 느끼는 알찬 우리의 만행이 되었으면 하는 기대를 갖고 있다. 그것이 자비로서 온 누리를 두루 비추는 부처님 뜻이기도 하기 때문이다.(2013. 10. 11.)

## 부처님 오신 뜻

불기 2557(서력 2013)년 부처님 오신 날을 봉축하기 위해 우리 불자들은 이 자리에 모였습니다. 존경하는 대전大田 주지스님을 비롯한 원각사圓覺寺 불자 여러분을 모신 성스러운 이 자리에서 이렇게 봉축사를 드리게 된 것은 개인적으로 무한한 영광입니다.

온갖 생명들이 약동하는 이 신비하고 환희로운 계절에 우리들은 이 땅에 부처님 오심을 봉축하고, 부처님의 참 가르침을 가슴속 깊이 되새기기 위해 오늘 신록과 온갖 꽃들이 생명의 존엄함을 느끼게 하는 원각사에 함께 모여 합장하고 있습니다.

잘 아시다시피 오늘은 거룩하시고 위대하신 석가모니 부처님께서 사람의 몸을 타고 이 땅에 오신 날입니다. 부처님은 2557년 전, 북인도 가비라국의 태자로 이 사바세상에 태어나셨습니다. 여러 잡된 사상들이 난무하여 혼탁으로 얼룩진 '오탁악세五濁惡世'에 불법을 펴시어 무지한 윤회중생을 건지고자 스스로 극락의 즐거움을 포기하시고, 가시밭길인 인간 고해 속으로 뛰어든 날이 바로 오늘인 것입니다.

한갓 천박한 중생에 불과한 제가 부처님 가르침을 뭐라 감히 설명할 수 있겠습니까만, 다만 거칠게 이해한 일부를 말씀드리면 다음과 같은 것이 아닐까 생각합니다.

부처님은 태어나자마자 한 손으로 하늘을, 한 손으로 땅을 가리키며 "하늘 위, 하늘 아래, 오직 나 홀로 존귀한 것인데도 삼계(욕계·색계·무색계)는 고통에 잠겨 있구나! 내가 마땅히 그들을 편안하게 하리라(天上天下, 唯我獨尊, 三界皆苦, 我當安之)"라는 이른바 '탄생계誕生偈'를 외쳤다고 합니다. 부처님께서는 이처럼 우리 중생을 편안으로 인도하기 위해 2557년 전 오늘 인간의 모습을 타고 이 세상에 오신 것입니다. '유아독존'의 '아(나)'는 석가모니 부처님 본인을 가리키는 것이 아니라, '천상천하'에 존재하는 모든 생명체를 가리키는 것으로, 이는 모든 생명이 갖는 존엄함과 특히 인간의 존귀한 실존성을 상징하는 것입니다. 따라서 오늘 봉축 법요식에 참석하신 원각사 불자 여러분 자신이 바로 하늘 위, 하늘 아래 가장 존귀하고 위대한 유일한 존재인 것입니다. 나 자신이 우주의 유일무이한 존재이듯이, 우리 모두가 그 무엇과도 바꿀 수 없는 가장 존귀하고 위대한 존재입니다. 따라서 내 자신 속에 잠재해 있는 이런 불성을 깨닫는 것이야말로 우주 본질을 제대로 이해하는 것이며, 진리와 하나되는 최상의 길이라고 부처님께서는 본 것입니다.

부처님께서는 온 우주를 하나의 생명체라고 보았습니다. 너와 나는 둘로 나누어질 수 없는 하나의 생명체라는 것입니다. 그렇거늘 자기의 이익만을 도모하기 위하여 남을 미워하고, 시기하는 행위는 부처님의 가르침과 어긋날 뿐만 아니라, 자기 자신을 사랑하는 행위도 아닙니다. 이웃이 바로 나이고, 이웃에게 안락과 이익을 주는 것이야말로 진정으로 자기를 사랑하는 길이며, 우리 불자들이 마땅히 행해야 하는 올바른 길인 것입니다. 자비의 '자慈'는 '함께 기뻐한다'는 뜻이고, '비悲'는 '함께 신음한다'는 뜻이랍니다. 기쁜 일에는 같이 기뻐하고, 슬픈 일에는 같이 슬퍼해야 할 우리들인 것입니다. 우리 불자 모두가 나와 남을 구별하지 않고 사랑하는, 이른바 '동체대비同體大悲'의 마음가짐을 갖게 된다면, 내가 바로 부처이고, 우리가 사는 이 세상이 바로 불국토가 아닐까 감히 생각해 봅니다.

거듭 말씀드립니다만 오늘은 부처님께서 우리 중생들이 진흙탕 싸움을 벌이고 있는 이 인간세상에 오신 날입니다. 부처님께서는 우리 자신이야말로 부처임을 일깨우고 해탈자로서 평화롭고 자유로운 삶을 살아가도록 이끌어 주고자 이 오탁한 세상에 오신 것입니다. 우리들 자신이 무엇과도 바꿀 수 없는 소중한 보물이며, 그대로 부처이고 진리인 것을 깨우쳐 주시기 위해 오신 것입니다. 우리가 머물고 있는 이 우주가 영원하듯이 위대한 부처님과 그 가르침도 과거·현재·미래의 삼세가 다하도록 우리와 함께 영원할 것입니다. 그러니 부처님께서 금생에 몸 받아오신 이런 큰 뜻을 우리 모두가 합장하며 마음속 깊이 새겨야 하겠습니다. 이런 의미를 가진 이 성스러운 날을 어찌 봉축드리지 않을 수 있겠습니까.

부처님의 뜻을 받들어 이제 탐욕과 증오, 편견과 차별을 내려놓고, 그 대신 따뜻한 사랑의 눈으로 서로를 바라볼 것을 굳게 맹약하기 위해 우리 원각사 불자들은 오늘 부처님 앞에 머리를 조아리고 있습니다. 따라서 오늘 이곳에 모인 우리 원각사 불자들은 선택받은 사람들입니다. 정말 복 받은 사람들입니다. 여기 달린 연등들이 이제껏 우리에게 드리워져 있던 무명無明을 지우고, 지혜를 밝히는 등불이기를 발원합니다.

불자 여러분! 부처님께서 이 세상 오신 위대한 뜻을 봉축하면서 모두 저와 함께 다음을 합창하도록 합시다.

"우주에 충만하신 부처님이시여/ '당신의 광명'은 저 태양보다 빛나고/ '당신의 자비의 품'은 허공보다 큽니다. /저희 불자들은 성불하는 그날까지/ 진실한 당신을 바라보고 당신을 따르겠습니다. 나무석가모니불/ 나무석가모니불/ 나무시아본사 석가모니불"

불기 2557년 사월 초파일, 대한 불교 조계종 원각사 신도회 회장 일청 박한제(2013. 5. 17.)

# 어리석은 무거운 죄 오늘 참회하나이다

　법당에서 일요 법회 때 제일 먼저 독송하는 〈천수경〉의 첫머리에 '수리수리 마하수리 수수리 사바하'라는 〈정구업진언(淨口業眞言: 입으로 지은 악업을 깨끗이 하는 참된 말)〉이 있다. 이 진언이 왜 《천수경》의 첫머리에 나오게 되었을까? 잘은 몰라도 사람이 타인에게 짓는 죄 가운데서 입으로 짓는 죄가 상대에게 가장 큰 아픔을 주는 큰 죄가 아닌가 한다. 또 같은 〈천수경〉에 '열 가지 악업을 참회함(十惡懺悔)', 곧 현생에서 지은 죄를 모두 오늘 참회한다고 하는 구절이 나온다. 잘 알다시피 열 가지 악업은 살생(殺生), 도적질(偸盜), 사음(邪淫), 거짓말(妄語), 꾸민 말(綺語), 이간질(兩舌), 포악한 말(惡口), 간탐(貪愛), 화를 냄(嗔恚), 어리석음(痴暗) 등 열 가지다. 사실 하나 같이 우리 중생들이 짓기 쉬운 악업들임에 틀림이 없다. 이 가운데 말과 관련된 것이 거짓말(妄語), 꾸민 말(綺語), 이간질(兩舌), 포악한 말(惡口) 등 네 가지인데 우리가 입으로 함부로 마구 내뱉는 말들이 얼마나 많은 악업을 짓는 것인지 알 것 같다.

　이런 악업들을 구체적으로 들면서 스스로의 행위를 검토해 보고, 이미 지은 악업은 참회하고, 다시는 그런 악업을 되풀이하지 말자는 다짐을 하는 것이 우리 불자들이 부처님 앞에 무릎을 꿇고 조아리는 본뜻이리라 생각된다. 그런데 가만히 생각해 보면, 앞의 아홉 가지 악업들이 결국 마지막 열 번째의 치암痴暗, 곧 어리석음에서 비롯되는 것이라 여겨진다. 그러니 하나씩 낱개로 들어가면서 마음을 다잡는 것도 좋지만 마지막 하나만 마음에 새겨도 좋을 듯하다. 즉 타인을 아프게 하는 것은 자기를 내세우기 위한 것이므로 일종의 이기심 발동인데 지나고 보면 사실 허무한 일이고, 어리석은 짓일 뿐이기 때문이다.

시인 두보杜甫가 "인생 칠십을 사는 사람은 예로부터 드물었다(人生七十 古來稀: 〈曲江二首〉)"고 한 칠십이 내 코앞까지 당도하였다. '희수稀壽'까지 거의 살았으니 지나간 세월이 짧다고만 할 수는 없다. 그러니 저지른 악업 또한 적지 않으리라 여겨진다. 아니 여겨지는 것이 아니라 눈앞에 어른거린다. 매주 일요일마다 특별한 일이 없으면 법당에 가 이 '십악참회'의 구절을 독송하지만, 그때마다 눈앞을 아른거리는 사람들이 참 많다. 그보다 내 앞에 앉아계신 부처님이 나를 보고 "저놈 참 뻔뻔하기도 하구나!"라고 크게 나무랄 것 같기도 하여 부처님과 눈을 마주하기도 무섭다.

사실 인간이 살아간다는 것은 선업善業을 쌓는 일보다 악업惡業을 쌓아 간다는 것이 옳은 말일지도 모르겠다. 인간에게는 태어나기 이전의 세상에서 지은 죄가 있어, 그것으로 말미암아 이 세상을 살아가는 데 생기는 장애가 있으니 이를 '업장業障'이라 한다. 이 업장을 녹여 깨끗하게 하고, 소멸시키기 위해서는 오로지 진실한 마음으로 살아야 하는데, 태어날 때부터 갖고 온 내 업장이 몇 근이나 되는지 모르면서, 그 위에 다시 이생에서 악업만 짓고 살아온 세월이 70년 가까운 세월인 것이다.

회고해 보니 나는 타인으로부터 분에 넘치는 사랑과 혜택을 받고 살아왔지만, 내가 힘써 노력하여 얻은 결과라 여기며 상대에게 진실한 마음으로 감사의 말을 건넨 경우는 별로 없었던 것 같다. 특히 주위로부터 막대한 도움을 받았음에도 남에게는 하찮은 도움마저 주는 데 인색했던 경우도 많았던 듯하다. 남을 격려하기보다 남에게서 칭찬받기만을 좋아했고 작은 성취를 가지고 뽐내며 다른 사람의 가슴을 아프게 했던 일도 제법 있었던 듯하다. 또한 남의 작은 잘못을 일부러 들추어내 공격하면서 통쾌함을 만끽한 일도 있었던 듯도 하다. 한마디로 철없이 살았던 것이다. 어리석게 살아왔던 것이다.

불교를 접하면서도 '인연'의 의미를 다시 생각하게 되었다. 불가에서 흔히 말하는 '시절인연'이 의미하듯이 내가 이 세상에서 만난 사람은 그냥 단순한 만남이 아니다. 만남 자체가 얼마나 대단한 인연이며, 상대가 얼마나 나에게 대단하고 소중한 사람인가! 그런데도 나는 나만을 생각하고 챙기면서 살아온 것이다. 지금 생각하면 후회되는 것이 하나둘이 아니지만, 특히 돌아가신 스승에게 너무 큰 죄를 지은 것 같다. 칭찬에 참 인색하신 분이었지만 그분의 매질이 그분 특유의 제자 사랑법에서 나온 것이라는 것을 최근에 들어 깨닫게 되었다. 평생 역사를 공부하는 사람이 사는 길을 알아차리는 것이 그리 어려운 문제가 아닌데도 그 진의를 파악하지 못하고 선생님에게 진심으로 고맙다는 말 한마디 건네지 못하고 하직하고 말았다. 요즘 들어 나도 늙어 그간 근무하던 직장을 떠나고 보니 그 생각이 더 절실해진다.

고희의 언덕이 바로 저긴데, 아직도 이처럼 업장과 악업 속에서 헤매고 있으니 나는 도대체 뭐란 말인가! 공자는 70을 "마음대로 행동해도 법도에 어긋나지 않는(從心所慾不踰矩)" 나이라고 하였는데, 이 '종심從心'해야 할 나이를 코앞에 두고 이리도 헤매고 있으니 법도에 맞게 살아가기도 이미 그른 것이 아닌가 두렵기만 하다.

　며칠 전 캐비닛을 정리하다, 색깔이 바랜 편지 한 장을 발견하게 되었다. 미농지 봉투 속에 든 파란 줄이 그어진 원고지였다. 흐트러짐이 없는 글씨였지만 눈물자국인 듯 빛바랜 얼룩이 띄엄띄엄 있다. "당신의 말 한마디가 나를 얼마나 비참하게 하였는지 … 먼 훗날, 한 번이라도 느끼는 날이 있었으면 …" 이미 얼굴도 이름도 기억 속에서마저 사라진 지 오래된 사람이 헤어지자며 보낸 편지의 한 구절이다. 그때 내가 무슨 말을 그녀에게 했던 말인가! 약간의 사귐 끝에 우리는 서로 합의하에 헤어졌고, 그 뒤 우리는 서로 딴 길을 걸었다. 그리고 마냥 긴 세월이 지나갔다. 나는 굳이 그 사람을 찾으려 하지 않았고, 그 사람도 나를 찾지 않았다. 이제는 무엇이 되어 어디에 사는지, 아니 생사마저 모르는 사이가 되어 버렸다. 이제까지 관심을 두지 않았다기보다 알아보는 것 자체가 귀찮고 두려웠다. 아니 그것이 나를 편안하게 하는 길이라고 믿었다. 당시 결별이 누구의 잘못에 연유하였든지 간에 그 사람이 남긴 그 글귀는 문득 내 가슴을 아리게 했다.

　이 구절을 다시 접한 것을 계기로 40여 년이 지난 일들을 돌아보게 되었다. 내가 그 사람에게 한 행동은 열 가지 악업 가운데 두서너 가지를 빼고는 거의 다 저지른 것 같다. 이제 늙음도 거역할 수 없는 확실성으로 나를 옥죄어 가고 있다. 늙음 다음은 당연히 죽음이다. 이런 악업을 지으면서 맞이하는 죽음이 참 두렵기만 하다. 죽으면 나의 모든 것들이 사라지기 때문만은 아니다. 청산하지 못하고 가는 것들이 많기 때문이다. 더구나 전생의 업장도 소멸시키지 못했고, 그 위에 이승에 지은 악업도 적지 않으니 어쩌면 대책 없는 노년을 보내고 있는 것은 아닌지?

　지난여름 매일 다니는 등산길에서 겪은 일이다. 40여 일 동안 지속된

긴 장마가 끝날 무렵 언제나처럼 등산을 나섰다. 국지성 소나기가 내리는데 그 세기가 정말 장난이 아니었다. 관악산 전체를 불 몽둥이가 이리저리 헤집는 것 같았다. 이처럼 뇌성벽력이 치니 혹시 내가 저 벼락 몽둥이를 맞을지도 모른다는 두려움이 엄습해 왔다. 아직 할 일이 많은데, 아니 이제까지 지은 죄를 생각하면 벼락 맞아도 싸다는 생각도 들었지만, 그래도 허여된 여생 내가 짊어지고 있는 업장과 악업의 만분지일이라도 삭이고 가야 할 텐데 하고 생각하니 여기서 죽어서는 안 되겠다는 생각이 들었다. 그날 공포 속에서 겨우 살아온 뒤 나는 그 뇌성벽력이 이제 "속죄하는 마음으로 살아라!"라는 큰 명령처럼 느껴졌다. 뭣부터 해야 하는지 아득하지만 …

그러나 가만히 생각하면 그 해답은 그리 멀리 있는 것 같지 않다. 노자 《도덕경》의 다음과 같은 구절이 그 해답인 것 같다.

> 가장 훌륭한 덕은 물과 같다. 물은 선하여 만물을 이롭게 하면서도 (자리를) 다투지 않는다. 사람이 싫어하는 (낮은)곳에 처하니 (그래서 물은) 도에 가깝다 할 것이다(上善若水, 水善利萬物而不爭, 處衆人之所惡, 故幾於道.)

즉 '가장 아름다운 인생[上善]'은 '물처럼 사는 것[若水]'이다. 바람결에 나타났다가 바람따라 가는 것이 인생이라면 이처럼 인간 삶의 방향을 절실하게 나타내는 구절도 없을 듯싶다. 흐르는 물처럼 남과 다투거나 경쟁하지 않는[不爭] 삶을 살아야 하고, 만물을 길러 주고 키워 주지만 자신의 공을 남에게 과시하려 다투지 않는 초연한 삶의 지향이 그 해답일 것이다. 이제부터라도 그런 것에 접근하는 삶이 나에게 절실한 해답이 아닐까! 그것이 '어리석음'에서 조금이라도 벗어나 작은 선업이라도 쌓는 길이 아닐까!(2013. 12. 23.)

# 한국에서 아버지로 산다는 것

IMF 금융위기의 폭풍이 우리나라 전역을 덮칠 즈음 《아버지》라는 소설이 우리들 심금을 울렸다. 당시 대부분의 아버지와는 달리 작가 김정현은 이 소설 《아버지》와 서글픈 한국 아버지 덕분으로 일약 인기작가 반열에 올라 힘겹고 숨 가빴던 그 험한 고개를 쉽게 넘었다. 그러나 그가 묘사한 20세기 말 한국 아버지의 상처만은 금융위기 극복 뒤에도 전혀 나아지지 않고 악화일로를 치달리고 있다.

아버지! 참 가까이하기에는 그저 망설여지는 가족 구성원의 한 이름이다. 아버지란 이름으로, 그리고 아버지란 위치로 한국에서 살아간다는 것은 참으로 고달프고 눈물겹다. 우리 사회에서 아버지는 여전히 자식들에게 멀기만 한 존재다. 엄한 아버지를 가리키는 '엄부嚴父'나 '가엄家嚴'이라는 말을 들어본 지 오래됐는데도 아버지는 마냥 외롭기만 하다. 얼마 전 통계청이 한 청소년 조사에서 27%가 어머니와 하루 두 시간 넘게 이야기한다고 했다. 반면 42%는 아버지와 대화하는 시간이 30분도 안 된다고 했다.

무뚝뚝해서도 아니요, 정이 없어서도 아니다. 그저 아버지이기 때문에 그렇다. 내 아버지도 그랬지만 우리 세대 남자들도 자식과 대화할 틈도 없이 일만 했다. 그 스스로 흔들리지 않으려고 노력한 결과였다. 자신이 흔들리면 집 기둥뿌리가 흔들린다고 여겼기 때문이다. 그러나 그런 아버지는 결코 닮아야 할 모델이 아니었다. 1955~63년 태어난 베이비부머들은 그들의 아버지 세대를 닮지 않으려고 자식에게 더 가까이 가려 애썼다고 한다. 그러나 애들은 역시 그들에게도 접근하려 들지 않았고, 외려 더 멀리 떨어져 가고 있단다. 이것이 현금 한국 아버지가 처한 딱한 모습이다.

쌀이 떨어져도 아버지 책임이오, 애들 성적이 떨어져도 아버지 못남 탓이다. 장가·시집가서 실패해도 남들처럼 번듯한 호텔 결혼식 시키지 못하고 평균적인 혼수도 못해 준 아버지 무능력 때문이라 치부한다. 그러니 자기는 15년 된 구식 양복을 입고 외출하더라도, 아들딸은 최신 노스 페이스 등산복을 입혀야 마음이 놓인다. 매번 얻어먹기만 하는 친구들에게 막걸리 한 잔 사지 못해 미안해하면서도 유학 간 애들의 학비 마련을 위해 동분서주한다. 어느 아이돌 그룹 리더의 아버지가 치매를 앓고 있는 부모를 목 조르고 자신도 자살했다는 서글픈 보도가 최근 날아들었다. 아버지가 외아들에게 남긴 유서에는 "장남으로서 부모님은 내가 모시고 간다. … 내가 모두 안고 가겠다. … 용서해 달라."였단다. 60평생을 살아온 뒤 생을 마감하면서 세상에 남길 말이 이것뿐이었겠는가? 그러나 그 아버지는 세상의 모든 비난을 다 감내하고, 가문의 영광이요 희망인 사랑하는 자식에게만은 부담을 주지 않기 위해 극단적인 일을 벌인 것이다. 구구한 변명 대신 그저 이 못난 아비를 용서해달라는 애원의 구절 하나만을 남긴 것이다.

국어사전에 '사모곡思母曲'이란 단어는 있지만 '사부곡思父曲'은 없다.

참 기괴하고 기막힌 일이다. 한국의 아버지는 현생에서는 보답받지 못하는 사람이다. 죽어서라도 기억이라도 되면 다행이다. 그가 가졌던 뜻이 나름 갸륵했고, 그 쏟은 노력이 헛되지만은 않았다고 여길 수 있기 때문이다. 2003년인가 확실한 기억은 없지만 모 일간지에 〈아버지란 무엇인가?〉라는 글이 실려 뭇사람들의 가슴을 멍하게 만든 적이 있었다. 상세한 내용은 다 잊었지만 지금도 기억에 남아있는 글귀는 "아버지란 돌아가신 뒤에도 두고두고 그 말씀이 생각나는 사람이다. 아버지란 돌아가신 뒤에야 보고 싶은 사람이다." 한국에서 아버지란 사람은 당초 이런 숙명을 안고 태어났는가 보다.

그래도 다행이다. '사부곡'을 듣지는 못할지라도 죽은 뒤 가끔 상기된다고 하니 말이다. 그러나 자식들이여! 자신의 성공이 자기만의 노력으로 이룩된 것이 아니라는 것을 조금이라도 알아주었으면 좋겠다. 그래야 이 아버지가 자식에 쏟았던 애정의 십분의 일이라도 보답하는 길이 아니겠는가. 터키의 소설가 오르한 파묵(Ferit Orhan Pamuk, 1952-)이 2006년 노벨문학상을 받아 들고 한 연설 제목이 바로 〈아버지의 여행 가방〉이란 것이었다. 파묵의 아버지는 시인이 되고 싶었지만 가족을 먹여 살리느라 평생 사업가로 살았다. 아버지는 말년에 아들에게 습작 원고가 든 여행 가방을 맡겼다. "내가 죽거든 읽어봤으면 좋겠다." 아버지가 눈을 감은 뒤 아들은 그 원고를 읽으며 아버지의 젊은 날을 돌아봤다. 그리고 가족을 챙기느라 청춘의 꿈을 접어야 했던 아버지에게 파묵은 그가 받은 노벨상을 바쳤다고 한다.

아버지의 희생은 동서를 막론하고 비슷한가 보다. 전북 정읍 어느 시골 빈농의 2남 6녀의 막내로 자란 시인 박형준은 "아버지처럼 농부는 되지 않겠다!"고 다짐하고 서울 유학을 왔고, 시를 썼다. 아버지는 아들이

사는 서울 반지하방에 손수 쌀가마니를 메고 오곤 했다. 아들이 방바닥
에 엎드려 시를 쓰고 있으면 시를 전혀 모르는 아버지는 방해될까봐 말
을 걸지 못했다. 한참 뒤에야 "글씨 그만 쓰고 밥 먹어라"고만 했다. 박
형준은 아버지가 돌아가신 날 막 출판되어 나온 새 시집을 관에 넣고,
아버지가 평생 갈던 밭 흙을 그 위에 뿌렸다. "아버지 돌아가신 날/ 새
시집이 나왔다/ 평생 일구던 밭 내려다뵈는 무덤가/ 관 내려갈 때 던져
주었다. …아버지의 손가락/ 드나들던, 채소밭/ 밭 흙을 몇 줌 그 위로
뿌려주었다"(〈시집〉, 박형준, 《생각날 때마다 울었다》, 문학과지성사, 2011)

　그렇다. 한국에서 아버지로 산다는 것이 이처럼 녹록하지 않다. 세상은
우리 아버지를 짓궂게 시험하곤 한다. 대학 아니라 박사, 하버드대학을
나와도 극복하지 못하는 것이 바로 세대차요, 신지식의 획득이다. 이 시
대 아버지는 자신의 세대가 이룬 업적을 자랑하고 싶지만 자식들로부터
'보수꼴통'이라는 냉소어린 반격을 받을 것이 겁나서 그럴 엄두도 내지
못한다. 그런데도 자식에게 닥친 불행은 아버지에게는 천벌 그 자체요,
견딜 수 없는 아픔이다. 가수 타블로와 그 아버지 이야기다. 이른바 '타
진요(타블로에게 진실을 요구합니다)'는 타블로의 미국 스탠퍼드대 졸업 진
위, 그리고 그에 관련된 학력위조 여부를 두고 일어난 논란이었다. 타블
로 자신이 입은 피해는 이루 말할 수 없었지만 그중 병든 아버지가 받은
조바심은 더욱 컸다. 타블로는 사건이 종결된 뒤 "10년 동안 병마를 견
뎌 이겨내셨는데 사건이 일어난 2011년 어느 날 아버지는 갑자기 길에
서 쓰러지셨다"고 털어놨다. 바로 타진요의 법정재판이 시작된 날이었다.
병원에서 검사를 해보니 스트레스를 너무 많이 받아 뇌에 농양이 엄청나
게 생긴 때문이었다. 그의 아버지는 뇌수술 뒤 장기간 병원에 입원하고
있던 중 쇼크 상태에 빠졌다가 얼마 뒤 사망했다.

여기서 타블로에 대한 논란의 경과나 그 학력의 진위 자체를 따지자는 것이 아니다. 아들을 향한 아버지의 자세를, 그리고 아버지가 자식 일에 대해 가지는 염려와 가슴졸임을, 그리고 자식들에게서 무시로 받는 서운함을 조금 이야기하고자 하는 것이다. 타블로의 사부곡은 '태블릿 PC 사연'에서 절정을 이룬다. 병원에 입원했을 당시 태블릿 PC를 갖고 싶어 했던 아버지에게 타블로는 태블릿 PC를 선물하며 작동법까지 알려주는 것으로 아버지의 심심함을 덜어 주려 했다. 그런데 어느 날, 아버지에게서 전화가 걸려왔다. 바로 태블릿 PC의 작동법을 묻는 내용이었다. 바쁜데 왜 또 묻느냐고 짜증을 내는 타블로에게 아버지는 "예전에는 빨리 배웠는데 나이가 드니까 힘드네 …"라고 웃으셨다고 했다. 아버지를 영영 떠나보내고 난 뒤 병실을 정리하던 타블로에게 한 권의 책이 발견됐다. 《태블릿 PC 정복하기》라는 제목이었다. 타블로는 "그 책이 그렇게 외로워 보일 수가 없었다"며 아버지에 대한 그리움을 뒤늦게 고백했다고 한다. 타블로 부친에게 만년 닥친 불행은 '타진요' 사건과 무관하지 않다. 그 아버지는 눈을 감을 그 순간까지 아들을 둘러싸고 일어나는 어처구니없는 일들에 대해 고민하고 있었던 것이다. 그리고 젊은 아들의 핀잔에도 그저 웃을 수밖에 없었던 것이다.

21세기 초두 한국에서 '아버지'라는 이름으로 산다는 것, 어쩌면 우리 세대 아버지들의 숙명일지도 모른다. 입에 발린 사부곡이나 무덤가에 세운 비석의 너절한 칭송보다 더 소중한 것은 아버지의 자식을 향한 갸륵하고 진실한 마음 자체가 아니겠는가! 죽고 난 뒤 살가운 이해를 얻기 위해 우리가 자식들을 사랑하는 것도 아닌 것이다. 다만 나는 오늘도 30여 년 전에 돌아가신 아버지의 이 아들에 대한 사랑을 추념할 뿐, 아들인 내가 아버지에게 해 줄 수 있는 일이 없어 허허롭기만 하다. (2014. 1. 8.)

# 나의 유일한 탈속의 세월
## — 태동고전연구소泰東古典硏究所 시절의 추억

추억이란 언제나 아름답고 아쉬운 것이지만 나의 태동泰東 시절의 추억은 더욱 그러한 것 같다. 늙은 사병생활士兵生活을 끝낼 당시, 나에게는 막상 서울에서 호구지책糊口之策을 어떻게 마련하느냐가 중요한 문제로 부상하고 있었다. 내무반에서 빈둥거리면서 일간지를 뒤적이는데 눈에 들어온 것이 태동의 장학생모집광고였다. 나는 제대복 차림으로 원서를 접수시켰고, 그 뒤 태동의 장학금으로 연명延命의 방법을 찾기에 이르렀다. 태동 1기는 1976년 9월부터 인사동仁寺洞 모 가구점 4층에 있던 연구소에서 공부를 하기 시작했고, 그때로서는 적지 않은 액수의 장학금인 5만 원을 매달 받았다. 우리 동기들은 L(현 翰林大 철학과 교수), K(현 東國大 국문과 교수), S(현 建國大 철학과 교수), C(서울법대 졸업)와 나 등 모두 5명으로 구성되었다. 우리들은 매우 팀워크가 좋은 편이었다. 항상 같이 다녔다. 그 당시에는 5년 동안에 《사서삼경四書三經》을 모두 암송暗誦하는 것이 우리들에게 부과된 의무였다. 당시 이미 30세를 넘은 나로서는 암송작업은 대단히 어려운 작업일 수밖에 없었다. 당시 잘 외우는 순서는 대개 나이가 적은 순서였던 것 같다. 사실 나는 그 당시 군대를 막 제대한 관계로 암송작업에 몸을 아끼지 않았다. 지금도 내가 즐겨 사용하는 사서四書에는 최고 120독을 한 것이 〈바를 정正〉자로 표시되어 있다. 그러나 20독을 한 동료보다도 항상 암송시험에는 약하였다. 나는 지금도 그러하지만 마음이 여려 암송시험을 보기 위해 선생님 앞에 앉으면 머릿속은 엉망진창으로 변하고 말곤 하였다. 청명(青溟:任昌淳) 선생님의 실망스런 얼굴이 나를 더욱 괴롭혔다.

그러나 방학 중에 지둔리芝屯里의 추억은 지금도 아련하다. 방학 합숙에 참가했던 자는 일찍부터 암송작업에 관심이 별로 없었던 C씨를 제외한 4인이었다. 첫 겨울방학 동안 우리들은 《논어論語》 암송暗誦으로 보냈는데 당시 면벽面壁하고 가장 빨리 암송한 사람은 51분으로 끝낸 S씨였다. 나는 가장 늦은 90분쯤 걸렸던 것으로 기억한다. 우리는 4인이 한방 안에서 항상 지냈으나 불편함을 몰랐다. 우리들은 눈 덮인 축령산祝靈山의 등정 길에서, 그리고 수동천水洞川을 오르내리며 많은 이야기를 나누었다. 당시 우리는 분명 잡스러운 세속사를 이야기했을 터이지만 지금 생각하면 분홍빛의 아름다운 시를 이야기했던 것 같이 그 모습이 아련하다. 사실 그곳은 세속世俗이 아니었다. 때문에 우리들은 그곳의 분위기에 취해 자연히 선인仙人처럼 행동하기도 하였다. 역시 도사道士같은 L씨, 따뜻한 가슴의 시인 K씨, 논리적인 철학자 S씨, 모두가 개성은 달랐지만 역시 지둔리의 그 풍요한 자연自然과 그리고 묵향墨香에 어우러져 우리들은 잘 조화를 이루었던 것 같다. 내가 가장 능력을 발휘한 것은 여름방학 동안 유리어항으로 고기 잡는 것뿐이었다.

나는 《논어論語》《대학大學》《중용中庸》《맹자孟子》를 외우고 《시경詩經》을 반쯤 외우던 1977년 11월 학교의 부름을 받고, 어쩔 수 없이 태동을 떠나야만 했다. 당시 청명선생님과 우리 1기의 3인들은 나의 배신(?)에 대해 매우 서운해했다. 그러나 그들은 당시 내가 퍽 결정하기 어려운 입장에 빠져 있었음을 이해해 주었다. S씨는 주저하는 나를 한국일보사앞모 역술가易術家를 찾아가서 조언을 얻도록 안내하기도 했다. 그리하여 결국 나는 다시 세속世俗의 세계로 돌아온 것이다. 나의 생애 중 유일한 탈속의 세월은 이렇게 아쉽게 끝났기 때문인지 태동에서 보낸 세월은 15년여가 지난 지금도 내 가슴에 진하게 남아 있다.(1993. 7. 19. 작성.《泰東通信》1호 〈1993. 8. 12.〉에 게재됨.)

# 나의 찬란했던 여름

여름이 되면 요즘 사람들은 누구나 최소 2-3일 정도의 피서여행은 생각하기 마련이다. 시원한 바닷가나 깊은 계곡에서 친구나 가족과 멋진 추억을 만드는 것이 여름휴가의 묘미일 것이다. 그러나 나에게는 그런 피서지에서 생긴 추억보다는 찌는 듯한 서울에서 보낸 며칠의 여름이 내 기억 속에 찬란하게 남아 있다. 그것은 내가 아직까지 추억으로 남을만한 제대로 된 피서를 가지 못했었기 때문이기도 하겠지만, 요사이 같이 피서지행 교통지옥에다 바가지요금 등을 생각하면 피서라는 말 그 자체에서 더위를 더 느끼기 때문이다. 따라서 지금까지 나의 가장 찬란했던 여름은 역시 1979년 나의 총각 시절의 마지막 여름이다.

나는 1979년 1학기에 서울 시내의 D 대학에 햇병아리 강사로서 강의를 나가게 되었다. 33세라는 적지 않은 나이였지만, 당시 강의의 경험이 전혀 없었던 데다, 우둔한 천성은 어쩔 수 없는 때문인지 내 강의는 항상 좌충우돌 그 자체였다. 그것도 역사학 과목 중 가장 어려워서 원로교수들도 맡기를 꺼려 하는 '중국사학사中國史學史'인데다 수강 대상학년이 4학년이었으니, 지금 생각해도 등골에 땀이 흐를 지경이다. 그런데다 수강학생의 구성도 가지가지였다. 나보다 한 살이 더 많은 처자식을 둔 학생이 있었고, 매 시간마다 요상한 질문공세를 퍼붓는 심술궂은 학생도 있었다. 그러나 내 여름을 그렇게 찬란하게 만든 것은 그들보다 항상 말이 없었던 어느 여학생 덕분이었다. 30여 명이 조금 넘는 수강생 가운데 여학생이 6명이었다. 그중 Y는 아담한 몸매에 하얀 얼굴, 그리고 눈매가 유난히도 초롱초롱한 학생이었다. 그리고 항상 점잖은 누님같이 포근함을 느끼게 하는 인상이었다. 강의가 끝나면 학생들은 나에게 학교 후문 앞 다방으로 가 커피를 마시자고 하는 경우가 자주 있었다. Y는 그 팀에 끼이기는 했으나 항상 나에게서 멀찌막하게 앉아 있었고, 말수 또한 적은 편이었다. 그리고 헤어질 때는 언제나 하얀 얼굴에 약간의 홍조를 띠고 고개를 살짝 숙일 뿐이었다. 그스음 가끔 그녀를 생각할라지면 나는 무언지 모를 아픔 같은 것을 느끼곤 했다. 그녀는 분명 내게 말하고 싶은 뭔가를 숨기고 있는 듯하였다. 그녀와는 별다른 대화 없이 내 한 학기 강의는 7월 초 어느 날 종료되고 말았다.

나는 내 주 업무인 학교 조교 일에 집중하게 되었다. 당시 학교 근방 신림동 화랑단지에 있는 조그마한 양옥집에 방 한 칸을 세 들어 살고 있었다. 그해 여름은 무척이나 따분하고 길게 느껴졌다. 위암 판정을 받고 투병하고 계신 아버님께도 방학인데도 한 번 가뵙지 못하고 거의 매일 학교를 나가야만 했기 때문이다. 당시 학과 사무실에는 조무원助務員은커녕 사환마저도 없던 시절이어서 내가 나가지 않으면 모든 학과 일이 중지되는 형편이었다. 학과장 선생님에게 휴가를 갔다 오겠다고 말조차 꺼낼 수도 없는 처지였다. 그 여름은 조교인 나에게는 참으로 따분한 계절이었다. 어느 오후 늦게 지친 몸을 끌고 집으로 돌아오니 방문 앞에 우편엽서 한 장이 떨어져 있었다. 집어 들어보니 놀랍게도 Y에게서부터 온 것이었다. 사실 그때까지 그녀와 한 번도 사적으로 직접 대화를 나눠본 적이 없었기 때문에 그녀의 엽서는 나로서는 의외로 느껴졌다. 글씨는 그녀의 외모처럼 단정하였다. 그보다도 내 가슴을 울렁거리게 한 것은 그녀의 애잔한 은유적 토로와 나에 대한 신뢰를 느낄 수 있게 하는 글의 내용이었다. 하얀 엽서에 여백 없이 빽빽이 쓴 그녀의 편지는 다음과 같았다.

"저는 분명 먼 옛날 바다에 살았던 바다고기의 후손일 거라고 생각했어요. 푸른 해초 사이를 헤쳐 다니고 커다란 진주조개에 집을 짓고 태양이 바다 가득히 비쳐들 때쯤은 수면 위로 올라와 방울방울 물거품을 토하고 은빛 비늘을 파닥거렸을, 그러다 어느 날 육지의 인간으로 환생되어진 …

화진포에 갔었어요. 바닷가의 어둠은 갑작스럽고 조용하게 다가와서 머리카락을 휘감고 발끝으로 내려앉아요. 저 하늘이 하늘색에서 바다색으로 연보라색에서 진보라 빛으로 변해질 때쯤은 바다는 더욱 크게 울부짖고 마음은 점점 파도처럼 울렁거리고 포효하며 암울하고 까맣게 채색되어 갔어요. 바다 바위에 파도가 부딪고는 하얗게 바서져가며 크레파스 색보다 더 푸르게 빛나가는 건 서울의 거리거리에서 듣던 탁한 소리들을 분명 기억할 수 있기 때문이겠죠. 민물과 해수가 합쳐지는 작은 개울에는 투망이 던져지고, 파닥거리는 물고기들이 연방 잡혀지곤 하데요. 분명 엄마고기는 저기쯤에서 울고 있을 듯한 생각에, 바다는 푸르러 가고 노호해 가는 것 같았어요. 그 바다를 쉽게 떠날 수가 없었어요. 달빛은 처연하게 빛나가 창백한 얼굴 위로 알알이 터트려지고 바다는 은빛으로 파닥거려지며 먼 옛날 바다의 전설을 밤새내 베개머리에 들이밀며 출렁거렸어요. 달이 떠 있는 해변에서 Y드림"

그녀의 편지는 이렇게 끝나고 있었다. 소인은 79. 8. 8.로 찍혀 있었다. 다시 주소를 확인했지만 수신자는 분명히 나였다. 그런데도 나에게는 한

마디의 안부 문의도 수신인으로서 '선생님'이라는 대상의 호칭마저도 없었다. 평소 나에게 각인된 그녀의 영상 위에 지금쯤 동해안 북방 해변에서 포효하는 파도소리를 들으면서 대학 졸업반 여학생이 갖는 아픔과 간단하게 해결되지 않는 번뇌를 나름으로 씻어내고자 힘쓰고 있는 그녀를 상상할 수 있을 것 같았다. 그날 저녁, 나는 잠자리에 일찍 들었으나 머릿속에는 항상 말수가 적은 그녀의 얼굴과 오늘 받은 그녀의 글이 겹쳐져 다가오다가는 사라지기를 몇 번이나 되풀이되었다. 잠을 제대로 잘 수가 없었다. 그녀에게 나는 어떤 사람이며, 그녀가 나에게 보낸 메시지는 과연 무엇이란 말인가?

잠을 설친 까닭으로 이튿날 약간의 피로감 속에서 학교에서의 하루를 지치게 보내고 다른 날보다 일찍 귀가하였다. 뜻밖에도 나의 방문 앞에는 어제처럼 엽서 하나가 다시 놓여 있었다. 역시 Y에게서 온 것이었다. 소인은 79. 8.10이었다. 방문을 열지도 않은 채 단숨에 읽어 내려갈 수밖에 없었다.

"산사의 새벽은 개울물 흐르는 소리와 청아한 목탁 소리에서 시작되어 집을 다시 한번 기다리는 마음으로 동해바다를 눈 시리게 보고 책상머리에서도 되새겨질 바다 소리를 밤새 지키어 듣다가 오늘은 계곡으로 들어 왔습니다. 울진에서 심산유곡으로 사십분쯤 불영사佛影寺. 저는 파르래 한 스님의 머리만 보아도 눈물이 날듯하고 부처님 얼굴만 바라보고 있어도 가슴부터 밀려드는 외로움을, 진정한 눈물을 생각하곤 하는데, 굽은 버스길에서 내려 계곡으로 둥글게 나 있는 길을 걸어 내려가다 목탁소리 땜에 그만 주저앉아 버렸어요. 목탁은 탕탕거리는 고요한 울림은, 그래서 숲 속의 하늘은 더욱 맑아가고 머루를 달래를 익어가게 합니다. 계곡의 느낌은 가는 곳마다 다르게 다가와 저녁은 더욱 더 깊어 가는데 정신은 더욱 더 또렷해져 갑니다. 연민으로 흐릅니다. 길을 따라 내려오면 뜰이 넓고 칸나가 불로 뿜어지고, 울타리 옆

화단에는 노오란 철 잃은 국화가, 나리꽃의 가냘 품이 그대로 남아있는 산골의 외딸은 집에서 민박하였습니다. 정갈하고 순박해 보이는 그들 말씨에 남포불빛에 적어 가는 펜 길도 마냥 즐겁기만 합니다. 누군가의 마당엔 달을 들여놓고 놋양푼에 수수엿을 달이는 시구가 가슴으로 계곡으로, 그리고 여기 밤으로 들어와 박힙니다. 계곡으로 가는 길 옆에는 한참은 감자밭과 토마토 밭으로, 계곡은 깊고 하늘은 높게 숲이 받치고 있습니다. 가장 즐거운 밤이 펼쳐질듯 합니다. 4박 5일의 마지막 밤이 손으로 잡혀지는 별과 어둠으로 깊어갑니다. 조금은 가슴 트여지고 환하게 웃을 수 있는 생활의 여유가 이 여행 뒤에 다가오겠죠. 선생님, 진정은 자연에서 배워지는 듯합니다. 아마 새벽엔 비가 내리는 걸로 착각하고 문뜩 눈이 떠질 것 같습니다. 계곡소리 땜에. 불영사 계곡에서 Y드림"

Y의 편지는 '선생님 …' 이렇게 끝나고 있었다. 다시 전날의 엽서를 살펴보니 상단 오른편에 '해海'자가 적혀 있었고, 다음날에 온 엽서에는 '산山'자가 같은 자리에 적혀 있었다. 그 두 엽서는 연속물로 써진 것이 분명했다. 나의 해석으로는 적어도 4박 5일 동안 채울 길 없는 외로움과 쉽게 해결할 수 없는 번민과 싸우는 과정에 내가 분명 함께하고 있었던 것이다. 그리고 머리와 가슴으로 앓고 있던 고뇌와 아픔이 화진포를 뒤로하고 불영사의 풍경 속에서 어느 정도 정리되고 있음을 느낄 수 있었다. 그것이 나에게 부담으로 다가왔다. 착각일는지는 모르지만 … 그해 6월 나는 지금의 아내와 약혼한 이후 결혼을 준비하던 중이었다. 그것으로 나와 그녀와의 관계는 더 이상 진전될 수가 없었지만, 그해 여름은 어떤 여름보다 찬란했던 여름이었던 것만은 부정할 수 없을 것 같다. 그후 화진포와 불영사를 두세 차례 찾았다. 그럼에도 그녀와 같은 심금을 울리는 엽서를 아직까지 쓰지도, 보내지도 못했다. 그때로부터 서른 몇 번의 여름이 지난 지금, Y도 분명 나와 같이 그 숱한 세월의 흔적을 얼

굴에, 그리고 가슴에 깊이 새기고 있을 터이지만 나처럼 그 여름을 찬란하게 여기고 있는지는 모를 일이다.

# 결혼하는 제자에게

오늘 결혼식의 주례를 맡은 박한제입니다. 처음으로 맡은 주례라 어리둥절합니다. 그간 숱한 주례 부탁에도 응하지 않다가 오늘 이 자리에 서니 지난날 거절했던 숱한 제자들에게 새삼 미안함을 느낍니다. 그동안 이런 자리를 극구 피했던 것은 저 나름으로 원칙과 다짐이 있었기 때문인데, 오늘 신랑과 신부는 저의 오래 지켜온 원칙을 바꾸게 만든 것입니다.

특히 신랑 이K.C군은 저와 전공을 같이 하는, 또 앞으로도 그럴 것으로 기대되는 사랑하는 제자입니다. 학부 졸업논문부터 석사논문까지 제가 하는 연구 방향을 이어가고 있습니다. 그동안 참 성실했고, 또 앞으로도 그럴 것으로 기대되는 유망한 학자 지망생입니다. 신부 이K.W 양은 이화여자대학 경영학과를 졸업한 뒤 뜻한 바가 있어 중국 고대사를 공부하러 서울대학교로 와서 저의 강의를 들었으니 신랑·신부 모두 저의 제자들입니다. 신부도 약간의 방황 뒤에 자기 길을 찾아 달리고 있는 남달리 강단이 있는 학생이라 알고 있습니다.

오늘 그리고 이 자리는 이 두 사람의 인생에서 매우 뜻깊은 날이며 장소입니다. 새로운 인생의 출발선에 선 날이며 많은 가족 친지 여러분 앞에서 굳은 다짐과 결심을 하기 위해 이 자리에 섰습니다. 저는 오늘 주례로서 신랑·신부 두 사람과 그리고 양가 부모님에게 매우 어려운 부탁을 드리고자 합니다.

먼저 신랑·신부에게 부탁드립니다. 먼저 신랑·신부는 양가 부모님을 진정한 마음으로 고마워하고 존경하십시오. 두 사람의 부모님은 아마도 주례와 같은 세대라고 생각되기 때문에 주례는 양가 부모가 살아온 역정과 지금 처한 입장을 잘 이해하고 있습니다. 우리 세대는 요즈음 정말 가슴 아픕니다. 늦가을 날씨처럼 모든 것이 스산하고 외롭습니다. 우리 세대는 최근 인간으로서 응당 받고 누려야 할 최소한의 존엄성마저 위협받고 있습니다. 신랑·신부는 자식으로서 부모님에게 정말 온갖 정성과 존경을 다하십시오.

다음으로 신랑 신부는 서로를 진정으로 이해하고 사랑하십시오. 아니 사랑받는 사람이 되십시오. 오늘 들뜬 기분으로 결혼식을 올리지만 한 달 뒤, 아니 내일부터는 두 사람 앞에는 각박하고 냉엄한 현실이 기다리고 있을 것입니다. 한 달 행복하려면 결혼을 하라고 하였지요. 결혼이란 참을 수 없게 만드는 지루한 결속일 뿐이라고 누군가가 말했습니다. 결혼생활이란 마모된 비석들로 가득 찬 공동묘지와 같다고도 했습니다. 결혼이란 흔히 말하듯이 사랑의 무덤일지도 모릅니다.

이런 위험에 빠지는 것을 미리 방지하고 뛰어넘기 위해서는 먼저 스스로 당당해야 합니다. 먼저 당당하고 자신감에 찬 남편, 혹은 아내 되십시오. 그러지 못한 남편과 아내는 오랫동안 그리고 진정으로 존경받거나 사랑받지 못합니다. 당당해야 은은하고 긴 여운이 남는 사랑을 서로 나눌 수가 있습니다. 사랑 자체의 가치를 폄훼하는 것이 아니라 당신들이 제대로 서지 못하면 그 불 끓는 듯한 사랑도 허무하다는 사실입니다.

결혼이 갖는 이런 모순과 취약점에도 불구하고 결혼이라는 제도가 아직까지도 공고하게 존속하고 있는 이유는 한 사람이 홀로 하는 것보다 두 사람이 함께 하면 두 배 세 배의 성과를 낼 수도 있기 때문입니다. 힘을 합쳐 두 사람이 책정한 인생의 목표를 초과 달성할 수 있기를 바랍니다. 인생에서 얻는 진정한 행복이란 많은 돈의 축적이나 높은 자리를 차지하는 것이 아니라 '자기완성'에서 얻어지는 것입니다.

다음으로 양가 부모님께 부탁드립니다. 흔히 결혼을 하면 가정, 즉 집을 이룬다는 뜻으로 '성가成家'라고 합니다. 그러나 집을 이루면 여러 가지 세속적인 일에 얽히게 되어 있습니다. 신랑·신부는 장성한 아들로서, 그리고 사위로서, 딸로서 며느리로서 여러 가지 임무와 책임을 져야 합니다. 그러나 일반 직장인과는 달리 학문을 하는 사람이 이러다 보면 제대로 자기 일에 집중할 수도, 그리고 '자기완성', 곧 자기 분야에서 성공할 수도 없습니다. 요즈음 유행하는 말로 '무관심한 시어머니가 제일 바람직한 시어머니'라는 것이 있습니다.

두 사람 다 학자, 특히 교수나 전문 역사학자가 되기 위해 불철주야 노력하고 있는 사람들입니다. 이들이 잡다한 가정사에 얽매인다면 제대로 된 학자가 될 수 없다는 것은 불 보듯 뻔한 일입니다. 여기 와 계신 양가 부모님께 죄송한 말씀이지만 이제 결혼하는 두 사람을 이런 세속사에서 완전히 풀어주십시오. 이들에게 오늘 이 식장에서 받는 절로서 그동안 쏟았던 정열과 비용, 관심의 댓가를 받았다고 여기시고, 이 자리에서 모든 것을 포기하시기를 신랑·신부를 사랑하는 스승으로서 간절히 부탁드립니다. 이들에게 사위나 며느리로서 뭔가 해 줄 것이라고 바라지 마십시오. 그래야 이들이 제대로 일할 수 있고, 클 수가 있습니다. 사회 어느 방면인들 생존경쟁이 치열하지 않은 곳이 어디 있겠습니까만 학자의 세계는 다른 곳과 많이 다릅니다. 그 결과도 금방 나지 않습니다. 최근에는 30대에 취직하는 경우가 매우 드뭅니다. 그리고 평생직장을 구하지 못하고 지내는 학자들도 생기고 있습니다. 그러니 여러분의 아들·딸들은 길을 걸으면서 전철을 타고 가면서도 공부 하나만을 생각해야 합니다. 그러지 않으면 제대로 설 수가 없습니다. 취직 안 되어 고뇌하는 아들딸, 사위 며느리가 아무리 효성을 다한들 여러분에게는 무슨 기쁨을 주겠습니까? 삼강오륜을 잘 지키는 것보다 대학교수 임용장을 들고 오는 자식들을 기대하십시오. 이것이 우리 세대 사람들의 책무이고 숙명입니다.

　새롭게 출발하는 신혼부부, 그리고 온갖 정성을 다해 키워주신 부모님에게 너무 어둡고 딱딱한 이야기해서 미안합니다. 원래 약은 쓴 것입니다. 그게 현실입니다. 이것이 바로 학자의 길입니다. 신랑·신부는 신혼여행 잘 다녀와서 바로 연구자로서 열심히 살아가길 바랍니다. 먼저 이루고 그 뒤에 즐거움을 느끼는 이른바 '선성후락先成後樂'하시기 바랍니다. 그리고 건강하기를 바랍니다. 건강을 잃으면 모든 것을 잃는 것입니다. 신랑은 이 자리에서 담배를 끊겠다는 약속을 하십시오.

　신랑·신부는 지금 자기가 하는 일이 설사 화려하지 않더라도 그 길을 최고의 길이라고 여기고 거기에 집중하십시오. 그러면 이 길이 진실로 아름답고 행복한 길이었음을 한참 뒤에 비로소 알게 될 것입니다. 두 사람의 앞길에 축복이 있기를 기원합니다. 감사합니다.(2013. 10. 27, 주례 박한제)

# 고별

　지난봄 내 인생에서 또 한 번의 특별한 4월을 보냈습니다. 4월은 잘 알다시피 50년 전 당신을 떠나보낸 달이기도 합니다. 몇 년 전 4월 초에는 어머니를 땅에다 묻었습니다. 4월의 꽃은 짜릿한 향기의 라일락일까요, 아니면 온 세상을 하얗게 뒤덮어버리는 벚꽃일까요. 내게는 봄꽃, 특히 4월의 꽃은 복사꽃이라 지금까지 믿어 왔습니다. 1969년 4월 화사한 봄날 당신을 만나러 가는 부산행 기차 차창 옆에는 빨갛게 핀 복사꽃이 나를 반기고 있었습니다. 충북 옥천과 영동 사이 어디쯤이라고 기억합니다. 그 복사꽃이 이제 우리의 앞날을 축복해 줄 꽃다발이라 굳게 믿었습니다. 당신이 내게 던진 숙제를 늦게나마 끝마쳤기 때문입니다. "남자가 한 번 목표를 세웠으면 어떤 일이 있더라도 이룩해 내야 한다."는 당신의 마지막 말 한마디에 나는 몇 년 동안의 재수를 불사하였던 것입니다. 그 끝에 당초 목표했던 대학에 합격하고 나름 의기양양하게 당신을 만나러 가던 길이었습니다. 흐드러지게 핀 복사꽃이 되려 당신과 나의 고별을 위한 꽃다발이 될 줄을 꿈에도 예상하지 못하고 말입니다. 이후 당신의 얼굴은 줄곧 복사꽃 다발 속에 박혀 떠오르곤 하였습니다. 오랜 세월 동안 복사꽃이 피는 계절이면 봄병을 시름시름 앓곤 하였습니다. 감기 같기도 한데 약을 먹어도 쉽게 낫지 않았습니다.

올 사월 중순 복사꽃이 유명하다던 영덕 복사꽃 마을을 다녀왔습니다. 한번 다녀오는 것이 좋을 것 같아서였습니다. 화려하기로 유명하여 매년 축제가 정기적으로 열리는 복사꽃 마을을 한 번 더 보고 싶었습니다. 왜 하필 영덕에 갔느냐고요. 십오 년은 넘었을 것 같습니다. 친구들 몇과 함께 지는 저녁 해를 뒤로 하고 주왕산을 넘어 영덕으로 간 적이 있습니다. 그때 만난 복사꽃 마을은 황홀 그 자체였습니다. 복사꽃 속에 박혀 있는 당신의 얼굴이 문득 보였습니다. 그래서 엉뚱하게 당신이 이제는 나를 찾아올지도 모른다는 생각을 가졌습니다. 그러나 아무 소식이 없었습니다.

또 세월이 흘렀습니다. 마지막으로 다시 한번 복사꽃 마을을 찾고 싶었습니다. 혹시나 해서입니다. 그런데 무슨 일인지 복사꽃 마을은 오십 년 전의 그 자태를 전혀 찾아볼 수가 없었습니다. 다른 복숭아 과수원을 몇 군데 더 찾아보았습니다. 거기에도 당신의 모습은 찾을 수가 없었습니다. 너무 긴 세월이 흐른 때문일까요? 이제는 당신의 얼굴마저 흐릿해졌습니다. 좀 지쳤습니다. 서울로 돌아오는 길에 이제는 당신을 보내드리기로 결심했습니다.

당신과 헤어진 지 자그마치 50년의 세월이 지났습니다. 10년이면 강산도, 세상도 변한다는데 내 몰골도 이렇게 변했으니 당신도 알아보지 못할 정도로 변하였을지도 모릅니다. 여드름 자국이 선명했던 나는 아미동 부산대학병원 앞에서 당신과 30분 동안 만났고 그 짧은 만남을 끝으로 헤어져 남남이 된 채로 오늘까지 살아왔습니다. 이렇게 마구 세월이 흘러갔으나 나는 여태까지 당신에게 진정으로 '고별'을 고하지는 못하였습니다. 당신이 나를 한 번 찾아줄 것이라 기대하였습니다. 당신도 알다시피 내가 당신을 찾기는 힘든 일이었습니다. 당신과 헤어진 뒤 나는 당신과 관련된 기록과 몇 가지 물건들을 보내면서 정식으로 하직인사를 해버렸기 때문입니다. 당신이 나온 B 여고 동창회 일을 맡아본다는 여성의 박사논문을 지도하는 일이 어쩌다 있었습니다. 그녀가 당신의 주소를 굳이 알려주었지만 나는 '얼바나(Urbana)'란 도시 이름 외에는 아무것도 기억하려 하지 않고 일부러 외면하였습니다.

이제 당신과 '고별'할 때가 되지 않았나 여기고 있습니다. 당신이 나를 어떻게 여기든지 간에 나는 그동안 당신을 떼낼 수가 없었습니다. 이별은 헤어짐이 아니라 간직함이라 하더니 내 의지와는 달리 당신은 내 가슴 깊숙이 간직돼 왔기 때문입니다. 상처랄 것까지는 없지만 당신의 흔적이 너무 깊은 나머지 내 가슴에서 쉽게 지워지지 않았던 것입니다.

짧은 기간이었지만 당신은 언제나 미소를 잃지 않았지요. 당신은 인자한 누님처럼 언제나 나를 배려하곤 했습니다. 당신은 아마 전혀 기억하지 못하고 있을 것입니다. 1967년 1월 22일 저녁 부산 남포동 대영大映 극장에서 나란히 앉아 영화 〈만선滿船〉을 보았지요. 언제 준비했는지 밀감을 까서 반쪽을 건넸던 일말입니다. 그 배려가 너무 큰 까닭에 나는 아직도 그 밀감 껍질을 간직해 두고 있습니다.

부산대학 병원 앞 다방에서 당신을 떠나보냈지만 당신이 가져간 것은 나의 거의 전부였음을 곧 알게 되었습니다. 눈 먹고 귀먹어 오직 당신만이 한동안 보이고 당신 목소리만이 들렸습니다. 매달려 보지도 않고 너무 쉽게 보내버린 것을 많이 후회하였습니다. 거절당하는 나보다 거절하는 당신이 더 아플 거라고 여겨서 다시 애원하지도 당신 앞에 나타나지도 못했습니다. 그보다 담아두기엔 내가 너무 크다던 당신의 말이 '핑계'가 아니라 진실이라 믿고 살아왔던 것입니다. 아마 너무 순진했던 때문일 것입니다.

참아 못내 잊을 수 없었지만 당신을 잊으려고 내 일에 파묻혀 살았습니다. 그러면서 내 생애 한 번만이라도 다시 한번 그대를 볼 수 있기를 내심 바랐습니다. 그러나 바다로 흘러간 강물이 다시 강으로 되돌아오지 못하듯 우리는 이렇게 망막대해 속으로 휩쓸려가 버렸습니다.

그간 당신을 한 번도 원망한 적이 없었습니다. 오히려 고맙게 여겼습니다. 당신과 내가 만났던 20여 일이란 짧은 기간 동안 당신이 나에게 가르쳐 준 것이 너무나 크고 강렬한 것이었기 때문입니다. 진지, 순수 그리고 간절, 사무침 등 내 인생과 분리할 수 없는 단어들이 바로 그것입니다. 20대 초반 이후 이 몇 가지 단어가 갖는 의미가 내게 각인된 뒤 그 단어가 주는 강력한 힘 앞에서 나는 꼼짝달싹하지 못하고 지금까지 살아왔던 것입니다. 그래도 당신 덕분으로 이 정도의 사람으로나마 살아올 수 있었다고 믿고 있습니다.

이제 내 남은 인생도 그리 길게 남아 있지는 않은 것 같습니다. 옛사람들이 이 나이까지 살기가 그토록 어렵다던 '고래희' 칠십대의 막바지입니다. 당신도 내년이면 그 나이가 되리라 믿습니다. 이제 만난들 무슨 소용이 있겠습니까! 같이 찍은 사진 한 장 없어 정리할 것도 청산할 것도 없어 허허롭지만 이제 당신의 흔적을 내 가슴으로부터 영원히 떼어내려 합니다. 살아있는 동안 만남 같은 것 이제 기대하고 있지 않습니다. 또 이처럼 세월이 많이 흘렀으니 이제는 잊어도 되지 않겠나 여겨집니다. 50년 가까운 세월 동안 당신을 그리워했다면 당신에 대한 예의는 나름 차렸다고 여겨지기도 합니다.

그래요. 다음 주 토요일 학교 앞 신림동에 있는 당신의 이름을 딴 중국집에 가서 짜장면 한 그릇 시켜놓고 마지막으로 당신을 회상하고 당신이 내게 남긴 밀감껍질과 우리들이 앉았던 영화관 좌석 표(9회 나열 268과 269)를 버리겠습니다. 그래요, 잘 가세요. 아프지 말고 남은 인생 무탈하게 보내기를 바랍니다. 후생에서의 기약 같은 것 약조해 달라고 부탁하지도 않겠습니다. 그럼 … (2022. 9. 16.)

# 만추에 옛친구와 만남과 모래내 잔혹사

M 선생, 잘 잤어요? 좋은 꿈 꾸셨나요? 오늘은 11월 달의 딱 반이 지나가는 날입니다. 요즈음 세월의 빠름을 정말 실감하고 있습니다. 어제 토요일 그걸 여실히 체험했어요. 1970년대 초 대학 다닐 때 2년 동안 기식했던 기숙사 출신들의 모임〔正英會〕 산악반의 100회 친선산행모임이 열려 오랜만에 참가하였습니다. 남산 북녘 순환로를 따라 '산책과 정담나누기'를 목적으로 하는 행사였습니다. 서울역 앞 대우재단 건물에서 출발하여 동국대 옆 국립극장까지 갔다가 다시 돌아오는 코스였지요. 이전 기숙사 사생 시절 가까웠던 몇 사람을 다시 만나게 되었는데, 그 가운데 한 친구는 나와 특별한 관계였습니다. 그런데도 그와 다시 이렇게 만나기까지 40여 년의 세월이나 걸렸습니다. 멀리 떨어져 있는 것도 아니고 같은 하늘 아래 서울에서 줄곧 살아왔는데도 말입니다. 한솥밥을 먹으면서 틈만 나면 현실을 함께 아파하고 서로 따독거려 주던 막역한 친구였어요. 우리는 헤어진 뒤 나름 뭔가가 되었지만 이제 그 뭔가를 추억으로만 남겨둔 채 약간은 홀가분한 상태로, 아니 약간 피곤한 모습으로 다시

그렇게 만나게 되었어요. 신문이나 방송을 통해 근황을 보고 듣던 그 친구와 그 산책길을 걸으면서 묵은 이야기들을 한참 동안 나누었습니다. 지난 정부에서 잠시 고위 관직으로 외도하였다가 복귀한 뒤 정년퇴직한 J 교수입니다. J 교수는 대화의 말미에 생뚱맞게 "형수님 잘 계시지요?!"라 물었어요. 79년에 맞선보아 결혼한 아내를 그가 알 리가 없는데 … 사생시절에 일어난 한 페이지의 추억은 한동안 내 머리를 뜨겁게 했으나 잠시의 신열에 불과할 것이라고 여겨집니다. 그때의 추억은 또다시 봉인되어 서가에 가지런히 꽂인 책처럼 보관될 것이니까요. 우리는 그렇게 어렵게 만났지만, 또 기약 없이 헤어졌습니다. 저 40여 년 동안 우리 둘을 잇는 것은 아무 것도 없었던 것처럼 …. 혹시 '부음訃音'난에서나 다시 서로의 안부를 확인할 수 있을지도 모르지요.

저녁에는 다시 군대 친구 둘을 만났어요. 가끔 전화로 소식을 주고받곤 하였는데, 두 주전 토요일 한 친구의 딸 결혼 주례를 서준 일이 계기가 되었습니다. 간단하지 않았던 노병 생활을 하던 1974년 말에서 1976년까지 거의 2년 동안 줄곧 한방(내무반)을 썼던 친구들입니다. 나만이 아니라 그들도 이제는 가발이 더 어울리는 사람이 되어 있었습니다. 남자들 군대 이야기 끄집어내면 그칠 줄 모르지 않아요. 낙성대 근처의 어느 간이 일식집에서 소주에다 광어와 방어를 반씩 섞은 회 한 쟁반 시켜놓고 한동안 군대 이야기로, 그 이름마저도 아득한 옛 전우들 근황까지 전해 듣게 되었어요.

대학도 군대 생활도 고달프긴 마찬가지였으나 그래도 참 생기가 있었어요. 그로부터 40여년, 반드시 신산辛酸한 삶이었다고 규정지을 수는 없어도 우리나라의 현대사처럼 다기했던 것만은 맞는 말이 아닐까 해요. 우리에게 지금까지 살아온 세상살이는 어떤 것이라 풀이할 수 있을까요?

아마도 높이 솟은 아름드리나무를 기어오르다 미끄러지기였는지도 모른다는 생각이 들었어요. 우리가 걸어왔던 세상길은 우리가 오르기에는 너무 미끄러운 나무 둥치와 같은 것이 아니었을까 여겨졌기 때문입니다. 모두들 어느 정도에 까지 기어오르긴 했으나 다시 처음의 자리로 돌아와야만 했던 …. 그 세상 고해를 건너온다고 진하고 굵은 눈물을 많이 흘렸지만 지금은 물보다 더 맑은 이마의 땀방울로 단지 기억될 뿐이네요. 그리 큰 유감도, 큰 회한도 없이, 그 정도만으로도 고맙다고 그저 추억하게 될 뿐 내세울 것이 뭐 별달리 없다 하네요. 인생이란 사실 그것 이상도 이하도 아닌 것 같아요. 그래요. 어느 누군가 "냉기도 뒤집으면 훈기가 된다."고 했던가요. 우리가 거쳐 온 저 차갑고 서러운 역정들이 대충 그런 것이 아니었을까 해요. 냉기에 찬 지난날들도 추억이라는 터널을 지나면 온기로 변하게 되는가 봐요.

　M 선생, 어젯밤 소주 몇 잔에 취해 가을비 맞으며 집으로 돌아오는 길목에서 서울의 지명 가운데 나에게 환상으로만 남아있는 그곳이 불현듯 떠올랐어요. J 교수의 뜬금없는 언급 때문이기도 하지만, 대학 그리고 군대, 그 사이에 잔혹한 추억들 속에 그 동네가 끼어있었기 때문일 것이라고 여겨져요. 지금도 아마 마포 한강 가 어디쯤에 자리하고 있을 '모래내'! 그 이름에서 모래톱과 개천이 연상되는 것 외에는 그 동네에 대해 사실 아무 것도 아는 것이 없어요. 시인 김지하는 〈모래내〉라는 시에서 별빛 시린 교외선 철길에 누워 "이리 긴 목숨을 끊어 에헤라 기어이 끊어"라 절규하며 기차가 자기 위를 지나가기를 기다렸던 곳이었으니, 그 이름만 들어도 왠지 몽환적인, 그리고 뭔가 절박한 그런 분위기가 아직도 느껴져요. 여하튼 아직까지 의식하면서도 한 번도 밟아보지 못한 모래내는 나에게 가깝고도 아주 먼 마을임에는 틀림이 없네요. 그런데 요즈

음 치료를 위해 정기적으로 다녀야 하는 병원으로 가는 길에서 그리 멀지 않아서, 그리고 어느 이정표에서 그 이름을 어렴풋이 보았던 것 같아 갑자기 그 동네가 떠오른 때문인지도 모르겠어요. 아님 회고를 자극하는 이 가을, 그것도 11월이라는 달 때문에 회상된 것인지도 모르겠어요.

대학 시절 이후 나는 그 근방에 있던 난지도에 가끔 가곤 했어요. 지금은 '하늘 공원'인가로 이름마저 변해버린 그곳 말입니다. 교외선 수색역에서 내려 벼논 길을 한참 걷다 보면 낮은 언덕이 나타나고 그 고개를 넘으면 샛강과 나룻배를 만나게 되요. 인분이 둥둥 떠다니기도 하는 오물로 물든 샛강 위로 나룻배가 오고가곤 했어요. 샛강 건너 갈대밭에서 한 여인을 만났어요. 당시 서울대 모 단과대학 학생인 그녀는 그곳에서 열린 미팅 때의 내 파트너였지요. 한참 뒤 그녀는 유학을 갔고 지금은 시내 모 대학 교수로 재직하고 있는 것 같은데, 그녀도 곧 정년을 맞게 될 나이가 되었군요. 70학번이었거든요. 내가 프러포즈를 받아본 유일한 여인이었어요. 그녀의 유학 수속에 필요한 서류 등을 구비해 주기 위해 동분서주 열심히 뛰었던 기억이 문득 나네요. 미국으로 떠난 뒤 1년 만에야 그녀가 겨우 보낸 절교의 편지 한 장이 우리 둘이 주연으로 출연한 단막극의 끝이었어요. 대학원 석사 1학년 시절의 일로 기억되어요. 그리고 나는 바로 군대에 끌려갔어요. 28세라는 적지 않은 나이였지요. 세월이 한 참 지나 TV에 출연하여 개선장군처럼 한국 학문의 후진성을 질타하더니 요즘은 그 얼굴을 통 볼 수가 없네요. 그래도 TV에 나온 그녀를 보고는 너무 반가워 배신감도 잊고 전화를 하였더니 그간 어찌 살았느냐, 지금 뭐 하느냐는 한마디도 묻지 않고 미국 유학시절 만나 결혼한 남편 자랑만 길게 늘어놓았어요. 여성은 마음이 돌아서면 그렇게 현재의 애인이나 남편 이야기를 길게 하는가 봐요. 그녀가 학부 때 살던 곳이 바로 '모래내'였어요. 학교에서 참 먼 곳에 살았던 것 같아요.

그러고 보니 사람이 사는 것은 한 마당 연극과 같은 것이 아닌가 여겨져요. 내가 출연한 '인생'이라는 연극에서는 내가 항상 주인공이라 생각하지만, 다른 사람에게는 그저 초등학교 시절 내가 딱 한 번 출연했던 연극 〈대야성의 최후〉에서처럼 단역일 뿐일 테지요. "성문이 열렸어요!"라는 한 마디로 그 역할이 끝나버리는 단역이었지만, 출연하기 며칠 전부터 설레어 밤잠 설치고, 출연 때 해 준 분장을 며칠 동안 지우지도 않았었지요. 그렇게 흥분했던, 그리고 잔인했던 추억들도 모두 오래된 드라마 속의 장면들처럼 후딱 지나가 버렸네요. 그땐 그녀의 체취가 제법 가까이에서 맡아지곤 했는데, 이제 나에게 각인되어 남아 있는 것은 별로 없는 것 같네요. 세상일은 무상無常한 법이지요. 무상이라 함은 의미심장한 불교용어처럼 보이지만 그저 "세상의 일이란 어떤 것이든 고정되지 않고 변할 뿐이다"라는 평범하기 이를 데 없는 뜻 아니겠어요.

M 선생, 현재의 우리는 서로에게 뭐로 기억될까요? 먼 훗날 말입니다. 아니 그저 기약 없이 헤어질지도 모르는 얼마 뒤의 '뒷날'에서 바라본 우리들 말입니다. 항상 가볍지 않게, 나름 진지하게 살았어도 추억은 언제나 상대의 몫이 아니라 자기만의 것일 뿐이라는 생각이 드네요. 그렇더라도 M 선생 당신에게만은 드라마 〈참 좋은 시절〉에 나오는 주인공처럼 기억되었으면 좋겠어요. '모래내'와 그 사람처럼 잔혹하게 추억되지는 않았으면 하는 마음 말예요. 70년 넘어 살았더니 사람이 살아간다는 것이 별게 아닌 것 같이 느껴져요. 상대를 위해 조금 더 배려하고 진심으로 기도해 주는 것 외에는 우리가 할 일이 별달리 없는 것 같아요. 그리고 세월이란 어차피 무자비하게 흘러가는 것 아니겠어요. 아니 무심하게 지나가는 것 아니겠어요. 발버둥 쳐도 우리는 그저 '역려逆旅의 과객

過客'일 뿐인걸요.

　오늘, 법당의 부처님 앞에 평소보다 좀 더 정중하게 조아릴 요량입니다, 약발 여하를 불문하고 지성으로 빌 것입니다. 평소 약발 같은 것 헛된 일이고 별로라 여겨왔지만 이번만은 거짓말처럼 약효가 화끈하게 나타났으면 좋겠어요. M 선생, 당신이 함박 웃을 수 있게 말입니다. 조만간 좋은 결과 받기를 진심으로 기대해요. 그럼 … (2015. 11.15)

# 같은 길[同道] 같은 마음[同懷]

사람은 진정으로 자기를 알아주는 사람을 위해서 목숨을 건다고 한다. 제갈량은 천하를 쟁취하기 위한 경쟁에서 유비가 조조를 결코 이기지 못할 인물이라는 것을 잘 알면서도 자기의 "누추한 초가집을 세 번이나 찾아주는[三顧草廬]", 즉 "자기를 알아주는 은예[知己之恩]"를 배반할 수가 없어 그를 위해 목숨을 바칠 것을 결심하였던 것이다. 사람이 평생을 살아가면서 이처럼 한 사람을 얻는 것도 쉽지는 않는 모양이고, 반대로 한 사람이라도 얻는다면 그 인생이 실패한 것만은 아니라고 평가할 수 있지 않을까 한다. 세상 모두가 손가락질해도 흔들리지 않고 자기를 이해해주고 변호해주는 그런 사람을 우리는 '지기知己'라 하기도 하고, 어떤 전문적인 영역의 경우 '지음知音'이라 부르기도 한다.

사람에게는 자기 나름의 독특한 주장이 있기 마련이다. 정치적 견해일 수도 있고, 아니면 인생을 바라보는 방향일 수도 있고, 어떤 역사적 사실이나 흐름을 해석하는 입장일 수도 있다. 교수로 평생의 대부분을 보내다 보니 내가 연구해온 방면에도 견지해 온 나름의 주장이 있다. 사실

하루하루 생활이 밧줄로 책상에다 몸뚱이를 매놓은 것처럼 생활해 온 지도 어언 40년이 넘었다. 그 숱한 세월을 오로지 한 방향을 향해 살아왔다고 하면 과도한 수식일지 모르지만, 그것으로 밥을 먹었고, 그 덕분에 신이 났고, 그 때문에 지옥에 떨어질 때도 있었다. 내 인생은 어떤 면에서 하나의 이론을 세우고 그것을 보완하기 위해 살았다고 해도 과언이 아니었다. 그러나 돌아보면 그리 흠결 없는 단단한 이론도 아니고, 또 칭찬받을 만큼 예리한 논리를 구비한 것도 아니었던 것 같다. 하찮은 그 주장도 나에게는 무엇과도 바꿀 수 없는 보배요, 결코 양보할 수 없는 내 소중한 재산이요, 내 생명과도 같은 것이었다. 그러나 그것은 누구에게나 그런 것이 아니라, 나에게만 그런 것이 아니었나 하는 회의가 최근 들곤 한다.

전인仝人이라 해도 무방한 선현을 나와 비교하는 것은 극히 무모하고 외람된 일이지만 이처럼 자기의 주장을 남들에게 설득시키느냐 아니냐의 문제를 두고 깊이 고민에 빠진 것은 나뿐만 아니라 성인이요 대학자인 공자도 그랬던 것 같다. 그래서 《논어》 첫머리에 "남이 알아주지 않아도 성내지 않는 자야말로 군자가 아닌가(人不知而不慍 不亦君子乎)"라고 하였던 것이다. 공자가 이런 말을 하는 데는 그의 주장에 반기를 드는 사람들이 제법 있었던 사실을 반영하는 것이기 때문이다. 그런데 자기 학문을 가장 잘 이해하는 자는 당연히 그 방면에 오랫동안 종사하고 있는 동학이거나 제자일 것이다. 이 가운데 특히 제자란 그저 대학 4년을 졸업하면서 두 세 강좌 수강한 학생을 말하기도 하지만, 그보다는 석사·박사과정 등 오랜 기간 동안 자기와 머리 맞대며 토론하면서 보낸 자들을 말하는 것이 아닐까. 그런 면에서 후자가 '제자'라는 본연의 뜻에 부합하는 것 같다는 생각이다. 그런데 제자라고 선생의 설을 기꺼이 따르는 것은 아니고, 자기의 소견이나, 혹은 작은 이익을 따라 오히려 반대편의 입장에 서는 자도 있는 것이다. 공자에게도 통제되지 않는 제자들도 있었고, 그런 제자 때문에 골머리를 앓던 것 같다. 공부보다 낮잠 자는데 열중하고, 삼년상의 문제를 두고 선생에게 대들었던 재아宰我가 그 대표적인 인물이 아니었나 여겨진다. 예수에게도 한 때의 사도 바울(St. Paul)이 그랬던 것 같다.

같은 길을 가면서 뜻을 같이 하는 자를 '동학同學'이라 부르기보다 굳이 '동도同道'라 했던 것은 동문수학한다고 해서 반드시 같은 생각을 갖는 것이 아닐 수도 있기 때문이 아닐까. 우리는 흔히 제자라면 선생의 학설을 계승하고 보완하는 자라고 생각하기 쉽지만 사실 그렇지 않는 경우도 많다. 공자는 "도가 같지 않으면 같이 일을 도모하지 말 것이다(道不同, 不相爲謀)"라 하였던 것은 오랫동안 스승과 제자라는 관계를 이어왔다해도 같은 방향, 같은 생각이 아니라면 허울뿐인 인연으로 억지로 끌어들일 필요가 없다는 것을 말하는 것이 아닐까. "부부란 마주 볼 것이 아니라 같은 방향으로 바라보아야 한다"는 주례사를 한 적이 있지만, 같은 길을 가는데 아무리 가까운 사이라도 사사건건 의견의 대립이 생긴다면 서로 피곤하고 또 일의 성취도 어렵게 되는 것이기 때문이다. 그러니 '동도'를 꼭 제자 가운데서 찾을 필요도 없는 것이다. 그래서 공자도 "누군가 (나에게) 배울 것이 있다고 여겨 천리를 멀다하지 않고 찾아오니 즐겁지 아니한가(有朋自遠方來, 不亦樂乎)"라 하였던 것이다. 공자도 말했듯이 "가까운 사람을 만족시켜야 멀리 있는 자도 찾아온다(近者說, 遠者來)"는데 나에게는 그야 말로 언감생심이다. 공자는 그의 이론을 적극 지지하며 사방에서 달려 온 동도 칠십을 결국 그 아래 두게 되었으니(如七十子之服孔子也 … 自西自東, 自南自北, 無思不服) 성인이요, 대학자인 것이다. 다른 사람에게서 지지를 얻는 것은 마음으로 감복〔心服〕시켜야 하지, 힘으로 복종하게 하는〔力服〕 것은 되지도 않고, 또 오래 가지도 못한다. 마음 속에서 우러나 즐겁게 따르는 것과 재갈을 물려 억지로 따르게 하는 것은 그 동력이 다르고, 항상 복종을 강요할 자리에 있는 것도 아니기 때문이다.

이미 정년퇴직을 하였고, 살기 힘들다던 칠십(人生七十古來稀)도 눈앞에 다가섰다. 그럼에도 내 주장을 계승하고 싶어 멀리서 온 자도 없고, 또 믿고 따르는 '제자'마저 제대로 없다고 생각하니 한심하기 짝이 없고, 인생 말년이 참 스산하다는 느낌마저 들기만 하다. 당연히 지난날 내 행동에 대해 처절한 자기반성을 해야 하며, 내가 한 일에 대해서도 곰곰이 성찰하는 시간을 가져야 할 것임에 틀림이 없다. 그러던 중 최근 우연히 중국인들이 가장 좋아하는 근·현대 문인 노신魯迅의 글을 읽고 크게 느끼는 바 있어 이렇게 몇 자 적게 되었다.

> 인생을 살아가면서 한 사람의 지기를 얻으면 족하다(人生得一知己足矣)
> 당연히 이 세상을 같은 마음으로 볼 것이기 때문이다(斯世當以同懷視之)

그렇다. 학문이라는 같은 길을 걸어가면서 마음에 맞는 한 사람이면 족하다. 두 사람이면 넘친다. 그러니 내가 공자처럼 많은 지지자를 얻으려는 것은 당초부터 과욕이었고, 당치도 않는 희망이었다. 자기를 알아주는 것을 '같은 마음〔同懷〕'이라고 표현한 것은 참으로 적절한 것 같다. 이 글은 노신이 중국공산당의 혁명가인 구추백瞿秋白을 만나 그에게서 자기를 이해해주는 동지로서 진한 감정을 느껴 그에게 써 준 16자로 된 한 폭의 대련對聯이다. 노신은 20세기 초 암담한 중국 현실을 목도하고 문학이야말로 국민정신을 개조할 수 있는 등탑燈塔이 될 수 있다고 생각하여 해오던 의학공부를 포기하고 문학에 뛰어들어 고발성적인 '잡문雜文'을 창작하기 시작했다. 이런 문학 활동에 대해 초기부터 반동은 물론 진보문인들까지 집단적으로 공격하고 모독을 가하였던 것이다. 그러나 구추백은 노신의 글들을 정리한 뒤 〈노신잡감집서魯迅雜感集序〉를 써서 노신의 잡문이 갖는 의의와 가치를 높이 평가하였던 것이다. 그에 감동하여 노신이 이 문장을 쓴 것이다.

내가 연전에 노신의 고향인 중국 절강성浙江省 소흥紹興에 갔을 때 그의 고거故居 벽에 걸려 있는 1933년에 써서 이미 색 바랜 이 글귀를 우연히 만났다가 최근 인심의 변화에 심통心痛해하던 내게 문득 떠오른 글이 바로 이것이었다. 이 글을 복사해서 책상머리에 두니 나를 약간 위로하는 것 같기도 하고, 또 현재의 내 마음을 대변해 주는 글귀인 것 같아 반갑기까지 했다. 그래서 인사동에 가서 서각書刻하여 내 연구실의 서가 귀퉁이에 걸어둘까 하였다.

그러나 가만히 생각하니 내가 가는 길에 '같은 마음'을 가진 한 사람이라도 얻었느냐고 누군가 따져 묻는다면, 그렇다고 말할 자신도 없다는 생각에 이르니 금방 내 마음이 참담해진다. 나는 그동안 헛살았다는 말인가! 나이 팔십이 코앞인데도 아직도 내게 희망이 있다는 말인가! 이 삭막한 세상, 같은 방향으로 바라볼 수 있는 푸근한 지기, 초롱초롱한 '동회' 하나라도 얻었으면 좋겠다는 분외의 희망에다 때늦은 후회, 쓸데없는 넋두리를 이처럼 하고 있다.

그런데 근래 한 사람의 '지기' 그리고 '동회'를 얻게 되었다. 오랜만에 내 인생 전체를 이해하고 지지하는 사람이었다. 우리는 만난 이후 여러 차례 서로가 처한 상황과 그리고 살아온 이야기를 주고받았다. 우리는 '지기' '동회'가 될 수 있다는 것을 확신했다. 그는 나에게 노신의 글을 새긴 현판을 선물하여 내 서재방에 걸어두게 했다. 그러기를 5년여 우리는 '지기' '동회'로서 진한 세월을 보내었다. 그러나 우리의 관계는 오래 지속되지 않았다. 그는 자기 일에 열중하기 위해 절교를 선언했다. 당황했지만 받아들이는 수밖에 없었다. 나는 그가 다시 내 곁으로 돌아오기를 고대한다. 그는 내가 사귄 이 세상 어느 누구보다 나의 소중한 '지기'이고 '동회'였기 때문이다.(2023, 6. 20.)

세
월
과

풍
경
Ⅱ

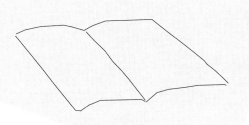

## 잘못 들은 길이

　내가 학문을 하고 교수를 평생 직업으로 택했던 것은 분명 '잘못 든 길'로의 진입이었다. 나는 들어맞지 않는 노정을 걸으면서 무진 헤맸다. 그러나 돌이켜 보면 일생일업一生一業으로 중국사 교수로서 평생을 보낸 것같다. 그리고 죽는 날까지 학자로서 일생을 보내려고 마음먹고 있다. 분외의 영광이 아닐 수 없다.

　그동안 힘들게 보낸 세월이 60여 년이다. 그동안 느끼고 행동한 것들이 쌓여 나름 나의 조그마한 '풍경'이 되었다. 살아온 세월이 짧지 않았던 만큼 내가 만든 풍경은 다양하다. 나의 길이 탄탄대로로 순조로웠던 것만이 아니므로 뒤뚱거려야 했고 그래서 아픔도 있었다. 그러나 사이사이 나름으로 기쁨도 있었다. 그 다기한 역정들을 기록해 산문 형식으로 엮어 보았다. 독자들 구미에 맞지 않는 것들도 많이 있을 것으로 여겨진다.

　이런 류의 글을 50이 되는 해에 《인생 ―나의 오십자술》(한길사, 1997)이라는 이름으로 출판한 바 있다. 이 책은 그 책의 후속편인 셈이다. 그 책은 나름 화제가 되었고 독자들의 사랑을 듬뿍 받았다. 이 책도 그랬으면 좋겠다.

　머문 듯 가는 것이 세월인 것을 인생은 작은 인연들로 아름답다. 2025. 1. 16. 낙성대 일청서실에서

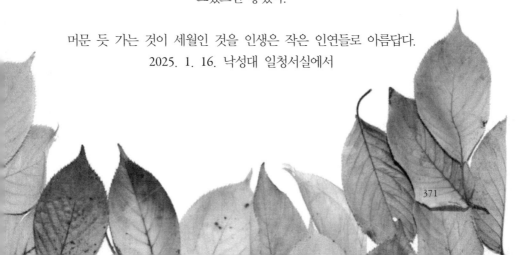

세월과 풍경 II
잘못 들은 길이

# 자서전 쓰기

M 선생! 오늘 자기 자신에 관한 글쓰기에 대해 이야기하고자 해요. 내 나이 50이 되던 해인 1997년, 나는 《인생 —나의 오십자술》(한길사)이란 책을 출간했고, 그 뒤 자전적인 글을 쓰고 가끔 지상에 발표하기도 했었지요. 그뿐만 아니라 내 하루하루의 일상과 생각들을 세밀하게 기록하는 것이 M 선생에게는 좀 독특하게 보였을지 모르겠어요. 당초 50대 초반 자술서를 냈을 때 많은 사람들이 '시기상조'라 질책(?)하기도 했고요. 70대의 은사 선생님께서도 "죽을 때나 되어서 할 이야기를 썼더구만…"이라며 난감한 표정을 짓기도 하였거든요. '자술'이라는 단어 자체가 당시 우리나라에서는 생소한 것이었어요. 그 당시 내가 그런 익숙하지 않은 단어를 쓴 것과 그런 책을 출판하게 된 것은 중화권 식자들에게 10년을 끊어서 〈사십자술〉 또는 〈오십자술〉 등을 내는 것이 흔한 일이었고, 당시 내 나름 뭔가 토해내 쓰지 않고서는 숨이 꽉 막혔던 상황이었기 때문이었어요. 늦게나마 오늘 이에 대해 약간의 변명이랄까 그 이유를 M 선생 당신에게 이야기하고 싶어요.

노르웨이 작가 칼 오베 크나우수고르(Karl Ove Knausgardo)의 《나의 투쟁(Min Kamp)》이라는 책이 국내에 번역·출간되었다고 들었습니다. 작가가 쓴 자서전이에요. 사실 작가의 작품이란 굳이 '자서전'이라 이름 붙이지 않더라도 극단적으로 말하면 모두가 그 작가의 자전적인 기록들이라 해도 무방하지 않을까 여겨져요.

남들에게 대개 '무의미하게 보이는 것'일 수도 있지만, 작가는 자신에 대한 글을 쓸 때, 기록할 가치가 있다고 여기며 나름 쓰겠다고 단단히 결심한 결과물이 아닐까요. 남들에게 무의미하다고 해서 자기에게도 무의미한 것은 결코 아닐 것이기 때문이지요. 다만 진정한 의미의 자서전은 정치가의 그것처럼 허장성세로 채워지는 것이 아니라고 생각해요. 자서전은 겸양을 기조로 삼지 않으면 별 의미가 없다고 봅니다. 겸양하지 않으면 진실은 토로되지 않기 때문이지요. 삶이란 입신출세를 위해 포장길을 걸어가는 사람보다 좌절과 실패로 피투성이가 된 얼룩진 자갈길을 숨차게 달려가는 사람이 훨씬 많기 때문이지요. 다시 말하면 우리들은 구간마다 상대하기 만만치 않은 거인과 만나 위축되기도 했고, 기름이 모자라 조마조마했던 처절한 투쟁의 여정을 걸어온 사람이었을 것입니다.

이런 자서전이 진실되지 않고 자기 과시였다면 자서전으로서 생명이 의심스런 것일테지요. 정직을 두고 고뇌하는 사람의 글에서 인간적 겸양을 느끼게 되는 것은 당연하지요. 그래서 삶이 풍기는 가장 멋진 맛은 이 세상을 떠날 때 자랑하지 않음이 몸에 밴 아름다운 '낮음'의 자세가 아닐까 해요. 우리 삶의 낮음이 바로 누구를 위해 적당히 비워 둔 마음의 '넓음'일 것이기 때문입니다. 그래서 나는 정직이야말로 삶의 방향타로 믿고 살아왔습니다.

사람은 누구나 고귀한 존재입니다. 그의 삶의 궤적 하나하나 또한 놓칠 수 없는 역사의 일부분이고요. 그런데 자고로 기록이란 대체로 통치자나 가진 자의 몫이었습니다. 그래서 일반인에 대한 기억은 대개 가늘고 가물가물하였지요. 주위의 것은 말할 것도 없고 자신의 기억마저 아득하지요. 무엇보다 시간은 기억의 천적이에요. 뇌의 용량이 시간의 강렬한 소용돌이 속에서 기억의 퇴화를 막지 못하고 있다는 것을 누구나 절감하게 되는 일 아니겠어요. 더구나 타인은 어디까지나 국외자일 뿐입니다. 그래서 나의 '어제'는 아주 빠르게 소수의 고고학자만이 약간 관심을 가질 뿐인 화석이 되어 버리고 만답니다. 더구나 죽음은 기억의 무덤이지요. 기억과 죽음은 동전의 앞뒷면과 같기 때문입니다. 더 이상 귀환하지 못할 길을 떠나간 나의 벗들, 형제 그리고 돌아가신 우리 아버지와 어머니가 그 죽음으로 기억에서 그렇게 점차 사라져 갑니다. 기억하지 못하는 것들은 마치 처음부터 존재하지 않았던 것인 양 여겨지고, 검토·해석되지 못한 기억들은 정체불명의 그림자처럼 마침내 그 의미를 잃어버리고 마는 것입니다. 나를 이루고 있던 기억들과 사건들은 서로 이어지지 않은 채 몇 개의 파편이 되어 뇌세포 여기저기에 외롭게 박혀 있게 되었다가 육신과 동시에 소멸되어 가는 것이지요. 그것은 바로 '나의 상실'인 동시에 '우리의 실종'인 것입니다.

다시 말하지만 어떤 삶이든 나름 소중한 역정입니다. 우리 일상은 헤아릴 수 없이 많은 것과 부대끼며 진행되고 있습니다. 그런 삶이 어찌 가볍다 말할 수 있겠습니까! 무수한 시간이 엮어낸 내 일상들에 대해 꼼꼼한 자술서를 쓰는 것은 어쩌면 평범한 일상의 조각들을 촘촘히 엮어둠으로써, 망각의 세계로 달음질치려는 나의 그리고 우리의 것을 잡아 '나의 상실', '우리의 실종'을 막기 위한 투쟁에 다름없는 것입니다.

대단한 일을 한 것도 없이 보낸 날들이었기에 그날이 그날 같지만, 그래도 나의 그날을 보고 싶은 기이한 욕구, 그런 것이라고 해서 어찌 가치 없다고 단정할 수 있단 말입니까! 그래서 나는 무의미한 것에 대해, 보잘것없는 것에 대해 소소하고 작은 것들에 대해 쓰겠다고 늘 속으로 생각해 왔던 것입니다.

사실 아돌프 히틀러의 자서전 《나의 투쟁(Mein Kampf)》만이 참다운 투쟁인 것이 아니라 내 지난날들도 나름 처절한 '나의 투쟁(My Struggle)'이었고, 아니 그것은 오히려 '나의 전투(Mon Combat)' 그것이었던 때문입니다.

M 선생! 너무나 오랫동안 우리는 매일매일의 시간을 업신여기며 살아온 것이 아닐까요. 기록하지 않고 그래서 자신의 내면을 읽어내어 정리할 수 없는 인간은 책임 회피이며, 스스로에게도 언제나 타자일 뿐이지요. 삶이란 원래 평범한 것입니다. 그러나 이런 참을 수 없는 평범함과 진부함이 인생의 진면목이며, 심지어는 인생의 빛일지도 모른다고 하면 어폐일까요! 너무나 익숙하고 낯익어 도리어 아무것도 아니라고 여겼던 것들이야말로 사실은 우리 몸과 영혼을 움직이고 있는 기관이자 뼈대이며 근육이고 신경세포라고 하면 망발일까요? 나는 자기 기록을 통한 성찰을, 그리고 그것을 쓰고 읽으면서 자주 환희와 아픔을 경험합니다. 그래서 요즈음도 내 책 《인생 ―나의 오십자술》을 꺼내보기도 하고, 이런 글을 쓰기도 한답니다.

자기, 그리고 자기가 간추려 온 일들에 대한 글쓰기는 작자 자신의 영혼에 고여 있는 슬픔을 건져내 다시 그것과 대면하는 일입니다. 슬픔이 기쁨보다 훨씬 사무치고 진실에 접근한 것임은 굳이 설명할 필요가 없겠지요. 웃기는커녕 괴로워할 여유조차, 격분할 힘조차 잃어버린 이 시대에 나의 슬픔이 나를 새로운 삶의 터전으로 안내할 탈출구가 될지도 모를 일입니다. 그래서 나는 나의, 아니 우리의 일거수일투족을 빠짐없이 기록한답니다. 메모하고 일기를 쓰고 자전적인 글을 쓰는 것은 나란 존재의 확인이요, 내게 있어서 당신이라는 존재의 확인이기도 하지요. 특히 M 선생과의 기록은 내 생활과 사고의 거의 전체이기 때문이지요.(2023. 12. 2.)

# 검사와 여선생

'검사와 여선생'은 우리 세대 사람들에게는 쉽게 잊히지 않는 영화다. 그 세세한 줄거리는 잊었지만, 당시에 받은 느낌만은 아직도 나에게 생생하다. 굶기를 밥 먹듯이 하는 가난한 학생과 도시락을 만들어 배를 채워주기도 하고 꿈을 키워준 어느 초등학교 여선생님 사이의 이야기다. 여선생님은 결혼 후 사정 딱한 탈옥수를 집에 숨겨둔 일로 남편의 오해를 사게 되었다. 칼을 들고 달려든 남편이 문지방에 발이 걸려 넘어져 칼에 찔려 즉사함으로써 여선생님은 살인범이란 누명을 쓰게 된다. 법정에 선 여선생님은 검사가 된 옛날 초등학교 시절의 가난한 제자와 운명적으로 만난다. 검사는 은사가 살인을 범하지 않았음을 입증함으로써 그 누명을 벗긴다.

그 영화 제목만 들어도 그 옛날 초등학교 시절의 일들이 아스라이 내 머리를 스쳐 지나간다. 내가 그 영화를 보았던 것은 초등학교 5학년 때였던 것 같다. 내가 다닌 진주 대곡초등학교는 일제 강점기에 만들어진 목조 단층건물이었다. 졸업식 등 특별한 행사가 있을 때는 교실 두 개를 터서 강당을 만들어 썼다. '검사와 여선생'도 그곳에서 상영되었다. 햇빛을 막기 위해 임시로 커튼을 쳤으나 사이사이로 햇빛이 마구 새어 들어왔다. 또 낡은 필름이라 대낮 풍경인데도 빗물과 은하수가 주르르 흘러 내리고 있었다. 그런데도 변사의 구성진 목소리에 녹아들지 않는 사람이 없었다.

교실로 돌아온 담임 선생님 얼굴은 눈물범벅이었다. 그 눈물은 우리들에게 영화의 주인공처럼 검사로 커 주었으면 하는 선생님의 간절한 바람이 응결되어 있다고 느껴졌다. 고시는 과거제도와 마찬가지로 입신출세를 위한 가장 유효한 사다리였다. 돈도 배경도 없는 민초들이 매달리는 거의 유일한 희망의 끈이었다. 이후 검사는 한동안 나의 꿈이 되었다.

선생님은 본가가 진주 시내에 있었기 때문에 운동장 옆 초가집에 방한 칸을 빌려 자취를 하고 있었다. 선생님은 둘째 형님의 진주사범학교 2년 후배였다. 그래서인지 선생님은 내 월사금을 대납해 주어 창피스러운 귀가 조치를 몇 번이나 면하게 해 주셨다.

그해 9월 중순 어느 날 일을 아직도 잊지 못한다. 선생님은 하교 뒤 남으라고 하시더니 남강변의 송곡마을로 가는 논둑길로 나를 데리고 나섰다. 허수아비가 한가롭게 서 있는 들판은 이미 온통 황금색으로 변해 있었다. 연두색 원피스가 하늘색 파라솔과 잘 어울렸다. 개울가에 다다르자 선생님은 방천둑에 앉았고, 나는 개천에 내려가 돌팔매질로 파문을 일으켰다. 선생님도 곧 개울로 내려와 나와 같이 돌을 던지기 시작했다. 파문의 숫자는 선생님보다 내가 더 많이 만들 수 있었다.

나는 신이 났고 선생님도 즐거워했다. 우리는 징검다리에 걸터앉아 발을 물에 담갔다. 선생님 발은 희고 가늘었다. "넌 앞으로 뭐가 되고 싶니?" 대뜸 "검사가 되고 싶어요!"라고 했다. 그렇게 하는 것이 선생님을 기쁘게 하는 것이라 믿었다. "그래. 넌 분명 검사가 될 수 있을 거야!"라고 했다.

선생님은 댁으로 돌아오는 길에 내 손을 꼭 잡아주면서 검사가 되면 무척 기쁠 것이라고 했다. 작은 부엌을 통해 선생님 방을 들어서니 고급 비누 냄새 같은 것이 방안에 가득했다. 남으로 향한 창문 밑에는 백양목을 씌운 앉은뱅이책상이 있었고, 책상 위에 놓인 작은 액자 속에는 교복 차림의 선생님이 환하게 웃고 있었다. 선생님은 저녁밥을 지으셨다. 하얀 쌀밥에 왜간장에 버터를 넣어 비빈 것이었다. 수저가 한 벌밖에 없었다. 내가 첫 손님이었던 모양이었다. 선생님은 숟갈을 나에게 넘기고는 작은 미제 포크로 밥을 드셨다. 밥알들이 빠져나가는 것이 보였다. 민망하면서도 행복했다.

날이 어두워지자 선생님은 고민하는 모습이 역력했다. "집에서 기다리시겠지!"를 되풀이했다. 나는 아무 말도 하지 않았다. 한참 뒤에 "이제 가야지! 저 위에 삼거리까지 데려다줄게. 다음에 또 오면 되잖아." 선생님 배웅을 사양하지도 않았다.

9월의 신작로는 벌써 어두워져 있었다. 내 손을 장터까지 한 번도 놓지 않았다. 손바닥이 따뜻하고 *끈끈했다.* "선생님, 다음에 검사가 꼭 될 겁니다!" 선생님은 내 손을 더 굳게 쥐었다. 어둠 속으로 사라지는 선생님 뒷모습이 쓸쓸해 보였다.

누구에게나 꿈을 심어준 사람이 있기 마련이다. 나에게 선생님이 그러했다. 월사금을 제때 못 내어 쩔쩔매던 50여 년 전의 옛 제자를, 그리고 그때의 약속을 지금도 기억하고 있을지 모르겠다. 나는 약속을 그대로 지키지는 않고 역사학 교수가 되었다.

역사란 지금 일어나는 사건을 기소하는 검사는 아니지만 역사 속의 무수한 사건과 사람들을 다시 불러내어 가차 없이 기소하고 추상같이 판결하는 사람이다. 선생님을 다시 만난다면 "선생님, 저 공소시효 없이 기소권을 행사할 수 있는 진짜 검사가 되었어요. 몇천 년 동안 훌륭한 사람인 양 위장해 온 범인들을 찾아내 혼내주고 구천을 떠돌고 있는 원혼들을 위로하기도 해요!"라며 초등학교 5학년 소년처럼 으스대고 싶다.

그리고 선생님과 같이 거닐었던 허수아비가 서 있는 논둑길을 다시 걷고 싶다. 선생님이 손수 만들어 주시는 밥 한 그릇 다시 얻어먹고 싶다. 진간장에 버터로 비빈 것이면 더할 나위 없을 것이다.(《조선일보》 2009. 11. 28.)

# 추풍령

'추풍령' 하면 사람들에 따라 다가오는 영상이 다 다를 것이다. 어떤 사람은 충청도와 경상도를 나누는 소백산맥의 한 고개쯤으로, 어떤 사람은 고속버스를 타고 가다가 가락국수를 맛보는 휴게소쯤으로 생각할 것이다. 그러나 나에게 추풍령은 그런 것보다는 다른 애잔한 추억 속에 잠겨 있는 마을이다. 고등학교를 졸업하고 대학시험에 실패한 뒤의 일이다. 고향 진주의 어느 극장에서 '추풍령'이라는 제목의 영화를 보게 되었다. 당시 나는 평소 좋아하는 영화 보는 것까지도 금기로 삼고 있을 정도로 침울한 시간을 보내고 있었지만, 친구 강권에 마지못해 영화관을 찾았던 것이다.

이 '추풍령'을 내 머릿속에 넣게 된 것은 중학교 시절의 지리 시간이 아니었나 생각한다. 지리 선생님은 일제 강점기 철도 승무원으로 근무하면서 팔도 어디 안 가본 곳이 없던 분이라 어찌나 실감나게 가르치던지 모두들 그분의 강의 시간을 기다릴 정도였다. 선생님은 추풍령이 너무 높아 그 아래 김천시가 다른 곳보다 해가 빨리 저문다는 이야기를 들려

준 적이 있는데 대학 입학시험 때까지 고향 진주를 벗어난 적이 없던 나는 추풍령에 대한 나름 그리움 같은 것이 있었다. 그러나 추풍령이 다른 지역보다 특별한 것은 아니었다. 이후 고등학교 때, 국어책에 청록파 시인 박두진 씨가 '영동永同을 지나면서'라는 아름다운 수필에서 그곳을 언급하였으나, 오히려 그 글의 중점은 황간黃澗과 영동 사이의 금강 모래밭과 도로 연변에 핀 복사꽃에 두어졌지, 추풍령의 풍경 그것은 아니었다. 그러나 그 영화를 본 뒤, 나는 경부선 철로 변의 그 어느 도시나 마을보다도 이 추풍령이 나의 가슴 속에 깊이 각인되었다.

그 영화는 추풍령역의 선무원線務員으로 근무하는 어느 가난한 철도 공무원과 그의 유일한 희망인 아들 이야기였다. 추풍령에는 중학교가 없었기 때문에 아들이 초등학교를 졸업하자 김천으로 열차 통학을 시켰다. 아버지는 그 아들이 훌륭한 사람이 되어 그 모진 가난의 굴레를 벗겨 주기를 바랐던 것이다. 아버지가 아들에게 건네주는 도시락, 그리고 선로를 수선하는 도중, 아들이 탄 완행열차가 지나갈 때마다, 굽어진 허리를 펴며 그 기차 꽁무니가 보이지 않을 때까지 한참이나 바라보는 아버지의 따뜻한 눈길. 그리하여 그 아들은 아버지 기대에 부응하여 고등학교를 마치고 '서울대학'에 입학하였던 것이다. 그러나 선무원 월급으로 학비를 댈 수 없었던 아버지의 안타까움, 등록금을 내지 못해 휴학을 하고 고향에 돌아온 아들은 언덕 위에 올라가 그의 유일한 재산인 트럼펫으로 아픈 가슴을 달래던 모습, 영화 '추풍령'은 이렇게 그 부자의 모습을 애잔하게 그리고 있었다.

그 뒤 서울로 돌아온 아들은 학비를 벌기 위해 아르바이트로 야경의 일을 하게 된다. 차가운 겨울밤, 자기 집 앞을 지나가는 때를 기다려 따뜻한 커피를 준비하여 속을 녹이게 하던 같은 학과 어여쁜 여학생은 그의 고달픈 서울 생활에 큰 힘이 되고 있었다. 그 영화는 그러한 어려움을 딛고 대통령상을 받으면서 영광스럽게 졸업하는 아들과 그 아들을 바라보는 주름진 아버지의 이슬 맺힌 두 눈을 비추면서 끝을 맺고 있었다.

지금 생각하면 그렇게 대단한 명작도 아니고, 어쩌면 신파조新派調의 영화 이상의 것도 아닌 것이다. 그러나 그 영화는 당시 나에게 더없이 감동을 준 명작이었다. 내가 처한 당시 상황과 나의 모든 소망이 그 영화 속에 다 응결되어 표현되고 있었기 때문이다. 그 영화의 세세한 스토리는 이제 우리들 모두에게서 잊혔지만, 가수 남상규가 부른 그 주제곡만은 아직도 애창되고 있다. "구름도 자고 가는 바람도 쉬어 가는 추풍령 굽이마다 한 많은 사연 … 주름진 그 얼굴에 이슬이 맺혀. 그 얼굴 흐렸구나 추풍령 고개."

나의 아버지는 유달리 이마에 주름이 많으셨다. 그리고 평생을 고된 농사일로 허리가 많이 굽어져 있었다. 아들에 대한 욕심이 많기로는 누구에게도 뒤지지 않던 아버지였다. 그러나 그 영화 속 아들은 그 어려운 시험에 붙어서 그 아버지의 주름살을 활짝 펴드렸는데, 나는 이렇게 낭인생활을 하고 있으면서 아버지를 애태우고 있다고 생각하니, 더욱더 큰 죄책감을 느끼지 않을 수 없었다. 그리고 나는 주먹을 불끈 쥐고 다시 한번 다짐을 하였던 것이다. 그 뒤 내가 이 '서울대학'에 그렇게 집착했던 것도, 또 많은 곡절을 겪기는 했지만, 지금 내가 서울대학 교수가 되었던 것도, 어쩌면 그 영화 '추풍령'이 가져다준 감동의 결과인지도 모른다.

그 뒤 나는 철도로, 또는 고속버스로, 혹은 승용차로 그 추풍령을 수없이 지났다. 그때마다 항상 차창 밖을 내다보면서 내 젊은 한때 이 추풍령이라는 작은 마을이 준 감동을 회상하곤 한다. 뿐만 아니라 버스나

열차를 타고 가면서 졸다가도 그 지점에 이르게 되면 반드시 내다본다.
"추풍령 굽이마다 한 많은 사연 …"을 읊조리면서 … (1994. 3. 13.)

## 대학동기·대학생활

　사람들은 대개 각종 동기동창생들을 가지고 있다. 나도 초등학교 이후 대학까지 동기동창생이라는 관계의 친구들을 가지고 있다. 요즈음처럼 기부문화가 활발하여 나처럼 한국에서 모든 학교를 다닌 사람은 초등학교에서 대학원까지 동창회로부터 기부 독촉을 받으면서 행복하다 해야 할지, 귀찮다고 해야 할지 어리둥절할 법도 하다.

　어느 것 하나 중요하지 않은 것이 없겠지만 나에게는 대학 동창회가 제일 중요하다. 그것은 내 직업과도 관련이 있기 때문이다. 돌아보니 내 인생 가운데 3분의 2 이상을 대학과 밀접하게 관련되어 생활해 왔던 것이다.

　요즈음 젊은 사람들에게는 동기동창이라면 대체로 동갑내기로 이해하기 쉽다. 그러나 내 경우는 약간 특별하여 초등학교 동기동창 가운데는 나보다 5살이 위인 자도 있었다. 그것은 내가 초등학교를 다니던 시절이 바로 한국전쟁이 끝난 직후라 정상적인 취학 기회를 잃은 나이 많은 이들이 정상보다 몇 년이나 늦게 학교에 들어왔기 때문이었다. 그러나 그들은 초등학교를 마치고는 집안 사정으로 중학교 진학을 대개 포기하였다. 그래서 중학교나 고등학교 동창은 초등학교처럼 나이 차이가 그리 크지는 않다. 그런데 나의 대학 동기동창은 들쭉날쭉하다. 나부터가 때맞춰 들어온 학생들보다 네 살이나 많다. 우리 동기의 학번은 1950년생이 주축을 이루어야 하는데 제일 나이가 많은 사람은 1944년생이었고, 그 밑에 1946년 생이 3명, 이런 식으로 배열되어, 제일 나이가 적은 1951년생까지 골고루 분포되어 있다. 그러니 동기동창이라 해도 나이 차가 많게는 7살까지 나는 것이다. 그러니 서로 말을 트고 지낼 수도 없는 사이가 되었다. 그런데다가 당시 10명이던 정원에 제 나이에 맞게 입학한 학생들 상당수가 또 입대를 하거나, 다시 재수를 하는 등으로 빠지고, 대신 그 여석에 전과를 해 온 학생이 3명, 군 위탁생 1명이 채워졌으니 한마디로 곡절 많은 학번이었다. 동기동창의 구성원이 대체로 고정된 것은 2학년 때부터로, 그 뒤 3년 동안은 별 변동 없이 지냈다. 그런데 제때 들어온 입학생들보다 다른 형식으로 우리 학과의 구성원이 된 학생들이 대개 나이가 많았다. 20대 전후의 나이는 하루 여름 해가 무서울 정도로 차이가 나는 시절이라 사회경험이 풍부한 이들이 학과를 이끌어 갔다. 그러다 보니 객이 주인을 호령하는 꼴이 된 것이다. 교양부를 마치고 동숭동에 수학한 3년 동안 우리 과원들은 도서관이나 연구실보다 술집 출입이 훨씬 많았다. 나이 어린 동기들은 사회에서 단맛 쓴맛 다 맛본 나이 많은 이들의 그 능란한 호스티스 조종술에 그저 탄복할 뿐이었다. 그렇다 보니 공부하는 분위기와는 거리가 멀었다. 우리들로 하여금 그런 대학시절을 갖도록 허용한 것은 시국 탓도 있었다. 그때는 공부 잘하는 학생보다 학생운동을 하는 학생이 더 인기가 있었고, 책을 사기보다 술을 사먹는 데 더 많은 돈을 썼다. 술에 취해서 세상 돌아가는 것에 대해 나름으로 정리된 논리를 가진 일갈의 고성을 토할 줄 알아야 그런대로 괜찮은 계집애도 낚을 수 있었다.

졸업 후 우리 동기들은 뿔뿔이 헤어졌다. 나는 나이도 공동 2위나 되어서 발언권이 제법 셌고, 중심 학년이던 3학년 때에 학년 대표 겸 학과 대표를 맡았다. 당시 학과 대표가 되면 대개 학생운동에도 기웃거리는 것이 상례였으므로 나중에 군대에 갈 적에는 병적부에 A.G.S(반정부학생)라는 도장을 받아 가기도 했다. 그런데다가 우리가 동양사학과 1기이므로 그 당시 학년 대표는 우리 학과의 영원한 '원로(?)'가 된 것이다. 또 나는 동기 가운데 유일하게 학계에 남았다가 같은 학과의 교수자리를 차지한 사람이라, 일찍부터 사학과 동창회 '이사'라는 자리를 어린 나이에 얻어 차게 되었다. 내 대학생활이 나에게 준 플러스 부분이라면 그 정도이다. 그러나 그런 방향 잃은 대학생활을 보낸 뒤에 내가 공부라는 것을 직업으로 택하려 하니 기초가 바닥임이 백일하에 드러나게 되었다. 대학 4년의 나태로 그 뒤 아마 그 4배인 16년 동안이나 그 영향을 받았던 것으로 여기고 있다. 아니 아직도 전혀 회복하지 못한 부분도 있다고 생각한다. 학문은 깊은 것이어서 때를 놓치면 학자로서 갖추어야 할 여러 가지 소양이나 지식을 갖추기가 쉽지 않다. 인생을 살아가다 보면 어느 단계에는 반드시 해 두어야 할 일들이 있는 것인데, 나는 그런 것을 생략하고 지낸 것이다. 요즈음도 부닥치는 일이지만 대학시절 너무 심하게 공부를 안 했다는 자책이 들 때가 한두 번이 아니다.

졸업을 한 지도 25년이 넘어가는 즈음인 1996년 나는 북경에 1년 동안 머물면서 중국어 공부를 하게 되었다. 중국사를 전공하고, 또 교수가 된 자가 자기 전공 영역의 언어를 익히지 않았다는 것은 어떤 이유에서든 용인되지 않는 것이다. 우리 학과 다른 동기들은 모두 훌륭한 사회인으로 다른 어느 기의 동창보다 잘나가고 있다. 어떤 자는 부러울 정도로 높은 관직에까지 올라 있고, 어떤 자는 돈도 많이 벌었다. 그리고 어떤 자는 훌륭한 군인이 되어 사단장이 되어 있다. 모두들 입지立志를 이루었다. 그러한 성공들이 당시 우리들 대학생활과 어떤 연관이 있는지 나는 잘 모른다. 그러나 분명한 것은 적어도 학자가 되려는 생각을 갖는다면 대학생활을 나처럼 보내서는 안 된다는 점은 확실한 것 같다.(1996. 2. 14.)

연치年齒·학번學番·직급職級·짬밥

　진부한 이야기이지만, 인간은 사회적 동물이다. 즉 사회를 떠나 있는 인간은 인간이라기보다는 동물이라 하는 것이 옳다. 인간은 어떤 사회를 구성할 때에 비로소 그 존재가치를 나타내게 되는 것이다. 잘 알다시피 사회는 크게는 세계로부터, 작게는 가족에 이르기까지 크고 작은 무수한 집단의 구성이다. 이와 같이 인간이 구성하는 사회를 제대로 작동시키기 위해서는 구성원을 규율하는 어떤 선·후, 상·하 질서가 있어야 한다. 구성원을 규율하는 질서는 여러 가지가 있겠지만, 가장 먼저 들 수 있는 것은 바로 위계질서, 곧 서열이 아닌가 한다.

　우리 세대에는 형수의 젖을 먹고 자란 사람도 간혹 있지만, 가족관계에서 발생하는 위계질서는 비교적 분명하다. 친족 간에는 존·비속이라는 세대의 차이가 없다면 모든 것은 나이, 곧 연치에 따라서 상하 위계질서가 결정된다. 가족이라는 범위를 떠나게 되면 그것은 매우 복잡해진다. 군대 같은 곳은 이러한 위계질서가 바로 전투력 강약과 연관되는 것이므로 비교적 간단하여 계급의 고하에다, 다시 입대 순서를 위계로 삼게 된다. 군대라는 특수한 집단을 제외하고는 현대사회에서는 폐쇄적 계급 구분을 필수로 삼는 봉건사회와는 달리 그 위계를 나누는 기준이 반드시 엄격하고 분명하다고 볼 수 없다. 물론 현대사회에서도 그 직종에 따라서 그 위계가 엄격한 정도의 차가 있기도 하다. 예컨대 경찰 계통에서는 비교적 엄격할 것으로 여겨진다.

나는 고등학교를 졸업하기 전에는 이런 위계 문제에 대해서 별로 생각해 볼 겨를이 없었다. 그저 규격화된 집단 속에서 통상적으로 성장해 왔기 때문이다. 그래서 고등학교 시절, 우리 학년의 어떤 학생이 바로 한 해 위 선배 한 사람을 구타한 사건으로 우리 학년 420명 모두가 운동장에 집합하여 집단적으로 몽둥이로 두들겨 맞았을 때에도 나는 당연한 벌이라고 생각했다. 이런 서열에 따른 질서 관념에 혼란이 오기 시작한 것은 내가 대학입학시험에 몇 차례 실패하고부터였다. 남들보다 4년이나 늦게 들어가서 4년 늦게 대학을 졸업했다. 위 학번 대부분의 학생들이 내 후배뻘이었다. 대학입학 직후 고등학교 동문회 신입생 환영식에서 신입생에게 걸맞지 않은 최상석에 앉게 되었다. 마침 재학생 중에 내 선배가 한 사람도 참석하지 않았기 때문이다. 그 뒤 대학생활을 해 가던 중 어떤 결정을 하는데 학번이라는 기준으로 재단되는 경우를 자주 접하게 되었다. 그러한 결정에 대해 조금씩 불만을 갖기 시작했다. 특히 기숙사 생활을 하면서 의과대학 학생들 사이에 나타나는 제법 경직된 위계질서에 대해 나는 "이상한 놈들 다 보겠군!"이라는 반응을 보였다. 그러나 내가 다닌 대학의 학과에서는 별로 나를 자극하는 일은 일어나지 않았다. 그런데 뒤늦게 28세라는 나이에 입대하자 이제까지 세상과는 너무도 다른 세계가 있음을 새삼 발견한 것이다. 심지어 논산 훈련소 수용연대에서는 입대 차이 하루가 하늘과 땅 차이로 구분되고 있었다. 나는 이런 위계질서라는 미명 아래 저질러지는 패륜행위(?)에 몸서리쳤다. 내가 이제까지 견지해 온 상하 관념이 크게 상처를 입고 있음을 발견하게 되었기 때문이다. 흔히 "군인은 사람이 아니다"라는 말로 호도되는 비인간적인 행동들에 나는 도저히 수긍할 수가 없었다. 때로는 군대에서도 인간다운 사람이 있었지만 거의가 금수와 다름없는 자들이었다. 31개월 동안이 금수의 세계에서 세월을 보내고 31세 나이로 제대할 때까지, 이른바 '짬밥' 그릇 수 때문에 내 영혼은 많은 상처를 입었다. 상처가 깊어 갈수록 이것에 반발하는 마음도 더욱더 커져 가고 있음을 발견하게 되었다. 나에게 인간으로 대했던 자들과 그렇지 않았던 자들로 나의 동료들을 양분하면서 이 고난의 세월을 이를 악물면서 보낸 것이다. 그러던 가운데 나는 나의 몇째 동생뻘 되는 초급 장교에게 반항하다가 정말 군대말로 '죽신하게' 얻어터졌다. 그리고 반성문을 쓰라는 상관의 명령에 불복하여 군법회의에 회부되기 직전까지 몰렸어도 도저히 심복할 수가 없었다. 군대생활 동안 어느 누구보다 편안한 보직을 받았다고 생각하지만, 그 생활은 어느 누구보다 괴로웠고, 누구보다 길게 느껴졌다고 생각했다. 31개월이라는 세월은 나를 군대식 위계질서의 정당성을 설복시키기에는 너무 짧았던 것이었다. 그 기간은 오히려 나로 하여금 그 연치에 따른 질서의 신념을 더욱더 확고하게 만들었던 것이다. "X통소는 불어도 육본(육군본부)의 시계는 지금도 돌아가고 있다"는 말로 나는 스스로를 달래고 있던 것이다. 그런 신념이 확신에 가까울 정도로 굳어진 상태에서 제대를 하였다. 이런 비인간적인 위계질서에 결단코 거부하겠다는 확고한 신념으로 군문을 나선 것이다. 입대하기 전 대학원 수업과정에서 흔들리기 시작한 학문에 대한 정열을 다시 추스를 수 있었던 것도 이러한 나의 신념이 많은 기여를 했다고 생각한다. 학자의 세계야말로 이런 비인간적 위계질서와 가장 동떨어진 사회라고 생각했기 때문이다.

세월은 흘러 나도 대학이라는 곳에 직장을 구하고부터 이 직장도 군대와 그렇게 동떨어진 곳이 아니라는 사실을 점차 발견하기 시작했다. 특히 서울대학으로 직장을 옮기고부터 그런 점을 더욱더 강하게 느끼지 않을 수 없었다. 서울대학은 서울대학 출신이 90% 이상의 교수 충원율을 가진 학교이기 때문에 위계의 문제는 별로 일어나지 않을 것이라는 당초 기대와는 달리 오히려 나에게는 이 문제가 더욱더 복잡하게 일어나는 것 같았다. 사실 여러 대학출신이 모인 곳에서 근무할 때는 대학 학번이라는 것이 크게 문제될 것도 없었다. 서울대학은 그것과는 달랐다. 학과는 달라도 서로는 이리저리 엉켜져 관계하고 있는 곳이 서울대학이었다. 그래서 그러한지 이곳에서는 그 질서원리가 반드시 군대식으로 군번, 곧 '짬밥'도 아니고, 그렇다고 구체적인 원칙이 있는 것도 아니라는 사실을 알게 되었다. 더욱더 나를 혼란스럽게 만드는 것은 각자 사람마다 그 잣대가 다르다는 것이다. 잘 알다시피 학교에는 여러 종류의 서열구조가 있을 수 있다. 전임강사에서 교수까지의 직급이 있고, 또 호봉이 있으며, 또 부임 순이 있고, 학번이 있고, 연치가 있다. 그런데 사람들은 모두 각기 자기에게 유리한 것만 따진다. 예컨대 학번은 빠르더라도 대학졸업 뒤 많은 공백이 있다가 다시 공부를 시작한 분은 당연히 호봉은 아주 낮은데도 학번을 유일한 잣대로 삼는다. 어떤 교수는 직급은 낮더라도 내가 이 학교에 누구보다 먼저 부임했다고 뻐긴다. 어떤 교수는 같은 직급인데도 승급한 연도를 따진다. 어떤 교수는 모 학과를 졸업하고 다시 다른 학과에 학사 편입하여 전공을 바꾸었는데도 먼저 졸업했던 학과의 학번으로 잣대로 삼는다.

나는 정상적으로 한해 하나씩 먹어 온 연치 외에는 모든 것이 늦다.

누군가는 "재수한 것이 무슨 자랑거리야!"라고 말한다. 어떤 이는 "대학에는 학번밖에 없어!"라고 말한다. 관찰한 바로는 모두가 다 자기에게 유리한 것만을 원칙으로 삼는다는 사실이었다. 따라서 서울대학 교수 사이에서 누구나 수긍할 수 있는 합당한 질서원리는 없어 보인다. 단지 자기들만의 원리는 있는 것 같으니 그것은 자기에게 유리한 잣대를 댄다는 사실뿐이었다.

나는 시내 K대학에서 4년 동안 근무하다가 서울대학으로 옮겼다. 그당시는 서울대학이 얼마나 콧대가 높았는지 이전에 근무한 대학 경력은 전혀 직급에 반영시켜 주지 않았다. 당시에는 교수들 대부분이 박사학위가 없던 시절이었다. 박사는 대개 외국 유학하면서 취득한 경우였고, 희소 가치가 있는 만큼 우대했다. 당시 학위가 없던 나는 최하 직급인 전임강사부터 다시 시작한 것이다. 그런데 내가 아직 전임강사로 있을 적에 제일 기억에 남는 것은 학과 교수회의가 열릴 때 먼저 학부 관련 일을 처리하고 난 뒤에 대학원 관련 일을 협의할 때는 그 자리를 피해 나와야 했다는 사실이다. 박사학위를 가져야 대학원 강의를 맡을 수 있었기 때문이다. 곤욕스럽다기보다 치욕스러운 세월이었다.

가만히 생각해 보니 모든 것은 내가 야기한 문제들이기 때문에 이와 같은 나의 불평이 누구를 납득시킬 만한 것이라고 생각하지는 않는다. 아니, 이런 글을 초하는 것 자체가 다른 교수들과 마찬가지로 나에게 유리한 것으로 잣대로 삼으려는 의도가 전혀 없다고는 할 수 없는 것일 테니까 말이다.

서울대학이라는 범위를 넘으면 같은 대학교수라 해도 그 위계질서는 다른 기준에 따라 질서 지워지게 된다. 91년 초, 동양사학회 동계연구토론회에 참석하고자 회원 50명 속에 끼어 중국을 방문하게 되었다. 그때는 수교 이전이라 여행 자체가 번거롭고 조심스러운 때인지라 책임을 맡은 분의 노고가 이만저만이 아니었는데, 우리들은 그분 호령에 따라 50명이 유치원생이 관람대 앞에서 줄을 서듯이 일렬로 서야 했다. 그때의 서열은 바로 생년월일 순이었다. 내가 교수라는 직업을 가진 뒤, 최초로 내가 좋아하는 연치라는 잣대가 기준이 된 것이다. 즉 나는 참가자 50명 가운데 22번째 서열이었다. 그런데 문제는 각자의 성명 옆에 기록된 직급란을 보니 23번까지가 (정)교수였고, 33번까지가 부교수(간혹은 조교수도 있음)였는데, 나는 명단 중간에 돌연변이처럼 부교수도 아니고 '조교수'로 되어 있었던 것이다. 같이 갔던 이들이 이 돌출적인 현상을 보고 짓궂게 "박 교수, 아직 조교수인가?!"라고 의아해하는 자가 더러 있었다. 다시 나는 곤혹스러워진 것이다. 약간 기분 좋던 마음이 갑자기 어두움으로 변하고 있음을 느끼지 않을 수 없었던 것이다. 이처럼 나에게 유일하게 유리한 잣대도 이렇게 소용없는 것이 되어 버린다는 것을 알고는 이제 이런 것으로부터 완전히 초연해야겠다고 마음먹었다.

내 젊은 시절 몇 년의 방황이 이다지도 오랫동안 내 가슴을 아프게 찌르고 있다는 것을 생각하니 재수한 몇 년 동안이 너무도 아쉽게 느껴지기만 한다. 그래서 그런지 아직도 그 문제에 관해서는 아직도 평상심을 갖지 못하고 있는 것이다. 요즈음도 세간에 주목받고 있는 대학 기숙사[正英舍]는 동창회[正英會]가 열린다. 나는 4기인데 1기생의 대부분이 나보다 한 살 어린 사람들이다. 그런 모임에 잘 가지 않는 것은 그 서열 때문일지도 모른다. 내가 교수가 되겠다고 나선 자체가 잘못된 길로 들어서는 것이란 생각을 지울 수 없다. 그러나 어쩌랴! 이미 숙명인 것을.(1993. 12. 12.)

# 나의 첫 저서

1988년 3월 첫 저서인 《중국중세호한체제연구中國中世胡漢體制硏究》(서울, 일조각)를 내었다. 이것은 원래 박사학위논문을 그대로 출판한 것인데 학위논문을 지도해 주신 선생님께서 필자 본인의 의사와 관계없이(?) 출판사에 넘긴 것이기 때문에 나 자신으로는 사실 보완할 점이 많은 책이다. 우선 분량이 280쪽 정도라서 학술서로서는 중후한 느낌을 가질 수 없는 것이 무엇보다 불만이었다. 또 이 주제에 대한 나의 연구작업이 학위를 받고 정년을 한 지금도 마무리가 안 된 상태이기 때문에 완성도에서 여러 가지 문제가 있는 것이기 때문이다. 따라서 안타까움과 아쉬움이 많은 작품이다.

그러나 당시로서는 박사논문 자체가 그대로 출판된 것은 매우 이례적인 데다가 요즈음같이 컴퓨터 인쇄가 보편화되지 않았던 시기여서 학교 제출용 논문을 만드는 데 상당한 액수의 비용이 들어가는데 그것을 따로 만들지 않아도 되어서 경비도 상당히 절약되는 이점이 있었다. 심사가 거의 끝날 즈음 선생님께서 이미 출판을 의뢰했다는 소식을 듣고는 며칠을 설렘으로 보내었던 기억이 아직도 새롭다.

내 책에 대한 학문적 평가는 후세에 내려질 성질의 것이지만, 이 책의 출간과 그 뒤에 생긴 몇 가지 일을 몇 토막 소개하려 한다. 이 책이 출판된다고 했을 때, 제목을 어떻게 붙일 것인가가 가장 큰 과제로 떠올랐다. 선배 교수들을 보면 모두가 자기가 붙이고 싶은 제목을 붙이지 못하였다. 예컨대 같은 학과에 근무했던 선배 O교수의 〈명대신사층明代紳士層의 연구硏究〉라는 박사학위 논문이 《중국근세사회경제사연구中國近世社會經濟史研究》라는 이름으로 출간되었다. 명대 철학사를 전공하는 어느 분이 책이름만 보고 구입했었는데 내용은 전혀 그게 아니더라고 불평하는 소리를 들은 적이 있다. 나의 지도 교수인 M 교수님의 첫 저서는 《중국근대사연구》(서울, 일조각)이다. 이 책도 원래 〈중국 신사층의 사상과 행동〉이라 하고 싶었는데 그러지 못하고 부제에 반영되는 것으로 만족해야 했다고 한다. 이것은 당시 우리나라 출판계 사정과 연관된 것이다. 전문연구서적을 출판하는 저자는 누구나 자기의 주장을 분명히 알릴 수 있는 이름을 붙이기를 원하기 마련이다. 그러나 이런 희망은 대개 출판사가 좌절시키는 것이 일반적인 관행이었다. 원래 시장성이 없는 데다 구체적인 제목을 달았을 경우 더욱 팔리지 않는다는 이유에서였다. 그러나 위에 들었던 책들의 경우 '신사층'이라고 했을 적에 그 방면의 독자들은 그 내용이 어떤 것인가를 대강은 알지만 내 주제는 '호한체제胡漢體制'라는 것이기 때문에 문제가 복잡하다. 이것은 일반 중국인들은 물론이거니와, 중국사를 전공하는 사람도 전혀 들어본 적이 없는 내가 독자적으로 만들어 낸 신조어이기 때문이다. 여하튼 내 책 이름 덕분으로 같은 시대를 연구하는 학자들 사이에서 국내외를 막론하고 내 이름은 호한체제라는 용어와 같이 따라다니게 되었다.

출판 당시 호한체제를 서명에 내세워야 하겠다는 나의 강력한 희망과, 이것은 절대 안 된다는 출판사의 주장이 충돌할 수밖에 없는 상황이었다. 그래서 내키지는 않았지만 만약의 경우를 위해서 《중국중세정치사연구中國中世政治史硏究》라는 또 다른 책이름을 준비하고 있었다. 그러나 내 책이 출판될 즈음에 마침 출판사의 책임자가 외유 중이었다. 나는 이 기회를 틈타 내 주장을 관철시킬 수 있었던 것이다.

내용도 문제겠지만, 제목도 생소한지라 책이 많이 팔릴 리가 없다. 처음 500부의 인지를 찍어 준 지 3개월여 만에 다시 500부를 찍어 달라는 출판사 측 연락을 받고 내 책도 학술서로서는 보기 드물게 1년 안에 재판 출판도 가능한 것이 아닌가 하고 매우 상기되기도 했다. 그러나 그 뒤 몇 년이 지났는데도 출판사에서는 전혀 소식이 없었다. 그도 그럴 것이 처음 500부가 불티나게(?) 나간 것은 오로지 나의 구매 덕분이었다. 책을 출판하자 출판사에서 저자용으로 준 10부로는 태부족하여 2-3개월에 걸쳐 따로 200부 정도를 더 구입한 것이다. 선배나 동료교수, 그리고 후배들에게 기증하다 보니 많은 책이 필요하였고, 그 밖에도 여러 군데 책을 요구하는 사람들이 나타났다. 어떻게 알았는지 집안 친척들도, 시골 초등학교 이후 고등학교, 대학동창들도 이 대열에 참여하였다. 여기다가 외국 학자들 가운데 문통文通이 있는 분들에게도 기증하다 보니 내가 나의 책 최대의 구매자가 된 것이다. 나는 인세로 기십만 원을 받았는데 책 구입료로 기백만 원을 지불해야 했다.

그 뒤 내가 구매할 일이 없어졌기 때문에 팔리지 않았다. 세월이 흐름에 따라 나도 그 책에 대해 크게 관심을 두지 않게 되었다. 어느 덧 간혹 만나는 후학들 가운데 그 책을 구하고 싶다는 사람들도 꽤 있었다. 출판사에 알아보니 2,000부를 발행하여 다 팔렸으나 다시 출판할 생각이 없다는 것이다. 이 책은 활판 조판으로 인쇄한 것이기 때문에 다시 출판하려면 다시 새 책을 출판하는 과정을 거쳐야 해서 수지 타산이 맞지 않는다는 것이다.

실제 일본 같은 데서도 중국사의 전문서적은 500부 이상을 찍지 않는 것이 일반관행이라고 한다. 따라서 책값은 매우 비싸고 꼭 필요한 자가 아니면 사지 않으며, 기증도 하지 않는 것이다. 유럽이나 미국 등지에는 책값이 매우 비싸고 출판사에서 저자에게 고작 3부를 주기 때문에, 동료 후배 학생들이 저자의 책을 사 가지고 가서 저자로부터 서명을 받는 것이 관례다. 그것이 각고의 연구과정 끝에 출판한 저자를 진정으로 축하하는 일일 것이다. 다른 나라 특히 유럽·미국이나 일본에서는 전공을 같이 하는 학자에게도 자기의 이런 저서는 잘 기증하지 않는다. 그렇게 쉽게 기증한다는 것은 그 책의 품위를 떨어뜨리기 때문이다. 선진국에서는 학술잡지사에서 특정한 책의 서평이 필요할 때 그 방면 전공자에게 책을 사주면서 부탁하는 것이 관례라고 한다. 고가이기 때문에 그 전공자도 쉽게 구입할 수 없기 때문이니 우리나라는 이런 사정과는 너무 다른 것이다.

우리나라에서는 책을 내면 저자가 몇백 부는 마음대로 출판사에서 가져다 뿌릴 수 있는 것으로 생각하고, 저자가 책을 주지 않으면 자기를 무시하는 것으로 생각하는 것이다. 우리 사회에는 이런 관습이 일반화되어 있는 까닭으로 미국 하버드대학 출판부에서 책을 출판한 우리 과의 선생님께서는 그 책을 복사해서 제본한 뒤 직접 서명하여 돌리기도 하였다.

오래된 이야기지만 학회 일을 같이 보는 시골 모 대학 H교수를 만났더니 당신 책 재판을 냈으니 한잔 내라는 것이었다. 나는 무슨 소리냐고 했더니 자기가 근무하는 대학 구내서점에서 분명히 재판 인지가 붙은 내 책을 확인했다는 것이다. 나중에 자초지종을 알고 보니 출판사에서 물가도 오르고 해서 92년부터 값을 올리면서 재판이라는 인지만을 인쇄해서 새로 붙인 것이다. 그러던 것이 해마다 물가가 오르니 매년 초에 새로운 인지를 인쇄하고는 기존의 인지에 붙어 있던 내 도장 부분만을 오려서 붙인 것이다. 따라서 당초 6,000원 하던 것이, 92년 1월 5일 재판본에는 7,000원으로, 93년 1월 5일 재판본에는 8,000원으로 변하였다. 이렇게 하여 본의 아니게 나는 5년도 지나지 않아 재판을 출판한 저자가 된 것이다.

그때 이후로 나뿐만이 아니라 아내도 당시 중학교 1학년인 큰딸도 서점에 들르면 응당 역사 코너에 가서 내 책의 소재를 확인한다. 어느 날 조카 결혼식이 있어 고향 진주를 방문하게 되었다. 시간도 있고 하여 고등학교 시절 자주 들리던 J극장 옆 C서점을 들렀다. 역사 코너에 가서 내 책을 찾았더니 없어서 으레 그렇겠거니 하며 실망하고 막 돌아 나오려는데 정치 코너의 제일 하단에 먼지투성이의 내 책을 발견한 것이다. 1988년도 초판본이었다. 거기서 또 한 권의 내 책을 구입하게 되었다. 간혹 서점에서 내 책을 확인하다 보면 정치 코너에 꽂혀 있는 것을 발견하게 된다. 그럴 수밖에 없는 것이 '호한체제'에서 '호한'의 의미는 잘 모르겠지만, '체제'는 역시 정치의 한 부분일 것이라고 생각할 수밖에 없기 때문에서일 것이다. 사실 한국의 어떤 교수는 내 논문을 평하면서 "북조의 호한체제가 정치체제로까지 발전되었는가 의문이다" 운운한 바 있고, 중국인 호사가인 모 학자가 내 책을 인용하면서 "중국 남북조시대 북조의 정치체제를 혹자는 호한체제라고 부르기도 하지만" 운운하고 있었으니 서점의 분류자를 원망할 수만은 없는 것이다. 사실 호한체제란 영역해서 Sino -Barbarian Synthesis(胡漢統合)라 한다. 즉 정치체제를 가리키는 것이 아니라, 문화가 상이한 유목민족인 호족과 농경민족인 한족이 중국 중원 땅에서 만나 충돌과 반목의 과정을 겪으면서 점차 공존의 길을 지향해 가면서 종국적으로 통합의 문화를 만들어 내는 과정과 문화 그 자체를 말하는 것이다. 이것은 현재 중국이 다민족으로 구성되고, 다양한 지형과 기후대를 포괄하는 나라로 성장한 배경을 찾는 작업이기도 한 것이다.

누군가 할 것 없이 어떤 책을 펴들었을 때 대개 그 서문부터 읽기 마련이 아닌가 한다. 우리 학과 교수들이 저서를 내었을 때, 가장 깊은 인상을 주는 것은 역시 책의 서문이었다. 나도 책을 쓰면서 이 서문을 어떻게 쓸 것인가에 대해 신경을 썼다. 그리하여 나는 첫 저서이기도 하여 책의 개략적인 내용과 더불어 내가 학문을 하게 된 동기, 그리고 그 과정 등등을 적었다. 내 젊은 날의 역정이 좀 남다른 바가 있어서 그 내역을 약간 썼더니 나에게 좀 아첨하는(?) 학생 하나가 그것을 읽고 눈시울을 적신 동료 학생도 많았다고 하였다. 사실 그것을 믿어도 되는 것인지 매우 의문이지만 어느 정도 내 의도는 반영된 것 같아 기분이 나쁘지는 않았다. 그런데 그 서문 가운데 내가 학생 때에 입은 학은과 더불어 생활에서도 도움을 받은 은사님께 올리는 감사의 말이 들어 있는데, 그 표현으로 "필자의 '구군겸좌주舊君兼座主'이신 K선생님" 그리고 "'문생고리 門生故吏'인 필자"라고 썼다. 고대사를 전공하는 동료교수가 이것 너무 아첨한 것 아니냐고 야릇하게 웃는 것이다. 사실 '구군겸좌주'와 '문생고리'의 관계가 과연 어떤 것이냐를 두고 일본의 중국사학계에서 '문생고리논쟁'이라는 격렬한 논쟁이 전개된 적이 있다. 그런데 남북조시대를 고대로 보는 학자들은 이들 양자의 관계가 노예주와 노예와의 수직관계로 해석하였고, 중세론자들은 지도와 신뢰의 수평적 인간관계로 해석하였다. 사실 나는 내 책 이름에서 보듯이 이 시대를 중세로 보기 때문에 당연히 후자의 쪽으로 해석한다. 이 의미가 어떠하든 평생 연구할 주제에 대해 처음으로 방향을 잡아준 은사님의 은혜를 어찌 측량할 수 있겠는가! 중국 고대에서는 자기를 가르쳐 문명의 세계로 안내해 주신 선생님(좌주)과 무관의 자기를 관료의 세계에 처음으로 발탁·등용한 옛 주군(구군)에게 문생과 고리는 삼년상을 입는 것이 상례였던 것이다. 어쨌든 상용하지 않는 문자 하나 써보려다가 오해의 소지를 남기게 되었으니 역시 글은 쓰면 쓸수록 어렵다는 것을 새삼 깨닫게 되었고 옛사람들이 '삼단'을 극히 조심하라는 이유를 이제야 알 것 같다.(2005. 1. 10.)

# 글쓰기, 글 싣기

　나는 글 쓰는 것을 직업으로 하는 사람이다. 그러나 시나 수필 소설 등 문학작품을 쓰는 것을 본업으로 삼는 사람은 아니다. 학창시절 꽤나 문학책을 읽었으나 실제 이런 종류의 작품을 발표한 적은 없었다. 내가 이런 글을 전혀 쓰지 않았던 것은 아니다. 습작 비슷한 것을 쓴 적은 꽤 있으나 문학잡지는커녕 교내잡지 등에도 발표한 적은 없다. 내 글이 내 이름으로 발표된 것은 한동안 논문 외에는 별로 없는 것 같다. 나이 50이 되던 나이 언저리에 산문 몇 편을 엮어 가족과 친한 친구 몇 명에게 주어 읽게 한 것이 계기가 되어 뜻하지 않게 산문집 한 권을 내게 되었으나 내가 문학하는 사람이라고 생각해 본 적은 한 번도 없었다. 지금도 그러하지만 나는 시인도, 수필가도 아니고 그저 평범한 교수일 뿐이라고 생각한다.

　평범한 교수로 남게 된 것은 우선 내가 '작품'이랄 수 있는 것을 쓸 자질이 없기도 하지만, 학계에 입문하면서부터 내가 몸담고 있는 학계나 학과에 암묵적으로 지켜지고 있는 '잡일 기피증'이랄 수 있는 독특한 분위기 때문이었다. 대학원에 입학하고부터 나는 선배들로부터 논문도 제대로 쓰지 못하면서 그런 '잡글' 나부랭이(?)에 신경을 쓰는 학자 지망생이 되어서는 안 된다는 엄격한 가르침을 받았다. 사실 주위에는 논문이나 학술서 번역물을 통해서 대단한 문학적 소질을 발휘하여 둘레 사람들로 하여금 탄복케 한 동료 교수들도 이런 잡글 신기를 거부하는 모습을 수월찮게 발견했다. 나도 이런 분위기에 영향을 받아 나름으로 두 가지 금기 조항을 세워 두고 한동안 그런대로 지켜 왔다. 첫째는 잡글을 쓰지 않는 것이며, 둘째는 주례를 서지 않는 것이다. 그러나 학교에 근무하다 보니 사실 이 두 가지 신조를 지키기가 여간 어렵지 않다. 전공이 역사 쪽이라 제자들 가운데 신문사나 잡지사 등에 근무하는 이가 비교적 많고, 일반 회사원이라 하더라도 사보를 편집하는 일을 담당하는 자들도 꽤 된다. 그러다 보니 그동안 원고 청탁을 받는 일이 적지 않았다. 그리고 대학시절의 선생을 주례로 모시는 것이 비교적 무방하다는 생각을 갖고 있는 사람이 많기 때문에 이 요청 또한 적지 않았다. 내가 주례 서기를 금기로 삼은 것은 긴 설명이 요하고, 이 글의 주제와 연관이 없으므로 여기서는 생략한다.

그런데 나는 최근 이른바 '잡글'을 쓰기 시작하였다. 그것은 우선 나이가 50이 가까워지면서 뭔가 자꾸 회고적인 정서가 강하게 나를 휩싸고 있기 때문이다. 첫째 앞으로 남은 인생보다 지나간 인생이 길 것이라는 것. 둘째 시중에 나도는 한국 남성의 40대 위기설과 내 건강에 대한 자신감 상실. 셋째 이런 위기설과 관련하여 역사를 공부하는 사람이 자기 자신의 역사에 대한 정리나 나름 검증이 필요하다는 것 등이 그 이유이다. 아니 그보다 뭔지 명확하게 표현할 수 없는 내용이지만 뒤죽박죽으로 살아온 내 인생을 내 나름으로 기술하고 싶은 갈증 같은 것이 있었다. 그래서 나는 지난해부터 컴퓨터에다 날마다 일기를 써넣기 시작했고, '자서전', '자편 연보自編 年譜' 등의 이름 파일을 마련해 놓고 틈나는 대로 써넣고 있었다. 그와 동시에 자전적인 수필을 몇 편 쓰기 시작한 것이다. 그러나 당초 그것을 어디에 기고하거나 출판할 생각은 갖지 않았다. 그러던 가운데 우연히 동료 교수들이나 학생 등 주위에 있는 사람들이 내 글을 몇 편 읽어보는 기회가 있었는데, 그들의 과분한 평을 듣고는 더욱 용기가 생겨 써둔 양이 제법 늘어나게 되었다. 그러던 어느 날, 내 수필을 읽은 한 지도학생이 자기 삼촌이 모 잡지사 간부로 근무하고 있으니 내 수필 한 편을 그곳에 발표했으면 어떠냐면서 이미 삼촌에게는 하나를 가져오겠다고 약속까지 했다는 것이었다. 나는 내키지는 않았으나 굳게 거절하지도 않았다. 결국 컴퓨터 속에 들어 있는 수필 하나를 프린트로 뽑아 주게 되었다. 그 잡지가 교양잡지로서 그런대로 명성도 있었지만, 무엇보다 내 글에 대한 평가 같은 것을 더 폭넓은 계층으로부터 듣고 싶다는 생각이 들었던 것이다. 그런데 어느 날 지도학생이 원고료를 가져왔다. 그는 "원래는 원고지 9매 분량이었는데 편집 과정에서 5장으로 줄였고, 5매 원고료만 주어서 가져왔다"는 것이다. 나는 머리를 무엇에 얻어맞은 것처럼 크게 당황할 수밖에 없었다. 내가 학과 조교를 맡고 있던 시절, 학과의 어느 선생님께서 기고하는 각종 원고마다 그 상단에 붉은 글씨로 "이 원고는 한 자라도 빼거나 보태지 말 것!!!"이라고 써놓던 사실이 새삼 떠올랐다.

나는 당장 그 원고를 돌려줄 것을 학생 삼촌에게 요구하였으나 이미 윤전기에 걸려 인쇄되고 있다는 답변이었다. 그리고 이 편집을 맡은 사람들은 모두 문단에 등단한 전문 문인이라 원고 수정에 별다른 문제는 없을 것이라고 나를 달래는 것이었다. 분통이 터졌으나 어쩔 수가 없었다. 물론 나는 문단에도 등단하지 않았고, 그들이 고친 것이 나의 본래 원고보다 훨씬 문학적으로 우수한 것인지도 모른다. 그러나 그것은 이미 내 글이 아닌 것이다. 적어도 나의 글에 대해서는 이제까지 책임지는 자세로 글을 써왔다고 자부했던 사람이다. 그런데 원고의 반을 줄인 것이다. 학술논문이 아니고 아무리 수필이라 하더라도 내 기준으로는 도저히 용납될 수 없는 일이었다.

며칠 뒤 나는 모 서점에서 내 이름 밑에 나열된 문제의 그 글을 보게 되었다. 한마디로 기절할 지경이었다. '선풍기'라는 제목마저 '고물 선풍기한테 배운다'로 바뀌었고, 그 내용도 크게 조작 변조되었을 뿐만이 아니라, 많은 부분을 빼어버린 관계로 문단 사이가 서로 이어지지도 않았다. 그리고 정작 문제가 된 것은 내가 그 글에서 나타내고자 한 나의 주장이 완전히 딴 것으로 변해져 있었다. 발행 부수가 20만 부나 되는 잡지에 이 엉터리 같은 글이 내 이름으로 실렸다는 것을 생각하니 등골에 땀이 솟아오르는 것을 느꼈다. 나는 스스로 부끄러워 그 서점을 바삐 빠져나올 수밖에 없었다.

나는 이러한 글을 쓰는 일에 변명할 수 없는 또 하나의 실수를 범하였다. 학교 모 연구소에서 〈고전읽기 활성화 방안 연구〉라는 프로젝트를 기획한 적이 있다. 사실 그간 중·고등학생들이 읽어야 할 책 선정이 잘못되어 있다는 것은 누구나 아는 사실이고 몇 년 전 《소녀경素女經》이라는 중국 고대 외설 서적이 그 목록에 들어가 세간을 놀라게 한 적이 있었다. 그 작업은 원래 같은 학과의 교수 한 분이 참여하여 '사상' 부문의 책들을 먼저 선정해 놓았는데, 작업이 진행되는 동안 일년 동안의 연구 여행을 떠나 부재중인 것이다. 그래서 그 연구에 참여한 타과 교수가 나에게 대신 해제를 써줄 것을 부탁했다. 그는 "1건당 원고지 1매이니 별

신경 쓸 것도 아니다"는 점을 누누이 강조했다. 〈사기열전〉, 〈삼민주의三民主義〉 등 5항목이었다. 모두 5매만 쓰면 된다는 것이다. 같은 과 교수가 출국 중이라 그 작업을 수행할 수 없는 형편이니 그것을 딱히 거절하는 것도 도리가 아니라고 생각되었다. 요즈음처럼 메일로 일을 처리하던 시절도 아니었다. 당시 논문 때문에 분주한 시기라 나도 그런 것을 돌아볼 겨를이 없었다. 그래서 "우리 학과 조교를 시키면 되지 않겠느냐"고 했더니 "그래도 좋지만 해제자들이 모두 교수라야 된다는 규정이 있으니 이름은 좀 빌리자"는 것이었다. 그래서 나는 별생각 없이 그러라고 했다. 그래서 조교가 나를 대신해서 그것을 작성하였고 가져온 원고를 별 검토 없이 그냥 연구소로 넘겨버린 것이다. 몇 푼 되지 않는 원고료도 조교에게 봉투 채 주었다. 그런데 이 작업이 완료되어 도하 신문에는 『서울대학에서 선정한 교양도서』 운운하는 기사가 크게 실렸고, 책의 목록이 나열되어 있었다. 그런데 정작 문제가 된 것은 같은 과 선생님 한 분의 반응이었다. 그 책자를 받아 본 선생님은 복도에서 만난 나에게 "'삼민주의'의 첫줄도 안 본 사람이 쓴 것 같더군"이라 하였다. 그 말을 듣는 순간 복도에 쥐구멍이 없는 것이 한스러웠다. 이 어처구니없는 내 실수는 무슨 말로도 변명될 수 없는 것이었다. 내가 만약 청문회에 선다면 이것도 문제될 듯싶다.

　나에게 일어난 이 두 사건을 두고 한동안 나름 심한 불안과 갈등을 겪었다. 나의 해이한 학문과 생활태도를 새삼 크게 느꼈다. 일찍이 '잡글'을 쓰고 싶지 않기로 굳게 마음먹었던 내 의지가 그렇게 쉽게 무너졌으니 이런 곤욕을 치르게 되는구나 하고 생각하니 신조 두 가지 지키는 일을 다시 죄어야 할 것 같다는 생각이 머리를 짓눌렀기 때문이다. (1995. 7. 2.)

# 지도교수·지도학생

맹자孟子는 인생을 살아가는 즐거움을 세 가지(君子有三樂)로 표현하였다. 그 가운데 하나가 천하의 영재를 얻어서 교육하는 것(〈得天下英才而教育之〉,《孟子》盡心篇 上 20)이라고 하였다. 교수생활 대부분의 시간을 한국에서 가장 영재가 많이 모인다는 서울대학에서 봉직하였으니 나는 삼락 가운데 적어도 하나는 확실하게 누린 셈이 된다. 흔히들 이 세상 대부분의 사람들은 정치적으로 입신 공명하여 그 덕분으로 재산도 일으키는, 이른바 승관발재陞官發財하는 것을 최고의 목표와 최상의 즐거움으로 삼겠지만, 맹자는 특히 그 점을 염려해서인지 그런 것들은 군자의 즐거움에 속하지 않는다고 분명히 못 박았다.(王天下 不與存焉) 사실 교수란 권력이나 돈과는 거리가 먼 직업이다. 그래서 어느 선배 교수의 글을 보면 "교수가 돈이 많으면 그는 이미 교수가 아니다. 교수가 권력자 앞에 비굴하면 이미 교수가 아니다"라는 구절이 나온 것이다. 그러나 요사이 어디 이천 몇백 년 전의 사람인 맹자의 말을 귀담아들을 자가 몇이나 되겠느냐마는, 처음부터 권력과 돈과는 거리가 멀었던 나는 맹자의 그 말을 그대로 믿고 싶어지는 것이다.

대학에서 키우는 제자는 여러 부류가 있겠지만, 크게 두 가지로 나눌 수 있지 않을까 한다. 하나는 소속 학과의 학생들이거나 강의를 신청하여 들었던 타 학과 학생이겠고, 다른 하나는 자기의 연구영역을 전공하는 학생일 것이다. 정치문제로 학내·외에 시위가 한창이던 권위주의 시대에는 학부과정 지도교수와 지도학생의 관계란 다분히 교수나 학생 본인의 의사와 관계없이 결정되었다. 뿐만 아니라 그 관계는 감시자와 피감시자라는 극히 몰인간적인 것이었다. 다행히도 요즈음 그런 관계의 사제관계는 더 이상 대학 사회에서 존재하지 않게 되었다. 요즈음도 관공서 등 여러 곳에서 이런 제자들을 만나거나 굳이 기억하며 전화를 걸어주는 옛 제자들도 있다. 이들도 나의 인생에서는 참 소중한 인연을 나누었던 사람들이다.

그러나 자의의 선택으로 만들어진 제자는 시위로 대학가가 얼룩지던 시대 훨씬 이전부터 존재해 왔던 것으로 진정한 의미의 제자라 할 수 있다. 특히 학부에서 공부하는 과정에서 내 강의에 흥미를 느껴 그 방면 연구를 평생 직업으로 삼겠다고 결심하고 스스로 찾아온 학생은 그냥 제자와는 다른 것이다. 공자도 "벗(즉 학생)이 있어 멀리서부터 오니 또한 즐겁지 아니한가(有朋自遠方來 不亦樂乎 《論語》〈學而〉篇 1)"라 하였듯이 교수로서는 사실 자기에게 배울 것이 있다고 찾아온 이들 학생들이 고맙고, 또 그들을 가르친다는 것은 즐거운 일이 아닐 수 없기 때문이다. 이와 같은 교수와 학생들과 관계는 한층 친밀해질 수밖에 없다. 다 그런 것은 아니지만, 평생을 거의 같은 문제를 가지고 생각하고, 또 어쩌면 지도교수의 학설을 수정하고 보완하는 학문적 계승관계를 맺을 수 있는 제자들이기 때문이다. 이들과 같이 공부하다 보면 언젠가는 일종의 학파를 형성할 수도 있다는 기대도 갖는 것이다. 그래서 교수는 그들에게 가족과도 같은 친근감을 느끼고, 친아들과 딸처럼 소중하고 귀엽게 생각하게 되는 것이다. 따라서 열심히 하는 학생은 친아들이 그러한 것처럼 사랑스럽고, 대신 태만한 학생은 매를 때려주고 싶은 마음이 드는 것은 당연한 것이다. 그런데 사람마다 능력의 차도 무시할 수 없지만 더 중요한 것은 의욕과 성실성이 아닌가 한다.

똑똑하고 성실한 제자를 많이 두고 싶은 것은 교수들의 한결같은 희망일 것이다. 이러한 소망은 여러 가지 사정으로 사실 쉽게 이루어지지 않는다. 교수 생활 30여 년을 지내다 보니 그간 학생들과 사이에 수많은 일과 상황이 발생하였다. 내가 본격적으로 학문적 동지로서 지도학생을 받기 시작한 것은 1988년, 늦깎이로 학위를 받은 뒤부터였다. 처음 내 지도학생으로 나와 전공영역이 같은 박사과정 학생 3명이 배정되었다. 그들은 선배교수들로부터 이미 석사학위논문의 지도를 받은 뒤, 박사과정으로 진학하면서 나에게 배정되었다.

학자로 커나가는 과정에는 대인, 곧 위대한 스승의 지도를 받아야 할 때가 있는 것이다. 이 시기가 바로 대학원 시절이 아닌가 한다. 《주역》 64괘 가운데 으뜸가는 '건위천괘乾爲天卦'의 둘째 단계가 물속에서 뭍으로 나오는 '현룡見龍'이다. 이때는 혼자 실력을 쌓아도 혼자 힘으로 되지 않아 좋은 선생을 만나 지도받아야 한다. 노벨상을 받은 스승 밑에 노벨상을 받는 제자들이 모여 있는 것은 그 때문이다. 1904년 노벨물리학상을 받은 조 레일리(Joe Reilly)의 제자 톰슨이 1906년 물리학상을 받았고, 그의 제자 8명이 노벨상을 받았다. 1908년 노벨 화학상을 받은 러더포드의 제자 11명 역시 노벨상을 받았던 것은 좋은 스승을 만났기 때문이다.

그들은 요사이 막 학문을 시작하려는 학생과는 여러 가지 면에서 차이가 난다. 그들이 석사학위를 받고 박사과정에 진학할 당시만 해도 대학에 전임을 얻는다는 것이 요사이처럼 지난한 일도 아니었다. 또한 그들과 같은 학번은 대체로 학문에 대한 열정이 강한 학생들로 구성되어 있었다. 분위기도 그러하지만, 그들은 이미 학문의 길을 중간쯤 접어든 자들이어서 웬만한 큰 이유가 아니고서는 중도에서 학문을 포기할 수가 없는 것이다. 그래서 그러한지 그들은 꾸준히 공부를 하고 있고, 그런대로 알찬 업적을 학계에 발표하여 나를 흐뭇하게 하고 있다. 그런데 문제는 석사반 학생들이었다. 88년 이후 나의 지도학생으로 들어온 학생이 7명이었는데, 그 가운데 1명만이 석사학위를 받고 공부를 계속하고 있다. 그러나 4명은 어느 날, 중도 포기 선언을 하고 학교를 훌쩍 떠나 버린 것이다. 그런 학생은 나의 지도학생뿐이 아니어서 한 학생이 나가면 몇 명이 한꺼번에 나가는 일종의 도미노현상을 보이기도 하였다. 그런데다 최근에는 점차 대학 전임되기가 '하늘의 별따기'처럼 어려워지자, 석사과정 지원자가 급격히 줄어들어, 결국 금년 입학생의 경우 본과 정원이 7명인데 단 한 명만이 입학하였고, 그 한 명마저도 본과 학부 출신이 아니라 다른 대학 출신이라는 기괴한 현상마저 벌어지게 되었다. 학생들에게 팽배한 이와 같은 대학원 진학 기피현상은 자연히 지도교수-지도학생의 관계설정에도 적지 않은 영향을 미칠 수밖에 없게 되었다. 이제 이른바 '득천하영재'가 되지를 않는 것이다. 그런 전제가 성립되지 않으니, '교육지'라는 과정이 성립될 여지가 없어진 것이다. 그런 상황에서 학생들은 덩달아서 동요하고 있다. 내가 지도하는 학생들이 중도 포기하는 사건도 이런 분위기와 무관하지는 않다.

　어떤 학생은 사법고시를 위해, 어떤 학생은 신문사나 방송국 기자로, 모두들 내 곁을 떠나갔다. 사실 제자를 키우는 일은 그 단계가 중첩되면 될수록 더 보람된 것이다. 학부에서부터 그 학생의 가능성을 살펴보고, 석사논문을 지도하면서 그의 인내력을 시험해 보고, 다시 박사과정에서 얻은 작품의 성과를 함께 맛보는 것이다. 그런데 현재 박사 반에 재적하고 있는 나의 지도학생들은 사실 중도에서 다른 교수로부터 인계를 받은 자들이어서 엄격하게 말하자면 순수하게 내가 만든 작품이라고 보기는 어렵다. 그래서 나는 대학원을 맡고부터 석사반에 들어오는 학생부터 어떻게 하면 더 나은 학자로 양성시킬 수 있을까 내 나름으로 여러 가지 계획을 세우고 그 방안을 강구했다. 예외적인 사람은 있을지 몰라도, 우리 세대 대부분의 학자들은 시위와 휴교사태로 학문적 기초가 부족한 것이 사실이다. 우리 세대 학자들이 앓고 있는 그런 아픔을 나는 다음 세대들에게 물려주고 싶지 않았다. 그래서 나는 학생들에게 때로는 조금은 과도한 과제를 요구하기도 했다. 그러나 문제는 그들에게 이미 그런 고달픔을 감내할 앞날이 보장되어 있지 않다는 것이다. 따라서 그간 '금과옥조'처럼 여겨지던 교수들의 지시도 이제는 마음에 와닿지 않는 것처럼 보인다. 학생들은 심지어 과제물 제출기간을 몇 번이나 제 마음대로 연기하면서도 태연하다. 대학은 이렇게 황폐화되어 가고 있는 것이다. 이처럼 나와 지도학생들과 관계는 출발부터 비틀거리고 있다. 이 문제와 관련하여 나는 최근 교수로서 나의 인격, 나의 학문능력, 교육방법 등에 대해 반성도 여러 차례 해 보았다. 그리고 자탄도 해 보았다. 그러나 가만히 생각해 보니 맹자가 천하의 영재를 얻어서 교육하는 것이 '군자'의 삼락이라고 했지, 나와 같은 '소인'의 그것이라고 말하지 않았던 것을 나는 일찍이 깨닫지 못하였던 것이었다. 맹자는 왜 나와 같은 소인의 즐거움에 대해서는 언급하지 아니하여, 한때 나로 하여금 스스로 군자로 착각하도록 만들었는지 모르겠다. 정말 요사이는 나도 학생들처럼 자유스럽게 뛰쳐나갈 수 있기라도 했으면 좋겠다는 생각이 들 정도이다.(1994.
3. 12.)

# 중국사와 중국문학

요즈음 중국에 대한 관심이 크게 늘고 있다. 그것은 우리와 역사적 관계나 지리적인 근접성에 비추어 당연한 결과로 보아야 하겠다. 그러나 이러한 관심이 학문적인 측면에서 보면, 이상한 현상으로 표출되고 있다는 점을 느끼지 않을 수 없다. 나는 중국사를 연구하는 사람이다. 따라서 나는 이 글에서 중국사 전공자가 갖는 편향적인 인식이 표출될 것이라는 점도 부정하지 않는다. 한마디로 말하자면 현재 학계에서 부는 '중국붐'이라 할 수 있는 열기는 중국문학 쪽에만 불 뿐이지, 중국사나 중국철학 쪽에는 전혀 아니라는 점이다. 내가 학부를 다니던 60년대 말에는 전국에 중국어중문학과를 설치한 대학은 다섯을 넘지 않았다. 그런데 현재는 전문대학까지 합하면 백 개 대학에 육박한다고 한다. 당시 중국사는 전국 거의 모든 종합대학에 사학과가 설치되었던 관계로 중국문학에 견줘 훨씬 연구자도 많아서 정확한 통계는 아니지만, 교수나 학생 수가 중문학과의 10배는 넘었던 것으로 어림짐작된다. 그런데 현재는 어떤가. 올봄 전국대학의 중국사 전공의 교수 공채公採는 한곳밖에 없었는데, 중국

문학은 23곳이나 되었다고 한다. 심지어 어떤 경우는 한 사람이 대학 세 곳에 임용이 결정되어 가려 가야 했다는 형편이란다. 그런데 중국사를 전공하는 학자 지망생은 나이 마흔이 가까워도 취직자리를 구하지 못하고 있다. 현재 고학력高學歷 실업난失業難은 중국사 전공자에 한정된 것이 아니니, 입도선매立稻先賣처럼 팔려나가는 중국문학 쪽에 일어나는 기현상이라 보아야 할 것이다.

역사와 문학과의 이와 같은 관계는 중국에만 해당되는 것은 아니다. 예컨대 프랑스 역사를 연구하는 자보다는 프랑스 문학을 연구하는 학자 수가 많다. 영국사와 영문학도 마찬가지이다. 따라서 1960년대 이전 중국과 관계되는 학과는 좀 특수했다고도 볼 수 있다. 여하튼 이와 같이 사학과 문학 사이의 수적인 불균형은 문학 쪽이 문학뿐만 아니라 어학 다시 말하면 언어구사력에서 사학 쪽보다 뛰어나서 그 나라와 교류하는 데 문학과 출신이 더 유리하다는 생각이 깔려 있었기 때문일 것이다. 사실 우리나라 실정을 보면, 중국사를 전공하는 사람보다는 중국문학을 전공하는 이들이 언어구사력에서 조금 나은 것은 부정할 수 없다. 현재는 '무한 국제경쟁의 시대'라 한다. 따라서 외국어 구사력의 문제는 중차대하다. 그간 우리나라의 외국어교육이 잘못되어 있다는 점은 지적되어 마땅하다. 따라서 대학에서 중국사나 중국철학, 중국문학을 전공하는 학자가 중국어를 구사하지 못하는 것은 사실 부끄러운 일이다. 그런데 우리나라는, 중국사 전공자는 중국어를 구사하지 못하는 이이고, 중국문학을 전공하는 자가 중국어를 구사할 수 있는 이라는 등식은 반드시 성립되지 않고 있다. 중국사나 철학을 전공하는 자가 오히려 중국어를 더 잘 구사하는 경우도 많다. 또 하나의 문제는 외국어를 구사할 수 있는 능력을 꼭 대학에서 가르쳐야 하느냐 하는 것이다. 사실 그것은 어학연구소 같은 대학부설기관이나 사설 학원에서 할 일이지, 대학에서 할 일은 결코 아니다. 말을 가르치는 것은 학문을 하기 위한 도구를 갖게 하는 데 불과하지, 그것 자체가 목적이 될 수는 없는 것이다. 대학에서는 언어구사 이상의 학문을 가르치고 연구하는 곳이다. 그러나 사회나 대학설립자, 심지어 대학교육정책 입안자들까지도 이런 점을 전혀 고려하지 않고 있다. 중국문학 전공자＝중국어 구사자라는 등식을 은연중에 받아들이고 있다. 이 얼마나 아이러니인가.

우리 전통시대에는 문학과 사학과 철학을 함께 묶어 '문사철文史哲'이라 불렀다. 이들 관계는 밀접하여 서로 분리될 수 없다는 것이다. 사실 전통시대에는 사회가 분화되지 않아 지식인은 문인인 동시에 정치가이고 철학자였다. 그것은 비근한 예로 당송팔대가唐宋八大家 가운데 한 사람인 한유韓愈라는 사람을 보아도 그렇다. 그는 유명한 정치가였고, 문인이었고, 사상가였다. 따라서 문학 사학 철학 등 세 방면에서 함께 다루어야 할 사람이다. 중국 대륙이나 대만에는 '문사철'이라는 학술잡지가 있다. 학문이란 미세하게 나무의 잎도 봐야 하지만, 거시적으로 숲도 보아야 한다. 아니 현대 학문이 궁극적으로 잎을 보기 위한 것이라면, 먼저 그 숲속에 다른 나무의 잎도 함께 보아야 한다. 그래야만 더 정확하게 그 잎을 볼 수 있게 된다. 현재 한국에는 중국사와 중국문학, 중국철학은 별개의 학문영역으로 존재한다. 중국의 같은 시대의 어떤 문인을 다루더라도, 역사 쪽에서 쓴 논문을 문학 쪽에서는 보지 않는다. 그 반대도 마찬가지이다. 그러나 다른 나라는 그렇지 않다. 대만에서는 〈중국당대학회中國唐代學會〉라는 것이 있어서 당唐나라 시대의 문학, 사학, 철학을 전공하는 자들이 함께 모여서 토론하고 비판한다. 일본도 역시 그러하다. 그들은 서로 간에 논문을 인용한다. 그런데 우리나라는 그렇지 못하다. 중국사 전공자는 외국의 중국문학 전공자의 논문은 자주 인용하면서도, 한국의 중국문학 연구자 논문은 별로 인용하지 않고 있다. 이러한 기현상은 학문적 성과에 대한 상호 불신에도 기인하겠지만, 기본적으로 대학 학부 때부터 문학, 사학, 철학의 관계는 별개라는 선입관이 깊숙이 자리잡고 있기 때문일 것이다. 따라서 학제 간 공동연구는 전혀 이루어지지 않고 있다. 이러한 현상은 우리나라 학문 풍토 자체에 심각한 문제를 던져 주고 있다. 가뜩이나 인력자원이 부족한 현실에서 작은 힘마저 집결시키지 못하고 있는 것이다.

나는 이러한 우리나라 병폐의 원인은 학문에 대한 잘못된 인식, 학자들간 이기심에 근원한 아집我執에 있다고 생각한다. 우리가 중국을 정확하게 이해하려면, 아니 진정하게 국제경쟁력을 기르려면 중국문학에 편향된 인식을 고쳐야 할 것이라 생각한다. 가령 말만 할 수 있고, 중국인의 문학, 역사, 철학 등 중국전통에 대한 지식이 전무한 사람이 어떻게 상거래에 뛰어난 재주를 발휘할 것인가. 구미歐美에서는 우리나라 대학과는 달리 지역地域으로 학과學科를 나눈다고 한다. 예컨대, 미국 하버드대학에는 동아시아지역학과(Department of East Asian Languages and Civilizations)가 있다. 그곳에서는 문학과 사학, 철학을 동시에 가르치는 것이다. 우리나라에서도 참고할 점이라고 생각한다. 즉 중국학과中國學科, 일본학과日本學科 등의 설치가 그것이다.(1994. 3. 6.)

# 우리 독자적 학문 정립의 길

우리 학문은 어느 단계에까지 와 있는가? 학문의 종류에 따라 다 다르겠지만, 한국사, 한국문학 등 이른바 국학을 제외하고는 한국 최고 수준의 대학이 세계 몇 번째 정도냐 하는 평가와 대개 일치하지 않을까 하는 생각을 해 본다. 필자는 중국사를 공부하는 사람이다. 중국사 가운데서도 위진남북조魏晉南北朝와 수당隋唐시대를 이제까지 공부해 왔다. 따라서 내가 잘 아는 학문세계는 매우 편벽된 일면뿐이어서, 그것이 한국 학문계의 실상을 그대로 반영하는 것이라고 생각하지는 않는다. 그러나 내주장 가운데는 보편적 일면도 있을 것이라는 예상도 해 본다.

필자는 학부시절부터 내가 전공하는 중국사학계 현주소가 일본의 구주九州 옆에 있는 한국, 일본의 지방학계 정도라는 자조적인 평가를 선배들로부터 자주 들어왔다. 즉 우리나라는 일본의 속박에서 이미 해방되었지만, 우리 학계는 여전히 독립되지 못하고, 일본학계의 연구동향이 곧바로우리 학계에 영향을 미치고 있다는 것이다. 일제 식민지 36년 동안의 지배는 우리 학계를 그렇게 만들어 버린 것이다. 전후 일본의 중국사 연구는 바로 일본의 근현대사 그것이라고 지적하곤 한다. 다시 말하면 일본에서 중국사를 연구하는 목적과 의미는 자기들이 안고 있는 과제를 해결하기 위한 것이라는 점이다. 역사를 연구하는 사람의 관심은 자기를 둘러싼 그 사회의 현실과 직접 연관되어 있다는 말이다. 물론 역사란 학문은 묻혀진 진실을 파헤치고, 이미 알려진 사실이라 하더라도 거기에 새로운 의미를 부여하는 것을 속성으로 삼고 있다. 그러나 우리 학계는 적어도 전자는 몰라도, 후자의 경우에는 일본 사람들과 같이 고민했고 일본이 안고 있는 고민을 자기의 것인 양 오해해 왔던 것이다. 우리가 안고 있는 고민과 풀어야 할 과제가 무엇인가를 생각하려 하지 않았다. 그래서 우리 학계는 언제부터인가 남의 나라, 특히 일본의 연구동향에 귀를 쫑긋 세우고 주시해 왔다. 그러다 보니, 일본의 수준 낮은 논문이라도 금과옥조인 양 인용하여 왔다. 그것이 설사 중고등학교에서 내는 논문집에 실린 것이라 하더라도 우리나라의 우수한 학자가 쓴 논설보다도 더 권위 있는 것이 되어 버렸다. 그리고 이런 것을 많이 보았던 것이 자기 논문의 신빙성을 높이는 것인 양 열병식閱兵式으로 외국논문을 나열하는 데 정신을 쏟았다. 이와 달리 우리나라 학자들이 주장하는 것은 수준 낮은 것처럼 냉소적으로 받아들이고 거들떠보지 않았다.

이러한 학계의 경향은 개선은커녕 고질이 되어 버린 감이 없지 않다. 그렇게 고질병이 되어 버린 데에는 학계 입문한 지도 20년이 넘고 나이도 50이 넘은 필자도 그 책임의 일부를 면할 수가 없다. 필자 자신도 그런 연구경향 조장에 일조를 하였다는 점을 솔직히 자인할 수밖에 없기 때문이다. 우리는 선배학자들을 존경하지 않았다. 존경하기보다도 오히려 멸시하였다. 일부러 선배교수들의 논문을 못 본 체하며 되도록이면 인용하지 않으려 했다. 선배교수가 그런대로 괜찮은 논문을 내면 굳이 평가절하하려고 했다. 이런 풍조가 우리들 후배들에게 고스란히 전수되었다.

따라서 현재 필자 또래가 후배들로부터 받는 무시는 너무 마땅한 죗값이라 생각하고 있다. 그러나 늦었지만 이런 병은 하루빨리 고치는 것이 우리 학계를 위해서 좋은 일이라 생각한다.

몇 년 전 대만에 있을 때의 일이다. 국내 저명학자들이 자필 서명하여 보낸 저서들을 우리 유학생들이 쓰레기통에서 줍는 일이 허다하다는 이야기를 들었다. 대만 학계는 한국 유학생을 통해 그 책의 대강이나마 살펴보려는 수고도 하려 들지 않았다. 한국학계를 이렇게 깔보고 있는 것이다. 어떤 학자는 한국학자와 똑같은 주제를 연구하고 있고, 양자는 외국기관으로부터 초청을 받아 어느 대학에서 일년이나 같이 연구를 하였었고, 또 국내에 초청되어 장시간 토론을 한 적이 있는데도 우리 학자의 논지를 인용하기는커녕 그의 책 끝의 문헌목록에 한국학자 저서의 이름마저 나열하는 것도 꺼렸다. 그들에게 그 이유를 묻는다면 내용이 어떤 것인지 읽을 수가 없으니 참조할 수가 없고 따라서 목록에도 넣을 수가 없다고 아마 대답할 것이다. 그러나 그런 이유만이 아닌 것 같다. 필자의 논문 가운데는 중문中文으로 된 것이 상당수 있는데도 똑같은 주제를 다룬 논문에도 다른 나라(예컨대 일본의)의 하찮은 논문은 인용하면서도 한국인인 나의 것은 굳이 인용하려 하지 않았다. 여기에다 중국사를 연구하고자 선진先進 외국에 유학한 우리나라 젊은이도 이런 바람직하지 않은 풍조에 편승하고 있다. 국내 모 교수의 학설의 구도를 그대로 옮겨서 논문을 써서 그곳 학계에서 좋은 평가를 받았는데도 거기에는 그 논지의 기초가 되었던 논문은 인용하려 들지 않았다. 중국의 최고 권위 있는 잡지에 실린 한국 유학생의 어떤 논문은 이미 우리나라에서 30년 전에 발표된 것을 그대로 모방·변조하여 호평을 받기도 하였는데도 자기의 학설인 양 주장했다. 어떤 논문은 필자의 주장을 반박하면서도 필자의 논문이름조차 거론하는 것이 수치인 것처럼 그 많은 각주를 나열하였는데 그것만은 빼 버렸다. 그들은 선진 국가의 대학에서 학위를 받았다는 것을 커다란 자랑으로 여기고, 자기도 그 나라의 수준에 도달한 것인 양 외국 학계보다 앞장서서 우리 학계를 무시하는 언행을 서슴지 않는다. 어쩌면 그들은 우리 학계의 수준을 가장 잘 알릴 수 있는 어학적 능력을 갖춘 사람들인데도 말이다.

물론 필자가 그들 나라의 학문수준이 우리나라보다 못하다는 것을 말하는 것은 아니다. 거기에도 천차만별이다. 형편없는 논문도 수없이 많다. 우리나라의 논문이 그들보다 우수한 논문도 적지 않다. 학자 개인을 평가기준으로 삼아야지, 국가를 기준으로 삼아서는 안 된다는 이야기이다. 더욱더 기막히는 것은 요즈음 벌어지고 있는 우리들의 세태이다. 정부도, 교수들이 모여 있는 대학에서도 역시 학문적 사대주의는 아직도 크게 활개치고 있다. 교육부는 여전히 학술논문의 질을 하나하나 따지려는 번거로움을 피하기 위해 학술지를 등급화시켜 기계적으로 평가하려 하고 있다. 한국 최고수준을 자랑하는 모 대학에서는 외국잡지에 논문을 게재하지 않으면 정교수로서 진급을 허용하지 않는다고 하였다. 외국에는 돈만 주면 게재할 수 있는 잡지가 허다하다. 학문의 수준은 학위나 논문의 수도 아니다. 최근 대학에 취직한 젊은 연구자를 살펴보았더니 1년 사이에 몇 편의 논문을 양산해 내고 있었다. 그 이유를 물으니 이렇게 양산하지 않으면 계약제契約制 아래에서 살아남을 수가 없다는 것이다. 이렇게 양산된 논문들이 대체 무슨 의미가 있다는 말인가? 현재 박사학위를 갖지 않고 취직할 수 있는 유일한 학교가 내가 알기로는 아마 서울대학이 아닌가 한다. 그리고 게재학술지를 따지지 않는 유일한 학교가 서울대학이 아닌가 한다. 그렇다고 서울대학이 다른 대학보다 교수관리가 허술하다고 생각하지는 않는다. 우리는 이렇게 정신을 차리지 못하고 있다. 그리고 우리는 스스로를 믿지 못하고 있다. 정말 불행한 일이 아닐 수가 없다.

몇 년 전 중국의 위진남북조사 대가 한 사람과 이야기를 하다가 현재 그가 준비하고 있던 논문의 주제와 유사한 내용을 다룬 조선조 학인學人의 글이 있다고 하였더니 복사하여 보내 주기를 원하였다. 뒷날 그 글을 읽은 그분을 만났더니 조선시대 학인의 혜안에 탄복하였다고 했다. 사실 우리나라 중국학의 전통은 일본이나 다른 어느 나라보다도 더 오래되고 높은 수준이었다. 규장각奎章閣에 소장된 먼지 낀 우리 선조들의 문집 속에는 중국관계 논설과 사론들이 너무도 많다는 사실에 놀라게 된다. 사실 일제 강점 전까지 우리 학문은 중국학이 그 주종을 이루었다. 그러나 일본의 강점으로 우리 학문의 전통은 이렇게 단절되었다. 일본 사람들이 우리나라 학문의 전통을 단절시킨 것이다. 36년 단절의 아픔은 이렇게 해방 뒤 오랫동안 계속되고 있는 것이다.

우리나라 중국사학계에는 아직 논쟁다운 논쟁이 전개된 적이 없다. 선생이 쓴 논문은 학생들이 더 다루지를 않고, 딴살림을 차리기에 바쁘다. 선배가 쓴 논문에 대해서도 치지도외置之度外한다. 건전한 비평이 없는 학계는 발전 가능성이 없다. 일본학계를 보면 가능한 자기 나라 학자가 쓴 논문을 대상으로 다시 논문을 써서 비평하고 반박한다. 우리나라에서는 그런 풍조가 성립되지 않고 있다. 한국사람이 세운 가설은 거론하지 않으면서 일본의 '나이또 가설(內藤假說)'이 어쩌구저쩌구해야 유식한 것으로 오해하고 있다. 인식의 전환이 필요한 시기이다. 하루속히 우리 독자적 학문 틀을 정립할 때다. 그 방법은 간단하다. 우리의 것을 사랑하는 수밖에 딴 방법이 없다. 일제가 강제로 단절한 우리 학문 전통의 맥을 이제부터라도 이어야 한다. 그것이 진실로 우리 독자적 바탕에서 연구하는 지름길이다.(1998. 3.)

# 서울대학은 아직도?

　날마다 서울대 기숙사 앞 관악산 자락 국수봉에 오른다. 정상이라야 고 작 해발 103m다. 그러나 서울대학 캠퍼스 대부분이 눈 아래로 들어온다. 눈에 들어올 뿐만 아니라 서울대학에서 나는 거의 모든 소리를 들을 수 있다. 자주 만나는 노인들이 전직 교수인 나에게 묻는다. 아직도 지을 건 물이 있느냐고. 그렇다. 지금 국수봉 정상에서 보이는 것만 해도 치대병 원, 수의대 생명과학연구동, 음대식당, 도서관 별관이 건설 중이고, 방금 신축을 끝낸 아시아연구소, 법학대학원, 곧 재건축에 들어갈 14동 등으로 정말 어지럽다. 저 소음에 강의는 가능한지? 돈은 어디서 나는 것인지? 걱정이 많다. 건축 비용 대부분은 독지가가 희사한 돈일 거라고 하니, 불 결한 돈으로 건물을 올릴 수는 있지만, 교육기관인 대학이 아무 돈이나 받아서 그 이름을 달아주어도 되느냐 한다. 노인들의 부질없는 걱정일지 도 모르겠다. 그러나 나는 그냥 불편하다.

　북경대 총장을 지낸 중국의 석학 호적胡適은 "대학은 큰 건물이 있는 곳이 아니라 큰 학자가 있는 곳이다"라 했다. 사시장철 건물을 지어도 대학원생은 햇빛 한 점 들어오지 않는 연구실에 7~8명이 꼭두새벽부터 늦은 밤까지 쭈그리고 있고, 명예교수는 독서실 같은 자리 하나 얻으려 해도 최소 2년은 줄서 기다려야 한다. 이렇게 건물을 부수고 짓는데도 공간은 턱없이 부족해 야단이다. 공간이 부족한 것이 아니라 효율적으로 배분·관리하지 못하기 때문이다. 좋은 학생 뽑아 그저 그런 졸업생을 배출해 왔지만, 대학원은 더 황폐하다. 현직 교수는 마이너리그 코치·감독에 불과하고 교수에게 정년식이란 무문자시대로의 진입 신고식이다. 이런 환경에 아흔다섯에 《중국철학사신편》을 써 이웃나라 대통령을 감동시킨 풍우란馮友蘭 같은 학자의 출현을 기대하기는 아예 글렀다.

대학 교정은 온통 민주화의 성지다. 대학을 대표할 학자의 동상은 어디 하나 찾을 길 없고, 민주열사들이 중요한 지점들을 채우고 있다. 젊은 이들이 목숨 바쳐 싸워야 했던 부조리가 여전하지만, 외국 친구들을 구경시킬 때마다 그들의 잇따른 물음에 한숨이 나온다. 우리 대학의 지난 과거가, 그리고 처한 현실이 가슴 아프기 때문이다. 전직 교수 사진을 걸어둔 학과는 열 손가락도 안 된다. 한국 최고 대학이 해방 뒤 이룬 성과가 이 정도란 말인가! 선배가 후배 교수들의 존경할 대상이 아니니 학생도 그들이 이룬 업적을 기억하고 계승할 리 없다. 스스로 세계에 내세울 한 사람의 학자도 배출하지 못한 대학이 남이 만든 세계 랭킹 몇 위에 만족해하는 꼴이 참으로 답답하다.

최근 조사에 따르면 2008년 이후 정년보장을 받은 서울대 교수들의 논문 실적을 보니 정년을 보장 받기 전보다 논문 편수가 절반이나 떨어졌다고 한다. 편수만을 가지고 탓할 수는 없다. 적어도 내가 알고 있는 인문계통에 한해서는 역설적으로 들릴지 몰라도 덜 쓰는 게 오히려 더 낫다. 내가 석사학위를 받았을 때 은사 민두기閔斗基 선생은 한 학자가 열심히 해도 평생 논문 20편 쓰기가 어렵다고 말씀하셨는데, 나도 이미 50편을 넘겼다. 정희성 시인은 "시 두 편이면 내 일 년 농사"라고 읊었는데, 교수직 유지하려고 나도 쓸데없는 글을 너무 함부로 쓴 것이다. 몇 년 전 한국연구재단의 조사를 보면 우리 학자들이 발표하는 논문의 80%가 아무도 인용하지 않는 것이라고 한다. 이런 논문을 양산해 봐야 무슨 소용이 있겠는가! 학문에 따라 다르지만 내가 연구하는 중국사 방면의 논문은 솔직히 말해 한국 사람인 나도 잘 안 본다. 외국 사람은 더욱 읽을 리가 없다. 자문자답이고, 달보고 짓는 헛소리에 불과하기 때문이다. 더욱 기막힌 현실은 애써 외국어로 번역해서 외국잡지에 실으면 격려는 커녕 이중 게재라고 다그친다. 저작 수에 넣지 않으면 문제될 것이 전혀 없는 이런 간단한 산수도 통하지 않는 나라가 대한민국이다. 한국사도 영어로 논문을 써야 할 판이라는 국사학과 교수의 한탄을 들으며 평생 중국사로 밥 벌어 온 사람의 실정을 생각하면 정말 눈물겹다. 일본학자가 쓴 중국사 관련 책 가운데 중국어로 번역되지 않는 것을 찾기 힘들다. 일본어 가독 학자가 대부분이라 굳이 그럴 필요가 없는 방면인데도 국가가 주도해서 자국 학자들을 위해 번역해 준 것이다. 유사한 주제를 다룬 외국논문의 참고문헌목록에서 내 이름을 찾지 못하는 것은 그래도 낫다. 한국어로 썼기 때문이라 자위하기 때문이다. 그러나 이미 20년 전에 본인이 쓴 논문을 완전 표절한 것이나 다름없는 것을 외국잡지에서 발견하였을 때 지난 헛고생을 생각하면 정말 식은땀이 흐른다.

최고지성이 모인 한국대학들이 자기모멸감에 빠져 있다. 외국대학 박사라면 논문 수준을 따지지 않고 임용해대니 우리나라는 언제 '신사유람단' 파견시대 수준을 벗어날 것인지 알 수 없다. 외국대학 박사 몇 명 초빙했다고 일간지에 대문짝만하게 광고를 내는 대학을 소유한 나라는 아마 아프리카에서도 찾기 힘들 것이다. 노벨상에 목매는 나라, 그래서 현역에서 은퇴한 노벨상 수상자를 거금으로 유치하기 위해 바쁘다. 창피해서 이민이라도 가야 할 지경이다. 그러니 한국고전문학 박사를 한국어도 구사 못하는 지도교수가 겨우 한 명 있는 미국 모 대학에 가서 따오는 것이 현실이다. 서울대 사회과학대학 교수의 외국박사 비율이 90%를 넘는다. 그것도 미국 박사가 대부분이다. 일본에서는 대학교원 임용 시에는 외국박사 소지자를 국내 모든 대학 다음 등위에 둔다고 한다. 한국 대학이 마이너리그 수준을 벗어날 수 있을 날은 언제쯤일까!

내 모교이며 한국의 최고대학 서울대학은 아직도 건설 중인가? 나아가야 할 방향을 여전히 외국대학이나 곁눈질하며 탐색 중이란 말인가? 국수봉이 아니라 관악산 정상에서 내려다보아도 한 점 흔들림 없이 당당한 나의 모교는 언제 그 모습을 드러낼 수 있을 것인가.(2013. 12. 24.)

# 대통령의 영어 발음

국가 상징인 국가 원수의 개인 문제를 거론하는 것은 고래로 금기시되어 왔다. 그의 능력이나 얼굴모습을 함부로 평가하는 것은 더더욱 있을 수 없는 일이었다. 왕조시대에는 황제나 왕의 이름자 하나도 백성들은 함부로 쓰지 못하였던 것이다. 그러다 보니 백성들 불편이 이만저만이 아니었다. 그것을 잘못 썼다가 목숨까지 잃는 경우도 없지 않았다. 예를 들어 당唐나라 태종太宗 이름은 이세민李世民인데, 그 흔하게 쓰이는 '인간 세世'자와 '백성 민民'자를 쓰지 못하게 되니, 서적이나 비석 등 공개적인 글은 말할 것도 없고, 개인 간에 오고가는 편지 한 장 마음 놓고 쓸 수가 없었다. 이런 관습을 일컬어 '피휘避諱'라고 하지만, 내가 전공하는 중국사 가운데 이 문제로 발생한 사건만 열거하더라도 그 수는 엄청나다. 이 피휘의 관습은 당시인뿐만 아니라 후세에 나처럼 역사서를 읽는 사람들에게 많은 괴로움을 주는 것이기도 하다. 왜냐하면 당나라 시대에 쓰여진 역사서를 보면 '교민僑民'이라 써야 할 곳을 '교인僑人'이라 쓴 것은 그런대로 의미가 통하니 크게 문제될 것이 없지만, 후한後漢시대

월기교위越騎校尉라는 벼슬을 지낸 '조세趙世'라는 사람을 '조대趙代'라고 쓰는 데는 정말 곤혹스럽기 짝이 없기 때문이다. 이런 형편이니 이 방면의 웬만한 전문가가 아니면 그 본명本名을 알아내기가 쉽지 않다. 피휘를 위해 '세世'자 대신에 그 의미가 비슷한 '대代'를 썼고, '민民'자 대신에 '인人'을 쓴 것이다. 비석 같은 것을 보면 간혹 공란(口)을 해 놓은 것을 보게 되는데 이것도 피휘를 하는 하나의 방법이다. 이것도 복잡한 원칙과 규정이 있었기 때문에 제 마음대로 쓸 수가 없었다. 이러다 보니 '피휘학避諱學'이라는 학문까지 성립하기에 이르렀다. 만약 이런 피휘 관습이 지금에까지 지속된다면, 현 대통령인 '김대중金大中'씨는 백성들을 정말 골치 아프게 하는 이름을 쓰고 있는 것임에 틀림이 없을 것이다. '대大'자와 '중中'자를 쓰지 못하는 세상을 상상해 보라. 그래서 민주화가 된 세상이 좋은 모양이다.

명明나라 창업주인 주원장朱元璋의 얼굴 모습에 대해서는 여러 가지 설이 있다. 곰보였다거나 아니면 대머리였다는 것이 그것인데 두 가지 다 사람들에게 별로 좋은 인상을 주는 것이 아니다. 그는 한漢나라를 세운 유방劉邦과 함께 중국 역사상 두 명밖에 없는 농민 출신 창업주創業主였다. 그래서 그런지 콤플렉스도 많았던 것 같다. 그는 특이하게도 '독禿'과 '광光'자 쓰는 것을 금지시켰다고 한다. 그것은 그가 대머리였다거나, 아니면 황제가 되기 전에 탁발승으로 걸식한 경력이 있어서 그랬다는 다른 설이 있지만, 어쨌든 그의 머리는 정상적인 사람과 좀 달랐던 것이 분명하다. 나도 머리가 조금 벗어진 사람이지만, 대머리(禿)의 공통된 특징은 머리털이 빠져나간 부분이 유달리 반짝반짝 빛(光)이 나는 것이다. 당시 문인인 고계高啓가 자기 친구인 위관魏觀이 집을 짓는다기에 상량문을 써 주었는데, 마침 그 금지된 글자를 쓰게 된 것이다. 그가 의도적으로 쓴 것인지 아니면 실수였는지는 확인할 길이 없지만, 그것이 문제가 되어 그 자신이 처형되었던 것은 당연하지만, 그 당여黨與도 함께 다 옥사獄事를 치러야만 했다. 문자와 관련되어 발생한 이러한 재앙을 '문화文禍', 또는 '문자옥文字獄'이라 한다. 요즈음 필화筆禍와 비슷한 것이다. 여하튼 전통시대 중국의 지식분자들은 이 때문에 많은 곤욕을 당하였다. 우리나라도 최근까지 이 '피휘'관습에서 크게 벗어난 것 같지는 않다. 80년대 몇 년 동안은 대머리인 박 모라는 탤런트가 텔레비전에 아예 출연을 할 수가 없었기 때문이다. 당시 대통령 머리 모습과 닮았다는 것이 그 이유였다. 그 탤런트는 6공 이후 별문제 없이 출연하였다고 한다.

내가 이 글을 쓰려고 컴퓨터 앞에 앉아 생각해 보니, 옛날 황제에 해당되는 대통령에 대해서 몇 가지 언급하는 것이 불가피할 것 같다. 내 글이 혹시 대통령의 심사를 건드려(逆鱗) 호되게 곤욕을 치르지나 않을까 하는 생각이 들어 어째 글이 쉽게 되지 않는 것 같다. '민주화'와 '경제'를 함께 이룩하겠다고 부르짖는 대통령이니만큼 이 무례한 백성의 언급을 너그러이 받아주실 것으로 기대하고, '피휘'에 신경 쓰지 않고 이 글을 써 내려가려 한다. 대통령인 D.J.는 상당히 영어를 잘하는 분으로 알려져 있다. 특히 전 대통령인 Y.S.에 견줘서 말이다. 며칠 전 중앙일간지 하나를 펴 보았더니 '캡션스터디'라는 외국어학습기재를 선전하는 광고가 눈에 띄었다. 거의 신문 반면이나 차지하는 아주 넓은 광고란에는 굵은 글씨로 〈Y.S.가 클린턴을 만났을 때 "Who are you?"〉라는 문장이 쓰여져 있었다. 아무리 I.M.F.사태를 가져오는 데 책임을 통감해야 할 사람이긴 하나, 대통령 자리를 떠난 지 반년도 안된 분을 이렇게 희화戲化화해도 되는지 모르지만, 그가 영어를 잘하지 못하는 것은 확실한 모양이다.

사실 D.J.가 원고도 없이 영어를 구사하는 것을 직접 보지는 않았지만, 대통령 선거유세가 한창이던 그해 11월 어느 날 모 텔레비전 방송을 통해서 자기의 영어실력에 대해서 직접 말씀하시는 것을 본 적이 있다. 본인 이야기에 따르면 영어를 배우기 시작한 것은 나이 49세에 감옥소 안에서였다고 한다. 그때 영어문법을 열심히 공부했기 때문에 지금도 누구보다도 정확한 영어를 구사하고 있다는 것이 그날 그분이 하신 말씀의 대강이었다. 대통령이 된 뒤에 그분이 영어로 연설하는 것을 여러 번 보았다. 나는 대학교수이지만 사실 영어를 잘하지 못한다. 영어실력 면에서는 분명 나보다 상위에 있는 분이라 생각하고 있다. 그런 만큼 그분의 영어실력을 평가할 자리에 서 있지 않다. 어느 날 학교 교수 휴게실에서 교수들 사이에 그분의 영어 실력이 화제가 된 적이 있다. 당시 그곳에는 구미지역에 유학을 다녀온 교수도 몇 사람이 끼어 있었다. 대통령 영어실력에 대해 그 평가가 엇갈렸다. 어떤 교수는 상당히 잘한다는 것이고, 어떤 교수는 고개를 흔들었다. 그런데 발음은 이구동성으로 나쁘다는 것이다. 그래서 나는 영어에 발음이 그렇게 중요하냐고 했더니, 어떤 교수가 그게 무슨 소리냐는 것이다. 사실 나는 중국어는 발음이 매우 중요한 것으로 알고 있었지만, 영어는 발음이 그리 중요하지 않다고 지금까지 알아왔던 것이다.

영어발음과 관련하여 소개할 몇 가지 일화가 있다. 한국에서 학위를 마치고 교수생활을 하다가 하버드대학에 연구교수로 간 어떤 교수는 가족과 같이 셋이서 우유를 마시러 연쇄점에 들어갔었다. 그가 '우유 석 잔만 달라(Please give me three glasses of milk)'고 했다. 그러나 세 번이나 되풀이했으나 점원이 알아듣지를 못하였단다. 보다 못한 초등학교에 다니는 아들이 'Miilk'라고 하였더니 그제야 점원이 'Miilk!'하면서 우유를 가져다주더라는 것이다. 영어에서 발음이 이렇게 중요하다는 것이 그의 체험에서 우러난 주장이다. 그러나 D.J. 발음은 '일본식 발음'이어서 본토사람 가운데, 제대로 알아듣는 사람이 그렇게 많겠느냐는 것이 그 주장의 요지였다.

어떤 일본인이 워싱턴에서 뉴욕으로 가기 위해 역 매표구에 가서 표를 사려는데 매표원이 '어디로 가십니까(Where are you bound?)'라 묻더라는 것이다. 그래서 이전에 배운 영어를 생각해 내려는데, 갑자기 'bound to'라 해야 옳은지, 아니면 'bound for'라 해야 하는지 가물가물하더라는 것이다. 그래서 'I am bound to New York'이라 하였겠다. 그랬더니 뉴욕행 표 두 장을 내밀더라는 것이다. 그래서 '아차 틀렸구나' 하고는, 얼른 'I am bound for New York'라고 고쳐 말했다. 그랬더니 두 장을 더하여 합계 네 장을 주었다. 그 일본인은 당황한 나머지 영어는 자기머리에서부터 어디론가 날아가 버리고, 모국어가 튀어나온 것이다. '에- 또'라 하면서 멈칫거리고 있으니 네 장을 더 보태 합계 여덟 장을 내놓더라는 것이다. 매표원은 'to'를 'two'로, 'for'를 'four'로, '에- 또'를 'eight'로 들었던 것이다. 이와 같이 영어도 발음이 정확하지 않으면 상대방이 알아듣지 못한다는 것이다. 우리 대통령이 영어를 잘한다고 평가하는 어느 교수마저도 그분이 미국에 계실 때에 텔레비전에 나와서 사회자와 대담한 적이 있었는데, 자기 의사를 그런대로 표현하였지만, 발음에 문제가 있어 그때 스크린 아래편에 자막이 나가고 있었다고 알려주었다. 따라서 내가 대통령의 영어 발음은 좀 엉터리라고 해도, 영어 잘하는 다른 사람들이나 대통령 본인도 별로 시비 걸 사항은 아닌 것 같다.

나는 특히 한국어 발음도 잘하지 못하는 사람으로 정평이 나 있으니, 영어 발음이야 오죽하랴. 나는 L과 R, F와 P, D와 T, B와 V를 구별하지 못한다고 자주 지적을 받아왔다. 영어를 잘하는 동료교수는 나더러 그 발음들을 어쩌면 모두 그렇게 정반대로 발음하느냐고 핀잔이다. 사실 경상도 사람들은 대체로 이 발음에 약한 것 같다. Y.S.가 제주도에 가서 '제주도를 세계 최대의 관광단지觀光團地를 만들겠다'는 공약을 하면서 '관광단지'를 '강간단지強姦團地'로 발음하였다는 것이 입에 오르내린 적이 있다. 그런 면에서 그분이나 나나 발음 문제에 대해서는 엇비슷한 아픔을 느끼고 있는 것 같다. 내 전공이 중국사라 중국어를 공부한 지도 30년이나 되고 내 나름으로 열심히 배우려 노력했는데, 발음은 지금도 엉망이다. 전혀 고쳐지지 않는다. 중국어는 영어보다도 훨씬 발음이 중요하다. 중국에 가면 신통하게도 내 중국인 친구들은 나의 중국어를 그런대로 잘 알아듣는다. 그런데 택시 운전기사나 버스 차장은 잘 알아듣지 못한다. 그 이유가 어디에 있을까 하고 한참 고민한 적이 있다. 그런데 중국에 한 일년 살다보니 그 이유를 대강 알게 되었다. 운전기사는 대체로 외국인의 발음을 알아들으려고 노력하는 자세가 되어 있지 않다는 점이다. 승객이 이미 탔고 잘못 들어 다른 곳에 도착하였더라도 당신 발음이 나빠서 이곳에 왔으니 내 탓이 아니라는 것이 그들의 상투적인 대응방법이다. 한번은 내가 살고 있던 북경 동북지방에 있는 내 숙소에서 고서와 골동품 거리로 유명한 유리창琉璃廠으로 가는데 내가 '리우리치앙'이라고 했더니 유리창으로 가지 않고, 정작 도착한 곳은 목적지보다 배나 먼 거리에 위치한 '리우리치아오琉璃橋'라는 곳이었다. 그래서 서투른 중국어로 언쟁을 벌였지만, 손해본 것은 나였지 운전사가 아니었다. 타고 간 거리가 멀면 멀수록 그들에게는 이득이 되기 때문이다.

따라서 외국인이 하는 말을 어떤 자세로 들어주느냐는 것이 대화에서는 중요한 것이다. 나의 중국인 친구들은 내 말을 귀담아들어 준다. 그래서 서투른 내 중국어로도 아쉬운 대로 내 의사를 전달한다. 동료교수 가운데 방문교수 자격으로 하버드대학에서 1년 동안 머물다가 온 사람이 있다. 미국에 막 도착하여 자동차 판매소에 가서 차를 살 때에는 매매상이 자기의 영어를 잘 알아들어 주어 가족들에게 그런대로 위신도 세운 뒤, 의기양양하게 차를 몰고 집으로 돌아왔단다. 그 뒤 1년 동안 그곳에서 생활하고 또 어학연수도 하였던 그가 귀국에 앞서 그 자동차를 되팔고자 같은 매매상을 찾아갔더니 전혀 자기가 하는 영어를 알아듣지 못하더라는 것이다. 그 심술궂은 자동차 매매상 때문에 그는 가족들 앞에서 망신살이 뻗치기에 이르렀다. 그 대신 같이 갔던 초등학교 다니는 아들이 하는 영어는 잘 알아들어 상담을 마칠 수 있었다는 것이다.

이와 같이 우리가 외국어를 제대로 익히기는 어려운 일이다. 어찌 발음만 그러하랴. 글 쓰는 것도 그러하고 말하는 것도 그러하다. 특히 외국어란 조기 교육이 필요한 것이다. 오늘 이렇게 무례하게 국가 원수까지 들먹이며, 이 외국어에 대해서 장황하게 설명하는 것은 젊은 시절 조금이라도 일찍 외국어 공부를 해두는 것인데 하는 후회가 아직도 나를 아프게 찌르고 있기 때문이다. 나는 이미 나이 50을 넘긴, 인생의 내리막길에 서 있다. 나도 늦었지만 D.J.처럼 외국어 공부를 지금이라도 다시 시작하여 80세가 넘은 나이에도 외국인과 대화하는 데 큰 문제가 없게 되기를 바랄 뿐이다. 한편 아무리 외국어 구사능력이 뛰어나다 하더라도 국가 원수가 된 이상, 굳이 외국어로 연설할 필요까지 있을까 하는 생각이 없는 것도 아니다.(1998. 4. 22.)

아호고雅號考

옛날 남자는 이름 외에 자字와 호號가 있었다. 그러나 그 용도는 구별되어 있었다. 어릴 때에는 부모님이 지어 준 이름을 마구 부르는 대신 자를 쓰는 경우가 많았고, 커서는 나름으로 인생의 목표나 의지를 담은 의미를 나타내는 호를 사용하곤 했던 것이다. 이 가운데 호는 다양하게 사용되어서 추사 김정희 같은 분은 백여 개의 호를 가졌다고 한다. 호란 남이 지어주는 것이 일반적인데, 그 가운데 자기가 좋아하는 호를 가려서 쓰는 것은 그때그때 본인이 처한 환경과 희망 그리고 신조 같은 것과 어느 정도 부합하는 것이기 때문일 것이다. 그래서 '자기가 좋아하는 호인 아호雅號'라는 말이 생겨나게 된 것이다.

요즈음 세상에 고리타분하게 자나 호를 쓰는 사람이 얼마나 있을까마는 고등학교 동기들을 만나면 이제 나이도 나이인 만큼 이름보다 호를 부르는 것이 좋겠다는 제의가 자주 있어 나도 이 호라는 것을 챙겨 보게 되었다. 내 최초의 호는 '제로齊魯'였다. 1970년대 초 대학원 석사과정에 다니던 시절, 내 평소의 생각을 이야기했더니 당시 입학 동기이며, 지금은 동료 교수인 이성규李成珪 선생이 지어 준 것이다. 그것은 영어의 영 (0: Zero)의 음차音借였다. 아무리 생각해도 남 앞에 내세울 것이 하나 없는 존재라는 데서 내가 착안한 것이지만 그것에 이 선생이 한자를 그 럴듯하게 붙인 것이었다. 이 선생은 '현명한 자를 보면 그처럼 되어야 하겠다고 생각하고(見賢思齊)' '어리석은 사람을 만나면 나의 노둔함을 따 져본다(對愚責魯)'의 줄인 말로 해석하였다. 그래서 한때 〈제로문고齊魯文 庫〉라는 고무 장서인을 파서 새 책을 구입하여 등록할 때마다 사용하기 도 했다. 그러나 한학漢學 하시는 어떤 분이 제로는 춘추전국시대 공자와 맹자가 나서 활동하였던 중국문화의 중심지인데 그것을 호로 쓰는 것은 약간 참람僭濫함이 있다는 평을 하였다. 그 말을 들은 뒤 나는 그것을 사 용하지 않았다.

중국에 연구년으로 1년 보내면서 청주대학 한문학과에 근무하시는 K 교수와 같은 아파트를 사용하였는데 그분이 지어 준 호 몇 개 가운데서 내가 선택한 것이 '경운耕雲'이라는 것이었다. 그것은 '필경망운筆耕望雲'의 약자로 "공부하다 간혹 하늘의 흰 구름을 바라본다"라는 제법 시적인 의 미를 가진 것이었다. 이것은 도연명이 "동쪽 울타리 가에서 국화를 따다 멍하니 남산을 바라본다(探菊東籬下 悠然見南山 ; 〈飮酒詩〉)"는 것과, "때로는 머리를 높이 들어 먼 곳을 바라보니, 무심한 구름은 산골짜기로부터 높 이 떠오른다(時矯首而遐觀, 雲無心以出岫 ; 〈歸去來辭〉)"는 유명한 구절이 상기 되는 것이다. 꽤 운치 있다고 여겨 사용할까 잠시 생각하기도 했다. 그러 나 이제까지 내 생활환경이나 현실과 별로 맞지 않는 것 같아 사용하지 않고 있다.

사실 이보다 앞서 서울 시내 사립 K대학에 근무할 때 한학하시는 분 이 어느 날 '일청一靑'이란 호를 지어 주었다. 추후에 당호명堂號銘을 써

줄 것이라고 하고는 그 의미를 달리 설명해 주지 않았다. 그분에게 그 뒤 별달리 대접해 드리지 않아서인지 아니면 또 다른 이유가 있었든지 끝내 그것을 써주지 않았다. 그러던 차에 한때 한문을 사사했던 청명靑溟 임창순任昌淳 선생의 지곡서당芝谷書堂을 인사차 방문했더니 선생께서 마침 붓을 들고 글을 쓰고 계셔서 한 장 써 달라고 간청했다. 얼떨결에 부탁한 것이 '일청서실一靑書室'이다. 그 글을 얻게 된 것이 1984년 여름의 일이다. 그 뒤 표구하여 연구실 창 위 빈 공간에다 걸어두고 있다. 내 연구실이 '일청서실'이란 이름을 달게 된 그간의 경위이다. 그러나 '일청'의 의미를 묻는 이가 있을 때마다 시원스럽게 설명해 줄 수가 없어 난처한 때가 많았다. 그러던 어느 해 서법가書法家인 중학교 후배가 연구실을 찾으면서 고려 말 나옹선사懶翁禪師의 시 가운데 "청산靑山은 나를 보고 말없이 살라하고, 창공蒼空은 나를 보고 티 없이 살라 하네"라는 구절을 예쁘게 써 표구까지 해 가지고 왔던 것이다. 그것을 '일청서실'이라는 액자와 마주 보는 곳에 걸어두었다. 가만히 살펴보니 '일청'이란 뜻이 그 시로 하여금 나에게 금방 다가오는 것이었다. 청산이나 창공이나 모두 '푸른 것[靑]'이다. 사실 이제껏 말 많고, 티끌 투성이로 살아온 내가 후반생이나마 선사의 말씀대로 살았으면 하는 생각이 더욱 간절하였기 때문이다. 일청을 "한결같이 푸르고자 한다(一遵爲靑; 一而爲靑)"는 준말로 나는 해석하였다.

지난해 가을 어느 날 종교학과 금장태琴章泰 선생께서 연구실을 방문하여 한담하다가 우연히 내 아호에 얽힌 이야기를 하게 되었다. 그 뒤 선생께서는 다음과 같은 글을 써서 프린트하여 보내 주었다. 〈일청서실을 방문하고〉라는 제목의 글이다.

말없는 산은 푸르다지만/언제나 푸르기만 하랴./ 붉게 타올라 가을 산이 좋고/하얗게 눈 덮인 겨울 산도 사랑스럽다네./ 푸른 하늘은 티가 없다지만/언제나 티가 없기만 하랴./ 흰 구름 떠도는 여름 하늘이 좋고/구름에 달 가는 밤하늘도 아름답지 않은가.

입가에는 언제나 잔잔한 미소를 머금고/조근조근 흘러나오는 이야기를 듣노라면/ 나의 시들고 굳어진 얼굴도/모르는 사이에 환하게 풀어지네./ 인연을 아끼는 아련한 낭만과/진실을 파고드는 밝은 예지야,/ 평생을 한결같이 푸르른 젊음으로 지켜 가는/그 가슴 가득한 꿈과 정열이 아니랴. /풍운 거세게 휘몰아치는 광활한 대륙의 역사를/빛나는 눈빛으로 투명하게 꿰뚫어 보니/아름답고 풍요한 학덕의 세계야/누가 쉽게 그 담장을 넘겨다보랴.

## 3

산과 하늘이 맞닿은 선 위에는/온갖 색깔과 갖가지 모양이 모두 녹아/한줄기 남취嵐翠 푸르름으로 끝없이 뻗어가고/드넓은 대륙의 장구한 역사를 끌어안아/가득한 책으로 비좁은 /연구실 한 칸 방에는/인생의 가슴 저린 속 이야기와/창견創見의 예리한 이론들이 모두 녹아/깊어서 푸르른 징연澄淵을 이루었다네./ 2004. 10. 24. 운해산인雲海山人 금장태

실로 나에게는 과분하기 짝이 없는 글이지만, 오랜 신병 중임에도 이런 장문의 글을 써 주신 선생의 마음 씀에 깊이 감동하였다. 선생이 스스로 글을 지어 주셨지만 육필로 다시 써달라는 내 부탁은 사양하기를 거듭하는 것이었다. 선생께 거의 3개월여 동안 간청하여 겨우 새해 설날을 며칠 앞두고 친필을 얻게 되었다. 표구하여 연구실 적당한 곳에 걸어 둘 생각이다. 그러면 아마 완벽한 일청서실이 꾸며질 것 같다. 그러나 걱정이 앞서는 것은 아호의 의미를 이렇게 명백하게 드러내게 되었는데도

내 행동은 전혀 그렇지 못할 것 같은 두려움 때문이다. 설을 쇠고 나면 나도 우리나라 나이로 예순이다. 이른바 갑년甲年이 되었으니 진짜 후반 생이 시작되려는 시점인 것이다. 전반생보다 기간이야 훨씬 짧을 것임은 분명하지만 남은 인생이나마 내 아호의 의미대로 살았으면 하는 생각이 몹시 간절하다. 그리고 '경운'이라는 아호도 앞으로 사용할 수 있게 되는 날이 있기를 역시 바라고 있다.(2005. 2. 1.)

# 학자의 길
## –나의 《논어》 독법

　요즈음 교수라는 직업이 그런대로 뜨고 있다. 동창회라도 나가면 "너 언제 정년 하냐?"라고 묻거나 "아직도 몇 년이나 남았다니!"하고 감탄도 하니 말이다. 만 65세가 정년이라는 것을 여러 차례 이야기했고 다들 익히 알고 있는 사실이건만 이미 '백수'가 된 동기동창들은 만날 때마다 나에게 다시 묻는 것이다. '사오정(45세 정년)' '오륙도(56세까지 직장에 나가면 도둑)'라는 말이 자주 입에 오르내리는 요즈음 분명 교수가 우리 세대 사람들에겐 선망의 직업이 된 것만은 부정할 수 없는 것 같다. 그러나 막상 교수라는 직업에 선뜻 달려들었던 사람도 그리 많지는 않았으며, 교수생활의 실상을 자세히 따져 본 젊은이라면 앞으로도 택할 자가 그리 많지는 않을 것으로 보인다. 교수가 꾸준하게 선호되는 직종도 아니었고, 또 쉽게 되는 것도 아니었다. 요즈음 교수를 부러워하는 이유로 다른 직종보다 정년이 좀 늦다는 것과 노후에 상당액의 연금을 받을 수 있다는 점, 그리고 평소 시간적인 여유가 좀 많다는 점을 든다. 그러나 전임이 되려면 대개 마흔 살은 넘겨야 하는 요즈음(최근 통계에는 41.6세), 그저 다른 직종보다 정년이 조금 늦다고 해서 마냥 좋은 직업으로 치부할 수만은 없다. 연금을 받으려면 최소 연구경력 20년이 필요한데 이 연한마저 채우기가 쉽지 않은 것이 현실이다.

나는 35세에 전임이 되었다. 그 당시 동기동창들은 대개 회사 생활 10년은 넘겨 과장·부장 정도는 할 때였다. 20대 후반 30대 전반을 나는 거의 '백수'로 살았다. 당시 동기 동창회라도 가끔 나갈 때면 동창들이 "야! 저 불쌍한 박한제 회비 면제해 줘!"라는 소리를 들어야 했다. 그래서 동창회가 열린다는 연락을 받아도 흔쾌히 참석할 마음이 생기지 않을 때가 제법 있었다. 또 교수가 되어서도 돈과는 거리가 먼 인문학을 전공했기 때문에 제대로 빛 한번 보지 못하고 지금껏 살아오고 있다. 그런 학자의 길을 흠모하니 기분이 그리 나쁘지는 않지만, 교수를 일반 직장인과 곧바로 비교하여, "일주일에 몇 시간 강의하냐?"라고 묻는 것은 교수생활을 너무 이해하지 못한 소치라고 생각한다. 특히 "대개 세 강좌 정도 맡는다."고 하면 기겁할 때가 가장 난처하다. 경우에 따라 다르긴 하지만 교수라는 직업을 제대로 유지하려면 쉴 틈을 가지기 힘들다. 강의 준비도 만만치 않지만, 특히 제대로 된 논문을 1년에 한 편이라도 쓰려면 365일이 길지 않게 느껴진다. 그래서 휴일도 연구실에 나가야 할 때가 많다. 나가지 않고 집에 있더라도 걱정으로 제대로 쉬는 것이 아니다. 이런 교수생활을 이해하는 사람들은 그리 많지 않은 것 같다. 따라서 교수에게 시간적인 여유가 많다는 것도 정확한 진단에서 나온 말이라 할 수 없다.

그럼에도 내가 다시 태어나면 현재 공부하고 있는 그 방면을 전공하는 교수가 되고 싶다고 어느 글에서 말한 바 있듯이 나는 교수라는 직업에 그런대로 만족하며 살아가고 있다. 내가 교수직에 만족하는 것은 일반 사람들이 생각하는 것과 같은 이유에서가 아니다. 평생 큰 불평 없이 하나의 직업으로 살아간다(一生一業)는 것은 생각하기 나름이겠지만 대단히 행복한 일이 아닐 수 없다. 정년까지는 물론 그 뒤에도 자기가 좋아하는 일을 계속할 수 있다는 것이 교수직이 갖는 가장 큰 장점이 아닌가 한다. 한 번밖에 살 수 없는 인생을 여러 직종을 바꾸어가며 다양하게 보내는 것도 나름으로 좋은 일일 것이다. 그러나 한평생을 열심히 살아도 그 방면에 일가一家를 이루기는 쉽지 않다. 다른 나라에서는 가업家業으로 몇 대에 걸쳐 한 가지 직업을 이어가는 사례가 적지 않은 것은 이 때문이다. 특히 교수는 그 어떤 직업보다 전문성을 요구한다. 영어로 '교수(Professor)'는 '전문적(Professional)'이라는 말에서 따온 것에서도 알 수 있다. 진정한 의미에서 학문 탐구란 매우 어려운 작업이라는 것은 많은 선학들이 지적한 바 있다. 몇 년 전 타계한 중국의 대학자 나이강(羅爾綱, 1901-?)은 그의 자술서인 《생애재억生涯再憶-羅爾綱自述》에서 〈곤이학지困而學之〉라는 말로 그의 학문생애를 요약했다. 학문이란 두말할 것도 없이 새로운 것을 발견하는 작업이다. 발견하지 않으면 창견이 있을 수 없고, 창견이 없으면 논문을 쓸 수가 없다. 논문을 쓰지 않는 교수는 교수로 대접받지 못한다. 은사 고 민두기閔斗基 선생도 그의 학문 인생을 〈곤학困學의 여로旅路〉란 말로 총평하였다. 논문에 대한 압박만 없다면 교수는 그런대로 해볼 만한 직업일 것이다. 공자는 "배우고 때때로 익히면 또한 기쁘지 아니한가(學而時習之, 不亦說乎)"라 하였다. 참 맞는 말이다. 그러나 공자가 지금처럼 논문 독촉에 시달리면서 학자생활을 보냈다면 이런 말을 하지 않았을 것이란 생각이 든다. 최근 교수들은 대개 '즐겁게 학문(樂學)'을 하지 못하고 '곤학'을 할 수밖에 없는 환경에 살고 있다.

아니 학문이란 공자의 말처럼 '나면서부터 아는 자(生而知之者)'가 아니라면 애시 당초 '곤학'이 될 수밖에 없는 것일지도 모른다.

나이강은 〈곤이학지〉의 의미를 "이는 곧 곤란을 만났을 때 공부하고 추구하고 탐색하여 어떤 곤란 앞에도 결단코 머리를 숙이지 않는 것을 말한다(就是說, '遇到困難, 要去學習, 去追求, 去探索, 斷不可向困難低頭')"고 풀이하였다. 학자란 어떤 어려운 문제에 봉착하더라도 그 앞에 머리를 숙이지 않고 정면으로 돌파하여 풀어내어야 한다는 것이다. 학자들 표절이 요즈음 큰 사회문제로 부각되고 있다. 표절행위 자체를 옹호할 의도는 전혀 없지만 표절이란 그 사회에서 살아남기 위한 교수들의 처절한 몸부림의 왜곡된 표현이 아닐까 한다.

'곤학'과 '낙학'의 여부는 일반적으로 말해 학자로서 구비해야 할 조건들을 얼마나 일찍, 얼마나 철저하게 준비를 하였나에 따라 결정되는 것 같다. 공자는 "열다섯에 학문의 길에 들어섰기(十有五而志于學) 때문에 삼십에 자신을 얻었고(三十而立), 사십에 겁나는 것이 없게 되었다(四十而不惑)." 내 학문 역정을 되돌아보면 정말 억지로 학자생활을 해 왔다는 생각이 들 때가 많다. 하루가 다르게 성장해 가야 하는 젊은 시절 황금 같은 4년을 방황하며 허송했고, 또 우리 대통령 말씀을 빌리자면 거의 3년이란 세월을 군대에서 "썩어야 했다." 대학으로 돌아오니 나이 삼십이 넘었다. 나는 여전히 먹는 밥마저 해결 못하고 있었다. 중국사를 전공하는 대학원생이란 자가 제대로 된 한자사전 하나 갖추지 못한 처지였다. 더군다나 데모로 대학 4년을 보내어야 했던 나는 학자로서 응당 갖추어야 할 외국어 등 학문적인 기초지식마저 전혀 갖지 못했던 것이다. 극도의 빈곤 외에 나에게 남은 것이라곤 오기 하나밖에 없었다. 이런 '준비 안 된 대학원생'에겐 참담한 '곤학'이 기다리고 있었던 것은 당연했다. 박사과정 학생에다 조교, 그리고 네 강좌를 맡는 강사, 이 세 가지 직업을 함께 가져야 하는 곤란은 그래도 참을 만했다. 차분히 학문적인 기초를 닦을 기회를 가질 시간적인 여유를 가질 수 없는 현실이 가슴 아팠다. 외국대학으로 유학 가서 오로지 공부에만 전념하는 학자 지망생들이 너무 부러웠다.

마침 '졸정제卒定制' 실시로 교수 수요가 대폭 늘어나는 뜻밖의 호시절을 만나 운 좋게 대학에 자리를 잡을 수 있었다. 그러나 '준비 안 된 대학원생'은 '준비 안 된 교수'로 이어졌고, 그런 사정은 정년을 몇 년 앞둔 지금까지도 크게 변하지 않았다. 아직도 '곤학'의 생활은 여전히 계속되고 있는 것이다.

그러나 '곤학'의 과정 가운데에도 짜릿한 '낙학'의 순간도 있었다. 이것이야말로 나로 하여금 다시 태어나도 이 교수라는 직업을 택하겠다고 말하게 한 원인이 아닐까 한다. 독립된 공간인 연구실에서 누구로부터도 방해받지 않고 자기가 택한 문제에 몰두할 수 있다는 것은 일반 직종의 사람들이 쉽게 얻을 수 없는 호조건이다. 그리고 수많은 학자들이 고뇌한 산물인 책들을 사방에 꽂아놓고 문득 빼어서 읽어보는 것은 교수가 아니고서 쉽게 얻을 수 없는 특혜일 것이다. 더군다나 나이를 먹어 가면서 몰골은 점차 초라해 가지만 봄철의 파릇파릇 피어나는 풋내기처럼 싱싱한 학생들 속에서 보낸다는 것 또한 대단한 행복이 아닐 수 없다.

그러나 가장 큰 기쁨은 역시 골똘히 탐구하고 제자들과 널리 교유하는 것이 아닌가 한다. 은사 민두기 선생은 돌아가시기 직전 남긴 묘비명에서 다음과 같은 글을 남겼다. "환난患難과 격변激變의 시절에 좋은 스승과 똑똑한 제자들과 함께 서울대학에서 역사학 연구에 뜻을 두어 '특별한 감사와 남다른 자부와 무한한 경외'를 느낀다는 제자들의 인사치레

말에도 감격했던 여린 성품의 범부凡夫 …" 평소 엄격하기로 소문난 대학자의 자편 묘지명으로서는 뜻밖의 내용을 담고 있어 여러 제자들을 어리둥절하게 했지만, 선생님이 후학들에게 남긴 유언은 '훌륭한 제자와의 만남'이라는 행운과 '제자들로부터 칭찬'에 감격 두 가지로 요약할 수 있다. 사실 이 두 가지는 고금 어느 시대 학자들에게도 해당되는 말인 것 같다. 특히 분에 넘치게 30년 가까이 서울대학에서 봉직하게 된 나에게는 더욱 그러하다. 맹자도 "천하의 영재를 얻어 교육하는 것(得天下英才而敎育之)"을 군자삼락君子三樂 가운데 하나로 쳤지만, 특히 '훌륭한 제자와의 만남'은 나에게 실로 행운인 동시에 큰 즐거움이 아닐 수 없었다. 공자는 "벗(제자)이 먼 곳으로부터 찾아오면 즐겁지 아니한가(有朋, 自遠方來, 不亦樂乎)"라 하였고, 《사기史記》 공자세가孔子世家에서도 "공자는 벼슬살이를 하지 않고 물러나 시서예악을 닦으니 제자들은 더욱 많아지고 또 멀리서부터 와서 학업을 받지 않는 자가 없었던 것이다(孔子不仕, 退而修詩書禮樂, 弟子彌衆, 至自遠方, 莫不受業焉.)"고 하였으니 자고로 낙학의 요소 가운데 뺄 수 없는 것이 뛰어난 제자를 많이 두는 것이었다. 그것도 자기에게 배울 것이 있다고 여겨 방방곡곡 멀리서 찾아온 제자들과 함께 학문을 논한다는 것은 실로 즐거움이 아닐 수 없다.

훌륭한 학생들과 만남은 교실에서만 이루어지는 것은 아니다. 오히려 학생들의 글을 통해서 만나는 때가 더 많다. 흔히 교수들이 갖는 불만 가운데 '채점'이 있다. "채점만 없으면, 교수질 해볼 만해!"하는 동료교수들 푸념도 자주 듣곤 한다. 한동안 내가 가장 싫어하는 일도 역시 채점하는 것이었다. 소장 교수 시절 교양과목을 주로 맡다 보면 수강생이 2-300명이나 되는 학기가 허다하여 중간 기말고사 답안지 채점에만 1주일 이상 걸렸다. 그런데다 판에 박힌 서술을 볼 때마다, 나오는 하품을 주체하기 힘들었다. 특히 대입 논술채점에 동원되어 학생기숙사에 갇혀 며칠을 보내게 되면 입에서 단내가 나오기 마련이다.

그런데 요즈음 나는 그토록 곤혹스러웠던 채점에 재미를 느낀다. 답안지를 통해 제자들의 기발한 착상을 얻어듣곤 하기 때문이다. 주로 맡는 강의가 내 전공영역이라 그간 내가 주장해 온 학설을 강의의 주된 내용으로 삼고 있다. 요즈음 채점을 할 때마다 나는 답안지 옆에 백지 몇 장을 미리 준비해 둔다. 그동안 이런 사실과 저런 사실이 어떻게 연결되는가를 두고 고심을 거듭했지만, 해결을 보지 못했던 난제들에 대한 해결 실마리를 학생들 답안지에서 찾는 수가 허다했던 것이다.

학자들의 또 다른 즐거움은 무엇보다 '알아주는' 명예를 얻는 것이다. '칭찬에는 고래도 춤춘다.'는 말이 있듯이 칭찬은 괴롭고 메마른 학문 여정에서 만나는 단비와 같은 것이다. 그러나 진정한 학자는 이에 연연하지 말고 그것을 초월해야 하는 모양이다. 공자가 "남이 알아주지 않더라도 노여움을 품지 않으면 그 또한 군자답지 않는가(人不知而不慍, 不亦君子乎)"라 했다. 이 말 이면에는 공자가 살았던 시대에도 칭찬받는 것이 공부하는 사람의 최상의 기쁨이었던 사실을 말해 주고 있다. 사실 "학문은 자신의 일이고 알아주고 알아주지 않는 것은 남에게 달려 있으니 어찌 노여워할 일이겠는가(學在己, 知不知在人, 何慍之有)."라는 주석은 논리상으로는 맞는 말이다. 이런 단계에 올라선다는 것은 지극히 어려운 일일 것이다. 여하튼 명예라는 욕심에서 벗어나 학문 자체를 즐겨야 진정한 학자가 된다는 공자 말씀의 진의를 어렴풋이나마 짐작할 것 같다. 배우고 때때로 익힘으로 얻는 기쁨(說)에다 남이 알아주든 알아주지 않든 관계하지 않고 학문 그 자체를 즐기는(樂) 경지에 도달한 학자를 공자는 '군자'라고 하였다. 정자程子도 "즐거움은 기쁨을 거쳐서 얻는 것이니 즐거움에 이르지 않으면 군자라고 말할 수 없다(樂有說而後得, 非樂, 不.足以語君子)"고 하였던 것이니, '낙학'을 하지 못하면 군자가 될 수 없다는 것이다.

칭찬 뒤에 도사린 불순함이 더러 있기 마련이다. 그래서 공자는 "듣기 좋게 꾸미는 말과 보기 좋게 꾸미는 낯빛을 하는 자 가운데 어진 이가 드물다(巧言令色, 鮮矣仁)"고 하였고, 또 해를 주는 벗(損友) 세 종류로 "겉치레만 잘하고, 아첨 잘 떨고, 언변에만 익숙한 사람(友便辟, 友善柔, 友便佞, 損矣)"을 들었던 모양이다. 그러나 명예에 연연하지 않는다는 것은 말은 쉽지만 실천하는 것은 실로 어려운 일이다.

공자는 "아는 것은 좋아하는 것만 못하고 좋아하는 것은 즐겨하는 것만 못하다(知之者, 不如好之者, 好之者, 不如樂之者)"고 하였다. 이성적 깨달음과 감성적인 좋아함을 넘어 온몸으로 즐길 수 있는 학문적인 깊이에까지 도달해야 진정한 학자라는 것이다. 공자는 학문을 가장 즐기는 자로 그의 제자 안회顔回를 들었다. "찬밥에 냉수 마시며 골목 안 누추한 집에서 살고 있구나. 다른 사람은 그 시름을 이기지 못하거늘 (안)회는 그 즐거움을 바꾸지 아니하니, 대단하구나. 안회야말로!(一簞食, 一瓢飮, 在陋巷, 人不堪其憂, 回也不改其樂, 賢哉回也!)". 사실 고졸한 책 속에 묻혀 선학의 곤학의 산물을 음미하는 것도 기쁜 일인데 여기에다 '알아주는' 명예까지 탐한다면 그건 과도한 욕심일 것이다. 그러나 나와 같은 사람이 낙학을 하기란 애시당초 글렀는지도 모른다. 학문적인 깊이도 깊이려니와 요즈음 들어 외부로부터 가해지는 조그마한 시름도 이기지 못하고 있기 때문이다.

그러나 남은 학자생활에서 낙학을 한 번이라도 제대로 느낄 수 있는 기회를 가졌으면 하는 바람은 여전히 갖고 있다. 학자란 자기가 발견한 것을 글로 표현하는 직업의 사람이다. 얼마 전 전라남도 일대를 여행하다 다산초당茶山艸堂 앞에서 '사야史野'라는 완당 김정희의 글씨를 서각書

刻한 현판 한 점을 사 와서 집 거실 벽에 걸어두었다. 이 문구는 "사람에게 내재하는 질박함이 외재하는 문체보다 지나치면 시골티가 나고, 외재하는 문체가 내재하는 질박함보다 지나치면 관리 티가 난다. 문체와 질박함이 고루 어우러진 뒤에야 군자인 것이다(質勝文則野, 文勝質則史, 文質彬彬, 然後君子)"라는 공자 말(《논어》 옹야)에서 연유한 것이라 짐작된다. 내가 '사야'라는 두 글자에 이끌려 거금을 투자한 것은 학자의 길을 나름으로 잘 지적하여 나를 인도해 줄 수 있는 문구라고 여겼기 때문이다. 즉 문식에만 치우쳐 실질이 없는 글을 쓴 학자는 대필업자(관리)보다 나을 것이 없다. 일찍이 사마광은 "무릇 역사를 기록하는 자[史]는 남의 말을 기록할 때 꾸미게[文] 된다(《자치통감》 권 66 논찬)"고 하였으니 송나라 시기에 오면 이미 '사'는 '역사가'인 것이다. "화사한 것보다 오히려 촌스런 것이 더 낫다(與其史也, 寧野)"라는 주석처럼 (역사)학자의 글에 알맹이가 없이 늘어놓기만 했다면 쓰지 않느니만 못할지도 모른다. 은사 민두기 선생은 필자가 석사논문을 끝내고 댁을 찾았을 때, "한평생 놀지 않고 공부한다 해도 논문 스무 편 쓰기가 쉽지 않다네."라고 말씀하셨다. 제도에 제약되었는지 아니면 쓸데없는 욕심 때문인지 알 수 없지만, 이미 내 논문 수가 선생님이 말씀하신 것의 배가 훨씬 넘었다. 내 글이 대필업자의 그것을 크게 벗어나지 못한 것들이리라 생각하니 저절로 식은 땀이 등골로 흘러내린다. 그 언제 '낙학'하는 군자의 경지에 도달할 수 있을지? 사실 '곤학'마저도 아무나 하는 것이 아니다. 옛날 선비들은 그들의 서재를 '곤학지재困學之齋'라 부른 경우도 많았고, 주자도 "곤학의 일인들 어찌 쉽게 이룩되겠는가, 이 이름[困學]이 오로지 헛되이 불리는 것이 두려울 뿐이다(困學工夫豈易成, 斯名獨恐是虛稱)"라고 했던 것이다. 어쩌면 나는 '막혀 곤란을 당했는데도 아는 데까지 이르지 못하고(困而不學)'

아직도 여전히 헤매고 있는지도 모른다. 선학들이 묵묵히 걸었던 학자의 길을 따르기가 이다지도 어렵고 막막해 보이기만 하다.(2007. 1. 18.)

# 나의 숫자 관념
## -차 번호판 변경 유감

나는 특정 숫자에 대한 묘한 상념과 당치 않는 집착을 떨치지 못하고 있다. 하기야 길수와 흉수라는 것이 어느 나라에나 있고, 옛날은 물론 첨단과학의 시대인 지금도 여전히 존재하고 있다. 우리나라에서는 4자가 기피되어 엘리베이터에는 4대신 F자로 써놓기도 하고, 4층 자체가 없는 건물도 가끔 있다. 서양에서는 13이 기피되는 숫자인 것도 익히 아는 사실이다. 나는 단체 여행을 하다 하룻밤 기숙하는 호텔의 방 번호를 받을 때마저 괜히 긴장하기도 한다. 최근 정보화 사회로 빠르게 진입함에 따라 각자 비밀번호가 필요하게 됐고 숫자와 더욱 밀접한 관련을 맺고 살지 않으면 안 되게 되었다. 인터넷에 접속하려면 비밀번호가 필요하고, 은행에서 맡겨 둔 자기 돈을 찾으려 해도 비밀번호가 필요하다. 이 비밀번호로는 자기가 싫어하는 숫자를 잘 선택하지는 않을 것으로 여겨진다. 그래서인지 최근 들어 이 숫자에 대한 내 생각이 그 도를 넘어 집착에 가까운 형태로 변하고 있음을 발견하기도 한다.

사회과학대학이 새로 건물을 지어 대운동장 옆으로 이사하고 인문대학이 6, 7, 14동을 인수함에 따라 연구실의 대이동이 이뤄졌다. 나도 임용 때부터 10여 년 동안 사용해 오던 5동 건물에서 7동으로 이사를 하게 되었다. 1995년의 일이다. 새로 배정된 내 연구실은 411호실이었다. 별로 특징 있는 숫자가 아니었지만 다 보태면 6이 되어 내가 공부하는 중국인이 선호하는 숫자라 다행으로 여기며, 이제 정년 때까지 지낼 연구실이니 이 방에 정을 붙여야지 하는 생각을 가졌을 뿐이었다. 다음 해 연구년을 얻어 중국에 1년을 체류하면서 숙소로 정한 곳이 북경 동북부에 자리한 중국사회과학원 연구생원(대학원) 전가루(專家樓: 전문가용 숙소)였다. 처음 배정된 방이 514호실이었다. 침실, 주방, 거실, 화장실이 갖추어진 1인용 방[套房]이었다. 6층 건물 가운데 하나의 '라인[單元]'만을 쓰는 이 전가루에는 각층마다 3개의 방이 있었는데, 침실 하나인 1인용은 각 층에 하나만 있으니 총 6개에 불과했다. 전가루 정문을 통과하여 들어가면 각층마다 침실 2개짜리 방 두 개 사이에 1인용 방 하나가 끼어 있었다. 내 방의 바로 아래층 방 번호가 411호실이었다. 나는 전가루에 도착한 뒤 방을 배정 받기 위해 방 배치도를 보면서 411호였으면 하는 기대를 가졌다. 내가 411호에 들어가 산다면 서울에 두고 온 내 연구실에서 생활하는 것처럼 마음이 편안하고 금방 적응될 것 같았다. 그러나 411호에는 이미 거주자가 있었다. 북경생활을 시작한 지 반 달쯤이 지났는데, 411호에 살던 일본 학자가 귀국하게 된다는 정보를 얻게 되었다. 나는 그 방에 집착하기 시작했다. 전가루 주임은 주朱씨 성의 50대 여성이었는데, 매우 까다로운 사람으로 소문나 있었다. 용기를 내어 주 주임에게 청을 넣었더니 옮길 수 없다며 단호하게 거절하는 것이었다. 나도 방을 바꾸어야 할 충분한 이유를 제시하지도 못했다. 사실 나에게는 다소의 고소공포증이 있다. 그래서 외국에 여행할 때도 높은 층의 객실에 머무는 것을 좋아하지 않는다. 만부득이 그런 방을 배정받아도 창문 쪽에서 멀리 떨어진 안쪽 침대를 택한다. 그러나 5층이나 4층이나 그 고도차이는 크지 않기 때문에 내 고소공포증을 방을 옮겨야 할 이유로 대는 것은 누가 봐도 명분이 약했다.

411호실에 대한 집착은 자꾸 굳어가기만 하여 쉽게 포기되지 않았다. 둘레에 살고 있던 동료·제자들과 상의해 보았으나 그들도 뾰족한 수가 있을 리 없었다. 주임과 평소 친숙히 지내던 한국인 교수를 동원하여 그녀의 마음을 돌리려 했으나 그것도 별무효과였다. 그래서 그녀의 상사인 동시에 나와 전공시대가 같고 초청 당사자인 사회과학원 역사 연구소 부소장인 D씨에게 전화를 걸어 사정을 이야기하며 부탁하였다. D씨는 '문제없다'며 곧 해결해 줄 것이니 걱정 말라고 큰소리쳤다. 그러나 1주일이 지나도 깜깜 무소식이었다. 애가 탔다. 공부도 잘되지 않았다. 내가 왜 이런 사소한 문제에 매달려야 하는가 싶은 자책도 들었다. 주위 사람들은 '약간의 뇌물(?)'만 주면 해결될 것이라고 권고하기도 했다. 그러나 교수라는 자가 뇌물을 준다는 것 자체가 평소 성격상 별로 내키지 않는 일이었다. 당시 밥을 사먹기도 했지만 대개 아침은 직접 조리해서 먹었다. 그래서 가끔 반찬거리와 과일 등을 사왔다. 어느 날 시장을 봐 오다 과일 한 봉지를 주임이 있는 사무실에 놓고 왔다. 사무실에는 주임 외에 두 명의 젊은 남녀 임시 직원이 근무하고 있었는데 그 직원들은 북경에서 멀리 떨어진 시골 출신으로 타향살이에, 박봉이라 끼니를 때우는 것도 힘들어 보였기 때문이었다. 그런데 그 이튿날 주임이 내 방에 오더니 411호실을 이미 정리해 두었으니 지금 곧 옮기라고 하였다. 과일 한 봉지가 뇌물로 작용하였는지, 아니면 D씨가 압력성 부탁을 한 덕분인지 그 이유를 정확히 파악할 수는 없었다. 여하튼 거의 1년 동안을 내 연구실과 같은 방 번호인 411호실에서 그런대로 편하게 지냈다.

　미국에 체류하면서 국산 자동차를 산 뒤 1년 동안 쓰다 해운을 통해 한국으로 운반해 와서 지금껏 사용하고 있다. 2003년식이라 2012년 내가 정년할 해까지 타더라도 10년 정도밖에 사용하지 않는 꼴이니 크게 문제될 것이 없어 보인다. 출퇴근용으로만 주로 사용하고 있기 때문이기도 하다. 그런데 구청 교통과에서 차 번호판 받는 순간 그 번호가 크게 마음에 들었다. 받은 번호가 용케도 1985이었는데 1985년은 바로 내가 서울대학 전임으로 온 해이었기 때문이다. 전임으로 결정된 것은 이미 일 년 반 전의 일이었으므로 그해가 나에게 운수가 좋은 연도로 특별히 기억되지는 않는다. 그러나 1985는 나와 연관이 깊은 숫자임에는 틀림이 없다. 내가 정년할 때까지 이 차 번호판을 그대로 사용할 수 있었으면 하는 바람이 크다. 그런데 요즈음 정부의 시책에 따라 차 번호판 도형과 표기방식이 몇 차례 바뀌고 있다. 나는 이런 정책의 변화가 조금 두렵다. 이 1985 번호판이 다른 번호판으로 바뀌지 않으면 안 될 상황이 전개되지 않을까 하는 두려움 때문이다.

　나 혼자만 기이한 버릇인지 모르나 요즈음 차를 운전하다보면 앞 차 번호가 자꾸 눈에 들어온다. 이전에는 지역명과 번호를 병기하였는데, '참여'정부가 들어서 지역 명을 없애 버린 뒤의 내 버릇이다. 지방주의나 지방색을 없앤다는 명분이지만, 이런 정책변화에 나는 마음이 편치 못하다. 어느 나라가 이렇게 전국의 차번호를 지역구별 없이 통일하고 있는지 알 수 없지만, 지역표시는 자기가 사는 지역에 대한 자부심과 친근감을 갖게 하는 이점이 있을지라도 그것이 끼치는 폐해는 별로 크지 않아 보이기 때문이다. 내가 견문한 나라는 모두 지역 명칭을 표시하고 있었다. 중국·일본·대만 모두가 다 그러했다. 예를 들어 중국에는 각 지역 역사와 문화를 대표하는 고유 글자로 지역을 표시하고 있다. 예컨대 산동성 차 번호판에는 '노魯'라는 글자를 붙이는데 이는 바로 춘추시대 공자의 조국 노나라에서 연원하고 있다. 하북성은 기冀, 하남성은 예豫자를 쓰고 있는데 이것들은 모두 우禹임금이 치수治水한 뒤 천하를 아홉 주州로 나눌 때 그 이름대로이니 아득한 전설시대부터 시작된 지역명칭이다. 역사가 켜켜이 쌓인 나라의 국민다운 발상이 아닐 수 없다. 동양 각국뿐만 아니라 서양도 그런 것 같다. 예컨대 미국 매사추세츠 주 차 번호판은 상단에 Massachusetts라 쓰고 중간에 차번호 그리고 하단에 '미국의 정신(The Spirit of America)'이라고 쓰고 있다. 자유·평화·정의라는 미국의 정신과 이상이 창립된 고장이라는 뜻일 것이다. 캐나다 퀘벡 주의 차 번호판도 미국과 비슷하여 상단에 Québec, 중간에 차번호 그리고 하단에 '나는 기억한다(Je me souviens)'라 쓰고 있다. 퀘벡은 캐나다 유일의 불어권 지역이라 자기 정체성을 기억하고 굳게 그 전통을 지켜 나가겠다는 결의를 표현하려는 것으로 보인다. 모두 그 지역 독립성과 자부심 등을 나타내는 용어들이다. 지역이 특히 세분되어 있는 나라는 일본이 아닌가 한다. 예컨대 동경에서는 차 번호판에 각 구區의 이름을 표시한다. '시나가와(品川)' 등이 그것이다. 그런데 우리나라는 어느 지방 차인지 구별하지 못하게 만들어 버린 것이다. 이전에 '경남'차를 보면 고향사람을 만난 것처럼 반가웠다. '제주'차를 보면 페리호에 실려 육지로 나들이 왔겠구나 하는 생각을 하며 아내와 같이 서귀포해안을 걷던 추억을 떠올렸다. '전남' 차를 보면 미황사·운주사 등 예쁜 사찰과 푸짐한 먹을거리가 생각났다.

이 지역명이 없어진 뒤 내 눈에 들어오는 것은 숫자밖에 없게 되었다.

1946에서 2006번까지를 만나면 나름으로 내 지나간 세월을 되새기게 해서 괜찮다. 1946번은 내가 태어났던 해였지 하는 생각을 갖는다. 1950번은 한국전쟁시기의 나를 회상하게 한다. 1962번을 보면 아득한 고1 시절이 생각난다. 나는 서력 200년에서 907년까지 중국 역사를 전공하고 있다. 나에게 가장 익숙한 숫자는 이 중간에 다 들어 있다고 해도 과언이 아니다. 차 번호판은 1,000단위로 구성되기 때문에 이처럼 나에게 익숙한 번호들을 근원적으로 만날 수가 없게 되어 있다. 오히려 내 눈에 자주 띄는 것은 나에게 생소한 숫자들이 대부분이다. 2030번을 보면 내가 그 때까지 살 수 있을까? 살아 있다면 어떤 몰골일까 하는 엉뚱한 생각만 떠오른다. 9088번을 보면 내 마음은 캄캄하고 아득해진다. 9088년 이 지구는 과연 존재할 수 있을까? 지구의 시계는 자정(멸망) 5분 전이라는데 … 갑자기 두통이 생기고 어지럽다. 이전에는 앞 차의 번호보다 지역이 어디인가에 관심이 갔었는데, 요즈음은 머리를 아프게 하는 이 숫자들에 나도 모르게 집중하게 된 것이다.

이런 숫자들이 남들에게는 그리 중요한 것도, 뭔가를 암시하는 것도 결코 아닐 것인데 나는 이렇게 이 하찮은 숫자들에 사로잡히는 때가 많다. 내가 날이면 날마다 햇수를 세고, 그해에 무슨 일이 일어났던가를 연구하는 역사를 전업으로 하는 사람이라서 그런 것 같기도 하다. 또 조그마한 일에도 집착하고 의미를 두는 나쁜 습성 때문에서라는 생각이 들기도 한다. 이 고약한 버릇에서 벗어나려 노력해도 쉽지가 않다. 최근 들어 또 번호판이 바뀌었다. 이 정부 들어 세 번째다. 아내는 어느 날 귀가하더니 거리에 웬 임시번호판 단 차들이 그리 많이 다니는지 하며 의아해한다. 평소 이런 문제에 무감각한 아내에게도 기이하게 보인 모양이다. 최근 점점 극심해져 가는 지방색을 없애보려는 정부의 고심에서 나온 정책변화라고 여겨지지만 우리 지방의 독특한 전통을, 우리 지방의 독자적인 문화를, 그리고 우리 지방의 자부심을 불러일으킬 수 있는 번호판이 나와서 오랫동안 우리들 사랑을 받게 되었으면 하는 바람은 나는 여전히 갖고 있다. 뿐만 아니라 광역시나 도 등 대단위 지역보다 오히려 시·군 등 소지역을 표시하는 번호판이 나왔으면 하는 가당치 않는 희망도 갖고 있다. 이것이 지방자치 시대의 차 번호판으로서 걸맞은 것이라고 나는 굳게 믿고 있기 때문이다.(2007. 1. 21.)

# 가문의 영광

'가문의 영광'은 연전에 개봉된 영화 제목이다. 제3탄까지 나온 이 영화는 '조폭' 출신 가장이 그 '본색'을 감추고 신분을 수직 상승시키기 위해 검사檢事를 사위, 또는 며느리로 들이는 등 피나는 노력을 벌이는 과정을 소재로 한 영화였던 것으로 알고 있다. 훌륭한 집안, 뼈대 있는 가문에서 태어난 사람이 아무리 높은 자리에 올랐다 하더라도 그런 사실을 두고 '가문의 영광'이라고 결코 말하지는 않을 것이다. 그러나 시골, 그리고 척박한 환경 속에서 나름으로 성공한 사람은 '개천에 용 났다'라거나 '가문의 영광'이라는 말을 들어야 한다. 강화도 어느 해변 마을에서 작품 활동을 하고 있는 H시인의 산문집을 읽다가 문득 가슴이 뭉클해졌다. 시골 출신으로 공고를 나와 모 원자력발전소에서 4년 동안 근무하다 어렵사리 시인이 된 그는 아직 장가도 못 가고, 시골에 홀로 계신 노모의 조석이 항상 걱정인 사람이다. 〈사촌형과 신문〉이란 제목의 글을 읽다 하마터면 책을 떨어뜨릴 뻔했다. 그의 사연들이 내 가슴을 마구 후비고 들어왔기 때문이다. 그 글의 내용을 요약하면 다음과 같다. 스물여섯에 겨우 전문학교에 들어간 동생에게 구겨진 만 원짜리 한 장을 쥐어 주며 "우리(집안) 사륙이 이십사 형제 중에 네가 전문대학이지만 처음으로 대학생이 되었으니 열심히 공부하라"고 당부하던 그의 사촌형이 있었다. H시인이 첫 시집을 내었을 때 어느 신문에 그의 사진과 함께 인터뷰 기사가 실렸던 모양이다. 글을 제대로 읽지 못하는 사촌형은 시장 가게에서 주문한 점심밥상 위에 덮혀 온 신문지에서 동생처럼 보이는 사람 사진을 발견하고는 집에 가져와 글을 읽을 수 있는 아들에게 확인한 뒤 보관한다. 명절이라 고향 땅을 찾은 동생에게 사촌형은 비닐에 싼 신문지를 농짝 위에서 무슨 진품 서화라도 다루듯 조심스레 꺼내 펼친다. 사촌형이 펼친 그 신문지에는 김칫국물 자국이 그대로 묻어 있더란다. 그 신문에 실린 동생의 기사가 그의 사촌형에겐 진정으로 '가문의 영광'일 수밖에 없었던 것이다.

얼마 전 나는 중학교 동창으로부터 뜻밖에 축하 전화를 두 통이나 받았다. 하나는 고향마을에서이고, 하나는 부산에서였다. 그 전화의 내용은 "자네, 축하하네. 자네 엊저녁 TV에 나왔더군 … 우리 동창들이 모인 술자리에서 자네 이야기 많이 했다네." 하는 것이었다. 사실 나는 내가 TV에 나온 사실조차 전혀 모르고 있었다. 녹화해 간 지가 너무 오래되었기 때문이었다. "교수님이 아니면 이 문제를 해설할 분을 국내에서는 찾을 수가 없습니다. 이번에는 꼭 맡아 주셔야 합니다."라는 PD선생의 끈질긴 간청에 못 이겨 아직도 낯설기만 한 카메라 앞에 1시간 반가량이나 녹화를 하였던 것이다. 〈역사스페셜〉이란 학술전문 프로였다. 그러나 전체의 구성이 당초 계획과는 달리 크게 바뀌는 바람에 정작 TV 방영 때에는 잠깐, 그것도 단 한 차례밖에 나오지 않았던 것이다.

나는 별로 유명한 사람이 아니다. 또 남의 눈에 띄는 것이 아직도 거북살스럽기만 하다. 굳이 유명해지려고 노력하지도 않았다. 신문사 등 여러 기관에서 날아오는 인재풀을 위한 자료 보완 요청에도 한 번도 응해본 적이 없다. 또 나는 아직까지 그 흔한 상賞 하나 받아본 적이 없는 평범한 교수다. 정말 남들에게 칭찬이나 축하를 받아야 할 만한 일을 한 것이라곤 아무리 생각해도 하나도 없는 것 같다. TV에 얼굴 딱 한 번 비친 것을 가지고, 전화까지 해 주니 나로서는 면목 없는 일이 아닐 수 없었다. 그러나 가만히 생각해 보면 시골에 살고 있는 동창들만을 탓할 수도 없는 일이다. 그들에게 나는 '우리 중학교의 영광'이기 때문이다. 고향 면에 있는 중학을 졸업한 나는 선·후배들에게 한때 '전설(?)'의 주인공이기도 했다. 서울대학에 입학한 사람도 전무후무할 뿐더러 서울대학 교수가 된 사람도 유일하기 때문이다.

어머니가 기거하고 있는 시골집 안방에는 신문에 난 내 기사 하나를 집안의 누군가가 표구하여 사진틀에 넣어 두었다. 그리고 그 옆에 돌아가신 큰형님이 마산 모 구區의 초대 구청장이 되었을 때 난 지방신문 1면 기사도 함께 걸려 있다. 어머님을 뵈러 시골에 들렀을 때 그 사진틀이 내 눈에 들어올 때마다 나는 마음이 편치 못하다. 중앙지 C일보에 실렸던 그 기사는 1997년 말 출판한 《인생 —나의 오십 자술》을 소개한 글이다. 그 기사가 우리 집안의 이른바 '가문의 영광'인 셈이다. 몇 번이나 떼어 버리고 싶었지만, 차마 그럴 수가 없었다. 날마다 그 사진틀을 바라보고 계시는 늙으신 어머님은 물론이려니와, 어머님을 뵈러 오는 집안사람들에게도 그것은 '가문의 영광'의 실증적인 기록물이기 때문이다.

아버님은 겨우 문맹을 면하였을 정도였고, 어머님은 요즈음도 "이 세상에 나서 눈뜬장님으로 살다가 가다니 나는 사람도 아닝기라."고 자탄해 마지않듯이 완전 문맹으로 한평생을 살고 계신다. 특히 아버님은 아들들이 이름 날리는 것을 보는 것이 필생의 꿈이었다. 그러기 위해 정말 당신의 모든 것을 희생했으며, 이 '가문의 영광'을 이루고자 불철주야 아들들을 독려하기에 바빴다. 시골에서야 고관이나 검·판사가 되어 위세를 드날리는 것보다 더 큰 영광이 없겠기에 아버님은 아들들 가운데 한 명이라도 그 방면에서 '입신양명立身揚名'하기를 바라셨다. 법대를 나와 '가문의 영광'을 실현시킬 수 있는 가장 근접한 거리에 있었던 다섯째 형님은 어느 날 시골 중·고등학교 국어선생이 되겠다며 방향을 백팔십도로 틀어 버렸다. 그때 집안사람들이 느꼈던 안타까움이란 상상을 초월한 것이었다.

마지막 희망이었던 막내아들은 거듭되는 대학 실패로 온 집안사람들을 애태우기만 했다. 우여곡절 끝에 학계에 입문하였지만, 아버님은 이 막내가 대학의 전임이 되는 것을 채 기다리지 못하고 돌아가셨다. 그동안 당신의 걱정꺼리 가운데 하나였던 장가를 간 것이 그나마 아버님에게 해드릴 수 있는 유일한 효도였다. 처음 전임이 되었다는 소식에 우리 집안사람들은 물론 처가댁도 흥분하였다. 특히 서울대학에 전임으로 옮겨 가기로 결정되었다는 소식에는 나도 놀랐고 양가 집안 모두가 믿지 못하겠다는 표정이었다. 그때 나를 가장 애석하게 한 것은 아버님이 이 세상에 안 계신다는 사실이었다. 내가 이룬 이 '가문의 영광'을 직접 알려드릴 수가 없었기 때문이었다. 경남 삼가三嘉 출신의 R교수의 아버님은 동네 주점에서 술을 마시다 취하기만 하면 여러 친구들 앞에서 전화기를 돌려 아들을 찾는다고 한다. "거기 서울대학교 연구실이재! 네 지금 연구하고 있제이! 그래, 이 아부지는 걱정마레이. 국가와 민족을 위해 열심히 연구해야 된데이!" 하며 새벽녘 집에서 곤히 잠들어 있는 아들을 깨우기도 한단다.

서울대학 교수로 임용되었으나 이름만 같다고 똑같은 교수가 된 것은 결코 아니었다. 몸에 안 맞는 옷을 걸친 것처럼 나는 언제나 어색했다. 서울대학 교수라는 직책을 얻었다고 마냥 즐거워할 형편은 더욱 아니었다. 한때는 정말 그 자리가 너무 무거워 벗어던져 버리고 어디론가 사라지고 싶었다. "뭐가 되어도 당연히 될 사람이 되었으니 아내도 집안사람 어느 누구도 감동하는 자가 없어!"라 불평하던 어느 교수의 그 넉넉함이 무척이나 부럽기만 했다. "원숭이가 목욕한 뒤 관을 쓴 것〔沐猴而冠〕"처럼 쑥스러움에 나는 한동안 안절부절못했다.

이 쑥스러움은 아직까지도 나를 떠나지 않고 있다. 황사가 매우 심한 2005년 봄 어느 날의 일이었다. 역사학회 평위원회에 나갔다가 나는 정말 황당한 일을 당하고 말았다. 2–3년 사이에 작고하신 학술원 회원 4명을 보충하기 위해 학술원에서 해당 학회에 추천을 의뢰했기 때문에 열린 회의였다. 작고하신 분들은 해방 후 우리 학계가 배출한 제1세대 최고 학자들이었다. 국사학에서 2명, 동양사학·서양사학 방면에서 각각 1명씩 총 4명의 결원이 생겼다. 역사학회에서 각 부문에 2명씩 총 8명을 추천하고, 해당학회(한국사연구회, 동양사학회, 서양사학회)에서 다시 각 부문에 2명씩 추천하기로 되어 있었다. 당초 62세 이상이 추천대상이었기 때문에 내가 그 후보가 된다는 것은 상상하지도 못한 일이었다. 그런데 동양사 부분만은 뜻밖에도 59세 동갑인 같은 학과의 동료교수와 내가 추천을 받게 되었던 것이다. 나는 정말 쥐구멍을 찾고 싶었다. 회의가 끝나자 얼른 회의장을 빠져나오려는데, 어느 교수가 "박 선생, 가문의 영광이구먼!" 하는 것이 아닌가. 그 말은, 내가 학술원 회원 후보로 추천된 사실 그 자체만으로도 '가문의 영광'이라는 뜻일 것이다. 그다음 주 열린 동양사학회 추천회의에서도 같은 두 사람이 추천을 받게 되었는데, 그곳에서도 '가문의 영광'이란 말을 어김없이 들어야 했다.

　학술원 회원은 학자가 누릴 수 있는 최고의 자리임에는 틀림이 없다. 그러나 처음부터 나는 그 자리에 대해 별다른 욕심을 가지지 않았다. 물론 그런 자리가 나에게 돌아온다면 그거야말로 '가문의 영광'일 것이 분명하다. 그러나 지금의 내가 그 자리를 차지한다는 것은 우리 학계를 위해서도 가당치 않는 일이라는 생각이 앞섰다. 그에 합당한 자격을 갖춘 학자가 당연히 되어야 한다고 믿었기 때문이다. 사실 그런 명예보다는 학계의 말석이라도 더럽히지 않고, 현재 있는 이 자리에서 소임을 제대로 한다는 평가를 받는 일이 나에게는 더 시급한 문제인 것이다. 요즈음에 와서는 분에 넘치는 명예를 얻기보다는 '욕되지 않게 산다'는 것이 얼마나 행복한 일인지를 깨달아 가고 있다. 아무리 값비싼 의자라도 자기 신장에 맞지 않으면 불편한 것이다. 또 '색즉시공色卽是空', '색불이공色不異空'이라는 불변의 진리 앞에는 '가문의 영광'이란 것도 사실 헛된 환영幻影에 불과할지도 모른다. 요즈음 들어 참으로 중요하다고 여기지만 정작 실천에 옮기기 어렵다는 것을 절감하고 있는 것은 따로 있다. 어떻게 하면 '사람답게' 살아가느냐 하는 문제인 것이다.(2007. 1. 29.)

# 미쳐야 미친다(不狂不及)

《미쳐야 미친다》. 몇 년 전에 출판되어 인문서적으로는 드물게 히트한 책이름이다. 조선시대 지식인들 가운데 특정한 방면에서 일가一家를 이룬 이들의 이야기를 주제로 한 것이었다. 학문도, 예술도, 사랑도 나를 모두 잊는 몰두 속에서만 빛나는 성취를 이룰 수 있었다는 내용이다. 다시 말하자면 "어느 것에 미치지 않으면 그 방면에 성공할 수는 없다."는 것이다. 요즈음 인문학이 기고 있다. 역사상 언제 날아본 적이 한 번이라도 있었는지 의문이지만 인문학을 전공하는 당사자들이 걱정하는 것은 물론, 세간에서도 인문학을 하는 사람들을 측은한 눈으로 바라보고 있다. 다른 한편에서는 "쓸 만한 사람 구하기가 이리도 힘드냐!"며 인재난을 한탄하기도 한다. 구직求職도 힘들지만, 구인求人 역시 힘들다는 것이다. 다 맞는 말이다. 학생들과 면담할 때, 내가 자주 하는 말은 "어느 사회, 어느 집단에서든 1등은 절대 굶지 않는다!"는 것이다. 이 말을 자주 하지만 이것은 매우 무책임한 말이다. 실제 그것을 실천하기란 결코 쉽지 않은 일이란 것을 내가 더 잘 알고 있기 때문이다. 2등 이하의 자리 수는 많지만 1등은 하나밖에 없다. 많은 쪽으로 들기는 쉬워도 하나밖에 없는 것을 독차지하기란 쉬운 일이 결코 아니다. 그러니 나는 하나 마나 한 소리를 학생들에게 하고 있는 것이다. 그러나 내 말은 논리적으로 틀리거나 과장된 것은 아니다.

경쟁을 기본으로 하는 자본주의 세상에서 2등 이하에 속하면서 살아가는 것도 사실 여간 고달프고 짜증스런 일이 아닐 수 없다. 1등을 차지하기는 어렵지만, 1등이 되기 위한 방법이 전혀 없는 것은 아니다. 그것은 다름 아닌 고도의 '집중'이다. 집중하기 위해서는 적성에 맞아야 하는데, 천성적으로 좋아할 수 있는 전공이나 직업을 택하는 것이 가장 좋은 방법이다. 그러나 그게 쉬운 일이 아니다. 적성은 전망이나 희망이 둔갑된 경우가 많다. 사실 나는 이 나이가 되도록 내 적성이 구체적으로 어떤 것인지 잘 모른다. 성적이 좋지 못한 학생들이 대개 하는 말은 선택한 학과가 적성에 맞지 않는다는 것이다. 적성이란 문과, 이과식의 큰 카테고리 정도로 분류할 수 있을 거라고 나는 생각하고 있다. 역사학을 전공하는 학생이 어떤 강의 하나를 듣고는 철학이 더 적성에 맞는 것 같다며 갑자기 전과를 하겠다고 달려드는 무모함을 본다. 이는 지적 방랑자 이상으로 보이지 않는다. '적성이 안 맞다' 운운하는 것은 실패에 대한 일종의 자기합리화일 경우가 많다. 따라서 자의든 타의든 일단 어떤 전공이나 직업을 선택했을 때는 그 일에 집중하는 수밖에 딴도리가 없는 것 같다. 그것이 그 직업에 대한 최소한의 신의信義다. 자기 선택에 대해 믿음을 가져야 하고, 그것에 집중하는 것이 곧 신의를 지키는 일이다.

대단한 능력을 가진 것으로 보이는 학생이 여기저기를 기웃거리다 결국 아무것도 성취하지 못하고 마는 모습을 간혹 본다. 그런 사람은 대개 평생을 정착하지 못하고 방황하게 된다. 그것은 대개 두 가지에서 연유한다. 하나는 노력해 보지도 않고 적성에 맞지 않는다며 자기 선택에 대한 신의를 저버리는 것이고, 둘째는 남이 하는 일이 자기가 하면 그 사람보다 더 잘할 것이라는 자만심 때문이다. 전자는 게으름뱅이나 의지박약자일 경우가 많고, 후자는 이른바 '천재'들이 공통적으로 앓는 고질병의 하나이다. 전자나 후자나 어떤 일을 해도 성공할 수 없는 것은 매한가지이다.

성공과 실패 요인으로 적성이 어느 정도 작용한다는 것은 부정할 수 없는 사실이지만 무엇보다 중요한 것은 집중의 심도 차이이다. 한곳에 집중한다는 것은 사실 대단한 인내를 요한다. 집중이란 수도자의 수행처럼 잡념을 자기로부터 쫓아내야만 가능한 것이다. 세상에는 재미있어 보이는 일이 허다하기 때문에 그 유혹에서 벗어나 하나에 집중하기가 쉽지 않다. 집중이란 하나에 '미치는' 것이다. 집중이 성공의 열쇠라는 이 법칙은 학문뿐만 아니라 세상 어떤 일에도 적용되는 것 같다.

기업 생리는 전혀 모르지만 나는 야구에 대해서는 취미상 평소 좀 알려고 노력해 왔다. 우리나라 프로야구 역사상 명문 팀은 뭐니 해도 '해태 타이거즈'였다. 나는 감히 다음과 같이 진단한다. 해태가 명문 팀으로 부상한 것은 한 야구감독의 집중력 덕분이었고, 해태 팀의 소멸은 구단 주인 기업인의 산만함, 곧 집중력의 분산 때문이었다. 이 글을 쓰기 오래 전에 느낀 바가 있어 신문에 난 기사를 메모해 둔 적이 있다. "해태그룹 P회장과 해태 타이거즈 K감독"의 이야기다. 기자는 파산 직전의 P회장에게 "기업경영이 어디에서 잘못되었다고 보는가?"라고 물었다. P회장은 "(종합)상사商事에 손을 댄 게 결정적인 패착이었다. 해태상사를 만들어 여러 품목을 취급하다 보니 여기저기에서 돈 될 만한 사업이 눈에 들어왔다. 전자, 중공업에다 건설까지 손을 댔으니 되돌아보면 여간 잘못된

게 아니다. 제과 한 우물만 팠어야 했는데 후회가 막심하다."(《중앙일보》 1998. 6. 8. 21면)

K감독은 자타가 공인하는 한국 프로야구 최고의 감독이었다. 그의 야구인생 가운데 해태와 관련된 것만 추린다면 다음과 같다. "1983년 4월 5일 삼성 라이언즈 팀에게 첫 승을 거둔 뒤, 1998년 6월 7일 다시 삼성에게 1,000승째를 거두었다." K감독은 해태라는 한 팀에서만 16년 동안 1,000승이라는 위업을 달성한 것이다. 한국 야구사에서 전무후무한 기록이다. 그는 야구 외에는 어떤 것에도 관심이 없는, 그래서 세상사에 대해 무지한, 곧 야구에 미친 사람이었다. 야구, 그것도 해태 한 팀에서 한 우물을 팠다. 팀을 옮겨 다니다 보면 선수 파악 등에서 집중력이 떨어진다. 프로는 승리로 모든 것을 말한다. 해태에서 1,000승을 거둔 뒤 한 인터뷰 내용이다. "해태에서 한국시리즈 10차례 우승을 차지한 뒤 야구인생을 끝내겠다." 그의 목표는 오로지 그것 하나였다. 어느 한 가지에 인생 목표를 둔다는 것은 그것에 모든 것을 집중하겠다는 것이다. 집중하면 모든 생각이 한곳에 모아지고, 생각이 한곳에 모아지면 곧 애정이 생긴다. 집중력은 열정을 낳고, 열정은 집념을, 집념은 신념을 낳는다. K감독의 해태에 대한 열정은 각별했다. K감독은 지금까지 자신을 지탱해 준 것은 '1천승을 향한 집념'뿐만이 아니라 '해태를 최강으로 만들어야 한다.'는 신념이었던 것이다.

그의 집중력은 부인 C여사가 인터뷰에서 말한 한마디에 요약되어 있다. "16년 가운데 15년은 얼굴 못 봤죠." 당사자인 K감독은 16년 동안 "한국시리즈 우승한 날만 제대로 잤을 뿐이다."라고 술회했다. 16년 동안 9일만 편안한 잠을 잤다는 것이다. 그는 1,000승을 하기까지 752번이나 패했다. 1패 뒤에는 그 아픔으로 안절부절못하면서 잠을 이루지 못했다.

승리를 거둔 날 밤에는 내일의 승리를 구상하고자 제대로 잠을 이루지 못했다. 한 시대 수많은 사람들을 열광케 한 그의 성취 이면에는 스스로도 제어 못 하는 이런 광기와 열정이 깔려 있었던 것이다. 그의 이 초인적인 집중력에 소름이 끼치지 않을 수 없다.

이러는 그를 지켜본 부인과 가족들은 얼마나 고통스러웠을 것인가! 부인은 90년 초 서울에 연고지를 둔 구단에서 감독직 제의가 들어왔을 때 마음이 흔들렸다고 한다. K감독은 "내가 떠나면 해태는 어떻게 되느냐." 며 일언지하에 거절하였다. 부인은 한 번 맺은 신의 때문에 팀을 옮기지 못한 남편을 원망하기도 했다. 그러나 이렇게 한곳에 미친 이 사람을 어떻게 미워할 수 있단 말인가? 부인은 결국 "영원한 해태감독으로 남아 한국시리즈에서 10번 우승을 차지한 뒤 명예롭게 은퇴했으면 좋겠다."며, 그에게 전적인 지지를 보내게 되었다.

그러나 K감독은 해태에서 10번 우승이라는 대업을 이루지 못하고 말았다. 그것은 K감독 본인 때문이 아니라 P회장의 산만함 때문이었다. 그의 산만함은 주력 기업인 해태제과를 위기로 끌고 갔을 뿐만 아니라 타이거즈 야구팀을 위기에 빠뜨렸다. 그가 한 가지 일, 곧 과자 만드는 일에 미쳤더라면 그의 패망은 물론 해태 타이거즈팀이 없어지는 불행은 결코 일어나지 않았을 것이다. 해태제과 없는 타이거즈는 의미가 없는 것이다. 타이거즈 구단을 유지하려면 당시 돈으로 한 해에 70억 원이나 들어갔기 때문이었다. 그 액수는 타이거즈팀이 거둔 기업홍보 효과에 견주면 적은 돈에 불과했지만 이제 그 돈마저 댈 여력이 없었다. P회장의 때늦은 후회는 이어진다. "해태제과만큼은 살려 주었으면 하는 마음 간절하다. 해태제과는 우량기업이다. 비록 부도는 났지만 영업이익이 한 달에 1백 20−30억 원씩 난다. '맛동산'은 한 달에 60억 원어치나 팔린다. 살려

주면 나중에 얼마든지 은행 빚을 갚을 수 있을 것이다."(《중앙일보》 위와 같음) 산만해진 사람이 다시 집중하겠다는 약속은 대개 거짓말이라는 것은 알 만한 사람은 다 안다. 세상은 그의 때늦은 후회를 용납하지 않았다. 우량기업 '해태'와 명문 팀 '해태 타이거즈'는 그의 집중력이 키워낸 산물이었다. 그가 다른 곳으로 시선을 돌린 결과 '해태'도, '타이거즈'도 이렇게 2류로 전락하고 말았다.

오래전의 일이다. 박사논문 심사를 마치고 심사위원들과 저녁 겸 소주를 한잔할 때의 일이다. 대수롭지 않은 일, 아니 어쩌면 학자에게 가장 근본적인 문제를 가지고 두 교수가 쟁론을 벌이는 것을 옆에서 지켜본 적이 있다. 나는 이 논쟁을 '잠옷논쟁'이라 부르며, 가끔 학생들에게 소개한다. "10여 년 동안 아직 잠옷을 입고 자 본 적이 없다."는 모 교수와 "그게 사람의 생활이냐."며 반박하는 식의 논쟁이었다. 잠옷을 입지 않는 것은 다른 이유가 있어서가 아니고, 저녁 늦게까지 책을 보다 그냥 쓰러져 자기 때문이었다. 분명 공부가 너무 좋고, 그래서 공부에 미친 사람 이야기다. "잠을 잘 때는 시체처럼 자지 말라[寢不尸]."라는 공자의 말처럼 잠잘 때는 겉옷을 단정히 벗어두고 잠옷을 갈아입고 자는 것을 우리 애들에게 항상 주의시키곤 했던 나로서는 이 잠옷논쟁이 잘 이해가 가지 않는 일이었다. 그러나 그의 학문에 대한 집중과 그 열정에 깊이 고개 숙이지 않을 수 없었다. 우리나라에 그런 학자가 얼마나 있는지는 잘 모른다. 이 정도로 연구에 몰두한다면 아무리 인문학을 전공한들 무슨 문제가 발생하겠는가? 공부를 직업으로 하는 사람이 평상인처럼 친척이나 친구의 길·흉사를 다 챙기면서 대학자가 되기는 사실 어려운 일이다.

우리는 역사 속에서 기인奇人들을 간혹 만나게 된다. 정상적이지 않기 때문에 기인이라 부르지만 사실 그들은 어떤 것에 미친 사람의 또 다른 이름이다. 스스로를 극한으로 몰아세워 뭔가를 이루려는 이들의 장인정신이야말로 뚜렷한 지향도 목표도 없이 표류를 거듭하는 이 시대를 건너가는 길잡이가 될 수 있을 것이다.

작품 활동, 또는 연주활동에 지장을 받는다고 교수직을 내던지는 사람을 우리는 가끔 본다. 모르긴 해도 교수 겸업의 작가나 피아니스트는 한 우물을 파는 사람보다 우위를 점하기는 어려울 것이다. 또 특정한 목적을 위해 인생의 중요한 부분을 포기하는 경우를 본다. 그것이 반드시 포기인지 아닌지는 단언할 수는 없다. 연구년을 맞아 중국에 1년을 머물면서 중국사를 전공하는 젊은 학자 한 사람과 가깝게 지냈다. 그녀는 나이 차이가 50살이나 나는 지도교수와 결혼했던 30대 초반의 학자였다. 28세 처녀로 결혼했을 때, 그녀의 남편은 82세였다. 학계에서는 그녀의 결혼을 두고 매우 좋지 않은 평들이 나돌았다. 어떤 이는 지도교수가 가진 유산 때문일 것이라고 했고, 어떤 이는 북경의 호구戶口를 얻기 위한 정략 결혼일 것이라 단언했다. 나는 그녀와 전공 영역이 비슷했기 때문에 교류할 기회가 많았다. 그녀가 그런 목적이 아니라 오로지 학문적인 욕심 때문에 결혼했다는 사실을 아는 데는 그리 오랜 시간이 걸리지 않았다. 석사논문으로 책 3권을 출판할 만큼 그녀는 대저를 썼다. 길게 쓴다고 반드시 좋은 글이 되는 것은 아니지만 그녀의 학문적인 열정과 업적은 그녀의 '잘못된 행위(?)'를 상쇄하였다. 우리나라에서도 43세의 연령 차이에도 결혼한 화가 부부가 있다고 들었다. 이런 결혼은 같은 길을 가는 사람들 사이에 드물게 일어나는 모양이다. 구미 각국에서는 더 자주 보이는 현상이다. 예컨대 중국사를 전공하는 미국학자들은 대개 중국인과 결혼한다. 어떤 미국의 여류 인류학자는 자기 연구를 위해 인도네시아 어느 부족의 추장과 결혼을 했다고 하질 않는가. 그런 행위가 매도의 대상인지 아닌지는 판단하기 쉽지 않다. 자기 일에 '미친' 사람이라면 그런 연령 차이나 국적 등을 크게 문제 삼지 않을 것이다. 따라서 우리는 그런 행위 자체만을 매도만 할 수는 없을 것이다. 사람이 사는 방법은 다양하고, 남이 사는 방식에 대해, 자기 식이 아니라고 해서, 이렇다 저렇다 비판할 수는 없는 일이기 때문이다.

"미쳐야 미친다."는 말은 통상적인 것만으로는 이 세상에 통하지 않는다는 말이다. 낙숫물이 바위를 뚫듯이 하나의 일에 미치도록 집중하여야만 뭔가를 이룰 수 있다는 것이다. '미쳤다'는 말은 정상을 벗어났다는 것을 의미한다. 남다르지 않고서는 남다른 업적을 이루어 낼 수가 없다. 특히 고도의 집중력이 필요한 학문을 '종합상사'나 '백화점'식으로 접근해서는 얻어지는 것이 별로 없을 것이다. 공부는 넓게 해야 되지만 논문은 될 수 있는 한 작은 문제, 그리고 깊게 파고드는 것을 써야 한다. 평생 열심히 공부한다 해도 독자적인 자기 이론 하나 세우기가 쉽지 않다. 특히 '천재'들이 범하기 쉬운 함정이지만, 이 문제 저 주제 건드리다 보면 제대로 밝힌 것이 하나도 없게 될지도 모른다. 이 평범한 진리를 회갑을 지내고서야 겨우 깨닫게 되었으니 지나간 세월이 아까울 뿐이다. 남은 학문인생에서라도 좀 더 집중력을 발휘할 수 있었으면 하는 때늦은 소망을 가져 본다.(2007. 2. 2.)

# 송은松隱 할아버지와 중국사

송은松隱은 내 17대조 할아버지의 아호이다. 고려 말과 조선 초기를 살았던 이른바 은사隱士의 한 분이었다. 현재까지 전하고 있는 기록에 따르면 송은은 다음과 같은 경력을 가졌다. 공민왕 시기에 예부시랑禮部侍郎 겸 중서령中書令을 역임했다. 고려가 망하자 벼슬을 버리고 포은(圃隱: 鄭夢周), 목은(牧隱: 李穡), 야은(冶隱: 吉再), 동은(桐隱: 李在弘), 만은(晚隱: 洪載), 휴은(休隱: 李錫周), 성은(成隱: 金大潤) 등과 더불어 시국을 개탄하고 학문을 토론하였던 이른바 '팔은八隱'의 한 사람이었다. 특히 포은과 깊은 우의를 나누었고, 목은과는 동년에 문과에 급제하였다. 조선조 들어 뒷날 좌의정左議政으로 추증되고 충숙공忠肅公이란 시호를 받은 휘諱 익翊 초명은 천익(天翊 1332-1398)이다. 《송은선생문집松隱先生文集》을 남겼다.

어릴 때부터 부모님으로부터 귀가 따갑도록 들어 온 익숙한 호칭이 바로 '송은 선생'이다. "우리 집안이 지금은 몰락했지만 우리 조상만은 우리 면 어느 대성받이에게도 뒤지지 않는다."고 부모님은 자주 말씀하시곤 했다. 사실 우리 고향(晉州市, 大谷面)에는 진주 하씨河氏와 재령 이씨李氏, 진주 강씨姜氏 등 세 성씨가 대표적인 집성촌을 이루면서 명문임을 자랑하고 있다. 면 단위의 명문이 얼마나 의미가 있는지 알 수 없지만, 집성촌에는 지금도 웅장한 재실齋室이 갖추어져 있다. 뿐만 아니라 일찍부터 신문물을 받아들여 자녀들을 교육시켜 경향 각지로 많이 진출하게 했다. 특히 하씨는 진주·진양지역의 국회의원을 두 명이나 배출했을 뿐만 아니라 요즈음 발간된 개경향우회 주소록을 보아도 이들이 과반을 차지하고 있다. "바보만 시골에 남고 잘난 놈은 모두 서울로 가버렸다."는 어느 시인의 말처럼 재경주소록은 대개 한 집안의 출세와 성장의 지표가 되고 있다.

사실 우리나라 사람들이 내세우는 조상의 세계표世系表가 어느 정도까지 믿을 수 있는지 의문이고, 이러한 계통성에 대한 과도한 존중이 반드시 좋은 작용만을 하는 것이 아니라는 생각을 나는 평소 가지고 있다. 몇 년 전 미국 하버드대학에 머물 때의 일이다. 동아시아 각국에서 온 방문학자들에게 영어를 가르치던 미국인 강사가 우리들에게 현재 자신으로부터 소급하여 확인할 수 있는 조상이 몇 대까지냐고 물었다. 한국, 중국, 일본, 베트남, 대만, 홍콩인 교수들로 구성된 영어강습반이었다. 중국, 일본과 베트남 등 우리나라를 제외한 지역에서 온 학자들은 대개 3-5대 정도 소급할 수 있다는 대답이었다. 제일 먼저 질문을 받은 나는 용감하게 61대조까지라고 했다. 미국인 강사는 눈이 휘둥그레졌다. 나는 서력 전(B.C.) 1세기 무렵에 한국의 한 왕조인 신라新羅를 창업한 분이 우리의 성씨의 시조이며 이후 면면히 61대를 거쳐 나에게까지 이어지고 있는 중이라고 부연 설명을 하였다. 다른 한국 교수들도 나와 대동소이한 대답을 했다. 동아시아 각국 사이에도 조상에 대한 인식 정도에서 이런 낙차가 있다는 것을 발견하고는 놀라지 않을 수 없었다. 물론 중국 공자의 자손도 지금껏 이어져 내려오고 있다. 산동성 곡부曲阜에 가면 공자의 집인 '공부孔府'가 보존되고 있고, 공씨들이 집성촌을 이루고 있다. 잘 알다시피 공자 자손으로는 77대손인 공덕성孔德成이 1949년 장개석과 함께 대만으로 이주한 뒤 현재까지 살고 있다. 최근 공자의 80대 적장손이 태어났다는 뉴스를 본 적이 있다. 공씨 집안의 이와 같은 사정은 중국의 보편적인 현상은 물론 아니다. 한국의 사정은 중국 등 동아시아 각국의 사정과는 매우 다르다. 길을 막고 우리나라 사람 어느 누구에게 물어도 그 가문의 역사는 구원久遠하다는 대답을 쉽게 얻을 것이기 때문이다. 세계 다른 곳에 우리와 같은 나라가 있는지 모르지만, 적어도 한자문화권에는 우리뿐인 것 같다. 우리나라만이 왜 그럴까?

우리 집안은 할아버지 때에 경남 산청에서 현재의 우리 고향면으로 이주 해 왔다. 어릴 때에는 백부님께서 족보 작성 등 집안 일로 산청을 자주 드나드셨고, 돌아가신 큰형님과 둘째 형님도 집안일에 관심이 많았다. 그래서 부산의 우리 종파 종친회 회장직도 역임하셨다. 나는 사실 이런 집안일과는 별 상관없이, 정확하게 말하자면 무관심 속에 살아왔다. 그것은 두 가지 사유에서라고 여겨진다. 첫째, 집안에서 위치문제이다. 나는 우리 집의 여섯째 아들이다. 집안에 웬만한 큰일이 일어난 것이 아니라면 나에게 잘 연락을 하지 않는다. 고등학교 3학년이던 1964년 여름 어느 토요일 오후 몇 주 만에 하숙비를 받아오기 위해 고향을 찾았다. 진주에서 버스를 타고 면사무소 앞 주차장에 내렸다. 언뜻 보니 숙부님 댁 앞에서 형님을 포함한 집안 여러 어른들이 삼베 두건을 쓰고 서성거리고 있었다. 알고 보니 숙부님이 돌아가신 것이다. 그런데도 나에게 연락을 하지 않았던 것이다. 이런 일은 다반사로 일어났다.

당시 우리 할아버지·할머니 밑에 친손·외손을 합쳐 80여 명이나 되는 대가족을 이루고 있었다. 그러다 보니 나처럼 서열이 까마득하게 아래인 자손들 하나하나에게까지 굳이 연락할 생각을 못했을지도 모른다. 그런 관행은 이후 이력이 붙어서인지 요즈음도 어머님은 집안 대소사가 있을 때에 형님들에게 "저 서울에 있는 한제에게까지 굳이 연락할 필요가 없데이 …"하고 이야기하신단다. 그래서 본의 아니게 결례를 저지르는 일도 자주 있다. 둘째, 우리집안 사람들은 주로 부산·진주를 중심으로 친족권을 이루며 살고 있다. 우리집안에서 현재 서울에 살고 있는 우리 세대의 사람은 나와 바로 아래 여동생 정도다. 아무리 교통이 좋아졌다 하더라도 서울에서 진주는 노랫말처럼 '천리 길'이다. 천리 먼 길을 굳이 와서 참석할 것이 뭐 있겠냐 하는 인식이 굳어졌고, 그래서 참석하지 않아도 대개 용서되었기 때문이다. 이렇게 집안일에서 멀어지다 보니 집안의 내력 등을 이야기할 때면 나는 대체로 벙어리가 된다.

그런데 지난 2000년 10월에 태풍이 한반도를 휩쓸고 지나가면서 경북 청도에 자리한 송은 할아버지 묘소가 훼손되었다. 묘소를 보수하는 과정에서 학술적으로 가치 있는 벽화가 발견되어 신문·방송 등이나 잡지에 대서특필되었다. 지석에는 〈조봉대부朝奉大夫 사재도감司宰少監 박익묘朴翊墓 … 영락永樂 경자庚子 이월二月 갑인장甲寅葬〉으로 되어 있다. 현재 송은 할아버지 후손은 4파로 나누어져 있다. 송은께서 4형제를 두었으니 우당(憂堂: 融), 인당(忍堂: 昭), 아당(啞堂: 昕), 졸당(拙堂: 聰)이 그들인데, 모두 조선초기의 인물들이다. 나는 졸당의 16대손으로 되어 있다. 매스컴이 묘소뿐만 아니라 묘주인 송은 선생을 조명하기 시작하자 전국 각지에 있는 송은 할아버지의 유력 자손들의 모임이 서울에서 몇 차례 열리게 되었다. 종친들은 무엇보다 송은 할아버지에 대한 연구를 제대로 하여 선양할 필요가 있다는 결론을 내렸다. 그러기 위해서는 역사를 전공하는 후손을 찾아서 제대로 연구를 시켜야 한다는 데 의견이 모아진 모양이다. 보통 집안일이라는 것이 그렇듯이 집안에서 가장 걱정하는 것은 당사자가 잘못 왜곡되어 해석되지 않을까 하는 것이다. 각 종파별, 각 지역별로 수소문한 결과 역사학자로 유일하게 내가 확인된 것이다.

위와 같은 경위로 서울에서 열린 대종친회에 참석하게 되었다. 장관과 국회의원 등 고위층도 많이 참석했다. 그곳에 모인 여러분들은 그래도 역사를 전공하는 자손을 하나라도 둔 것이 다행이라고들 하였다. 이 중차대한 시기에 자손으로서 긍지를 가지고 할아버지 명예에 누가 되지 않도록 연구에 임하라고 당부하였다. 그런데 내 전공은 중국사이다. 그것도 고려조와 조선조와는 시간적인 거리가 먼 우리나라의 삼국시대에 해당하는 중국 위진남북조·수당시대의 역사를 전공하고 있다. 우리가 공부를 시작할 때는 우리 선배들이 주로 해왔던 한중관계사韓中關係史식의 연구방식은 금기시하는 분위기였다. 즉 중국사를 전공한다지만 한 발은 한국사에 걸치고 있는 식의 연구는 전문성을 기할 수 없다는 것이었다. 그런 학계 분위기의 영향 아래 공부해 왔던 나는 아직까지 한국사에 대해서는 한 편의 글도 써 본 적이 없었다. 그 엄숙한 자리에서 "예! 알겠습니다."라고 해야 하는데 그러지를 못하였다. 책임질 수 없는 일에 대해 빈말하기를 별로 좋아하지 않는 평소 성격 때문인지, 그 자리만을 모면하기 위해 거짓 답변을 할 수는 없었던 것이다. "저의 전공이 한국사가 아니라서 …"라 말끝을 흐렸더니 분위기가 순식간에 냉랭해졌다. 조금 뒤에 "자기 할아버지를 연구하지 않으면서 남의 나라 역사를 연구한다니 … 그런 것 연구하여 무슨 소용이람?"이라 하시는 분도 계셨고, "지금부터 연구하면 되는 것이지, 뭐가 그리 말이 많으냐!"고도 했다. 나는 하는 수 없이 "앞으로 적극 관심을 가지고 열심히 연구해 보겠습니다."하며 얼버무리고 말았다.

이런 집안 어른들의 역사인식과 그것에 바탕을 둔 요구는 우리나라 실정에서 볼 때 무리한 것은 결코 아니다. 우리 집안사람들뿐만 아니라 우리나라 사람들의 혈통에 대한 집착은 대단히 집요한 것처럼 보인다. 집안 어른들이야 다른 사람들이 할아버지의 위대한 업적과 경력을 축소하거나 왜곡·훼손하는 것을 염려 하였을 것이다. 조상에 대한 집착은 우리 지방, 다시 우리나라에 대한 집착으로 확대되었다. 어떤 학자는 한국인의 충성 대상은 가족에서 친족으로, 친족에서 지방으로 다시 한국으로 확대되어 가는데 문제는 그 이후에 타국, 곧 세계나 인류의 차원으로 확대되지 않는 데 있다고 하였다.

　요즈음 우리나라 사람들 생각은 매우 민족주의적, 아니 국수적이다. 우리들이 일으킨 민족주의 광풍이 한반도를 휩싸고 있다. 민족 이익에 배치된다고 생각되는 일에는 사소한 것에도 쉽게 적개심을 나타낸다. 그래서 "한국의 민족주의는 인화성이 높다. 작은 불씨만 튀어도 발화하는 활화산이다."라는 지적도 있게 된 것이다. 이런 성향은 학문에서도 과도한 '국학 일변도'로 나아가게 했고, "한국에는 민족주의로 먹고사는 사람이 너무 많게" 된 결과를 가져왔다.

　왜 이런 현상이 나타난 것일까? 나는 한국 사람들에게 팽배한 이런 민족주의 의식을 한번 곱씹어 볼 필요가 있다고 생각한다. 우리의 저항적, 그리고 방어적인 민족주의는 수차례의 외침과 식민지화, 분단, 그리고 전쟁 등을 겪으며 형성된 것이다. 이런 민족적 비극은 굳건한 저항과 견고한 방어기제를 작동·발전시켜 온 것이다. 방어적인 민족주의는 자기를 배타적인 성벽으로 공고하게 둘러싸 버렸다. 그래서 우리가 아닌 남의 것은 가차 없이 성벽 밖으로 던져버렸다. 폐쇄적인 성벽 안에서 우리 얼굴만 서로 마주 보고 있는 꼴이다.

이제는 달라져야 하지 않을까 한다. 지구화시대 세계화시대에는 폐쇄적 민족주의만으로 살아갈 수는 없다. 인간은 이기적인 동물이다. 자기 것을 내놓지 않고서는 남의 것을 얻어올 수가 없다. 세계화의 물결 속에서 닫힌 민족주의는 이제 설 땅이 없다. 전쟁시대와 평화시대는 다른 민족의식을 가져야 한다. 전쟁을 치를 때는 적대적인 민족주의가 가장 현실적인 주장일 수 있다. 전쟁과 경제·문화의 교류는 다른 차원의 것이다. 전쟁은 오로지 승·패만이 존재하지만, 경제는 상호 교환이 이루어지지 않으면 활기를 잃게 되고, 소통이 전제되지 않는 문화는 발전이 없는 것이다. 그렇다고 한국인으로서 정체성을 벗어던지자는 것이 아니다. 넘치는 민족주의 좀 덜어내어 적정수준을 유지하자는 것이다. 민족주의를 강조하다보면 다원성을 해치게 되고 이렇게 되면 활발한 경제교류도 우수한 문화도 성립될 수 없게 된다. 우수한 문화란 복합성을 전제로 한다. 자기 것을 중심으로 다양한 요소를 가미해야만 질적 향상을 기할 수 있고, 인류보편적인 문화를 만들어 낼 수 있는 것이다. 최근 세계 각국으로 퍼져가는 '한류'란 한국적인 것의 확장이다. 그러나 그것이 더 강력한 힘과 지속성을 가지려면 한국 것만을 강조하여서는 더 이상 진전이 없다. 즉 문화란 그 정체성보다 더 중요한 것은 질적인 우수성이다. 우수성은 우리 것만 발전시켜서는 그 한계에 봉착하게 된다. 이제 경제도 문화도 상업적 경쟁력이 더 중요한 시대가 되었다. 한국문화의 우수성에만 몰입하지 말고 상호 문화교류를 통한 더 보편적인 세계인의 문화로 발전시켜야 한다. 이제는 한국적인 주제에서 벗어나 세계인이 즐길 수 있는 더 다양한 주제를 담아야 한다. 그렇지 않으면 살아남기 힘들다. 내수에만 매달리지 말고 세계시장을 겨냥해야 한다. 우리나라 안에서 1등을 다툴 것이 아니라 세계시민으로 당당하게 수위에 설 수 있는 실력을 갖추어야 한다. 그러기 위해서는 자기 것에만 집착해서는 안 된다.

최근 국수주의의 움직임은 학문세계에서도 예외는 아니다. 최근 모든 나라는 세계화로 치달리는데 학문은 자기 것만을 강조하고 있다. 이런 과도한 국학 위주가 필연적으로 다른 학문에 대한 몰이해와 심지어 무시하려는 태도를 가져왔다.

요즈음 공정하여야 할 학계의 사정도 매우 걱정스럽게 변하고 있다. 중·고등학교 8차 교육과정 편성문제를 두고 학회(한국동양사학회) 회장으로 몇 차례 회의에 참석한 적이 있다. 국사를 제대로 이해하려면 세계사에 대한 이해는 필수인데, 일반국민이나 정부당국 모두 국사 연구와 교육만 제대로 하면 모든 것이 풀리는 것처럼 생각하고 있다. 중국의 동북공정이나 일본의 독도영유권 주장 등으로 야기된 우리 역사에 대한 관심이 국사 한 분야만 육성하면 되는 것처럼 생각하고 있다. 중국의 위진남북조·수당시대의 이해 없이 고구려 역사에 대한 올바른 해석이 어떻게 가능하겠는가? 세계사 속에서 한국사를 바라보아야 한다. 우리의 주장이 논리적인 것이 되려면 저들이 주장하는 논거를 먼저 알아야 할 것이 아닌가? 적을 알면 백 번을 싸워도 이길 수 있다는 너무도 평범한 진리를 외면하려 해서는 안 된다. 학계에 팽배한 국수주의란 것도 일반국민들의 이런 정서에 기반을 둔 맹목적인 지지와 무관하지는 않을 것이기 때문이다. 자손으로서 송은 할아버지에 대해 당연히 관심을 가져야 하지만, 할아버지 행적을 올바로 평가하자면 시야를 더 넓게 가져야 한다. 중국사를 제대로 연구하는 것이 오히려 할아버지 학문세계를 더 넓힐 수 있는 길이다. 그분 문집에는 중국사를 모르고는 제대로 해석이 되지 않는 글들이 많기 때문이다. 송은 할아버지도 중국사를 제대로 해석하는 후손일 것을 바랄 것으로 생각된다.(2007. 2. 15.)

## 나의 선생님

　선생을 직업을 삼고 살아가면서 자기를 이끌어 주신 은사님에게 늘 폐나 끼치고 염려의 대상이 된다면 제자이기 이전에 교육자 그것도 정년을 몇 년 앞둔 교수로서 할 짓이 아닌 것이다. 그런데 Z선생님에게는 이제껏 내가 그래왔다. 그런 데에는 선생님의 한결같은 관심과 사랑이 있었고, 또 그런 것이 앞으로도 변하지 않을 것이라는 기대와 믿음 같은 것이 있었기 때문일 것이다. 아무리 '내리사랑'이라지만 이 나이에 그간 내가 했던 행동들에 일말의 후회스러움이 느껴지는 것은 어쩔 수 없는 일인 것 같다. Z선생님은 중학교 3학년 담임 선생님이셨고 물상物象과목을 가르치셨다.

　선생님이 우리 학교에 부임해 오신 것은 내가 중학교에 입학하기 3년 전 일이었다. 동네 형들 이야기로는 진주에서 대곡으로 오는 버스를 타고 높고 고부라진 '말티고개'를 넘으면서 선생님은 눈물을 펑펑 쏟았다고 했다. 넓은 평야를 가진 김해가 고향이신 선생님에게는 우리 고향 같은 두메산골이 어쩌면 귀양지나 다름없었을 것이다. 그러나 첫 부임지였던 만큼 우리 고향 마을에 정을 붙여 갔고, 우리들 학생들에게 쏟는 관심과 열정도 점차 도를 더해 갔던 것이다. 그리고 우리학교 교사 생활 하실 때 결혼도 했고, 군대도 다녀오는 등 13년이란 세월을 계셨으니 꿈 많던 젊은 시절을 우리학교에서 거의 보낸 것이었다.

선생님에 대한 추억은 선생님이 살던 집과 그리고 사모님이 함께 떠오른다. 선생님 내외는 우리 면에서 유일한 이층집이었던 동창생 C군의 집 별채를 세 얻어서 살았다. 당시는 애도 없었던 신혼살이였던 것으로 기억한다. C군 아버지는 정식 약사는 아니었지만 면내 유일한 '약방'을 경영하였고, 경제적으로 부유했다. 누나는 당시 여성으로서 드물게 서울 S 여자대학교에 진학하였으니 우리 면이 배출한 최초의 신여성이라 할 수 있었다. 방학 때 고향에 내려오면 온 학교가 그 누나 이야기로 소란스러웠을 정도였다. 우리들은 서울에 있는 대학에 입학하기만 하면 누구나 그렇게 변하는 줄 알았다. 하이힐을 신고 다녔기 때문에 우리는 그 누나의 신을 '빼딱구두'라 했다. 내가 보기에는 선생님 사모님도 그에 못지않은 미인이셨다. 빼딱구두를 신지 않았지만 그 기품은 누나를 능가하고도 남았다. 선생님들께는 웬만하여 접근하기도 힘든 시절이었지만 반장이었던 나는 잔심부름으로 선생님 댁을 가끔 드나들곤 했다. 그런 일 같으면 같은 집에 사는 C군에게 시키면 될 것을 굳이 나에게 시켰다. 선생님이 심부름을 시키면 일종의 '선택된 몸'이란 기분이 들어 쾌재를 부르곤 했다. 사모님은 항상 상냥하게 나를 대해 주었다. 나도 크면 저런 부인을 맞아야겠다는 생각을 굳게 가졌고 선생님에게 괜한 질투심까지 났다.

우리 중학교는 각 학년마다 두 반으로 나누어져 있었는데 나는 3학년 A반이었다. B반 반장이었던 J군은 항상 나의 맞수였다. 간혹 나는 그에게 학년 수석을 빼앗기곤 했다. 그럴 때면 선생님은 어김없이 나를 엄하게 꾸짖었다. 방과 후에 따로 불러 특별 과외 공부를 시키기도 하였다. 그 당시 우리 학교에는 한 선생님이 여러 과목을 담당하는 것이 일반적이었다. 체육 전공 선생님이 영어도, 국어도 가르쳤다. 내 영어발음은 당시 영어 선생님의 영향이 매우 크다고 지금도 여기고 있다. L과 R, F와 P발음은 미국에 가서야 겨우 바로 잡았을 정도였다. 선생님은 나에게 담당과목인 물상은 물론 수학 등 다른 과목들도 가르쳐 주곤 했다. 나는 그런 특별과외를 해 주는 선생님이 고맙기는 하지만 다른 학생이 의식되어 불편하였다. 또 선생님의 업적 관리를 위한 것이라고 내심 여겼다.

선생님을 실망시킨 최대의 사건은 고등학교 입시였다. 선생님은 교실에 들어서는 내 어깨를 두드리며 '수석! 수석!'을 연발하는 것이었다. 선생님의 그 눈빛이 너무 애절하여 그 장면이 두고두고 잊히지 않는다. 그것이 설사 선생님이 담임교사로서 위신을 높이기 위한 것이라 할지라도 나는 좋은 성적을 얻고 싶었다. 그러나 결과는 5등까지 발표한 등수에도 끼지 못했다. 1962년 고입고사는 전국적으로 동일한 문제를 갖고 시험을 치뤘다. 노(무현)대통령도 나와 같은 문제를 풀고 부산상고에 들어갔을 것이다. 뒤에 안 일이지만 면 단위 중학교를 나온 내가 전국 어느 고등학교에도 합격할 수 있는 점수를 얻었으니 제법 선전한 것임은 틀림이 없다. 그러나 선생님은 만족하지 않았다. 선생님이 나에게 거는 기대는 남달랐던 모양이다. 다른 선생님으로부터 그런 기대를 받아 본 기억은 거의 없기 때문이다. 나의 인생 가운데 치른 무수한 시험 가운데 가장 좋은 성적을 거둔 것이 그래도 고입고사 때가 아니었나 생각하고 있다. 그나마 그 정도 성적을 거둔 것은 오로지 선생님의 열정적인 가르침과 기대 덕분이었다.

고등학교를 졸업하고 서울에 올라온 뒤로 선생님의 존재를 거의 잊고 지냈다. 그러나 선생님은 언제나 내 옆에 자리하고 있었던 것이다. 오랜 뒤에 안 사실이지만 언제부턴가 선생님의 책상 앞에는 내 책이 꽂혀 있었다. 고등학교를 졸업하고 얼마 되지 않은 시기에 선생님도 내 고향을 떠났고, 나도 혈혈단신 서울에 올라와 고학생활을 꾸려나가기에 분주했다. 선생님을 다시 만난 것은 약혼을 앞둔 시기였다. 선생님은 당시 마산의 어느 중학교 교감으로 계셨다. 선생님 근무지가 그곳에 있다는 것은 장인을 통해서 알게 되었다. 선생님은 초등학교 교장이셨던 장인과 아는 사이였기 때문이었다.

딸을 시집보내는 아버지 마음이야 요즈음 와서 더 절감하는 것이지만 장인께선 장녀의 평생 반려를 구하는 데 신중을 거듭하고 있을 때였다. 장인은 나의 대학교, 고등학교 성적표까지 떼어봤을 정도로 철저한 분이셨다. 이런 험난한 사위자격 시험과정 중에 나타난 분이 선생님이셨다. 나는 시험과정에서 누구보다 큰 우군을 얻은 셈이 된 것이다. 자격시험을 통과한 나는 그제야 선생님 근황을 알게 되었다.

우리 부부의 약혼식부터 아내가 약국을 청산하고 서울에 올라올 때까지 선생님은 퇴근 때에 아내가 경영하는 약국에 들르셔서 학자의 아내로서 마음가짐을 조목조목 훈도하고 가시곤 했다고 한다. 학자를 남편으로 택한 이상 학자로서 마음껏 활동할 수 있도록 지켜 주어야 한다는 것이 선생님의 일관된 주장이었단다. 아내는 지금도 선생님이 화제에 오르기만 하면 "Z선생님은 제자 사정밖에 모르는 분인 것 같았어. …"라 투정을 한다. 아내가 나를 위해 희생한 이면에는 선생님의 제자에 대한 끝없는 욕심이 일부나마 연관되고 있는 것이다. 아내에겐 물상 선생님이 아니라 도덕 선생님이었던 것이다.

연수를 위해 서울대학에 오신 선생님은 동료들을 데리고 내 연구실을 들르시곤 했다. 이때까지 선생님에게 유일하게 기쁨을 준 것이 나에게는 이것밖에 없었던 것이 아닌가 짐작된다. "이 박 교수가 내 제자야! 이 책들 좀 보게. 한글 책은 하나도 없잖아! 대학자야! 대학자!" 나는 정말 민망해서 어디에라도 숨고 싶었다.

선생님은 내가 10년 전 출판한 《인생 —나의 오십자술》이란 책을 요즈음도 사무실 책상 앞에 꽂아두면서 꺼내 보고 있단다. 간혹 전화를 하면 "박 교수, 자네가 그렇게 어렵게 지낸 줄 몰랐어 … 선생이란 사람이 그런 줄도 모르고 … "라며 오히려 내 젊은 시절 약간의 방황과 곤궁을 가슴 아파하신다.

96년 북경에 1년 동안 체류할 때의 일이다. 선생님의 아드님은 우리나라 굴지의 S그룹 북경지사에 근무하고 있었다. 선생님은 아드님을 내 숙소에 보내 불편함이 없는지 두루 살피게 하였고, 집에 불러 자주 대접하라고 하셨다. 아시아운동촌〔亞運村〕에 있는 아드님 집에 가서 나는 정말 후한 대접을 받곤 했다. 나는 그 융숭한 대접이 맘에 걸려 사양하기에 바빴다.

그런데 이 못된 제자는 스승의 날마저 선생님께 전화 한 번도 제대로 드리지 못하고 있다. 선생님께서 내 안부를 먼저 물어오니 이 얼마나 못된 제자란 말인가? 선생님은 교장을 끝으로 정년하신 뒤 종교단체에서 운영하는 장애자 교육 훈련원을 열어 아직도 일하고 계신다. 교사로서 평생 제자를 위해 봉사하시던 선생님은 정년한 뒤에도 이렇게 사회에서 냉대 받고 있는 장애자들을 위해 헌신하고 있는 것이다. 대단하지도 않은 글줄 쓴다고 자기 일밖엔 무관심하기만 했던 나에게 선생님은 언제나 매를 들고 계신다. "자네, 자네가 해야 할 일이 뭔가를 아는가?"하고 말이다. 그래서 좀 나태해지려는 기미가 나타나면 선생님을 생각한다.

2년 전 선생님과 통화를 하던 가운데 선생님의 목소리가 유달리 힘이 없음을 느꼈다. "선생님 어디 편찮으신가요?" 했더니 "감기가 좀 들어서 …"라고 대단한 일이 아닌 듯 말씀하셨다. 그 얼마 뒤 휴대폰으로 전화를 했더니 사모님은 "위암 수술을 했어요 …"라고 했다. 학기 중이라 한 번 찾아가 뵙지도 못했다. 그 얼마 뒤 통화를 시도하니 "이 전화는 없는 번호이니 다시 확인한 후 걸어 주십시오 …"라는 메시지가 나온다. 나는 정신이 번쩍 들었다. 돌아가신 것이 분명한 것 같았다. 휴대폰 번호밖에 모르고 있던 나에게는 쉽게 확인할 방법이 없었다. "이제 돌아가셨나 보다 …" 서운하지만 사실로 받아들이기로 했다. 나는 이전에 그랬던 것처럼 그냥 세월을 보냈다. 그러나 봄이 오니 새 학년들이 교정에 보이고, 그 애들은 다시 나에게 뭔가의 메시지를 던지고 있었다. 그들이 던지는 질문은 "선생에게 학생이란 과연 무엇인가?"였다. 불현듯 선생님이 생각났다. 이제 선생님이 이 세상에 아니 계신다고 생각하니 더욱더 선생님이 그리워졌다. "살아계셨더라면 제자로서 정말 잘 할 수 있었을 텐데 …"라며 후회도 했다. 하늘나라에 계신 선생님께라도 통화를 해야 하겠다는 생각이 들어 선생님 휴대폰으로 전화를 다시 했다. 그런데 "여보시오"라는 내 목소리에 "아이고, 박 교수 아닌가 …"라 하신다. 선생님은 아직 살아계시고 당신은 내 첫 목소리에도 자기 제자인 줄을 벌써 알아차린 것이다. "선생님, 이 무심하고 못된 제자를 용서하십시오 …" 나는 이전에 전화번호를 잘못 돌린 것이 분명했다. "선생님 죄송합니다."를 거듭할 수밖에 없었다. "박 교수, 전화 걸어주니 너무 고맙네 …" 선생님은 항상 아무 변함없이 그 자리에 그렇게 계셨다.

선생님은 또 내 걱정이시다. 그 나이에 건강을 특히 조심하라고 하신다. 또 중국에 가면 아들이 상무가 되어 옛날보다 훨씬 넓은 집에 살고 있으니 딴 곳에 머물지 말고 거기서 마음 놓고 기숙하라는 등, 선생님은 자기 아들처럼 나를 챙기신다. 나는 "선생님! 저도 환갑을 넘겼습니다. 이제 저 혼자 얼마든지 처리할 수 있는 나이입니다. 걱정하지 마십시오. 선생님이야말로 건강하게 오래오래 사셔야 합니다." 선생님은 나의 영원한 감시자이자 지지자이시다. 그런 선생님이 계시기에 오늘도 나는 선생님 제자로서 손색이 없기를 다짐하고 집을 나선다.(2007. 3. 14.)

# 제자의 꽃다발

스승의 날이 다가온다. 으레 꽃다발 몇 개는 이번에도 내 책상 위에 놓일 테지 하는 생각이 든다. 스승의 날과 꽃다발, 어떤 면에서 꽤나 진부한 관계다. 진부한 것이라고 다 소용없는 것도 아니요, 가슴을 때리지 말라는 법도 없다. 꽃다발도 꽃다발 나름이다. 선생으로 교단에 선 지 30년이 가까워지고 있다. 그동안 여러 가지 명목으로 수많은 꽃다발을 받았다. 어떤 때는 학생회에서 연구실 문의 명패 밑에 작은 꽃을 꽂아두기도 하여 출근길 나를 새삼 놀라게 하기도 했다.

사실 나는 그동안 스승의 날이라는 것을 굳이 챙겨 기억해 본 적이 없었다. 세종대왕 탄신일인 5월 15일이 스승의 날로 정식으로 정해진 것은 1982년부터라고 한다. 스승의 날이 정해지고부터는 학생이나 제자로서 자각보다 선생이라는 자의식을 더욱 강하게 느끼고 있었기 때문이 아닌가 한다. 때로 선생님이 생각나면 스승의 날이 아니라도 그분들과 식사를 하곤 했지만 내가 꽃다발이나 카네이션을 들고 다닐 나이는 아니다 싶어 그런 일은 해 본 적이 없다. 최근에 와서는 스승의 날이 되어도 전화를 걸어 새삼 감사의 말을 전할 스승도 거의 계시지 않아 보호자를 잃은 어린애처럼 쓸쓸하기만 하다 은사님들 대부분께서 이미 별세하였기 때문이다. 초등학교에서 고등학교까지 은사님은 세월이 많이 흘러 못 찾아뵌 지 너무 오래되어 연락이 두절되었고, 대학의 은사는 두 분이 계셨는데 모두 별세하셨다. "가르치고 이끎에 있어 엄격하지 않는 것은 선생의 나태함(訓導不嚴師之惰)"이라는 말을 준수하기라도 하듯 훈도에 엄격하기만 했던 은사님들도 이젠 한없이 자애로운 얼굴로 바뀌었다. 사무치도록 그리운 사람들이 되었다. 나도 제자들에게 그런 존재일까? 그런 자문에 딱히 민망하기만 하다.

　교직생활이 몇십 년 동안 이어지다 보니 학생들과 사이에 특이한 일들도 제법 일어나곤 했다. 그 가운데 특히 잊히지 않는 것은 두 가지다. 첫째는 내가 임의로 '오징어사건'이라 이름 지어 부르는 것으로 벌써 15년이나 지난 옛일이다. 《한문사료강독》 시간에 공자와 제자들의 관계를 다룬 《논어》 술이편述而篇의 한 구절을 읽은 적이 있다. 배경 설명을 하면서 공자 제자관弟子觀의 일단을 내 나름으로 해설하였다. 공자는 자기에게 배울 것이 있다고 여겨 불원천리 찾아온 학생들을 만나는 것을 특히 즐겁게 여겨 《논어》 첫머리에 거론하였던 것이라고 지적한 뒤, "여러분들이 내 강의에서 뭔가 배울 것이 있다고 생각하여 왔으니 나로서는 얼마나 기쁜 일인가!"라 했다. 그러나 성인이요 동양 최고의 스승인 공자도 아무나 가르쳐 준 것이 아니고, 선생 문하에 처음 입문할 때 최소한의 성의표시는 받는 것을 예라고 생각했으니 그 예물을 일컬어 '속수束脩'라 하였다. 공자가 "마른 포 한 묶음 이상을 예물로 가지고 온 자에게는 내 일찍이 가르쳐 주지 아니한 적이 없다(自行束脩已上, 吾未嘗無誨焉)"라고 한 문구가 바로 그것이다. 나는 마른 포(속수)란 쉽게 풀이해서 오징어 같은 것이라고 학생들에게 설명하였다. 또 '이상已上'이라 했으니 최소한 오징어 정도는 가져와야 된다는 이야기다라고 했다. 이 구절을 소개하면서 괜히 이런 부연설명을 하는 것이 어째 좀 어색하다는 생각도 들었다. 조금 찔린 나머지 춘추시대 공자가 한 말을 단지 소개했을 뿐이니 시대를 달리하는 여러분들은 신경 쓸 필요가 없다고 굳이 해명까지 했다. 한 학기가 지나고 새 학기가 시작된 9월 어느 날 강의실에 들어갔더니 교탁 위에 오징어 한 축(20마리)과 꽃 한 다발이 놓여 있는 것이 아닌가? 아무리 생각해도 그 이유를 금방 알아차릴 수가 없었다. 스승의 날도 아니고 그저 나에게는 평범한 날일뿐인데도 말이다. 너무 뜻밖이라 어리둥절하고 있는데 어느 한 학생이 '해피 버스데이'라는 노래를 선창하니 다른 학생들이 따라 부르는 것이 아닌가? 사연인즉슨 학생들은 나의 호적상 생일을 내 생일로 알고 이날을 기억하고는 선생에게 드리는 '속수'로 오징어 한 축을 준비한 것이었다. 내 생년월일은 우리 세대 사람들이 대개 그러하듯이 실제 생일과는 다르다. 내가 생각지도 않는 날에 뜻하지 않는 생일 선물을 학생들로부터 받았다. 좀 켕겼지만 어릴 때부터 특히 오징어를 좋아했던 터라 집에 가져가서 학생들의 엉뚱한 착상을 떠올리며 가끔 소주에 안주삼아 뜯어먹었다.

둘째는 미국에서 맞은 스승의 날 이야기이다. 착하고 고마운 여자 제자가 하나 있다. 어느 하나 귀엽지 않은 제자가 있으랴마는 그 학생은 나의 특수한 제자이다. 내가 봉직하는 학교 학생이 아니면서 벌써 십여 년 동안 나에게 배울 것이 있다고 와서 공부를 하고 있다. 명목상 지도교수는 아니지만 석사논문도, 박사논문도 내가 거의 지도했다. 그 학생이 재적하고 있는 학교에는 걸맞은 전공교수가 없었기 때문이다. 봄비가 부슬부슬 내리던 어느 날 처음 나를 찾아와 지도를 부탁하면서 몹시 긴장하던 모습이 아직도 눈에 선하다. 그날 이후 박사학위를 받은 지금까지도 격주로 하는 나의 세미나에 개근하고 있다.

2004년 미국에 머물 때 일이다. 5월 15일 뜻밖의 꽃바구니 하나를 배달받았다. 미국에 있는 나에게 꽃다발을 보낼 사람이 없는 데도 소담한 꽃바구니가 배달된 것이다. 배달하러 온 미국인에게 딴 집일 거라고 재확인을 요구했으나 주소도 맞고 수취인이 내가 확실하다고 했다. 보낸 사람 이름을 보니 그 학생이었다. 미국으로 배달된 것이니 모든 문자가 영어로 되어 있을 수밖에 없는데, 꽃다발 위에 꽂혀 있는 쪽지를 보니 다음과 같은 문구가 쓰여 있었다.

> "박 교수님; 나는 이 말을 매일 하지 않고는 있지만 선생님이 (제게) 해 주시는 모든 것들에 대해 감사하고 싶습니다. ㅁㅁㅁ가 (Dear Professor Park: I may not saying this everyday, but want to thank you for all you do. From ㅁㅁㅁ)"

우선 놀란 것은 요즈음 세상이 얄미울 정도로 편리한 것이었다. 한국에서 미국까지 '꽃 배달'이란 정말 상상하지도 못한 일이었다. 평소 예상할 수도 없는 기상천외한 일이 내 앞에서 벌어진 것이다. 또 그런 생각을 한 것 자체가 놀라운 발상이 아닐 수 없었다. 학생의 마음 씀씀이가 이국땅에 있는 내 마음을 새삼 훈훈하게 하였다. 찬찬히 그 문구를 해석해 보니 스승에 대한 최상의 찬사가 아닐 수 없었다. 나는 아내와 두 딸 앞에 제법 으스댔다.

대수롭지 않는 나의 영어실력으로 볼 때 언뜻 '선생님이 (제게) 해 주시는(you do)'보다는 '선생님이 (제게) 해 주었던(you had done)'이 시제 時制상으로 맞을 것 같다는 생각이 들었다. 다시 곰곰이 따져 보니 '해 주시는(you do)'이야말로 절묘한 표현이었다. 과거형(해 주셨던)이기도 하고, 현재형(해 주는)이기도 하며 미래형(해 줄)일 수도 있다는 생각이 들었기 때문이다. 본인에게 군이 그 진의를 다그쳐 물어볼 수도 없는 일이었지만 나는 아직까지 그렇게 해석하고 있다. 그런데 가만히 생각해 보니 그 말은 나를 여간 곤혹스럽게 하는 것이 아니었다. 내가 과연 선생 노릇을 제대로 해왔느냐 하는 강한 의문이 들었기 때문이다. 십여 년이란 세월 나는 과연 선생으로 그에게 무엇을 해 주었단 말인가? 돌아보면 진정 '사표師表'라는 말이 어울릴 정도로 그를 인도한 것 같지도 않았다. 내 기분에 따라 야단도 많이 쳤다. 또 그녀의 질문에 명쾌한 논리로 답해 주지 못한 적도 한두 번이 아니었다. 그런데도 이런 극단의 찬사를 보내 주니 설사 빈말이라 하더라도 나야말로 감사할 수밖에 없다는 생각이 들었다.

스승의 날이란 학생들이 선생으로 하여금 자신을 다시 되돌아보게 하는 날인가 보다. 이제부터라도 선생으로서 마음가짐을 다시 가다듬어야 하겠다는 생각을 하게 되었다. 하고많은 영역 가운데 같은 분야를 공부하는 것도 인연인데, 또 모래알 같이 많은 사람들 가운데 선생과 제자로서 만나 동일한 주제를 갖고 같이 고민한다는 것도 보통 인연은 아닐 것이다. 그 학생은 제도상 나의 학생도 아니다. 이런 관계의 제자를 뭐라고 부르는지 잘 알 수 없다. '존경하는 선생'과는 거리가 멀기도 한데다 또 직접 만나 가르치기도 했으니 흔히 쓰는 말로 '사숙私淑'이란 말도 해당되는 것 같지 않다. 사실 제도상 선생-제자라는 관계가 그리 중요한 것은 아닐 것이다. "벗(학생)이 멀리서부터 찾아오니 또한 즐겁지 아니한가(有朋, 自遠方來, 不亦樂乎)라던 공자의 말을 외람되이 읊는 수밖에 다른 도리가 없다. 선생이 되었다는 것이 그저 행복할 따름이다. '선생님이 해 주시는(you do)' 일에 그녀가 계속 감사할 수 있는 진짜 선생이 되도록 노력해야겠다는 결심을 다시 해본다.(2007. 4. 4.)

# 덕위상제德威相濟
## -스승의 길

　요즈음처럼 스승이 몰매 맞고 있는 시대도 우리나라 역사상 쉽게 찾아볼 수 없을 것이다. 무자비한 구타와 성추행 등으로 어린이집 보육 교사부터 대학 교수까지 무차별 지탄의 대상이 되고 있다. 평생 학생을 가르치면서 살아온 사람으로서 면구스럽기 짝이 없다. 더구나 교수생활 30여 년을 보내고 정년퇴직까지 한 사람으로 뒤돌아보니 이제까지 좋은 스승 노릇 제대로 해 본 적이 없는 것 같아 더욱 송구하다. 시인이며 독문학자인 전영애 교수의 에세이집 《인생을 배우다》(청림, 2014)를 읽고는 심한 부끄러움을 느꼈다.

　좋은 스승이란 구체적으로 어떤 사람일까? 요즈음 나름으로 생각을 정리해 보려 노력하고 있다. 아직도 확실하게 답변을 내놓을 수 없는 질문 가운데 하나이다. 교수란 학자이기에 앞서 학생을 가르치는 스승이다. 진부하기 이를 데 없는 이야기이지만 가장 성공적인 교수란 훌륭한 학자인 동시에 좋은 스승이다. 학자로서 우열은 그 학문적인 성과로 평가되고, 그 평가는 자신의 노력 여하에 따라 결정되는 것이므로 훌륭한 학자가 되는 길이 무엇인지 알기란 그리 어렵지 않다.

좋은 스승이 된다는 것은 훌륭한 학자와는 다른 차원의 문제가 아닌가 한다. 뛰어난 영재를 많이 길러내는 것도 중요하지만 제자들로부터 참스승이라 고개 숙여 존경 받는 인격체가 되어야 한다. 그 단계에 이르기란 여간 어려운 일이 아니다. 폭풍처럼 야단치면 곧 어디론가 날아가 버리고 산들바람처럼 다독거리면 금방 착 달라붙는 것이 통상의 인성이니 이 방법이 좋은가 저 방도가 좋은가 측량하기가 쉽지 않으니 결국 이 의문을 해결하지 못하고 인생을 끝내는 것이 아닌가 하는 불안감 같은 것이 요즈음 크게 나를 압박하고 있다.

훌륭한 학자, 좋은 스승이라 하면 생각나는 사람은 공자다. 동양 최고의 학자요 최고의 스승인 공자는 제자를 '심복心服'시켰다고 한다. 그가 이룬 학문도 당연히 훌륭했겠지만 그의 저서가 남아 있지 않기 때문에 제자와 대화록인 《논어》와 후세 유가들의 이야기로만 간접적으로 그를 만날 수밖에 없다. 그러나 그와 제자들이 나눈 대화만 가지고도 그가 훌륭한 스승이었다는 것은 금방 확인할 수 있고, 또 스승의 길이란 무엇인가를 대강 정리하는 데는 큰 어려움이 없는 것 같다.

제자들이 공자를 향해 보인 '심복心服'이란 것은 힘에 기초하여 강제로 복종시켜, 상대로 하여금 마지못해 따르게 하는 패자覇者의 이른바 '역복力服'과는 반대되는 개념이다. 맹자의 말에 따르면 심복이란

> 힘으로서 다른 사람을 복종시키면 마음으로 복종하는 것이 아니라 힘이 부족하기 때문에 그러는 것이다. 덕으로서 다른 사람을 복종시키면 마음 가운데서부터 기뻐서 진실로 복종하는 것이니 70제자가 공자에게 복종하는 것과 같은 것이다. 《시》에서 동서남북 사방에서 와 복종하지 않으려는 자가 없었다고 하였던 것은 바로 이를 두고 하는 말이

다.(以力服人者, 非心服也, 力不贍也. 以德服人者, 中心悅而誠服也. 如七十子之服孔子也. 詩云自西自東自南自北, 無思不服, 此之謂也.:《論語》公孫丑 上 -3)

라 하였다. 맹자가 덧붙인 설명에 따르면 힘으로써 인仁한 것처럼 가장하는 패자는 반드시 대국을 만들려 하고, 덕으로 인을 행하는 왕자는 반드시 크기를 구하지 않는다는 것이다. 은나라 탕 임금이나 서주의 문왕이 그런 분이다. 반면 제나라 환공이나 진나라의 문공 같은 패자는 원래 그런 마음이 없으면서 인한 것처럼 가장하여 공(목적)을 이루려 했기 때문에 결국 아랫사람들의 '역복'을 추구할 수밖에 없었던 것이라는 설명이다.

맹자가 말하고자 한 대상은 정치가였지 딱히 스승만을 두고 이야기한 것은 물론 아니었다. 맹자는 공자와 제자 사이의 관계를 그 예로서 들었기 때문에 스승의 길이나 왕자가 가는 길은 그 기본 원리에서는 같다고 본 것 같다. 위의 이야기를 스승으로 한정시켜 본다면 첫째, 제자를 많이 두는 것만이 능사는 아니라는 것이다. 둘째, 주자의 주에 따르면 힘〔力〕이란 토지나 갑병甲兵을 의미한다고 하였으니 스승이 가진 경제력이나 권력의 강약이 크게 문제되지 않는다. 오히려 제자들에게 경제적으로 혜택을 주거나 권력을 이용해서 그를 억지로 매어두게 하는 것은 훌륭한 선생이 할 일은 아니라고 본 것이다. 훌륭한 정치, 곧 왕도를 행하는 왕자王者나 훌륭한 스승인 공자와 같이 되려면 '덕'으로 '인'을 행해야 한다. 즉 인을 행하기 위해서는 먼저 덕을 갖추어야 한다는 것이다. 인도 풀이하기 어려운 말이지만 덕이라는 것도 쉽지 않는 개념이다.

최근 '덕위상제德威相濟'라는 말을 거론한 책 구절을 읽은 바 있다. 어느 사무실 벽에 걸려 있는 액자에 쓰인 글이라는데 그 책에서는 이를 "덕과 위엄은 서로 건진다", "덕은 위엄으로 건지고 위엄은 덕으로 건진다.” 즉 덕과 위엄의 조화가 중요하다고 풀이했다. 정말 맞는 해석이다. 회사 사장이든, 스승이든 윗사람이 갖추어야 할 덕목으로서는 이 두 가지의 조화 이상 중요한 것이 없을 것 같기 때문이다.

공자는 “덕은 외롭지 않고 반드시 이웃이 있다(德不孤, 必有隣: 《論語》 里仁-25)”고 했다. 또 “하늘이 덕을 나에게 주셨으니 환퇴(송나라 사람으로 공자를 해치려 한 자)인들 나에게 어찌 하겠는가(天生德於予, 桓魋其如予何: 《論語》 述而-22)”라 하였으니 덕을 가진 사람은 후원자나 지지자를 많이 가져 외롭지도, 쉽게 해침을 당하지도 않는다는 것이다.

이렇게 효용이 막대한 것이 바로 덕이라면 누군들 덕 닦기를 좋아하지 않겠는가? 그러나 누구나 덕을 쉽게 닦을 수 있다면 왜 그 일을 마다했겠는가? 공자는 “나는 덕을 좋아하기를 여색을 좋아하듯이 하는 사람을 보지 못했다(吾未見好德如好色者也: 《論語》 子罕-17)”고 한 것을 보니 사람들은 덕을 닦기를 그리 좋아하지 않았고, 또 쉽게 닦여지는 것도 아닌 것이 분명하다. 그래서 공자 자신도 “덕이 닦여지지 않고 배움도 진보하지 않으니 … 그것이 나의 근심이다(德之不修, 學之不講 … 吾憂也’: 《論語》 述而-3)”라 하였다. 공자도 그러했는데 일반 사람들이야 쉽게 획득할 수 있는 것이 아님은 너무도 명백하다.

‘덕위상제’에서 덕과 위를 대칭시켰으니 둘이 반대 개념인 것은 분명해 보인다. 쉽게 말해 덕은 위엄과는 다른 개념인 것이다. 덕이 있으면 그 밑에 사람이 모여들어 외롭지 않다고 하였으니 말이다. “물이 너무 맑으면 고기가 모이지 않고, 사람이 너무 살피게 되면(대범하지 않으면) 따르는 무리가 없다. 그래서 임금은 관을 쓸 때 주렴을 내려 그 밝음을 덮고, 주광(솜으로 만든 황색 귀막이)을 늘어뜨려 귀를 막아 들리는 것을 덮는 것이다(水至淸則無魚, 人至察則無徒, 故人君冕而前旒所以蔽明, 黈纊塞耳所以蔽

聽:《孔子家語》)"라는 말이 있으니, 너무 투명한데다 각박하게 따지는 것도 '덕'과는 거리가 있어 보인다. 또 공자의 제자 자유子游는 "벗을 사귐에 충고를 너무 자주하면 그 사이가 소원해진다(朋友數, 斯疏矣:《論語》里仁 -26)"라 하였으니 충고를 자주 하는 것도 덕과는 거리가 있는 것 같다. 그러면 이 '덕'이란 도대체 뭔가? 어떻게 해야 덕이 있는 사람이 되는 것인가?

《석명釋名》이란 책에는 "덕이란 일의 마땅함을 얻는 것(德, 得也, 得, 事 宜也)"이라 하였고, 우리가 흔히 쓰는 《옥편》을 보면 "똑바른 마음으로 인생길을 걷다"라고 되어 있다. 이 글에서 많이 인용한 《논어》의 〈헌문〉 편에 나오는 '덕'자에 대한 후한시대 대학자인 정현鄭玄이 붙인 주를 보면 "덕은 은혜를 베푸는 것을 말한다(德, 謂恩施也)"고 하였다. 이상의 해 석들을 종합하면 "스스로 합당하게 행동하면서 다른 사람들에게 은혜를 베푸는 것"이라 풀이해도 큰 잘못은 없겠다. 즉 스승이라면 그 스스로가 학자인 동시에 인격자로서 바른길을 걷고, 다음으로 제자의 아픔과 기쁨 을 두루 살펴서 마음으로 배려하고 도와주는 것이 바로 덕인 것이다.

반면 위란 "위가 있으면 사람들이 두려워한다. 그것을 가리켜 위라 한 다(有威而可畏, 謂之威 :《左傳》襄公 31)"는 풀이에서 보듯 엄격함을 갖춘 '카리스마'를 의미한다. 제자가 나태해지거나 제대로 된 길을 가지 않게 되었을 때, 스승이란 존재 그 자체만으로 스스로 두려움을 느끼게 할 수 있는 카리스마가 있어야 한다. 제자에 대한 지적은 짧게 서릿발처럼 날 카로워야 하겠다. 그것도 자주하게 되면 효용체감의 법칙이 작용하니 아 껴야만 '위'의 효력이 배가되는 것이다. 겁주지 않고 항상 오냐오냐하는 사람은 사실 옳은 스승이 아닌 것이다.

이런 의미에서 스승은 덕과 위를 적절히 조화시켜 제자를 길러야 한다는 것으로, 덕과 위 어느 하나 택일의 문제는 아닌 것이다. 그뿐만 아니라 덕과 위는 서로 보완적이라는 생각이 든다. 스승이 바른길을 가지 않을 때 카리스마가 생길 수는 없기 때문이다. 또 사랑이 동반되지 않는 카리스마는 유효할 것 같지 않기 때문이다. 덕과 위는 서로로 하여 덕과 위답게 되는 것이다. 송나라 사마광의 〈권학가〉에 "가르치고 이끎에 있어 엄격하지 않는 것은 스승의 나태함이다(訓導不嚴師之惰)"라 하였으니 스승이 엄격하지 않으면 스승이 아닌 것이다. 그렇다고 엄격함만 고수하게 되면 제자는 '경이원지敬而遠之'할 것이고, 덕만 강조하다 보면 '친압親狎'하기 마련이다. 어느 한쪽으로만 치우칠 수 없는 것이 윗사람, 곧 스승의 길이라 해도 좋을 것이다.

스승이 자주 봉착하는 구체적인 사안을 갖고 한번 생각해 보자. 아무리 가르쳐도 이 방면에는 재목이나 체질이 아니라고 판단되면 덕만을 고수할 수는 없는 것이다. 이 점과 관련하여 공자가 세워 둔 제자로서 기준은 대강 세 가지 정도로 요약할 수 있을 것 같다. 첫째, 자질의 문제이다. "중등 이상의 자질을 가진 사람에게는 높은 도리를 말할 수 있으나 중등 이하의 자질을 가진 사람에게 높은 도리를 말할 수는 없다.(中人以上, 可以語上也. 中人以下, 不可以語上也: 《論語》雍也-19)"라 하였으니 그 학문에 합당한 자질인지 아닌지를 빨리 판단해 주어야 한다. 사람은 누구나 나름의 독특한 자질을 가지고 있다. 다른 곳에서 얼마든지 능력을 발휘할 수 있는 자질을 가졌지만, 공부에는 재능이 없는 자를 억지로 붙들고 있는 것은 제자에게 도움이 되지 않을뿐더러 스승으로서 할 도리도 아니다. 특히 그것은 제자 자신의 인생을 그르치게 하는 길이기 때문이다.

둘째, 게으른 자이다. 공자가 낮잠만 자는 재여宰予에게 "썩은 나무는 조각할 수 없다(朽木, 不可雕也: 《論語》公冶長-10)"며 야단을 쳤다. 아무리 재능이 뛰어나도 게으른 자에게는 가르침을 베풀 수 없다며 단호히 질타했던 것이다. "배우는 자가 스스로 알려고 노력하지 않으면 그를 계발시켜 주지 않았으며, 말로 표현하려 애쓰지 않는다면 그에게 말해 주지 않았다. 한 귀퉁이를 들어주어 세 귀퉁이를 연상하지 못하면 다시 가르쳐 주지 않았다(不憤不啓, 不悱不發, 舉一隅, 不以三隅反, 則不復也:《論語》述而-8)"라 했으니 노력하지 않는 제자에게 단호했던 공자의 모습을 새삼 보게 된다. 사실 공부를 좋아하는 제자를 찾기란 그리 쉽지 않다. 공자가 가장 아끼는 제자는 안회顔回였는데, 그 이유는 그가 공부하기를 누구보다 좋아했기 때문이었다. "계강자가 제자 가운데 누가 공부하기를 제일 좋아하느냐고 물었다. 공자는 안회가 있었는데 불행하게 일찍 죽었다. 지금은 아무도 없다고 대답했다(季康子問; 弟子孰爲好學?, 孔子對曰; 有顔回者好學, 不幸短命死矣! 今也則亡:《論語》先進-7)"고 한다. 70이 넘는 제자들 가운데 공부를 좋아하는 자가 겨우 한 명에 불과했다고 한 공자의 평가는 너무 각박해 보이지만 공자의 제자에 대한 기대가 어느 정도의 수준이었는지 여지없이 나타나고 있다. 공자가 안회를 정말 얻기 힘든 제자로 여겼던 것은《논어》곳곳에서 발견된다. "안연(회)이 죽자 공자는 아아 하늘이 나를 망쳤구나! 하늘이 나를 망쳤구나!(顔淵死, 子曰, 噫, 天喪子! 天喪子! :《論語》先進-9)"라 탄식해 마지않았던 것은 호학의 안회에 대한 진한 제자사랑을 엿보게 하는 것이다.

셋째, 쉽게 좌절하는 자이다. "공자는 스스로 힘이 부족하다며 중도에 중단하는 자에게는 너는 이제 끝났구나!(子謂, 力不足者, 中道而廢 今女劃 :《論語》雍也-10)"라 단정해 버린 것이 그것이다. 제대로 노력해 보지도 않고 쉽게 포기하는 잘못을 능력부족이란 말로 대체하려는 자만큼 딱한 사람도 없다.

사제관계는 대립관계가 아니다. 사제지간에는 마땅히 예의를 갖추어야 하지만, 기본적으로 사랑하는 관계이며, 상호보완적인 관계인 동시에 계승적인 관계인 것이다. 누군가 "사랑한다는 것은 서로 마주 보는 것이 아니라 같은 곳을 바라보며 함께 걷는 것이고, 돕는다는 것은 우산을 들어주는 것이 아니라 함께 비를 맞고 가는 것"이라 했다. 사제는 평생 동지를 넘어 '누대累代'를 이어 갈 학맥인 것이다.

앞에서 공자 등 선현들이 말한 몇 가지 언급을 통해서 스승의 바른 길을 내 나름으로 정리해 보았지만, 자고로 앞사람의 말씀은 하나도 뺄 것도 보탤 것도 없다. 이런 선현들의 말에서 우선 내 교직생활을 뒤돌아 보고 또 오늘의 나 자신을 들여다보면 정말 스승으로서 제자리를 지키고 있는지 심히 회의하지 않을 수 없는 것이다. 지금까지 내가 섰던 자리는 내 자리였던가? 제자리를 가려서 지키지 못하면 잡초가 된다. 보리밭에 밀이 있다면 밀은 곧 잡초인 것이다. 이 세상 어떤 풀도 원래부터 잡초였던 것은 아니었다. 밀은 밀밭으로 가서 자라게 해주어야 한다. 나야 되돌리기에는 이미 늦었다 하더라도 제자는 혹여 잡초가 되는 일이 없도록 추상같이 가려주어야 하고, 제자리 잡고 한창 크고 있는 제자들은 더욱 튼실하게 성장할 수 있도록 북돋아 주어야 한다. 그것이 '덕위상제'의 본뜻이며, 스승이 가야 할 바른길이 아닐까. 70고개를 넘어서니 스승의 길이 어렴풋이 보이는 것 같다. "노년은 늙기 쉽고 배움은 이루기 어렵다"는 말이 새삼 상기되는 계절이다.(2015. 2. 9.)

## 나의 뒷모습

사람이 살아가는 방식은 각각 다르다. 사람에 대한 평가도 사람에 따라 저마다 다를 수밖에 없다. 우선 그 평가 주체가 자신이냐 타인이냐에 따라 차이가 크지 않을까 한다. 자신을 두고 한 평가가 후할까, 아니면 타인이 내린 평가가 후할까? 딱 부러지게 말할 수는 없지만 일반적으로 자평이 타인의 평가보다는 좀 더 가혹하리라 생각된다. 후회스럽지 않은 삶을 살았다고 자신할 사람은 얼마나 있을까마는 나는 이전 어른들로부터 "후회막급이야! 나는 이제껏 헛살았어!"라는 자평을 자주 들으면서 지내왔기 때문이다. 물론 인생의 말미에서 "참 열심히 살았어!"라고 마음 뿌듯해 하시는 분들도 있겠지만 대체로 자기에 대한 평가는 냉혹한 것이 일반적이지 않나 여겨진다. 자평은 사실 기준의 문제이지, 자료 수집이 부족해서 잘못 평가하는 것이 아닐 것이다. 그렇지만 타평일 때는 실상과는 전혀 다른 평가를 내리게 되는 경우가 많은 것 같다. 똑같은 사람을 두고 어떤 자는 "대단히 훌륭한 인생을 보냈다"고 하고 어떤 자는 "너무 허무하게 삶을 살았다"는 등 평자에 따라 여러 가지 평가가 나오는 것을 보곤 하기 때문이다. "그렇게 불성실하게 산 것은 아니야"라고 스스로를 자평할 수 있고, "실패한 인생은 아닌 것 같아"라는 타평 정도라도 들었으면 하는 것이 요즈음의 나의 소망이다.

당장의 평가가 있느냐 하면 지난 뒷날 평가가 있다. 후의 평가, 곧 죽은 뒤의 평가가 무슨 소용이냐고 힐난한다면 우리 인생살이라는 것이 너무 허무해지지 않는가 하는 생각이 든다. 특히 나처럼 사시장철 과거 한 시대를 살았던 인간들의 행동에 대해 평가하는 것을 직업으로 하는 사람에게는 더욱 그러하다. 역사상 인물은 자평과 타평을 종합해서 그 사람을 둘러싼 모든 자료를 갖고 평가하게 된다. 그러나 우리가 평시 사람을 평가할 때는 대개 그 사람의 앞모습만을 보고 평가하게 되는 경우를 많이 본다. 앞모습이 진짜 그 사람일까? 앞모습이란 대체로 그 사람 지위나 재력, 업적 등이 될 것이다. 세속적인 평가란 대체로 이런 앞모습을 보고 내려지기 마련이다. 앞모습은 당사자가 꾸민 모습이지만, 뒷모습은 본인이 쉽게 분식하지 못하는 적나라한 모습이다. 앞모습에 가려진 뒷모습이 그 인간의 실상에 가까울 가능성이 높다. 앞모습은 당장의 평가 자료로 쓰이지만, 뒷모습이란 오랫동안 수많은 사람들이 긁어모은 것이라 평가 자료 가운데에서 대부분을 차지한다. 다시 정리하면 앞모습이란 항상 보이는 순간의 모습이어서 당장 평가할 수 있는 것이지만, 뒷모습은 숨겨져 잘 보이지 않는, 오랫동안 켜켜이 쌓여 남겨진 모습이라 신중히 음미·연구한 뒤 평가되어야 할 것이다. 앞모습을 잘 꾸미는 것은 쉽지만 뒷모습을 아름답게 하는 일은 어렵다. 역사가는 어떤 면에서 그 사람의 뒷모습, 곧 진짜 모습을 찾아서 평가하는 사람이다.

어느 날 제자와 교정을 걷다가 순환도로 옆 버스 정류장에서 헤어졌다. 그날 저녁 나는 제자로부터 메일을 받았다. "정류장에서 아스라이 멀어지는 선생님 뒷모습을 뵈면서 이러저러한 생각들이 많이 들었어요 …"
라 쓰여 있었다. 다른 날 그 제자는 "뒷모습 … 아까 선생님께 인사드리
고 가다가 뒤를 돌아다보니, 우거진 나무들 사이로 하얀 그 무언가가 보
였습니다. 모르셨죠? 선생님 모습이 유달리 따스해 보였습니다. 또 백발
이 눈에 많이 띄었습니다. 그간 흰머리가 있으시다는 생각을 못했어요
…"라고 메일을 보내왔다. '뒷모습'이라는 말을 듣게 되자 나는 그녀에게
문득 나의 보이고 싶지 않은 것을 보인 것 같은 아찔함 같은 것을 느끼
게 되었다. 그녀는 나에 대한 평가를 직접 주는 메일에서 매정하게 할
수는 없었을 것이다. 그렇지만 내 뒷모습이 그녀에게 이러저러한 생각을
들게 하였듯이 "따스해 보이기도 하고 백발이 눈에 띈다."는 두 가지 평
은 나로 하여금 이러저러한 생각을 갖게 하였다. 아버지 같은 따스함과
함께 늙어가는 선생에 대한 걱정과 연민이 묻어나는 것 같기도 하고 …
여하튼 쉽게 읽히지 않는 글이었다.

　언제부턴가 나는 내 뒷모습이 찍힌 사진보는 걸 매우 싫어하게 되었
다. 젊을 때부터 빠지기 시작한 소갈머리의 상태를 새삼 여실히 확인하
게 되기 때문이다. 평소에는 이 정도는 아니라고 여기고 지내왔는데 누
군가가 스냅으로 찍은 나의 뒷모습을 보고는 소스라치게 놀라게 된 적이
많았기 때문이다. 평소 손으로 만져보았을 때에는 둔한 촉각 덕분인지
그래도 저 사람 정도는 아니겠지 자위했는데 내가 평소 마음속으로 경쟁
하고 있던 그 사람보다 훨씬 심각한 것을 사진으로 확인하게 되었던 것
이니 그 쇼크는 아직까지 강하게 남아 있다.

　제자에게는 평소에 권위 같은 것을 굳이 세우려 하지 않는 나였지만 선
생이란 제자에게는 어쨌거나 어려운 존재임에는 틀림이 없었을 것이다.
선생의 모습을 그래도 마음껏 찬찬히 살필 수 있는 것은 멀어져 가는

뒷모습 정도가 아니었나 싶다. 제자가 어디 나에게 남은 머리털 수를 보고 어떤 생각을 하게 된 것은 아니었겠지만 그래도 어째 개운한 것은 아니었다.

여하튼 제자에게 뒷모습이 추하게 느껴지지 않은 것 같아 천만다행이었다. 그러나 나는 제자뿐만 아니라 누구에게라도 측은하게 보이지 않았으면 한다. 욕심쟁이라 욕할까봐 '저세상 갈 때까지'란 말은 차마 하지 못하지만, 강단에서 정년할 때까지만이라도 그들에게 당당하게 보였으면 하는 바람이 간절하다.

사실 이런 외형적인 뒷모습보다 나는 주위 여러 사람들에게 진짜 좋은 뒷모습으로 기억되었으면 하는 희망을 갖고 있다. 즉 외형적인 모습의 아름다움이 아니라 이를테면 내면적인 아름다움으로 기억되었으면 좋겠다. 법정스님은 "늘 가까이 있어도 / 눈 속의 눈으로 보이는 / 눈을 감을수록 더욱 뚜렷이 나타나는 모습이 / 뒷모습이다. / 이 모습이 아름다워야 한다 … / 앞모습은 허상이고 뒷모습이야말로 실상이기 때문이다."라고 했다.

나에 대한 자료를 가장 많이 소장하고 있는 나로서는 내 뒷모습이 너무 볼품없다는 생각을 쉽게 지울 수가 없다. 볼품없는 뒷모습을 조금 더 단장하여 괜찮은 것으로 만들고 싶은데도 육신은 지쳐 자꾸 주저앉고 싶기만 하다. 마음을 다잡아 보기도 하지만 날이 갈수록 오히려 상처자국은 늘어만 가는 것 같아 안타깝기만 하다. 인간은 '자기 몫'을 다했을 때에 그 자취가 남들에게 곱게 비쳐지는 것이다. 남은 날이라도 내 몫을 다하면서 살고 싶은데 그러기가 이렇게도 어렵기만 하다. 이런 내 자신을 바라볼라치면 짜증스러울 때가 많다. 이런 이지러진 내 모습으로 다른 사람에게 무슨 그리움이나 감동을 자아낼 리가 있겠는가? 내 자신이 충만감을 느끼지 못하는데 누군들 튼실하다 하겠는가? 참으로 참담하고 또 쓸쓸하기만 하다. 꽃은 피어 있을 때도 아름다워야 하지만 질 때도 추하게 보이지는 않아야 한다. 이 불모의 계절을 살았던 내가 그나마 힘겹게 피웠던 내 꽃들이 사람들에게 어떤 형태와 빛깔로 기억될 수 있을까?(2007. 6. 7.)

# 나의 '정치교수' 시절

지식인 특히 교수의 사회봉사는 너무도 당연한 임무로서 이를 거론하는 것 자체가 진부한 일인지도 모른다. 학문이란 전문성을 생명으로 하는 것이므로 이 학문의 연구과정에서 획득한 지식을 현장에 적용·실험해 보는 것은 비단 사회에 공헌이라는 차원을 떠나 그 학문 자체의 발전을 위해서도 좋은 일이다. 그러나 우리 사회에서는 교수의 사회, 특히 정치참여에 대해 부정적인 시각을 갖는 분이 아직도 많다. 그것은 전문성을 내세운 엽관獵官운동이라는 혐의를 벗지 못하기 때문일 것이다. 사회 참여에 그 동기의 불순함이 도사리고 있었기 때문이 아닌가 한다. 최근 대선이 가까워지자 교수들이 유력한 대선주자 캠프에 줄을 서고 있다고 한다. 이런 교수를 세간에서는 '정치교수(Poli-fessor)'라고 일컫는 모양이다.

나도 한때 겁 없이 정치에 관심을 조금 가졌던 '정치교수'였던 적이 있었다. 뭐 그렇다고 대단한 정치적 이상이나 구국의 충정을 가진 것도 아니었고, 단지 앞뒤 가리지 않고 불의에 대해 참지 못하던 내 젊은 시절 서투른 행동의 표출이었을 뿐이었던 것이다. 며칠 전 인근 학과 선배 교수가 금년 8월 정년을 앞두고 교직생활을 회고하는 모임을 갖는다고 하여 참석하였다. 그 선배 교수께서 교수생활을 돌이켜 보면서 그동안의 보람찬 일들 가운데 하나로 20년 전 저 낡은 '서명교수사건'을 들었다. 그러면서 이 자리에 당시의 '동지' 세 분이 자리하고 있다며 나와 다른 두 사람인 3명을 거명하였다. 동지라는 말이 거슬리지 않는 것은 아니었 지만 사실 따지고 보면 당시처럼 살벌했던 시기에 같이 서명을 했다는 것은 어쩌면 '동지' 이상의 유대감을 갖기에 충분했을지도 모를 일이다. 그분도 그렇겠지만 그 사건은 나에게도 마찬가지로 공개적으로 정치적 관심을 표명한 최초이자 마지막 사건이었다. 이른바 '6월 항쟁' 20주년이 라 하여 신문이나 방송에서 특집을 방영하고 있을 정도로 중대사안이었 고, 사실 서명 이후 교수들이 겪었던 일들은 '참담'했을 정도였으니 정년 을 앞둔 이 시점에서 당시 취한 행동이 선배교수에게도 아마 새삼 회고 되었을 것이다. 교수생활 30년을 마감하는 자리에서 그 수많은 사건 가 운데 그 당시의 일을 떠올린다는 것은 나름으로 심각한 경험으로 인식되 었던 것이다. 그러면서 그때의 '동지'들이 아직까지 연구실을 굳건히 지 키고 있으니 실로 고마운 일이라는 코멘트까지 하는 것이다.

1986년 4월 11일에 일어난 일이다. 서울대 교수 48명이 이른바 '시국 선언문'에 서명하여 발표한 것이었다. 서울대학 교수가 발표한 시국선언 문이 당시 최초의 교수 선언문은 아니었다. 3월 28일에 고려대학 교수 28명이 먼저 발표했다. 이어 4월 2일에는 한신대 교수 42명이 발표했다. 서울대학 교수가 한 것은 공동 3위라 할 수 있다. 같은 날 성균관대학 교수들도 발표를 하였기 때문이다. 당시 서울대 교수들 시국선언문은 사 회에 제법 큰 반향을 일으켰다. 서울대학이라는 당시 위상뿐만 아니라 우리들은 교수인 동시에 정치행위 자체가 법률적으로 금지된 '공무원' 신 분이었기 때문이다. 나로서는 서울대학에 부임한 2년차로 교수 가운데 최하위 직급인 전임강사 애송이로 철없는 시절이었으니 겁 없이 달려든 것임에 분명했다. 학교를 한 차례 옮기다 보니 전임강사·조교수를 4년 동안이나 이미 했는데 다시 전임강사로 부임해 왔던 것이다. 그 이듬해가 마침 오랜만에 다시 조교수로 진급이 예정된 시기라 나로서는 조신해야 할 때였다. 진급이야 몇 년이라도 기다릴 수 있지만 서명하는 순간 떠오르는 생각은 교수직 자체를 위협받을지 모른다는 불안감이었다.

정치교수라 했지만 〈대학의 위기극복을 위한 우리의 견해〉라는 선언문 제목부터가 사실 비정치적이었다. 선언문의 요점은 '대학의 위기'를 극복하자는 데 있었기 때문이다. 당시 선언문을 초록하면 다음과 같은 내용이었다.

"우리대학은 현재 진리의 탐구와 지성의 계발이라는 대학본연의 사명을 수행하는 데 필요한 자유가 허용되지 않고 있으며, 교수와 학생 사이에는 날로 불신의 장벽이 두꺼워지는 등 심각한 위기에 처해 있다. … 오늘날 대학의 이러한 상황은 기본적으로 우리 사회 전체의 병리가 압축되어 표출된 결과이며, 그 근원은 사회 구석구석에 자리 잡고 있는 비민주적 요소에 있다. … 국민이 원하는 정부를 세우기 위해 각계에서 전개되고 있는 개헌운동은 단순한 정치활동이 아니라 주권을 가진 국민의 당연한 권리행사이며, 민주주의에 대한 민족 비원의 표현이다. … 이러한 상황이 계속되어 극한에 이르게 되면 대학 존립은 물론 국가 파국마저 우려된다는 것은 시국의 추이에 대해 침묵을 지키고 있는 대다수 국민들도 함께 느끼고 있는 것이다. … 우리 젊은 교수들은 그동안 몸담고 있는 대학의 상황이 이에 이르도록 침묵해 온 책임을 통감한다. … 이 이상 우리가 함구한다면 작게는 대학인으로서의 책임을 외면하고 크게는 민족의 역사에 대한 지성인의 의무를 저버리는 일이므로, 젊은 세대의 희생을 줄이고 불행한 유산을 후세에 남기지 않도록 시대적 사명을 수행해야 한다는 책임감에서 견해를 밝힌다."

교수들 시국선언문이 우리의 민주화에 얼마나 기여하였는지 잘 모르지만 그순간에는 서명교수 대부분은 교수 자리 자체를 걸었을 정도로 비장했던 것만은 부정할 수 없었다. 서명이란 그 참여자 수가 많을수록 그 위력도 크고, 서명한 사람 자신에게 닥쳐올 위험도 점감되는 것이기 때문에 될 수 있는 대로 많은 수를 확보하려 노력하였다. 그러나 공개적으로 서명을 받으러 다닐 상황도 아니었기 때문에 당시 '주동'했던 몇몇 교수들의 잠행은 신문에 자세히 소개될 정도로 엽기적이었으니 그 수를 대폭 늘리기도 쉽지 않았다. 발표할 당시에도 서명교수들이 모두 참석하여 발표할 상황도 아니어서 호텔 커피숍에서 대표적인 두 분이 기자 몇 사람 불러놓고 한 극히 조촐한 회견이었을 뿐이었다. 교수 1,300여 명에 48명이 서명을 했으니 당시 정치권력이 '일부 몰지각한' 서명교수로 치부하는 것도 전혀 무리한 말은 아니었던 것이다.

교수들 시국선언문이 발표되고 나서 사회는 더욱 살벌해졌다. 급기야는 학생들이 시위 도중 분신하고 투신해 자살을 기도하여 목숨을 잃는 사건이 잇달아 발생하였다. 서울대 학생으로는 4월 28일 김세진(미생물학과)·이재호(정치학과) 군이 분신자살하는 사건이 발생했다. 이런 사건의 전개에 평소 나답지 않게 제법 흥분하였던 것 같다. 서명에다 더해 매우 정제되지 않는 발언을 신문지상에다 토했기 때문이었다. 제자로서 모 신문사 신입기자인 K군이 연구실에 찾아왔기에 이런저런 심중에 있는 것을 이야기한 것이 바로 다음 날 신문의 표제어로 실리게 된 것이다. 나로서는 실로 뜻밖의 일이기도 했지만 둘레 분들도 놀랐다. 나의 발언은 다음과 같다.

"올들어 대학가에서 일어난 가장 불행하고도 엄청난 일이다. 학생들에게 '생명을 경시하지 말라.'는 등의 충고가 현실적으로는 공허한 것에 불과한 점이 안타깝다. 대학생들이 사회 및 정치적 상황에 부닥쳐 큰 갈등을 느낄 경우 스스로 목숨마저 끊은 단계에 이른 현실을 두고 있음을 먼저 알아야 하겠다. 우리가 처한 상황 자체에 근본적인 수정이 없는 한 이 같은 비극이 되풀이될 것만 같아 크게 걱정스럽다."(朴漢濟 교수, 서울대 동양사학과 ;《동아일보》1986년 5월 21일(수) "모두의 책임 … 사회상황 근본적 시정을" 제하에)

이튿날 복도에서 만난 교수들도 평소 나답지 않은 행동에 나를 이상하다는 듯 바라보았고, 같은 학과 은사 선생님은 나를 불러 자초지종을 묻기도 했다. 사실 그냥 제자와 사석에서 한 말이 그렇게 기사화될 줄은 꿈에도 몰랐다. 신문의 생리를 전혀 모르던 시절에 일어난 어처구니없는 일이었다. 모두가 지나간 일이고, 그 뒤 별로 서명이라는 것을 해보지도 않았고, 정치에 대해서도 공개적으로 의사를 표명한 적도 없었을 뿐만 아니라 집요한 유혹에도 신문에 칼럼 한 번 써 본 적도 없다. 내 생애에서 서명 등 정치행위는 그 한 번으로 족하다고 생각했기 때문이다.

나뿐만 아니라 당시 서명교수들은 이른바 요즈음의 '정치교수'와는 달랐다. 즉 정치적 발언은 했으나 정치적 입신을 위해 서명을 한 교수는 한 사람도 없었기 때문이다. 낡은 신문 스크랩을 통해 당시 서명교수 48명의 면면을 검토해 보니 희한하게도 그 뒤로 정계나 관계에 진출한 이른바 '정치교수'는 한 사람도 없었다. 이미 작고한 분들도 있지만, 대부분이 지금도 교정에서 자주 만나는 정년을 바로 앞두고 있거나 4-5년 남긴 교수들이다. 정치와 약간 관련을 가졌던 분이 있다면 유일하게 총장을 지낸 정운찬 교수 정도이다. 그 뒤 여기에 서명한 교수들이 한 번도 모임을 가진 적도 없었기 때문에 '동지'로서 유대를 다져 볼 기회도 사실 없었다. 그리고 서명 사실 자체를 내놓고 떠벌리고 다닐 정도로 우리들이 그리 대단한 일을 했다고 여기지도 않았다.

　서울대 교수들 서명사건은 당시 문교부를 매우 곤혹스럽게 만들었다. 문교부장관은 곧바로 "교수의 집단행동 불용"을 엄명하는 성명서를 발표해야 했고, 곧바로 서명교수에 대한 처리에 들어가야 했기 때문이다. 당시 우리 서명교수들 가운데는 당장 2학기 재임용자가 3명이나 있었으며 해외 파견 교수도 몇 명이나 되었다. 세세한 상황전개과정은 모두 잊었지만 당시 서명교수들에게 가한 제재는 다음과 같은 것이었다. 첫째 해외연수의 제한, 둘째 1986년도 학술연구 조성비 지급대상자에서 제외, 셋째 대학교육협의회 평가교수단에서 제외 등이었다. 가장 치졸한 것은 이들 대상교수에게 이른바 '반성각서'를 제출할 것을 요구한 것이었다. 어느 한 교수도 그에 응한 자가 없었지만, 교수로서 느끼는 모멸감은 감당하기 힘든 일이었다. 그 뒤 1987년 5월 2일 122명의 서울대 교수 서명사건을 거쳐 결국 '6월 항쟁'으로 직선제 민주화를 성취하기에 이르렀다.

　지금 생각하면 어제 일처럼 생생한 데 벌써 20년 전 일이다. 선배 교수가 '동지'라고 한 말 한마디가 연구실 캐비닛 속에 처박혀 있던 낡은 신문 스크랩을 다시 들추어내게 하였다. 당시 선언문을 보니 '우리 젊은 교수들은'이라는 문구가 제일 크게 눈에 들어온다. 그때는 정말 젊고 패기가 넘쳤는데 이제는 정년을 맞아 조만간 떠나야 하는 자리에 우리는 앉아 있게 되었다. 당시는 실제 동지로서 유대를 느꼈었는지는 잘 모르지만 그때도 쓰지 않던 '동지'라는 용어가 아마 늙음이 가져다 준 우리들의 새삼스런 끈인 것 같아 조금은 쓸쓸하다. 나의 '정치교수' 시절은 그렇게 화려하지도 길지도 않았지만 내 젊은 시절의 특이한 이력 가운데 하나로 여전히 각인되고 있다.(2007. 6. 11.)

# 고맙습니다

  지난해 어느 TV방송국에서 방영한 "고맙습니다"라는 드라마가 있었다. 불의의 의료사고로 에이즈에 걸린 어린 딸을 데리고 외딴섬에서 힘겹게 살아가는 미혼모의 딱한 이야기였다. 산다는 것이 참으로 비참하고 절망적이었지만 살아 있다는 것 자체에 감사해야 한다는 것이 그 드라마가 우리에게 주는 메시지라고 나는 이해하고 있다. 얼마 전 어느 책을 보니 우리가 살아가면서 마땅히 해야 할 일로서 영어 철자가 ABC로 시작되는 세 가지 행위를 들고 있었다. "현재에 감사하며(Appreciate), 날로 조금씩 나아지려고 노력하며(Better and Better), 남을 극진히 섬기자(Care)"는 세 가지 행동지침이 그것이다. 다시 말하면 현재의 조건이나 상황이 어떠하든 지금 여기에 우리가 존재하고 있다는 것 그 자체에 감사해야 하고, 현재보다 조금이라도 나아지려 노력해야 하며, '너 때문에' 또는 '네 탓에'가 아니라 '네 덕분에'라는 바탕에서 매사에 임해야 한다는 것이다. 한마디로 모든 일에 행동하는 낙관주의자가 되자는 것이다. 사실 모두가 그렇게 할 수만 있다면 우리가 사는 사회는 얼마나 살맛 나는 세상이 되겠는가?

최근 신문지상을 통해서 읽은 어느 교수의 기막힌 이야기는 문득 나 자신의 처지를 되돌아보게 하였다. 해양지질 연구를 위해 오대양 육대주를 누볐던 젊은 교수가 탐사 도중 차량전복이라는 불의의 교통사고로 척추를 다쳐 목 이하가 완전히 마비된 뒤 이제 휠체어에 앉아서 덤으로 주어진 삶에 진실로 감사하며 열심히 살아가고 있다는 이야기이다. L교수 부인은 그에게 "살아주어 고맙다"고 했고, 본인은 "온몸이 마비되었지만 말이라도 제대로 할 수 있다는 것이 얼마나 다행인지 모르겠다"고 했다. 어쨌든 억장이 무너지는 이야기가 아닐 수 없다. 해양지질학이라는 학문이 구체적으로 어떤 것인가는 잘 모르긴 해도 휠체어 탄 몸으로 감당하기는 매우 힘든 학문일 것임은 쉽게 짐작된다. 뿐만 아니라 그가 앞으로 일상생활에서 겪어야 하는 장애인으로서 괴로움은 일반인들이 헤아리기 힘든 것들임은 쉽게 예상할 수 있는 것이다. 얼굴을 제외한 전신이 마비된 몸으로 그는 오늘도 자기의 길을 꿋꿋하게 걸어가고 있는 것이다. 신문에서는 그를 일러 "스티브 호킹 L교수"라고 했다.

우리는 신체 일부를 잃고 난 뒤에 그제까지 자기에게 봉사해 온 것들에 대해 새삼 고마움을 느끼게 되는가 보다. 영국 천문학자 스티브 호킹 박사가 앓고 있는 '루 게릭병(Louis Gehrig's Disease; 근위축성 측색 경화증)'은 1920년대 말에서 1930년대 말까지 미국 메이저리그 뉴욕 양키즈에서 활약한 전설적 1루수 루 게릭(Henry Louis Gehrig, 1903-1941)의 이름에서 따온 것이다. 역대 최다 만루 홈런(23개)에다, 트리플 크라운(타율·홈런·타점)을 1934년과 1936년 두 차례나 기록하였을 정도로 질풍노도와 같은 선수 생활을 이어갈 무렵 근육에 힘이 빠지는 청천벽력의 희귀병이 루 게릭을 찾아왔다. 그는 은퇴를 결심하지 않을 수 없었다.

1939년 6월 5일, 6만 2,000명의 관중이 자리를 가득 메운 양키즈 스타디움에서 거행된 은퇴식에서 루 게릭은 "나는 이 지구상에서 가장 행복한 사람이었다(The Luckiest Man on the Face of the Earth)"라는 고별사를 한 것으로 유명하다. 지금껏 살았던 삶이 얼마나 고마웠는지를 발병한 뒤에야 새삼 알게 되었다는 것이다. 자신을 되돌아보면서 늦게나마 인생의 참된 의미를 알 수 있게 되어서 행복하다고 말한 것이다. 은퇴하기 직전 X레이에 찍힌 그의 왼손에서 금간 자국이 17군데나 발견되었을 정도로 그는 자신의 별명처럼 원조 '철인(Iron Horse; 철마)' 선수였다. 2130경기 연속 출장 기록(메이저리그 통산 2위)이 말해 주듯 그는 야구선수로서 그처럼 열심히 살았고, 풀타임으로 뛴 14시즌 동안은 그에게 너무 행복했던 세월이었다. 최선을 다한 그의 야구인생은 그렇게 끝났다. 등번호였던 4는 야구 역사상 최초로 영구 결번되었고, 은퇴와 동시에 '명예의 전당'에 헌액되었을 정도로 야구역사상 가장 인상 깊은 활약을 남긴 선수 가운데 한 명이었던 루 게릭. 야구팬들은 그의 강인한 체력도 천부적인 재질도 아닌 "항상 열심히, 그리고 남을 탓하지 않는 선수"로 기억하고 있다.

60년 넘게 써온 내 몸이 최근 들어 하나씩 고장 나기 시작한 것은 당연한 일인지도 모른다. 작년 봄 어느 날 눈을 뜨니 모기 몇 마리가 눈앞에서 날아다니고 있었다. 이를 일러 '비문증飛蚊症'이라고 부르는 모양인데 책을 펴고 뭔가 좀 읽으려 하면 그 모기들이 이리저리 날아다니니 글자가 제대로 눈에 들어오지 않는다. 기력도 기억력도 전 같지 않아 능률이 오르지 않는 차에 눈마저 이러니 요즈음 들어 글 읽는 것도 여간 괴로운 일이 아니게 되었다. 간단하게 치료될 것이라 생각하고 병원을 찾았더니, "이것은 치료가 불가능합니다. 무덤까지 가져가야 합니다. 이제 그 모기들과 친해져야 합니다!"라는 의사의 천연덕스러운 대꾸에 아연실색하지 않을 수 없었다. 그 충격은 1년이 지난 지금도 여전히 가시지 않고 있다. 내가 하는 일이란 눈으로 책보고 글 쓰는 일인데, 눈이 이처럼 제대로 작동하지 않는다면 어찌 될 것인가 하는 두려움과 절망감이 나를 여전히 휘감고 있기 때문이다.

사람이란 누구도 이 시간의 폭압적인 유린을 피해갈 수는 없다. 눈가의 잔주름이 늘어갈수록 그에 따라 상상력이 둔화되고 기억력도 감퇴한다. 실로 슬프지 않을 수 없는 일이다. 그러나 곰곰이 생각해 보면 세월과 더불어 모든 기관들이 점차 부실해져 가는 것은 어쩌면 당연한 일이다. 그것들이 이전과 견줄 때 좀 부실하기는 하지만 그래도 나를 위해 내 곁에서 억지로 버텨 주고 있는 것이다. 이런 내 신체 기관들에 대해 감사하지 않을 수 없는 까닭인 것이다. 더구나 휠체어 교수와 비교하면 나는 얼마나 다행한 길을 가고 있는가? 얼마나 좋은 조건들을 갖추고 살아가고 있지 않은가? 이런 부실한 것마저 하나씩 나를 떠나가는 것을 앞으로 지켜보아야 하며, 언젠가 올 영원한 이별마저도 준비해야 한다. 지난 1월 일본에 체류하는 동안 평소 아끼던 제자의 부음을 갑작스럽게 듣게 되었다. 아직 할 일이 많았던 50이라는 나이에 심장마비로 그는 하늘나라로 먼저 갔다. 그가 간 뒤 2개월도 지나지 않은 그제 나는 그의 유작, 《천붕지열天崩地裂의 시대 —명말청초의 화북사회》를 받았다. 타계하기 직전 쓴 책 서문에서 그는 앞으로 집필 계획들을 우리들에게 열거하고 있었다. 그러나 그 책의 제목처럼 가족과 친지, 학계동료 등 남은 자들에게 하늘이 무너지고 땅이 갈라지는 슬픔을 남기고 그는 먼저 가버렸다. 정말 침통한 일이 아닐 수 없다. 지난 1월만 해도 "아직 '내 집'을 채 완성하지 못했고, 그 속에 채울 '가재도구'도 완비되지 못한 상태"였다고 스스로를 진단하며 앞으로 "훨씬 완비된 책을 출간하게 되기를 기대한다."고 그는 다짐하고 있었다.

이제 그 다짐이나 지금보다 더 큰 꿈을 펼칠 기회를 영원히 잃고 말았다. 그에 견주면 아직 살아 있다는 것이야말로 우리에겐 참으로 기회가 아닐 수 없다. 내가 아직 살아 있고, 거기다 이 정도의 건강이라도 유지하고 있다는 것에 감사해야 하는 이유가 바로 거기에 있는 것이다. 약간 힘이 부쳐 부실하다 할지라도 지금도 나를 위해 여전히 봉사하고 있는 내 기관들 덕분에 아직 이렇게 일을 할 수 있다 생각하니 그들에게 더없이 감사하지 않을 수 없다. 부실한 이것들을 데리고 "네 덕분이야!"라며 긍정적인 자세로 조금씩 더 나아지려 노력한다면 느리지만 아직도 많은 일을 할 수 있을 것으로 기대되기 때문이다. 장애란 불편하지만 반드시 불행한 것이 아닌 것처럼, 기관의 노쇠가 불편을 가져다주지만 불행하게 만드는 것만은 아닐 것이다.

다시 돌아보면 신체 기관뿐만 아니라 우리 인생을 구성하는 것들이란 어느 것 하나 귀중하지 않은 것이 없다는 생각이 든다. 나에게 허여한 시간도 더없이 소중한 것이다. 불치의 병을 진단받고서야 비로소 인생의 참 의미를 깨달았던 야구선수 루 게릭도 2년 뒤에 사망하고 말았다. 어찌 한날, 한순간인들 소중하지 않다 하겠는가. 그러나 더 중요한 것은 시간의 길이가 아니라 그 질인 것이다. 법정 스님은 "사람이 얼마나 오래 사는가에 있지 않고 자기 몫의 삶을 어떻게 살고 있는가에 달려 있다" "가치 있는 삶이란 욕망을 채우는 삶이 아니라 의미를 채우는 삶이다"라고 하였다. 수명이 아무리 길더라도 어영부영 대충 산다면 그 길이에 무슨 의미가 있다고 하겠는가? "시간은 시간으로 존재하지 않고 노력의 결실로 존재한다." 정호승 시인의 말이다. 내가 이 한정된 시간을 어떻게 보내고 있는가를 다시 한번 되돌아보고 점검해야 하는 당위가 거기에 있다.

내 주위에는 실로 고마운 사람들이 많다. 얼마 전까지만 해도 마음속에 있는 응어리를 속 시원하게 토로할 사람 하나 갖지 못해 답답해했다. 지금 내가 여기에 서기까지 그들은 얼마나 많은 도움이 되었던가? 금방 떠오르는 사람만 회상해 보아도 한 사람 한 사람 소중하지 않은 사람이 없다. 그러나 그들에게 언제 진심에서 우러난 감사의 마음을 가져 보았으며 '고맙습니다'라고 진정으로 말한 적이 몇 번이나 있었던가? 이제 부실하지만 고맙기 그지없는 나의 것들을 데리고 허리끈을 한 번 더 다잡으면서 좀 더 의미를 채우는 내 길을 걸어가고 싶다.(2008. 3. 16.)

## 장서의 액운

요즈음 정년퇴직하시는 교수들이 공통으로 봉착하는 골치 아픈 문제 가운데 하나가 소장해 왔던 책을 처리하는 문제인 것 같다. 젊은 학생 시절부터 한 책 두 책 사 모은 장서가 정년이 가까워지니 연구실을 가득 채우고 말았는데, 특별한 사람을 제외하고 정년 뒤에 이 책들을 보관할 장소가 없는 퇴직자가 대부분의 처지이기 때문이다. 정년퇴직을 했다고 해서 연구에서까지 정년을 하는 것도 아니다. 때문에 지금까지 자기가 해 온 일을 계속할 수 있을 때까지 책을 옆에 두고 싶어 하는 것이 대개의 생각인 듯하다. 더군다나 이들 책을 구하고 모을 때의 상황들을 회고하면 죽을 때까지 옆에 두고자 하는 것이 대부분이 가지는 공통된 심정이 아닐까 한다. 문제는 그런 여건이 쉽게 허락되지 않는 데 있다. 그래서 정년이 가까워 오면 그동안 아끼던 장서들을 점차 정리하는 교수들도 자주 눈에 띈다. 학기 말이 가까워지면 화장실 앞의 쓰레기통 곁에 오래 묵은 책들이 무더기로 쌓이는 것도 이 때문이다.

'정리'란 여러 가지 방법이 있다. 학교 도서관 등에 기증하는 것과 팔아 버리는 방법, 그리고 자식이나 제자에게 넘기는 방법도 있다. 이전에는 책을 대학도서관이나 공공도서관에 팔아 노년을 위한 일부 자금을 마련한 분들도 적지 않았다. 당시에는 서지학적인 가치가 있는 이른바 선장본線裝本이나 진본珍本을 소장하고 계시는 분들이 많아 그것이 가능했다. 그런 책을 소장하고 있다면 요즈음도 박절한 대접은 받지 않을 수 있을 것이다. 또 책을 기증하면 기증자의 아호를 따 '□□문고'로 지정하여 특별히 관리하여 주기도 했다. 문고로 지정된 책은 대출이 되지 않고 까다로운 절차를 거친 뒤 열람만 허용되는 것이 일반적인 관례이다. 자기가 소장하던 책들이 이런 대접을 계속 받게 된다면 그 누가 기증하는 데 주저하겠는가?

요즈음은 그냥 가져가라고 해도 선뜻 나서지 않는 경우가 더 많다. 돈은커녕 '□□문고'라는 명칭의 설정은 꿈꾸기조차 어렵게 되었다. 간혹 유족이 기천만원을 오히려 기부하고서야 겨우 허용되는 일도 있지만, 이런 것도 대개 도서시설이 열악한 지방 사립대학에 한정된다. 이 경우 이용자가 극히 드물어 먼지만 쌓이게 된다는 것이 문제점이다. 사실 이용되지 않는 장서는 무의미하다. 이처럼 요즈음 교수들의 장서들이 천대받고 있는 가장 큰 이유는, 소장한 책들이란 희귀본이나 귀중본이랄 것이 없는 경우가 대부분이기 때문이다. 특히 원본이 아닌 복사본을 주로 이용했던 우리 같은 이른바 '복사본세대'의 장서가 대개 그렇다. 우리 세대 학자들은 처음에는 복사 가게에서 단면복사로, 그 뒤에는 양면 복사로, 다시 복사출판업자가 재출판한 영인본들을 주로 이용해 왔다. 한때 한국은 홍콩, 대만과 함께 복사판 출판대국으로 악명이 나 있었다. 지금도 일본에서 출판된 고가의 책들이 한국에서 영인되어 일본으로 역수출되는 일이 허다하여 가끔 일본 친구로부터 대신 구입을 요청받기도 한다. 이처럼 한국 학자들이 소장하는 책들이란 원본이 아닌 것이 대부분이기 때문에 장서로서 의미가 반감되는 수가 많다. 최근에 들어서 나는 이전 배를 주리던 시절보다는 조금 여유가 생겨 이전의 복사본을 버리고 원본으로 바꾸기도 하지만 아직도 내 장서는 복사본이 차지하는 비율이 훨씬 더 높다.

아무리 원본으로 가득 찬 장서라 하더라도 그 장서가 지속적으로 보완되지 않는다면 그 가치는 체감될 수밖에 없다. 책이란 읽고 계속 이용해야 그 의미가 있는 것이므로 그냥 쌓아 두고 있는 것이 대수일 수는 없다. 계속 이용되려면 그 방면에 새롭게 출판되는 책을 계속 보완하여 장서로서 제 기능을 수행할 수 있어야 한다. 집안에 같은 영역에 공부하는 사람으로 이어지지 않을 때 이런 장서의 축적은 아무리 돈이 있다 해도 사실 이어지기 어렵다. 개인 장서는 대개 특정 분야에 전문적인 책이 수집되고 그러기 위해서는 그 방면에 전문성이 필요하기 때문이다. 모르는 분야의 책을 귀하게 여겨 살 이유도 없고, 소중하게 여겨지지 않는데 소중하게 관리될 이유도 없는 것이기 때문이다.

나는 한때 내가 공부하는 영역에서나마 '세계적인 장서'를 겁 없이 꿈꾼 적이 있다. 사실 내가 한때 머물렀던 일본의 동양문고, 동경대학 동양문화연구소, 경도대학의 인문과학연구소의 장서나 미국 하버드대학 옌칭도서관 장서도 내가 연구하는 영역에 한정해서 본다면 내 장서가 그리 꿀릴 것이 없다고 자만했기 때문이다. 그래서 연구과정에서 아직까지 못 구한 책 이름을 발견하기라도 하면 어떤 희생을 감수하고라도 구입하는 열정을 보이기도 하였다. 심지어 내가 전혀 읽지 못하는 언어로 된 내 전공관계 서적마저도 구입하는 데 시간과 돈을 투여하였다. 그러나 이런 나의 노력이 과연 얼마나 의미 있는 일인가 하는 회의가 들기 시작한 것은 몇 년 전부터이다. 과연 이런 나의 노력이 언제까지 지속될 수 있을 것인가 하는 회의가 들었기 때문이다.

내 경우가 아닌 유명한 장서라도 이런저런 이유로 몇 대를 이어 가지 못한 일들을 자주 본다. 전문적인 도서관도 마찬가지이다. 책 보관에 가장 큰 문제가 화재이다. 책은 한 권씩 다루기는 어렵지 않으나 몇 권이 모이면 그 무게가 정말 장난이 아니므로 불의의 화재가 났을 때 금은보화처럼 쉽게 챙겨 나올 수는 없다. 그리고 인화성이 매우 강하다. 책이란 당초 액운을 만나 오래 전해질 수 없는 것이 그 숙명인 것이다.

중국 송나라 주밀周密이라는 자는 그의 저서 《제동야어齊東野語》라는 책에서 '장서의 액운[書籍之厄]'이라는 글을 남겼다.

"세간의 모든 물건 가운데 모아졌다가 흩어지지 않음이 없는 것으로는 책이 가장 대표적인 것이다. … 사대부의 집에 소장된 것을 살펴보면 서진시대의 장하張華가 삼십 수레에다 책을 실었을 정도였고, 두겸杜兼이 모은 책이 만권이었으며, 위술韋述은 이만 권, 업후鄴侯는 서가에 꽂아 둔 책이 삼만 권이었으며, 양나라 금루자(金樓子:元帝)는 모은 책이 팔만 권이나 되었다. … 그러나 이후 병화에 액운을 당하지 않는 것이 없었다. … 우리 집도 삼대 동안 조금씩 모았고, 선조들이 책 모으는 것을 지독히 좋아하여 부곽지전을 팔아서 필찰의 비용으로 대기까지에 이르렀다. 암암리에 수색하고 극단적으로 찾아 노력과 경비를 아끼지 않아 모두 사만 이천 권을 모으게 되었다. …나는 다난한 시대를 만나 제대로 보존하지 못하여 좋은 책들이 하루아침에 없어지게 되었다. 지금과 옛일을 생각해 보면 문화에 대해 느끼는 바가 있어 그로 하여 눈물을 흘리지 않을 수 없다. 책으로 일어난 나의 잘못을 인식하고는 장차 이것을 자손들에게 보이고자 한다."

주밀이 위에서 거론한 사람들은 송대 이전의 대단한 학자요, 장서가로서 유명한 자들이지만 그들의 장서들은 모두 망실되는 액운을 피해 가지 못했다. 사실 나는 선조로부터 물려받은 책을 몇 권 갖지를 못했다. 본래 학자 가문이 아니었는데다 형님들이 보던 소설이나 교양서 같은 것을 몇 권 가져왔지만 그것들이 내 장서에서 차지하는 비율은 극히 낮다. 99% 가 내가 한 권씩 사서 모은 것이다. 내가 앞으로 얼마나 이 책을 이용할 수 있을지 모르지만 구입한 뒤 한 번도 참조하지 않는 것도 상당수이니 영원히 나와 눈 한 번 제대로 마주치지 못한 책들도 많을 것이다. 그렇지만 이 책들은 모두 내 분신과 같은 것이다.

책을 모으는 이유는 개인적인 독서나 연구를 위한다는 직접적인 목적 외에 사람들의 지혜를 응집시킬 수가 있으며, 유구한 역사를 연결시킬 수가 있으며, 문명의 불씨를 이어갈 수 있는 것이기 때문이다. 다시 말하자면 책을 수집하는 것은 흩어진 문화를 모으는 일이다. 책이 없는 세상을 상상해 보라. 따라서 책을 모으는 것은 돈을 모으는 것보다 훨씬 중요하고 또 의미 있는 일이다.

몇 년 전 중국 절강성 영파(寧波: 닝보)에 있는 유명한 장서각인 '천일각天一閣'에 가 본 적이 있다. 천일각 역사는 웅장한 한 편의 서사시와 다름이 없다. 천일각이라는 이름에서부터 그러하다. 《역경易經》에 나오는 '천일생수(天一生水: 물의 힘을 빌려 불을 끈다)'에서 뜻을 따온 것으로 역대 장서가들이 가장 골치 아픈 문제였던 화재를 방지하겠다는 열망이 깃들여 있는 것이다.

"군자의 은택도 다섯 세대를 지나면 단절된다"는 옛말이 있다. 공명이나 재물, 전답이 그러할진대 장서라고 별수가 있겠는가. 그 보존이 용이해 보이는 궁궐의 장서마저 왕조가 교체되면 제대로 계승되지 않는 일이 많은데 개인의 힘으로 한도 끝도 없는 장서 만들기와 그 보존을 장구한 세월 동안 릴레이식으로 이어 간다는 것은 실로 어려운 일이 아닐 수 없다. 천일각은 명나라 가정(嘉靖: 1522-1566) 연간에 살면서 병부우시랑(兵部右侍郞: 현재의 국방부 차관)까지 올랐던 범흠范欽이란 자가 창건한 것이다. 그의 인생에서 중요한 사업은 서적을 수집하는 일이었고, 관직은 차라리 부업이었다.

그 뒤로 지금 중국 최고의 장서루가 되기까지 천일각의 비장한 역사는 수백 년 동안 끊임없이 범씨 일가에게 지워진 고역의 역사인 동시에 종교적인 숭배의 결과로 이뤄진 것이었다. 천일각 장서의 역사는 일반인의 그것과 다른 점이 많다. 일반도서관처럼 열람을 위한 것이 아니라 중국 문화의 정수가 되는 서적들을 모아 그것을 보존하는 데에 목적을 두고 있었다. 이 희생적인 일과 범씨 가족사는 불가분의 관계에 있었다. 범씨 가족이라고 해서 천일각에 마음대로 출입이 허용되고 책을 열람할 수 있었던 것은 아니었다. 가족들에게 오히려 더 엄격한 규정이 적용되었다. 천일각 역사 200여 년 동안 겨우 열 번 남짓 열렸을 뿐이었다. 아무 이유 없이 천일각에 들어서면 제사에 세 번 참석할 수 없게 하였고, 장서를 저당 잡히는 경우에는 가문에서 영원히 추방시켰다. 이런 노력의 결과로 청나라 건륭제가 《사고전서四庫全書》를 편찬할 때 천일각에서는 진귀본 600여 권이 헌납될 수 있었고, 그 가운데 96종은 사고전서에 수록되었으며, 370여 종은 목록에 남게 되었던 것이다. 건륭제는 천일각의 공헌을 극찬하여 여러 차례나 포상하기도 하였다.

그러나 천일각 주인이 아무리 책을 지키려 해도 소용이 없는 일이 일어났다. 태평천국군이 영파지역으로 진격해 오자 일차 재난을 당하였고, 중화민국시기에는 정치·사회 불안을 틈타 기묘한 책 도둑들이 천일각의 가장 큰 적수로 등장했다. 그들이 훔친 진본들이 일본 등 외국으로 마구

팔려 나갔다. 이를 안타깝게 지켜보던 상해의 유명한 출판사인 상무인서
관商務印書館에서 이 장서 구매에 나섰던 것은 불행 중 다행이라고 할까?
그 책들이 동방도서관 함분루涵芬樓에 일시 보관되었고 상당수가 영인되
어 재출판되었다. 그렇지만 원본은 애석하게도 일본침략군이 거의 잿더미
로 만들고 말았다. 나는 최근 출판된《천일각명초본천성령교증天一閣明鈔本
天聖令校證》(북경, 중화서국, 2006)이라는 책의〈당령복원唐令復原〉부분을
검토해 보면서 천일각 장서에 얽힌 기막힌 사연들을 다시 한번 절감하게
되었다.

다시 말하지만 장서란 널리 책을 수집할 수 있고 수납공간을 마련할
충족한 재산이 전제되어야 한다. 돈이 있다고 장서가 되는 것은 물론
아니다. 적절한 지적 능력을 갖지 않으면 안 된다. 장서란 수세대를 내려
가면서 선본이 계속 수집되어야 하고 수집된 서적이 손상되지 않고 보존
되어야 한다. 이러한 조건을 갖추기는 정말 어려운 일이다. 역대 장서의
역사를 보면 보존에 대한 피나는 노력도 대개 수포로 돌아가고 장서는
결국 사라지고 말았다.

이제 천일각은 그 장서보다도 중국문화 보존과 계승의 험난한 역정을
나타내는 교훈의 장소로서 후세 사람들에게 그 위용을 드러내고 있다.
문화에 대한 갈구가 얼마나 애달프고 신성했는가 하는 점을 그곳에 가면
누구나 충분히 느낄 수가 있다. 중국의 전국중점문물보호단위로서 지정된
천일각에서 우리는, 아니 나는 내 장서습관을 되돌아보았다. 국가나 가문
이 문화를 계승하는 유무는 바로 이런 장서에서 결정된다. 내가 사랑하
는 책들 앞에 어떤 액운이 앞으로 기다리고 있을까? 나는 오늘도 다만
책을 사 모으고 그 책 속에 있는 진리를 탐구하는 것으로 낙을 삼을 수
밖에 다른 도리가 없는 것 같다.(2008. 7. 13.)

# 출판은 미친 짓이다

"결혼은 미친 짓이다(Crazy Marriage)"이 도발적이고도 맹랑한 이 문구는 2000년 제24회 오늘의 작가상을 수상한 이만교의 소설 이름이다. 유하 감독이 메가폰을 잡고 감우성과 엄정화가 주연하여 꽤 관중을 끌어모았던 영화 제목이기도 하다. 작가가 이 작품을 통하여 말하려는 주제는 우리들에게 신성한 것처럼 여겨지는 결혼이라는 것도 사실 허울일 뿐이라는 것이다. 결혼이란 제도로 우리의 삶은 정해진 틀에 따라 상투화되고 패턴화되고 있다. 주인공들은 그런 허울뿐인 관행에 분연히 반기를 들었다. 그들에겐 결혼이란 일종의 물질적 거래였다. 더 나아가 진정한 사랑마저 믿지 않는다. 사랑이란 쾌락을 얻는 수단 그 이상도 아닌 것으로 비쳐지기 때문이다. 현재 한국 젊은이들이 처한 공허한 생활상을 나름으로 드러내려 노력했다. 우리나라 사람들이 갖는 허풍과 허세를 고발하려는 의도를 분명히 하고 있다. 현재를 살아가는 사람으로서 한 번쯤은 뒤돌아보고, 곱씹어 보아야 할 부분이다.

돈 때문에 한 결혼도 아니고, 사랑하는 사람과 결혼하는 것이야말로 인간사에서 가장 신성한 일이라고 이제껏 믿어왔는데 이것마저 '미친 짓'이라면 우리 인간이 하는 일 가운데 미친 짓이 아닌 것이 어디 있겠는가. 모든 일이 이처럼 미친 짓에 불과하다면 인간이 산다는 것 자체가 공허를 넘어 허무하기 짝이 없는 것이다. 이것은 세계적 추세인지는 모르지만 한국의 현실을 일부 반영하는 것임은 분명하다. 잘 몰라도 우리의 이런 병세가 다른 나라보다 중증이 아닌가 우려된다. 우리 기성세대가 금과옥조처럼 지켜왔던 가치관과 인식체계를 통째로 부수려는 이런 도발적인 언사 앞에 어안이 벙벙하다.

허풍과 허세는 그것으로 끝나지 않는다. 공허함을 넘어 허무감을 갖게 한다. 이것이 현재 우리를 둘러싸고 있는 엄중한 현실이다. 이런 것이 팽배하다 보니 내가 하는 일도 남에게는 허세와 허풍으로 보일지도 모른다는 생각이 든다. 아무리 진실·진지하려 해도 가식이고 불순하게 보일 것이기 때문이다. "잘났어, 정말!" 이런 소리가 사방에 들려오는 듯하다.

나는 연구하며 그 결과를 학생들에게 전수하며 또 책을 써 출판하는 일을 하며 살아간다. 이런 짓들도 어떤 면에서는 공허하고 미친 짓일지도 모른다. 만인이 허풍이고 허세라 하고 미친 짓이라 규정하더라도 그 길을 가는 수밖에 다른 도리가 없다. 다만 내 연구에, 내 가르침에, 내 책에 위선이 자리하고 있다고 여겨지지 않았으면 하는 바람을 갖고 있다.

그런데 내 일 가운데서도 중요한 부분인 책 출판이 진짜 허세를 떠는 일이라는 생각이 요즈음 들어 부쩍 든다. 그동안 나는 책 몇 권을 출판했다. 출판할 때마다 이런 묘한 느낌이 더욱더 끈질지게 달라붙어 좀체 떠날 생각을 하지 않는다. 출판 일이 허세라니 무슨 소리인가 의아해할 것이다. 나는 가끔 학생들에게 '일생일서一生一書'라는 말을 하곤 한다. 사실 외국에서는 평생의 연구를 모아 책 한 권을 출판하는 사람도 많다.

공자나 노자가 책 한 권 쓰지 않아도 그들이 공부하지 않았다고 비판하는 사람이 없고, 만고의 대학자요 참스승이라 존경해 마지않는다. 괴테는 23세에 붓을 들기 시작하여 82세에 《파우스트》라는 거작을 완성시켰다. 이런 선인들도 그렇게 다작을 하지 않았다. 다작을 했다 하더라도 후세에 남는 것은 한두 권이 고작이었다. 그런데 우리나라 학계에서는 요즈음은 한 자리 숫자의 책을 출판해서는 명함도 내지 못하고, 두 자리 숫자라도 석학이란 소리 듣기가 힘든 시대가 곧 올 것 같다. 인간의 능력에는 한계가 있는 법인데 아무리 명석하다 해도 몇십 권의 책을 출판하는 일은 좀 심하다는 생각이 들 때가 많다. 마침 내가 공부하는 방면에는 그런 학자도 없다. 그러나 타 학문에는 적지 않다. 솔직히 함부로 책을 낸다는 의구심을 떨치지 못한다.

문학평론가인 동료 교수에게서 들은 이야기다. 우리나라에 시집 한 권 이상 출판한 시인이 약 3만 명, 그 가운데 중앙 유력 문예지에 기고할 수 있는 시인은 고작 2-300명이라고 한다. 그에게 우송되어 오는 시집을 보관할 방법이 없어 고향 빈집을 서고로 사용하고 있다고 했다. 그 이야기를 듣고 보니 조금 씁쓸했다. 출판이 어려웠던 조선시대 선비들은 사후에 제자들이 유고집을 내 주는 것이 스승에 대한 최고의 예우였다고 한다. 그래서 '일생일서'라는 말이 있는 모양이다.

좋은 책, 품위 있는 책보다 출판한 책의 숫자 자체가 학자로서 우열의 기준이 되니 너나없이 책 내기에 바쁘다. '자기광고'시대이니까 자기가 책을 내었다는 것을 사방에 알려야 하기 때문에 읽든 읽지 않던 많은 사람들에게 보낸다. 전문서적이라 서문 읽기도 어려운 책인데도 마구 보낸다. 그러니 출판부수가 많아질 수밖에 없다.

20년 전에 대만에 체류할 때 일이다. 대만대학에 유학하는 학생으로부터 들은 이야기이다. 역사학과 교수 연구실이 있는 건물 쓰레기통을 잘 뒤지면 한국 교수가 갓 출판된 책들을 손쉽게 수집할 수 있다는 것이다. 대만학자들이 한글로 쓰인 책을 읽을 수는 없기 때문에 기증받자마자 쓰레기통에 버린다는 것이다. 당시 나는 우리나라 학자들 위상에 대해 심각하게 생각한 적이 있다. 더 나아가 우리 출판문화의 현주소에 대해 생각해 보았다. 실제 한국같이 작은 나라에서 외국학을 하는 학자들의 고뇌는 이만저만이 아니다. 사실 평생 몇 편의 논문을 읽기 위해 한글이라는 어려운 외국어 하나를 익힌다는 것은 말이 안 되는 것이다. 한국학자들은 같은 전공의 외국인에게 자기의 성과를 제대로 알리기가 쉽지 않다. 그런 조급함에 출판과 동시에 읽든 그렇지 않든 책을 보낸다. 그것들이 제대로 대접을 받을 리 없다. 일본은 우리와 전혀 다르다. 세계 어느 나라 학자든 중국사를 연구하는 자는 일본어를 못 읽는 사람이 없을 정도다. 심지어 본바닥인 중국 학자들도 일본어로 된 논문을 대개 읽는다. 그런데도 일본에서는 전공 관계 책은 500부를 찍는 것이 고작이다. 진짜 필요한 기관이나 사람만이 소장한다. 우리나라는 일단 최소 1,000부는 찍고 본다. 그리고 그것을 마구 뿌린다. 최대 구매자는 다름 아닌 저자 자신일 때가 대부분이다. 전혀 전공과 관계없는 책을 서로 주고받는다. 이것은 미풍양속이 아니라 정말 종이 낭비이고 활자낭비이다. 다른 나라에서는 어떤 질의 책을 내었느냐를 갖고 그 학자의 수준을 평가하지만 우리는 출판한 책의 수를 갖고 그 기준으로 삼는다. 우리나라에서는 몇십 권 낸 것을 자랑으로 삼고 그래야 직성이 풀린다. 이것은 허세일 뿐이다.

이런 출판문화는 분명 허세이고 위선이고 부화浮華일 뿐이다. 명나라 말기의 대학자 고염무顧炎武는 '풍속風俗'의 중요성을 특히 강조했다. 한 시대의 풍속을 선도하는 자는 지식인(君子)이다. 사이비 지식인, 곧 위군자僞君子가 많아지면 나라가 망하는 것을 넘어 천하가 망한다고 하였다.

사실 우리나라처럼 출판업이 들떠 있는 곳도 드물다. 책은 읽지 않으면서 책은 쌓아 두어야 한다. 나는 책 몇 권을 출판한 바 있다. 출판한 책마다 도하 신문에서 실로 과분한 평가를 해 크게 취급해 주었다. 본래 매스컴과 별로 친근하지 않게 살아왔지만 나의 분신인 책이 크게 취급되면 왠지 기분이 좋았다. 내가 하는 일에 대해 그런대로 잘했다고 평가받는 것이기 때문이다. 그러나 그것도 잠깐이다. 신문에 소개되면 바로 그날 연구실 전화기는 불이 난다. 먼저 신문사에서 모모부장을 자칭하면서 같은 회사에서 발행하는 월간지 1년 구독을 부탁하거나 어린이 신문을 시골 초등학교에 보내줄 것을 강권한다. 그리고 각종 자선단체에서 기부를 부탁하는 전화를 받게 된다. 지인들 축하전화 세례는 출판의 기쁨을 되레 막중한 부담으로 바꾸어 놓는다. 이런 일을 당하게 되면서부터는 전화벨 소리가 겁이 났고, 며칠 동안 연구실에 나가지 않았다.

그분들 제의가 사실 다 좋은 일이기는 하다. 문제는 일일이 그 청을 다 들어주고 이것저것 챙길 수 없는 내 형편에 있다. 신문사나 공공기관 등에서 오는 것이야 거절해도 다시 만날 일이 드물 것이지만 지인들이야 그렇지가 않다. 마음이 무거워진다. 왜냐하면 내가 출판한 책이 몇십 판을 거듭할 만한 베스트셀러도 아니고 4-5년 걸려서 4-5판 정도 팔리면 선전한 것이라고 할 것들이기 때문이다. 출판사는 우리나라 관행상 필자에게 기껏해야 10권 정도 무상으로 준다. 그다음부터는 구입해야 한다. 그런데 보내야 할 곳은 당장 100곳이 넘는다.

모임에 나가면 어김없이 출판에 대한 이야기를 듣곤 한다. "박 교수, 좋은 책 내었더구먼. 축하하네. 그래 하나 보내지 그랬나!" "책값이 장난이 아니라서 …. 4만 원이 넘어요." "나와 자네와 관계가 고작 4만 원

정도도 되지 않나.”“…” 진실로 축하하는 것인지 책을 얻으려는 데 목적이 있는 것인지 알 수가 없다. 그런 일을 몇 번 당하다 보니 이제는 “출판은 정말 미친 짓이다.”라는 생각을 갖게 되었다.

구미 각국에는 지인이 책을 출판하면 그 책을 사 가지고 가서 그 저자의 사인을 받는 것을 통상의 일로 삼고 있다고 한다. 출판사에서 겨우 두 권 남짓 주기 때문이다. 제자들이 스승의 책을 산다. 그런데 우리나라는 이런 선진국 문화와는 사뭇 다르다. ‘책 마구 뿌리기’에서 비롯된 ‘공짜로 책 얻기’ 문화는 과문의 소치인지는 모르지만 우리나라 특유의 것이 아닌가 한다. 이런 문화가 어디에서부터 발원했던 것일까? 나는 우리나라의 책 뿌리는 관습에서 비롯된 것이 아닌가 하는 생각이다.

우리나라 출판사의 관행도 그 문제를 부추겼다. 일부 출판사들이 신정아 씨에게 억대의 착수금을 제시하며 그녀의 일생 고백을 책으로 내겠다고 앞다투어 경쟁했다. 아직도 책=대박이라는 등식을 떠올리고 있는 출판인들이 많아 보인다. 연쇄살인범 강호순은 “범행을 책으로 출판해 아들들이 인세라도 받게 해야겠다.”고 수사관에게 실토했다고 한다. 이 희대의 연쇄살인범이 자식에게 물려줄 뭔가를 만드는 수단으로 하필 ‘출판’을 떠올렸을까? 한국사회 전체가 ‘대박에 올인하는 사회’였다는 말이 있지만 그 가운데 출판이 그 중심에 있다는 생각마저 든다.

최근 신문을 보니 출판사 간에 과당경쟁으로 로열티를 다른 나라보다 훨씬 많이 물고 있다고 했다. 2004년 출간된 이후 중국 대륙에서 해적판 포함 무려 1,800만부 이상 팔리고, 또 전 세계 26개국과 번역 계약을 맺은 괴물 같은 작품으로 평가받았던 초대형 베스트셀러 《늑대토템〔浪圖騰〕》에 대해 미국 펭귄출판그룹이 지불한 선인세가 고작 10만 달러였다. 이 10만 달러도 중국 소설 가운데 최고 수출가였다. 그런데 우리나라 모

출판사가 6월 무렵 출간할 예정인 댄 브라운의 신작 《솔로몬의 열쇠》는 그 선인세로 100만 달러를 지급했다 한다. 한국 출판계의 이런 행태가 급기야 세계 최초로 '선인세 100만 달러' 시대를 열어젖힌 것이다. 모 출판전문가에 따르면 "100만 달러면 한국 작가 200명과 계약할 수 있는 금액"이라 한다. 해외 작품에 선인세 10만 달러 이상은 안 주는 것을 불문율로 여기고 그것을 금과옥조처럼 지키는 일본 출판계와 사뭇 비교된다. 출판사들이 국내 콘텐츠 생산력을 높이기 위한 저자 발굴에는 관심을 기울이지 않고 오히려 국고낭비에 혈안이 되어 있다는 것이다. 이뿐이 아니다. 메이저리그 야구 같은 스포츠 중계도 방송사 간의 과당 경쟁으로 중계료로 세계 최고의 액수를 지불하고 있다. 국고 낭비가 이만저만이 아니다. 왜 이럴까? 출판업에 종사하는 후배 말에 따르면 출판은 하나의 히트상품을 얻기 위한 로또게임과 같은 것이라고 했다. 한 권만 히트하면 출판사는 셋방살이에서 4-5층 건물을 사 옮길 수 있다. 경영자들은 출판계의 신데렐라가 되고자 미쳐 있는 것이다. 정말 "출판은 미친 짓이다." 이런 출판문화는 외국문화의 수입이라는 본래 목적과는 달리 폐해가 막심하다. 이런 것이 어찌 출판사만의 문제이겠는가? 외국 것이면 무조건 좋은 것으로 여기는 우리 국민의 기여도 있다. 교수 채용에서도 토종보다 외국 박사를 무조건 선호한다. 이렇게 해서 어찌 노벨상이 나오겠는가? 쓰레기 같은 외국책들이 계속 출판되고 있는 이유가 바로 여기에 있는 것이다. 텔레비전의 학술 인터뷰도 외국 학자를 찾아야만 직성이 풀린다. 한국어는 서툴러도 영어는 잘해야 살 수 있다. 이 얼마나 해괴한 나라인가.

"결혼은 미친 짓이다"에서 '그녀'는 순수하게 사랑한다고 믿는 '나'를 버리고 의사라는 직업에 집안도 부유한 남자와 결혼한다. 그러나 '그녀'는 결혼한 뒤에도 나와의 관계를 비정상적으로 은밀하게 지속하고 있다. 돈 없는 놈과의 결혼은 미친 짓이라는 말일 게다. 허무하기 이를 데 없는 짓들이다. 허무보다 더 나쁜 것은 우리 인생을 허무하게 느끼게 하는 우리들의 허세이고 이런 출판문화도 분명 허세이고 위선이다.(2009. 2. 3.)

# 그래요 난 꿈이 있어요

지난 일요일 자하문 너머 부암동에 자리한 원각사에서 예불을 마치고 점심 공양을 하고 있는데 어디서 들어본 듯한 노랫소리가 울린다. 어느 여성 불자의 휴대폰에서 울리는 소리였다. 알고 보니 피겨스케이팅 선수 김연아가 아이스 쇼 때 부른 노래. 집에 와서 그 노래 전곡을 찾아 듣게 되었다. "그래요 난, 난 꿈이 있어요/ 그 꿈을 믿어요 나를 지켜봐요/ 저 차갑게 서 있는 운명이란 벽 앞에/ 당당히 마주칠 수 있어요/ 언젠가 나 그 벽을 넘고서 /저 하늘을 높이 날을 수 있어요/ 이 무거운 세상도 나를 묶을 순 없죠/ 내 삶의 끝에서/ 나 웃을 그날을 함께해요. …"곡조도 그렇지만 가사가 순간 나의 폐부를 간단치 않게 찌른다. 이 노래는 혼혈가수 인순이가 열창한 〈거위의 꿈〉이고, 또 그녀의 인생 역정을 축약한 노랫말이라는 설명이다. 갓 20대가 된 김연아가, 50대의 그 가수가, 60대 중반으로 막 달려가고 있는 내가 그 노래에 마음이 간 것은 각각 나름의 구체적인 이유가 있을 것이다.

사람이 꿈을 접으면 바로 그때부터 사람이 아니라고 한다. 꿈이 없으면 동물의 그것과 다를 바 없는 무의미한 날짜만이 전개될 뿐이기 때문이다. 아무리 나이가 들고, 모진 병마와 싸우고 있거나, 그 이상의 곤경에 처해 있다 하더라도 꿈을 가져야 하는 이유다. 최근 배달된 동창회보를 펼치니 서울대 총장을 역임한 원로 의학교수 권이혁 박사 기사가 눈에 들어왔다. 그분이 최근 펴낸 네 번째 에세이집 제목이 《어르신네들이시여, 꿈을 가집시다(Old boys, be Ambitious!)》이다. 칠순 때에 《또 하나의 언덕》, 팔순 때엔 《속, 또 하나의 언덕》 등을 내었다고 한다. 그 아래에 그분의 전공 분야인 기초의학 방면의 전공서 출판 소식을 함께 소개하고 있었다. 늙을수록 더 젊음을 발산하는 이른바 '노익장'의 표본이라고 할 수 있다. 아호에서도 꿈을 잃지 않고 살아가려는 그분의 굳은 의지가 나타나 있다. "또 하나의 언덕"의 한자어인 '우강又岡'이 그분 아호란다. 꿈의 언덕을 하나 넘으면, 새로운 꿈의 언덕을 다시 설정하고 그 꿈을 달성하고자 있는 힘을 다 쏟아붓겠다는 의지의 표현일 것이다. 다시 말하면 생명이 지속되는 날까지 꿈을 포기하지 않겠다는 것이 그분의 아호가 우리에게 주는 메시지다.

점심때 그분 꿈 이야기를 꺼냈더니 모두들 시큰둥한 반응이다. 심지어 정년퇴직한 교수들이 학교 언저리를 왔다 갔다 하는 것이 볼썽사납다고 말하는 자도 있었다. 인간사 가운데 허무하지 않은 것이 드물지만 이 말을 들으니 가슴이 철렁 내려앉는다. 나도 금방 그런 자리에 서게 될 것이기 때문이다. 학교에서 명예교수들에게 제공하는 것이라야 독서실 같은 책걸상 하나에 불과하지만 전철을 몇 번이나 갈아타고 학교에 매일 출근하고 있는 그분들을 생각하면 억장이 무너진다. 고물은 고물상들이 거두어 가지만, 인간 고물은 이렇게 아무짝에도 쓸모가 없게 되고 심지어 비웃음의 대상마저 되는구나 하는 생각에 정말 기가 찬다. 젊은 학생들로 가득한 캠퍼스에서 평생을 지내다가 퇴임하고 나면 무 자르듯 그 생활을 단절하고 그 정든 곳에서 멀찌감치 떠나 얼씬도 말란다. 그러나 그들에게 마땅히 갈 곳이 없다. 그렇다고 허구한 날 방구들만 지고 있을 수도 없는 노릇이다. 물밀듯 밀려오는 쓸쓸한 심사를 조금이라도 달래 볼까 하고 학교 언저리에 서성거리면 후배·제자들 대접이 이 모양이다. 익힌 버릇 개 못 주는 심정으로 글이나 써 볼까 하고 자료라도 찾고자 학교 언저리에 나타나는 것일진대 그런 모습마저 젊은 교수들에게 흉해 보이는 것이다.

사람은 늙으면 누구나 망가지게 되어 있다. 나도 이미 적지 않게 망가졌음을 잘 안다. 그리고 1년 뒤에는 지금보다 좀 더 망가질 것이고, 정년한 뒤에는 그보다 훨씬 더 망가져 있을 것이다. 그러나 이렇게 망가져 가는 것들이 한때는 모두 깔깔한 새것이었던 것도 공지의 사실이다. 헌것을 비웃는 현재의 새것들도 언젠가는 모두 형편없이 망가지게 되어 있다.

우리 세대는 질풍노도의 시대를 살았다. 청운의 꿈을 펼치기 위해 모두들 노한 파도와 거친 비바람에 맞서며 긴 항해를 계속해 왔다. 만선의 성과를 누린 사람도 간혹은 있지만, 귀항해 보니 빈 배만 끌고 온 사람들이 대부분이다. 자식 세대에게 투자하는 데 정신을 판 나머지 정작 자신의 노후 준비에는 너무 무관심했던 것이다. 우리들은 효도한 마지막 세대요, 효도 받지 못하는 최초의 세대라고 한다. 조금 먼저 백수가 된 친구들은 몇천 년 만에 불쑥 찾아온 이런 생경한 전환기를 맞아 어리둥절하며 허둥대고 있다. 이런 현실 앞에 "꿈을 가집시다!"를 아무리 외쳐 봐도 우리 세대들에게는 사실 실감이 나지 않는다. 입에 풀칠하기가 당장의 급선무인 우리들에게 '꿈'이란 말은 한갓 호사스런 헛구호에 불과한 것이기 때문이다.

이런 상황에 거창하게 '야망'이란 말을 꺼내는 것은 염치없어 보일지 모르지만, 그렇다고 이 작은 '꿈'마저 접을 수는 없는 것이 아닌가. 고등학교 시기에 누구나 사용했던 영어문법서인 《구문론構文論》이란 책 첫머리에 나오는 문장이 바로 "소년들이여 야망을 가져라(Boys be Ambitious)"였다. 같은 영어 단어(Ambitious)가 소년에게는 '야망'이었다가 어르신네들에겐 '꿈'으로 번역되는 것도 못마땅하다. 그런데 우리 세대들에게는 야망은커녕 '꿈'이란 단어마저 가당찮다는 것이다. 굳이 뜻풀이를 하면 야망이란 "앞날에 크게 무엇을 이루어 보겠다는 희망"이지만 꿈은 "현실에서는 일어나기 어려운 것들일 뿐만 아니라 꾸는 이가 제어하기 어려운 것"이다. 그래서인지 젊은이들에게는 야망(희망)과 꿈을 가지라고 자주 말하지만, 늙은이에게는 이 두 단어를 잘 쓰지 않는 것이다. 주위에서는 나이가 몇인데 이제 내려놓고 편안하게 살라고 한다. 제대로 된 것이라곤 별로 이룩한 것이 없는 나에게 다 내려놓으라는 말은 차라리 잔인하다. "늘 걱정하듯 말하죠. 헛된 꿈은 독이라고 세상은 끝이 정해진 책처럼 이미 돌이킬 수 없는 현실이라고 ⋯." 인순이 노랫말은 구구절절 현실적이다. 이렇게 우리는 아니, 나는 이 작은 꿈마저 접기를 강요당하는 시대를 살아가고 있다. 그러나 꿈이란 젊은이들만의 전유물은 결코 아닌 것이다. 연봉 수억이나 되는 66세 변호사가 어릴 적부터 꾸어 왔던 물리학자의 꿈을 이루기 위해 "배움에는 정년이 없다"는 말을 남기고 유학길을 떠났다고 한다. 어느 재미교포 의사는 정년을 맞자 젊은 때의 꿈인 시인이 되고자 병원을 정리하고 귀국했다고 한다.

인간은 누구나 퍼스널 브랜드(Personal Brand)를 가지고 있다. 이것을 높일 수 있는 탁월한 능력, 매력적인 외모 등이야 맘대로 갖고 태어날 수 없지만 성취와 그 뒤에 숨은 감동적인 스토리는 각각 노력의 몫이다. 자기가 믿는 가치를 향해 겁내지 않고 쉼 없이 도전하는 것이야말로 이것의 가치를 높일 수 있는 유일한 방법이다. 깜짝 성공보다 꾸준히 걸어가야 더 많은 걸 성취할 수 있다.

무슨 새로운 굉장한 계획이야 세울 수 없지만, 내 눈에 흙이 들어가기 전에 버릴 수 없는 작지만 소담한 꿈은 아직도 남아 있다. 아직 펼치지 못한 숨겨둔 꿈이 있다는 사실이 남에게, 특히 젊은이들에게 들키지 않았으면 좋겠다. 그들에게서 "나이에 맞지 않게 꿈도 야무져!"라는 험담을 들을까 겁나기 때문이다. 그러나 지금 진실로 바라는 것은 나 자신에게 도전의 기회를 더 주고 싶은 것이다. 그것이야말로 내 정체성을 확인하고, 나의 인생을 더 '존엄'하게 하는 것이기 때문이다. 실패는 두렵지 않다. 되돌아보면 나는 그간 몇 번의 나락을 경험했다. 더 이상 내려갈 수 없는 바닥에 떨어졌을 때가 차라리 마음이 편해졌고, 비로소 별이 보이기 시작했다. 살아남겠다는 오기가 생겨 다시 일어서 기어오를 수가 있었고, 작은 고지였지만 정복해 낼 수 있어서 기뻤다. 인생에서 중요한 것은 실패하지 않는 것이 아니라 실패해도 좌절하지 않는 데 있다는 것도 깨닫게 되었다. 이런 내 꿈이 앞으로 가뜩이나 말라가는 내 눈에서 얼마나 많은 눈물을 강요할지 모른다. 인생의 아름다움이란 흘린 땀과 눈물의 양에 비례할지도 모른다는 생각을 가끔 하곤 한다. 눈물보다 아름다운 것은 다시 시작하는 용기와 희망이다. 인순이는 어느 인터뷰에서 자기가 100% 만족할 수 있는 공연을 하고 싶고, 그 꿈을 이룬 뒤에는 어릴 때부터 꿈꾸어 왔던 그림 공부를 하고 싶다고 했다. 인순이의 그것과는 다르지만 나에게도 꿈이 있다. 나이란 숫자에 불과하다고 하지 않았는가? 또 문호 괴테는 대작 《파우스트》를 60세에 시작하여 82세에 마쳤다고 한다. 내 나이는 이제 몇 살인가? "그래요 난, 난 아직 꿈이 있어요/ 그 꿈을 믿어요/ 나를 지켜봐요/ 저 차갑게 서 있는 운명이란 벽 앞에/ 당당히 마주칠 수 있어요" 그저께 〈거위의 꿈〉 한 소절을 내 휴대폰에도 옮겨 놓고 나 혼자 있을 때 그 울리는 소리를 들으면서 나태해지는 나를 채찍질하곤 한다. 외출할 때는 알뜰한 내 꿈이 혹시 남에게 들킬까봐 에티켓 모드로 해놓고서 갖고 다니지만 말이다.(2009. 6. 23.)

# 여유

　지난 2월 낙성대 근방에 공부방을 마련하고부터 날마다 산길을 걷고 있다. 정해진 시간은 없지만 대개 오후 해질 무렵을 택하고 있다. 낙성대 길에서 덕수 이씨 선영이 있는 덕수공원과 관악구민운동장 사이로 난 길을 따라 능선에 오른다. 서울대 후문 옆에 우뚝 솟은 국수봉(해발 103m)까지 왕복 1시간 10분 정도 걸리는 등산 겸 산책길이다. 관악산에서 드물게 보이는 포근한 흙길인데다 오솔길 옆에는 울창한 숲으로 덮여 있어 별세계를 들어서는 기분이다. 5개월 동안 걷기 운동의 결과 외형적으로 보아도 건강이 많이 좋아졌다는 것을 금방 느끼게 되었다. 딴 사람들처럼 중간의 헬리콥터장과 국수봉 정상에 마련된 운동시설에서 운동을 특별히 하지도 않고 그저 걷기만 했는데도 며칠 전 혈액과 소변 검사를 했더니 모두 정상에 가깝다는 판정을 받았다. 가장 뚜렷한 변화는 혈압이다. 고혈압 약을 먹은 지도 벌써 10년이 넘었다. 그동안 약을 먹는데도 매년 조금씩 그 수치가 올라갔는데, 걷기를 정례화한 2월보다 아래위 수치가 모두 20 정도나 떨어졌다. 거의 정상인 수준을 회복한 것이다.

이렇게 나름으로 건강도 되찾고 하루 한 번 자연과 더불어 할 기회를 갖긴 했으나 길을 가다 멈춰 서서 울창한 나무들 사이로 보이는 파란 하늘을 쳐다보는 여유를 아직도 찾지는 못하였다. 누군가가 스톱워치를 들고 얼마의 시간 만에 주파할 수 있느냐를 재기라도 하는 듯 나는 산을 바쁘게 걷고 있다. 그런데다 출·결 체크라도 하는 것처럼 산길 걷기를 시작한 뒤 거의 하루도 거르지 않는 놀라운 참가율을 보이고 있다. 심지어 폭풍우가 쏟아지는데도 우산을 들고 나선다. 한번 시작하면 쉽게 변경하지 못하는 내 천성과 관련된 것이다. 지금까지 어림잡아 150여 차례 이 길을 걸었지 싶다. 그러나 이제까지 길가 벤치에 한 번 앉아 본 적 없고, 나뭇가지 하나, 풀포기에 달린 야생화 한 떨기 자세히 살펴볼 여유를 가지지 못했다.

여유! 참 이 단어만큼 인생을 풍요롭게 만드는 말이 없을 것 같다. 또 우리 사람들이 누릴 수 있는 가장 특별한 축복이 아닌가 한다. 나는 이런 여유를 갖기에 앞서 근심부터 한다. 누가 앞지르지나 않을까? 이 등산길에는 동네 사람들이 꽤나 많이 다니지만 나처럼 바삐 다니는 사람은 없다. 이러다 보니 다른 등산객을 추월해 갔으나 추월당해 본 적은 별로 없다. 가만히 생각해 보니 나의 이런 행동은 도저히 이해할 수 없는 노릇이다. 누구에게나 공평하게 부여하는 시간마저도 여유롭게 쓰지 못하고 이렇게 허겁지겁 다니는 것이다. 이것이야말로 이제껏 내가 살아온 모습인 것이다.

시간만 그런 것이 아니라 돈도 그랬다. 주위에 정말 어렵게 살아가는 분들을 보면서도 선뜻 주머니를 열지 못했다. 또 대인관계도 그랬다. 축낼 것이 하나도 없는데도 이웃이나 동료들에게 넉넉한 웃음 하나 제대로 선물하지 못했던 것이다.

영국의 시인 W. H. 데이비스(Davies;1871-940)의 "여유(Leisure)"라는 시는 나의 현재 상황을 절실하게 드러내고 있다.

"무슨 인생이 그럴까, 근심에 찌들어/ 가던 길 멈춰 서 바라볼 시간 없다면/ 양이나 젖소들처럼 나무 아래 서서/ 쉬엄쉬엄 바라볼 틈 없다면/ 숲속 지날 때 다람쥐들이 풀숲에/ 도토리 숨기는 걸 볼 시간 없다면/ 한낮에도 밤하늘처럼 별이 총총한/ 시냇물을 바라볼 시간이 없다면/ (장영희 번역)

요즈음은 나에게 문득 무슨 일이라도 생기면 이런 내 인생을 어쩌나 싶은 두려움 같은 것이 엄습해 오곤 한다. 인생의 계절은 이렇게 깊어가고만 있는데 말이다. 올해도 이미 삼분의 이가 지나고 있다. 며칠 지나면 9월이다. 창밖의 귀뚜라미 소리도 어느 결에 들려오기 시작한다. 내가 무엇을 하려다 이렇게 덧없고 속절없이 늙어왔나 생각하니 허망해진다. 이렇게 사는 것이 바르게 사는 것이 아님은 알게 되었지만 내 생활 속의 이 작은 여유를 찾는 일마저 내 마음대로 얻지 못하고 있는 것이다. 지천명知天命의 나이를 넘은 지 이미 오래인데 여전히 순명順命의 이치를 제대로 익히지 못하고 있으니 아직 철이 안 들어도 너무 들지 않은 것 같아 안타깝다. 아니 영영 철들지 못하고 인생을 마감할 것 같기도 하니 딱하기만 하다.

내가 이런 데에는 육십 평생을 살아오는 동안 여유를 부릴 여건이 확보되지 않았기 때문이 아닌가 하고 나름의 변명 섞인 해석을 내려 보기도 한다. 당초 가진 것이 없었기 때문에 모을 줄만 알았지 베풀 줄을 몰랐던 탓도 있다. 공부도 동료들을 한 번도 앞질러 본 적이 없이 항상 허겁지겁 따라가다 보니 책 덮고 며칠만이라도 편히 쉴 여유가 없었던 것이다. 어쩔 수 없이 이렇게 생활의 노예, 목표의 노예가 되어 하루하루를 버릇처럼 살아온 것이다. 그러다 보니 여유를 부린다는 것 자체가 큰 죄를 짓는 것 같은 마음이 들었다.

며칠 전 같은 해 같은 날 정년하기로 되어 있는 동료교수가 학과 교수회의에서 1년을 당겨 정년을 하겠다는 선언을 했다. 갑자기 나에게도 이제 올 것이 오고야 말았구나 하는 생각이 들었다. 잘 알 수 없어도 그는 할 만큼 했다는 여유에서 나온 것이리라. 나는 아직도 해놓은 것이 너무 없어 허망하다. 야망 따위야 이제 가슴 속 추억으로 담은 채 살아가지만 아직 내 이름으로 내놓을 만한 업적도 없고, 또 동료나 후배 그리고 학생들에게 제대로 베푼 것 하나 없어 마음만 스산하다. 이제야 결과를 좀 내는가 싶은데 내 일터였던 학교마저 곧 떠나야 하는 모양이다.

누구나 맞는 정년이지만 왠지 모르게 두렵기만 하다. 그렇다고 큰 계획이 있는 것도 져야 할 큰 책임이 있는 것도 아니다. 사실 육십을 넘기고부터는 열정이란 것도 사치스런 단어로 치부해 버렸지만 나를 둘러싼 자질구레한 현실은 여전히 짐으로 다가오고 있다. 그동안 썼던 논문을 정리하여 출판하고, 구상했던 몇 가지 연구 테마를 마무리 지어야 한다는 생각이 좀체 내 머리를 떠나질 않는다. 그래서 뭔가 쫓기는 사람처럼 마음만 바쁘다.

오랜만에 나도 '여유'라는 놈을 한 번 느껴보자 작심하고 오늘 산길을 걸었다. 될 수 있는 대로 느릿느릿 걸었다. 그러다가 능선 길옆에 있는 기다란 벤치에 덜렁 누워 보았다. 8월 말의 하늘은 온통 뭉게구름 세상이다. 얼마 만에 보는 뭉게구름이며 파란 하늘인가? 비가 그친 뒤라 그런지 청색과 백색이 너무도 대조적이다. 파란 하늘은 마치 두고 온 까마득히 먼 옛날 고향의 그것처럼 내게 다가와 마음속에는 문득 그리움이 머리를 쳐들게 한다. 내 인생에도 여유로운 때가 있었다. 초·중학교 시절 학교 수업이 끝나고 귀가하면 풀을 먹이기 위해 소를 몰고 앞산과 뒷산 엘 오르는 것이 내 중요 일과 가운데 하나였다. 고삐를 늘어뜨려 맘대로 풀을 뜯어 먹게 해놓고는 잔디밭에 벌렁 누어 파란 하늘을 올려다보곤 했다. 그때의 구름도 저러했다. 그때나 지금이나 구름이란 놈은 참으로 한가롭다. 느릿느릿 움직여 딴 놈과 만나기도 하고, 한참 동안 엉켜 놀다 가 헤어지기도 하고 온갖 모양으로 모습을 바꾸며 요술을 부리기도 한 다. 참으로 여유롭다. 이런 파란 하늘과 구름을 구경하는 것이 얼마만인 가? 잔디밭에 함께 누워 하늘을 올려다보았던 옛 친구들이 문득 생각난 다. 지금 그들은 어떻게 살고 있을까?

물질적인 성취만으로 인간의 가치를 판단하는 것은 결코 옳은 일이 아 닐 것이다. 하늘과 구름을 바라보는 여유는 글 몇 줄 더 쓰는 것보다 어 떤 면에서 훨씬 소중한 것일지도 모른다는 사실을 왜 이렇게 늦게야 깨 닫게 되었을까? 인생의 목표는 수량으로 표현될 수 없는 것인데도 나는 이제껏 책 몇 권 출판하는 일, 몇 백만 원이 든 통장 잔고에 매달려 온 것이다. 가까운 가족들에 대한 나의 배려도 마찬가지이다. 이제 두 딸도 과년하게 되어 언젠가 독립시켜야 한다. 아빠로서 그동안 애들과 애틋한 정을 나눈 적이 없는 것 같아 안타깝다. 아내에게도 그렇다. 오붓한 여행 한 번 같이 제대로 해 본 적이 없었다. 며칠 전 결혼 30주년을 기념하여 가족여행으로 통영을 다녀왔다. 돌아오는 차안에서 "다시 한번 우리들끼 리 1년만이라도 외국에 나가 생활해 봤으면 하는데 …"라고 했다. 아내 도 딸들도 모두 그런 생각을 가끔 한다는 것이다. 마음만 먹었다면 그리 어렵지 않았던 일이다. 딸들도 직장이 있어 하고 싶어도 이제는 쉽게 그 럴 여유를 찾기는 힘들 것 같다. 2003년 여름부터 이듬해 여름까지 우리

가족은 보스턴에서 1년을 보냈다. 그때는 경제적인 여유도, 마음의 여유도 없어 그저 그런 생활을 보냈지만 지금 생각하니 다시는 재현할 수 없는 꿈같은 생활이었다. 나는 교수 생활을 하는 동안 이른바 '안식년'으로 1년씩 세 번이나 외국에서 보냈다. 그때 이것저것 고려하지 말고 가족과 같이 보낼 걸 하는 때늦은 후회가 든다.

여유란 스스로 만드는 것이지, 누가 주는 것은 아닐 것이다. 생활이 어떠하든, 조건이 어떠하든 찾으면 찾아지는 것이 여유가 아닐까? 큰돈이 반드시 필요한 것도, 많은 시간이 소비되는 것도 아닌 여유, 그런 여유는 찾으면 얼마든지 찾을 수 있을 것이다. 그러나 파란 하늘, 길가에 핀 야생화를 바라보는 일도 여유를 가진 자만이 할 수 있는 일인 것이다. 남을 배려하는 것도 마음의 여유가 있어야 가능한 것이다. 이제 곧 9월이다. 안도현 시인의 〈9월이 오면〉을 조용히 읊으며 내 9월을 설계해 본다.

> "그대/ 구월이 오면/ 구월의 강가에 나가/ 강물이 여물어 가는 소리를 듣는지요/ ……/ 그대가/ 바라보는 강물이/ 구월 들판을 금빛으로 만들고 가듯이/ 사람이 사는 마을에서/ 사람과 더불어 몸을 부비며/ 우리도/ 모르는 남에게 남겨줄/ 그 무엇이 되어야 하는 것을/……"

내일은 여주 신륵사 앞 강월헌江月軒 정자에 앉아 남한강 강물이 여물어 가는 소리를 들어보고 싶다. 흐르는 강물과 더불어 하며 송사리는 여유작작할 것이다. 이제 느긋하게 흐르는 강물과 한가로운 송사리에 눈을 줄 수 있는 여유가 나에게 좀 더 생겼으면 … (2009. 8. 28.)

# 학장 못해 본 교수의 변명

　아내에겐 내가 평교수인 것이 조금 불만인 모양이다. 친구 남편들은 대개 학장 정도는 맡았는데 나는 그렇지를 못했으니 그럴 만도 한 것이다. 그렇다고 내가 보직을 전혀 맡지 않았던 것은 아니었다. 학과장도 연구소 소장도 맡은 적이 있다. 그러나 그 보직들이란 대개 당번식으로 나이나 부임 순서에 따라 봉사 차원에서 맡을 수밖에 없어서 맡은 것들이었다. 학장이나 총장은 꿈도 꾸어보지 않았다. 학회 회장은 두어 번 맡았지만 그것도 당번과 별반 차이가 없는 것들이었다.

　보직이란 아무에게나 맡길 수도 없고, 함부로 덥석 맡아서도 아니 되는 것이다. 무엇보다 그것을 감당할 능력과 열정이 전제되지 않으면 안 된다. 자리 욕심으로 맡았다가 괜히 여러 사람에게 누를 끼칠 수 있기 때문이다. 물론 보직자 가운데는 일처리에 능숙하지 못한 사람을 간혹 보기는 한다. 나도 보직에 대해 별반 능력이나, 별다른 열정이 있는 것 같지 않다. 그래서 그 길이 내 길이 아닌 것 같아 일찍부터 포기했다.

　보직이랄 것도 없는 것이지만 한때 학과 조교를 맡았는데, 자·타칭

"단군이래 조교"라는 평가를 받았다. 2년 임기의 조교를 4년 반이나 맡아 우리 학과 역사상 최장수 조교의 기록을 아직도 가지고 있다. 이런 평가를 얻는 데는 엄청난 희생을 감수하여야만 했다. 매사 적당하게 넘어가지 못하는 성격이라 맘에 들지 않게 일을 처리한 뒤에는 안절부절못하는 일이 다반사였기 때문에 심신이 참으로 괴로웠다. 그때로선 생업의 유일한 수단이었기도 했지만, 그만두고 싶다고 그만둘 수도 없었기 때문에 어쩔 수 없이 교수가 시키는 대로 그 직을 수행하지 않을 수 없었다.

조교 말고도 제대로 된 보직을 맡을 뻔한 적이 있기는 했다. 서울 시내 K 사립대학에 근무할 때 일이다. 당시 근무하던 문과대학에는 20여 명의 교수가 재직하고 있었는데 당시 학장으로 새로 선출된 분이 나를 부학장으로 지명하였다. 대학 때 기숙사에서 1년 동안 같은 방을 사용하였고, 현재까지 친분을 유지하고 있는 의과대학 노인의학 전문 P교수(현 가천의대)의 장인이신 L학장께서 사위 친구인 나를 특별히 배려하고 귀여워해 준 결과였다. 당시 나는 그 자리를 피하기 위해 사정상 맡지 못하겠다는 메모를 비서에게 전달한 채 결강마저 해가며 며칠 동안 학교를 나가지 않았다. 집에 전화가 없던 시절이라 연락이 되지 않는 사람을 마냥 기다릴 수도 없어 같은 해 부임한 영문과 Y교수에게 나대신 부학장을 맡겼다. 그 뒤로 Y교수는 주로 보직 교수로 활약했고 학장도 맡았다. 당시 내가 그 보직을 사양했던 가장 큰 이유는 연구에 집중할 수 없다는 걱정 때문이었다. 전임이 된 직후라 1년에 한 편의 논문을 쓰는 것도 힘겨운 시절인데 재주도 없는 사람이 두 가지 일을 감당할 수 있겠느냐 하는 두려움이 앞섰던 것이다. 그런데다 그 일이 있기 바로 직전 40대에 훌륭한 업적을 내신 유명한 교수 한 분이 2년 동안의 학장직을 맡은 뒤 다시 연구실로 돌아왔는데 전혀 이전 상태로 돌아갈 수 없다며 한탄하시는 것을 목격했기 때문이다. 그분은 결국 학교를 옮겨 부총장과 총장을 맡기도 하는 등 정년 때까지 20년 동안을 계속 보직 교수로 활약하다 정년퇴직하셨다. 내가 경험해 보지는 않았지만 공부란 한번 손을 놓으면 다시 다잡기가 보통 어려운 일이 아니란다. 그것이 사실이라면 내가 그 때 그 보직을 맡았더라면 나는 지금도 여전히 보직교수로서 활약하고 있을지도 모를 일이다.

학교에는 행정을 맡아야 할 교수가 당연히 필요하다. 보직을 맡지 않겠다는 것은 일종의 이기심의 발로다. 따라서 보직을 맡는 교수를 비난하거나 비판할 생각을 가져서도 안 된다. 오히려 그런 허드렛일(?)을 맡아주니 고맙고, 또 그 노고를 치하할 따름이다. 그래서 나는 한때 학교 당국에 보직교수에게는 논문 등 저작활동으로 평가하지 말고, 보직 그 자체만으로 논문 몇 편을 쓴 것과 같은 평점을 줄 것을 강력하게 건의한 적이 있다. 보직을 맡으면서 일반 교수처럼 연구업적을 낸다는 것은 내 상식으로는 상상할 수 있는 일이 아니었기 때문이다.

성격으로도 나는 보직과는 거리가 있는 것 같다. 남 앞에 서는 것을 별로 좋아하지 않는 나는 학생 앞에 서는 것마저 부담감을 느끼는데 각종 회의를 주재하고 또 많은 행사에 축사 등을 하고자 높은 자리에 서는 것이 상상만 해도 여간 부담스럽게 여겨지기 때문이다. 그런데다 그런 일을 하면 뿌듯하고 신이 나야 하는데 도무지 나는 그런 체질이 아니었다.

보직도 여러 종류가 있지만 학장이나 총장을 하기 위해 연구실을 찾아다니면서 선거운동을 하거나 집으로 전화를 걸기도 하고, 생면부지의 사람에게 엽서나 메일을 보내는 것을 보니 하고 싶은 사람이 적지 않은 모양이다. 내가 교직생활 대부분을 보내고 있는 우리 학교에서는 보직을 맡고 싶다고 사실 맡게 되는 것도 아니다. 지방 국립이나 사립대학에는 단과대학의 규모가 작아 고작 1—20명으로 교수진이 구성되어 있는 경우도 많다. 따라서 그런 곳에는 학장을 맡지 않는 것이 오히려 이상할 정도다. 그렇지만 내가 봉직하는 서울대학교 인문대학에는 전임강사로 부임해 왔던 시절에 이미 교수 수가 135명을 넘었고, 현재는 180명에 육박하고 있다. 그러니 맡고 싶어 하고, 또 능력이 출중한 교수들도 학장이 되는 것은 쉽지 않은 일인데, 나처럼 평범한데다 맡고 싶지도 않은 사람이라면 보직을 맡지 않는 것이 당연한 일이다.

나는 이래저래 보직에서부터 멀어지게 되었다. 그러나 딸들마저 가끔 "학장 못한 사람은 아마 아빠뿐인 것 같다"고 말하는 것을 보니 내 교수 생활에 대해 조금은 불만이 있는 듯하다. 그런데다 고등학교 동기회에 나가면 "박 교수! 학장이나 총장 한 번 하고 정년 해야지!" 하는 친구들이 간혹 있다. 고교 동기 가운데 교수로 있으면서 학장 못해본 사람은 나 밖에는 아마 없는 듯하다. 현재 부산 모 대학 총장도 내 고교 동기이고, 서울시내 모 대학 총장도 내가 한때 다닌 대학 동기다. 이러니 나처럼 보직을 맡지 않는 교수는 뭔가 치명적인 흠이 있거나 무능력한 사람으로 여기는 것 같기도 하다.

이런 사회적 인식에는 초등—중등학교 교사와 대학교수를 같은 차원에서 이해하기 때문에 생긴 현상이 아닐까 한다. 최근 교감·교장 못해보고 평교사로 정년퇴직한 교사들이 가끔 생기는 모양이다. 교사들은 그렇지 않은 분들도 있겠지만 대개 교감이나 교장을 목표로 직장생활을 하고 있다고 한다. 대학교수 가운데는 내가 알기로는 보직을 맡지 않으려는 교수가 더 많지 않나 생각한다. 피해 갈 수밖에 없는 당번이라면 어쩔 수 없지만, 자기 일할 시간을 빼앗아 가는 보직을 그리 기꺼이 맡겠는가 하는 생각이 들기 때문이다. 최근 일본 최고대학인 동경대학에서 중국 명·

청시대사를 전공하는 세계적인 학자 K교수가 갑자기 오짜노미즈 여자대학으로 자리를 옮겼다는 이야기를 들었다. 그 뒤 여러 경로를 통해, 또 일본에서 열린 학회에서 만나 직접 확인한 것이지만, 동경대학 문과대학에서 그녀의 거듭된 고사에도 학장 후보로 선정해 버린 것이 그녀가 학교를 옮긴 이유였다.

사람에 따라 다르겠지만 교수 생활 가운데 가장 기쁜 일은 맘에 드는 글을 발표했을 때일 것이라고 생각한다. 초학 시절 조판 인쇄로 된 교정지를 처음 받았을 때의 감격을 나는 아직도 잊지 못하고 있다. 지금은 없어진 서울역 서쪽 중림동의 낡은 한옥에 차려진 인쇄소에서 내 첫 논문 교정지를 받아 쥐었을 때는 정말 꿈인지 생시인지 모를 열락에 빠졌다. 박사논문이 책으로 출판되어 나왔을 때의 일은 지금 회상해도 꿈만 같다. 논문 심사가 끝나기도 전에 출판사에 추천했다는 지도교수님의 통보는 내 인생에 일어난 어떤 사건보다 소중한 일로 기억하고 있다. 학교 제출용은 2차 교정본을 가제본하여 썼다. 좀체 일어날 수 없는 일이었다. 지금도 학술지에 실린 내 글을 받아 들었을 때 내 손은 약간의 떨림이 인다. 그리고 내 글을 인용하는 논문이나 책을 만났을 때는 흥분된다. 특히 생면부지의 외국학자 글에서 내 논문이 거론되었을 때가 특히 그러하다. 이렇게 흥분되고 짜릿한 기쁨을 주는 것은 내 나름 각고의 노력의 결과이고, 내 이름으로 된 작품이기 때문이다.

인생에서 느끼는 기쁨이야 사람마다 저마다 다를 것이다. 사람이 가는 길에 좋고 나쁜 것이 따로 있는 것이 아니다. 어느 길을 가든 즐겁게 할 수 있는 일을 선택해야 행복할 수 있다. 그래야 능률도 오르고 좀 더 나은 결과를 낼 수가 있다. 공자는 "아는 것보다 좋아하는 것이 낫고, 좋아하는 것보다 즐기는 것이 낫다(《論語》 雍也 ; 子曰: 知之者不如好之者, 好之者

不如樂之者)"고 하였다. 나는 내가 하는 일을 좋아하지만 즐기는 단계에는 아직 이르지 못하고 있다. 앞으로 내가 하는 일 그 자체를 즐기는 날이 왔으면 하는 바람을 여전히 가지고 있다. 진정으로 학문을 즐기는 단계에 올라선다면 총장이 아니라 장관, 대통령이 된다 한들 이보다 즐겁지는 않을 것 같기 때문이다. 그러나 대선 때만 되면 폴리페서(Polifessor)들이 구름떼처럼 양산되는 이런 세상에 나와 같은 생각이나 처신이 얼마나 설득력이 있어 보일지 의문이긴 하지만 …(2009. 9. 4.)

# 내 서재에서 대접 받는 책

유명 연예인이나 스포츠 스타로부터 직접 싸인을 받거나 싸인 볼을 얻기란 쉽지 않는 일이다. 받았을 때는 우리는 그것을 보물처럼 소중히 간직한다. 인기 작가는 자기 책에 싸인하는 행사를 대형서점 같은 데서 간혹 열기도 한다고 들었다. 나는 그런 행사에 참석해 본 적도 없고, 그래서 그런 책을 한 권도 소장하고 있지 않다. 그러나 나와 인연이 있는 국내·외 학자들이 서명한 책은 제법 가지고 있다.

내 장서의 대부분은 전공 관계 책이다. 본격적으로 전공책 수집을 시작한 것은 1970년대 초여서 벌써 40여 년이란 세월이 흘렀다. 내 장서량도 제법 된다. 역사라는 학문은 그 특성상 한번 구한 책은 버릴 것이 드문 때문이기도 하지만, 나와 인연을 맺은 것은 팸플릿 하나도 쉽게 버리지 못하는 성격이라 연구실을 방문하는 사람 가운데는 내 장서의 양에 놀라기도 한다. 7평 남짓한 학교 연구실에 도서관 서고처럼 서가를 빽빽하게 들여놓은 데다, 그것도 모자라 학교의 양해 아래 창고 하나를 따로 점유하여 쓰고 있다. 교수 휴게실에 들르면 동료교수들도 내 연구실이 무너져 아래층이 안전할까라는 따위 농담을 하기도 한다.

나이가 나이인지라 온종일 학교에 나가 앉아 있는 것도 이젠 힘에 부쳐 지난해 2월부터 낙성대 근방에 공부방을 하나 얻어 쓰고 있다. 책 읽다 눕고 싶으면 바로 드러누울 수 있도록 소형 아파트 하나를 전세로 얻은 것이다. 공부하는 시간의 대부분을 이 공부방에서 보내다 보니 논문 작성 등에 당장 필요한 책들을 그리로 옮기게 되었다. 그런데 막상 어떤 책부터 옮겨야 하나, 또 책상 가까이 어떤 책을 배치해야 하나 하는 고민에 한동안 빠졌다.

나에게는 책 빼곤 애장품이랄 것이 별로 없다. 집에는 부모님이 쓰시던 뒤주와 장모님이 쓰시던 재봉틀 정도가 의미가 있는 것이다. 뒤주는 어머님 말씀으로 짐작건대 1930년대 즈음에 만들어진 것이니 그런대로 골동품이기도 하지만 그 속에 쌀이 가득 차면 우리 팔남매 모두가 뭔지 모르게 마음이 넉넉했던 시절이 있었으니 내겐 소중한 것이다. 재봉틀은 장모님의 갖은 애환이 얽힌 것이라 아내에겐 둘도 없이 소중한 유산이다. 그 밖에는 특별히 대접해야 할 물건이 없다.

평생을 책과 더불어 살아온 사람이기 때문에 나에게는 책이 가장 중요한 물건일 수밖에 없다. 그런데 어떤 책이 나에게 의미 있고 중요한 책일까? 내 연구 과정에서 영향을 많이 끼친 책일 수도 있고, 연구사적으로 의미가 있는 책도 그에 해당될 것이다. 그러나 그보다 내가 소중히 여기는 것은 따로 있는 것 같다.

이사하는 과정에서 나름으로 책들을 가렸고 그것들을 배열하기 시작했다. 배열을 끝내고 나에게 가장 대접받은 것들을 따져보니 저자가 직접 서명을 한 책들이었다. 제자 등 외부인이 간혹 방문하게 되면 가장 잘 보이는 곳이기도 하고 내 책상으로부터 가장 가까운 거리에 그 책들이 꽂혀 있다. 어느 날 어느 학생이 방안을 둘러보고 난 뒤 다른 서가는 모두 종류별로 나열되어 있는데 이 서가의 책들만은 무슨 특색이 있는지 도무지 모르겠다며 의아해하였다. 한번 맞춰보라고 했더니 고개만 갸우뚱거린다. 그 뒤 방문자들에게 같은 질문을 수차례 던졌으나 맞히는 사람이 없었다. 전공시대별도 아니고, 분야별도 아니니 그 정답을 맞히기가 쉽지 않았던 모양이다. 저자 친필 서명이 있는 책들이라 하니 그제야 고개를 끄덕인다. 그런데 어떤 학생이 "선생님은 자주 꺼내보는 사전 같은 공구서보다 서명 받은 책을 잘 보이는 곳에 두군요!"라며 의아한 눈초리로 나의 해명을 재촉한다.

듣자 하니 내가 하는 배열은 진정으로 연구하는 학자가 하는 방법은 아닌 것이다. 그 학생 말처럼 자주 뽑아보는 책을 그곳에다 두는 것이 마땅하다. 연구보다 인연을, 실용보다는 뭔가 과시하려는 치기를 은연중에 드러낸 것이다. 사실 이런 배열은 정년 뒤 신체나 정신 건강이 연구를 감당하지 못할 때 하여도 늦지 않다는 생각이 들었다. 학교 연구실에 있는 책 가운데 그 십분의 일 정도를 엄선하여 옮기면서 자주 보지도 않는 책을 굳이 보물처럼 가져온 것은 그런 비난을 받아도 마땅한 일일지도 모른다. 서명받은 책 중에는 나의 전공과 밀접한 것도 있지만 그렇지 않은 것도 역시 있기 때문이다. 학자의 정도에서 일탈한 내 정신 상태를 훤히 꿰뚫고 있는 것 같아 얼굴이 약간 달아올랐다.

그러나 가만히 따져보니 사실 내가 크게 잘못을 저지른 것도 아니라는 생각이 들었다. 작고한 학자에서부터 내가 가르친 학생에 이르기까지 내가 서명을 받아 보관하고 있는 책의 수는 제법 많다. 그런데 내가 옮겨온 책들은 유명한 사람의 책보다 나와 깊은 인연이 있는 저자들 책이 거의 대부분이다. 그간 답사나 학술회의에 참가할라치면 챙기는 것 가운데 하나가 방문할 곳에 거주하거나, 회의에 참석할 것으로 예상되는 학자들 저서들이었다. 직접 서명을 받기 위해서다. 이 도시 저 도시 옮겨 다녀야 하는 일정인데 무거운 책들을 트렁크에 넣고 다닌다는 것은 여간 곤혹스 러운 일이 아니었다. 그럼에도 그런 수고를 마다하지 않았다. 또 외국학 자가 내 연구실을 방문하면 이미 사둔 책을 꺼내서 저자 서명을 받는다. 이러다 보니 그 서명에 얽힌 사연들도 적지 않다. 이런 구구한 사연이 배인 책들을 편의만을 생각하여 서가에 배치할 수는 없었던 것이다. 또 살펴보니 그 배열상 가장 눈에 잘 띄는 곳에 위치한 책들은 그냥 서명만 있는 것이 아니라 나와의 인연을 구구절절하게 적은 것들이다. 그 가운 데 대표적인 것을 아래에서 소개하려 한다.

이미 작고한 북경대학 노교수가 내게 서명해 준 내용이다. 1988년 내 박사논문이 출판되었을 때 그분에게 보내 준 것이 인연이 되어 그 뒤 여 러 차례 문통이 있던 사이였다. 북경에 1년 동안 체류하던 1996년 초여 름 어느 날 그 교수 댁을 방문할 기회를 가졌다. 댁을 방문하면서 그분 의 대표적인 저서 두 권을 들고 갔다. 간단히 서명만 받아오려고 했는데 생각 밖의 일이 벌어졌다.

이 책은 30년 전에 출판한 것으로 이미 절판된 지 오래되었다. 박한 제 교수가 뜻밖에 홍콩에서 이 책을 구했다고 한다. 책머리에 즐겁게 기록하여 중국과 한국 학자의 문자에 얽힌 인연을 기억하려 한다. 1996년 6월 14일. 주일양. 나이는 팔십하고 넷이다. 북(경)대(학)에서 ('此三十年前出版者 久已絕版. 朴漢濟敎授竟在香港得之 樂爲題記 以志中韓兩國學人 之文字之因緣. 一九九六年 六月 十四日 周一良 時年八十又四 于北大')

박한제 교수께서 바르게 지적하여 주기 바란다. 1996년 6월 14일 북 대에서. 이때 파킨슨병을 앓고 있어서 오른손이 굳어 글을 써도 글자가 잘 되지를 않는다. 선생은 그것을 양해 주시기 바란다('朴漢濟敎授指正 周一良. 一九九六年 六月 十四日 于北大. 時患帕金森病 右手僵直 書不成字 先生諒之!')

중국 실정에 조금만 밝아도 잘 아는 매우 유명한 교수다. 그 교수가 몸이 좀 불편하다는 것은 신문이나 중국학자들을 통해 알고 있었지만 그리 심한 정도인지는 잘 몰랐다. 당시 서명한 글씨는 이전에 나에게 보낸 편지에 보여준 달필과는 너무 다른 것이었다. 파킨슨병으로 제대로 글씨를 쓰지 못하는 팔십이 넘은 노교수를 내가 고문한 꼴이 되었던 것이다. 그분은 내가 가져간 책을 침실로 들고 들어가더니 거의 1시간 동안이나 거실로 나오지 않았다. 어린 애가 쓴 것 같은 친필 서명 책을 받아들고 미안한 마음에 땀이 등골을 타고 죽죽 흘러내렸다.

내 서가에 꽂힌 책들은 대개 이런 크고 작은 사연들이 얽힌 것들이니 내가 어찌 실용성만 따져 그 거리를 계산할 수 있단 말인가! 나는 오늘도 그 교수의 책을 끄집어내어 그분과 나 사이에 얽힌 범상치 않은 인연을 회상해 본다. 그분의 명복을 빈다.(2010. 3. 14)

# 우리가 이 세상에 남겨두고 가는 것

중국 역대 정사正史의 열전列傳을 뒤적이다 우연히 마주하게 된 것은 "과연 사람은 이 세상에 무엇을 남기고 가는가?"라는 원초적인 물음이었다. 이런 물음은 젊은이가 아니라 나처럼 재산도 명예도 별반 쌓은 것이 없어 무심코 지나친 날들이 비애처럼 젖어드는 사람들에게 더 큰 다그침으로 다가온다. "호랑이는 죽어서 가죽을 남기고 사람은 죽어서 이름을 남긴다."는 말이 있다. 사람에게 '이름'이란 도대체 무엇인가? 호랑이와 사람을 등치시킬 때 가죽과 이름은 서로 등가等價다. 호랑이의 가죽이란 유용성을 상징할진대 우리가 남긴 이름은 과연 그러하단 말인가? 공자가 "세 사람이 행함에 반드시 내 스승이 있나니 착한 것을 가려서 쫓고 그 착하지 않은 것은 고칠지니라(《論語》 述而篇)"고 했으니 사람이 잘났건 못났건 그가 생전에 행한 행위는 후세 사람들에게 나름으로 하나의 거울이 될 것이므로 그나마 제 몫은 했다는 것인가? 그러나 우리가 이름을 남긴다는 것은 오랫동안 여러 사람들에게 기억되는, 곧 이는 역사책에 이름이 기록된다는 의미일 것이다. 역사에 그 이름이 기록된다 해도 반드시 좋은 것만은 아니다. 이름에는 '선명(善名; Famous)'도 있고, '악명(惡名; Notorious)'도 있을 것이기 때문이다. 역사책에 악인의 전형으로 선택되는 것은 당사자나 그 후손들에겐 '살인의 추억'일 뿐이기 때문이다.

  역사가들이 역사를 서술할 때에 가장 고민했던 문제가 바로 이들 선·악이라는 상반된 두 부류의 사람들을 어떻게 적절하게 배치하는가 하는 것이지 않았을까 생각한다. 정사의 열전이란 한 왕조, 또는 한 시대를 살았던 온갖 유형의 인물들 전기의 모음이다. 역사가는 엄정한 기준을 세워 그 대상을 선택하고, 그 일생을 가능한 축약해서 서술한다. 정사 귀퉁이에 이름 하나 남기는 것도 지극히 어려운 일이지만, 설사 역사가에 선택되었다 해도 충분한 지면을 할애받기는 더욱 힘들다. 당나라 300년 동안의 역사기록인 《(신·구)당서(新·舊唐書)》는 다른 정사에 견줘 분량이 큰 책에 속하지만 거기에 이름을 남긴 사람은 고작 1,500명 정도에 불과하다. 역사가는 모래알같이 많은 사람 가운데 인상적인 몇 사람을 선택하고 그 사람의 인생역정 가운데 후세에 남겨서 뭔가 의미 있다고 생각되는 것을 발췌하여 기록한다.

  이들 열전을 살펴보면 두 가지 점에서 우리의 당초 예상을 크게 빗나간다. 먼저 그 사람의 화려한 경력, 특히 관력官歷으로 그 지면을 채울 것이라 예상하지만 반드시 그렇지는 않다는 점이다. 역사서는 자손이나 지인知人이 써주는 묘지명이나 묘비처럼 칭송 일색의 글이 아니기 때문이다. 중국 최초의 정사인 동시에 후세의 정사 서술의 귀감이 된 《사기》의 열전을 보면 다양한 인간 유형이 등장한다. 열전의 압권은 가장 앞에 나오는 '백이伯夷열전'이다. 상(商:殷)나라 제후국인 고죽국孤竹國의 왕자로서 왕위를 서로 양보하기 위해 도피했던 백이와 숙제 형제의 전기다. 주나라 무왕武王이 황음을 일삼던 폭군인 상나라 마지막 임금인 주왕紂王

을 무력으로 치려 한다는 소식을 듣고는 낙양의 북쪽 황하 변에서 무왕 말고삐를 잡으며 한사코 만류했다. 폭력을 폭력으로 친다는 것이 의義라고 생각하지 않았기 때문이었다. 그 만류가 실패로 돌아가자 인근의 수양산首陽山에 들어가 고사리를 꺾어 먹다가 굶어 죽었다는 것이 그들의 이력의 전부다. 사마천이 이들 대책 없는 형제를 굳이 선택하여 기록한 것은 나름으로 의도가 있었겠지만 왕자라는 그들의 높은 지위 때문이 아니라, 명분과 의를 지키고자 남들이 쉽게 갈 수 없는 가시밭길을 묵묵히 걸어갔기 때문이었으리라.

열전뿐만 아니라 역사 교과서에 나오는 인물들도 마찬가지다. 조선시대 정승을 지낸 사람은 모르긴 해도 몇백 명, 판서를 지낸 사람은 몇천 명은 충분히 될 것이다. 해방 후 국무총리·장관을 지낸 사람의 수도 상당수가 될 것이지만, 그들이 역사책을 채우고 있지도 않으며, 앞으로 그럴 가능성도 희박하다. 역사책을 채우는 사람들은 관직은 그리 높지 않았지만 각 방면에 일가를 이룬 학자인 퇴계나 율곡, 순교한 김대건 신부 등이다. 국무총리·참모총장보다 노동운동가 전태일 같은 사람들이 우리 시대 역사책을 채울 것이다.

인간이 살아가는 방식은 다양하고 역사 속에는 다기한 인간 군상이 등장한다. 《사기》열전을 보면 착하게 벼슬살이를 한 사람의 열전〔循吏列傳〕도 있고, 가혹한 관리의 열전〔酷吏列傳〕도 있다. 유학자 열전〔儒林列傳〕도 있고, 협객들 열전〔游俠列傳〕도 있다. 아첨을 일삼던 사람들의 열전〔佞幸列傳〕도 있고, 웃기는 사람들의 열전〔滑稽列傳〕도 있다. 일관들 열전〔日者列傳〕도 있고, 점쟁이들 열전〔龜策列傳〕도 있다. 돈 많이 번 사람들의 열전〔貨殖列傳〕도 있다. 특정 방면에 일가一家를 이루지 않거나 그 시대를 대표할 독특한 행위가 없다면 역사책에 남을 수 없다는 이야기다.

역사적 인물들이 후세에 남기고 간 것 가운데 정수가 되는 것은 무엇인가? 역사책을 살펴보면 당초 우리 예상을 크게 벗어나고 있음을 알 수 있다. 열전 가운데서 내가 가장 쇼킹하게 읽은 것은 《주서》 우문호宇文護의 열전(《周書》 권11)이었다. 우문호는 황제의 숙부로서 북주北周왕조 초기 실질적인 최고 권력자로서 16년 동안이나 군림하면서 북주왕조를 실질적으로 창업하였을 뿐만 아니라 조카인 두 황제를 마음대로 폐살시켰다. 생전에 그의 권력은 황제를 능가할 정도로 정말 대단했다. 그럼에도 열전의 절반이나 되는 분량(12쪽 중 6쪽)은 그가 그의 어머니와 그리고 어머니 송환을 위해 적대국인 북제北齊정부와 나눈 세 통의 편지가 차지하고 있다. 우문호의 열전은 한 권력자의 화려한 정치역정의 기록이라기보다 통곡소리가 배어 있는 한 편의 사모곡思母曲인 것이다. 이 열전을 편찬한 역사가 눈에 비친 것은 우문호의 그 화려하고 거대한 족적을 남긴 정치역정이 아니라 30여 년 동안을 이산가족으로 적대국에 살아야만 했던 모자의 애절한 사연이었던 것이다.

중국 최고의 전원시인 도연명陶淵明의 열전(《晉書》 권94 隱逸)은 그의 문장인 〈오류선생전五柳先生傳〉과 〈귀거래歸去來〉로 채워져 있다. 우리가 고등학교 때 고문시간에 배워서 익히 아는 문인 유신(庾信: 유개부庾開府)의 열전(《周書》 권41)은 남조와 북조를 넘나든 그의 다기한 이력보다 고향 강남을 그리워하는 〈애강남부哀江南賦〉라는 문장이 거의 전부를 차지하고 있다. 중국 가훈의 대명사인 《안씨가훈顔氏家訓》을 남긴 안지추顔之推의 열전(《北齊書》 권45 文苑)은 그의 자서전이라 할 수 있는 〈관아생부觀我生賦〉가 차지하고 있다. 남조 최고의 문벌 낭야琅琊 왕王씨 출신으로 재상(司空)을 역임한 왕승건王僧虔 열전(《南齊書》 권33)은 그의 관력이 아니라 그가 쓴 두 가지 글이 그 대부분을 채우고 있다. 하나는 역대의 글씨에 대한 평론인 〈논서論書〉이고, 다른 하나는 가훈의 일종인 〈계자서誡子書〉이다. 그의 인생 육십 년 동안 그가 치른 일, 그가 거둔 업적은 수없이 많았지만 역사가가 선택한 것은 그 화려한 집안도, 높은 관직도 아닌 서체에 대해 똑 부러지게 평론한 논문 한 편과 자기 자식들에게 주는 몇 가지 유훈이었을 뿐이었다. 그의 짧은 글이 역사가의 마음을 사로잡았던 것이다.

"권력은 십 년을 넘기기 힘들고 꽃은 열흘 동안 예쁠 수는 없다"는 옛말이 있다. 중국에 답사할 때마다 느끼는 것이지만 한 인간을 기리는 기념비나 기념관은 권력자의 것이라기보다 화려하지는 않지만 뭔가 진한 감동을 이 세상에 남긴 사람들의 것들이 대부분이다. 그런 사람 가운데는 유독 문필가들이 많다. 문필가에겐 현세에서 없는 게 많다. 부·명예·지위가 그러하다. 있는 건 자존심뿐이다. 이 자존심이 현실과 쉽게 타협할 수 없게 하고 그들을 가난하고 외롭게 만들었다. 그러나 죽은 뒤의 대접은 다르다. 춘추시대 초나라 애국시인 굴원屈原의 사당이나 당대의 시성 두보杜甫의 고택과 묘를 가보면 금방 알 수 있다. 두보가 태어난 곳은 낙양 동쪽 황토고원 끝자락에 자리한 작은 토굴[窯洞]이지만 그 옆 묘소에는 역대 시인묵객들이 찾아와 남긴 시비만도 수천 개다. 그의 토굴이 그의 현생 삶의 수준을 표징한다면 그를 추모하는 시비는 그가 사후에 남긴 것에 대한 후세인들의 보답이다. 중국만이 아니다. 우리나라 어느 도시를 가든 시민공원에 서 있는 비석의 주인공은 그 지방이 배출한 재력가도 정치가도 아니요, 가난했던 시인인 경우가 많다. 통영에 가면 시인 김춘수의 시 '꽃'이 새겨진 시비와 '김춘수유물전시관'을 만나게 된다.

역사 기록은 특정한 역사가가 선택한 가치관의 표현이지만 수천 년 동안 애독되어 왔다는 점에서 인간이 추구할 불변의 보편성을 가지고 있다고 봐야 한다. 역사란 우리 인간이 현세에서 해야 할 방향을 어느 정도는 인도하는 것이리라. 인간이 후세에 남겨두고 가는 것은 수없이 많아 보이지만 남아 보존되고 기억되는 것은 극히 적다. 그것은 돈이나 권력을 휘두른 이력이 아니라 후세인에게 기억될 만한 행동이거나 글일 것이다. 남다른, 아니면 시대를 대표하는 뭔가를 남기지 않으면 후세인, 아니 역사가들에게 주목받지 못한다. 우리는 옛 선인들이 가슴앓이로 남긴 글들을 즐겨 읽고 있다. 어찌 글만이겠는가? 백이·숙제가 굶으면서 지키려 했던 명분과 의로운 행동은 천고 동안 소멸되지 않고 아직도 우리 가슴을 뜨겁게 하고 있다. 시간과 공간에 관계없이 인간이 끊임없이 추구하는 존엄성과 가치는 현실에서 받는 대접과는 반드시 일치하는 것은 아니라는 점은 역사책을 읽으면 금방 알 수 있지 않을까?(2010. 3. 4.)

# 한국에서 인문학자로 살아가기

교수의 수난시대다. 아니 '진리는 나의 빛(Veri Tas lux Mea)'이라는 글자를 교표 중앙에 새겨 넣은 서울대학에 상당수 사기나 치는 교수로 채워져 있다는 사실이 백일하에 공개되었기 때문이다. 현직 부총장, 학장, 그리고 총장후보들도 거의 이른바 '이중게재자'로 낙인 찍혔으니 제대로 된 교수 하나 찾아보기가 힘들다는 소리가 들릴 만도 하다. 지목된 교수들은 취재 카메라를 피하기 위해 파렴치한처럼 내달렸다. 민주화에 선봉이었던 학생들의 동상은 교정에 즐비하지만 사표가 될 만한 교수의 동상 하나 찾아보기 힘든 것이 한국의 지성을 대표한다는 서울대학교 현주소다. 양심의 보루라던 교수상이 찢겨진 지 오래지만 그래도 범죄자 취급은 받지는 않았으면 하는 것이 그 구성원의 한 사람이 갖는 간절한 바람이다.

한번은 짚고 넘어가야 할 문제라고 생각했지만 당사자의 한 사람으로 그 뉴스를 보고 들을 때마다 그리고 동창이나 친척들이 물어왔을 때 참담하지 않을 수 없었다. 사실 '(나는) 이중게재'라면 다른 교수보다 앞장서 온 사람이었다. 그런 내가 '이중게재자'로 분류되지 않았다는 것도 참 이상하다. 내 사정을 잘 아는 어떤 교수는 '빠져서 축하한다'고도 하였으니 인문·사회계열 교수 가운데 '이중게재자'가 23퍼센트라는 통계도 믿기 힘들다. 잘은 몰라도 역사 계열 교수 가운데 가장 많은 '이중게재'를 한 사람이 필자가 아닐까 생각되기 때문이다. 1990년 이후 지금까지 나는 20여 편의 논문을 외국잡지에 '이중게재'하였다. 올 4월에 한 논문이 이중게재로 출판되었고 그리고 내년 초에도 하나가 나올 예정이다. 이런 행위에 대해서 나는 별로 부끄러움을 느끼지 않으며, 앞으로도 또 삼갈 생각도 없다. 승진이나 연구비 수령을 위해 이중으로 논문수를 계산하는 것은 사기라고 생각하지만, 이중게재에 대해서는 저간의 지적에 전혀 동의할 수 없기 때문이다.

이중게재 문제를 거론한 방송사에서는 그 위법성과 도덕성 여부를 미국 학자에게 물었다. 세계 공통어인 영어로 논문을 쓰면서 이중게재를 했다면 그건 정말 나쁜 짓이다. 그러나 각 나라마다 그리고 전공마다 각기 처한 상황이 다르다. 내 전공은 중국의 역사다. 연구자 숫자만으로 본다면 한국이 세계 5대 강국에 속할 것이지만 그 연구여건은 비참할 정도다. 비근한 예로 중국사 연구자는 세계 어느 나라 사람이든 일본어를 읽을 수 있지만 한국어로 된 논문을 읽을 수 있는 사람은 거의 찾아보기 힘들다. 그럼에도 일본에서는 자국학자들의 논문들을 모아 중국어나 영어로 번역하는 것을 국가사업으로 진행해 온 지 오래다. 한국에서는 이런 일을 학자 개인이 해야 한다. 외국에서 열리는 학회에 참석할 때 새 논문을 마련하여 갖고 간다. 학회에 참석한 중국학자들이 그 원고를 가져가서는 필자 본인도 모르는 사이 잡지에 싣는 일도 많다. 동일한 논문이 다섯 군데나 실린 것도 있다. 이중게재가 아니라 오중게재다. 어떤 때는 한국잡지에 실었던 논문의 별쇄본을 주었는데 후면에 있는 요약문을 읽고 전문을 번역하여 실었던 경우도 있었다. 당연히 한국 어느 잡지에 실렸다는 것을 밝히지 않았다. 어느 나라 학술잡지든 이중게재라는 사실을 밝힘으로서 그 잡지의 권위가 손상되는 것을 바라지 않기 때문이다. 이미 외국 잡지에 실린 논문이라면 한국에서는 다시 싣지 말아야 한다고 하겠지만 그 논문이 외국잡지에 실리는지 모르고 있기 마련이고, 또 한국 학생들과 연구자들에게 내가 쓴 논문을 외국어로 읽으라고 강요하는 것도 말이 되지 않는다.

이과 방면은 인용횟수를 갖고 해당 학자의 우열을 따진다고 한다. 만약 이중게재를 하지 않고 그냥 있었다면 세계 어느 나라 학자도 내 논문을 한 번도 인용하지 않았을 것이다. 1년에 50번 이상은 족히 인용되고 있는 것은 그나마 '이중게재'라는 나의 부도덕성(?) 덕분이었다.

학문의 세계, 곧 아카데미즘은 저널리즘이 쉽게 재단할 성질의 영역이 아니다. 학문의 세계와 매스컴의 세계는 다르고, 학문도 그 처한 상황이 천차만별이다. 문과와 이과가 다르고, 문과도 학문마다 다르다. 서울대 규장각에서 발간하는 The Journal of Korean Studies는 SCI급 논문집이지만 게재된 논문들 대부분이 이중게재다. 한국학을 하려면 세계 어느 나라 학자도 한국어는 배워서 읽는다. 그럼에도 이중게재를 합법화하고 있는 이런 잡지도 필요하기 때문에 현재 엄연히 존재하고 있는 것이다. 이럴진대 중국사와 같은 외국학은 이중게재라는 잣대만으로 꾸중할 수만은 없는 것이다. 국가에서 해 주지 못하는 일을 학자 개인이 사비를 들여 원고를 번역하기도 하고, 월급을 쪼개어 여비를 마련해 학회에도 참석하여 자기 학설을 개진하는 것이다. 월급 외에 변변한 수입이라곤 있을 수 없다. 그런데도 지원보다 흠집잡기에만 급급하다면 그건 도리가 아니다.

인문학자로 살아가기가 정말 만만치 않은 곳이 바로 한국이란 나라다.

'동북공정'과 같은 불순한 목적을 가진 프로젝트가 아닐진대 이런 문제는 신중에 신중을 기하면서 접근해야 한다고 본다. 선진국이란 "당장 필요한 부분이냐 아니냐를, 그리고 돈이 되는 것이냐 아니냐를 따지지 않고 투자하는 나라"라고 한다. 정년을 목전에 둔 지금까지 한국에서 인문학자로 살아온 교수로서 갖는 간절한 바람은 고단하게 살아가는 인문학자들에게 좀 더 따뜻한 눈으로 지켜봐 달라는 것이다. 축 늘어진 어깨를 무자비하게 짓누르는 일은 다시는 없었으면 하는 바람을 갖고 있다.(2010. 4. 1.)

# 나의 길

2010년 준 플레이오프전에서 두산에게 역전패 당하고 나서 롯데 자이언츠 야구 주장인 조성환 선수가 한 이야기가 생각난다. "우리 야구(공격 위주의)를 하지 않았기 때문에 졌다"는 것이다. 한 사람의 인생이든, 어떤 단체든 그 성공과 실패에는 나름으로 알뜰한 이유가 있기 마련이다. 프로 야구는 여러 사람이 하는 단체경기이기 때문에 '우리'라는 단어는 썼겠지만, 한 개인인 '나'도 그 점에선 마찬가지 사연이 있을 것이다. 이 세상에서 나름으로 입신하기 위해서는 조성환의 말처럼 자기만의 독특한 길을 가지 않으면 안 된다는 생각을 요즈음 들어 자주 하곤 한다. 야구만 그런 것이 아니라 세상만사가 다 그렇지 않겠는가 하는 생각이다.

시합에 져도 납득할 말한 것이 있고, 도저히 납득되지 않는 패배가 있다. 롯데 주장 조성환의 말에는 납득할 수 없는 패배였다는 회한이 짙게 깔려 있는 듯하다. 인생을 살다보면 사랑의 기쁨에 환호하기도 실연의 아픔을 힘겨워하기도 하고, 남의 칭찬에 웃기도 하고 터무니없는 비난에 울기도 하며, 이겨서 가지기도 하고 져서 잃기도 한다. 이룬 성과에 만족하기도 하고, 한 일이 없음에 부끄러워하기도 한다. 전자가 후자보다 많아야 행복하고, 의미 있고, 성공한 인생이라 할 수 있을 것이다. 승자만이 독식하는 서바이벌게임이 아닐 때 나름으로 여유롭다. 그러나 상대를 이기지 않으면 패자가 될 수밖에 없는 일도 인생을 살아가다 보면 어쩔 수 없이 자주 만나게 된다. 될 수 있는 한 그런 게임에 말려들지 않는 것이 좋겠지만 그게 맘대로 되는 일인가! 그러나 사실 따져 보면 인생살이란 남하고 다투는 일보다 자기와의 싸움인 경우가 더 많다. 그러니 그 인생의 종국적인 성패는 결국 자기의 책임인 것이다.

행복한 인생, 의미 있고 성공한 인생은 누구나 바라는 것임에 틀림이 없다. 남에게 크게 피해를 주지 않는다면 성공과 행복은 쟁취해야 하는 것이 바람이고 당위이다. 그러면 어떻게 해야 행복하고, 의미 있고 성공적인 결과를 얻을 수 있을 것인가? 자기만 잘하면 될 것 같으니 쉬운 것 같으면서도 참 어려운 과제다. 성공보다 실패에 힘겨워하면서 살아 육십을 훌쩍 넘기고 보니 이제야 정답이라 딱 부러지게 말하지는 못해도 뭔가 어림짐작이 가는 것은 있다.

요즈음은 풍속도가 많이 변했지만 이전에는 학교에 신입생 환영회다 졸업생 환송회다 하는 무슨 모임이 있을라치면 참석자들이 모두 노래 한 가락을 해야만 끝나는 것이 예사였다. 대학 시절 이후 음치인 나에게 가장 좋아하는 외국노래가 하나 있었다. 애창곡이라기보다 애청곡인 셈이다. 남들보다 몇 년 늦게 어렵사리 들어간 대학. 한 치 앞이 보이지 않던 그 잔인한 계절에 나는 나이에 맞지 않게 그 긴 노래를 혼자서 부르고, 듣곤 했다. 오랜 방황 끝에 내가 다시 대학에 입학한 1969년 그해에 마침 출시된 프랭크 시나트라(Frank Sinatra: 1915-1998)의 '나의 길(My way)'이라는 노래였다. 내가 그 노래를 무슨 이유로 좋아했는지 정확하게 말할 수는 없다. 다만 저음의 그윽한 가락도 마음에 들었지만, 그 가사가 가슴에 와닿았기 때문이 아닌가 나름으로 짐작하고 있다.

자 이제 마지막이 가까워 오는군. … 친구여 자네에게 분명히 말할 게 있네. 소신대로 살았던 내 삶을 밝히고 싶군(And now the end is near. ……. My friend, I'll say it clear. I'll state my case of which I'm certain.)

후회도 몇 번 했지. 하지만 별로 거론할 만한 건 아니야. 내가 해야 할 것을 했고 … 내 식대로 더 많은 것을 했다네(Regrets, I've had a few. But then again, too few to mention. I did what I had to do … And more, much more than this I did it my way)

지난날들이 말하듯 나는 정면으로 맞섰다네. 나는 내 식대로 살았어. 그래 그게 내 삶이었어(The record shows you I took the blows. And I did my way. Yes, it was my way).

이유야 어디에 있었던 동년배보다 인생의 본격적인 시작이 한참 늦었던 나는 당시 나의 존재 이유에 대해 뭔가 강변하고 싶었다. 당시 나를 지탱시킨 것은 오기 하나가 전부였다고 해도 과언이 아니었다. 어디를 가도 따뜻한 시선은 없었다. 그래 내 식으로 살자고! 아니 그렇게 살 수밖에 없는 사정이었다. 고향도 몇 년이나 찾지 않았고, 찾아도 늦은 밤에 갔다가 먼동이 트기 전 줄행랑치듯이 고향집 사립문을 나섰다. 스물여덟에 사병으로 입대하여 서른하나에 제대했다. 서른넷에 겨우 석사를 했다. 서른 중반의 나이에 장가도 못 간 막내아들을 물끄러미 바라보며 "저놈 몽달귀신이 되지 않겠나!" 하시던 선친의 걱정스러운 넋두리가 가슴을 찔렀다. 앞날이 많이 두려웠고, 딱한 내 사정이 나를 많이 아프게 했다. 철부지 같은 행동이었지만 내가 택한 길이었고, 이제 돌아보니 그때의 선택이 그리 크게 후회스럽지만은 않지만 말이다.

롯데 자이언츠의 미국인 감독 제리 로이스트가 덕 아웃에 항상 써 놓고 선수들에게 강조하는 말이 "두려워 말라(No Fear)"이었다고 한다. 사실 남들이 통상적으로 하는 방식대로 따라 하면 크게 밑지지는 않을 것 같은데 자기만의 방식을 고집하다 보면 판돈마저 다 떼일 것 같은 위험을 느끼는 것이 보통 사람들의 일반적인 생리다.

그러면 나는 내 방식대로 살아왔던가? 어쩔 수 없는 사정에서 내 방식대로 살고자 당초부터 다짐했건만, 돌아보니 딱히 내 길을 걸어온 것 같지 않다. 오히려 이제껏 누군가가 닦아놓은 길을 따라 종종걸음으로 달려온 느낌이다. 주위의 어떤 사람, 선배, 그리고 앞서가는 동료를 따라잡는 것이 내 목표의 전부였다. 크게 잘못 살았다고 생각하지는 않지만 좀 더 잘 살 수 있었지 않았나 하는 아쉬움도 요즘 들어 가끔 느낀다. 물론 우리 인간은 남을 의식하지 않고 살 수는 없다. 공자도 세 사람이 가면 그 속에 반드시 나의 스승이 있다고 하였으니 말이다. 즉 남이 잘못하는 것은 고쳐야 되겠다고 다짐하고, 잘한 부분은 따라 해야겠다는 생각을 하기 마련이다.

내가 내 길을 가지 못한 것은 그들로부터 뭘 배우려는 목적보다 따라잡지 못하면 죽는다는 강박관념 때문이었다는 것이 진짜 이유일지 모른다. 진실로 내 방식대로 산다는 것은 내가 가고 싶은 길을 가는 것이다. 어려운 환경을 극복하고 견뎌내어 그들과 나란히 하는 것만이 내 길을 걷는 것은 아닌데, 이제껏 나는 오해하고 있었던 것이다.

남의 성공 방정식을 그대로 따라만 한다면 자기 색깔이나 특성을 드러낼 수도 없고, 남달리 가진 자기의 재능도 제대로 발휘할 수가 없게 된다. 그것은 자기 강점을 숨기고 자기의 약점으로 승부하는 것일 수도 있으니 신바람이 날 턱도 없다. 그렇게 해서는 그 인생의 결과란 잘해야 특정인의 모조품 정도에 그칠 것이다. 다시 말하면 남처럼 사는 길은 내가 나답게 사는 길이 아닌 것이다. 가짜 인생이고, 주체 잃은 남의 인생인 것이다. 루저와 위너의 진정한 의미는 뭘까! 아등바등 하루하루를 버텨가는 일상을 살아가는 것, 아니 웃음과 눈물이 폭죽처럼 터져 나오는 삶, 어느 것이 그것에 해당될까!

"그 자신을 잃어버리면 그는 더 이상 아무것도 아닌 거라네(If not himself then he has naught)"

이런 깨달음을 정년이 목전으로 다가온 최근에 이르러서야 비로소 얻게 되었으니 참으로 한심하기조차 하다. 현대 중국인들이 가장 좋아하는 작가 노신魯迅은 "길이란 원래 있는 것이 아니라 자주 다니게 되면 길이 되는 것이다."라고 했다. 사실 우리 인생이 살아가는 방법에는 정도定道도 왕도王道도 없는 것이다. 오직 자기 길이 있을 뿐이다. 새 길을 내면서 걷는 것은 잘 닦여진 길을 걷는 것보다 훨씬 힘들겠지만 그 성취의 기쁨은 더 크리라. 그 길에서 전혀 꿀리지 않고 들판의 축제처럼 역동으로 살아갈 수 있지 않겠나.

시나트라처럼 "내가 마지막 순간을 맞이하고 있네(And so I face the final curtain)"라고 할 시점은 아직은 아니라 생각되지만 언젠가 그날을 맞이하게 되었을 때, 나도 내 식대로 살았다고 자신 있게 말할 수 있게 지금이라도 남은 인생, 참된 나의 길을 걸어갔으면 하는 희망과 다짐을 동시에 해 본다. 남은 생의 하루하루를 '소비'하듯 보내는 것은 참으로 유감스런 일이라 생각되기 때문이다.(2010. 11. 11.)

운명

　인생을 사노라면 참으로 이해할 수 없는 일들과 맞닿게 된다. 예상했던 것도 아니요, 바라는 것은 더욱 아닌 일인데 그 무엇이 찰거머리처럼 따라다니면서 내 인생의 진로에 작용하고 있는 것처럼 느껴진다. 그저 운명이라고 생각할 수밖에 없는 것이다. 크게는 평생 왜 이 일을 하면서 살게 되었는가라는 의문에서부터 내가 왜 이 음식점에 들어오게 되었는가 하는 작은 의문에 이르기까지 의아하게 생각되는 것이 하나둘이 아니다.

　이미 고인이 되신 지 오래된 L교수의 책을 뒤지다 학자가 천직처럼 평생 해 온 전공영역의 선택이란 것도 사람 힘으로 어쩔 수 없는 운명이라는 것이 작용하고 있는 게 아닌가 하는 생각이 들었다. 내가 지금 공부하고 있는 분야, 그리고 내가 인생 대부분을 보내고 있는 대학의 학과는 물론, 사제라는 틀로서만 설명하기 어려운 대학원 지도학생과의 만남도 역시 그런 것이 작용한 것이 아닌가 하는 생각이 들었기 때문이다. 그분은 해방 후 중국사에서는 잘 선택하지 않는 거란족·여진족·몽고족이 세운 왕조의 역사인 요·금·원사를 전공했다. 당초 중국사의 주류라고 할 수 있는 당·송사를 전공하고 싶었지만 어쩌다 오랑캐의 역사를 전공하게 되었다고 했다. 어느 왕조의 역사를 전공했든 자기가 좋아하였으면 그만이지만 그렇다고 자기 의사와는 달리 타의에 따르거나 마지못해 전공을 선택하게 되었다면 그건 잘된 일이었다고 말하기는 어렵다.

　이런 잘못된 선택에도 그분은 생전에 세 권의 책을 출판하였다. 요즈음 학계 분위기에서 전공서 세 권이란 그다지 많다고 할 수는 없다. 그러나 당시로서는 적지 않은 분량의 책이다. 해방 뒤 지금까지 우리나라 역사학계가 배출한 대학자인 은사 고 민두기 교수께서도 평생 세 권의 책을 내었다고 평소 말씀하시곤 했다. 물론 세 권 외에도 몇 권의 저작들이 있지만 본인께서 그것들을 저서로 계산하지 않았다. L교수가 세 권의 책 속에 실은 논문들도 당시 우리 학계에서 쉽게 찾아볼 수 없는 창견을 제시한 것들이었다. 유목민족사를 전공하는 같은 학과 교수의 평가에 따르면 세계학계에 내놓아도 손색이 없을 정도의 논문들이라는 것이다. 그런데 그분은 그 당시 별로 인기도 없고, 또 본인이 전공하고 싶은 분야를 제쳐 두고 하필 그 시대 역사를 전공하게 되었을까? 그분 이야기를 여기서 잠시 옮겨 본다.

　　"동양사 전체로 보아 야릇한 특수 분야 같이 보이는 만주사와 내몽고사 연구에 뜻을 두게 된 것은 …… 저자의 개인적인 연구 환경에서였다. …… 중국 중세사(당·송사) 연구에 대한 저자의 미련을 끊어버리고 만주·몽고사 연구에 전념이라고 하기보다 체념이라고 표현하는 것이 오히려 옳은 표현일지 모르게 하였던 것은 한국동란이라는 민족적 비운을 겪게 되었기 때문이다. 이른바 1·4후퇴로 불리는 그 비극의 날 남도南渡하는 짐 속에 가지고 갈 수 있었던 것은 공산군 점령 아래 서울 거리에서 우연한 기회에 낱권으로 헐값에 입수한 개명사開

明社판 요·금·원의 삼사가 실린 두 권의 책이었다. 확대경 없이는 읽을 수 없다는 정평이 있는 소자판小字版이었으나, 휴대가 편리하기에 그 뒤 어디로 가나 이 삼사만은 꼭 지니고 다니게 되었다. 이상한 운명의 장난으로 서는 연천, 동은 인제까지 전선의 최전방을 전전 방황하는 2년 간의 전진 속 위험과 긴장된 생활에도 이 서적만은 한시도 손에서 놓지 않았다. …… 포탄이 떨어지는 최전방 천막 속에서도 언제나 같은 책만 보고 있는데 그래서 생기는 것이 무엇이냐고 이방군인으로부터 핀잔도 받았으나, 인쇄물이라고는 이 삼사밖에 얻어 볼 수 없었던 당시 처지로서는 마음을 달래는 유일한 길이 고작 삼사를 들추어 보는 것밖에 없었다. …… 그간 1년 반의 해외생활을 제외하고는 보고 싶은 사서를 마음껏 읽지 못하는 한을 달래며 요·금·원 삼사만 매달려 기회가 주어질 때마다 30년 간에 적어 발표한 논문이 …… 약 20편이다."(이용범 저, 《중세만주·몽고사의 연구》〈서〉 중에서)

불가피하게 선택한 전공분야의 연구를 회고하면서 전념이라고 하기보다 '체념'이라고 표현하는 것이 오히려 옳은 표현일지 모르겠다고 술회했다. 나는 그분이 생전에 그렇게 공부하고 싶어 했던 부분과 일부 겹치는 위진남북조·수당사를 전공하고 있다. 내가 교수라는 직업을 갖고 또 이 전공을 택하게 된 것은 L교수만큼 극적인 계기가 있었던 것은 아니지만 내 선택 또한 운명이라 여기고 있다. 중국사를 공부하게 된 연유에 대해서는 〈학문을 직업으로 택한 동기〉(《인생 —나의 오십자술》)라는 글에서 이미 밝힌 바 있다. 그렇지만 전공영역에 대해서는 제대로 밝힌 바가 아직 없다.

60년대 말 70년대 초의 대학이란 지금 젊은이들이 상상할 수 없는 대혼란 그것이었다. 얇은 노트 한 권만 있으면 한 학기 모든 수강과목의 필기를 하고도 남았던 시절이었다. 지금도 그러하지만 당시 우리 학과 규정에는 논문을 쓰지 않으면 졸업할 수가 없게 되어 있었다. 배운 것이 있어야 아는 것이 있고, 아는 것이 있어야 흥미 있는 것이 있게 마련이지만, 당초 배운 것도 없고 공부한 것도 없으니, 아는 것이 있을 턱이 없고, 아는 것이 없으니 흥미로운 주제를 발견할 수가 없는 것은 당연했다. 그러나 나의 4학년 2학기는 기구하게 흘러갔다. 9월 초에 잠시 개학했다 9월 말에 휴교령이 내려진 뒤 12월 말까지 해제되지 않고 대학의 마지막 학기가 허무하게 끝나버렸다. 그러나 졸업논문에 대한 선생님의 독촉은 조교를 통해 계속 우리 학생들에게 전달되었다. 당시 조교 J선생은 송대 사상가인 섭적葉適이라는 인물을 분석하는 논문을 준비하던 석사반 학생이었다. 내 평생의 전공은 그때 그분의 한탄 섞인 넋두리에서 결정되었다. 지금도 그 자리에 있는 동숭동 '학림다방' 2층 담배연기가 자욱한 구석자리에서 그가 내게 들려준 것은 "섭적에 대해 논문을 쓰려면 당대 후반기의 사상가인 한유韓愈부터 먼저 공부했어야 했는데 …"하는 후회스런 한탄이었다.

논문 주제를 잡지 못해 헤매던 나에게 그분의 한탄은 선지자의 '계시'와 같이 느껴졌다. 한유는 당연히 연구할 가치가 있고, 아직 풀어야 할 과제가 많은 인물인 줄 알았다. 학부 4년 동안 당대사 강의는 한 번도 개설되지 않았기 때문에 그게 나와 당나라 역사와의 첫 만남이었다. 역사서에 대한 폭넓은 독서를 통해 얻게 된 흥미에서 비롯된 것은 더더욱 아니었다. 그렇게 나온 내 생애 첫 논문은 〈한유의 배불노론排佛老論에 대하여〉라는 제목이었다. 200자 원고지 80매는 넘겨야 학점을 준다는 엄포에 겨우 81매를 허겁지겁 써서 12월 말 어느 날 제출한 것이다. 제목은 지금도 우리 학과 홈페이지에 수록되어 있지만 논문이란 용어를 붙일 수 없는 수준의 글이었다. 그러나 그 논문을 쓰는 과정에서 소득이 있었다면 두 가지였다. 하나는 당대 사상사를 공부하려면 먼저 위진남북조사상사를 알아야 한다는 것이고, 또 하나는 대학자 진인각陳寅恪과의 만남이었다. 전자의 경우 자연스럽게 나의 석사논문 주제가 되었고 학문인생의 대부분을 그 시대 역사를 연구하면서 보냈다. 후자 사연은 좀 복잡하다. 동기생 중에서 대학원에 가겠다는 사람은 내가 유일했다. 학문에 대한 대단한 의욕이 있었던 것도 아니고 사관학교 교관이나 되어 재수로 허송한 세월을 조금이라도 건져 보자는 목적으로 결심한 것이었으니 대학원에 진학한 동기마저 다소 불순했다 할 수 있다. 그렇지만 민두기 교수께서는 나를 학자로 키워 보려는 욕심으로 진인각의 《논한유論韓愈》라는 책을 빌려주면서 좋은 졸업논문을 쓰라고 독려하셨던 것이다. 그것이 진인각과 만나는 계기가 된 것이다.

진인각 연구의 주제는 다양하지만 역시 그의 대표 학설은 당왕조를 건국하고 대당제국을 통치한 세력을 분석한 〈관롱집단설關隴集團說〉이다. 관롱집단설이란 호족(오랑캐)과 한족의 혼혈집단이 중국 서북(관롱)지역을 근거지로 하여 결성되어 북조 말-수당 초까지 150년 동안 통치세력으로 군림했다는 것인데 내가 지금까지 연구하여 학계에 제시한 〈호한체제론〉의 주장도 그와 크게 다르지 않다. 그와 만난 이후 그의 글이란 글은 모두 탐독했고, 나중에는 그의 전기인 《진인각, 최후의 20년》(도서출판 사계절, 2008)까지 번역하여 출판하기에 이르렀다. 공교롭게도 나의 무문자의 31개월의 병영생활 동안 거의 내 손을 떠나지 않았던 두 책이 있었으니 대만 상무인서관商務印書館에서 출판한 진인각의 포켓판 《수당제도연원략논고隋唐制度淵源略論稿》와 《당대정치사술론고唐代政治史述論稿》이었다. 병사와 책, 이 어울리지 않는 조합. 내일을 기약할 수 없는 전선에서 이방군인에게 핀잔을 받았던 L교수와는 달리 나는 치악산 사계를 감상할 수 있는 후방병영에서 오히려 인자한 R장군의 격려와 총애를 받았던 것이 차이라면 차이다.

　내 인생역정에서 전기를 마련한 것은 L교수처럼 한국동란이라는 거창한 사건도 아니요, 그저 조교선생 한 사람의 넋두리였다. 그러나 한 사람의 인생길에서 그 방향을 바꿔 놓은 계기를 마련한 사건은 그 크고 작음이 무슨 관계가 있으랴. 황하 같은 큰 강물도 그 시작은 보잘것없는 작은 샘에서 시작하듯이 그 점에선 우리 인생역정도 별반 다르지 않을 것이란 생각이다. 당시 조교였던 J선생에게 감사를 드려야 할지 아직은 평가하기 이르지만, 인생의 노정이란 그저 운명의 장난 같다는 생각이 굳어져만 가고 있는 것은 이 쓸쓸한 가을 때문인지 아니면 애매한 내 나이 때문인지 모르겠다.

　어떤 동기로 직업이나 전공을 택했던 간에 문제는 그 최후의 결과가 어떤 것인가가 아닌가 하는 생각이 든다. L교수처럼 운명의 장난에 따라 종생 그의 인생노정이 결정되었다 하더라도 무엇보다 중요한 것은 그 성과에 대한 후세의 평가일 것이고, 더 중요한 것은 그 스스로의 평가일 것이다. 그분이 자기 업적을 어떻게 평가하고 가셨는지 잘 알 수는 없지만, 그 시대에 그 정도 훌륭한 결과를 내었으면 그 스스로 만족하지 않았을까 하는 생각이 든다. 다만 점차 인생의 황혼으로 치닫고 있는 후학인 나는 그저 초조할 뿐이다.(2010. 10. 24.)

# 번역으로 상타기

## -2009년도(제49회) 한국출판문화상 번역상 수상 소감

한국출판문화상 번역 부분 수상자로 선정되었다는 통보를 받은 지가 거의 한 달이 되어갑니다. 그리고 기자와 인터뷰도 오래전에 했고요. 여기서 KBS나 MBC 등 방송사 연기대상 수상자처럼 눈물을 훔치며 '감개무량' 운운하는 것도 좀 이상할 것 같습니다. 그러니 약간 김빠진 제 수상소감이 여러분에게 감동을 자아내기는 필시 어려울 것 같습니다. 여하튼 한국에서 가장 전통 있고, 또 가장 권위가 있는 출판 대상인 한국출판문화상 번역상을 받게 되어 기쁩니다. 《진인각 최후의 20년》을 수상작으로 뽑아주신 심사위원 여러분에게 먼저 진심으로 감사드립니다. 그리고 이 책을 만드는 데 심혈을 기울였고, 또 저와 나름으로 코드가 맞는 출판사인 사계절 관계자 여러분, 그리고 이 상을 제정하신 한국일보사와 후원자이신 주식회사 두산 관계자 여러분에게도 이 자리를 빌려 심심한 감사를 드립니다.

상을 타 본 지가 정말 오래되었습니다. 공동 수상한 김형종 교수가 저의 학과 학과장으로서 금년 신년하례식 때 사회를 보며, 저보고 덕담해 줄 것을 요청하면서 이렇게 소개하더군요. 제가 초등학교 이후 처음 상을 타게 되었다고요. 맞기도 하지만 사실과 약간 다른 점도 있습니다. 제고등학교 동창이 여기에 몇 분 와 계시지만 저는 사실 고등학교 때에도 공부도 꽤 잘했고, 상도 제법 탔습니다. 대학교 학부 시절에도 우등상을 두 번이나 탔고요. 공부와는 다르지만 군대에선 사령관배 축구대회에서 최우수 선수상도 탄 적도 있습니다. 그러나 거의 부상이 없거나 보잘것 없는 것이었습니다.

사회에 나선 이후, 학문을 전업으로 택한 뒤 상을 탄 것은 김 교수 말처럼 이번이 처음입니다. 그동안 저는 상과는 인연이 없는 사람이려니 여겨 왔습니다. 그런데 이렇게 '갑자기' 그리고 '처음으로' 상을 타게 되어 일면 기쁩니다. 그러나 한편 생각하면 매우 면구스럽기도 합니다. 면구스런 이유는, 이 상을 받는다는 것이 명예스럽지 않아서가 아니고 나이 예순이 넘어서야 비로소 제가 하는 일에 대해 그런대로 잘했다고 평가를 받아 상을 받게 되었다는 사실입니다. 이를 계기로 제 학문인생을 다시 돌아보게 되었고, 뭔가 저로 하여금 복잡한 생각을 하게 만들었고 결론적으로 부끄러운 생각이 들게 했습니다. 그래서 앞으로는 자주 상을 타도록 노력하겠고, 또 자주 상을 탔으면 좋겠습니다.

이 책을 번역하면서 상을 탈 것을 미리 예상하고 시작한 것은 물론 아닙니다. 제가 번역서를 낸 것은 이것이 처음입니다만 평소 공부하는 태도와 자세로 이 번역작업에 임했을 뿐입니다. 가능한 한 욕 덜 얻어먹고, 학자로서 양심에 가책을 덜 느끼려고 노력했던 결과입니다. 이 책을 번역하는 데 참 많은 시간이 걸렸습니다. 이 책을 본 것은 북경에 1년 동안 체류할 때인 1996년이었습니다. 그때 이 책을 가지고 중국어 가정교사와 같이 읽기 시작했습니다. 그때 이 책을 번역해야겠다고 마음먹었으니 이미 13년이 지났습니다. 정말 매력 있는 책이었습니다. 이 책이 제게 던진 메시지는 "과연 학자는 학문을 어떻게 해야 하며, 지식인은 어떻게 행동해야 하는가"라는 중요한 명제였습니다. 그뿐만 아니라 정말 재미있었습니다. 진인각의 말년 인생이 소설보다 더 흥미진진하였고, 또 그의 행동 하나하나뿐만 아니라 그를 성심껏 도와주던 사람들의 행동이 진한 감동으로 다가왔습니다. 진인각의 '최후 20년'은 앞을 보지 못하는 긴 세월이었습니다. 그러나 그는 여전히 글을 쓰면서 학문 활동을 이어 갈 수 있었습니다. 그의 곁을 떠나지 않고 눈이 되어 준 사람들 덕분이 었지요. 인간이 이렇게도 신뢰받고 존경받을 수도 있구나 하는 생각에 저 자신을 되돌아보게 되었습니다. 진인각은 정치적으로 구박받았지만 그 런 면에서 정말 행복한 학자였습니다. 어떻게 하면 그런 학자가 될 수 있는가는 저뿐만 아니라 모든 학자들의 숙제일 것입니다.

번역을 하는 동안 진인각이 자기 처지를 빗대 지은 시들 때문에 정말 많이 고생했습니다. 즉 당나라 시, '당시唐詩' 같은 것은 수십 종의 역주 가 나와 있지만, 현대인인 진인각이 지은 시에 역주가 있을 리가 없습니 다. 대만과 대륙에서 최근 고증서가 나와 그나마 도움을 많이 받았습니 다. 그동안 한시 전공 교수를 찾아다니면서 발품도 많이 팔았습니다. 혼 자 번역작업을 끝내기에는 너무 힘이 들었습니다. 그래서 중도에 후배인 김 교수에게 도움을 청하였습니다.

그런데 상도 타게 되고 상금이 이렇게 있는 줄 미리 알았더라면 어렵 더라도 혼자서 번역할 걸 하는, 때늦은 후회 같은 것이 듭니다. 농담이고 요. 만약 제가 혼자서 번역을 끝냈더라면 아마 이 상을 타지 못했을 것 입니다. 이 책이 수상작으로서 가치를 인정받았다면 그것은 김 교수의 공로입니다. 김 교수는 요즈음 젊은 학자답지 않게 한문과 중국어에 매우 출중한 능력을 가졌을 뿐만 아니라 문학적 감각을 겸비한 학자입니다. 그리고 진인각이 살았던 중국 근현대사를 전공하는 학자입니다.

이 상을 받게 되었다는 소식을 전해 듣고 가만히 따져보니 제가 한국 출판문화상 수상자로 선정되는 데 삼수를 하였더군요. 2002년에 낸 《유라시아 천년을 가다》가 후보에 올랐고, 2003년에 낸 《박한제 교수의 중국역사기행》이 후보에 올랐습니다. 삼수를 한 뒤 수상하게 되었습니다. 대한민국 학술원 회원의 후보에도 올랐다가 또 낙방하고 … 저는 그동안 여러 군데서 '후보'에 오르는 것만으로 이른바 '가문의 영광'으로 여겨야 했습니다. 4수도 저와 인연이 있는 것 같습니다. 저는 대학에 입학하는 데도 4수를 했습니다. 뭔가 이룩하려면 단박에 되지 않고 꼭 몇 번이나 재수를 해야 하는가 봅니다. 앞으로 저의 인생에는 재수하는 일이 없었으면 합니다. 이번 번역상은 몇수 후에 탔으니 앞으로는 저작상을 타는 데도 또 다시 재수를 해야 하는 것이 아닌가 하는 걱정이 앞서기 때문입니다. 앞에 계신 심사위원 여러분께서 다음에 제 저작을 심사할 기회가 있으시면 이 점을 감안하시어 좀 더 우호적으로 살펴 단박에 상을 탈 수 있도록 고려해 주었으면 좋겠습니다.

바쁘신 중에도 저의 수상을 축하해 주고자 이곳에 참석하신 선·후배, 친구, 제자, 출판사 관계자 여러분, 정말 감사합니다. 그리고 사랑합니다. 새해 복 많이 받으시기 바랍니다.(2009. 1. 15.)

《대당제국과 그 유산 ─호한통합과 다민족국가의 형성》에 대한 상념

　《대당제국과 그 유산 ─호한통합과 다민족국가의 형성》이라는 책은 나의 학문인생에서 내가 펴낸 책 가운데 나름 의미를 갖는 책이다. 내 평생 연구의 요점을 요약한 책이기 때문이다. 원래 교육부가 주도한 〈석학인문강좌〉에서 주말마다 약 3시간씩 나흘에 걸쳐 일반 대중을 위하여 강연한 내용을 정리하여 펴낸 책인데 이 책은 나의 학자생활에서 빠뜨릴 수 없는 이력으로 여겨지기 때문이다. 무엇보다 이 책은 중국어 번역이 된 내 최초의 책이기도 하였다. 대만 팔기문화사八旗文化社에서 중역(中譯: 大唐帝國的遺産－胡漢統合及多民族國家的形成)이 되었고 중국 섬서사범대학 배근흥拜根興교수의 장문의 평개評介(歐亞學刊 新4輯 2016)가 있으며 2017년에는 제 5회 우호于湖 동양사학 저작상을 받는(2017. 10. 28) 등의 의미있는 결과를 일군 책이기도 하다.

　이 책은 대당제국의 출현을 북방 유목민족이 중원으로 남하한 결과로 해석한다. 그러나 한화漢化 호화胡化의 결과가 아니라 종국적으로 호족과 한족이 공동 '화화華化'의 결과를 창출하였으며 현재의 중국은 대당제국

이 구축한 '화화'의 결과물이라는 것을 강조하고 있는 것이다. 나름 매우 도발적인 주제를 감히 들고 나온 것이라고 할 수 있을 것이다.

그런 관점에서 후한시대부터 야기된 북방민족의 남하가 중국 역사에 끼친 영향은 다대하며 위진남북조시기를 거쳐 등장한 호한융합의 거센 파도가 중국대륙을 휩쓸고 간 이후의 세계는 내부적으로 모두가 '화화'의 길을 열었던 것이라고 보는 것이다. 그 결과가 대당제국이고 현재의 중국이라는 것이었다.

즉 순혈주의의 국가인 한국과는 다른 혼혈 국가로서 중국의 전개를 탐구할 필요가 있다고 보는 것이다. 그런 면에서 중국을 단순한 각도에서 바라볼 것이 아니라 다양한 각도에서 바라보아야 한다는 것이 나의 주장이었던 것이다. 어떤 면에서 중국은 현재의 미국을 많이 닮았다고 할 수 있다.

나는 학계에 입문하면서부터 호한체제胡漢體制라는 가설을 내세웠다. 체제란 정치적 용어같지만 그렇지 않다. 호한체제란 호와 한이 만나 호도 아니고 한도 아닌 제3의 길을 향하여 나아가 종국적으로 새로운 형태의 문화를 창출하는 길고도 험한 과정이었던 것이다. 호와 한의 교류와 혼합은 호와 한뿐만이 아니라 새롭게 이주해 온 교민僑民과 기존에 토착하고 있는 구민舊民의 만남에서도 전개되었다. 이를 교구체제僑舊體制라는 가설로 제창하기도 하였다.

이런 내 학설이 얼마나 학계를 설득시켰는지 모르지만 나의 인생은 '호한체제'와 '교구체제'로 시작했고 종결되었다고 보아도 좋을 것이다. 학문인생 만년의 어귀에 서서 다시 내 인생을 돌아보니 그저 아득하기만 하지만 두 가설이 나름 뚜렷한 성과물이었다.(2023. 12. 12.)

# 학교에서 주는 첫 상을 받고
### - 2010학년도 서울대학교 학술연구상 수상 소감

수상자 가운데 나이가 가장 많다고 수상소감을 부탁하신 것 같습니다. 쟁쟁하신 학자들과 말석이나마 자리를 같이하게 되어 대단히 영광스럽게 생각합니다.

개인적인 이야기를 하는 것을 양해해 주시기 바랍니다. 이런 상을 받는 것이 '감개무량'하다고 할 나이는 많이 지났지만 개인적으로는 참 감개무량하다 말하고 싶습니다. 상 같은 상을 받은 것이 초등학교 졸업 때였으니 이미 50여 년의 세월이 흐른 것 같기 때문입니다. 1950년대 말 서부 경남 산골 초등학교를 졸업하면서 경상남도 도지사상을 받은 적이 있습니다. 당시 부상으로 받은 것이 돼지 새끼 한 마리였습니다. 졸업식이 끝난 뒤 집까지 10리 가까이나 되는 길을 어린 돼지를 몰고 가는데 그놈이 어찌나 말을 듣지 않던지 혼이 났습니다. 그러나 선친께서 돼지를 몰고 온 이 막내아들을 보고 얼마나 기뻐하시던지 … 그 돼지는 선친이 돌아가실 때까지 약주만 드시면 동네 어른들에게 자랑하는 단골 레퍼토리가 되었습니다. 선친의 당시 모습은 이후 저를 항상 독려하는 채찍이 되었습니다. 회상이란 사람을 즐겁게 하기도 하지만, 때론 쓸쓸하게 만들기도 합니다. 오늘 이렇게 영예로운 상에다 두툼한 부상까지 받게 되니 즐겁습니다만, 한편 살아계셨다면 누구보다 많이 기뻐하시며 이 동네 저 동네 자랑하고 다니실 선친을 생각하니 약간 쓸쓸합니다.

인문대학 교수 휴게실에 들어서면 교수들이 제게 두 가지 농담을 합니다. 하나는 책 때문에 저의 연구실이 무너지지 않을까 걱정스럽다는 것이고, 하나는 연구실 전기세만 축내고 있다는 농담입니다. 이 상을 받게 됨으로써 전기세만 축낸다고 핀잔을 주던 동료 교수 여러분들에게 체면을 좀 세울 수 있게 되어 정말 다행이라 여기고 있습니다. 저는 교수가 된 뒤 9시 출근—9시 퇴근이라는 이른바 9-9작전이라는 것을 해 오고 있었습니다. 그동안 휴일도 없이 정말 학교 전기세를 많이 축내긴 했습니다.

축하해 주기 위해 이 자리에 참석하신 총장님을 비롯한 학교 당국자 여러분에게 감사드립니다. 그리고 특히 심사위원 여러분께 감사드립니다. 10여 년 전에 저는 자전적인 수필집에서 〈일 년에 한 편의 논문도 못 쓰는 교수〉라는 제목의 글로 제 스스로를 꾸짖은 적이 있습니다. 다작이라 말할 수 없는 제게 이런 상은 요즈음처럼 학문을 계량화하는 시대에서는 과분할지 모릅니다. 이런 저를 평가해 주셔서 감사합니다. 아무리 열심히 한다 해도 한 사람의 학자가 일생 동안 쓰는 글의 양에는 한계가 있기 마련입니다. 사실 학자는 많은 글을 쓰는 것보다 기억될 글을 쓰는 것이 중요하다고 봅니다. 사람은 그가 한 행동 그 자체보다 쓴 글로써 기억되는 경우를 자주 봅니다. 경향 각지의 공원에 세워진 시인의 시비에는 대개 그 시인의 대표작 하나가 새겨져 그 사람됨과 문학성을 보이고 있습니다. 또 중국 정사正史를 보면 전원시인 도연명은 〈귀거래사〉가, 망국의 시인 유신庾信은 〈애강남부哀江南賦〉가 그 열전의 대부분을 차지하고 있습니다.

이 자리에는 학생들도 많이 참석하였는데 제가 학자로 살아오면서 굳게 믿고 실천하고자 노력하는 신조 두 가지를 송구스럽지만 말씀드리고 싶습니다. '꿈'과 '준비'라는 두 단어입니다. 저는 이 나이까지 뭘 이루겠다는 목표를 설정하고 그것을 성취하겠다는 꿈을 아직도 버리지 않고 있습니다. 그 나이에 무슨 꿈이냐고 책망할 분이 계시겠지만 아직도 못 이룬, 실현시키지 못하고 있는, 제겐 나름으로 소담하고, 나름으로 비장한 꿈을 여전히 가지고 있습니다. 꿈이야말로 저의 인간적 존엄성을 지키는 최후의 보루라고 믿고 있습니다. 그러나 이 꿈을 실현시키기 위해서는 먼저 '준비'하는 자세가 중요하다고 봅니다. 그에 합당한 구절이 셰익스피어의 Hamlet에 나온다고 인문대 변창구 학장님이 가르쳐 주더군요. "Readiness is all"이라고요. "준비만이 그 해결사다"라고 번역될 수 있을까요. 제가 이 학교 교수가 된 것도 나름으로 준비가 되어 있었던 덕분이라고 지금까지 믿고 있습니다. 인생을 살다 보면 사람들에게 절호의 기회가 두세 번 정도는 찾아온다고 합니다. 준비를 하고 있어야만 언제 접근할지도 모르는 그 기회를 잡을 수 있다고 봅니다. 저는 평생 '요행'이란 단어에 의지해 본 적이 없습니다.

이 상을 받으면서 특별히 감사할 데가 있습니다. 우리 동양사학과에 참 감사하고 싶습니다. "교수는 연구 결과로 말하라"는 독특한 전통을 가진 동양사학과에 근무하게 된 것을 정말로 행운으로 여기고 있습니다. 세계 어느 대학에도 떨어지지 않는 수준의 학과를 만드신 은사, 선배, 동료, 후배 교수 여러분에게 이 자리를 빌려 충심으로 감사를 드리고 싶습니다.

또 감사해야 할 사람이 있습니다. 저를 공부에만 열중할 수 있도록 도와주고자 오늘도 생활전선에서 뛰면서 이 자리에 참석하지 못한 저희 집 사람에게 진정으로 고마움을 전하고자 합니다. 집사람은 9-9작전 한답시고 가정을 팽개친 저를 지지하여 주었을 뿐만 아니라, 연구실이 무너질까 남들이 염려할 정도로 책과 자료 구입에 돈을 쓰는데도 아직까지 불평 한마디 한 적이 없었습니다.

이 수상 사실을 고향 선산에 잠들어 계신 선친께 먼저 보고드리고 가족과 의논한 뒤 이 상금(2,000만 원)을 좋은 일에 쓰려고 합니다. 여러분 너절하기 짝이 없는 저의 개인 이야기를 끝까지 경청해 주셔서 대단히 감사합니다.(2010. 11. 4.)

# 대한민국 학술원상 수상 소감

　서울대학교 동양사학과 명예교수 박한제입니다. 저는 평생 중국 위진 남북조-수당시대의 역사를 연구해 왔습니다. 북방 유목민이 중원 땅에 들어와 세계제국의 도성인 장안성 건설에 어떤 영향을 주었는가 하는 문제를 다룬 책(《중국 중세 도성과 호한체제》, 서울대학교 출판문화원, 2019)으로 오랜 역사와 권위를 가진 영광스런 대한민국 학술원상을 받게 되었습니다. 먼저 저를 수상자로 뽑아준 대한민국 학술원의 심사위원 여러분에게 감사드립니다. 그리고 이 자리에 참석하신 회장님, 역대 전임 회장님 그리고 축하해 주시기 위해 직접 특별히 참석하신 국무총리님 교육부 차관님께도 감사드립니다.

　이 상을 받으면서 개인적으로 누구보다 감사해야 할 사람이 있습니다 이 자리에서 아내에게 감사함을 양해해 주시기 바랍니다. 퇴직한 남편의 연구를 위해 일흔이 다 된 나이에도 직장에 나감으로써 생계의 보탬은 물론 제 공부방을 따로 마련해 준 아내의 희생은 특별하다 할 것입니다. 이 상으로 위로와 보람이 되기를 바랍니다.

아울러 개인적으로 이 상을 받고 느끼는 바가 있습니다. 이 상은 대한민국 학술원상이고 학술원에는 잘 알다시피 학술원 회원이 있습니다. 학술원 회원은 규정상 학술원상의 수상자가 될 수 없습니다. 저는 이번에 저를 수상자로 선정할 때 지대한 영향을 끼쳤을 것으로 여겨지는 이성규 대한민국 학술원 회원과 같은 과 학생으로서 그리고 교수로서 50년 가까이 막역하게 지내 왔습니다.

이 상과 관련하여 2005년 대한민국 학술원 회원 한 자리를 두고 이성규 선생과는 마지막까지 경쟁한 적이 있습니다. 그때 최종적으로 이 교수가 회원이 되었지만 저는 온당한 결론이었다고 지금도 여기고 있습니다. 학술원 회원이 되는 것은 학자들의 무상의 영광이며 꿈이지요. 그러나 회원은 아니더라도 상을 받는 것도 대단한 영광입니다. 그리고 이성규 회원의 전폭적인 지지 하에 수상자로 선정된 것은 참으로 감사할 일이 아닐 수 없습니다. 저는 학문인생을 정리하면서 대한민국학술원상 수상자로 만족스러운 끝맺음 합니다.

대한민국 학술원상이 제정된 것이 1955년이라 합니다. 수상자는 2021년에 받았던 제가 270호 수상자였으며, 동양사 부문에 한정해서 본다면 고병익(1974), 전해종(1980), 민두기(1988), 오금성(2008)에 이어 박한제(2021)가 받게 되어 총 5명에 불과합니다. 저를 제외하고 모두가 존경받는 쟁쟁한 학자들인 것이니 더 이상의 영예가 어디 있겠습니까? 이 수상은 저의 학문인생을 대표하는 것으로 알고 살아갈 것입니다.

끝으로 대한민국 학술원이 한국의 학문연구 수준을 리드하는 학술기관으로 계속 성장해 주시기를 축원합니다. 감사합니다.(2021. 9. 17.)

# 노년에 하는 인문학
## - 7기 인문학 최고위과정(AFP) 졸업생들에게 드리는 글

　정말 좋은 인연이었습니다. 직업상 어쩔 수 없이 학생들에게 해야 했던 강의밖에는 대중 앞에 서본 일이 별로 없었던 제가 작년 가을 여러분들을 만난 것은 불가에서 말하는 '인연' 또는 '시절인연' 덕분이라 여기고 있습니다. 한 차례 강의와 3박 4일의 서안西安지역 답사여행을 하면서, 그리고 귀국 후 여러분들로부터 많은 격려를 받고 오랜만에 참 행복했습니다. 오늘 뜻깊은 졸업식에도 초청해 주셔서 여러분들께 진심으로 감사를 드립니다.

　오늘 치르는 졸업식은 여러분에게 정말 색다른 졸업식일 것입니다. 정말 충심으로 축하드립니다. 축하와 동시에 평소 제가 가지고 있는 소견을 몇 마디 드리고자 합니다. 너무 외람되다 여기지 말았으면 합니다. 진부한 이야기이지만 졸업이란 '끝'이 아니라 '시작'을 뜻합니다. 여러분께서 AFP 과정에 입학하실 때에는 각자 나름의 목표가 있었을 것입니다. 사회 각 분야에서 성공을 거두었지만 평생 그 일을 계속할 수 없는 형편도 있을 것이기 때문입니다. 또는 인생을 새롭게 시작하고자 탐색하는 의도도 있지 않았나 짐짓 짐작해 보기도 합니다. 저의 그런 짐작이 크게 틀리지 않는다고 한다면 AFP 과정은 여러분의 당초 목표에 충분하지는 않겠지만 새로운 길의 탐색과정에 나름으로 도움이 되었을 것이라고 믿습니다.

저는 평생 남의 나라 역사를 연구하면서 살고 있습니다. 저도 내년 2월말이면 졸업을 하고 저의 '첫사랑'이었던 서울대학교를 떠납니다. 이 첫사랑이 제게 맡긴 일을 아직도 다 처리하지 못했기 때문에 당분간 이 일을 계속해야 할 것 같습니다. 아니 생을 마칠 때까지 계속해야 할지도 모르겠습니다. 그럴 여건만 된다면 정말 행복하겠다고 생각하고 있습니다. 학자에게 학문이란 가수나 배우에게 무대와 같다는 생각을 해봤습니다. 무대에 서지 못하는 가수·배우가 그러하듯 학자가 학문을 지속할 수 없을 때 결코 행복할 수 없을 것입니다. 최근 사회에서는 '노년 리스크' 라는 말이 유행합니다. 노년기를 맞이하는 사람 누구에게나 찾아오는 각종 위험들 말입니다. 건강·빈곤·고독 등 이런 위험들 가운데 가장 심각한 문제는 노년에 마땅히 할 일이 없다는 것입니다. 바람직한 노년생활은 정년 없이 현역처럼 활동하는 것이라고들 말합니다. 80세를 넘어서까지 인기 TV 프로인 〈전국노래자랑〉 사회를 보고 계시는 '영원한 현역' 송해 선생이 노년의 귀감이라고도 합니다. 송해 선생뿐만 아니라 우리 주위에는 '정년 없는 인생' '영원한 현역'으로 자기에게 부여된 일생의 기간을 모자라는 듯 꽉꽉 채우고 계신 분들도 의외로 많습니다. 지난해 말 96세로 작고하신 생태학자 김준민 교수는 정년퇴직 후 9권의 저·역서를 출판하였다고 합니다. 또 며칠 전 작고하신 소설가 박완서 선생은 "'영원한 현역작가'로 불릴 때 기분이 가장 좋다"고 하고, "기력이 있을 때까지는 계속 글을 쓸 것"이라고 했습니다. 박 선생은 또 "나이가 들면서 예전처럼 빨리 쓰지는 않지만 좋은 문장을 남기고 싶어서 공들여 쓴다. 지금도 머릿속으로 작품 생각을 하면 뿌듯하고 기쁘다"며 80 고령, 아니 돌아가시기 직전까지도 식지 않는 창작의 열정을 보였다고 합니다.

여러분들은 연령대에서 차이가 많기 때문에 일률적으로 말씀드릴 수는 없지만 다수가 5-60대인 것으로 알고 있습니다. 이제까지 가족과 사회, 국가를 위해 헌신해 왔다면 이제는 자기를 위해 살아갈 준비를 서서히 하는 것이 어떨까 생각합니다. 여생을 자기를 위해 열심히 움직이고, 그리고 하루하루를 즐겁게 보내는 것이야말로 노년이 가야 할 가장 바람직한 길이 아닐까요. 여러분들께서 해야 할 뭔가를 찾고 계신다면 인문학은 여러분에게 좋은 벗, 의미 있는 일거리가 되어 줄 것이라 믿습니다. 인문학만큼 재미있는 학문이 없고, 인문학만큼 노년에 알맞은 학문도 없다고 봅니다. 제 주변 이야기 하나 소개하겠습니다. 제가 나온 고등학교 동문 서울대 교수 모임이 일 년에 한두 차례 열립니다. 공과대학, 의과대학 교수, 수의과 대학 교수도 있습니다. 그 전공이 무엇이든 공통의 화제는 역사로 귀결되는 것을 발견합니다. 역사가 그만큼 재미있다는 증거이지요.

인문학은 한마디로 정의하자면 성찰과 글쓰기입니다. 우리는 성찰을 통해 지난날을 반성하고 앞날을 설계할 수 있습니다. 그리고 글을 통해 가슴속 응어리를 풀어낼 수도 있고, 젊은 날 받았던 아픈 상처를 치유할 수 있습니다. 나아가 그 상처를 사랑할 수도, 용서할 수도 있으며 그 상처와 화해할 수도 있습니다. 성찰을 통해 얻어진 글들이 많은 사람들에게 상처를 치유하게 하고 여전히 방황하고 있는 사람들을 인도할 수가 있을 것입니다.

여러분이 인문학을 만난 기간은 매우 짧은 한 학기뿐이었지만, 인문학이 남은 인생을 재미있게 그리고 활기차게 만드는 좋은 친구가 되고, 지금까지 살아오면서 획득한 지식을 접목시켜 일가一家를 이루는 등 좋은 일거리를 마련하는 계기가 되었으면 좋겠습니다. 여러분들은 앞으로 어떤 일을 하시든 그 일을 정말 좋아하고 즐겁게 하셔야 합니다. 노년에 입시생처럼 공부해서는 안 될 것입니다. 누가 한다고 따라할 필요는 더욱 없습니다. 자기가 좋아할 수 있는 일, 잘할 수 있는 일을 해야지요. 처음부터 인문학에 재미를 느낄 수는 없는 일이고, 더구나 이 방면에 일가견을 가질 수는 더욱 없습니다.

공자 같은 성인이 아니면 '태어나면서부터 아는 자(生而知之者)'가 될 수 없는 것입니다. 학문에는 여러 단계가 있기 마련입니다. 공자는 "아는 것은 좋아하는 것만 같지 못하고, 좋아하는 것은 즐기는 것만 못하다.(知之者 不如好之者 好之者 不如樂之者; 〈雍也〉 18)"고 했습니다. 여러분이 여생을 인문학, 그 가운데 역사나 문학에 투신하겠다는 결심을 했다고 칩시다. 여러분들은 '곤학困學' '호학好學'과 '낙학樂學'이라는 세 단계를 반드시 거쳐야 할 것입니다. 그런데 금방 '낙학'이라는 최고 단계에 다다를 수는 없습니다. 필요에 따라 공부를 시작하는 사람에게 기다리는 첫 단계는 '곤학'입니다. 고통이 따르게 마련입니다. 그러나 이를 극복해야 합니다. 공자는 "곤란을 당했는데도 배우지 않으면 이는 최하등의 인간이다(困而不學, 民斯爲下矣: 季氏 9)"라고 하였습니다. 곤학의 단계를 벗어나면 '호학' 단계에 진입하겠지요. 그 단계에 들어서야 그런대로 공부하는 맛도 나고 능률도 오를 것입니다.

사실 이 '호학' 단계에 진입하기만 해도 성공한 인생일 것입니다. '호학' 단계에 진입하기도 쉬운 일은 아니기 때문입니다. 노나라 애공哀公이라는 임금이 공자에게 제자 가운데 호학하는 사람이 누구냐고 물었습니다. 공자는 뭇별 같이 많은 제자들 가운데 안회顔回라며 그가 죽은 뒤에는 아무도 없다고 대답하였습니다.(雍也 2) 또 "열 가구의 작은 마을에도 반드시 나처럼 충직하고 신의를 중시하는 사람은 있을 것이지만 나만큼 배우기를 좋아하는 사람은 없을 것이다.(十室之邑 必有忠信 如丘者焉 不如丘之 好學也: 公冶長 23)"라 하였습니다.

저는 여러분들이 '호학'을 할 수 있다고 믿습니다. 여러분께 강의를 하면서 그리고 답사를 하면서 여러분의 집요한 질문 공세와 반짝거리는 눈동자에서 그 점을 분명 확인할 수가 있었기 때문입니다. 또 이것으로 돈을 벌 생각을 하지 않으면 더 능률이 오를 것입니다. 인문학은 자연과학과는 달리 천부적인 재질보다 '후천적인' 요소들이 그 성패를 좌우한다고 합니다. 끊임없는 노력과 남다른 열정이 더 중요하다고 믿습니다. 여러분들은 남다른 열정이 있고 풍부한 연륜이 있습니다. 인문학만큼 연륜이 필요한 학문도 드물 것입니다. 오늘 가장 재미있고 인간적인 학문, '원천으로 돌아가는 학문과정(Ad Fontes Program)'의 졸업을 계기로 여러분 인생에서 새로운 위대한 시작이 되기를 기대합니다. 감사합니다.(2011. 1. 25.)

# 우리에게 불교를 전해준 부견苻堅 황제의 생애

서울대학에서 중국 역사를 가르치고 있는 박한제입니다. 이곳 문수사에 와서 여러 차례 법어를 들으면서 그동안 퍽 많은 감동을 받았습니다. 한국에 있을 때, 아내를 따라 몇 차례 법당에 드나들었고, 두 딸 대학 수능시험 때 제발 실수하지 않게 만이라도 도와달라며 부처님 앞에 엎드린 일이 전부였던 제가 요즈음은 상당히 달라졌습니다. 이전에는 저 자신보다 가족들을 위해 법당을 찾곤 했는데, 요즈음은 저를 위해 이곳에 오기 때문입니다. 나이 60을 목전에 두게 된 지금에 와서야 뒤늦게 부처님을 영접하게 되는 것 같습니다. 이처럼 그동안 불교와 거리를 두고 살아왔고, 또 별로 모범적인 생을 보낸 것도 아닌 사람이 독실한 불자 여러분께 드릴 말씀이 무엇이 있겠습니까?

그런데다 저는 그동안 남 앞에 나서는 것을 극도로 싫어했고, 그래서 제자들의 그 수많은 주례 요청마저도 모두 거절해 왔습니다. 그런데 도범道梵 주지스님께서 몇 차례 이 자리에 앉아서 강연을 해달라고 요청하였습니다. 사실 저에게는 대단한 부담이었습니다. '무얼 이야기하지!'고민하면서 몇 달을 보냈습니다. 문득 생각난 것이 작년 6월 어느 날 어느 스님에게서 받은 편지 한 통이었습니다. 저는 작년 4월에 그동안 중국 역사유적지를 여행한 기행문을 세 권으로 묶어 출판한 바 있습니다.

경기도 안성에 있는 도피안사의 주지 스님이시고, 또 전질 여덟 권이나 되는 《광덕스님 시봉일기》(도피안사 발행)라는 책 저자이신 송암지원松菴至元스님께서 제 책을 읽은 모양입니다. 뜻하지 않게 편지를 주시고, 또 기회 있으면 한번 만났으면 좋겠다는 전화까지 걸어주셨습니다. 그 편지 내용을 잠깐 요약해서 소개하고, 그와 관련된 이야기를 함으로써 오늘 이 자리에 앉은 책무를 면해 볼까 합니다.

>"박한제 교수님께. 교수님께서 쓰신 책을 읽으면서, 뭔가 느끼는 바가 많았습니다. 일반 독자들이 읽기 쉽도록 써 주셨고 특히 '부견苻堅'에 대한 단원이 더 좋았습니다. 저도 뭔가 드리고 싶은 마음이 들었습니다. 비록 허락 없이 보내는 저의 책이지만 받아주셨으면 고맙겠습니다. 감사합니다. 6. 2. 송암 합장"

이라는 내용이었습니다. 이 자리가 부처님 앞이고, 또 저의 글 가운데서 스님께서 느끼는 바가 약간 있었다는 부견이라는 사람의 일생을 소개하고 그와 관련하여 전생前生·현생現生과 후생後生 그리고 윤회輪廻 등의 문제를 미숙하나마 여러분과 함께 생각해 보는 시간을 가져볼까 생각합니다.

얼마 전 저는 인터넷 신문에서 아름다운 시구 하나를 우연히 발견하게 되었습니다. 남유정南宥汀이라는 시인의 시인데 그 시어가 너무 저의 가슴에 와닿아서 복사하여 하버드대학에 와 연구하고 있는 여러 동료 교수들에게 돌렸습니다. 〈별빛에게 길을 묻다〉라는 제목의 시였습니다. 전체가 다 좋았습니다만 특히 그 시의 둘째 연을 보면 "삶은 지도 없이 찾아가는 길/ 잘못 든 길이 더 아름다웠던/ 주흘산의 단풍"이라는 구절이 제 가슴을 쳤습니다. 그동안 저의 삶은 실로 지도 없이 찾아가는 구불구불하고 험난한 산길 그것이었습니다. 초등학교 6학년이던 해 가을 3학년이던 바로 아래 남동생이 하찮은 병에 걸려 하룻밤 만에 저세상에 가고 말았습니다. 저는 그 충격으로 의사가 되고자 하였습니다. 그러나 고등학교 때가 되어서야 수학에 너무 재주가 없다는 사실을 깨닫고는 방향을 전환하였습니다. 그 뒤 법관이나 군수가 되리라고 마음을 바꾸었습니다. 가족들의 간절한 소망을 이뤄드리고 싶었습니다. 그러나 재수를 하면서 법대에 입학하려 했으나 마음대로 되질 않았습니다. 남들보다 4년이나 늦게 대학에 들어갔고 28살에 사병으로 입대하여 늦은 병사 생활을 하면서 마음의 상처도 많이 받았습니다. 그러다가 정말 뜻하지 않게 이렇게 남의 나라인 중국 역사를 공부하게 되었습니다. 남 시인이 말하듯 잘못 든 길이었습니다. 한동안 이 잘못 든 길로 고뇌의 시간을 많이 보내기도 하였습니다. 그러나 역사공부로 밥을 먹은 지 30여 년이 되어 가는 지금 와서 돌이켜 보니 '그 잘못 든 길이 주흘산의 단풍'처럼 아름답게 느껴지고 있습니다. 교수로서, 특히 역사를 연구하는 덕분으로 남들이 잘 해보지 못하는 아름다운 세상을 참 많이 구경을 했기 때문입니다. 그러나 저에게는 삶이란 무엇인가 하는 문제에서 풀리지 않는 의문들이 아직도 많고, 어느 방향으로 가야 옳은 것인지 헤맬 때가 많습니다.

남 시인은 그의 시 제목을 왜 〈별빛에게 길을 묻다〉라 붙였는지 그 진의를 확실히 파악할 수는 없습니다만 별과 별빛이 우리 인생이 가야 할 길의 이정표가 되고 있다고 믿고 있는 것으로 저는 해석하였습니다. 어릴 때 우리 어머니는 여름밤이면 마당에 깔린 멍석 위에 누워 있는 저를 재우면서 사람이 죽으면 밤하늘에 무수히 떠 있는 별 하나가 된다고 하였습니다. 훌륭한 사람은 반짝이는 큰 별로, 보통사람은 작은 별 하나가 된다고 말입니다. 저는 요즈음도 사람이 죽으면 그 혼魂은 하늘로 날아가 별이 되고 백魄, 곧 육신과 그것이 이 세상에 남겼던 흔적들은 모여져 역사책의 한두 줄이 된다고 생각하고 있습니다. 여러분들께서는 우리 인간은 태어나서 어디로 가고 있다고 생각하고 계시는지요? 남 시인은 그 시 제3절에서 "어디로 가느냐고?/ 누구도 알지 못한다. 그리고 누구나 안다"고 하였습니다. 우리들은 어디를 향해 어떻게 가야 하느냐고 반문들을 많이 합니다. 남 시인은 하늘에 떠 있는 무수한 별들의 빛을 보면 안다고 한 것이 아닐까요. 그러나 저는 밤하늘의 별을 보고 땅 위에 수북이 쌓여 있는 역사책을 보게 되면 우리 인간이 가야 하는 길을 어슴푸레하나마 찾을 수 있다고 믿고 있습니다. 그 길이 곧든 굽든 우리는 누구나 죽음을 향해서 가고 있지요. 그러나 그 명백한 사실을 잘 깨닫지 못하고 있을 뿐이지요.

어머니는 여름밤 무수히 떨어지는 유성流星을 보고 저세상 어느 누군가가 새로운 인간으로 환생하고 있다고 말씀하셨습니다. 지금 생각하니 불교의 윤회를 말한 것 같습니다. 이 문제와 관련하여 남 시인은 마지막 구절인 제 6절에다 윤회라는 소제목을 부치고 다음과 같이 글을 마무리 짓고 있습니다. "이토록 허름한 길에 서서 바라보는/ 나의 생도 이미 다른 생을 잉태하고 있어/ 까마득히 잊힐 후생, 어느 삶의/ 슬픈 전생을 나는 지금 살고 있는가/ 너는 또 어느 전생에서 걸어 나와 /봄이 오는 길목의 눈부신 매화향기처럼 /나를 눈뜨게 하는가." 이 마지막 구절은 나의 가슴을 오랫동안 미어지게 하더군요.

우리가 살아가는 인생길을 생각할라치면 떠오르는 명제가 바로 윤회가 아닌가 생각합니다. 남 시인은 우리들이 현재 살고 있는 길에서 바라보는 나의 생도 전생의 결과인 동시에 다른 후생을 잉태하고 있는 전생이라고 하였습니다. 지금 우리는 어느 슬픈 후생을 낳을 전생을 살고 있는지, 아니면 봄이 오는 길목의 눈부신 매화향기 같은 어느 후생을 준비하고 있는지 누구도 확신하지 못하고 있습니다. 우리 중생들은 그저 업해業海를 떠다니고 있을 뿐입니다. 우주의 시간은 무한한 것이지만 유감스럽게도 우리 인간에게 주어진 시간은 찰나刹那일 뿐입니다. 옛사람들은 인생을 고작 손가락 한번 퉁길 시간(彈指一揮之間)에 비유하였습니다. 좋은 일만 하기도 바쁜 일정이며, 좋은 인연만 맺는데도 너무 짧은 시간들입니다.

이 세상에는 참으로 많은 부류의 사람들이 살고 있습니다. 봄이 오는 길목에서 눈부신 매화처럼 향기를 풍기는 분들도 있고, 이름만 들어도 구역질이 나는 사람들도 있습니다. 공자님께서는 "세 사람이 가는 것을 보면 그 가운데 반드시 나의 스승이 있다"고 말씀하셨습니다. 훌륭한 사람이나 악한 사람이나 모두 우리들의 스승이 될 수 있습니다. 훌륭한 사람은 그런 사람이 되어야 함을 가르치고, 악한 사람은 그렇게 되지 말아야 한다는 것을 가르치는 것입니다.

작년 8월 이곳 미국에 온 뒤로 무엇보다 탄복한 것은 자연이 이토록 아름다울 수 있을까 하는 것이었습니다. 특히 그동안 한국에서 잊고 지냈던 밤하늘의 별을 다시 마음껏 바라볼 수 있어서 좋은 시간들을 보내고 있습니다. 저는 그동안 그 별들을 바라보며 살아온 인생길에서 제가 저질렀던 일들이 본의 아니게 남의 가슴을 아프게 하지 않았는지 되돌아보며 자성하고 있습니다. 다만 안타까운 것은 그동안 잘한 일보다 잘못한 일들이 훨씬 많았다는 결론에 이르고 자책하고 있다는 점입니다. 그래서 한국에 돌아가서는 별빛에게 자주 길을 물으면서 남은 인생이나마 제대로 살아가야 할 것을 다짐하고 있습니다.

저는 중국 역사 가운데서도 기원후 3세기에서 10세기까지를 연구하고 있습니다. 이 시기는 잘 알다시피 불교가 중국에 들어와 긴 잠복기를 가진 뒤 비로소 민들의 가슴속에 깊이 파고들었던 불교의 전성시대였습니다. 운강석굴雲崗石窟·용문석굴龍門石窟 등 대석굴사원들이 만들어졌으며, 그리고 수많은 유명한 스님들이 활약하였습니다. 선종禪宗을 개종하신 달마達摩스님, 천태종天台宗을 개종한 지이智顗스님, 화엄종華嚴宗을 개종하신 법장法藏스님, 그리고 유명한 《대당서역기大唐西域記》를 지은 삼장법사三藏法師, 그리고 불사佛事 공양供養을 위해 황제로서 몸을 팔았던 양梁나라 무제武帝가 바로 제가 연구하는 시대를 살았던 분들입니다. 물론 이 시대는 불교가 숭앙되기만 했던 것이 아니었고, 탄압도 받았던 시대였습니다. 중국 4대 법난(法難: 불교대탄압)이 제가 연구하는 바로 이 시대에 모두 일어났습니다.

부견은 독실한 불자로서 순도順道 스님을 시켜 고구려 소수림왕 때인 372년에 불교를 전해 준 전진前秦이라는 왕조의 3대 황제였습니다. 무슨 목적으로 그가 고구려에 불교를 전하게 되었는지 그 이면의 사정은 잘 알려져 있지 않지만, 독실한 불자였던 그의 이력을 살펴볼 때 그가 우리 민족에 베푼 깊은 사랑의 일부가 아니었던가 짐작하고 있습니다. 약간 전문적인 이야기라서 이해하기 어려울지 모르겠습니다만, 부견은 지금 티베트 민족의 원류가 되는 저족氐族이라는 유목민족, 곧 되놈[胡族] 출신이었습니다. 그의 왕조인 전진도 흉노匈奴 선비鮮卑 등 5개의 유목민족들이 세웠던 16개의 왕조인 오호십육국五胡十六國 가운데 하나였습니다. 부견은 중국 한족漢族으로 볼 때 야만족 국가의 일개 국왕에 불과했습니다. 그러나 그의 정치는 중국 역사상 최고의 선정善政을 베풀었다고 평가되는 전한前漢의 문제文帝와 경제景帝의 정치, 곧 '문경지치文景之治'를 능가했다는 말을 들을 정도로 민초들로부터 사랑과 칭송을 받았을 뿐만 아니라 역사가들로부터도 좋은 평가를 얻었습니다. 그의 선정은 바로 불교의 가르침에서 비롯된 것이었습니다.

중국 황하 상류 황토고원 한 귀퉁이 조그마한 땅에서 시작된 그의 왕조는 그의 통치기간에 와서 일약 북중국을 통일하는 위대한 업적을 이룩하였습니다. 서쪽으로 파미르 고원에, 동쪽으로는 고구려와 접경하는 영역을 가진 대제국이 되었습니다. 그는 불교를 대단히 숭상했고, 유명한 도안道安 스님을 그의 스승 겸 유력한 참모로 삼았습니다. 그가 이런 대단한 입적을 이룬 배경에는 부처님의 가르침에 따라 아랫사람을 은혜로 대하고 또 믿고 맡긴 결과였습니다. 그는 민족을 구별하거나 차별하지 않았습니다. 그의 재상은 왕맹王猛이라는 한족이었습니다. 또 통일을 준비하는 과정에서도 그는 부처님 말씀을 그대로 실천하였습니다. '백성은 쓰다듬어야 하고 이적夷狄과는 서로 화목해야 한다. 천하를 합하여 한집안을 만들기 위해서는 갓난아이처럼 그들을 대하여야 한다'고 항상 말하곤 했습니다. 적국의 왕이나 왕족이 항복해 오거나, 정복하였을 때 그들을 데려다 후히 대접하고, 이전에 그들이 거느리던 옛 부하들을 그대로 통솔하도록 하였습니다. 그의 더 큰 꿈, 곧 중국 전역을 통일하는 과업에 모든 힘을 합치기 위해서였습니다.

선비족이 세운 전연前燕이라는 나라의 왕족이며, 유력자인 모용수慕容垂라는 자가 부견의 전진 왕조로 망명해 왔습니다. 그는 경조윤京兆尹, 곧 서울시장에 임명되었습니다. 이들을 전진 왕조의 군사 기밀에도 깊이 참여시켰습니다. 강족羌族 출신인 요장姚萇이 이끄는 세력을 정복한 뒤 그를 극진히 대접하였습니다. 광야를 휘젓고 다니는 영웅들을 순하게 만들 수 있는 방법은 인의仁義와 은신恩信뿐이라는 그의 이런 신념은 약간 지나친 감이 없지 않습니다. 이처럼 그는 사람을 사람으로 믿고 대하였던 것입니다. 부처님의 가르침이 아니었다면 도저히 그렇게 할 수가 없었을 것입니다. 모든 사람들을 감동시킬 수 있는 '감동의 정치'를 하면 그들은 자연히 심복心服할 것이라고 생각했습니다.

당시 중국은 남북 두 개로 나누어져 있었습니다. 북중국에는 부견의 전진왕조가, 남중국에는 한족漢族이 세운 동진東晋이라는 왕조가 양자강을 사이에 두고 서로 대치하고 있었습니다. 그는 동진을 물리치고 통일을 해야만 억조창생을 구제하고 이 세상에 부처님 자비를 베풀 수 있다고 생각하였습니다. 통일이 되지 않으면 비참한 전쟁이 이어질 것이고, 이런 상황을 그대로 자손에게 물려주어서는 안 된다는 생각을 가졌던 것입니다.

그는 모든 병력을 동원하여 동진 정벌을 위해 벌인 전쟁인 이른바 '비수淝水의 전투'에 투입했습니다. 귀순해 왔던 모용수와 요장 등을 최대 요충지인 비수 일대로 각각 1개 군(사단)씩을 이끌고 가서 전투에 참여하도록 하고 그는 그 선봉에 서서 동진군과 맞섰습니다. 비수는 중국을 남북으로 나누는 경계선인 회수淮水라는 강 상류에 위치한 지류입니다.

이 전쟁의 결과는 너무 싱겁게 끝났습니다. 전쟁 초기 동진은 고도로 훈련된 병사 5천을 풀어 야간에 기습을 감행하여 5만의 전진 군대 제1진을 붕괴시켜 버렸습니다. 불의의 패배를 당한 부견은 어깨에 화살을 맞아 부상을 당한 몸으로 수도 장안 쪽으로 말머리를 돌릴 수밖에 없었습니다. 출병할 당시 100만의 군대가 거의 죽거나 도망가고 겨우 10만이 남았을 뿐이었습니다. 이 비수의 전쟁에서 일생 동안 그가 공들여 쌓았던 모든 것을 잃게 되었습니다. 만약 부견이 이 전쟁에서 승리했다면 현재 중국인의 90% 이상을 차지하는 한족은 역사의 책갈피 속으로 사라졌을 것이라고 주장하는 학자가 있을 정도로 이 비수의 싸움은 중국 역사상 중요한 사건이었습니다.

부견이 외형적으로 분명 패망했지만, 저는 그가 패망했다는 결론을 유보하고 싶습니다. 우리가 자주 보아 왔듯이 오늘의 승자가 반드시 내일의 승자라는 법이 없습니다. 역사 속에서 영원한 승자가 될 수는 더욱 없습니다. 인간 세상에서 진정한 그리고 영원한 승리란 많은 사람들로부터 오랫동안 변함없는 사랑을 받는 일입니다. 저는 그의 삶은 훌륭했고, 어쩌면 참된 승리자, 그리고 영원한 영웅이었다고 생각하고 있습니다.

패배한 부견은 한 필의 말을 타고 비수의 북쪽 어느 마을에 이르렀습니다. 한 늙은 백성이 따뜻한 밥과 돼지 다리를 가져와 허기를 면하게 해 주면서 '폐하께서 안락함을 싫어하고 그것을 오히려 괴롭게 여기시며, 위험하고 곤란함을 스스로 취하였습니다. 신은 폐하의 자식이고, 폐하는 여전히 신의 아버지입니다'라고 그를 위로하였습니다. 민심은 바로 천심天心이라고 했습니다. 이것이 나라를 다스림에 모든 열정을 다 쏟아부었던 황제 부견에 대한 가난하지만 사심 없는 백성들이 내린 평가였습니다. 뿐만 아니라 송나라 시대의 유명한 역사가이며 사상가인 사마광司馬光이 지은 유명한 《자치통감資治通鑑》에서는 그를 후세 황제들이 본받아야 할 가장 모범적인 제왕상으로 지목하였습니다.

부견 최후의 모습은 저의 가슴을 한동안 저리게 하였습니다. 부견은 그의 부인 장부인張夫人에게 '내 이제 무슨 면목으로 천하를 다스릴 수 있단 말인가?'라며 처연하게 눈물을 흘렸다고 합니다. 영웅의 눈물은 우리를 더욱 비감케 합니다. 그가 패배한 비수는 바로 천하장사이며 영웅이었던 항우項羽가 사면초가四面楚歌에 빠져 그의 애첩 우미인虞美人과 함께 최후를 마쳤던 해하垓下에서 멀지 않은 지점입니다. 신하들 의견이라면 사심 없이 그대로 받아들이며, '짐의 잘못이었다(朕之過也)', '나의 잘못이구나(吾過也)'라며 자기 잘못을 시인하는 데 조금의 거리낌이 없었던 참으로 보기 드문 황제였던 그가 너무도 허망하게 무너졌습니다.

그래서 그가 이 세상을 치열하게 살았던 지역들을 가보고 싶었습니다. 먼저 패배한 전쟁터를 가기로 하였습니다. 저는 2000년 12월 겨울방학 때 배낭을 짊어지고 중국행 비행기에 올랐습니다. 그가 인간의 본성은 원래 착한 것이라는 성현의 말만을 믿고 무모하게 전쟁을 벌이다 패망한 그 터가 어떻게 생겼는지, 또 중국 사람들은 그 터를 어떻게 보존해 왔는지 못내 궁금했기 때문이었습니다.

당시 수많은 생명들과 영웅 부견에게 큰 희생을 강요했던 비수의 전쟁터는 지금 안휘성 수현壽縣에 있습니다. 그러나 그곳에는 부견은커녕 당시의 전쟁을 기억할 만한 하나의 팻말조차 세워져 있지 않았습니다. 동진군이 부견의 군대를 습격하기 위해 매복했던 팔공산八公山에도 그를 추념하는 아무런 표시는 없었습니다. 팔공산 앞에는 거대한 두부공장 하나가 위용을 드러내고 있었습니다. 두부가 그곳에서 처음 발명되었기 때문입니다.

저는 성이 차지 않았습니다. 그의 묘를 찾고 싶었습니다. 2002년 4월 저는 다시 섬서성 서안 서북쪽 빈현彬縣이라는 곳에 있는 부견의 묘를 찾았습니다. 부견이 비수의 전쟁에서 패하고 수도 장안으로 귀환한 뒤 전진왕조 자체는 존속하고 있었습니다. 이 전투의 패배를 틈타 전진왕조의 영역 내로 편입되었던 여러 세력들이 다시 독립을 시도하기 시작했습니다. 부견으로부터 무한한 은혜를 입었던 선비 모용씨는 이전 세력들을 규합하여 수도 장안으로 진군하여 들어왔습니다. 또 한때 부견의 포로였다가 부하가 되어 그 앞에 감언이설甘言利說을 다 늘어놓던 강족 요장은 후진後秦이라는 왕조를 세워 자립을 선포했습니다. 그들은 위기에 빠진 부견 바로 턱 밑에서 칼과 창을 겨누고 달려 든 것입니다. 부견은 수도 장안을 떠나지 않을 수 없었습니다.

장안을 버리고 피난 가다가 요장의 군대 습격을 받아 포로가 되었습니다. 그가 요장의 본 근거지인 신평(新平: 현재 빈현) 땅으로 연행되자 한때 부하였던 요장은 그 얼굴을 직접 대면하기가 껄끄러운 나머지 아랫사람을 보내어 옥새를 내놓으라고 요구했습니다. 부견은 단호히 거절했습니다. 요장은 마침내 사람을 보내 빈현 어느 절에서 그를 목매달아 죽였던 것입니다. 그는 그의 죽음을 절에서 맞기를 자청할 정도로 영원한 불자였습니다. 그의 생애는 처음부터 끝까지 부처님과 같이한 것이었습니다. 그 절에서 얼마 떨어지지 않는 곳인 빈현 서남 15㎞에 자리한 구전촌九田村이란 작은 마을에 그는 묻혔습니다. 속설에는 그 불사의 스님 한 분이 그 시신을 거두었다고 합니다. 그의 나이 48세였습니다. 당시 그를 죽였던 후진의 장사들마저 애통해 하지 않는 자가 없었다고 역사서는 전하고 있습니다. 그 뒤 당나라 태종은 이 절터에 큰 불상을 안치하고 불상을 세웠습니다. 지금의 빈현 대불사大佛寺가 그것입니다.

부견이 요장 군대에 포로가 되었음에도 정권을 넘기지 않았던 것은 포로였던 그를 살려주고 또 인간으로 대접해 주었던 요장에게 인간이기를 다시 재촉한 것이라고 저는 보고 싶습니다. 무한한 은혜를 베풀었던 이들이 비수의 전쟁 뒤에는 모두 반란의 대열에 앞장서자 부견은 '슬퍼하고 한스러워함이 더욱 심했다(悼恨彌深)'고 역사서는 기록하고 있습니다.

인간사에서 수없이 되풀이되는 믿음과 배신의 굴절을 부견만큼 뼈저리게 느낀 자가 있을까요? 그는 끝까지 짐승이 아니라 인간이고 싶었던 것입니다. 그가 누워 있는 땅으로 가는 길은 천년만년 비바람이 빚어낸 황토고원黃土高原의 거대한 지층地層 톱니 사이로 가느다랗게 뚫려져 있었습니다. 마치 하늘나라로 가는 길 같았습니다. 굽이굽이 구부러진 오르막 길을 오르니 밤이 되면 수많은 별들이 내려와 놀다가 돌아가는 듯 한 실로 다른 세계가 문득 나타났습니다. 아마 저녁이 되면 하늘의 뭇별 가운데 유난히 빛나는 한 별인 부견이 내려와 그가 이 세상에 남긴 흔적들을 다시 더듬고 가는 것 같았습니다. 사과나무와 유채꽃이 그의 묘를 감싸고 있었습니다. 그가 이 세상에서 보낸 인생 역정이 천길 톱니 사이로 난 가파른 길에 비유될 수 있다면 죽음 뒤에 그가 잠들고 있는 곳은 광활한 평원이 풍기는 평화처럼 안락할 것이라는 생각이 들었습니다.

묘소에 들어서니 몇 명의 애들이 그의 묘 옆에서 놀고 있었습니다. 배신도 책략도 모르는 어린애들과 함께 부견은 평화롭게 지내고 있었습니다. 부처님을 독실하게 믿었던 한 중생의 묘를 천수백 년이 지난 어느날 수만리 길을 멀다하고 찾아온 이국의 역사학도인 제가 찾아가서 내린 결론은, 그는 한 인간으로서 훌륭하게 살다 갔고, 죽은 뒤에는 인자하신 부처님 옆에서 그의 종자가 되어 행복하게 살고 있을 것이라는 사실입니다. 그리고 그의 묘 주위를 싸고 있는 하얀 사과 꽃과 노란 유채 꽃은 바로 부견이 이 세상에 남기고 간 아름답고 정다운 흔적이었고, 그것들은 남 시인이 탄복해 마지않았던 주흘산의 단풍처럼 나를 눈부시게 하였습니다.(이 글은 2004년 5월 4일 미국 웨이크필드Wakefield에 있는 한국 불교 사원 문수사文殊寺에서 행한 강연 원고이다.)

# 부견苻堅과 혁련발발赫連勃勃과의 약속

　약속에는 타인과 약속이 있고 자기와 약속도 있다. 대개 산자와 약속을 하지만 가끔은 죽은 자와 약속을 하는 일도 있다. 죽은 자와의 약속은 죽기 전에 한 약속이 대부분이겠지만 이미 죽은 사람과 하는 약속도 있을 수 있다. 죽은 뒤에 맺는 약속의 상대는 타인이지만 실지로는 자기와의 약속인 경우가 많다. 어떤 약속을 더 무겁게 여겨야 할지 쉽게 말할 수 있는 것은 아닌 것 같다. 사람은 약속을 셀 수 없이 하면서 살아간다. 약속의 '약約'도 '속束'도 모두 '묶는다', 곧 '동여맨다'는 뜻이니 약속을 하면 당연히 심신 양면에서 자유를 구속당하게 된다. 그런 면에서 약속을 아예 하지 않고 사는 것이 편한 것이다. 그러나 아무 약속도 하지 않으면서 살아갈 수는 없다. 약속이 없으면 사람과 사람과의 관계, 곧 '인간'관계가 성립되지 않기 때문이다. 약속은 바로 사람과 사람을 연결하는 끈이다. 다시 말하면 약속이란 인간관계의 시작인 동시에 끝인 셈이다. 속세를 떠나 불기不羈의 몸이 된 선인이 아닌 이상 약속을 하지 않고 살아갈 수는 없는 것이다.

　약속을 했으면 그것의 경중에 관계없이 지키는 것은 덕목이 아니라 의

무이다. 그러나 우리나라 사람들은 약속을 어기는 일에 제법 익숙해 있는 듯하다. 불가피하게 지키지 못하는 수도 있지만 지키려는 성의가 애초부터 부족했기 때문에 지키지 않는 것도 많지 않았을까 하는 생각이 든다. 또 처음부터 이행 여부에 관심도 없이 약속을 남발하는 경우도 있다. 정치인들이 대개 그러하다. 수많은 사람에게 공공연하게 한 그들의 약속, 곧 공약公約이 임기 말에는 헛된 약속(空約)으로 끝나는 것을 우리는 자주 보곤 한다.

잘은 몰라도 산자와 약속보다 죽은 자와 한 약속을 지키지 않는 경우가 더 많을 것으로 짐작하고 있다. 약속을 어긴 것에 대한 당사자의 문책이 바로 뒤따르지 않으므로 그것을 가볍게 여기는 것이 통상 사람들 심리일 것 같기 때문이다. 그러나 죽은 자와 약속을 더 소중히 여겨야 되지 않나 하는 생각을 나는 가끔 하고 있다. 그래야만 산자와 약속을 더 잘 지킬 수 있을 것이고, 자기와 약속은 양심의 문제와 연결되는 것이기 때문이다.

나는 죽은 두 사람과 약속을 한 적이 있다. 한국 사람이 아니라 이미 1,600여 년 전에 죽은 중국 사람과 약속이었다. 두 사람 모두 전공 공부를 하는 과정에서 내가 찾아 만난 사람들이다. 직접 대면하지는 않았지만 그들과의 만남은 산자와 만난 이상으로 나에게 진한 여운으로 지금도 남아 있다. 그들의 치열했던 인생과정이, 무모하리만큼 웅대했던 그들의 이상이 그리고 참담한 실패가 나로 하여금 한동안 그들을 쉽게 잊을 수 없게 만들었다. 필생을 두고 꿈꾸어 왔던 이상을 실현하는 데 성공하지 못했다 하더라도 그 무시무시한 진지함과 치열함이 한동안 내 마음을 송두리째 사로잡았기 때문이다. 그들과 만남은 통상적인 사람과의 만남이 아니라 진실한 마음과 마음의 만남이었던 것이다.

둘은 모두 중국 역사에서 비주류였다. 모두 중국인들에게 오랑캐 취급을 받았고 지금도 여전히 역사 속에서 주류의 반열에 들지 못하고 있는 사람이다. 그러나 오호십육국시대 천하를 호령했던 위대한 영웅들이었다. 현재 중국인이 갖고 있는 오류 가운데 중국문화는 만고불변의 것이었고 하·은·주 삼대三代 이후 한 계통으로 이어왔다는 환상이다. 중국이란 용어에 포함된 모든 가치는 지역으로 중원中原이, 종족으로 한족漢族이 언제나 주류로서 역할을 했다는 잘못된 신화를 그대로 믿고 있는 것이다. 설사 그런 환상을 그대로 인정한다 하더라도 비주류라고 가볍게 여겨져야 할 하등의 이유도 없는 것이다. 무위도식하는 주류도 있었지만 역사의 격류와 치열하게 부닥쳐 거대한 역사의 물길을 바꿔 놓은 비주류도 있었기 때문이다. 부견苻堅과 혁련발발赫連勃勃이 바로 그런 사람들이다. 중국 역사를 두 시대로 구분한다면 부견이 일으킨 비수淝水의 전쟁을 기점으로 삼아야 할 것이라고 주장하는 학자가 있을 만큼 부견이 중국사에 남긴 족적은 뚜렷하다. 그러나 비주류였던 그는 아직도 중국에서 제대로 대접받지 못하고 있다.

몇 년 전에 출판한 《박한제 교수의 중국역사기행 ─1권 영웅시대의 빛과 그늘》이라는 책에서 나는 다음과 같이 그들과 공개적으로 약속을 한 적이 있다.

먼저 부견인데 그는 우리나라에 불교를 최초로 전해 준 오호십육국 전진前秦왕조의 황제였다. 2001년 어느 봄날 그의 묘를 찾았을 때 내가 그와 한 약속이었다.

"내 남은 인생, 언제 다시 부견을 찾을 수 있을지 실로 짐작할 수 없는 일이지만, 다시 올 수 있다면 그때는 금준미주金尊美酒와 옥반가효玉盤佳肴는 아닐지라도 그 흔한 백주白酒 한 잔이라도 준비해 와서 인간이 인간을 얼마나 믿어야 하는가 하는 문제를 두고 그와 깊이 토론하기로 하고 그를 기약 없이 남겨둔 채 그곳을 떠날 수밖에 없었다."

다음 혁련발발인데 그는 오호십육국 하夏왕조를 세운 황제로 내가 1999년 여름 그의 도성 통만성統萬城을 찾았을 때 그와 한 약속이었다.

"아! 통만성이여. 내 살아있는 동안 언제 너를 다시 한번 찾아올 날이 있을까? 다시 만났을 때에는 도대체 인간이 산다는, 그리고 살았다는 의미가 무엇인지, 그리고 이 세상에서의 성공과 실패라는 것이 과연 무슨 의미를 갖는지 그대와 같이 깊이 생각해 보고 싶네. 그래잘 있어! 갈 길이 바빠 나는 이제 가야만 하네. … 다시 조용히 너를 찾아올 때까지 안녕."

나는 이런 약속을 한 뒤 언제 다시 이 두 곳을 방문하나 초조감 같은 것을 항상 지니고 있었다. 나이는 먹어가면서 이전처럼 혼자서 배낭을 메고 떠날 체력은 물론 담력마저 크게 줄어드는데다 두 곳 모두 쉽게 접근할 수 있는 곳에 있지 않기 때문이다.

부견은 현재 티베트족의 원류인 저족氐族이었고, 혁련발발은 흉노족과 선비족의 혼혈 출신이었다. 둘 다 중원 한족들에게 멸시의 대상이었던 유목 '오랑캐'였던 것이다. 둘 다 저 척박한 인심과 소수민족 출신이라는 장애를 넘어 제국을 창업한 자들이었다. 부견은 중국 문명의 발상지 화북지방을 통일하여 한반도 서편에서 서역에 이르는 대제국을 경영하였던 당당한 황제였고, 혁련발발은 도성의 명칭을 '만국을 통일'하겠다는 의미의 '통만성'이라고 지었을 만큼 대단한 포부를 지녔던 '영웅'이라는 이름에 걸맞은 존재였다. 둘 다 당시 시대 모순인 민족적인 첨예한 대립의 벽을 넘지 못하고 끝내 실패하고 말았던 비운의 정치가였다.

내가 그들과 만나게 된 것은 내 학문영역과 관련된 것이었지만 그들에게 진한 관심을 갖게 된 것은, 그들의 생애가 너무나 극적으로 나에게 다가왔기 때문이었다. 역사에 기록으로 남아 있는 인물들 가운데 어느 하나 간단치 않은 이력의 사람이 있으랴마는 그들과 만남은 실로 나의 학문인생에서 빼버릴 수 없는 사람과의 만남이었다. 이들을 통해 중원에 들어와 살아가는 수많은 유목민, 어쩌면 지금도 중국 각처에서 비주류로 살아가고 있는 소수민족들의 정서를 이해할 수 있었기 때문이다.

2007년 8월 나는 일본 학술진흥회가 지원하는 〈농목교차지대의 고성 유지와 환경 −2007년 일·중·한 학술고찰〉이란 이름의 학술답사팀의 일원으로 18일 동안에 걸친 답사에 참가하였다. 북경에서 만리장성을 따라 황토고원에 흩어져 있는 폐성들을 조사하는 답사였는데 다행스럽게도 일정 가운데 내가 혁련발발과 다시 찾기로 약속했던 통만성이 포함되어 있었다. 그와의 약속은 무리 없이 지킬 수 있게 되었다. 그러나 부견이 누워 잠들어 있는 섬서성 빈현彬縣은 1박 2일의 일정이 잡혀 있었지만 부견 묘는 이번 답사 항목 속에 포함되지 않았다. 성터도 아니고 그렇다고 유명하다고 말할 수 없는 오랑캐 출신 한 지배자의 무덤이기 때문이었다. 그의 무덤을 지척에 둔 곳까지 왔던 내가 부견과 한 약속을 지키기 못하고 돌아간다면 부견이 뭐라 책망할까 하는 생각이 답사일정 내내 내 머리를 누르고 있었다.

1999년 통만성을 처음으로 방문했을 때 흥분은 여전히 나의 가슴 한편에 자리 잡고 있다. 이번 답사의 특징은 오로지 성곽의 구조에 대해 충분한 시간을 갖고 세밀하게 조사하는 것을 목표로 한 것이었으므로 통만성에 머무는 시간은 나에게 충분하게 주어졌다. 중국 오르도스[鄂爾多斯]지역에 광활하게 펼쳐진 모오소毛烏素사막 남단에 자리 잡고 있는 통만성. 짧은 시간 때문에 사막 위에 작열하는 7월의 태양 아래 정신없이 성벽 위로 내달렸던 첫 번째 답사 때와는 달리 혁련발발 숨결을 하나하나 느끼면서 그가 그토록 심혈을 기울여 건설했던 성벽 벽돌들을 어루만지며 그와 깊은 대화를 나눌 수가 있었다. 날씨마저 좋았다. 짙은 구름이 햇살을 막아주었고 바람까지 간간이 불어주었다. 통만성 전문가로서 그곳을 수차례 방문했던 섬서사범대학 후용견侯甬堅 교수는 "실로 오랜만에 답사하기 좋은 날씨를 만났다"라고 했다. 성벽의 판축 하나하나를 어루만지다 보니 혁련발발이 전 국력을 쏟아 백성들을 무섭게 독려하며 그 도성을 건설했던 목적이 더욱 뚜렷이 보이는 것 같았다.

문제는 부견의 무덤이었다. 연구책임자인 동시에 나의 오랜 친구인 일본 중앙대학 세오 타츠히코妹尾達彦 교수에게 북경을 출발하기 직전 부견의 묘를 찾고 싶다고 운을 떼었더니 가능한 한 시간을 내도록 해보자며 긍정적인 반응을 보였다. 문제는 같이 동행했던 북경대학 3명의 교수들 의견이었다. 부견 묘를 보는 것이 이번 고성 답사와 무슨 관계가 있느냐는 반문이었다.

한때 중국천하를 호령했던 황제 부견, 그의 묘는 왕이나 황제의 무덤을 표시하는 '능陵'으로 대접받지 못하고 한갓 '부견묘'란 명칭으로 문물역사지도집 한 귀퉁이에 겨우 표기되고 있을 뿐이다. 뿐만 아니라 청말 섬서 순무 필원畢沅이 세웠다고 전해지는 그의 묘비에도 '전진부견묘前秦符堅墓'라 되어 있다. 그의 묘로 들어가는 입구에도 그 흔한 안내판 하나 없고 묘비에는 그의 성마저 '부符'가 '부𥙐'로 잘못 쓰여 있었다. 한족지상주의(大漢族主義) 사관에 물들어 있는 중국 관원이나 학자들에게 부견은 여전히 너무나도 가벼운 존재로 여겨지고 있었던 것이다.

반 달이 넘게 계속된 답사 마지막이라 모두들 지쳐 있었다. 그러나 나에게는 부견묘의 참배 문제가 뇌리를 떠나지 않아서인지 긴장이 풀리지 않았다. 전날 저녁밥을 먹고 우리가 묵었던 빈현 빈주彬州빈관 앞 슈퍼에 들러 제수용으로 백주 한 병과 스티로폼 팩에 든 청포도 두 송이, 쌀 전병 한 묶음을 샀다. 이튿날 오전 일정은 당나라 태종 시기에 건조된 대불사大佛寺 석굴답사가 예정되어 있었다. 점심을 먹고는 곧바로 서안으로 떠나야 하는 일정이었다. 단원 가운데 서안의 지인들과 저녁 약속을 한 사람들이 많았기 때문이다. 석굴사 개방시간은 오전 9시이므로 늦어도 11시에는 관람이 끝나야 부견 묘를 찾아갈 시간을 겨우 낼 수 있다는 계산이다. 집행부에서 우리들에게 허용한 시간은 2시간이었다. 11시에 차에 오르라는 전갈이다. 15분 정도는 늘어지는 것이 통상의 실정이다. 나는 이미 석굴을 답사한 바 있으므로 일찍 관람을 끝내고 버스 주위에 서성거렸지만 대부분의 단원들은 이곳 답사가 처음이라 시간이 늘어지고 있었다. 초조하기만 하였다. 성격이 꼼꼼하여 이것저것 따져보다 보니 일정이 촉박했다. 그러나 다행으로 답사과정에서 항상 가장 늦게 버스에 오르는 답사대장 세오 교수가 단원 몇 명을 이끌고 10시 반에 차에 올랐다. 나를 위해 일부러 시간을 확보해 준 것이다. 버스가 떠날 준비를 하는 동안 제수 품목을 챙기다 보니 술과 과일 등은 준비했으나 술잔을 준비하는 것을 잊은 것을 뒤늦게 알게 되었다. 종이컵이라도 사기 위해 대불사 앞 간이상점에 물으니 두 상점주인 모두 고개를 흔든다. 하는 수 없이 광천수 물병을 칼로 잘라 간이 술잔을 만들었다.

마음이 급해서인지 무덤을 찾아가는 길도 쉽지 않았다. 그곳을 내가 마지막으로 찾은 지 이미 6년이란 세월이 지났기 때문에 대강 방향만 알았지 정확한 길은 알 수가 없었다. 운전기사도 헤매고 있었다. 애가 탔지만 태연한 체할 수밖에 없었다. 빈현 시내에 들어와 다시 길을 제대로 물어 출발했다. 황토고원 지대의 움푹 파진 깊은 골짜기〔溝〕에 있는 빈현 시내에서 300미터 이상 고도 차이가 나는 대지臺地 위로 거의 수직으로 오르는 길에 버스는 힘이 겨워 숨이 가쁘다. 부견 묘가 자리한 수구향水口鄕 구전촌九田村은 빈현에서 서남 15킬로미터에 위치하고 있다고 하지만 시간은 예상보다 많이 걸렸다. 안내자로서 조수석에 앉았지만 어딘지 분간이 잘되지 않았다. 결국 길가에 서성이고 있던 한 촌로의 도움을 얻어 부견 묘를 겨우 찾을 수 있었다.

2001년 사과꽃이 만발하던 봄날의 풍경과는 달리 사과 송이가 빨갛게 익어가는 사과밭 속에 부견은 조용히 잠들어 있었다. 가져간 비닐 봉투를 풀어 물병으로 급조한 술잔에다 백주를 부어 부견에게 권하면서 두 번 절을 했다. 모든 대원들이 나의 이런 모습을 사진으로 담기에 바빴다. 동행한 일본인 교수 3명도 일본식으로 참배했다. 그러나 중국인 교수들은 아무도 예를 표하지 않았다. 중국인에게 부견은 으레 그런 존재였던 것이다. 나는 부견과 약속을 이렇게나마 지킬 수 있어서 안도했다. 일부러 내가 비용을 들여 찾아가는 정성을 보인 것은 아니었다 할지라도 이렇게나마 그를 다시 찾은 것은 그와 한 약속을 가볍게 여긴 것은 아니리라 자위할 수 있었다. 한중일 3국 중견학자 20여 명을 대동하고 와 그들에게 그가 누워 있는 장소나마 알게 하였다는 사실이 부견을 얼마나 만족시켰는지는 딱히 알 수는 없다.

돌아오는 차에서 중국인 교수 한 사람이 "왜 한국 사람인 당신이 부견을 그렇게 '존경'하느냐?"고 물었다. 나는 대답했다. "존경하는 것이 아니라 그의 아픔을 조금 이해하고 있을 뿐이다"라고.(2007. 8. 31.)

# 모란이 피기까지는

봄이 되면 갖가지 꽃이 피고 잎들이 돋아난다. 꽃도 피는 순서가 있기 마련이지만 잎이 나는 것도 나무에 따라 조만의 차이가 분명 있다. 그런데 근년의 지구 온난화 때문인지 도무지 그 순서가 뒤죽박죽이다. 매일 운동 삼아 다니는 관악산 능선 길에서 보고 느끼는 것이지만 각종 꽃들이 마치 한 가족인 양 함께 피고 잎도 기껏해야 며칠 터울로 비 온 뒤 죽순처럼 마구 솟아나고 있다. 봄은 대충 때우고 겨울에서 여름으로 직행하려는 듯하다. 사계가 분명해야 우리나라답다. 올해만이라도 봄다운 봄을 나는 보내고 싶다.

꽃을 빼고 봄을 이야기할 수는 없다. 우리나라에서 대표 봄꽃은 무엇일까? 봄소식을 전하는 것은 섬진강변의 매화를 빼놓을 수 없다고들 말할 것이다. 봄을 화려하게 수놓는 꽃은 뭐니 해도 벚꽃이라 굳게 믿는 사람도 아마 적지는 않을 것이다. 한동안 봄이 왔음을 내게 알리는 꽃은 낙성대에서 학교 후문에 이르는 길 오른 편에 흐드러지게 피는 노란 개나리였다. 그런데 그동안 주의를 기울이기도, 만난 적도 별로 없던 모란이 봄을 대표하는 꽃이란 생각을 최근 부쩍 갖게 되었다. 그러는 데에는 나름의 이유가 있다. 봄이 오면 중학교 국어 교과서에 실렸던 김영랑의 '모란이 피기까지는'이라는 시가 여전히 나를 붙들어 매고 있기 때문이기도 하지만, 또 하나 모란에 얽힌 사연이 적지 않은 중국 당나라 역사를 연구하기 때문이 아닌가 한다.

내가 중학교 다닐 때에는 읽을 것이란 교과서 밖에 없어 대개 국어 교과서쯤은 다 외우고 다녔다. 고등학교 동창인 Y군은 같이 등산을 할라치면 지금도 중·고등학교 국어교과서 문장을 줄줄 외우곤 한다. 사실 모란꽃을 직접 눈여겨본 적이 없었고, 그래서 어떤 형태의 것인지 최근까지도 잘 모르고 지냈다. 그러나 김영랑의 시는 지금도 줄줄 외우고 있다. 김영랑 시에 받은 영향은 참으로 끈질긴 것 같다.

당나라 역사를 공부하게 되면서부터 '모란'꽃에 새삼 관심을 갖게 되었다. 모란을 빼놓고는 세계 제국 당나라 도성 장안長安의 봄을 설명할 수 없다. 흥경궁興慶宮, 대자은사大慈恩寺와 서명사西明寺에 핀 모란은 특히 유명했다. 위로는 황제로부터 아래로 홍루(紅樓: 花柳界; 술집)의 여인에 이르기까지 장안 사람들은 모란꽃이 피면 그 꽃구경에 다들 제정신이 아니었다.

다재다능하고 그런데다 풍류까지 알고, 또 중국의 3대 치세의 하나인 '개원開元의 치'를 열었던 명군明君, 현종은 이 모란꽃을 너무 좋아하다 신세를 망친 사람이다. 그의 궁전 흥경궁에 핀 모란은 장안의 봄을 상징했다. 현종은 흥경궁 심향정沈香亭 북쪽에다 모란꽃을 심고 양귀비와 함께 감상하며 바깥세상이 어떻게 흘러가는진 관심 밖이었다.

현종만이 그랬던 것이 아니었다. 모란꽃이 한창인 장안 사람들 모습은 당나라 시인들의 필치를 통해 생생하게 전해지고 있다. "꽃이 피고 지는

20일 동안 온 (장안)성의 사람들은 모두 미친 듯하다"거나 "도성의 대로마다 만 마리 말과 천 대의 수레가 모란을 보러간다"거나 "장안에 모란이 피면 비단수레 구르는 소리 마른천둥이 치는 듯하다"는 글귀가 그러하다. 진해나 여의도 윤중로 벚꽃구경 풍경은 속된 말로 새 발의 피다.

모란은 이처럼 온 당나라 사람들이 완상하는 꽃 중의 꽃이었다. 당나라 시인 위장韋莊은 〈장안의 봄〉이라는 유명한 시에서 "장안의 봄은 본래 임자가 없으니 옛날부터 홍루의 여인들 차지라네(長安春色本無主, 古來盡屬紅樓女)"라고 읊었듯이 장안의 봄은 누구에게나 이처럼 평등하게 찾아왔다. 홍루의 여인에게도! 그러나 그들이 애호하는 모란이 모두 같은 종류의 것은 아니었다. "모란 꽃 한 포기가 중농 열 집의 세금"이라는 백거이(白居易: 白樂天)의 풍자처럼 황제와 왕후장상이 즐기는 모란은 서민들의 그것과는 사뭇 달랐다. 아침 색깔과 저녁 빛깔이 다르듯, 하루에 그 색이 몇 번이나 변하는 희귀품종을 부귀의 상징처럼 여겨 그것을 구하는 데 당시 사람들은 온 정신을 쏟고 있었다. 서양의 튤립이 그러했다던가? 현종은 양귀비 오빠 양국충楊國忠과 모란의 아름다움을 경쟁하면서 점차 어리석은 황제(昏君)의 길로 접어들었다. 위정자의 모란벽牡丹癖이 백성을 상하게 하고 결국 나라도 망치게 만드는 결과를 낳고 말았던 것이다. 경국지화傾國之花라고나 할까!

모란의 실물과는 낯설게 지내왔던 내가 최근 《장안 —세계 제국의 심장》을 집필하는 과정에서 50년 전 중학생 시절 모란에 대한 기억과 함께 새삼 이 꽃에 관심을 가지게 되었다. 막상 알고 보니 모란을 가까이 두고서도 모르고 지냈던 것이다. 그러는 데에는 내가 모란과 작약, 그리고 목련 세 종류의 꽃을 혼동하고 있었던 데에 그 이유가 있었다. 사실 모란은 '목작약木芍藥'이라고 불러 혼동하기 쉬웠고, 한자로 '목단牡丹'이라 쓰고 모란이라 읽는 독법도 혼란을 키웠다. 어릴 때 어른들이 치는 화투놀이에 '목단'이라 불리는 것이 나에게는 모란보다는 목단이란 이름으로 더 각인되어 있었다. 백과사전에 모란을 찾아보니 '목단牧丹이라고도 한다 ….'이라 되어 있으니 모란과 목단은 같은 꽃이 분명하다.

그런데 내가 모란을 목련과 혼동한 또 다른 이유는 김영랑의 시에 나오는 '모란이 뚝뚝 떨어져 버린 날'이라는 구절과 내가 목련을 처음 접했을 때의 상황과 연관성 때문이었다. '뚝뚝 떨어져 버린'이라는 표현을 가장 실감나게 느꼈던 것은 초등학교 시절 소풍 가던 길에서 만난 목련 꽃 때문이었다. 몇 학년 때인지 정확한 기억은 없지만 당시 소풍치고는 좀 긴 1박 2일로 나들이를 하게 된 것이다. 진주 대곡초등학교를 다닐 때의 일이다. 남강을 건너 현재 공군교육사령부가 있는 금산면의 명산 달엄산(月牙山) 아래 청곡사靑谷寺라는 고찰에 가던 중, 길가 어느 고가의 담장 안에 만개한 자주색 목련꽃을 문득 보게 되었다. 이전까지 한 번도 보지 못한 아름다운 꽃이었다. 그 꽃잎이 마침 불어오는 여린 봄바람에 뚝뚝 떨어지고 있었다. 같은 반 친구 가운데 누군가가 그 꽃을 '모란'이라고 했다. 그 뒤 김영랑의 시를 읽게 되었고, 자주색 꽃을 단 목련이 모란으로 내 뇌리에 잘못 박힌 이후 아직까지 쉽게 떠나지 않고 있다.

이런 구구한 사정으로 최근 봄을 대표하는 꽃이라고 하면 어느 꽃보다 모란을 상기하게 되었다. 마침 매주 일요일마다 가는 자하문 밖 원각사에서 모란 한 뿌리를 얻어왔다. 우연히 스님에게 나의 이런 사정을 이야기하며 모란을 하나 구하여 키우고 싶은데, 꽃시장에서도 구하기가 쉽지 않다고 했더니 뒤뜰에 있던 모란 한 뿌리를 내게 분양해 주셨다. 낙성대 H 아파트에 마련된 나의 사설 연구실 베란다에 옮겨 심었다. 아내와 같이 관악산 기슭의 찰진 부식토를 파 와서 덮어주었다. 이리하여 이 모란과 함께 관악에서 마지막 봄을 보내게 되었다.

그동안 학생·조교·교수로서 40년 가까운 세월을 보낸, 곧 내 인생 가운데 나름으로 왕성한 활동무대였던 서울대학에서 마지막 봄을 나는 이렇게 모란과 함께 보내고 있다. 인생이란 "이렇게 왔다가 이렇게 가는 것(Thus I come, thus I go)"이라는 셰익스피어의 말을 빌리지 않더라도 세월에 따라 그 생활을 마감해야 하는 내 운명에 순응하려 한다. 그러나 이 봄이 가는 것이 많이 아쉽고 조금은 안타까운 것이 솔직한 내 현재의 심정이다. 꼭 내 생애의 마지막 봄이 속절없이 가고 있는 것 같기 때문이다.

내가 분양받아 베란다에 옮겨 심은 모란은 이곳에 올 때나 한 달이 지난 지금이나 변한 것이 없다. 무슨 이유 때문일까? 제대로 뿌리를 내리지 못하고 마는 것은 아닐까? 가져올 때 보니 큰 뿌리만 있고 잔뿌리는 없었던 것도 마음에 걸린다. 스님은 지난 2월, 원래 자라던 장소에서 옮겨 심었던 것을 내게 다시 분양한 것이며, 잘 죽지 않으니 걱정 말란다. 여하튼 나는 이 모란을 정성껏 가꾸어 소담한 꽃을 피워 볼 생각이다.

베란다의 모란이 피기를 나는 기다리고 있다. 이 모란과 함께 나는 나의 찬란한 슬픔의 봄을 독하게 앓고 싶다. 봄은 이미 거반 갔지만 나는 아직 나의 봄을 맞지 않고 있다. 모란의 계절은 나라와 시대에 따라 조금씩 다른 모양이다. 한국 중국 일본을 견줘 봐도 그렇다. 우리나라는 5월인 것 같다. 백과사전에 찾아보니 "개화시기 5월"이라 분명하게 되어있다. 김영랑도 "오월 어느 날, … 떨어져 누운 꽃잎마저 시들어 버리고는/천지에 모란은 자취도 없어지고"라고 5월을 일컫고, 지난 5월 13일 충남 아산 외암畏巖민속마을 어느 고가에 들렀더니 모란이 한창이었다. 그런데 당나라 장안은 음력 3월 15일을 기점으로 앞뒤로 20일 동안이 모란의 계절이라 되어 있으니 어림잡아 계산하면 양력 4월 초·중순이다. 화투에는 6월의 꽃을 모란으로 삼고 있으니 일본은 6월을 모란의 계절로 보는 듯하다. 이런 이유로 베란다에 모란꽃이 피면 관악에서 나의 마지막 봄을 진지하게 맞을 심산이고 모란이 떨어지면 나의 봄이 갔음을 솔직하게 인정할 요량이다.

당나라 시인 유희이劉希夷는 〈노인을 대신하여 슬퍼함(代悲白頭翁)〉이라는 시에서 "낙양성 동쪽 복숭아꽃 오얏꽃 날아오고 날아가서 누구 집에 떨어지나(洛陽城東桃李花, 飛來飛去落誰家) … 해마다 피는 꽃은 비슷하지만 해마다 사람 얼굴 같지 않네(年年歲歲花相似 歲歲年年人不同)라 읊었다. 봄꽃이 아무리 아름다워도 결국 지고 만다. 내 연구실이 있는 학교 7동 모서리에 몇 년 앞서 정년하신 미학과 O선생께서 조성한 정암鼎巖동산에도 모란이 만개하더니 꽃이 가뭇없이 사라져 버렸다. 내가 떠난 내년 봄에도 그 모란은 올해처럼 여전히 꽃을 피울 것이다.

베란다의 모란이 이렇게 쉽게 꽃망울을 맺지 않으니 지는 것도 더디게 질 것이라 미리 기대해 본다. 나는 오늘도 모란에 물을 주면서 "모란이 피기까지는/ 나는 아직 기다리고 있을 테요, 찬란한 슬픔의 봄을." "모란이 뚝뚝 떨어져 버린 날/ 나는 비로소 봄을 여읜 설움에 잠길 테요."를 읊조리고 있다. 관악에서 마지막 봄은 이렇게 사라져 가고 있는데 ….
(2011. 5. 19.)

# 고병익高柄翊 선생의 사학史學과 망원경

대학 시절 내가 전공과목인 '동양사' 강의를 들었던 분은 김상기, 전해종, 고병익, 고승제, 이용범, 윤남한, 민두기, 권석봉 선생 등이었다. 그 가운데 내가 소속된 서울대 문리대 동양사학과 전임 교수로서 학문과 생활면에서 두루 가르침을 주셨던 은사는 고병익 선생과 민두기 선생 두 분이셨다. 두 분은 이미 고인이 되셨으니 은사들을 저세상에 보내고 이제 추억하는 일만 남았으니 그저 안타깝기만 하다.

고병익 선생에 대한 추억은 나에게 유별나다. 1970년 3월 전과를 통해 동양사학과 2학년으로 합류한 내가 동양사학과와 관련되어 만난 최초의 분이 고병익 선생이었다. 몇 년 방황 끝에 입학한 서울대학의 전공학과가 적성이 맞지 않아 1년 동안 고심 끝에 전과하여 동양사학과를 선택했다. 입주 아르바이트집 주인이셨던 법대학장 S교수의 소개로 1970년 3월 2일 문리대 학장실에서 나는 고병익 선생을 처음 뵈었다. 47세의 젊은 교수인데도 노숙함이 묻어났다. 당시 고 선생님께서 하신 말씀을 자세하게 기억하지는 못하지만 뒤에 생각하니 그분의 학문관이 요약된 말씀이 아니었나 생각된다. 동양사학과와 별반 관계가 없는 학과에서 창과 초기라 별로 인기도 없는 동양사학과로 전과하겠다는 결단을 가지고 온 학생에게 학장으로 발령받은 바로 두 번째 날인데도 상당한 시간을 배려한 것은 추천자와의 관계 때문에서였겠지만, 당시 하늘 같아 보일 것이라는 예상과는 달리 외모부터가 서민적이었고, 시골 아버지처럼 말씀도 편하게 느껴졌다. 선생님은 세 가지를 말씀하셨던 것으로 기억한다. 하나는 이 공부가 배고프다는 것이고, 둘째 배고파도 할 것이면 집중해야 하고, 셋째 역사공부는 사물을 세밀하게 들여다보아야 하지만, 멀리도 바라보아야 한다는 것이었다. 그때 선생님의 가르침이 갖는 의미가 어떤 것이며, 내가 얼마나 절실하게 느꼈으며, 또 그 가르침을 뒷날 내가 얼마나 지켰는지 의문이지만, 고병익 선생님을 회고할라치면 그분과 첫 만남이 아직도 가장 강렬하게 남아 있다.

지금 와서 되돌아보면 역사학을 직업으로 삼는 사람에게 당부하는 말로서는 지당하기 짝이 없는 것이지만, 방황하다 마지못해 택한 신참 역사학도로 입문하려는 나에게는 좀 잔인한 것들이었다. 첫째 배고프다는 것은 당시 나로서는 정말 지긋지긋한 것이었고, 둘째 공부에 집중하라는 것도 아르바이트로 연명하던 나에게는 당치도 않는 당부였다. 세 번째 이야기는 너무 우원한 말씀이어서 머리에 들어오지도 않았을 뿐만 아니라 사실 무슨 의미인지 잘 알지도 못했다.

나의 동양사학과 3년 기간은 배곯지 않기 위한 처절한 투쟁이었다. 학비를 면제받으려면 더 나은 학점을 따야 했고, 연명하고자 아르바이트로 동분서주했다. 마침 입주 아르바이트 집에서 해고된 나는 2학년 여름방학 시골에서 머물면서 고병익 선생님께 편지를 드렸다. 목적은 학비 걱정에서였지만 그런 내색은 하지 않고, 그저 문안을 드리는 투로 일관한 편지였다. 방학에서 돌아왔더니 큰 장학금이 기다리고 있었다. 내 작전은 그대로 맞아떨어진 것이었다. 그 장학금이 그 편지 덕분이라고 지금도 나는 믿고 있다. 지금이나 이전이나 교수가 방학에 학생으로부터 문안 편지를 받는 일은 드문 일이었기 때문이다. 선생님은 당시 등록금이 2만 원 내외였을 때, 7만 5천 원이라는 당시 최고의 장학금을 마련해 주었다.

이 밖에도 가난뱅이 학생인 나에게 선생님은 분에 넘치는 배려를 해 주신 것으로 알고 있다. 예컨대 2학년 말 그때 입사하기 어렵기로 유명했던 종합기숙사 정영사正英舍에 입사하는 데도 커다란 도움을 주셨을 뿐만 아니라 당시 동아문화연구소 소장을 겸임하고 계셨던 선생님은 대학원에 갓 입학한 자격미달인 석사과정 1학기 학생인데도 유급 조교로 임용하기도 하였으니 선생님께 받은 은혜는 사실 한두 가지가 아니었다. 참고로 전임 조교는 석사학위를 받고 성균관대학 전임으로 취직한 국문학자 L교수였다. 나에 대한 이와 같은 배려를 선생님은 항상 그 공을 민두기 선생님에게 돌리셨다. 이런 일이 있고 나서 몇 차례 선생님을 찾아뵈올 때마다, 민 선생이 제안해서 그런 것이라며 당신은 언제나 앞자리에서 빠지곤 했다.

그러나 선생님에게 나는 항상 칭찬받는 바람직한 학생은 아니었다. 가장 기억에 남는 것은 박사과정 수업 때였다. 선생님은 보직 교수로서 활약하였기 때문에 본의 아니게 강의를 빼먹는 일이 많았고, 강의 중에도 학생들에게 강독을 시켜 놓고 코를 골며 주무시는 경우도 많았다. 격무에 시달리던 선생님에게는 학생들의 강독 소리가 아마 자장가처럼 들렸을 것이 뻔했다. 강독하다가 코고는 소리를 듣고는 서로 마주 보며 킥킥거리면 부스스 깨어나 어김없이 생전 들어보지도 못한 이상한 질문으로 학생들을 곤란에 빠뜨림으로써 선생님이 저지른 잘못(?)에서 빠져나가는 수업이 다반사였다.

 "휴강이 최고의 명강"이라는 말처럼 선생님은 휴강이 참 많았으며, 그래서 무임승차로 학점을 따려는 수강자도 더러 있었다. 1979년 어느 날이었다고 생각한다. 당시 선생님은 서울대학교 총장이어서 강의는 대개 본부 행정실 건물 4층 총장실에 부속된 소회의실에서 진행되었다. 유신 말기로 혼란한 시절이었기 때문에 그 학기 강의도 제대로 이뤄지지 않았다. 처음 몇 번은 강의 준비를 제법 해 갔으나 몇 차례 휴강을 거듭하자, 오늘도 그러려니 하고 수강생 모두들 제대로 수업 준비를 해 가지 않았다. 그런데 그날따라 강의는 예상과 달리 빡빡하게 진행되었다. 아무도 준비해 온 사람이 없었다. 수강 학생 5명 모두가 전임이고 가장 아래가 당시 조교인 나였다. 선생님은 몇 번 휴강한 것에 대한 면피라도 하려는 듯이 한 사람 한 사람씩 시키기 시작하였다. 아무도 해 온 학생이 없는 것을 기화로 이때까지 우리들이 경험해 보지 못한 분노한 얼굴로 야단을 치셨다. 그러시더니 '오늘 강의 그만!' 하시며 일어서서 총장실로 가버리셨다. 우리들 모두는 일순간 불성실한 학생들이 된 것이다. 나는 다른 수강생들로부터 "박 선생 같은 젊은 사람이라도 준비를 해 왔어야지!"라는 핀잔을 들어야만 했다. '학생이면 다 같지 수업 준비도 선후배가 있나?' 하고 내심 불만이었지만, 한편 선생님의 그런 모습이 잦은 휴강을 만회하려는 작전의 하나라고 지금도 믿고 있다.

 선생님의 해박한 지식에 감탄한 적이 한두 번이 아니었지만, 선생님이 강조하는 것 가운데 외국어 해독 능력에 대한 강조는 대단하였다. 자신이 독어와 영어에 능통하기도 했지만 그것을 강조하는 것은 나름의 역사를 공부하는 신념과 그리고 자세와 관련된 것이 아닌가 한다. 사실 광범위한 자료를 수집하고 빨리 그리고 정확하게 읽고 논문을 쓰는 데는 물론, 자기의 주장을 외국에 나가서 발표하려면 당연히 갖추어야 할 조건이다. 지금도 외국어 논문을 읽으려면 사전을 뒤적여야 하고, 국제학술회의에 참석하여 버벅거리기만 하는 내 처지를 생각하면 선생님의 선견지명에 탄복할 뿐이다.

역사학자로서 기본을 두루 갖추신 선생님은 학문 밖의 방면에서도 다양한 능력을 발휘한 바 있지만 수상록도 몇 권을 출판하였다. 그 가운데 선생님의 역사학 연구방법과 관련된 것이 〈망원경〉이라는 글이 아닌가 한다. 1974년 가을에 출판한 탐구당 발행의 《망원경望遠鏡》이라는 책은 선생님의 첫 번째 수상록이다. 거기에는 글 76편이 실려 있는데 그 가운데 1958년에 쓰신 《조선일보사보》 14호에 실린 〈망원경〉이라는 그 글을 책명으로 삼았다. 이 수상록에 실린 글들은 1953년에서 1974년까지 신문·잡지 등에 게재했던 것들을 모은 것이다. 대중을 대상으로 쓴 글이 대부분이지만, 본업인 역사학자로서 생각과 주장이 곁들여 있는 것은 당연하다. 선생님이 12년 동안 쓰신 글들을 모아 스스로 이름 붙이기를 '망원경'이라고 했다면 이 〈망원경〉이라는 글에 대한 선생님의 애착이 남다를 것이었으리라고 본다.

물론 그 수필은 기자들을 대상으로 한 것이었다. 그러나 기자나 학자, 더욱이 역사학자에게는 논문 제목의 선정, 연구의 방법, 보는 시각 등이 이 한 편 글에 녹아 있다고 보아도 될 것 같다. 밤 10시 주택가 골목길에서 일어난 부부 사이 난투극을 기사화할 때 기자는 현미경처럼 세밀한 자료 제시와 망원경 같은 넓은 시야를 동시에 가져야 한다는 점을 선생님은 이 글에서 강조하고 있다.

선생님 글 일부를 전재해 보자.

어떤 사건을 접하고 기사를 쓸 때, 사건의 발단 경과와 결과까지를 현미경을 가지고 들여다보듯이 세밀·정확하게 … 보도하는 것이 신문이다. 보도 사건의 선정에는 현미경으로 관찰함이 필요할 뿐만 아니라 무수한 사건들 속에서 그 사건이 차지하는 위치를 비교할 수 있는 넓은 안식眼識과 지식이 요구된다. 옆으로 넓게 볼 수 있는 광각렌즈가 필요하다. 망원경과 현미경 두 가지를 다 가져야 역사가가 될 수 있다고 위대한 사가 토인비는 말한다. … 고문서를 뒤적이고 고기록을 섭렵함으로써 사소한 실마리조차도 놓치지 않는 세밀한 연구라야만 … 동시에 이를 고금의 흐름 속에서 전후와의 관련 속에서 밝혀내는 통찰력을 가져야 한다."

선생님께서 평소 역사학도가 가져야 할 당연한 태도로 호적胡適이 말한 "대담한 가설, 소심한 논증[大膽假說 小心求證]"을 자주 강조하셨다. 학회 기조연설에서 여러 차례 선생님으로부터 이 문구를 들었다. 나는 더해가는 세월의 더께로 작년 정년퇴직을 했다. 퇴직한 지금 생각해도 선생님이 역사학자로서 평생 지녔던 이 지론은 역사학 연구자가 마땅히 지녀야 할 자세라고 여기고 있다. 서재에 꽂혀 있는 선생님 수상록《망원경》을 볼 때마다 과연 제자인 내가 선생님의 지론을 얼마나 따랐는지 의문이다. 아니 제대로 따르지 못해 부끄럽다. 내가 연구년을 받아 1년 동안 머물던 미국 하버드대학에서 선생님의 부음을 들었다. 선생님이 마지막 가시는 길을 배웅하지 못한 아쉬움 같은 것이 10년이 지난 지금까지도 남아 있다. 선생님께서 생전 베푸신 은혜에 늦게나마 감사드리며 명복을 비는 것만이 어리석은 제자가 고작 할 수 있는 일인 것 같아 안타까울 뿐이다.(2013. 10.)

# 추념追念 민두기閔斗基 선생

지난해 5월 민두기 선생의 갑작스런 부음을 듣고는 망연자실할 수밖에 없었다. 은사를 잃은 슬픔 때문만은 아니었다. 나로서는 배워야 할 것도, 풀고, 또 나누어야 할 이야기도 아직 많이 남아 있었기 때문이었다. 나는 너무 무심한 제자였다. 병원으로부터 불치의 지병임을 통고 받은 뒤, 북경에 1년 동안 머물고 있는 필자에게 친척의 치료를 위해 중약中藥의 조제를 부탁하면서 '절박한 심경에 빠져 있는 한 병자의 처지를 감안해 달라'는 귀띔의 진의를 알았음에도 나는 선생의 독특한 학문에 대한 집념이 그 독한 병마저 싸워 이겨가고 있는 줄로 알았다. 그런데는 선생께서 평상과 다른 모습을 전혀 보여주지 않았기도 하였지만, 나에게 민두기 선생은 '사생유명死生有命'이란 보편적 철칙마저 능히 초월할 것이라고 믿게 할 정도로 위대했던 인물이었기 때문이었다. 민두기 선생을 만난 이후 30여 년 동안을 나는 한시도 선생으로부터 '독립'할 수가 없었다. 세상에 희로애락을 주는 것들이야 무수하겠지만 나는 언제나 선생으로 말미암아 희애喜哀하였던 것이다.

나는 너무 못난 제자였다. 한 귀퉁이를 들어주면 세 귀퉁이를 깨달아야 진정한 제자라 하였거늘 선생은 30여 년을 깨우치고 또 인도해 주셨건만 나는 제대로 선생을 만족시킨 적이 한 번도 없었다. '가르치고 이끎에 엄격하지 않은 것은 선생의 나태함이요(訓導不嚴師之惰), 학문에 이룸이 없는 것은 제자의 죄(學問無成子之罪)'라 하였는데, 사엄師嚴에 '천노遷怒'와 '이과貳過'만을 되풀이한 이 죄 많은 제자를 거두어들여 민문학사閔門學士의 한 사람으로 그 문하에 출입토록 허용한 것은 실로 감읍할 은혜임에 틀림이 없다. '청출어람靑出於藍'을 바라기는 어려울지라도 혹시 나름의 색깔은 낼지도 모른다는 선생의 나에 대한 불확실한 기대에서 비롯된 바였다고 어렴풋이 믿고 있을 뿐이며, 따라서 지금으로선 시위소찬尸位素餐함을 극히 경계하고, 배전의 정진을 다짐하는 것밖에 다른 도리가 없는 듯하다.

모든 사람들이 본받아야 할 귀감인지는 알 수 없어도 선생은 천생 학자였다. 정말 촌음寸陰을 아껴 썼다. 학부에서 대학원 그리고 조교, 전임으로 결코 짧지 않았던 동안 내가 지켜본 선생의 변하지 않는 모습은 여하한 토막시간도 천금같이 아껴 쓴다는 점일 것이다. 동양사학과의 모든 '시간표'가 선생을 중심으로 짜여질 수밖에 없는 소이도 거기에 있었으리라. '공부함에 있어 반드시 세 가지 자투리 시간을 이용하라(爲學當以三餘)'고 하였고, '이 세상에서 살아가는 진미는 이 세 가지 자투리 시간에 있는 것(此生有味在三餘)'이라 하였으니 선생은 진실로 행복하게 살다간 학자라 할 것이다.

나뿐만이 아니라 동양사학과를 거쳐간 수많은 제자들이 지금도 선생에게 공통으로 여쭙고 싶은 말이 있다면 '만지면 무쇠같이 굳은 체하더니 하룻밤 찬서리에도 금이 갔구려'라는 옛시인의 시구를 선생께서는 여전히 애송하고 있는가 하는 점일 것이다. 회갑을 맞아 당신이 그제껏 살아오신 간단치 않은 역정을 엮어 펴낸 《민두기자편연보략閔斗基自編年譜略 1932－1992》에 애송시로 〈유리창琉璃窓과 마음〉을 게재한 것은 선생의 작은 핀잔에도 '온 뺨에 눈물어리던' 우리 제자들로 하여금 평소의 선생과는 전혀 다른 모습을 접하게 한 계기를 만들어 주었던 일대 사건이었기 때문이다.

우리 제자들은 선생을 경쟁력이 전혀 강조되지 않던 시대에 살면서도 제자들의 무한경쟁력을 키우기에 여념이 없었던 분으로 영원히 기억할 것이다. 그러기에 '특별한 감사感謝와 남다른 자부自負와 무한한 경외敬畏를 느낀다'는 제자들의 진정에서 우러나온 평가에 '감격하는 여린 성품의 범부凡夫'로 선생은 스스로를 규정하였지만, 우리들은 선생을 그런 분으로 회상해서는 결코 안 될 것이다. 우리들에겐 여전히 더욱더 매질하는 엄사 민두기 선생의 당당한 모습이 훨씬 교훈적이고 더 익숙하게 느껴지기 때문이다.

'생사대해生死大海'를 벗어날 수 없는 것이 일체중생一切衆生인지라 언젠가는 선생과 또다시 만날 날이 있을 것이기에, 엄격한 평가를 다시 받을 그날까지 부끄럽지 않은 글을 쓰는 데 진력해야 하고, 또 선생의 명복을 진심으로 빌어야 하는 것이 이 세상에 남아 있는 우리들 제자들의 의무이리라.(이 글은 《서울대학교 동양사학과 논집》에 게재됨)

# 금장태 선생의 정년을 축하하며

　금장태 선생님께서 이렇게 '훌륭하게' 그리고 '무사하게' 교직생활을 마감하고 새 인생을 시작하게 된 것을 진심으로 축하드립니다. 그동안 정말 수고하셨습니다. 모진 병마와 싸워서 당당히 승리하셨습니다.

　제가 이런 자리에 서서 축사를 할 자격이 과연 있는지 잘 모르겠습니다만 금 선생님께서 저를 추천하였다기에 어쩔 수 없이 이 자리에 섰습니다. 남 앞에서 서기를 언제나 주저하고, 또 어떤 면을 보아도 변변하지 않은 저를 왜 금 선생님께서 추천하였는지 잘은 알 수가 없습니다만 생각하니 몇 가지 떠오르는 것이 있습니다. 제가 85년 서울대학교 전입 동기라서 그런 것 같기도 하고, 또 한문을 학문용어로 사용하는 학문적 근접성 때문이기도 하고, 86년도 48명의 호헌교수 서명의 동지라서 그런 것 같기도 하고, 사모님이 저의 집사람과 같은 직종인 약사라서 그런 것 같기도 하고 … 그러나 이들 모두 다 제대로 된 이유가 될 것 같지는 않습니다. 왜 그런 요청을 하셨는지 아직까지도 확실하게 감이 잡히는 것이 없습니다.

저와 취미가 같은 것은 더욱 아닐 것 같습니다. 금 선생님의 취미는 저와 너무나 다릅니다. 금 선생님은 바둑광이지만 저는 바둑에는 완전 문외한입니다. 저는 야구를 좋아하지만 금 선생님은 저의 바둑실력만큼 야구의 초보적인 규칙도 모르는 분입니다. 여담을 하나 소개하겠습니다. 제가 미국 메이저리그나 일본 프로 야구의 시합 결과가 궁금하여 강의 끝나기가 무섭게 휴게실에 급히 달려가면 금 선생님은 바둑채널을 선점하고 있는 경우가 많았습니다. 한번은 제가 휴게실에서 야구를 열심히 보고 있는데 들어오시더니 리모컨으로 바둑채널로 바꾸어 버렸습니다. 교수가 무슨 야구를 보고 있느냐는 식이었지요. 그뿐이 아닙니다. 선생님은 담배를 너무 좋아하셔서 휴게실을 담배 연기로 자주 오염시킵니다. 사모님께서 선생님 건강을 염려하여 집에서 담배를 피우지 못하게 하시니 간섭받지 않고 자유롭게 피우기 위해 학교로 오시기도 합니다. 저는 담배와는 거리가 멀고 담배 연기는 딱 질색입니다.

금 선생님은 저와 이처럼 여러 면에서 다릅니다. 가장 큰 차이점은 우리 교수의 주업인 연구 성과에 있는 것 같습니다. 선생님은 일 년에 몇 권의 책을 써내시어 저의 기를 죽이곤 하였지만 저는 그동안 일 년에 논문 한 편 쓰기도 어려웠던 해가 많았습니다. 그래서 저로 하여금 '망진불급望塵不及'의 한탄을 자아내게 한 적이 한두 번이 아니었습니다. 선생님께서는 각종 상을 타셨지만 저는 상과는 거리가 먼 사람이었습니다. 저와 이렇게 상반된 분이 제게 축사를 해 달라고 부탁하였습니다.

그동안 마주 앉아 담소를 나누는 기회는 많았습니다. 그리고 금 선생님은 저의 서실 기명을 써 주셨고, 지금도 제 연구실에 걸어두고 있습니다. 그런 면에서 보통의 관계가 아니지요. 저는 그동안 선생님의 이야기를 경청하곤 해왔습니다. 이상한 일이지요. 가만히 생각하면 담배 연기

속으로부터 저를 빠져나가지 못하게 하는 뭔가가 선생님에게는 있었던 것이 분명한 것 같습니다. 무엇보다 선생님의 고전에 대한 해박한 지식과 인생에 대한 관조가 담긴 이야기들이 저를 담배 연기 속에 잡아 두었던 것 같습니다. 또 선생님은 사람을 참 편하게 해 주는 분이었습니다. 항상 겸손하시고 자기를 내세우지 않았습니다. 정치·사회의 당면문제에 대단히 투철한 견해를 견지하고 있으면서도 자기의 주장을 강하게 표출하여 좌석 분위기를 서먹하게 하는 법도 없었습니다.

저는 금 선생님의 최근 10년 동안 생활을 엿보는 기회를 자주 가졌습니다. 금 선생님은 그동안 가슴앓이도 많았고, 퍽 고독했다는 사실도 어슴푸레 짐작하고 있습니다. 금 선생님은 자기 속내를 잘 드러내지 않는 분입니다. 그 흔한 휴대폰도 가지지 않는 것은 그렇다 치고라도 교수명부에도 댁의 전화번호를 기록하지 않을 정도로 감추고 싶은 것이 많은 분입니다. 시대적 우울과 개인적인 아픔이 선생님을 이렇게 스스로를 단속하게 만든 것이 아닌가 짐작하고 있습니다. 이런 분이 저를 이야기할 상대로 여겼던 것 같습니다. 그 점에 대해서 참 고맙게 생각합니다.

선생님은 학문적으로 욕심이 많았던 분인 것 같습니다. 그런데 한창 연구할 연세에 선생님은 뇌종양 선고를 갑자기 받게 되었습니다. 병마를 곁에 두면서부터 평생 과업의 끝 매조지를 제대로 해야겠다는 절박함을 느끼고 계셨던 듯합니다. 그 매조지를 위해 10여 년 동안을 힘겹게 그리고 눈물겹게 버텨 오셨습니다. 그런데 기적 같은 일이 일어났습니다. 금 선생님의 결연한 의지가 모진 병마를 이긴 것입니다. 처음 1−2년 하시던 분이 아직 정정하니 말입니다. 생사문제를 달관하시던 선생님의 평소 모습이 존경스럽게 보였습니다. 병마를 이길 수 있었던 데는 남다른 의지뿐만 아니라 병마를 물리치려 하지 않고 친구삼아 데리고 다녔던 데 있는 것 같습니다. 사실 신병을 일부러 좋아해 안고 있을 필요야 없지만 병고가 인생에서 나름으로 좋은 작용을 하는 경우가 적지 않다고 합니다. 중국의 유명한 역사학자 진인각은 눈이 먼 뒤에 실명 전보다 더 많은 저작을 내었습니다. 실명 덕분으로 쓸데없는 사회활동에서 면제됨으로써 자기가 좋아하는 연구를 할 시간을 얻고, 또 자기가 가고자 하는 길을 그대로 가게 했다는 것이지요. 그런 면에서 선생에게서 좀체 떠나지 않고 있는 병고는 그동안 선생의 좋은 친구였고 좋은 보호자 역할을 했던 것 같습니다. 불교의 《보왕삼매론寶王三昧論》에서는 "몸에 병 없기를 바라지 말라. 몸에 병이 없으면 탐욕이 생기기 쉽나니 그래서 성현이 말씀하시되 병고로서 양약을 삼으라 하셨느니라."고 하였습니다. 제가 여러 해 동안 지켜본 금 선생님은 이런 이치를 깨달으시고, 또 직접 실천하신 분이셨던 것 같습니다.

자신을 잘 드러내지 않는 금 선생님께서 제게는 속마음을 드러내는 경우가 가끔 있었습니다. 지식인에게 필요한 것은 부와 높은 지위가 아니라 자기와 뜻을 같이하는 지기知己라는 사실 말입니다. 제가 금 선생님의 학문적 동지로서 선생님의 학문을 깊이 이해하여 토론하는 사람은 못 되었지만, 가만히 생각해 보면 학문하는 태도, 나아가서는 인생을 바라보는 관점 등에서 조금의 동질감을 공유하고 있었던 듯합니다. 제가 선생님의 용솟음치는 가슴을 드러내 놓을 상대가 되지는 못하였지만 선생님의 갈증을 조금 풀어주었던 상대가 아니었나 생각하고 있습니다. 개인적으로 선생님께서 그동안 제게 가져 주었던 관심에 대해 정말 감사드립니다. 선생님은 제가 갖고 있는 생각과 걸어온 길에 대해 누구보다 많은 관심을 갖고 계셨습니다. 제가 10여 년 전에 펴낸 《인생 ―나의 오십자술》이란 책을 읽고 누더기가 되어 버렸다며 다시 한 권을 달라고 요청하였을 정도입니다. 즉 저의 책 《인생》의 최고 정독자이시고 애독자이십니다. 그것을 계기로 요즈음도 잡문 하나 쓰면 선생에게 보내어 검열을 받고 있습니다. 금 선생님은 학자인 저보다 잡문 쓰는 박한제를 좋아하는 것 같으니, 교수가 직업인 저로서는 낭패스러운 일입니다. 그동안 제가 한 짓이 그 모양이었으니 어쩔 수 없는 일이지만요.

보통 인생은 세 토막으로 나눌 수 있다고 합니다. 나서 공부하는 첫 단계, 국가와 사회를 위해 봉사하는 두 번째 단계, 그리고 자기 자신을 위해서 사는 마지막 단계가 그것입니다. 이제 금 선생님은 두 단계를 훌륭하게 마무리 짓고 마지막 단계로 진입하고 있습니다. 우리들은 오늘 두 번째 단계를 훌륭히 마치시고 떠나시는 금 선생님을 환송하고, 또 인생의 마지막 단계로 진입을 축하하고자 이 자리에 모인 것입니다.

선생님의 40여 년 동안 교직생활은 너무 훌륭하셨습니다. 금 선생님 안녕히 가십시오. 이제 마지막 단계의 수십 년을 마음껏 즐기시기 바랍니다. 선생님이 좋아하시는 따뜻한 남쪽 항구 통영도 자주 가십시오. 그리고 계획하신 사모님과 섬 여행도 계속 하십시오. 곧 하동포구에 매화가 흐드러지게 필 것입니다. 매화와 차 밭을 곁에 두고 있는, 하계동천 〈쉬어가는 누각〉도 다시 가끔 찾으시길 바랍니다.(2010. 1.)

# 크라운 맥주

어느 날 낙성대 전철역에서 S 교수님을 만났다. 학부 1학년 교양과정부 때 영어를 가르치던 분이다. 인문대학에서 20년 가까운 동안 같이 근무하기도 했다. 전공이 다르고, 학과도 달라 평소 그저 인사나 하고 지냈을 뿐 가까이서 깊은 담화를 나눠본 적이 별로 없었다. 그분은 나와 거의 10살 정도 차이가 나기 때문에 정년도 그만큼 일찍 하셨다. 교수님은 나를 보자 "박 교수! 아직도 영어를 열심히 공부하고 있나요?" 하신다. 뜬금없는 질문에 의아할 수밖에 없었다. 하긴 요즈음도 서재에 들면 고정시켜 놓은 FM 101.30MHz 교통방송 영어 채널을 틀어놓는 때가 많으니 영어를 완전히 팽개친 것은 아니다.

그런데 참 이상하다. S 교수님이 왜 나에게 유독 '영어공부' 이야기를 하였을까? 수학은 정말 바닥이라 남보다 재수를 오래 한 것은 그 때문이라 자인하고 있지만 영어와 나, 그리 악연만은 아니다. 평소에 우리 세대 사람 가운데 내가 영어를 못한다고 여기지도 않고 있다. 학부 땐 고등학교 후배인 의과대학 K 교수와 같이 시간제 그룹 과외를 하였는데, 그때 나는 영어를, K 교수는 수학을 나누어 맡았으니 영어를 그리 못한

편도 아니었다. 그런데다 요즈음도 대학 같은 학과 동기를 만나면 나를 영어 잘하는 사람으로 자주 이야기하곤 한다. 그 사람은 통신사 편집국장까지 지낸 사람이고, 최근 영어 오역에 대한 책까지 출판한 영어에 달통한 사람이다. 그가 내 영어실력을 평가해 줄 정도이니 나름 어느 정도 실력은 인정받고 있다고 해도 과언이 아니다. 그는 졸업 후 직업상 영어로 밥 먹고 살았으니 크게 진보하여 지금은 내가 그와 견줄 수준은 아니지만, 그의 기억에도 나는 영어 잘하는 동기로 남아 있을 정도인 것이다. 그런데 느닷없이 S 교수님은 이미 정년퇴직까지 한 나를 보고 무슨 연유로 새삼스럽게 '영어공부' 운운한단 말인가! 그분이 내가 영어방송을 나름 열심히 듣고 있다는 것을 어디서 알고 그런단 말인가? 사실 영어방송은 틀어놔도 명확하게 들리는 것은 '을지로' 등 거리 이름 정도이기는 하다.

　S 교수님 물음이 하도 이상하게 여겨져 다른 자리에서 그 이유를 물었다. "왜 지금도 영어 공부하느냐"고 말씀하셨느냐고 말이다. 그런데 그 대답이 기상천외한 것이었다. 내가 당신의 강독 시간에 '크라운(Crown)'을 '맥주'라고 해석한 주인공으로 알고 있었기 때문이다. 사실 이것은 S 교수님 착오다. 왜냐하면 나는 그런 해석을 한 학생이 아니었기 때문이다. 1960년대 말 대학영어 교재를 보면 에세이 같은 문학작품으로 대개 구성되어 있었다. 데모로 강의가 진행되지 않는 날이 되는 날보다 훨씬 많았던 그 시절, 강의실에 들어가도 제대로 준비하고 가는 학생은 별로 없었다. 강의는 주로 학생들에게 문장을 해석 시키고, 그것에 대한 교수님 생각을 첨가하는 형식으로 진행되고 있었다. 같이 신청한 학생이 '크라운'을 '왕관'이라 하지 않고, '맥주'라고 번역한 것은 당시 하나의 '사건'이어서 지금도 내 뇌리에 생생하다. 서울대학까지 들어온 학생의 영어

실력이 그 정도는 아니겠지만, 수업 준비도 해오지 않는데다 자기가 지명될지 모르고 있다 갑작스럽게 당하자 당황한 나머지 그런 대답을 한 것은 이해가 충분히 간다. 그런데다 당시 맥주로는 '크라운 맥주'가 대단한 시절이었으니까. 변변한 기업이 없던 당시 라디오나 텔레비전을 통해 흘러나오는 광고로 남녀노소 없이 누구나 '크라운 맥주'라는 단어가 귀에 익을 때였기 때문이다.

그런데 왜 내가 문제의 그 학생으로 S 교수님에게 기억되고 있었던가. 참 억울하기 그지없다. 정작 그 주인공은 대학을 마치고 학교에서 사라져 버렸는데 그 덤터기를 40여 년 동안 내가 쓰고 있단 말인가! 정말 어처구니없는 일이다. 더구나 S 교수님은 20년 가까운 동안 나를 교정에서 볼 때마다 "저 친구, 크라운을 맥주로 해석한, 영어를 지독하게 못하던 친구지 … 그러고도 여전히 교수를 하고 있으니 쯔쯔 …" 하고 되뇌고 계셨을 것이라 생각하니 화가 치밀기도 한 것이다. 이미 없어진 맥주 회사를 원망할 수도 없고, 어디 사는지 알 수도 없는 그 친구를 찾아서 명쾌하게 해명해달라고 다그칠 수도 없고, 또 이미 연만한 S 교수님에게 내가 아니라고 우겨댈 수도 없는 일이다. "에라! 모르겠다! 선생님 한번 즐겁게 했으면 나름으로 제자 노릇 그런대로 한 거지!"라고 자위를 했지만 뭔가 식초를 마신 듯하다.

그런데 가만히 생각해 보니 평생을 교수로 보낸 사람이 제1외국어인 영어를 지금 정도밖에 못한 것은 결코 떳떳한 일이 아니다. 이제까지 외국에서 개최되는 학회에서는 짧은 중국어로 발표하였는데, 내년 6월 말 북경에서 개최되는 학회의 주제가 〈(동·서양)제국들 사이: 분열, 전승 그리고 변질(Between Empires: Rupture, Transmission and Transformation)〉이라는 것이다. 중국사 전공자만이 모이는 곳이 아니고 동·서양 학자들이 두루 참여하기 때문에 당연히 사용언어는 영어가 될 것이다. 얼떨결에 참석하겠다고 통보했는데, 걱정이 태산 같다. 사실 생각해 보니 나의 지금 영어 실력은 '크라운'을 '맥주'라고 해석하는 수준에서 크게 벗어난 것도 아니다. 그러니 내가 괜히 S 교수님의 기억력을 서운하게 생각할 이유도 딱히 없는 것이다.(2014. 12. 18.)

# 세한도歲寒圖를 다시 걸며

80년대 초 국민대학교 전임으로 근무하던 4년을 팍팍하게 보내었던 것 같았는데, 지금 돌이켜 생각해 보니 나름으로 마음의 여유를 갖고 지냈던 듯하다. 정년퇴직 때 이사하려고 학교 창고에서 꺼낸 물건을 정리하다 보니 그때 샀던 모본 서화들이 꽤 많았기 때문이다. 4년이란 오랜 조교 생활 뒤에 전임이 되어 갑자기 봉급이 배 이상 늘어난 때문인지, 아니면 30대 중반의 나이에나마 약사 아내를 만나 궁상맞던 노총각 신세를 면했기 때문인지, 아니면 세 등분해서 쓸 정도로 넓은 나만의 연구실을 배정받았기 때문에서인지 그 뚜렷한 이유가 떠오르지는 않는다.

물려주기도 하고, 또 버리고 오기도 했지만, 그 가운데 몇 점은 낙성대 개인 연구실인 일청서실一靑書室로 가져왔다. 그 가운데 하나가 추사〔秋史: 阮堂〕김정희(金正喜, 1786-1856)의 〈세한도〉다. 벽이란 벽에는 천장까지 모두 서가를 기대어 세웠기 때문에 걸어둘 만한 곳이 마땅하지 않아서 〈세한도〉도 자주 쓰지 않는 물건들과 함께 베란다 안쪽 창고 속에 일단 넣어두었다. 그러다 지난 10월 중순 충남 예산의 추사고택을 방문한 일을 계기로 불현듯 〈세한도〉를 다시 걸어두고 싶다는 생각이 들었다. 도서관 서고처럼 빽빽하게 세워둔 서가와 서가 사이를 이어 〈세한도〉를 다시 걸었더니 옹색하지만 그런대로 볼 만하다.

잘 알다시피 〈세한도〉는 추사가 제주도에 귀양 가 있을 때 그린 그림이다. 제자 우선藕船 이상적(李尙迪, 1804-1865)이 한어역관漢語譯官으로 청나라에 사행할 때마다 추사를 생각하며 귀한 책을 구해, 바다 건너 제주도에 유배가 있는 스승에게 보내주는 등 이전과 변함없이 대하는 데 감동하여 감사의 뜻을 표현해 낸 수묵화와 그 찬문이다. 세상이 온통 권세와 이득을 좇느라 정신이 없는데도 제자 이상적만은 스승 대하기를 이처럼 한결같이 했던 것이다. 어렵게 구한 책을 죄인 신세가 되어 이제 아무 힘도 없는 자기에게 줄 것이 아니라 권세가에게 바쳤더라면 오히려 출세를 보장받았을 것이라고 생각되었기 때문이리라. 제자에게 이 〈세한도〉를 그려주겠다는 발상은 추사 자신이 1810년 사신단의 부사였던 아버지를 따라 청나라에 갔다가 송나라 소동파蘇東坡의 〈언송도偃松圖〉를 보면서 영감을 얻은 결과로 알려지고 있다. 소동파가 혜주惠州에서 유배 생활을 보내던 어느 날 어린 아들이 아비를 위로하고자 먼 곳까지 찾아왔던 것이다. 어린 아들의 뜻밖의 방문에 너무도 기뻤던 소동파는 아들에게 줄 그림 한 폭과 그를 칭찬하는 글을 덧붙여 썼다. 추사가 금석학의 대가인 옹방강(翁方綱, 1733-1818) 서재에서 그림은 망실되고 글씨만 남은 옹씨 소장 〈언송도〉 찬문을 직접 목도하고 '누워 있는 소나무〔偃松〕'의 이미지를 마음속에 담아 두었던 것이다.

추사는 〈세한도〉 뒤쪽에다 이상적에게 보내는 긴 글을 덧붙여 이 그림을 그린 사연을 설명했다.

"권세와 이익으로 맺어진 자는 권세와 이익이 다하면 교분이 다한다고 태사공(司馬遷)이 말하였거늘, 그대도 또한 세상 물결 속의 한 사람일진대, 초연히 스스로 도도한 물결에서 빠져나와 권세와 이익을 돌보지 않으니, 나를 권세와 이익으로 대하지 않는다는 말인가? 아니면 태사공의 말이 그르다는 것인가?"

"공자께서 '겨울이 온 다음이라야 송백(松柏: 소나무와 잣나무)이 시들지 않음을 안다'고 말씀하셨듯이 송백이란 사철을 지내도 시들지 않는 것으로서, 겨울 이전에도 송백이요, 겨울 이후에도 송백이지만, 성인이 특별히 겨울을 지낸 이 송백을 칭찬하였던 바, 지금의 그대도 나에게는 송백처럼 겨울 전이라 하여 더함이 없고, 겨울을 지난 후라고 하여도 덜함이 없구나."

추사가 불특정한 세상을 일컫는 것인지 아니면 자기를 둘러싼 구체적인 상황을 표현한 것인지 확실하지는 않다. 어떤 면에서 보면 제자 이상적의 선행을 빗대어 그렇지 못한 주위 사람들을 탓하는 것 같기도 하다. 사실 편지 끝부분에 "아아! 전한前漢시대와 같은 순박한 세상에도 급암汲黯이나 정당시鄭當時 같은 어진 사람들에게도 빈객들이 시세에 따라 모여들고 흩어짐이 하비下邳의 적공翟公의 경우와 다르지 않거늘, 하비의 방문榜文과 같은 박절하기 그지없는 글이 나오게 된 것이 슬프구나! 완당노인이 쓰다"라 매조지한 것을 보면 그렇게 보이기도 한다. 《사기》 급암·정당시의 열전을 보면 "무릇 급암과 정당시 같은 어짊이라도 권세가 있으면 찾아오는 빈객 수가 열 배가 되고, 권세가 없으면 그렇지 않다. 하물며 보통 사람임에랴? 하비의 적공이 정위(廷尉: 현재의 총리)가 되자 빈객이 문을 가득 메웠으나, 해임되자 집이 어찌나 한산한지 '문 앞에 새 잡는 그물을 쳐 놓을 수 있을 정도'였는데 얼마 뒤 적공이 다시 정위가 되자 빈객들이 구름떼처럼 몰려들었다. 이에 적공은 '한 번 죽고 한

번 삶에 사귐의 정을 알게 되었고, 한 번 가난하고 한 번 부함에 사귐의 태도를 알게 되었으며, 한 번 귀하고 한 번 천함에 곧 사귐의 적나라함이 드러나는구나!'라는 방문을 크게 써 붙여 세상에 이런 사정을 알렸다"는 구절이 있다.

어제의 벗이 오늘의 원수가 되는 세상, 이미 날개 떨어진 추사를 누가 뒤돌아나 보랴! 돌아봐야 득이 되기는커녕 오히려 권문세가의 미움을 살 뿐인데 …. 여기에 괘의치 않고 귀한 책들을 애써 구해 부쳐 주니 고맙고 기특한 것은 당연한 일이다. 이런 부박한 세상인심과는 대조적으로 행동하는 제자가 고맙기도 하지만, 또 군이 이런 편지를 쓸 수밖에 없을 만큼 자신의 처지가 서글프기도 하다는 뜻으로 해석되기도 한다. 그도 그럴 것이 제주도로 유배된 지 얼마 되지 않아 가장 친한 친구 김유근(金逌根, 1785−1840)의 사망 소식을 듣게 되었고, 또 사랑하는 아내마저 영원히 이별하는 극한 상황에 빠졌던 것이다.

그러나 추사가 이런 부박한 인심에 대해 자기감정을 절제하지 못하고 직설적으로 이런 글을 썼다면 우리나라 문인화의 정수라고 평가받는 것은 합당하지 않을지도 모른다. "군자는 하늘을 원망하지 않고 사람을 탓하지도 않는다(不怨天, 不尤人)"는 것은 사대부의 기본 덕목으로 공자(《논어》 憲問)와 맹자(《맹자》 公孫丑下)]가 특히 강조하던 말이었기 때문이다. 그런 사실을 모를 리 없는 추사가 아무리 제자에게 사적으로 보내는 문장 속이라 하더라도 타인을 원망하는 내용의 글을 쓸 까닭이 없다.

동양사학과 후배 고 오주석 군의 〈세한도〉에 대한 해설에 따르면 이런 의문은 사라진다.

  "〈세한도〉 쓸쓸한 화면에는 여백이 많아 겨울바람이 휩쓸고 지나간 듯한데, 보이는 것은 집 한 채와 나무 네 그루뿐이다. 까슬까슬한 마른 붓으로 쓸듯이 그려낸 마당의 흙 모양새는 채 녹지 않는 흰 눈인 양 서글퍼 보인다. 그러나 〈세한도〉엔 역경을 이겨낸 선비의 올곧고 꿋꿋한 의지가 있다. 집을 그린, 반듯하게 이끌어간 묵선墨線은 조금도 허둥댐이 없을 뿐만 아니라 오히려 차분하고 단정하다. 초라함이 어디 있는가? 자기 연민이 어디에 있는가? 보이지 않는 집주인 김정희. 그 사람을 상징하는 작은 집은 외양은 조촐할지언정 속내는 이처럼 도도하다. 추사는 이 집에서 남이 미워하건 배척하건 아랑곳하지 않고 스스로 지켜 나아갈 길을 묵묵히 걸었다. 고금천지 유례가 없는 강철 같은 추사체의 산실이 바로 여기다. 그러나 이것은 집이 아니라 추사 자신이었다. 그래서 창이 보이는 전면은 반듯하고 역원근逆遠近으로 넓어지는 벽은 듬직하며, 가파른 지붕 선은 기개를 잃지 않았다. 우뚝 선 아름드리 늙은 소나무를 보라! 뿌리는 대지에 굳게 박혔고, 한 줄기는 하늘로 솟았는데 또 한 줄기가 길게 가로 뻗어 차양처럼 집을 감싸 안았다. 그 옆에 곧고 젊은 나무가 있다. 이것이 없었다면 집은 그대로 무너졌으리라. 변함없이 푸른 소나무, 제자 이상적이다. 〈세한도〉엔 추운 시절에 더욱 따스하게 느껴지는 옛 정이 있다. 그래서 문인화의 정수라 일컬어진다."(《오주석의 옛그림 읽기》에서)

오주석의 옛그림 읽기 능력은 참 대단해 보인다. 그런데 집 오른쪽에 서 있는 곧고 젊은 소나무가 이상적이라면 그 바로 옆의 가지를 늘어뜨린 늙은 소나무와 건넛집 왼쪽에 서 있는 곧게 솟은 젊은 소나무 두 그루는 누구를 가리키는 것일까? 오주석은 이것에 대해 별달리 설명을 가하지 않았다. 평생 예술과는 담쌓고 살아온 사람이지만 나 나름으로 감히 해석해 본다. 추사와 이상적은 18세의 나이 차이다. 우뚝 선 아름드리 늙은 소나무는 추사와 동년배 또는 연상의 도반道伴이라고 한다면, 왼쪽의 소나무 두 그루는 이상적보다도 더 젊은, 추사의 학문적 세계를 쫓는 후학을 상징하는 것이 아닐까. 사실 이 세상에 나서 자기를 알아주고 감싸주는 이가 한 사람만 있어도 좋겠지만, 세대차를 두고 이렇게 네 명이나 가졌다면 더할 나위 없는 기쁨이 아니겠는가. 겨울이 아무리 춥다한들 청청한 잎을 달고 양옆을 이처럼 방벽처럼 버티고 있다면 집은 온기로 가득찰 것이다. 추사가 도도해 보일 수 있었던 연유도 이들 네그루 소나무가 이렇게 그를 둘러싸고 벗하고 있었기 때문이 아니었을까.

그렇다. 추사는 그렇게 야하지도, 속물근성이지도 않았다. 오주석의 해설처럼 "외양은 조촐할지언정 속내는 이처럼 도도하다. 추사는 이 집에서 남이 미워하건 배척하건 아랑곳하지 않고 스스로 지켜 나아갈 길을 묵묵히 걸었다." 〈세한도〉가 이처럼 해석되지 않고 세상인심에 대해 서운한 감정을 표현한 넋두리였다면 어찌 국보〔제180호〕로까지 지정될 수 있었겠는가? 사실 본래 종잡을 수 없고, 또 천박하기 짝이 없는 것이 세상인심이다. 그러나 누구에게나 인생을 살다보면 찾아오기 마련인 춥고 궁색한 시기, 그럼에도 전과 변함없이 따라주고 찾아주는 데서 오는 기쁨이야 추사가 아니더라도 성인인 공자도 주체하지 못했던 일이 아니던가?

법당에서 법회가 끝날 즈음에 불자들이 함께 낭송하는 〈마음 다스리는 글〉이라는 잠언이 있다. "오는 것을 거절 말고 가는 것을 잡지 말며 내 몸 대우 없음에 바라지 말고 일이 지나갔음에 원망하지 말라." 이 구절이 어느 경전에서 근거한 것인지는 잘 모르지만, 읽을 때마다 가슴에 무겁게 와 박힌다. 부처님 말씀의 요체인 "나는 오직 족함을 알 뿐이다(吾唯知足)"라는 네 한자말을 풀어 쓴 것이 아닐까 한다.

설정한 목표를 향한 굳은 집념은 갖되 과도한 욕심이나 헛된 집착은 금물이다. 늙어서 갖는 욕심과 집착만큼 추한 것은 없다. 세상을 흘러가는 물처럼 관조해야 하는 것이다. 탐욕과 분노 그리고 어리석음을 다스려 큰마음을 가져야 한다. 대우하지 않는다고 괘심하게 여겨 보아야 자기만의 고통일 뿐이다. 또 그 원인을 자기에게서 찾아야지 밖에서 찾을 일이 아니다.

나는 평생 권세·이익과 관련된 자리에 앉아 본 적이 없는 사람이다. 그래서 찾아온 사람도, 찾아올 사람도 그리 많지 않다. 그렇지만 정년이란 내 인생에서 참 오랜만에 찾아온 큰 변화임에는 틀림이 없고, 내 인생에도 이제 찬 겨울(歲寒)이 당도했음을 알리는 선언일지도 모른다. 이럴 즈음에 내가 〈세한도〉를 다시 건 것은 부박한 세상인심을 원망하기 위해서가 아니다. 나 나름으로 다짐을 하기 위한 것이다. 〈세한도〉의 추사가 그랬듯이 외양은 조촐할지언정 속내는 좀 도도하게, 그래서 초라함도. 자기 연민도 없는 생활을 살아가고 싶어서이다. 남이 알아주든 배척하건 아랑곳하지 않고 나의 서실에서 스스로 지켜 나아가야 할 길을 묵묵히 걸을 것을 매일 〈세한도〉를 볼 때마다 다짐하기 위해서다.(2012. 11. 01.)

# 〈무재중국중세사학술연구기금武在中國中世史學術研究基金〉 설정취지서

　동양사학과 교수·학생 여러분, 오늘 내 아버지의 함자인 무武자 재在자를 앞에 붙인 〈무재중국중세사학술연구기금〉을 설정하고, 이처럼 소액이나마 연구비를 전달하게 된 것을 대단히 기쁘게 생각합니다. 버락 오바마 미국 대통령이 쓴 두 책이 있다는 것을 잘 아실 것입니다. 먼저 《담대한 희망(The Audacity of Hope)》(2006)이란 책입니다. 이 책은 대통령으로 출마하면서 그가 성취하고자 하는 희망에 대해서 쓴 것이지만, 그가 대통령이 되기 훨씬 전에 펴낸 것이 있으니, 바로 《내 아버지로부터의 꿈(Dreams From My Father)》(1995)이라는 책입니다. 이것은 아들에게 인계된 아버지 세대가 이루지 못한 꿈에 대해서 쓴 책입니다. 먼 나라인 미국이 안고 있는 고질적인 흑백문제, 그 해결을 위해 대통령이라는 나와 전혀 어울리지 않는 자리에 오르려 했던 사람의 꿈과 희망을 여기서 거론하는 것은, 내 나름으로 나의 아버지로부터 물려받은 꿈과 희망을 여기서 잠깐 소개하기 위해서입니다.

　아버지는 한글을 겨우 해독할 정도의 지식수준이었습니다. 그렇게 된 것은 일제 강점기를 힘겹게 살아야 했던 우리 할머니의 독특한 직업관 때문이었습니다. 공부보다는 농사나 장사를 열심히 하여 돈을 버는 것이 세상을 살아가는 훨씬 좋은 방법이라고 판단했던 것입니다. 자기 희망과는 달리 아들이 6개월 동안이나 몰래 서당을 다니고 있다는 사실을 알게 된 할머니는 몽둥이를 들고 와 서당을 난장판으로 만들었다고 합니다. 그 사건을 계기로 아버지는 공부와는 완전히 결별하게 되었습니다. 이후 학업은 평생 아버지에게 통절한 한으로 남게 되었습니다. 이런 아버지의 꿈과 희망은 아들들에게 고스란히 인계되었습니다.

어머니와 결혼하였을 당시, 아버지에게는 고작 140평의 천수답 한 필지가 전 재산일 정도로 빈농이었습니다. 아버지는 농사일에다 5마력짜리 원통기를 가진 작은 정미소를 경영하였고, 5일장이 서는 면소재지 재래시장 안에 신발가게를 내었으며, 가축의 병을 고쳐 주는 부면허 수의사이기도 하였습니다. 아버지는 평생 초인적인 노력과 자린고비의 절약으로 6남 1녀 모두 대학교를 졸업시켰습니다. 아버지가 제게 준 생애 처음의 선물은 학생 여러분 세대가 대개 받는 외제 유·아동 용품이 아니라 팔리지 않아 가게에 굴러다니던 짝짝이 운동화였습니다. 초등학교 4학년 때 진주에서 열리는 큰 행사인 예술제에 참석하러 갈 때 신었던 신입니다.

어릴 때 아버지는 숙제가 있다면 아무리 바쁜 와중에도 일에서 제외시켜 주었습니다. 용돈이란 명분으로 한 푼도 준 적이 없었지만, 공책이나 참고서를 산다고 하면 무슨 수를 쓰더라도 그 돈을 마련해 주었습니다. 내가 기억하는 생전 아버지의 가장 쓸쓸한 모습은 같은 마을 동갑인 친구가 민선 면장에 당선된 날의 그것이었습니다. 아버지와 같이 서당을 다니던 그분은 소학교를 졸업한 뒤 면 서기를 거쳐 면장에 당선되었던 것입니다. 아버지께서 보인 두 번째 쓸쓸한 모습은 제가 서울대학 입학 시험에서 거듭 실패하고 다른 대학에 입학할 때 등록금을 건네주시며 보인 표정이었습니다. 가장 기뻐하시던 모습은 제가 서울대학교 합격 증서를 보여 주던 날의 그 환한 얼굴이었습니다.

아버지는 내가 동양사학과 조교로 근무하던 1980년 5월에 작고하셨습니다. 당초 아버지는 판·검사나 군수가 될 것을 기대했지만, 우리 가문에서 유일하게 학자로서 커가는 이 아들을 대견하게 지켜보고 계셨습니다. 1년만 더 기다렸으면 교수(국민대)가 된 아들을 볼 수 있었을 것이고, 5년만 더 살아계셨더라면 서울대학교 교수가 된 아들을 보실 수 있었을 것입니다. 이런 기억의 파편들이 나의 60여 년 인생의 고비고비마다 앞에서 힘세게 당기는 고삐였을 뿐만 아니라, 뒤에서 아프게 때리는 채찍이었습니다. 나의 아버지는 제대로 교육받을 기회를 얻지 못했지만, 집념과 노력으로 가난과 고난을 넘어 자기가 세운 인생의 목표를 달성할 수 있다는 꿈과 희망의 메시지를 나에게 뚜렷이 전달한 장한 아버지였습니다.

지난 2010년 나는 과분하게 '서울대학교 학술연구상' 수상자로 선정되어 부상으로 거금을 받았습니다. 이것을 어디에 쓸까 고민하다 얻은 결론이 아버지의 꿈과 희망과 연관되는 일을 하자는 것이었습니다. 아버지께서는 생전에 이 아들이 무슨 공부를 하는 줄도 몰랐습니다. 더구나 이 아들이 '호한체제'라는 가설로 중국의 역사를 연구하고 있다는 것도 알 리가 없습니다. 살아계실 때 아버지를 회상하면, 이 아들이 후진들의 공부에 조금이라도 도움이 되는 일을 하려 한다는 것을 알면, 아마 크게 꾸중하시지는 않을 것으로 믿습니다.

연구기금이라 이름 붙이기에는 아직 초라한 액수이지만, 앞으로 힘을 다해 이 기금 확충을 위해 노력할 것을 약속드립니다. 이 연구비가 이와 같은 사연과 의미를 가진 것이라는 것을 잠시 유념해 주신다면, 생전 불효만 저질렀던 자식으로서 더없는 기쁨이 되겠습니다. (2012. 9.)

# 내가 보낸 서울대학교 동양사학과 42년

  사랑하는 동양사학과 동문 여러분! 내년 2월 정년을 앞두고 오늘 이렇게 여러분 앞에 서서 그간 소회를 이야기하려니 미안함, 안타까움 그리고 고마움, 행복감이 뒤섞여 만감이 교차하고 있습니다. 극히 사적인 개인사를 이야기하는 것을 허락해 주셨으면 합니다. 잘 알다시피 제가 속한 동양사학과 제1기생은 사학과가 3과로 분리된 1969년에 입학하였습니다. 저는 지금까지 42년 동안을 동양사학과와 더불어 살아왔습니다. 물론 31개월의 군대생활, 국민대학 교수로서 4년 등 잠시 떨어져 있긴 했으나 동양사학과와 길고도 질긴 인연을 면면히 이어왔습니다. 지금까지 제 인생의 2/3 이상을 이 동양사학과와 더불어 보냈습니다. 우여곡절도 많았고, 기쁨보다는 한숨이 더 많은 듯도 하지만, 이제 회고하니 행복한 장면들만이 주마등처럼 뇌리를 스쳐 지나가고 있습니다. 두메산골에서 태어난 촌놈이 분에 넘치게도 최고 학부에서 최고의 영재들과 더불어 지냈고, 더구나 그들을 가르칠 수 있었던 것은 정말 '행운'이었다는 말밖에 합당한 표현을 찾을 수가 없습니다. 다시 태어나도 이 공부를 계속하고 싶을 정도로 동양사학이라는 이름으로 보낸 세월은 제 인생에서 참 소중하고 의미 있는 부분이었다고 느껴집니다.

당초 저는 역사를 전공하거나 교수를 평생 직업으로 삼겠다는 생각은 꿈에도 하지 않았습니다. 그저 우리 세대 촌놈들이면 의당 갖는 희망직업을 택하려고 노력했습니다. 그러나 인생이란 그 자신의 의지와는 달리 흘러가기도 하는 모양입니다. 저는 1970년에 전과轉科라는 방식을 통하여 동양사학과에 편입했습니다. 그것도 어쩔 수 없는 선택이었습니다. 당시 전과에 얽힌 비화 한 토막을 소개하고자 합니다. 1970년 3월 2일 당초 지원했던 법과대학에 전과가 된 줄 알고 법과대학 서무 행정실을 찾아갔습니다. 그러나 2학년 전입자 가운데 제 이름을 찾을 수는 없었습니다. 막말하고 떠난 본래의 학과로 돌아갈 수도 없는 형편이었으니, 저는 그때 완전히 공중에 떠 있는 학생 신분이었습니다. 당시 저는 서울대학 사법대학원(현 사법연수원) 원장인 동시에 법대교수였던 분의 아들을 가르치는 가정교사였습니다. 그분은 법과대학으로의 전과를 희망하는 저에게 염려하지 말라며 확약한 바 있었습니다. 그런데 법과대학에 난 여석 하나는 다른 실력자인 학장이 미는 학생에게 돌아갔습니다. 그분이 바로 3월 1일자로 법대학장이 되셨으니 며칠만 일찍 보직 인사가 이뤄졌더라도 저는 평생 법조계에 종사하고 있었을지도 모릅니다. 그분은 여러 군데 전화를 걸어 알아보더니 저더러 의과대학에 가지 않겠느냐고 물었습니다. 여석이 있는 곳은 1석의 의학과와 3석의 동양사학과뿐이었습니다. 저는 난감했습니다. 제가 수학 하면 진절머리가 나는데다, 이과理科는 제 취향과 전혀 다른 방면이었기 때문입니다. 곰곰이 따지고 생각할 시간적 여유도 저에겐 주어지지 않았습니다. 한 사람의 일생의 방향을 좌우할 이 중대한 결정을 하는 데 허여된 시간은 1분도 채 되지 않았습니다. 어쩔 수 없이 동양사학과를 택하게 된 것입니다. 그때 의학과를 택했더라면 저는 지금 의사가 되어 돈 많이 벌며 살고 있겠지요. 인생이란 이런 식으로 전개되기도 하는 모양입니다.

전과가 확정된 뒤 인사 겸, 신고하러 동숭동 동부 연구실 2층에 자리한 동양사연구실에 들어갔더니 "내가 왜 이 학과를 택했던가!"라는 탄식이 절로 나왔습니다. 정말 후회막급의 공황상태에 빠지게 되었습니다. 저를 제일 당황하게 한 것은 네 벽을 가득 채운 무수한 책들 가운데 한글로 된 책을 한 권도 발견할 수 없었다는 사실이었습니다. 지금도 생생하게 기억하지만, 당시 제 눈에 들어온 것이 《합불대학중국사학논문인득哈佛大學中國史學論文引得》이라는 고약한 이름의 책입니다. '합불'이 하버드대학이고, '인득'이 인덱스(Index)라는 중국어 표기인 것을 안 것은 한참 뒤의 일이었습니다. 저는 무슨 중국 하얼빈에 있는 불교 대학에서 펴낸 책인 줄 알았습니다.

대학 4년, 정말 어떻게 보냈는지 지금 생각해도 그저 아득하고 멍멍하기만 합니다. 시대가 그렇게 만들었고, 여건이 그러할 수밖에 없었습니다. 당시 전임교수는 고병익·민두기 선생님 두 분뿐이셨습니다. 민두기 선생님은 바로 전해인 1969년에 부임해 오셨는데, 1970년 3월 1일자로 고병익 선생님이 문리대 학장으로 부임하시는 것을 계기로 학과 일에서 멀어지시면서 민 선생님께서 거의 모든 과목들을 맡으셨습니다. 동양사학과의 민두기식 '일군만민一君萬民' 독재체제는 그렇게도 일찍 구축·확립되었습니다.

민 선생님에 대한 추억이야 동양사학과 졸업생 모두에게 공통으로 해당되겠지만, 감히, 그리고 솔직히 말하자면, 민 선생님은 저에겐 '육아자育我者'인 동시에 '고아자苦我者'였습니다. 학부시절 한 학기 등록금이

17,000원 정도였을 때, 70,000원짜리 장학금을 안겨 주시기도 하셨고, 그리고 1985년 모교 교수로 발탁하신 분이 바로 민두기 선생님이셨다는 점에서 분명 육아자이십니다. 그러나 그분으로 말미암아 제가 얼마나 슬프고 아픈 세월을 보내야만 했는지 소상하게 아시는 사람은 여러분들 가운데 많지는 않을 것 같습니다.

대학시절 반찬 살 돈이 없어 소금에 밥을 비벼 먹기를 일삼던 저는 등록금 마련이 항상 문제였습니다. 아르바이트도 하였지만 등록금 낼 시기가 다가오면 안절부절못하였습니다. 학점을 잘 따 장학금을 받는 것만이 유일한 해결 방법이라고 생각했습니다. 그래서 동료들보다 학점은 월등했습니다. 2학년과 3학년 연달아 우등상을 탔습니다. 졸업식 때는 최우등상도 탔습니다. 제가 졸업한 이후 10여 년 동안 제 학점을 따라잡은 후배가 없었습니다. 서울대 영재들만을 수용하던 기숙사인 정영사正英舍에 입사한 것도, 그리고 대학원에 가려 마음먹은 것도 그 우수한(?) 학점 때문이었습니다. 하지만 잘 아시다시피 학점과 실력은 근본적으로 다른 차원의 것입니다.

대학시절 우리 69학번 동기들은 모두들 이력이 화려한데다 개성도 각각이었습니다. 산전수전 다 겪은 노학생들이 대부분이었으니 아무리 민 선생님이라 해도 통제 불능 그 자체였습니다. 과제를 부과해도 준비해 오는 학생이 거의 없었습니다. 제가《인생 ―나의 오십자술》에서 밝혔듯이 더듬더듬이나마 준비를 해 온 건 저 혼자뿐이었습니다. 동기들을 폄훼하려는 것은 아닙니다. 1기 가운데 유일하게 1973년 대학원에 들어가게 되어, 동양사학과 출신 대학원생 1호가 되었습니다. 그때부터 저는 이른바 '민두기 신화와 전설'을 만드는 데 최초의 좋은 요리감이 되었습니다. 그리고 통제 불능의 1기생에게 당한 노여움을 풀, 좋은 대상이 된 것입니다. 민 선생님 특유의 철저한 보복이 시작되었습니다. 저는 펀치 볼처럼 매일 두들겨 맞는 일에 이골이 나게 되었습니다.

대학원 수업은 통상 4시부터 8시까지 진행되었습니다. 수강생은 두 명이었습니다. 첫학기에는 왕부지王夫之의 《독통감론讀通鑑論》을 읽었습니다. 같이 입학했던 이성규 선생이 30분 해석을 하고 나면 그 나머지 3시간 반은 제가 다 해야 했습니다. 대학원 입학 전공시험에서 한초漢初의 대유大儒인 숙손통叔孫通을 《백호통白虎通》과 혼동하여 책이름이라 장황하게 쓸 정도로 학문적 기초가 없던 저를 교육시키기 위한 특별한 배려였고, 어쩔 수 없는 조처였다고 할 수 있습니다. 그 당시는 요즘처럼 격주가 아니라 매주 수업인데다 그해 동빈東濱 김상기金庠基 선생께서 갑자기 편찮으셔서 대학원 강좌 두 개를 모두 민 선생님께서 맡게 되었으니 그 신고辛苦의 정도를 여러분들도 쉽게 짐작하실 것입니다. 어느 날 수업 도중 대학원을 때려치워 버리려고 책을 접고 나오려 했습니다. 그때 이성규 선생이 내 손을 잡는 바람에 지금 이 자리에 서게 된 것입니다. 이 선생님! 정말 감사합니다. 그런데 그때 민 선생님께서도 모른 체하더군요.

대학원 1학년을 마치지 못한 채 11월 말에 군대에 끌려갔습니다. 대학 입학이 4년이나 늦어 정상적인 입영 연기가 불가능하였기 때문에 편법으로 연기를 거듭하다 일이 뜻대로 되지 않아 잡혀가게 된 것입니다. 28살에 입대하여 31살에 제대를 하였습니다. 마침 호송병으로, 또 사령관 서울 숙소의 가정교사로 근무하였기 때문에 학교에는 자주 들렀습니다. 군대기간 동안 학교는 정든 동숭동을 떠나 관악으로 이사를 하였습니다.

76년 7월 제대하고 학교에 와서 민 선생님께 인사를 드렸더니 군대 가기 전 내지 못했던 리포트를 두고 심한 꾸중을 하셨습니다. 화를 내실 때 안면 근육을 떠는 그 특유한 모습은 지금도 잊히지 않고 있습니다.

여하튼 3년 뒤에 리포트를 다시 써낸 학생은 동양사학과 역사상 제가 아마 유일할 것입니다. 그런 관계로 학번으로 볼 때, 조교를 해야 할 차례였으나 후배에게 밀렸습니다.

제대를 했으나 서울생활은 막막하기만 했습니다. 그때 숨통을 틔워 준 것이 현재의 한국고등교육재단과 태동고전연구소의 제1회 한학연수장학생이었습니다. 입학시험 등 공개 선발시험에서 1등을 해 본 적은 그 시험이 처음이고 마지막이었습니다. 1년 반 동안 나름 흥미도 느끼고 열심히 공부하고 있는데 민 선생님께서 느닷없이 불러 조교를 하라고 하셨습니다. 조교 유고有故 사태가 갑자기 발생했기 때문입니다. 그래서 자·타칭의 '단군 이래 조교'가 탄생하게 된 것입니다. 한문 공부라도 제대로 했으면 하고 소정의 5년 과정을 마치고 싶었지만, 민 선생님 지시를 거절하면 학교와는 바로 끝장이 난다는 사실을 누구보다 잘 알았기 때문에 할 수 없이 학교로 돌아왔습니다. 그땐 조교 발령이 잘 나지 않아 남의 이름으로 8개월을 근무했습니다. 월급은 제가 탔지만 전임조교의 경력을 쌓아주었습니다. 만약 조교 발령이 요즘처럼 바로 났더라면 지난 10월 개교기념일에 30년 근속 표창장에다 금붙이를 받았을 것입니다. 77년 가을부터 81년 2월까지 햇수로는 5년, 총 4년 가까운 동안 동양사학과 유사 이래 최장수 조교를 맡았습니다. 저의 조교시절을 같이 보낸 학생은 군대 갔다 온 72학번부터 79학번까지입니다. 가장 말 안 듣는 학생은 이우재였고, 가장 잘 듣는 학생은 이인용으로 기억됩니다.

제 이력 가운데 문자화할 수 없는 특이한 것이 하나 있으니, 서울대학교 조교장이라는 직함입니다. 권위주의 시절이라 조교 역할이 중시되던 때이므로 학교에서도 그런 조직을 만들라 종용했고, 조교들도 권익을 확보하기 위한 모임이 필요하다는 합의가 있었습니다. 나이가 제일 많았기 때문에 선출되었지만, 조교장이라는 이름과는 달리 저는 한 사람의 사환에 불과했습니다. 동양사학과 조교 1명 시대의 마지막 조교입니다. 당시 인문대 안에서 사환이 없는 유일한 학과가 바로 동양사학과였습니다. 당시 교수 월급은 현금으로 지급되었는데, 월급을 전달하고자 버스를 세 번이나 갈아타고 서울의 동쪽 끝 암사동까지 갔던 기억이 생생합니다. 당시 학교 행정실, 본부, 도서관 등 각 부서를 얼마나 쫓아다녔는지 모릅니다. 이미 소갈머리는 빠지고 있던 터라 늙은 조교가 교정을 뛰며 휘젓고 다니고 있었으니, 직원들이 얼마나 측은하게 보았겠습니까. 그때 직원들과 맺은 인맥이 2,000년대 초반까지 학내 일을 처리하는 데 큰 힘을 발휘했습니다.

나이 많은 조교는 민 선생님을 제외한 학과 선생님들에게도 많은 불편을 주었습니다. 오금성 선생은 물론, 나이가 2살밖에 차이가 나지 않는 김용덕 선생과 특히 동갑인 이성규 선생에게 많은 불편을 준 것으로 알고 있습니다. 그러나 목구멍이 포도청이라 조교자리가 저의 생명줄인 탓이기도 했지만, 단련되고 숙달된 조교를 선호한 민 선생님께서 계속 저를 잡아둔 결과였습니다. 제가 조교를 그만두자 30세 이상은 조교를 할 수 없다는 조례條例가 총장 지시로 만들어졌습니다. 그 시절에 조교 일에다 대학원 박사과정, 동국대학과 성심여대 등의 강사로 세 가지 일을 함께 하였으니 공부하는 사람이라 차마 말하기가 힘들었습니다.

1981년 3월 국민대학에 부임한 뒤 동양사학과 출신으로 교양 강의이지만 최초로 본과 강의를 맡게 되었습니다. 그리고 1983년부터는 전공강의 〈동양중세사〉를 맡았고, 1985년 1학기에 동양사학과로 부임하여 본과 출신 교수 1호가 되었습니다. 85학번이 저의 첫 지도학생입니다.

이후 27년 동안을 동양사학과 교수로서 보냈습니다. 27년 동안 설경雪景

耕의 교수로서, 스승으로서 과연 내가 어느 정도 구실을 하였는가, 돌아보니 아쉬움과 안타까움과 미안함이 교차하고 있습니다. 강의가 있으면 전날 오후부터 긴장하였고, 어떨 때는 안정제를 복용하기까지 했으나 한 번도 흡족한 강의를 하지 못하였습니다. 최근에 와서야 강의다운 강의를 하게 되었다는 자신감을 나름 갖게 되었으니 그동안 얼마나 엉터리 강의를 했던가 심한 자책을 하게 됩니다. 그간 제가 맡은 강의로는 전공인 〈중세사〉와 〈동양사원전강독〉이라 학생들은 기억하고 있을 것입니다. 〈중세사〉는 기존 전공서와는 전혀 다른 이야기, 곧 저의 설익은 학설을 위주로 진행했던 관계로, 조리 없는 억지소리를 학생들에게 들려준 것 같습니다. 정년 뒤에 《위진남북조사》와 《수당사》를 출판할 예정이니 여러분을 포함한 강호제현들의 엄정한 평가를 다시 받고 싶습니다. 《강독》 강의는 교재로 썼던 조익趙翼의 《이십이사차기二十二史箚記》라는 책과 함께 학생들이 많이 기억할 것입니다. 1970년 3월, 동빈 선생님의 강독 강의를 들으면서 만났던 이 《이십이사차기》를 조교시절 조성을·김성찬 등 본과 학생, 그리고 박지훈 등 이화여대 사학과 학생들과 함께 읽었고, 그 뒤 전임이 되고 20여 년 동안 강독 교재로 사용하였을 뿐만 아니라, 이후 전공지도 학생들과 함께 하는 강독 스터디 과정까지 거쳤으니 어림잡아 35년을 이 한 책과 씨름했습니다. 2009년에야 소명출판사에서 역주본 5책으로 그 일부를 출판할 수 있었으니, "인생은 짧고 학문은 길다"는 말을 정말 뼈저리게 느끼지 않을 수 없습니다.

85년 이후 수많은 학생들이 저를 지도교수로 삼아 대학원에 입학했습니다. 계산해 보니 중도에 그만둔 학생이 남아 있는 학생들보다 훨씬 많았습니다. 그들이 제 곁을 떠나간 것은 전적으로 저의 무능과 부덕의 소치로만 여겨졌기에 그들을 떠나보내면서 한없이 가슴 아팠습니다. 혹시 저로 말미암아 상처 받아 떠난 학생이 있다면 너그러이 이해해 주셨으면 합니다.

수많은 학생들이 주례를 부탁했음에도, 한 번도 들어주지 못한 못난 스승이었습니다. 그것은 제 특유의 대인울렁증 때문이었습니다. 너그러이 이해해 주셨으면 합니다. 특히 미안한 것은 구범진-홍정아 학과 커플입니다. 제가 거절하였던 덕분에 민두기 선생님으로부터 유일한 주례 집전의 은혜를 받게 되었으니, 그들에게는 행운이긴 하지만 말입니다. 85학번 노정화의 간곡한 주례 부탁을 들어주지 못한 것도 두고두고 뇌리에 남아 있습니다. 그와는 그가 수감되어 있던 의정부 교도소를 찾아가 만났던 특별한 사연이 있었습니다. 그가 저를 주례로 얼마나 모시고 싶었는지 잘 알고 있습니다. 하지만 그런 특이한 인연마저 저는 거절하였습니다.

"엄사嚴師가 아니면 진정한 스승이 아니다"라는 말이 있듯이 스승이란 원래 엄격해야 하는 것이 제1의 조건인데도 권위 없이 대하면서 제대로 된 선생 노릇을 못한 것 같아 정말 미안합니다. 그러나 '동양사학과의 오아시스'라는 말로 간혹 저를 위로하는 학생도 있었으니 나름으로 존재 가치가 있었는지 모르겠습니다.

서두에 동양사학에서 보낸 42년 세월을 회고하니 나름 행복하였다고 했지만 사실 요즘도 꿈을 꿀 때 두 가지 때문에 벌떡 깨어나곤 합니다. 하나는 군대의 제대명령서를 혼자만 받지 못해 놀라 깨는 것이고, 하나는 민 선생님께서 출근하시면서 제 연구실 앞을 지나가는 특유의 발자국 소리, 이어서 문 따는 소리, 그리고 하이팩 의자를 끄시는 소리를 연이어 듣는 꿈입니다. 민두기 선생님께서 돌아가신 지 10년이 넘은 지금까지 저는 아직도 그 독재의 그늘이 남겨 준 트라우마(Trauma: 정신적 外傷)에서 완전히 벗어나지 못하고 있습니다. 은사이신 민 선생님께 무엄하게도 이 심약하고 못난 제자가 이 자리를 빌려 투정을 좀 부렸습니다. 신명한 영혼이니만큼 너그럽게 보아 주실 것이라 믿습니다.

끝으로 저를 이 자리까지 서게 해 주신 고병익·민두기 두 은사 선생님께 고개 숙여 진심으로 감사드립니다. 다만 하늘나라에서 큰딸 시원이와 함께 이 세상을 내려다보고 계실 민두기 선생님께 이 자리를 빌려 한 말씀드리겠습니다. 선생님의 지시를 단 한 번 어긴 이 어리석은 제자를 그리도 용서하실 수 없었는지 모르겠습니다. 제자의 마지막 작별인사마저 거절하고 하늘나라로 그리 황망히 떠나신 선생님을 생각할 때마다 가슴이 저려옵니다. 떠나실 때는 모두 내려놓고 떠나셔야 했습니다. 사실 선생님과 저를 갈라놓은 일이라는 것도 그저 부질없고 허망한 일일 뿐입니다. 마침 동양사학과 동문들이 모인 이 자리에서 머리 숙여 선생님께 용서를 빌겠습니다. 박사논문 심사가 채 끝나지 않은 상태에서 일조각一潮閣에 보내 출판하도록 의뢰했다며 제게 모처럼 웃어 보이시던 인자한 선생님으로만 앞으로 기억하겠습니다. 이제 선생님께서도 무명 삼독인 탐貪·진嗔·치癡를 정말 끊으시고 극락왕생하시길 이 제자 진심으로 기원합니다.

요즈음 매일 관악산 기슭 산길을 걸으면서 관악을 바라볼라치면 저를 웃음 짓게 하는 사람들이 많습니다. 대부분이 동양사학과라는 이름으로 만났던 사람들입니다. 정말 좋은 인연이었습니다. 유행가 가사처럼 원래 만남이란 우연이 아닙니다. 《천수경千手經》에 '백천만겁난조우百千萬劫難遭遇'라는 구절이 있습니다. 백천만겁의 긴 시간 가운데 여러분과 저는 시절인연時節因緣 덕분으로 기적같이 만나 참 좋은 사귐을 나누었던 사이입니다. 제가 이 세상에 태어나 살아가면서 가장 많은 시간을 함께 보냈고, 또 끈끈한 정을 나눈 사람들이 바로 여러분입니다. 정년이란 정해진 해에 물러나는 것에 불과합니다. 2012년 2월 29일은 30여 년 전, 제가 교수생활을 시작할 때 이미 정해진 날짜입니다. 정년은 저에게 미진한 일을 끝낼 수 있도록 충분한 시간을 허여해 줄 것으로 기대하고 있습니다. 그래서 담담하게 정년을 맞으려 합니다.

42년이라는 세월을 의미 있고, 행복한 시간들 보내게 해 준 동양사학과와 관계한 여러분에게 참으로 감사하며, 앞으로도 동양사학과 1회 출신이라는 자부심으로, 그리고 사명감으로 열심히 살겠습니다. 그리고 우리 동양사학과가 발전하는 데 작은 힘이라도 보태겠습니다. 동문 여러분 정말 감사합니다. 이런 자리를 마련해 준 동창회 간부진 여러분에게도 진심으로 감사드립니다. 마지막으로 고향에 계신 우리 형수 조진희 여사께서 보내 주어 연구실 서가에 걸어두고 가끔 읽곤 하는 글귀 하나 소개하면서 저의 이야기를 끝내려 합니다. "머문 듯 가는 것이 세월인 것을, 인생은 작은 인연들로 아름답다." 여러분과의 소중한 인연 고맙습니다. (2011. 12. 9, 서울대학교 동양사학과 동문 송년의 밤에서 행한 고별사. 이 글은 《동사》(서울대학교 동양사학과 동문회 발행) 3호(2011. 12)에 게재됨)

# 복철불원覆轍不遠 -회고 '나의 중국사 연구'

I.

　현직을 떠난 지금도 이런 자리에 서는 것이 여전히 편하지는 않습니다만, 〈중국고중세사학회〉 하원수河元洙 회장의 간곡하고 끈질긴 부탁을 외면할 수가 없는데다, 이런 강연의 전례마저 있고, 또 정년한 사람 의무조항인 것 같아서 거절할 만한 마땅한 명분을 딱히 찾지 못했습니다. 저도 어언 '망칠望七'의 나이를 먹게 되었습니다. 《예기禮記》 왕제편王制篇에 "60세가 되면 고기를 먹지 않으면 배부르지 않고(六十非肉不飽), 70에는 빈객을 접대하는 일에 참여하지 않아도 된다(七十不與賓客之事)"는 구절이 있습니다. 이 나이가 되면 대인 예절 같은 것은 법도대로 지키려고 애쓸 것 없다는 뜻으로 해석되기도 하니, 이 자리에서 조금 헛소리한다고 크게 나무랄 사람은 없을 것 같다는 생각을 해 봅니다.

　회고하니 나름으로 열심히 살아왔다는 뿌듯함이 전혀 없는 것은 아니지만, 그보다 낡은 일기장을 꺼내 읽어 내려가는 것처럼 가슴살을 도려내는 듯한 아픔과 함께 아직도 부끄러움으로 낯이 벌겋게 달아오르기도 합니다. 서부 경남의 산골 벽촌에서 태어나 중학교까지 고향을 벗어나지 못한 촌놈입니다. 동양사학이라는 학문과 인연을 맺게 된 지 42년 만인 올 2월 서울대학교에서 정년퇴직을 했습니다. 요즈음은 '서울대' 옆에 있는 '낙성대'에 매일 출·퇴근하고 있습니다.

강연 제의를 받고 무슨 이야기를 하는 것이 좋을까, 아니 무엇을 말해야 면피하는 길이 될까, 이런 귀한 자리까지 마련해 주었는데 후배들에게 도움이 되는 뭔가를 이야기해야 되지 않을까 고심을 거듭했습니다. 그 결과 강연 제목을 '복철불원', 곧 '넘어져 널브러진 수레바퀴가 멀리 떨어져 있지 않다'라 했습니다. 너무 겸양을 떠는 것이 아니냐고 나무랄지도 모른다는 불안한 생각도 내심 들었습니다만, 이 방면에 다시 일한다면 "이렇게 하지는 않을 것이다", "일찍 깨달았다면, 좀 더 잘할 수도 있었을 텐데"라는 때늦은 후회를 하게 되고, 제가 저질렀던 갖가지 시행착오들이 앞길이 창창한 후배들에게는 혹여 '타산지석'이나 '반면교사'의 효과도 될 수 있지 않을까 하는 생각을 했습니다.

여기 모이신 분들의 면면을 보면 출신배경도, 연령대도 다양한 것 같습니다. 능력 있어 보이는 분들도 많이 계시지만, 저와 비슷한 평범한 분들도 더러는 있는 것 같습니다. 또 연령대로 보면 공부를 금방 시작한 석사과정 학생도 있는 것 같습니다. 다만 능력이나 출신배경에서 극히 평범하다거나 그 이하라고 여기시는 분들, 그리고 막 공부를 시작하는 젊은 후배들, 그리고 나이는 들었지만 아직도 꿈을 버리지 않고 도전의 의지를 갖고 있는 분들에게 오늘 제가 역사 연구자로서 살아온 과정과 거기서 느낀 생각의 일단을 말해 볼까 합니다.

"세상이 어려우면 형전을 중히 여기고, 태평성세에는 역사를 수찬하라 (亂世用重典, 盛世當修史)"란 옛말이 있듯이, 자고로 역사학은 태평한 시대에

나 하는 학문으로 여겨진 것 같습니다. 전쟁과 가난, 혁명과 혼란 등 격동으로 점철된 질풍노도의 시대를 살아온 우리 세대 사람들이 법조인을 꿈꾸는 것은 어쩌면 당연한 일인지도 모릅니다. 초등학교 시절 우리 고향에 대단한 일이 하나 발생하였습니다. 진주사범학교를 졸업한 진주 대곡 송곡松谷 마을 출신 L이라는 성씨의 초등학교 교사가 같이 근무하던 여교사와 극적인 결혼을 성사시킨 일로 진주 일대가 떠들썩했습니다. 거듭된 애걸복걸에도 꿈쩍도 안 하던 여교사의 부모님은 당시 고등고시[현재의 사법고시] 합격증을 받아든 이 교사에게 도리어 무릎 꿇고 혼인해 달라고 빌게 되었다는 얘기입니다. L 교사의 이 통쾌하고 흥미진진한 무용담은 고향 사람들에게 전설이 되어 지금도 회자되고 있으니, 어린 저의 가슴에도 강하게 틀어박힌 것은 당연한 일입니다. 이 판사와 같은 극적인 인생역전승이 제 인생에는 열리지 않았지만 그분이 택한 승부수는 옳다고 지금도 믿고 있습니다.

제가 역사를 전공하게 된 것은 우연한 계기였습니다. 어쩌면 가장 하고 싶지 않았던 공부가 동양사학이었는지 모릅니다. 우리세대 사람들이 대개 그러하지만 우리 집안에 가장 부족한 것은 권력과 돈이었습니다. 아니 일제강점기를 가난하고 배경 없이 서럽게 살았던 민초들이 가지는 당연한 꿈일지도 모릅니다. 우리 부모님께서는 판·검사와 의사, 그리고 사장[사업가] 한 사람 정도는 집안에 꼭 있어야 이유 없이 서러움을 당하지 않는다고 이 점을 강조하곤 하였습니다. 부모님의 교육열은 지금 생각해도 대단했습니다. 우리 형제 6남 1녀 모두가 대학을 졸업했으니까요. 형제 가운데 제가 유일하게 권력·돈과 거리가 먼 동양사학을 전공하게 된 것은 당연히 자의의 발로일 수는 없습니다. 그저 구차한 사정들이 역사학으로 길을 인도하였고, 그런 운명을 거역할 여유도, 형편도 딱히 아니었기 때문입니다.

여러분 가운데 우리 시대 사람들이 겪었던 가난을 이해할 사람이 얼마나 될지 의문입니다만, 그 가운데서도 저의 집은 유독 가난했습니다. 결혼할 때 140평의 천수답 한 필지가 전 재산이었던 아버지는 슬하에 어릴 때 죽은 1남 1녀를 포함하여 7남 2녀, 총 9명의 아이를 낳아 길렀습니다. 어릴 때 기억이라곤 춘궁기마다 맞이하는 배고픔이었습니다. 소나무 껍질을 벗겨서 먹기도 하고, 쑥을 캐어 국을 끓여 허기를 채우는 일도 많았습니다. 월사금을 제때 내지 못해 귀가조치를 당하는 경우는 다반사였습니다.

아버지는 농사일에다 5마력 원통기로 동력을 생산하는 작은 정미소를 경영하였고, 작은 신발가게를 내었고, 가축(특히 소)의 병을 고쳐 주는 무면허 수의사이기도 하였습니다. 뭐가 그리 바쁜지 새벽에 나갔다 밤늦게 돌아오셨기 때문에 아버님 얼굴 보기가 힘들었습니다. 북창(1)-진주(2)-의령(3)-신반(4)-상정(5) 등 5일장을 빠짐없이 다녔기 때문일 것입니다. 지금도 부모님을 회상할라치면 가장 먼저 설·추석 명절 대목 장날이 다가오면 그동안 도매상에서 가져와 판 외상 신발대금 청산할 돈을 마련하고자 안절부절못하던 모습만이 떠오릅니다. 청산하지 못하면 그다음에 팔 신발을 주지 않았기 때문입니다. 아버지가 이처럼 여러 가지 일을 하게 된 것은 남들보다 능력이 출중해서가 아니라 슬하의 자식들을 굶기지 않고, 또 학비를 대기 위해서였습니다. 이런 아픈 기억의 파편들은 저의 성장기에 크고 무겁게 작용하였을 뿐만 아니라 지금까지도 저를 채찍질하는 매로 버티고 있습니다.

한국동란 후 서울대학교는 한국 모든 어린이의 꿈이었습니다. 그러나 서울대학교에도 가지 말아야 할 전공이 있었습니다. 서울대학교를 알게 된 것은 초등학교 4학년 때였는데, 조숙한 친구가 하는 "서울대학교에 들어가려면 동양철학과가 가장 쉽다더라."라는 이야기를 들었습니다. 1950년대 중반 '동양'이란 바로 '못난 것'의 대명사인 '오리엔탈리즘(Orientalism)' 바로 그것이었습니다. '동양'이란 거북한 말은 이처럼 일찍 내 머릿속에 강하게 박히게 되었습니다. 그러나 운명의 장난인지 저는 그토록 가고 싶지 않았던 '동양'학을 평생 전공하게 된 것입니다.

사실 평생 일업一業이라 생각하고 나름 매진해 왔지만 잘한 일은 모래 위에 쓴 글처럼 이미 사라져 버렸고, 잘못한 일은 바위에 새겨진 글씨마냥 뚜렷하게 떠올라 가슴을 이리저리 후비고 있습니다. 저는 부모님의 간절한 희망과는 달리 딱하게도 4년을 재수로 허송하고 대학에 입학하였습니다. 재수에 마냥 매달릴 수 없는 형편도 있었다고 나름으로 변명하기도 하지만 일찍이 겪어보지 못한 아쉬움과 자기모멸로 많이 괴로웠습니다. 그때부터 저는 저에게 격투를 신청해 온 이 운명이란 놈과 싸워 이겨 보리라 결심했습니다. 그리하여 "가려고 하지 않았던, 잘못 든 길, 그러나 결과적으로 나름 행복했던 동양사학 연구 42년"이 시작되었습니다. 제가 이런 이야기를 하는 이유는 중학교나 고등학교 시절부터 역사 공부를 해야겠다고 굳게 다짐하고 대학을 들어온 사람은 지금도 그리 많지는 않을 것이라고 믿고 있기 때문입니다. 그러나 어떤 방향이 정해졌다면 무섭게 그것과 싸워서 이겨야 한다는 의지 하나만으로 이 자리에서서 이야기할 수가 있었다고 굳게 믿고 있습니다.

전문 역사학자로서 길은 험난했습니다. 난세에 태어나 돈 없고 배경 없는 사람이 역사를 공부하는 것은 분명 잘못이었는지 모릅니다. 역사학은 인생을 걸 만한 좋은 학문입니다. 그러나 이런 학문을 하기 위해서는 약간의 조건이 필요한가 봅니다. 역사학과 집안, 그리고 돈과의 관계입니다. 작고한 국사학자 이기백李基白 선생 회고에 따르면 이 선생께서 한국사 공부를 하겠다며 두계斗溪 이병도李丙燾 선생을 찾아갔을 때 받은 첫 물음이 "집이 넉넉한가?"였다고 합니다. 그 같은 물음은 천관우千寬宇 선생이 현상윤玄相允 선생을 처음 만났을 때도 되풀이되었다고 합니다. 지금 역사학도의 길에 들어선 여러분들 집안은 어떠한가요? 그러고 보니 역사학만큼 돈을 필요로 하는 학문도 그리 많지는 않은 것 같습니다. 이기백 선생은 스스로의 가문을 소개하면서 "평안도 상놈집안에 태어나 기독교 평등사상을 받아들이고 …"라 말하고 계십니다. 오산五山학교를 설립한 남강南崗 이승훈李承薰 선생을 종고조부로 두었던 이 선생께서 이런 식의 표현은 과도한 자기 비하라고 생각되지만, 여하튼 역사학과 가문의 중요성은 그저 지나칠 말은 아닌 것은 분명합니다. 그런데 두메산골 오지에, 그것도 아버지는 한글마저 불완전하게 해독하는 정도이고, 어머니는 일자무식이었던 빈농의 여섯째 아들로 저는 태어났습니다. 객관적인 여건에서 보면 역사학을 한다는 것 자체가 달걀로 바위를 깨려는 무모함과 다름없었다고 할 수 있습니다.

이런 환경에서 시작한 저의 역사 공부는 처음부터 취미·능력이 있어서라든지, 역사가 인간이 살아가야 할 바람직한 방향이나, 인류 평화와 안녕으로 인도하기 때문이라는 이유나 명분, 사명감 따위는 아예 없었습니다. 그러니 곤학困學의 길이 될 수밖에 없었지요. 아르바이트 집에서 쫓겨나 차디찬 학교 강의실 한구석에서 잔 적이 많았습니다. 대학 2학년 여름 어느 날, 배가 너무 고파 대방동 당시 공군본부 앞에서 중국집을 낸 사촌형을 찾아갔더니, 형도 망하여 《진주반점》이란 간판 아래 붙여진 '폐업'이라는 딱지가 대신 저를 맞았습니다. 형이 셋방을 얻어서 기거한다던 사당동 쪽방 집을 물어 찾아갔습니다. 상도동 – 동작동을 거쳐 사당동에서 남태령으로 가는 진흙탕 길을 걸어가는데 비는 어찌나 처량하게 내리는지 …. 그 빗물처럼 내 마음에도 눈물이 주룩주룩 흘러내렸습니다. 저녁밥을 얻어먹고 돈 천원을 얻어와 며칠을 버텼던 기억이 아직도 생생합니다. 그 뒤로 대방동과 사당동은 그 허름한 중국집과 청승맞게 내리는 비와 진흙길로 저에게 지금까지도 각인되어 있습니다.

시인 정호승은 "타이탄 트럭에 짐짝처럼 실려 도시 한복판을 달려 보지 않는 사람과는 인생을 논하고 싶지 않다"고 썼습니다. 저는 "재수생 신세로 리어카에 이불보따리를 싣고 여고 앞을 지나가다 몇 년 동안 따라다니던 K를 만난 적이 없는 사람은 인생이 더럽고 엿 같다고 말하지 말라"고 말하고 싶습니다. 그러나 정 시인이 "가난은 눈물이 아니고, 힘"이라 하였듯이 가난과 실패에 눈물만 흘려서는 안 됩니다. 오히려 더 강해져야 하고, 그것을 영혼의 양식으로 전화시킬 수 있어야 합니다. 빌 게이츠는 "아들을 사랑한다면 결핍을 가르치라"고 하였습니다. 최근의 청년실업사태는 결핍했던 노년세대들이 결핍이 주는 가치를 스스로 과소평가하고 자식들에게는 오로지 풍요만을 가르친 결과로 발생한 사태라고 저는 판단하고 있습니다. 엎혀살던 20대가 딱 한 번의 잔소리에 엄마를 해쳤다 합니다. 가난의 고통을 알아야 풍요의 진정한 가치도 알게 된다는 이 자명한 이치를 우리는 망각했기 때문입니다. 런던 올림픽에서 체조 금메달을 딴 양학선 선수의 수상소감은 가난이 그의 성취에 얼마나 크게 기여했는가를 우리들에게 잘 일깨워 줍니다.

역사학에 입문하였으나 100m 경주에 빗대면 저는 남들보다 스타트를 25m정도나 빼앗긴 선수처럼 허겁지겁 달려온 학문 인생이었습니다. 최근 유행하는 용어로서 '낙인효과(烙印效果: Scarring Effect)'라는 것이 있다 합니다. 원래 범죄학의 용어이지만 스포츠에서 스타트를 빼앗긴 사람이 아무리 노력해도 앞서간 선수를 어지간해서는 따라잡을 수 없다는 이론입니다. 저도 이 이론에 적용될 수밖에 없었고, 현시점에서도 앞서간 사람을 추월하기는커녕, 따라잡았다고 볼 수도 없습니다. 그러나 따라잡으려고 노력했다고 말할 수는 있습니다. 당초 준비 없이 시작한 공부인데다 전철前轍로서 감계鑑戒의 롤 모델로 삼아야 할 학자도 없었고, 또 따뜻하게 조언을 해주는 선배도 별로 만나지 못하였습니다. 좌표 없이 헤매다 보니 세월만 허송한 것입니다. 이 방면에 대한 최소한의 가정적 훈도나 따뜻한 인도와 초보적인 방향이라도 잡아 주는 선배가 있었더라면 이리 헤매지는 않았을 텐데, 더 일찍 스스로 깨달음이 있었더라면 좀 더 잘할 수 있었을 텐데 하는 후회와 아쉬움 같은 것이 있습니다.

우리 세대 대부분의 학생들이 그랬듯이 대학시절은 데모와 휴교로 세월을 보냈습니다. 사실 요즈음 우리 또래 친구들을 만나면 한때 학생 운동한 것을 훈장 얻을 만한 일을 한 것처럼 떠들고 다니지만 당시 저에게는 그런 것들이 호사처럼 보였습니다. 민족의 장래에 대한 투철한 의식도 없는 사람이라고 비판할 사람들도 당연히 있겠지만, 저에게는 그보다 먹고 사는 문제가 더 시급한 일이었기 때문입니다. 휴교로 기숙사가 폐쇄되어 갈 곳 없어 헤매어야 하는 신세가 더 두려웠습니다. 정년퇴직을 기해 이사를 하면서 대학 때 쓰던 노트를 살펴보니 대부분 한 학기는 노트 한 권으로 족한 형편이었습니다. 그러니 대학을 나왔다 해도 1학기 열심히 하면 익힐 수 있는 분량 정도밖에 학습하지 않았던 것입니다. 제대로 학문적 기초를 닦을 기회를 갖지 못하였습니다.

대학 때 교직과목을 이수하였는데 그때 담당교수가 거듭 강조한 것은 '기초주의(Fundamentalism)'라는 미국 교육학의 명제였습니다. 고시를 준비하는 것도 아닌데 기초 없이 학문을 한다는 것은 말이 안 됩니다. 역사학처럼 가학家學적 훈도가 필요한 학문도 드물 것입니다. 예컨대 중학교 시절부터 한학의 기초를 닦아놓으면 얼마나 좋겠습니까? 그리고 대학 때는 중국어·일본어 등을 완전히 마스터해야 하는 것입니다. 그런데 저는 중국어 회화의 필요성을 44세 때, 처음 외국에 나가서야 겨우 깨달았습니다. 한문 공부는 군대를 제대하고 사회로 나온 31세에 시작했습니다. 대학 때 구입한 유일한 책이 장삼식張三植 선생이 편집한 《대한한사전大漢韓辭典》이었습니다. 대학원에 들어가서야 동숭동 중앙도서관 건너편에 있던 일본어 사설학원에 가서 '아이우에오'부터 배우기 시작했습니다.

대학원 입학시험에 "전한 초기의 대유학자 〈숙손통叔孫通〉에 대해서 아는 바를 쓰라"는 문제가 나왔는데, 〈백호통白虎通〉 또는 〈사통史通〉과 연관하여 책이름이라고 장황하게 써놓고 나왔습니다. 어느 선배가 모르는 문제가 나오더라도 빽빽하게 써놓아야 점수를 얻을 수 있다는 말을 듣고 그랬던 것입니다. 그때 동양사학과 출신으로 입학시험을 치른 유일한 학생이었기 때문에 교수들도 저를 입학시키지 않을 수 없는 형편이었습니다. 아무리 뻔뻔해도 그 뒤 지도교수님을 만날 용기를 차마 갖지 못하였습니다. 이것이 지도교수님에게 박힌 박한제의 첫 번째 낙인이었습니다.

대학원 1학년 1학기 강독교재가 왕부지王夫之의 《독통감론讀通鑑論》이었습니다. 그 당시 저의 한문 실력으로는 밤잠을 안 자고 아무리 열심히 준비해 가도 선생님의 성에 차지 않았습니다. 거기서 두 번째 낙인이 찍혔습니다. 중간보고로 "이기설理氣說이 유학儒學인 이유를 설명하라"라는 주제를 배당받았습니다. 외국원서를 읽을 능력이 없었던 저는 중앙대 양모 교수의 《유학개론儒學槪論》이란 한글 책을 보고 써갔습니다. 호통이 떨어졌습니다. 네 번이나 다시 써 오도록 하였습니다. 끝내 만족스럽게 써내지 못했습니다. 별수 없다고 여겨졌는지 다시 써오라고 하지는 않았습니다. 박한제에게 찍힌 세 번째 낙인입니다. 변변하게 참조할 책도 없기도 했지만 근본적인 원인은 당시 중국어도 일본어도 읽을 줄 몰랐기 때문입니다. 대학원생이 되어 직업으로 중국역사를 택했지만 한문 원전을 읽을 실력도, 중국어, 일본어로 된 원서를 읽을 수 있는 능력도 없었습니다. 공부하면 할수록 불신만 쌓여 갔습니다. 그러다가 군대에 갔습니다. 기초 부족 때문에 지도교수로부터 받은 불신으로 아픈 가슴을 안고 입대한 뒤 나름으로 노력하였지만 공부하고는 거리가 먼 군대 막사에서 모자란 기초를 제대로 쌓을 수가 없었습니다. 28살에 사병으로 군대에 들어가 31세에 제대를 하고 나오니 모든 것이 막막하였습니다.

인생에서 가장 큰 시련의 시기는 정작 제대하고 사회로 돌아오면서부터였습니다. 선친께서는 "쟤, 몽달귀신 되는 것 아니냐"며 걱정스러운 말을 되풀이하셨습니다. 주위의 이런 말 한마디 한마디가 뼛속 깊이 들어와 박혔습니다. 피붙이 하나 없는 서울은 의·식·주 어느 것 하나 만만한 것이 없었습니다. 저는 인생의 중대한 결정을 하지 않을 수 없는 상황에 봉착하게 되었습니다. 이 바닥에서 사라지느냐 아니면 살아남느냐의 문제였습니다. 공부밖에는 이 위기를 헤쳐 나갈 방법이 없다고 생각했습니다. 학점을 잘 따야 장학금을 받을 수 있고, 그래야 등록금을 낼 수 있고, 허기도 면할 수가 있다고 생각하였습니다. 이제 공부를 위해서가 아니라 살아남기 위해서 공부해야 한다는 이제까지와는 전혀 다른 새로운 인생 역정을 살아가지 않을 수 없었습니다. 우선 선생님들에게 기왕에 박힌 실력 없고 불성실한 학생으로서 이미지를 쇄신하는 일이 무엇보다 시급한 일이었습니다. 제대 후 첫 학기인 1976년 2학기 수업시간에 과제로 원고지 10장 정도를 써오라는 데 100장을 써갔습니다. 동료와 후배들이 정신 나갔다고 비웃는 듯했습니다. 저는 그런 정신으로 남은 대학원 생활을 보냈습니다. 오기로 버티었고, 몸으로 때웠습니다. 그전에 쌓인 불신의 이미지를 마모시키는 데 10년은 더 걸린 것 같습니다. 아니 끝까지 벗지 못하고 은사 선생님과 영영 이별한 것 같기도 합니다. 허나 그때 이후 가졌던 오기와 경험이 다시 제 신념과 철학으로 고착되었습니다. 그것이 지금까지 저를 이끌고 온 인생의 길잡이였습니다. 제게 남다른 인생관이 있다면 바로 그때에 정립된 것이었습니다. 그 과정에서 SK그룹의 한국고등교육재단 도움으로 〈한학연수장학금〉을 받고 태동고전연구소에서 한문원전을 공부할 기회를 얻었고, 또 대학 조교로 4년여를 근무하게 됨으로써 고교 졸업 후 10여 년 만에 지긋지긋한 가난에서 해방될 수 있었습니다. 그리고 공부에 대해서 남다른 이해가 있는 배우자를 만났습니다. 특히 좋은 시절을 만나 전임으로 취직을 하게 되었으며, 또 좋은 동료교수, 우수한 제자들을 만나 이제까지 나름으로 행복하게 지내왔습니다.

Ⅱ.

지금까지 제 개인사를 너무 장황하게 말씀드린 것 같습니다. 이쯤에서 제가 공부하면서 느낀 공부하는 자세랄까, 신념, 방법 등에 대한 소소한 생각들을 말씀드리고자 합니다. 역사공부에는 취미와 능력이 중요하지만, 그렇다고 결정적인 요소라고 보지는 않습니다. 저는 IQ 검사를 해보지 않았지만 110점대도 제대로 안 된다고 생각합니다. 이전에 운동을 위해 테니스 교습을 받는데 시키는 것을 너무 따라 하지 못한다고 코치가 "(그 머리로) 어떻게 교수가 되었느냐"는 모욕적인 말을 내뱉었을 정도입니다.

저는 어느 글에서 발로 하는 것은 그런대로 능력을 발휘하는데, 손이 하는 것은 모든 것에 저능해서 '손발이 안 맞는 사람'이라 스스로를 규정한 적이 있습니다. 사실 알고 보니 저는 정말 지진아였습니다. 지난 6월 코 수술을 하기 위해 사전에 '폐 기능 검사'를 받았는데 검사원이 "어르신 어떻게 이리도 제 말을 알아듣지 못합니까!"라는 핀잔을 하였습니다.

'일생일업一生一業'이란 말이 있듯이 일평생 우리가 할 수 있는 일은 하나 이상일 수가 없습니다. 둔재라서 그런 게 아닙니다. 일업을 성취시키기 위해서는 여타 다른 것은 포기해야 합니다. 일단 뛰어든 길이라면 그 방면에서 입신할 수 있는 키(Key) 하나만 들고 매진해야 합니다. 창고를 여러 개 만들어 키를 몇 개나 허리에 차서는 안 됩니다. 목표점까지 가장 빨리 달리는 방법은 한곳만 바라보는 것밖에 없습니다. 달리면서 남들이 잘하는 것을 바라볼 필요도 없습니다. 좋은 환경, 좋은 머리를 갖고 넉넉하게 공부하는 옆 동료의 재주와 여유가 부럽겠지요. 그러나 따라 하려고만 하다 보면 열패감만 쌓이고 결국 남는 것은 망양지탄望洋之嘆이나 망진막급望塵莫及의 자탄뿐입니다. 또 여러분이 이것저것 여러 가지 일들을 할 수 있을 만큼 인생은 그리 길지도 않습니다. 하나에 무섭게 집중하십시오. 산만한 천재가 성공한 경우를 아직까지 저는 보지 못했습니다.

학문에서 성패는 머리의 우열에 있는 것이 아니라 집중 여하에 달린 것입니다. 진부한 이야기이지만 한 토끼만을 집요하게 쫓아야 합니다. 답답할 만큼 원리원칙을 지키고 곧이곧대로만 산다고 흉을 보는 세상이지만, 이는 일가一家를 이루기 위해서는 어쩔 수 없이 감수해야 할 전제입니다. 자기 일에 열정을 쏟아붓고, 그것에 혼을 담아야 합니다. 열정은 성공의 또 다른 이름입니다. 성공한 사람에겐 남다른 열정과 놀라운 집중력이 있다는 것은 빌 게이츠를 보면 알 수 있습니다. 하나를 얻으면 다른 하나는 반드시 잃을 것을 각오해야 합니다. 이런 희생 없이 최고의 소득만을 얻으려는 것은 도둑의 심보이며, 또한 가능하지도 않습니다. 산을 걸을 때나 전철이나 버스를 타고 이동할 때, 심지어 목욕할 때도, 화장실에서도 논문 주제를 골똘하게 생각해야 합니다. 즉 24시간 공부에 집중해야만 제대로 설 수가 있습니다. 1976년 고등학교(용산공고)를 졸업한 뒤 36년 동안 세탁기 하나에 '올인'하며 외길 승부한 결과, 세탁기 시장 점유율 세계 제1위가 되어 LG전자 역사상 최초로 고졸 사장의 신화를 남긴 조성진 사장 이야기는 우리에게 시사한 바가 큽니다. 그는 고졸 동료들이 스펙을 쌓기 위해 대학에 다닐 때, 대신 공장 2층에 침대와 주방을 만들어 기숙하면서 세탁기 하나만을 생각했다 합니다.

저는 야구를 좋아합니다. 땀과 눈물의 의미를 야구만큼 잘 드러내 보여주는 것이 없고, 9회말 3-Out 직전까지는 언제나 역전이 가능한 경기이기 때문입니다. 우리 인생이 그러하듯이 야구장에 불이 꺼져야 야구의 승패는 끝나는 것입니다. 그래서 뉴욕 양키즈의 전설적인 포수로 등번호 8번이 영구결번이 되었을 뿐만 아니라 명예의 전당에 헌액된 요기 베라(Yogi Berra: 1925-2015)는 "끝날 때까지는 끝난 게 아니다(It ain't over till it's over.)"라는 유명한 말을 남기기도 하였던 것입니다. '개관사정(蓋棺事定)', 곧 사람의 일이란 관 뚜껑을 덮어야 끝나는 것입니다. 야구는 인생과 역사를 닮았습니다. 아니 역사보다 더 흥미진진한 장면을 보일 때가 많습니다. 아무리 천부적인 재질을 가진 투수라도 조금만 방심하면 난타당하는 것이 바로 야구입니다. 1구 1구 혼신의 힘을 다해야 합니다. 그래서 야구장은 저의 인생 교과서가 되었습니다. 즉 야구를 통해 인생을 배웁니다. 저는 시즌 중에는 아침결에는 MLB를, 저녁에는 일본 야구나 한국 프로야구를 지켜봅니다. 여기서 잠시 야구로 학문하는 자세에 대한 제 이야기를 풀어가도록 하겠습니다. 야구 선수는 야구장에 서야 멋집니다. 텍사스 레인저스의 외야수 죠쉬 해밀턴(Josh Hamilton, 1981- )이 술과 마약으로, 기아 타이거즈 투수 김진우(金鎭狄, 1983- )가 음주와 폭행으로 방황하면서 야구장을 떠나니 일개 탕자에 불과하였지만, 그라운드로 돌아와 멋지게 활약하니 팬들이 열광하는 선수가 되었습니다. 한 경기 4개의 홈런을 쳐 올해 메이저리그 최고의 명장면을 연출한 해밀턴, 기아의 에이스로 올해 다시 복귀한 뒤(10승 5패, 2.90) WBC 국가대표 선수로 선발된 김진우는 우리 공부하는 사람이 어디에 서야 하는지 가르쳐 주고 있습니다. 공부하는 사람은 공부로 멋진 모습을 보여야지, 딴것을 아무리 잘해도 멋져 보이지 않습니다. 학자는 논문으로 말해야지 학장·총장 등 보직으로 평가되지 않습니다.

야구에서도 그렇듯이 중국사에서도 여러 형태의 전문 영역이 있고, 연구하는 방법이 있습니다. 모든 것을 다 잘하려 하면 어느 것에도 성공하기 어렵습니다. 야구에서 유틸리티 플레이어(Utility Player)는 이리저리 써먹기 좋아 감독이 선호하지만, 큰 선수, 최고의 연봉을 받는 일류 선수는 될 수가 없습니다. 야구에서 선발투수가 다양한 구질을 가지면 좋을 것 같아 보이지요. 그러나 타자들이 제대로 치지 못할(Untouchable) 두세 가지 확실한 구질만 있으면 족합니다. 메이저리그 최고의 선발투수인 저스틴 벌랜더(Justin B. Verlander, 1983- )는 90마일 중간의 '빠른 볼(Fast Ball)', 80마일 중간의 '블레이킹 피치(Breaking Pitch: 슬라이더, 커브)', 타자의 타이밍을 빼앗는 '업 스피드(Off Speed: 체인지 업, 포크 볼)' 세 가지를 완벽하게 구사한다고 합니다. 여러 가지 구종을 가지려다 보면 모두가 그저 평범한 구질이 되어 버립니다.

벌랜더는 회를 거듭할수록 스피드가 더 빨라지는 특이한 투수로 타고 난 천재 선수입니다. 그처럼 천부적으로 빠른 볼에다 서너 가지 확실한 구종을 가지면 좋겠지요. 그렇지 못한 평범한 사람일 때는 남을 이길 수 있는 확실한 장기를 한 가지라도 가져야 합니다. 올해 메이저리그에서는 만화 같은 일이 벌어졌습니다. 그 주인공은 뉴욕 메츠의 로버트 디키 (Robert Allen Dickey, 1974- )라는 30대 후반의 투수입니다. 그는 평균 구속 125km인 그가 시속 100km 초반대의 느린 볼과 120km 후반대의 빠른 볼을 적절히 섞어가며 던지는 너클 볼(knuckle ball) 하나로 올 시즌 20승 6패, 평균자책점 2.73으로 올해 내셔널 리그에서 투수 최고의 영예인 사이영상(Cy Young Award)의 수상자가 된 것입니다. 그는 대학 시절 강속구를 자랑하던 전도유망한 선수였지만 프로(텍사스)입단 신체검사에서 선천적으로 오른쪽 팔꿈치 인대가 없는 것으로 밝혀지면서 악운과 싸우게 됩니다. 그 뒤 천신만고 끝에 메이저리그에 올랐으나 첫 등판(2006년 시즌) 3.1이닝 동안 6개의 홈런을 맞고 7실점하고 말았습니다. 1경기 6피홈런은 메이저리그 역사상 타이이니 현재까지 불명예스럽기 짝이 없는 기록의 소유자이기도 하지요. 그는 마이너리그로 강등되고 시즌 뒤 바로 방출되었습니다. 방출에 방출을 거듭하면서 저니 맨 선수로 전락한 그는 한때 삼성 라이언즈로 올까 고려했을 정도로 메이저리그로부터 거의 퇴출된 선수였습니다. 그런 그가 올해 38세라는 나이에 인생역전에 성공, 기적을 만들었습니다. 그렇게 만든 자산이 바로 너클 볼 하나였습니다. 투수로서 사형선고 진단을 받은 불운에도 그는 포기하지 않고 너클 볼을 새로 배우고 익히며 변신을 꾀했던 것입니다. 너클 볼은 하루아침에 완성되는 구종이 아닙니다. 그만큼 땀과 피와 눈물이 필요한 것입니다. 그는 지난 3월 출간한 자서전에서 "나는 명예의 전당에 오를 수 없다. 삼진왕과도 거리가 멀다"고 얘기했을 정도로 최근까지도 막막하기만 한 야구 선수였습니다. 그러나 운명의 신은 장난을 잘 치기도 하지만 눈물도 많고 때로는 매우 진지하기도 합니다. 그의 땀과 눈물을 외면할 수 없었던 것입니다. 그는 마침내 덮어 두었던 오랜 꿈을 이룩하고야 말았습니다. 올해 활약만으로도 그의 인생은 성공적이었고, 드라마틱하고 충분히 감동적이었습니다.

야구에는 1군 선수로 등록되어야 하지 2군, 즉 마이너에 있으면 그 인생은 엄청나게 괴롭습니다. 학계를 야구에 빗대면 1군은 교수가 되는 것입니다. 한국에서 역사를 공부하는 사람에게 교수직 외에는 별다른 활동 공간이 없어 보입니다. 1군에 등록되기 위해서는 모든 사람이 가려고 하는 길에서 조금 비켜나 보십시오. 야구에서는 포수-투수-유격수(혹은 2루수)-중견수로 이어지는 센터라인에 서는 선수가 되는 것이 물론 제일 좋습니다. 누구나 그 자리에 서려 합니다. 우수한 선수들이 다 그쪽을 선택하려 하니 경쟁이 당연히 심할 수밖에 없습니다. 남이 좋아하는, 그리고 많이 가는 길보다 좀 다른 길을 가십시오. 예컨대 투수는 선발투수가 좋겠지만 차선이 쏠쏠할 때가 있습니다. 밥 브렌리(Bob Brenley, 1954- ) 전 애리조나 다이아몬드백스(Arizona Diamondbacks) 감독이 한 말이 생각납니다. "김병현 선수가 계속 마무리(Closer)로 뛰었다면 최고 투수가 됐을 것"이라며 그의 선발투수로의 무리한 변신을 아까워했습니다. 선발투수면 물론 좋겠지만 마무리, 아니면 셋업맨(Set-up man), 중간계투, 정 아니면 패전처리 투수라도 1군에 남아야 합니다. 그러기 위해서는 이것저것 다 파는 식당보다 설렁탕 아니면 제가 좋아하는 연포탕 등 전문 요리 한 가지 아주 잘하여 손님들이 일부러 찾아주는 식당의 주인이 되어야 합니다.

야구 이야기 하나만 더 하겠습니다. 템파베이의 에이스 데이비드 프라이스(David Taylor Price, 1985- )는 올해(2012; 20승 5패 2.56) 생애 첫 사이영상(아메리칸리그)을 받았습니다. 프라이스는 첫 번째 풀타임 시즌을 보냈던 2010년에 남긴 성적은 19승 6패 평균자책점 2.72이었습니다. 20승에 근접한 승수와 아메리칸리그 동부지구라는 불리한 환경에서 2점대 평균자책점을 기록했단 점을 감안하면 충분히 사이영상을 받을 만했습니다. 그러나 수상은 13승을 거둔 시애틀 마리너스의 펠릭스 에르난데스(Felix Abraham Hernandez, 1986- ; 2010년 성적=13승 12패 2.27)에게 돌아갔습니다. 프라이스는 사이영상 투표에서 2위에 머문 데 크게 자존심이 상했고 그 때문에 괴로워하였습니다. 그런 프라이스에게 템파베이 투수진의 리더인 제임스 쉴즈(James Anthony Shields, 1981- ; 2010년 성적=13승 15패 5.18; 통산= 87승 73패 3.89)가 다음과 같이 충고했습니다. "그게 싫으면 더 잘 던져!(If you don't like it, pitch better!)" 여러분들도 어떤 선발·선출과정에서 부당한 평가를 받거나, 또 주위로부터 흘러나오는 부정적인 이야기를 간혹 듣곤 하겠지요. 화나고 분할 때일수록 불철주야 노력하여 좋은 논문을 쓰십시오. 40년대 생인 제가 제자뻘인 60년대 이후 출생자에게 드리는 한마디 고언은 "그게 싫으면 더 잘 쓰시오!(If you don't like it, write better!)"입니다. 다른 길이 없습니다. 충고란 쉴즈가 그랬던 것처럼 자기가 상대보다 잘났거나 잘해서 하는 것이 아님을 양해해 주십시오.

'불광불급不狂不及'이라는 말이 있습니다. "미치지 않으면 (목표에) 미칠 수가 없다"라 풀이되는데, 이 말처럼 한 방면에 일가를 이루려면 한곳에 미쳐야 합니다. 《논어》에 나오는 구절이지만 뭔가 이루기 위해서는 일단 알아야[知] 하고, 알면 좋아지고[好], 그다음은 미쳐야 합니다. 미치지 않으면 절대 즐거워[樂]지지 않습니다. 자기가 선택한 것에 무섭게 집중하십시오. 과도한 말일지 모르지만, 죽음을 각오하지 않으면 아무것도 이룩하지 못합니다. 거미는 방사형의 아름다운 집을 짓기 위해서 목숨을 던진다고 합니다. 높은 곳에서 몸을 던져 나무에 걸려야 집을 지을 수 있게 되지만, 걸리지 않으면 떨어져 죽습니다. 할 말은 아니지만 마누라도 남편도 자기 목적을 위해 이용해야 합니다. 여학생 중에 이력저력 박사학위나 따서 능력 있고 돈 잘 버는 사람하고 결혼한 뒤 강남의 유한마담처럼 살아가기 위한 목적으로 공부하고 있는 사람이 혹시 있다면 당장 오늘부터 공부를 포기해야 할 것입니다. 그것은 공부에 대한 모독인 동시에 절대 의미 있는 삶이 될 수가 없다고 봅니다.

'정수리에다 지혜를 부어넣어 주는(醍醐灌頂)' 스승을 만나기는 여간 어려운 일이 아닙니다. 대신 좋은 도반道伴을 옆에 두십시오. 같은 전공의 상대와 결혼할라치면 우리는 "밥상 놓고 세미나하려고 하느냐?"고 비아냥거림을 들어야 합니다. 밥상 놓고서 세미나 해야 합니다. 부인이나 남편을 '지음知音'의 동반자로 만들어야 합니다. 부부가 같은 영역에서 공부하는 외국학자들을 쉽게 발견합니다. 한 사례를 들겠습니다. 97세에 세상을 떠난 미국의 유명한 역사가 윌 듀런트(William James Durant, 1885-1981) 이야기입니다. 그는 50년이 넘는 동안 11권의 《문명이야기(The Story of Civilization)》와 《철학이야기(The Story of Philosophy)》를 써서 30년 동안 200만부나 팔린 베스트셀러와 스테디셀러의 작가이기도 하였습니다. 그의 학문과 저술활동의 평생 동반자이자 이 두 저서의 공동 집필자였던 부인인 에어리얼 듀란트(Ariel Durant, 1898-1981)는 원래 13살 차이가 나는 그의 제자였습니다. 아내가 세상을 떠난 지 13일 만에 그의 심장도 멈추었을 정도로 그들 부부는 생애를 마칠 때까지 서로 지극한 사랑을 했습니다. 그는 90세 생일에 "젊은 시절의 사랑은 늙은 남편이 늙은 아내를 사랑하는 것에 견주면 매우 얕고 표면적인 사랑일 뿐이다"라고 하였습니다. 같은 길을 가야 늙어서도 서로 더 사랑할 수 있고, 더 행복할 수 있다는 사실을 그 부부를 통해 알 수 있습니다. 그런 사랑이 타산적이라고 어찌 매도될 수 있겠습니까? 좀 극단적인 예이기는 하지만 또 하나의 사례를 들겠습니다. 중국 당唐나라의 역사를 하는 북경대학 왕영흥王永興 교수와 그의 제자 이금수李錦繡 교수의 이야기입니다. 28세의 꽃다운 석사반 학생인 이금수가 54세나 많은 82세 스승을 결혼상대자로 선택했습니다. 이금수 교수의 《당대재정사고唐代財政史稿》(社會科學出版社, 1995-2001) 전 5권이 바로 그녀의 석사학위 논문입니다. 그 논문이 무려 다섯 권으로 출판되었습니다. 세계에서 유례를 찾아볼 수 없는 대작은 이렇게 탄생했습니다. 이들의 결혼소식을 들은 저명한 북경대학 주일양(周一良, 1913-2001) 교수는 "당작지합唐作之合", 곧 "당이 그들을 결합시켰다"라는 축하엽서를 보냈다 하듯이, 그들을 부부로 결합시킨 것은 바로 당나라 역사였습니다. 그녀는 자기 학문 영역인 당대사 연구를 위해 스승인 왕 선생을 선택했으며, 그 결혼을 지금도 후회하지 않으며 2008년 돌아가신 왕 선생을 존경하고 사랑한다는 말을 그녀로부터 직접 들었습니다. 64세의 미국의 경제학자이며 자연주의자인 스콧 니어링(Scott Nearing, 1883-1983)과 결혼한 43세의 헬렌은 훗날 《아름다운 삶, 사랑 그리고 마무리》라는 책에서 "내 온갖 물음에 해답을 줄 수 있는 현명한 연장자와 사는 것은 끊임없는 즐거움이었다"라고 회상했다 합니다. 스콧도 100살까지 장수하면서 20세기 미국인이 가장 존경하는 사람의 하나로 우뚝 설 수가 있었습니다. 부부가 이처럼 이해하는 친구이자 서로를 보완하는 진정한 반려가 될 수 있으면 더 좋겠지요.

취직자리도, 학문의 결과도 금방 나오는 것이 아닙니다. 결과를 의식하지 않을 수는 없지만 그에 조급하게 접근하려다가 오히려 일을 망치게 됩니다. 대학의 초빙과정에서 논문 수만 계량적으로 따진다고 하여 논문을 양산하는 식의 대응은 참 곤란합니다. '아무리 목말라도 도천의 물은 마시지 말아야(渴不飮盜泉)' 합니다. 좌사십임(左思十稔; 構思十稔)이 전제되었기 때문에 그의 〈삼도부三都賦〉가 낙양의 지가를 올리는(洛陽紙貴) 결과를 낼 수 있는 것입니다. 되도록이면 연구비를 얻으려거나, 남이 하는 프로젝트에 끌려 들어가 글을 쓰지 마십시오. 여러분이 학문인생을 결산할 즈음 평생 동안 해 온 작업들을 모아보면 자기 집도 남의 집도 아닌 기형의 것이 되어 있는 것을 발견할 것입니다.

여기서 1918년 막스 베버(Max Weber, 1864~1920)가 뮌헨대학교에서 행한 강연 요지를 묶은 책인 《직업으로서의 학문(*Wissenschaft als Beruf*)》에 나오는 한 구절을 소개하려 합니다.

> 학문하는 자는 모름지기 침잠할 수 있는 능력, 다른 누군가 아무 쓸모없는 것이라고 비웃을지라도, 현재 내가 탐구하고 있는 것이 불과 10년 뒤에는 아무 짝에도 소용이 없을지라도, 학문적 성과를 인정받기까지 수천 년이 걸릴지라도, 침묵하면서 기다릴 수 있는 열정이야말로 학문하는 자가 갖추어야 할 기본소양이다.

베버의 당초의 주장은 학문이란 정치나 그 밖의 가치판단에 사로잡혀서는 안 된다는 점을 강조하려 한 것이지만, 학문에 대한 집중과 열정, 그리고 성과에 대한 기다림의 자세를 특히 강조한 것이라고 저는 봅니다. 학문의 성과는 금방 나타나는 것이 아닙니다. 역사학자로서 평가는 죽은 뒤, 어떨 때는 수세기 뒤에 나오는 것입니다. 자기가 한 일에 대한 평가에 조급해하지 말고 묵묵히 기다려야 한다고 생각합니다. 기다리려면 하는 일이 어느 것보다도 의미 있다고 여겨야 합니다.

취직이 안 된다고요. 맞습니다. 그러나 틀렸습니다. '구직난'이라 말하지만, 사실은 '구인난'입니다. 여러분은 일자리 생기지 않는다고 불평하지만, 뽑는 사람들은 "정말 사람 없다"고 말합니다. 여기서 셰익스피어의 명언 하나를 소개하겠습니다. "준비만이 만사해결(Readiness is All)"이라고요. 준비해 놓고 초빙자의 선택을 기다려야 합니다. 사람은 누구에게나 인생을 살아가다 보면 흥하고 망할 세 번의 기회가 찾아온다고 합니다. 지금은 호경기·호시절이 아닙니다. 준비도 해 놓지 않고 일자리 없다고 불평만 하면 되겠습니까? 기회는 준비된 자에게만 주어집니다. 당신만 푸대접받고, 운수 나쁘다고 불평하지 마십시오. 누구나 가슴에 '한' 하나씩은 가지고 살아갑니다. 세상을 탓하기보다 자기 운명을 스스로 개척하려는 적극적인 자세를 가져야 합니다. 외국 유학생 출신을 부당하게 우대하는 대학이 많다고요? 그토록 억울하면 1등, 곧 그 방면에 국가대표 학자가 되십시오. 그것이 한을 푸는 제일 확실한 길입니다. 이 사회가 아무리 썩었다 해도 2등의 자리부터 부정과 협잡하지, 1등을 제쳐두고 2등을 뽑지는 않습니다. 부당한 대우를 당한 것이 한두 번이 아니라고요. 공자도 "곤란을 당한 뒤에도 배우지 않으면 이는 최하등의 사람이다(困而不學, 民斯爲下矣)"고 했습니다. 호랑이와 사자가 싸우면 배고픈 놈이 이깁니다. 걷는 놈을 이기는 자는 뛰는 놈이고, 뛰는 놈을 이기는 자는 나는 놈입니다. 나는 놈을 이기는 자는 절박한 놈입니다. 죽음을 각오하지 않으면 아무것도 이룰 수가 없습니다. 절실한 마음이 바로 삶의 열쇠입니다.

잠깐의 뒤처짐에 열등감으로 가슴 아파하지 마십시오. 인생은 옆사람과 경쟁이 아닌 자신과 벌이는 장기 레이스입니다. 긍정적인 생각을 갖고 희망을 버리지 마시고 더 큰 꿈을 꾸십시오. 오늘의 나는 어제 꿈의 현신입니다. 꿈을 잃지 않았을 때 비로소 길이 만들어집니다. 우리 인생에는 꿈은 있는 것 같기도 하며 없는 것 같기도 합니다. 영어 표현에 "DREAM(HOPE)ISNOWHERE"는 띄어 읽기에 따라 Dream(Hope) is now here(꿈<희망>은 바로 여기에 있다)도 되고, Dream(Hope) is no where(꿈<희망>은 아무 곳에도 없다)도 됩니다. 근대중국의 최고작가 노신魯迅은 "희망이란 원래부터 있는 것이라고 보기도 어렵고, 없는 것이라고 보기도 어렵다. 그것은 땅위의 길과 같다. 원래 땅위에는 길이 없다. 걷는 사람이 많아지면 그것이 길이 된다."(《고향》)고 했습니다. 다 마음먹기 따라 다른 결과가 나온다는 말입니다. 인생을 살아가는 데 실패한 뒤라도 얼마든지 재기의 기회가 오지만, 포기하면 모든 것이 끝나는 것입니다. 불만족스러운 현재도 여러분의 노력 여하에 따라 얼마든지 최상의 만족 단계로 변경시킬 수 있습니다. 내일을 위해 보다 더 큰 꿈을 가지십시오. 꿈을 꾸는 사람만이 발전이 있습니다. 꿈이 없으면 죽은 사람이나 다름없습니다. 꿈이 있으면 고생도 즐겁습니다. 단 조건이 있습니다. "꿈에 진실하라"는 것입니다. 평범한 사람이 꿈을 이루기 위해서는 혹독하리만큼 많은 땀과 인내가 요구됩니다. 자기 모든 것을 바칠 각오로 대하는 것이 꿈에 진실한 것입니다.

다음으로 역사 연구의 방법에 대해 소견을 말씀드리려 합니다. "대담한 가설, 소심한 논증(大膽設想, 小心求證)"이라는 호적胡適의 말이 있습니다. 자기만의 틀을 세워 보십시오. 공자는 "(옛것을) 전술傳述할 뿐 창작하지 않았다(述而不作)"고 하였지만 그것은 공자의 과도한 겸손이고, 또 "(옛것을) 믿고 좋아하기만 하면(信而好古)"되던 옛날의 상황입니다. 진보란 앞의 것을 계승이기도 하지만, 대개 그것을 부수어야 획득되는 것입니다. 새로운 것을 발견해 내지 못하고, 신선한 논리도 없다면 누구도 거들떠보지 않습니다. 자기만의 색깔을 나타내 보이십시오. 엇비슷한 이야기 자꾸 해보았자 아무 소용이 없습니다. 한때 우리 학계를 일본의 큐슈九州 옆에 있는 한국학계, 곧 일본의 한 지방학계에 불과하다는 자조적인 이야기를 하는 선배 교수를 만난 적이 있습니다. 그러나 그 시기는 그러해야 하고 그럴 수밖에 없는 시기였습니다. 그러나 계속 그래서는 안 되겠지요. 우리 독자적인 사관을 세우고 영역을 확보해야 합니다. 그렇다고 억지로 지어내라는 이야기는 아닙니다. 소심한 논증으로 과오를 줄여야 좋겠지만, "과실果實이 남는 과오過誤(Fruitful Error)"는 환영받을 만한 일입니다. 쟁론을 일으킨 논문이 사소한 과오로 손색을 입을 수는 없습니다. 논문을 쓰다 보면 본의 아니게 실수를 범하는 경우도 많습니다. 그러나 대담한 가설을 통해 하나의 새로운 이론을 세울 수 있었다면 그것은 충분히 소중하게 여겨져야 합니다. 어느 누구의 추종자가 아니라 독창적인 학설의 창시자가 되십시오. 그리하여 기존의 패러다임을 뒤집는 통쾌함을 맛보십시오.

다음으로 외국학계와 소통과 교류입니다. 중국사는 '외국학'입니다. 그 본령의 학계에 들어가 경쟁하지 않고 한국인만을 상대하는 것은 의미가 반감됩니다. '한국에서 제일', '한국의 최고'도 물론 좋지만 거기에 만족해서는 안 됩니다. 세계 최고, 제일이라는 평가를 듣도록 노력해야 합니다. 이러기 위해서는 학문 그 자체에 높은 수준을 유지해야 하는 것은 당연한 일이지만, 자기주장을 자유스럽게 설득력 있게 개진할 수 있어야 합니다. 외국유학 경험을 가질 수 있으면 좋겠지만, 국내에 있어도 불가능한 일은 아닙니다. 최근 순수 국내파 소장 학자들 가운데는 영어·중국어·일본어를 큰 어려움 없이 구사하는 사람들을 발견할 수 있기 때문입니다.

우리 학계를 돌아보면 해방 후 학계를 주도했던 분들은 하나 같이 외국어에 일가견이 있었습니다. 일본어는 기본이지만, 유럽 유학파인 김재원金載元 박사는 독어·영어·불어를 자유자재로 구사하였으며, 전해종全海宗 선생은 영어·독어·중국어에 능통하였고, 고병익高柄翊 선생은 영어·독어에 능통했습니다. 국사학자 이병도 선생은 국제회의에서 영어로 환영사를 거침없이 하셨을 정도였으며, 외국의 연구 성과를 두루 섭렵할 뿐만 아니라 외국인과 논쟁도 하였다고 합니다.

다음으로 많이 읽고, 많이 생각하고 느끼라는 것입니다. 유지기(劉知幾, 661-721)는 《사통史通》에서 사학가가 필수로 갖추어야 할 덕목으로 재才·학學·식識의 삼장三長을 들었습니다. 재는 타고나는 것이지만, 학과 식은 재와는 달리 후천적으로 획득이 가능하다고 봅니다. 학은 배우는 것이요, 곧 많이 보는 것이고, 식은 배우고 경험하면서 깊이 느끼는 것입니다. 학과 식에 대해 조금 더 부연하겠습니다.

먼저 학學입니다. 역사학에 대한 지식이 넓고 깊어야 하며 고금의 풍부한 사료를 얼마나 많이 장악하고 있는가를 가리킵니다. 역사 공부하는 사람이 책을 사는 데 인색하다면 그것은 공부를 포기한 것이나 다름없습니다. 책 욕심, 아무리 많아도 지나치지 않습니다. 책 사는 데 아끼면서 다른 데 돈을 쓴다면 역사공부를 포기한 것입니다. 그러나 책을 아무리 많이 모아도 읽지 않으면 남의 책이나 다름없으니 의미가 없습니다. 제 경험 하나를 소개하겠습니다. 저는 초학 시절 일본 국회도서관 후지〔富士〕제록스 회사에 논문 한두 편씩 주문한 적이 있습니다. 500편 정도 모았을까 하는 시점에 어느 후배가 그것을 모두 빌려줄 수 없겠느냐 물었습니다. 얼마나 많은 돈과 노력과 시간을 소모하여 모은 것입니까!

1주일 고민 끝에 다 내놓기로 결정하였습니다. 읽어야만 내 것이 되지, 가지고 있는 것만으로 자기 것이 되는 것은 아니라는 결론에 도달했던 것입니다.

끝으로 식識입니다. 역사가가 당연히 갖추어야 할 감식과 관점, 인식과 직서를 가리키는 것입니다. 여기에 곡필아부曲筆阿附하지 않는 고상한 품성과 용감한 정신도 포함됩니다. 역사는 입장의 학문입니다. 자기주장이 있지 않는다면 그 글에 의미가 없습니다. 역사적 사실에서 남다른 느낌을 가져야 신선한 인식이 가능하고 남다른 주장을 할 수 있습니다. 즉 식을 얻기 위해서는 다양한 경험과 폭넓은 독서가 필요합니다. 그리고 자기의 주제를 자기 독특한 경험과 결합시켜 보십시오. 아프고 슬프고, 또 색다른 경험일수록 좋습니다. 그것은 가슴 가장 깊숙한 곳에서 느끼고 공감한 것이니까요. 사무치게 가슴 아픈 일, 뼛속까지 새겨진 한이 맺힌 일이 있으면 그것을 전환시켜 공부의 에너지로 만들고, 또 그것을 바탕으로 독자적인 인식체계를 세워 보십시오. 그러면 논문을 쓸 테마가 없어 헤매지 않을 것입니다. 자기의 곤란을 전환시켜 장점으로 만드십시오. 사마천司馬遷은 궁형宮刑을 당하는 치욕과 옹색함을 역이용하여 《사기史記》라는 불후의 명작을 남겼습니다. 한유韓愈는 "부득이한 연후에 말을 해야만 감동을 자아낼 수 있다(有不得已者而後言, 其謌也有思, 其哭也有懷: 〈送孟東野序〉)"라고 하였습니다.

역사학은 인문학이고 인문학은 독자를 확보하지 않으면 안 된다고 봅니다. 그러기 위해서는 좋은 테마도 중요하지만, 문장을 쉽게 그리고 논리적으로 써야 합니다. 가장 바람직한 본보기는 사마천의 《사기》가 아닌가 합니다. 가능하다면 논문도 문학작품처럼 아름다워야 하고 그 구성도 탄탄해야 합니다. 문자 하나하나가 아름답고 문단과 문단의 연결이 순조로워야 합니다. 단어 하나라도 신중하게 아껴 써야 하고, 논리적으로 논지를 전개시켜야 합니다. 이러기 위해서는 소설·수필·시 등 문학작품도 많이 읽어야 합니다. 글이란 자주 써봐야 하는 것입니다. 그래서 최소한 하루 한 번 몇 문장이라도 써야 한다고 믿습니다. 매일 일기를 쓰는 것이 제일 좋은 방법입니다.


Ⅲ.


이 자리를 빌려 특히 젊은 여러분에게 당부의 말씀 두 가지를 드리고자 합니다. 하나는 자신을 향한 것이요, 다른 하나는 타인을 향한 것입니다. 우리가 나가는 길에 항상 장애물로 등장하는 것은 자기 능력에 대한 회의이고, 또 그런 도전을 하기에는 너무 늦었다고 스스로 진단해 버리는 잘못된 자세입니다. 그러나 능력도 지각도 노력 여하에 따라 얼마든지 극복할 수 있다고 봅니다. 올해 91골을 넣어 한 시즌 최다골 신기록을 달성한 FC 바르셀로나 소속 축구선수 리오넬 메시(Lionel Messi, 1987- )는 신장 169cm의 단신에다 67kg의 저체중 선수입니다. 그는 부단한 노력으로 빠른 스피드와 순발력이라는 자기만의 특기를 찾아내서 활용함으로써 신체적인 약점을 극복한 것입니다. 늦었다고 포기해서도 안 됩니다. 일본의 축구최고령 선수 신기록을 세우고 있는 미우라 가즈요시(三浦知良, 1967- , 요코하마 FC)는 "나에겐 여전히 꿈이 많다. 내 도전은 계속될 것이다."라며 46세 나이에도 국가대표팀에 합류하기 위해 노력하고 있다 합니다. 이와 같은 두 가지 난관을 극복하는 최선의 방법이 바로 '무자기毋自欺'라는 원칙이라 생각합니다. 이것은 퇴계退溪 이황李滉 선생이 특히 중시했던 것이어서, 도산서원陶山書院 앞 매점에 가면 이 세 자를 새긴 목걸이 넥타이를 살 수가 있습니다. 이제껏 살아오면서 절실하게 느끼는 것이지만 자기를 이기는 것보다 어려운 일이 없다는 생각입니다. 생을 평가할 때, 스스로에게 정직할 수 있었던 삶이었다고 자평할 수 있다면 세속적인 성공·실패를 떠나서 훌륭한 인생이라고 생각합니다. '작심삼일'이라 하듯 우리는 스스로에 대한 약속, 스스로 정한 규정을 어기는 것들에 대해서는 관대합니다. 저는 어쩌면 이런 것들을 민감하게 의식하면서 살아왔다고 할까요. 기상·취침시간은 말할 것도 없고, 출·퇴근 시간 등 스스로 정한 규정을 웬만해서 어기지 않으려 노력하였습니다. 사실 이런 약정이란 미련하고 딱하게 보입니다. 중국 고사성어에 황금 백근을 얻는 것보다 낫다는 '계포일락(季布一諾: 季諾: 金諾)'이란 약속도 있지만, 미련하기 짝이 없는 '미생지신尾生之信'이란 것도 있습니다. 후자처럼 우직하고 융통성 없이 약속 그 자체만을 지키는 것을 《논어》(公冶長篇 23) 등에서도 경계했듯이 꼭 좋은 것은 물론 아닙니다. 다만 어떤 목표를 설정하고 그것을 달성하기 위해서는 불가피한 규정이라 생각하십시오. 이런 자세는 공부하는 사람에게 특히 필요하다고 봅니다. 공부란 항상 재미있고 신나는 작업이 아닐 때가 많기 때문에 각종 핑계가 생기기 마련입니다. 몸이 불편하다거나 부모님 제사, 시아버지 생신날이라 핑계대지 마십시오. 누구에게나 알뜰한 이유는 있습니다. 야구선수 해밀턴은 불의의 교통사고로 말미암은 통증과 우울증에서 벗어나고자 술과 마약에 손을 대었고, 김진우는 2002년 7억 원이라는 역대 최고의 계약금이 오히려 어머니의 실족사를 가져오게 했다는 자책감으로 음주와 팀 무단이탈·방황으로 보냈습니다. 이유야 어떠하든 다시 일어나 본연의 길을 가야 하고, 자신과의 싸움에서 이겨야[克己] 합니다. 저는 교수생활 31년 가운데 연구년으로 외국에 나간 3년을 뺀 28년간을 "9-9작전(9시 출근-9시 퇴근)이란 것을 실행해 왔습니다. 그 실천 여부는 자기 자신이 제일 잘 압니다. 100점을 줄 수는 없어도 90점 정도는 받을 수 있을 거라고 자부하고 있습니다. 요즈음도 관악산 기슭을 날마다 오르는데 태풍이 오고, 폭설이 쏟아지는 데도 등산할 시간이 되면 나섭니다. 평생을 그렇게 살아왔다고 해도 과언이 아닙니다. 이런 무식·무모함이 저를 여기까지 키우는 데 조금은 보탬이 되었다고 여기고 있습니다. 반기문 UN 사무총장도 자기 성장과정을 다룬 책의 이름을 《바보처럼 공부하고 천재처럼 꿈꿔라》라고 했습니다. 아무리 총명해도 책상 앞에 바보처럼 오래 앉아 있는 사람을 이길 수는 없다고 봅니다.

다음으로 타인에 대한 것으로 '공恭'이란 덕목입니다. 인간관계 가운데 공처럼 중요한 덕목이 없다고 생각합니다. 조선시대 문인 조익(趙翼, 1570-1655)은 자기의 서실명書室銘을 '공재恭齋'라 하고 평생 이것의 실천을 위해 노력했다고 합니다. 즉 오만과 남에게 이기려고만 하는 패권의식보다는 공손과 검소, 그리고 겸손과 양보로 남을 배려하고 자기를 절제하는 생활습관을 견지하라는 말입니다. 유학의 최고 가치이자 그 핵심덕목인 인仁을 공자는 공恭으로 풀이하였다는 것을 《논어》를 펼쳐보면 금세 알게 됩니다. 공자가 번지樊遲에게 "평소 집에 거처할 때 공손함을 갖추어야 한다(居處恭)"고 하였고, 또 "용모를 갖출 때는 공손함을 생각해야 한다(貌思恭)"라고도 하였습니다. "자기의 몸을 공경히 하라(恭己)"거나, 자공子貢이 공자를 칭송하면서 그 인품이 "온화함, 선량함, 공손함, 검소함, 겸양함(溫·良·恭·儉·讓)"이라 열거하기도 하였습니다. 공자가 자장子張에게 인을 행할 수 있는 다섯 가지 덕목으로 공恭·관寬·신信·민敏·혜惠를 들었습니다. 공자는 자산子産에게 군자의 도 네 가지를 들면서 "몸가짐을 공손히 하라(其行己也恭)"라 했습니다. 사실 공이란 타인에 대한 예절이지만 자기 방어를 위한 좋은 방책이기도 합니다. 공자는 "공손하면 편안하다(恭而安)"고 하였으며, "공손하면 남의 모욕을 받지 않는다(恭則不侮)"고 하였으며 "공손함이 예에 가까우면 치욕을 멀리할 수 있다(恭近於禮, 遠恥辱也)"고 하였기 때문입니다. 또 "재능이 칼이라면 겸손은 칼집이다"란 말이 있습니다. 태자당처럼 후광을 입지 못한 데도 중국 국가 주석에 오른 호금도胡錦濤를 다룬 책 이름입니다. 재능은 그 사람으로 하여금 남들보다 앞서 나가게 만들지만, 겸손은 그 재능을 시기한 사람으로부터 보호해 주는 것이라는 메시지입니다. 이처럼 '공', 곧 겸손이란 타인에 대한 배려와 존경인 동시에 자기에 대한 절제요, 자기 성장의 자산이 되기도 하고 자기 방어의 수단이기도 한 것입니다.

사실 우리는 다른 사람을 진심으로 존중하는 법을 배우는 데 소홀했던 것 같습니다. 따뜻하고 겸손한 사람이 되십시오. 이것은 타인보다 바로 여러분을 위한 길입니다. 적이 많습니까? 자신을 낮추고 겸손해지세요. 적을 만들지 않는 사람이 적을 이기는 자보다 더 위대하다 합니다. 복수를 가장 멋있게 하는 방법은 정성과 사랑으로 하는 것이랍니다. 한 송이 꽃과 한 그루 나무를 바라보듯이 서로 따뜻하게 바라본다면 얼마나 좋은 세상이 될 수 있을까요. 오만한 사람이 공손한 자를 진정으로 이긴 사례를 어느 역사책에서도 찾아볼 수 없었습니다. 전공 실력이 출중한데도 잘 취직이 안 되는 경우를 많이 봅니다. 그것에는 그만한 이유가 있기 마련입니다. 성격이 너무 좋아서 줏대 없는 사람으로 비쳐도 문제이지만, 고약하다는 이야기를 들으면 끝장입니다. 성격이 너무 좋으면 자기만의 시간을 갖기가 힘들고, 나쁘면 동료로 맞아들이려 하지 않습니다. 학교라는 직장은 하나의 사회이기 때문입니다. 그렇다고 아첨을 떨라는 말은 아닙니다. 공자는 "말을 교묘히 하고, 얼굴빛을 좋게 꾸민 자로서 어진 사람은 드물다(巧言令色, 鮮矣仁)"고 하였지요. 또 "공손함이 지나침[足恭]"을 부끄러워했던 바와 같이, 사실 공부는 안 하고 아첨으로 일관한 사람 치고 성공한 경우는 찾을 수 없습니다. 저는 이런 인간을 가장 위험하게 봅니다. 그런 사람들에게 현혹되어 보기도 하였기 때문입니다. 한마디로 자기에게는 엄격하고 다른 사람에게는 공경을 다하되 아첨을 멀리해야 합니다. 우리들은 모두 공부를 평생 직업으로 정한 사람들입니다. 우리들 이 취하여야 할 행동 지침으로 《순자》에 나오는 말을 상기하고자 합니 다. "내가 잘못한다고 찾아주는 이는 스승이고, 내가 옳다고 찾아주는 이 는 내 친구요, 내게 알랑거리는 자는 내게 적인 것이다. 그러기에 군자는 스승을 높이며 벗을 가까이하고 적을 미워해 멀리한다(非我而當者吾師也, 是 我而當者吾友也. 諂諛我者吾賊也, 故君子隆師而親友, 以致惡其賊.：《荀》修身)."

끝으로 저의 앞으로 희망과 계획에 대해 말씀드리려 합니다. 첫째, 작 은 희망입니다. 정년을 하고 나니 인생의 한 단락을 끝낸 것 같은데, 그 래서 살아온 역정을 되돌아보게 되었습니다. 문득 떠오르는 생각이 "나는 참 운이 좋은 사람이었다, 남의 도움을 너무 많이 받고 살아왔구나"하는 것이었습니다. 아울러 이제껏 내 자신만을 위해서, 곧 너무 이기적으로 살아온 것 같다는 생각이 불현듯 들었습니다. 많이 부끄러웠습니다. 늦었 지만 이제 되갚아야 할 시점이 되었다고 생각합니다. 저에게 허여된 여 생이 얼마나 남았는지, 제가 남을 도울 힘이 과연 있는지 모르지만, 조금 이라도 남을 도울 수 있는 여생이 되었으면 하는 희망을 갖고 있습니다. 저의 도움이 필요한 사회의 후미진 곳, 형편이 어려운 사람, 이런 곳, 이 런 사람들은 우리나라에도 많고, 아프리카 등 외국에도 많을 것입니다. 다짐은 했으나 제가 얼마나 이 일에 열중할 수 있을지 모르겠습니다.

둘째, 학문에 대한 계획입니다. 최근 우리나라에 노인 문제가 대두되고 있습니다. "저 영감 잉여 인간이구나"하는 소리 제발 듣지 않았으면 좋겠습니다. 한국인의 평균수명으로 보자면 저에겐 15 또는 20년, 아니 평생의 1/3 이상의 막대한 세월이 남았을지도 모릅니다. 이 동안 뭔가 해야 합니다. 죽기를 기다리는 삶, 무기력하게 낭비하는 그런 덧없고 희망이 없는 삶이 되어서는 안 된다고 여기고 있습니다. 또 노인이 인구의 20-30%를 차지하는 고령사회에서는 노인도 자기가 벌어놓은 것이라고 탕진해 버리고 갈 것이 아니라, 지금 먹는 밥은 스스로 벌어서 먹어야 한다는 자세를 가져야 한다고 봅니다. 그저 시간을 보내고자 나라에서 주는 시니어패스카드(어르신 교통카드)로 움직이고, 노인 복지관에서 주는 점심을 얻어먹으면서 남은 인생을 헛되이 보낼 수는 없지 않습니까? 자기가 잘할 수 있는 일, 그리고 생산성이 있는 일에 종사해야 한다고 봅니다. 저는 딴 재주는 없으니 해오던 이 일을 계속할 것입니다. 증자曾子가 사대부의 책무는 '죽은 뒤에야 끝난다(死而後已)'고 했습니다. 노자도 '휴식이란 죽은 뒤에야 오는 것(息我以死)'이라 했습니다. 또 그 사람에 대한 최종적인 평가는 죽은 뒤에나 나오는 것입니다. 정년은 '정해진 해〔定年〕'라는 뜻이지, '모든 일을 그만두는 해〔停年〕'라는 뜻은 아닙니다. 교수에겐 정년은 있지만 학자에게는 정년이 없습니다. 요즈음 유행하는 말에 자기 나이에 0.7을 곱해야 진짜 자기 나이라는 것이 있습니다. 그럼 저는 지금 47세인 셈입니다. 그래서 최근 노인을 '신 중년층(Active Senior)'이라 부르고, 은퇴 후 30년의 시기를 '핫 에이지(Hot Age)'라고도 합니다. 즉 열정을 가지고 또 다른 인생을 사는 시기라는 말입니다. 제 호가 '일청一靑'인데 '한결같이 푸르고자 한다'는 뜻입니다. 중국학자 한 사람이 써준 저의 서실명에 "의지가 있으면 스스로 나이는 청년이다(有志自年靑)"

라는 구절이 있습니다. 나이는 단순히 숫자에 불과하다고들 합니다. 미수 米壽를 바라보는 지질학자 이상만(李相萬, 1925- )교수는 최근 출판한 책 이름이 《아직도 최고의 날을 위해 뛴다》라고 합니다. "인생의 최고의 날 은 아직 오지 않았다. 최고의 날은 오고 있다(The Best is to come)"며 최고를 위해 오늘도 뛰고 있다 합니다. 목표가 있어야 버틸 수 있고, 꿈 이 있어야 앞으로 나아갈 수 있습니다. 저도 이런 생각을 갖고 나아가려 합니다. 여러분들께서 많이 도와주시기를 진심으로 바랍니다.

　살아가다 보면 누구 앞에나 장벽들이 놓여 있기 마련입니다. 이 장벽 들을 넘기 위해서는 소신과 원칙을 가지고 자신의 목표를 향해 꾸준히 전진하는 열정, 그리고 절망 속에서 희망을 꽃피우려는 긍정의 힘이 필 요합니다. 난관을 두려워하지 마십시오. "햇빛이 쨍쨍 비치는 맑은 날만 계속되면 사막이 된다"는 미국 격언이 있습니다. 좋은 일만 계속되면 그 인생은 사막처럼 메마르게 된다는 말입니다. 맛 좋은 와인은 척박한 토 양과 변덕스러운 기후조건에서 자라며 스트레스를 많이 받은 포도나무에 서 생산된다고 합니다. 여러분이 하고 싶은 일이 역사공부였고, 자기 인 생 모두를 걸 만한 가치가 있다고 생각하여 이 길을 선택했다면 실패를 두려워하지 말고 소신을 갖고 끈질기게 도전하십시오. 그리고 여러분들의 한계를 직접 확인해 보십시오. 이 세상에 가치 없는 도전은 없습니다. 원 래 삶의 과정에서 나타나는 환호와 슬픔, 득의와 상실, 영광과 상처, 갈 망과 후회, 사랑과 미움 등 어느 것 하나 덧없지 않은 것이 없습니다. 그럼에도 우리가 살아가는 목적과 투쟁해야 할 이유는 분명히 있습니다. 헤밍웨이(Ernest Hemingway, 1899-1961)의 《노인과 바다(The Old Man and the Sea)》속의 산티아고 노인이 사흘 동안의 사투 끝에야 얻은 거 대한 노획물(청새치)을 상어 떼에게 빼앗기고도 돌아와 평안과 고요를 맛보며 깊은 잠을 잘 수가 있었던 것은, 그가 치열한 사투의 과정 자체를 사랑했고, 또 의미 있다고 여겼기 때문입니다. 84일 동안 아무런 어획이 없더라도 다음 날 다시 바다로 나갔으며, 85일째 천신만고 끝에 얻은 어획물마저 송두리째 빼앗겨 빈털터리가 된다 해도 이 노인처럼 자기가 한 일에 최선을 다했다면 세속적인 성패를 불문하고 우리들은 결코 인생의 패배자가 아닙니다. 승리나 소유보다 '극복'과 '몰입'에서 인생의 의미를 찾고 또 행복을 느끼는 연구자가 되십시오. 저는 저 노인처럼 이미 소추素秋의 늙은이이지만 여러분 대부분은 소년 마놀린처럼 전도가 창창한 청춘입니다. '청춘은 다시 돌아오지 않고 하루에 새벽은 한 번뿐(盛年不重來, 一日難再晨; 〈雜詩〉)'이라 도연명이 말했습니다. 인생은 단 한 번뿐이고, 각자의 인생에는 저마다 배역이 주어져 있습니다. 맘에 들든 그렇지 않든 주어진 그 배역에 최선을 다하십시오. 학문은 삶의 터전이고 역사 연구는 우리 인생의 모든 것입니다. 건투를 빕니다. 두서없이 중언부언하고, 또 고집불통식의 저의 이야기를 장시간 경청해 주셔서 감사합니다.(2012. 12. 15, 中國古中世史學會 송년 모임 강연 원고)

교수에게는 정년이 있지만 학자에게는 정년이 없습니다
—2012년 2월 29일 서울대학교 교수 정년식 고별사

안녕하십니까. 인문대학 동양사학과의 박한제입니다. 존경하는 오연천 총장님을 비롯한 서울대 가족 여러분, 내·외 귀빈 여러분, 가족 여러분, 그리고 사랑하는 학생 여러분 저희들 정년을 축하하고자 참석해 주셔서 감사합니다. 불초한 제가 퇴직 교수를 대표하여 이런 자리에 서서 고별의 인사 말씀을 드리게 되어 황송합니다. 그리고 서울대학교를 떠나는 마지막 이 성스러운 자리에서 저의 소회를 말씀드리는 기회를 얻게 되어 참으로 영광스럽게 생각합니다.

시작이 있으면 끝이 있는 것이 당연한 이치이지만 오늘 저희 퇴직교수들의 마음은 각각 약간의 차이는 있을지라도 나름으로 감개무량할 것이라 생각됩니다. 두메산골에서 태어난 저는 초등학교 4학년 때 같은 반 친구로부터 '서울대학'이라는 이름을 들은 이후 이 단어를 빼고서는 제 인생을 도저히 설명할 수가 없게 되었습니다. 60년대에 학생으로 입학하여, 조교로, 그리고 교수로 40여 년의 세월을 이 학교와 함께 했으니, 서울대학교는 제 인생의 전부였다 해도 과언이 아닙니다. 진한 사랑과 온갖 열정을 쏟아부었던 서울대학교의 구성원에서 내일이면 제외됩니다. 아내

와 두 딸의 핀잔에도 전화를 걸 때나 받을 때마다 "서울대학의 박한제입니다"라 하던 제가 내일부터는 뭐라 해야 하는지 그저 멍멍할 뿐입니다.

"회망여몽回望如夢"이라더니 뒤돌아보니 꿈같은 세월 그것이었습니다. 정말 격동의 시대를 살았습니다. 그 과정에서 개인적으로는 서울대학 때문에 깊이 좌절하기도 하고, 또 희열하기도 하였지만, 돌아보니 서울대학이라는 이름으로 참으로 행복하였습니다. 무엇보다 직업적으로 자부심을 느끼게 해 준 자랑스러운 모교, 연구의욕을 적당하게 유발시킨 동료교수들, 그리고 군자삼락君子三樂을 만끽하게 해준 사랑스러운 제자들. 이 자리에서 서울대학교에 관계한 여러분에게 무한한 감사를 드리지 않을 수 없습니다.

최근 서울대학교의 위상이 날로 흔들리고 있습니다. 서울대학이 곤경에 처하게 된 데에는 여러 가지 이유가 있겠습니다만, 그 주된 책임만은 서울대 구성원, 특히 교수들에게 돌려야 하지 않을까 합니다. 저희처럼 인재를 한곳에 집중적으로 모아 주는 나라는 아마 이 지구상에는 없을 것입니다. 서울대학이 관악에다 새터를 잡을 때 동문시인은 "그 누가 길을 묻거든 눈 들어 관악을 보게 하라"라고 읊었습니다. 우리는 과연 이 시인의 바람에 맞게 가르치고 또 연구하였는지 검증해야 할 것입니다. 한국 최고라는 평가에 너무 우쭐하고 안주하지 않았나 반성해 봅니다. 이제 뭔가 달라져야 합니다. 창신創新의 정신으로 무장할 필요가 있습니다. 그러나 외국대학이 이전에 간 길을 그저 따라갈 것이 아니라 그들이 지금 어떤 방향으로 가려고 하고 있는가를 눈여겨봐야 할 것입니다. 우리의 개혁방향이 과도하게 성과주의로만 치닫고 있는 것은 아닌지도 점검해야 할 것입니다. 우리 고유의 전통, 문화, 그리고 실정에 맞는지도 생각해 봐야 할 것입니다. 두말할 필요도 없이 대학은 학문의 연총입니다. 저는 서울대학이 지향해야 할 길은 대학의 근본이념을 되찾는 길이라 믿습니다. 이제 "진리는 나의 빛"이라는 창학이념을 되새겨 볼 시점이 아닌가 생각합니다. 서울대가 바로 서야 나라가 삽니다.

이 자리를 빌려 학생 여러분에게 당부의 말씀을 드리고자 합니다. 서울대학생이 된 것은 인생의 영광인 것은 분명하지만 동시에 작은 시작일 뿐입니다. 앞으로 여러분 앞에는 평탄한 길보다 이전에 경험하지 못한 가파르고 험한 길이 기다리고 있을지도 모릅니다. 저는 여러분에게 공손과 도전, 집중이라는 세 단어를 제시하고 싶습니다. 유학의 최고 가치이자 그 핵심덕목인 인仁을 공자는 공恭으로 풀이하였습니다. 공은 자기에 대한 절제이며, 타인에 대한 배려입니다. 오만한 사람이 공손한 자를 이긴 예를 어느 역사책에서도 찾아볼 수 없었습니다. 다음으로 도전입니다. 여러분이 하고 싶은 일을 발견하면 실패를 두려워하지 말고 끈질기게 도전하십시오. 인생은 단 한 번의 시간여행입니다. 자기 길은 자기가 선택해야 합니다. 저는 서울대학에 네 번 낙방하고 다섯 번만에 입학한 사람입니다. 마지막으로 집중입니다. 여러분이 이것저것 여러 가지 일을 할 수 있을 만큼 인생은 그리 길지 않습니다. 산만한 천재가 성공한 경우를 아직 보지 못했습니다. 자기 인생을 걸 만한 가치가 있다고 생각되면 그것 하나에 무섭게 집중하십시오.

끝으로 저와 함께 정년을 맞은 32명 교수들이 공통적으로 직면한 과제에 대한 고민을 나누어 보고자 합니다. 고령화시대 도래와 더불어 "노년사고老年四苦"라는 말이 유행하고 있습니다. 요즈음 타인, 특히 젊은이들로부터 가장 지탄받고, 또 스스로도 가장 고통받는 것이 바로 할 일 없어 이리저리 떠도는 무위고無爲苦가 아닐까 합니다. 이 무위고는 노력 여하에 따라 어느 정도 극복할 수 있는 것이라 여겨집니다. 최근 중국에서 발간된 어느 노교수의 전기傳記가 저로 하여금 많은 것을 생각하게 하였습니다. 96세 나이로 4년 전에 작고한 북경대학 역사학과 노교수 왕영흥(王永興, 1914-2008)의 이야기입니다. 그분도 우리와 마찬가지로 질풍노도의 시대를 살았습니다. 인민중국의 성립, 대약진운동, 문화대혁명이라는 30년에 걸친 미증유의 성난 파도를 타고 넘은 뒤, 1978년 문화대혁명이 종료되어서야 강단으로 돌아오니 그분의 나이는 이미 우리들과 비슷한 65세의 노령이 되어 있었습니다. 그분의 독백에 따르면 "몸도 병들고, 지력은 쇠약해지고 … 어느 것 하나 고장 나지 않은 것이 없는" 처량한 몰골 바로 그것이었습니다. 그러나 다시 시작하지 않을 수 없었습니다. 그 뒤 30여 년 동안 당唐나라시대 병제사兵制史에 관한 주옥같은 글을 남겼습니다. 그간 그가 펴낸 단독 저서가 무려 10권이 넘습니다. 저는 정년을 맞아 학교 연구실의 책들을 개인연구실로 옮기면서 상당수 책들을 폐기했지만 그분이 노년에 쓴 책들만은 정중하게 모셔갑니다.

교수에게는 정년이 있지만 학자에게는 정년이 없습니다. 이제 우리는 우리에게 맞는 일, 또 잘할 수 있는 일을 하는 것이 좋지 않나 생각합니다. 그런 면에서 이때까지 해 온 일에서 크게 벗어나서는 안 될 것이라 생각하고 있습니다. 저는 이제 마지못해 쓰는 글이 아닌, 쓰고 싶어 쓰는 글, 그래서 쓰면서 신이 나는 글을 쓰고 싶습니다. 젊은이처럼 치열할 수는 없다 하더라도 진지하게 고민하는 학자가 되려 합니다. 앞으로 "서울대학교 교수"를 지낸 학자답게 살아가려 노력할 것입니다. 그렇게 하는 것이 서울대학이 제게 베풀어 준 큰 은혜에 대한 작은 보답이라고 여깁니다. 사랑하는 나의 모교 서울대학에 큰 축복이 있기를 기원합니다. 여러분 감사합니다. 그리고 여기 모이신 여러분들의 건승을 기원합니다. 안녕히 계십시오.(2012. 2. 29.)

학부과정과 학위과정의 후배 교수(인제대학 문리과대학 인문 문화융합학부)가 정년을 넘기자마자 작고하였다. 조문을 가야 하는 것이 당연했다. 망자는 필자의 부친상 때인 1980년 5월 서울에서 고향 진주 대곡 본가까지 조문을 한 바도 있었기 때문이다. 그런데 마침 코로나를 앓고 있었던 나는 직접 조문할 수가 없어 고인의 동창 최씨에게 대신 조의를 부탁하였다, 고인의 동기는 장례가 끝날 때까지 고인과 그 유족들을 위하여 봉사하였다.

그가 보내 준 메일이다.

박한제 선생님 부의금 잘 전달했습니다. 빈소에는 동사과 동기와 선후배들이 다녀갔고 부의를 전해 주신 분들도 있었습니다. 세 딸의 친구가 많이 조문 와서 상가 분위기가 좋았구요. 장지의 날씨도 좋아 무사히 장례를 마칠 수 있었습니다. 사진 몇 장으로 장례소식을 전합니다. 건강하세요^ ^ 최HG 드림

최씨에게 "최 선생 감사합니다. 망자가 좋은 친구를 두었네요!"라는 메

시지를 보냈다.

그 뒤 고인의 장녀가 나에게 장문의 감사 메일을 보내왔다. 참으로 의외였다.

삼가 인사말씀 올립니다. 저는 고 KSC 교수의 장녀 KGY입니다. 바쁘신 중에도 따스한 마음 함께해 주신 덕분에 장례를 잘 마치고 글로나마 감사의 인사를 올립니다. 아버지께서 편찮으신 동안 이별 준비를 많이 해 왔다고 생각했지만, 막상 그 순간이 오니 큰 슬픔이 다가왔습니다. 그러나 정말 많은 분들께서 오셔서 아버지와 추억들을 말씀해 주시고 진심어린 위로와 격려를 주셔서 저희 가족에게 큰 힘이 되었습니다. 덕분에 마냥 슬픔에 젖어 있지 않고 아버지의 빛났던 순간들을 새롭게 알게 되고 기억하며 웃는 얼굴로 보내드릴 수 있었습니다. 아버지께서도 그동안 많이 보고 싶으셨던 고맙고 따뜻한 인연들의 배웅 속에 편안히 가시지 않으셨을까 싶습니다. 많은 분들께서 저희 아버지를 열정적이고 따스하신 분으로 기억해 주셨습니다. 말씀해 주신 아버지 모습을 가슴에 새기고 함께해 주신 모든 분들이 베풀어 주셨던 마음을 기억하며 저 또한 아버지처럼 따뜻한 사람이 되도록 노력하겠습니다. 다시 한번 깊이 감사드리며 건강과 행복이 항상 함께하시기를 진심으로 기원드립니다.

－유족을 대표하여 KGY 올림

그래서 답신을 이 메일로 보냈습니다.

KSC 교수 장녀 KGY 양에게!
보내주신 인사말 잘 읽었어요! 서울대 선배이고 본교의 명예교수입니다. 직장에 거리가 있어 연락이 뜸하다가 부음을 전해받고 놀랐습니다. 잘 모셨으리라 믿습니다. 삼가 심심한 조의를 표합니다. 어머니 잘 위로하시고 형제간 우의를 다하시길 기원합니다.

박한제 교수!

필자의 회신에 대해 장녀는 다시 메일을 보내왔다.

다시 한번 감사드립니다! 교수님 덕분에 아버지를 좋은 곳으로 잘 모셔드리고 왔습니다. 날이 무더운데 건강 조심하시고 편안한 토요일 밤 보내세요!

망자의 동기가 보내 준 장례식 사진을 통해 망자는 아내와 세 명의 딸을 두었음을 알 수가 있었다. 망자는 그간 지병을 앓고 있었고, 만년에 가톨릭교에 투신하여 신교信敎의 예법에 따라 장례를 치렀음을 알 수가 있었다. 투병하는 동안 서울의 큰 병원에 기거하다가 작고하였음을 알게 되었다.

사람은 누구나 태어나서 다시 죽음을 맞이한다. 그리고 사랑하는 가족과 친지와 이별하고 저세상으로 간다. 이 피할 수 없는 이별을 우리는 남의 일처럼 당연하게 여긴다. 그러나 아버지의 빛나는 순간을 기억하며 저세상을 보내는 망자의 딸들이 있어 그는 저세상을 가면서 웃고 있을까? 망자의 장녀가 나에게 보내 준 글은 참으로 여러 가지를 생각하게 하였다. 망자의 가는 길이 편안한 저승길이 되었으면 좋겠다.

그리고 나도 이 세상을 하직하였을 때 우리 두 딸이 아버지(나)에게도 '빛났던 순간'이 있었고 '열정적이고 따스하신 사람'이었다는 것을 기억해 주었으면 하는 분외의 바람을 갖고 있다.(2023. 08. 12.)